BASTEI
LÜBBE

Von Cynthia Wright erschienen außerdem
bei BASTEI-LÜBBE:
10123 Wo bist du, Glück
10133 Lockruf der Liebe
11368 Du und keine andere

Cynthia Wright

Flammende Herzen

Duell aus Leidenschaft

BASTEI LÜBBE

BASTEI-LÜBBE-TASCHENBUCH
Band 11737

Flammende Herzen
Titel der Originalausgabe: Touch the Sun

Duell aus Leidenschaft
Titel der Originalausgabe: Spring Fires

Printed in Great Britain August 1991
Einbandgestaltung: Roland Winkler
Titelfoto: Three Lions
Satz: hanseatenSatz-bremen, Bremen
Druck und Bindung: Cox & Wyman
ISBN 3-404-11737-9

Cynthia Wright

Flammende Herzen

Aus dem Amerikanischen
von Annelie Holtz

BASTEI
LÜBBE

I

In der Nacht schlug das Wetter um. Ein stürmischer Wind, der den kommenden Frühling ankündigte, brauste über das Land. Vom Himmel kam Rabengeschrei. Sharon sah, wie die schwarzen Vogelkörper aus den Wipfeln der Hickory-Bäume emporgeweht und weit verstreut über den blassen Himmel gefegt wurden. Die hohen Bäume bogen sich im Wind; ihre knorrigen Zweige, an denen langsam das Eis schmolz, waren von funkelnden Tropfen übersät.

»Es wird Frühling!« dachte Sharon, als sie zwischen den alten Hickory-Bäumen hindurch zu den angrenzenden Feldern ritt. Es kümmerte sie nicht, daß der aufgeweichte, morastige Grund das Reiten erschwerte. Selbst während des trüben, kalten Winters war sie täglich ausgeritten, angeblich, um dem Pferd die nötige Bewegung zu verschaffen. Laughter, ihr grauer Wallach, war an Wind und Wetter gewöhnt.

Der rauhe Winter 1789 mit seinen Schneestürmen und Regenschauern hatte Sharons Geduld auf eine harte Probe gestellt, doch nun schien seine Kraft gebrochen. Zwar war der Januar noch nicht vorüber, und der Wind war immer noch scharf und beißend. Aber am Horizont zog sich ein safrangelber Streifen hin, und der Himmel darüber leuchtete in einem blassen Blau, das wie ein fernes Frühlingsversprechen war.

Sharon lächelte, und Begeisterung stieg in ihr hoch. Alles um sie her versank, als sie dem Wallach die Stiefelabsätze in die Seiten rammte und gänzlich undamenhaft über die schlammigen Wiesen und Felder preschte.
Es erschien Sharon Sayers völlig selbstverständlich, sich über alle Formen und Konventionen hinwegzusetzen, die in den Südstaaten das Leben einer jungen Dame bestimmten. Von Kindesbeinen auf hatte sie die Mahnungen und Vorwürfe ihrer Gouvernante in den Wind geschlagen und ritt stets in einem alten Reitdreß aus, den sie einem der jüngeren Grooms abgeschmeichelt hatte. Wenn sie in Hosen, Jackett und Stiefeln auf ihrem Wallach lospreschte, war sie in ihrem Element, und es war ihr gänzlich gleichgültig, was über sie geklatscht wurde. Hickory Grove gehörte zu den größten Gütern des Landes, und das Haus ihrer Eltern zählte zu den prächtigsten Herrensitzen in Virginia. Warum sollte sie sich keine Extravaganzen leisten? Ihre gesellschaftliche Stellung als Tochter eines reichen Plantagenbesitzers war unangreifbar.
Sharons Eltern hatten sich um die Erziehung ihrer einzigen Tochter nur wenig gekümmert. Da ihr Leben aus einer nie abreißenden Folge von Fuchsjagden, Pferderennen, Partys und monatelangen Reisen bestand, hatten sie Wichtigeres zu tun gehabt. Sie hatten Sharon verhätschelt und verwöhnt, wenn man sich zufällig in dem großen Haus begegnete, gewiß, aber Zeit hatten sie für sie nie gehabt. So war es auch im vergangenen Sommer gewesen, bevor Russell und Melanie Sayers zu einer längeren Europareise aufbrachen, an der ursprünglich auch Sharon teilnehmen sollte. Auf ihr inständiges Bitten hin hatte man schließlich darauf verzichtet, sie mitzunehmen, und Sharons Eltern, die sich längst damit abgefunden hatten, daß ihre Tochter ein

kleiner Widerspruchsgeist war, waren sichtlich erleichtert allein abgefahren. Es wurde eine Reise ohne Wiederkehr.

Jetzt, während Sharon über die vom Schneewasser überschwemmten Wiesen und Felder galoppierte, rief sie sich den Nachmittag im Oktober ins Gedächtnis zurück, an dem James Wade, der Besitzer einer der benachbarten Plantagen, aus heiterem Himmel in Hickory Grove aufkreuzte. Weit mehr als die Hiobsbotschaft vom Tod ihrer Eltern bei einem Schiffsuntergang hatten Wades Beileidsbekundungen, sein ›väterliches‹ Umarmen und Tätscheln sie in Bestürzung versetzt. Sharon hatte versucht, Trauer zu empfinden, sie hatte sich die größte Mühe gegeben, die Schuldgefühle niederzuringen, die in ihr aufstiegen, als sie merkte, daß die erwartete Trauer sich nicht einstellen wollte. Ihre Eltern waren aus ihrem Leben fortgegangen – einfach fortgegangen. Sie bedauerte ihren Tod, aber nicht allzusehr. Vielleicht war es ganz einfach unmöglich, um Menschen zu trauern, die nie jemand wirklich geliebt hatten außer sich selbst.

Der Klang einer Stimme, vom Wind aus Richtung der Hickory-Bäume zu ihr hergeweht, riß Sharon aus ihren Gedanken. Mit einem heftigen Ruck zügelte sie ihr Pferd und zwang es auf die Hinterhand. Der Wallach bockte mit zornig rollenden Augen und stieg kerzengerade hoch, ehe er sich dem Willen seiner Herrin fügte und im Galopp zum Haus zurückbrauste. Ein in der Nähe der Stallungen wartender Stalljunge setzte sich in Trab. »Sie haben Besuch, Ma'am. Die Wades sind gerade gekommen.«

Mit einem ärgerlichen Seufzer saß Sharon ab. Die Wades hatten ihr gerade noch gefehlt! Wortlos händigte sie dem Stalljungen die Zügel aus und strebte mit langen

Schritten dem Haus zu. Sie betrat es durch den Kücheneingang.
Flora, die dicke Köchin, schüttelte mißbilligend den Kopf, als Sharon mit schlammbespritzten Stiefeln und Reithosen durch ihre Küche fegte. Wie das Kind wieder einmal aussah ... aufgelöst und erhitzt, die Reitjacke bis zur Taille aufgeknöpft – entsetzlich! Und dennoch, sooft sie das geliebte Geschöpf ansah, stieg eine Welle liebevollen Stolzes in ihr auf. Wie reizend ihre Sharon doch war mit ihrem wundervoll üppigen Haar, das sich beim Reiten in eine Flut rabenschwarzer Strähnen aufgelöst hatte! Ihr schmales bräunliches Gesicht mit den leicht schrägen Wangenknochen glühte, die tiefblauen Augen unter den schöngezeichneten Brauen funkelten vor unbändiger Lebenslust. Flora fand es unmöglich, dem zierlichen jungen Ding mit den knabenhaft eckigen Bewegungen zu widerstehen. Sie verbiß sich die tadelnden Worte über Sharons ungehörigen Aufzug und schloß seufzend die Tür hinter ihr.
Sharon steuerte geradewegs den Salon an, in dem seit Generationen der Tee für die Gäste des Hauses serviert wurde. Wie nicht anders erwartet, nahmen Priscilla und James Wade ihren ungewöhnlichen Aufzug mit der größten Gelassenheit zur Kenntnis. Sie kannten Sharon von Kindesbeinen an und hatten sie selten anders gesehen als in Reithosen und Stiefeln.
»Wie ich sehe, seid ihr ja bestens versorgt!« bemerkte Sharon mit einem Blick auf das vor James stehende, bis an den Rand gefüllte Brandyglas trocken. Sie ließ sich in einen der seidenbespannten Sessel fallen und schwang ein Bein über die Armlehne. Die Wade-Sprößlinge, beide mit größter Sorgfalt gekleidet, sahen mit einem starren Lächeln zu.
Sharon, bequem in ihrem Sessel zurückgelehnt, verzog

spöttisch die Lippen. »Nun ... welchem Umstand verdanke ich die Ehre eures Besuchs?«
James, dunkelhaarig und zur Fülle neigend, räusperte sich unbehaglich. »Nun ja ... « Er warf seiner Schwester einen hilfeflehenden Blick zu, bevor er mit seiner sonoren Stimme – die Sharon von jeher als ölig empfand – fortfuhr: »Also wirklich, Sharon, du sitzt da, als hätte sich nicht das geringste ereignet! Und wir haben uns deinetwegen die ganze Zeit über die größten Sorgen gemacht, Priscilla und ich. Wir können uns sehr gut vorstellen, wie dir zumute sein muß ... so ganz allein in dem großen Haus. Deshalb dachten wir ...«
»Was dachtet ihr?« Sharon hob den Kopf und sah ihm gerade in die Augen. »Daß ich mir oben in meinem Zimmer die Augen ausheule?« Ein eigentümlich freudloses Lächeln spielte um ihre Lippen. »Mein Gott, James, macht euch doch nichts vor! Ihr wißt doch ganz genau, daß ich auch ohne meine Eltern sehr gut zurechtkomme.«
»Aber Sharon!« protestierte Priscilla entsetzt. »Wie kannst du in diesem Ton ...«
Sharon warf sich in ihren Sessel zurück und brach in Gelächter aus. »Was soll der Unsinn!« Priscilla starrte sie so entgeistert an, als fürchte sie um ihren Verstand. Sharons Lachen brach unvermittelt ab. Sie legte den Kopf zurück und warf eine lose Haarsträhne aus der Stirn. »Wann wirst du endlich einsehen, daß ich anders empfinde und denke als du? Willst du es nicht verstehen, oder bist du wirklich so begriffsstutzig?« Es sollte ironisch klingen, aber es lag ein rauher Ton in Sharons Stimme.
»Ich habe lange über meine Eltern nachgedacht«, fügte sie hinzu. »Sie sind tot ... das alles ist vorbei. Ich bin darüber hinweg und will nicht mehr daran denken. Al-

so verschone mich gefälligst mit deinen Ratschlägen. Ich weiß, sie sind von Herzen gut gemeint, aber ich kann nichts damit anfangen.«

Priscilla antwortete nicht. Kerzengerade in ihrem Sessel aufgerichtet, rang sie nach Luft. Ihr zartes, von rötlich blondem Haar umrahmtes Gesicht war noch blasser als gewöhnlich. Noch bevor sie sich fassen konnte, erschien eines der Hausmädchen mit frischem Tee und einer Tasse für Sharon. Sie schenkte den Tee ein, knickste und verschwand wieder. Sofort wandte sich James zu Sharon um.

»Hast du wenigstens inzwischen Auskunft über die Vermögensverhältnisse deines Vaters erhalten, Sharon?«

»Allerdings – und was für eine Auskunft!« Sharon lachte gezwungen auf. »Aus dem Schreiben, das ich vor einigen Tagen von unserem Anwalt, Mr. Bumpstock erhielt, geht klar hervor, daß mein Vater erhebliche Schulden hatte. Genaueres werde ich erst Ende des Monats erfahren, aber ich fürchte, ich bin arm wie eine Kirchenmaus.«

»Das ist ja schlimmer, als ich befürchtet hatte!« James goß den Rest seines Brandys herunter und erhob sich mit einem Ruck. »Tja, so leid es mir tut, meine liebe Sharon, ich muß mich jetzt verabschieden. Ich fahre morgen nach Philadelphia und habe vorher noch einiges zu erledigen.« Lächelnd trat er neben Sharons Sessel und versuchte sie an sich zu ziehen, aber sie rührte sich nicht und starrte ihn kühl an. Einen Augenblick stand James da wie ein begossener Pudel, dann bemerkte er rasch:

»Falls du mich heute noch brauchen solltest, Sharon, ich stehe dir selbstverständlich jederzeit zur Verfügung. Ich bin immer für dich da, vergiß das nicht.«

»Wie reizend von dir, James!« flötete Sharon mit der

unschuldigsten Miene der Welt. »Ich werde es mir merken.« Sie blickte lächelnd zu ihm auf. Das Lächeln war bezaubernd, aber es verwirrte James. Er glaubte zu sehen, wie die Gedanken hinter der glatten Stirn hin- und herschossen. Ihre Augen waren hart, der Ausdruck abweisend. Er täuschte sich nicht. Beim Anblick des Mannes, der wie die verkörperte Selbstgefälligkeit vor ihr stand, wurde Sharon die Kehle trocken. Ungerührt beobachtete sie unter halbgesenkten Lidern, wie James sich schließlich zusammenriß und sich mit einem nervösen Räuspern zu seiner Schwester umwandte.
»Du wirst noch eine Weile bleiben wollen, Priscilla. Ihr habt euch sicher allerhand zu erzählen. Ich schicke den Wagen zurück . . . laßt euch durch mich bitte nicht stören.«
Kaum hatte sich die Tür hinter James geschlossen, heftete Sharon forschend den Blick auf Priscillas Gesicht. »Philadelphia! Wieso muß dein Bruder plötzlich dringend nach Philadelphia? Hat er dort zu tun?«
»Oh . . .«, sagte Priscilla mit Triumph in der Stimme, »James unternimmt die Reise nur meinetwegen. Er hat nämlich beschlossen, mich zu verheiraten.« Aus schrägen grünen Augen sah sie Sharon erwartungsvoll an. »Was sagst du nun?«
Sharon beugte sich ungeduldig vor. »Wie aufregend! Und wer ist der Glückliche?«
»Das wird sich erst im Verlauf der Reise herausstellen. James wird schon den passenden Mann für mich aussuchen, da bin ich gewiß.« Priscilla schien plötzlich wie ausgewechselt. Ihr sonst so blasses Gesicht war von einem rosigen Schimmer überhaucht, ihre Augen strahlten. »O Sharon, kannst du dir das vorstellen? Ich werde einen Mann mit Geld und Einfluß heiraten, einen Mann, um den mich alle beneiden! Wir werden ein gro-

ßes Haus führen und Gesellschaften geben und nur mit den oberen Zehntausend verkehren! Ist das nicht herrlich?«

»Mein Gott, Priscilla, was für eine Gans du doch bist!« Sharon sprang auf. Den Kopf in den Nacken geworfen, funkelte sie Priscilla an. »Bildest du dir etwa ein, James brauchte in Philadelphia nur in den erstbesten Laden zu gehen und einen reichen Mann für dich auszusuchen?«

Priscilla erstarrte. Sie öffnete den Mund, brachte aber keinen Ton heraus. In ratloser Bestürzung stand sie diesem Temperamentsausbruch gegenüber. Ihr verständnisloses Gesicht stachelte Sharons Wut noch mehr an. Ein Gefühl, in dem sich Mitleid und Erbitterung vermischten, stieg in ihr hoch. Zitternd vor Zorn wandte sie sich von Priscilla ab und rannte im Zimmer auf und ab. Ihre Verachtung für James Wade kannte keine Grenzen. Dieser Lump, dieser Erbschleicher, der hinter dem Rücken seiner ahnungslosen Schwester das Wade'sche Vermögen auf kostspieligen Reisen, bei hemmungslosen Sauforgien oder am Roulettetisch durchbrachte! Dieser Erzheuchler, dem seine Schwester, diese hübsche dumme Puppe, blind vertraute, während er bedenkenlos die Güter seines Vaters verkommen ließ, um seinen Lastern zu frönen! Nicht genug damit, daß er unzählige Hektar wertvollstes Land, daß er die rassigsten Pferde, die kostbarsten Gemälde aus dem Familienbesitz bereits für ein Butterbrot verschleudert hatte — jetzt schickte er sich auch noch an, seine Schwester an den Meistbietenden zu verhökern! Mit flammenden Augen wandte sich Sharon zu Priscilla um und fauchte: »Begreifst du denn nicht, was für ein erbärmlicher Kuhhandel das Ganze ist, Priscilla?«

»Aber wieso denn, Sharon?« Priscilla hob hilflos die Hände. Ihre Augen hatten einen leicht gläsernen Aus-

druck. »Wie kannst du so etwas sagen, wo du genau weißt, daß James alles für mich tun würde! Er ist der beste Bruder, den man sich nur wünschen kann. Erst gestern abend hat er gesagt, mir käme eine gesellschaftliche Stellung zu, die meiner Schönheit würdig ist. Findest du das nicht auch ganz süß?«
Sharon drehte sich der Magen um. Mit einem unterdrückten Aufstöhnen wandte sie sich ab. Im nächsten Augenblick flog sie wieder zu Priscilla herum und blickte sie beschwörend an. »Willst du dich wirklich an einen Fremden verschachern lassen, Priscilla ... an einen Mann, den du nie im Leben gesehen hast?«
Priscilla hatte plötzlich zwei hektisch rote Flecke auf den Wangen. »James wird mich bestimmt nicht unter Stand verheiraten, und darauf kommt es schließlich in erster Linie an«, erklärte sie halsstarrig. »Es gibt wichtigere Dinge im Leben als Liebe oder ... romantische Gefühle. Ich dachte, du wüßtest das.« Ein vielsagender Blick aus grünglitzernden Augen streifte Sharons unbändige Haarmähne und glitt langsam an ihr herab zu den schmutzigen Reitstiefeln. »Wahrscheinlich bist du ganz einfach neidisch«, meinte sie spitz. »Man kann ja auch beim besten Willen nicht behaupten, daß sich die Männer um dich reißen. Oder hat dir in letzter Zeit einer einen Heiratsantrag gemacht?«
Sharons Augen verengten sich wie die einer Katze. Langsam schwand die Farbe aus ihren Wangen, in dem erblaßten Gesicht wirkten Brauen und Wimpern wie getuscht. »Wenn ich dir die Antwort gäbe, die mir darauf einfällt, würdest du wahrscheinlich in Ohnmacht fallen«, sagte sie sanft. »Ich behalte sie lieber für mich, zumal mir deine sagenhafte Dummheit nur allzu bekannt ist! Wahrhaftig, Priscilla, manchmal könnte man glauben, du hättest nichts als Stroh im Kopf!«

»Ach Sharon!« seufzte Priscilla resigniert, »du sagst diese häßlichen Dinge doch nur, weil du so allein und unglücklich bist. Deshalb nehme ich es dir auch nicht übel.« Sie schüttelte langsam den Kopf. »Aber so kann es nicht weitergehen, Sharon«, sagte sie kummervoll. »Du kannst unmöglich allein in diesem Haus bleiben. Die Leute halten sich bereits darüber auf.«
Sharon, die sich gerade Tee einschenkte, fuhr in die Höhe. Die Tasse in ihrer Hand klirrte. Sie stellte sie mit einem heftigen Ruck ab. »Was soll das heißen ... dieses dumme Gerede der Leute? Wenn meine Eltern verreisten, war ich ja auch allein im Haus.« Sie zuckte ärgerlich die Achseln.»Außerdem wimmelt das Haus von Dienstboten ... von ›allein‹ kann also keine Rede sein.« Einen Augenblick schwieg sie und preßte zornig die Lippen zusammen. Sie hätte Priscilla in diesem Augenblick erwürgen können, um die blasierte Überheblichkeit, die sie von jeher an ihr haßte, aus ihr herauszupressen. Aber sie fügte nur mühsam beherrscht hinzu: »Ich tu, was mir paßt, merk dir das! Und es ist mir völlig gleichgültig, was die Leute von mir denken.«
»Aber ich meine es doch nur gut mit dir, Sharon«, sagte Priscilla begütigend. »Du mußt doch an deine Zukunft denken ... schließlich wird es allmählich Zeit, daß du dich nach einem Mann umsiehst.«
»Zerbrich dir nicht den Kopf über meine Angelegenheiten!« unterbrach Sharon sie hitzig.
»Aber es ist doch so!« rief Priscilla, das hübsche Gesicht vor Erregung gerötet. »Ich weiß, daß James sich die größten Sorgen deinetwegen macht. Er meint, du solltest nach West Hills kommen, wenn ich nicht mehr im Haus bin. Ihr beide könntet ...«
»Nein!« Sharon starrte Priscilla wild an, während ihr Verstand rastlos arbeitete, die verwickelte Lage, in der sie

steckte, zu entwirren. Das kalte Grausen packte sie bei dem Gedanken, mit James Wade unter dem Gleichen Dach leben, seine widerliche Gegenwart tagaus, tagein ertragen zu müssen. Von plötzlicher Panik erfaßt, griff Sharon sich an den Hals. Ihr schwindelte, der ganze Salon drehte sich um sie. Es machte sie rasend, zusehen zu müssen, wie Priscilla sich abmühte, eine Sache zu betreiben, von der sie nichts verstand – die Sache ihres gewissenlosen Bruders, dessen Tricks sie in keiner Weise gewachsen war.
Sharon war ihnen gewachsen. Andere über sich bestimmen zu lassen und untätig zuzusehen, war nicht ihre Sache. Sie würde sich nicht in die Falle locken lassen, die James Wade ihr mit Hilfe seiner ahnungslosen Schwester gestellt hatte.
Sharons Gesicht verzerrte sich plötzlich. Besinnungslos vor Zorn stampfte sie mit dem Fuß auf und ließ ihrer Empörung die Zügel schießen.
»Warum könnt ihr mich nicht in Ruhe lassen?« schrie sie Priscilla an. »Wer gibt euch das Recht, mich zu behandeln wie ein unmündiges Kind? Ist James etwa mein Vormund? Ich dulde es nicht, daß er sich dauernd in Dinge einmischt, die nur mich etwas angehen!« Sharons Stimme überschlug sich, Tränen stürzten aus ihren Augen. »Hörst du . . . ich dulde es nicht!«
In der ersten Bestürzung brachte Priscilla keinen Ton heraus. Sie saß da, als hätte man ihr einen Schlag ins Gesicht versetzt. Einige Sekunden lang war es totenstill in dem mit erlesenen Möbeln und kostbaren Teppichen ausgestatteten Raum. Sharon stand immer noch auf demselben Fleck. Jetzt, da ihr Zorn sich Luft gemacht hatte, dämmerte ihr die Erkenntnis, daß sie zu weit gegangen war. Plötzlich ernüchtert, blickte sie unsicher zu Priscilla hinüber, sah das erschrockene Gesicht und eilte beschämt zu ihr hin. Impulsiv küßte sie ihre Freundin

auf die Wange. »Verzeih, Priscilla! Ich weiß, ich bin eine miserable Gastgeberin, aber ich muß mir irgendwie Luft verschaffen. Ich werde noch ein paar Runden reiten, bevor es dunkel wird. Der Wagen wird ohnehin jeden Augenblick zurückkommen. Du bist mir doch nicht böse, wenn ich dich jetzt allein lasse?« Ohne die Antwort abzuwarten, ging sie zur Tür, wandte sich aber nach kurzem Zögern noch einmal zu Priscilla um. »Flora wird dir frischen Tee und noch etwas Gebäck bringen. Also dann . . . bis morgen oder übermorgen, Prissy!« Ein verlegenes Lächeln auf dem Gesicht, stand Sharon einen Augenblick unentschlossen in der geöffneten Tür, dann fügte sie schnell hinzu: »Und vergiß nicht, James auszurichten, ich ließe ihm gute Reise wünschen.«

II

Der Winter wollte kein Ende nehmen, der finsterste, trostloseste Schneewinter, den Philadelphia je erlebt hatte. In Franklin Court hatte man die Bibliothek geheizt; das Feuer im Kamin verbreitete eine angenehm gleichmäßige Wärme in dem hohen holzgetäfelten Raum. Vor den Fenstern rieselte der Schnee. Nichts unterbrach die Stille, außer den schwach und von weit her dringenden Geräuschen der Straße und dem regelmäßigen Knarren eines Schaukelstuhls.

In dem Schaukelstuhl saß ein hagerer, sehr hinfälliger älter Herr – Benjamin Franklin. Seine Tochter hatte ihm gerade den Tee kredenzt und sich auf eine Tasse zu ihm gesetzt.

Trotz seines hohen Alters und eines schmerzhaften

Steinleidens, das Benjamin Franklin im Vorjahr genötigt hatte, sich aus dem öffentlichen Leben zurückzuziehen, war sein rastlos tätiger Geist ungebrochen: selbst der Gebrauch opiumhaltiger Mittel, mit denen er seit Jahren die unerträglichen Steinschmerzen bekämpfte, hatten weder die Klarheit seines Verstandes, noch seinen unermüdlichen Schaffensdrang zu beeinträchtigen vermocht. An diesem verschneiten Januarmorgen fühlte er sich ungewöhnlich wohl und war bester Dinge.

»Dein Tee ist das reinste Lebenselixier, Sally! Ich hoffe, du hast eine große Kanne für Lion parat? Er wird ihn brauchen können nach der Kälte draußen.«

»Tee?« fragte Sally zweifelnd. »Glaubst du wirklich, daß Lion Wert auf Tee legt?«

»Nein, wahrscheinlich nicht«, erwiderte ihr Vater lachend. »Es ist doch hoffentlich Brandy im Haus?«

Sally lächelte. »Ein Tablett mit Brandy und Gläsern steht bereit, Vater. Ich habe es schon heute morgen angerichtet.«

»Gut. Sehr gut.« Benjamin Franklin nippte schweigend an seinem Tee. Einen merkwürdig geistesabwesenden Ausdruck in den Augen, starrte er seine Tochter an. Kein Zweifel, die besten Jahre hatte Sally hinter sich. Mehrere rasch aufeinander folgende Geburten und die Plackerei mit dem großen Haushalt hatten sie vorzeitig verblühen lassen. Und dennoch verlieh die Herzensgüte, die aus ihren Augen leuchtete, das warme Lächeln um ihren Mund, diesem Gesicht eine gewisse unzerstörbare Schönheit.

»Du bist plötzlich so merkwürdig still, Vater . . .«, sagte Sally besorgt. »Hast du Schmerzen . . . ist dir nicht gut? Möchtest du dich vielleicht hinlegen?«

»Aber nein . . . wo denkst du hin!« Franklin hob abwehrend die Hand. »Ich fühle mich heute so wohl wie seit langem nicht mehr. Ich dachte nur gerade über Lion nach. Erinnerst du dich noch an den Tag, als er zum erstenmal zu uns kam?«

»O ja ... sehr genau sogar. Es war Sommer und schrecklich schwül. War es nicht an dem Tag mit den vielen Gewittern?«

Franklin nickte. »Richtig! Vor eineinhalb Jahren im Sommer, und zwar an dem Tag, an dem die Gesetzgebende Versammlung zum erstenmal zusammentrat. Ich konnte wegen der Unwetter nicht aus dem Haus. Und abends erschien Lion mit ein paar Delegierten, um zu berichten, wie die Sache gelaufen war.«

»Ja, jetzt fällt es mir wieder ein. Bald darauf wurde auch Lion Mitglied des Repräsentantenhauses.« Sally schüttelte lächelnd den Kopf. »Ausgerechnet Lion!«

»Warum nicht? Ich selbst habe ihn ins Repräsentantenhaus gebracht, und ich muß sagen, er leistet gute Arbeit. Er war gerade aus dem Orient zurückgekommen und wußte überhaupt nicht, wie ihm geschah, als ich ihm plötzlich eröffnete, er sei als Delegierter ins Repräsentantenhaus aufgenommen.« Franklin schmunzelte durchtrieben. »Ich habe es nie bereut, Lion die Wege in die Politik geebnet zu haben. Obwohl ich durch meine Krankheit verhindert war, an einer Reine von wichtigen Sitzungen teilzunehmen, hielt Lion mich stets auf dem laufenden. Auf diese Weise hat er mir unschätzbare Dienste geleistet, und ihm selbst hat es auch nichts geschadet. Er hat sich seither entschieden zu seinem Vorteil entwickelt. Und – was das wichtigste ist – er hat ein Gespür für Politik ... er ist der geborene Politiker.«

»Lion Hampshire?« Sally lachte hellauf. »Das kann ich mir beim besten Willen nicht vorstellen, Vater!« Sie erhob sich kopfschüttelnd. »Gewiß, Lion ist ein faszinierender Mann, das will ich gar nicht bestreiten. Aber ich

hatte bisher eher den Eindruck, daß er sich weniger für Politik als für Frauen, Pferde und abenteuerliche Seereisen interessiert!«
»Das sind ja nette Dinge, die man so ganz beiläufig über den eigenen Charakter zu hören bekommt!« ertönte von der Tür her eine tiefe, spöttische Stimme.
Mit blutübergossenem Gesicht wirbelte Sally herum. »Mein Gott, haben Sie mich erschreckt, Lion!« Sie starrte den blonden Riesen, dessen Schultern fast den Türrahmen zu sprengen schienen, sprachlos an. Ihr ging es in diesem Moment nicht anders als den unzahligen Frauen vor ihr, denen es beim Anblick Lion Hampshires die Sprache verschlagen hatte: sie starrte ihn an und brachte keinen Ton über die Lippen.
Lässig gegen den Türrahmen gelehnt, beobachtete Lion Hampshire unter halb geschlossenen Lidern amüsiert Sallys grenzenlose Verlegenheit. Er schien größer denn je mit seinem sonnengebräunten Gesicht, in dem beim Lächeln zwei Reihen makellos weißer Zähne aufblitzten; sein von Wind und Sonne ausgebleichtes Haar leuchtete wie eine Flamme. Der Anzug, nach europäischer Mode auf Taille geschnitten und aufs knappste gearbeitet, und die enganliegende Hose brachten seinen prachtvoll ebenmäßigen Wuchs in jeder Linie zur Geltung.
Langsam trat Lion näher. Gang und Bewegungen waren elegant und zugleich kraftvoll; in seinem Auftreten verriet sich ein nahezu unverschämtes Selbstbewußtsein. Der Blick der eisblauen Augen unter dichten Brauen wechselte zwischen Schärfe und frecher Liebenswürdigkeit, ein Ausdruck, der sich in dem zu einem spöttischen Lächeln verzogenen Mund wiederholte. Das Gesicht hätte unerträglich arrogant gewirkt ohne das rasch aufblitzende leichtsinnige Lächeln, das die Lippen

umspielte, als er sich zum Handkuß über Sallys eiskalte Hand beugte.
»Herzlich willkommen in Franklin Court, Lion!« Sally schluckte, dann hatte sie sich wieder gefaßt. »Wie schön, Sie nach langer Zeit einmal wieder bei uns zu sehen. Ihre Reise scheint nicht nur erfolgreich, sondern auch ziemlich anstrengend gewesen zu sein. Sie kommen mir magerer vor, als ich Sie in Erinnerung hatte. War die Verpflegung auf See so schlecht?«
»Nicht schlechter als üblich. Aber mit den herrlichen Mahlzeiten, mit denen Sie Ihre Gäste verwöhnen, konnte sie natürlich nicht konkurrieren, Mrs. Bache.«
»Wenn du nichts dagegen hast, Sally...«, kam es aus den Tiefen des Schaukelstuhls, »darf ich Lion vielleicht jetzt auch begrüßen. Oder seid ihr noch nicht fertig mit euren tausend chinesischen Höflichkeiten?« In den klugen alten Augen Dr. Franklins blitzte Ironie.
Sally errötete. »Entschuldige, Vater. Ich wollte ohnedies gerade nach den Kindern sehen. Es wird nicht lange dauern.« Sie huschte hinaus.
Lion ließ sich gegenüber Dr. Franklin in einem bequemen roten Sessel nieder, beugte sich vor und ergriff die durchsichtigen, blaugeäderten Hände seines väterlichen Freundes. »Auf diesen Augenblick habe ich lange gewartet, Doktor«, sagte er herzlich. »Endlich ist es soweit. Wieder zu Hause zu sein... das ist ein unbeschreibliches Gefühl nach all der Zeit. Und wie ist es Ihnen in der Zwischenzeit ergangen? Hat das alte Leiden Ihnen sehr zu schaffen gemacht?«
Langsam, mit sichtlicher Besorgnis, ließ Lion den Blick über das müde, verfallene Gesicht unter dem schütteren weißen Haar gleiten. Er hatte Mühe, in dem gealterten, sichtlich schwer leidenden Mann die kraftvolle Erscheinung des einstigen Gouverneurs von Pennsylvanien

wiederzuerkennen, dessen unermüdlicher Arbeit Amerika seine neugewonnene Unabhängigkeit verdankte. Das Martyrium der Krankheit hatte diesem Gesicht seinen Stempel aufgeprägt, und dennoch strahlte es unendliche Güte und Wohlwollen aus.
Dr. Franklin fing Lions Blick ein, leise irritiert und zugleich erwärmt von der Kraft in diesen freimütigen blauen Augen. Ein amüsiertes Lächeln um die Lippen, lehnte er sich in seinen Stuhl zurück.
»Offen und geradeheraus wie eh und je, Lion . . . wie? Nun, ich werde Ihre Frage mit der gleichen Offenheit beantworten. Es ist mir schon bessergegangen, Lion. Mit den Körperkräften geht es langsam aber sicher bergab, wie Sie sehen. Aber der Geist ist ungebrochen, deshalb will ich nicht klagen.« Eine Weile schwieg er, sein Blick wanderte über Lions sonnenverbranntes Gesicht. Dann sagte die trockene alte Stimme: »Dafür sehen Sie, Gott sei Dank, aus wie das personifizierte Leben, wie ich feststelle. Die Seeluft scheint Ihnen glänzend zu bekommen. Nun, was haben Sie von ihrer letzten Chinareise zu berichten? Hat sie sich gelohnt?«
Eine Zeitlang unterhielten sich die beiden Männer über Lions Geschäfte in China und allgemeine Fragen des politischen Lebens in Nordamerika, dann kam Sally in die Bibliothek zurück und servierte den für Lion bereitgestellten Brandy. An der Unterhaltung über gewisse pädagogische Probleme, die sich zwischen Sally und Dr. Franklin entspann, und die sich hauptsächlich um Franklins Enkel Benny drehte, beteiligte Lion sich nicht. Er lehnte sich in seinen Sessel zurück und hing seinen eigenen Gedanken nach.
Während er langsam seinen Brandy trank, versuchte er vergeblich, sich darüber klarzuwerden, wie viele Gallonen von dem verdammten Zeug er seit seiner Rückkehr

nach Philadelphia vor drei Tagen in sich hineingeschüttet hatte. Ereicht hatte er damit nichts, am Ende war er nicht klüger gewesen als zuvor. Wie sollte er Franklin den eigentlichen Grund seines Kommens plausibel machen? War es überhaupt zu verantworten, den kranken Mann mit neuen Problemen zu belasten? Andererseits, ganz unschuldig war Dr. Franklin nicht an diesen Problemen. Auf seine Initiative hin hatte man Lion ins Repräsentantenhaus und später in den Kreis bedeutender Männer aufgenommen, die fast allabendlich in Franklin Court zusammentrafen: Washington, Madison, Robert Morris . . . und nicht zuletzt Franklin selbst. Seither war Lion – zunächst ohne es wahrhaben zu wollen – der Politik verfallen. Er hatte sich dem hohen Ziel verschrieben, eines Tages zu diesen Männern zu gehören, zu jenen Geistesgrößen, die klarsichtig und unbeirrbar ihre Idee von einer freien, unabhängigen Nation, der Vereinigten Staaten von Nordamerika, verfolgten.
Erst auf der letzten Orientreise war Lion sich über seine völlig von seinen bisherigen Lebenszielen abweichenden Absichten klargeworden. Bis zu diesem Zeitpunkt hatte er in dem Leben auf See den Gipfel des Erstrebenswerten erblickt. Nach einem erfolgreich abgeschlossenen Studium in Harvard hatte er sich auf den Chinahandel spezialisiert und sozusagen zwei Fliegen mit einer Klappe geschlagen: durch den Handel mit chinesischen Gütern Reichtümer anzuhäufen und gleichzeitig seiner Abenteurerlust zu frönen. Die See, die er von jeher geliebt hatte, hatte sich ihm gegenüber ungewöhnlich gnädig erwiesen. Während andere Schiffseigner gegen Meutereien anzukämpfen hatten und ihre Schiffe in verheerenden Stürmen verloren, hatte er die Ozeane ohne einen einzigen Schiffbruch überquert, mit einer Crew, die sich für ihren Kapitän hätte die Köpfe abhak-

ken lassen. Er hatte Glück gehabt, unverdientes Glück. Kaum zweiunddreißigjährig, war er ein gemachter Mann.
Ein Mann, der mit seinem Leben zufrieden war . . . bis zu dieser letzten Orientreise.
»So nachdenklich, mein Freund?« Lion blickte auf. Sally war verschwunden, Franklins durchdringende blaue Augen sahen ihn forschend an. »Wer ist denn diesmal die Glückliche, derentwegen Sie sich den Kopf zerbrechen?« fragte Franklin leise spottend. »Es kann sich doch nur um eine Frau handeln, wie ich Sie kenne.«
»Irrtum!« sagte Lion ungewohnt scharf. »Ich habe wichtigere Probleme als Frauen, ob Sie es glauben oder nicht. Ich bin mir nur nicht ganz klar darüber, ob ich Sie damit belasten darf, Doktor.«
»Selbstverständlich . . . warum nicht?« erwiderte Franklin. Er saß vollkommen ruhig da und streichelte sein schmales Kinn.
»Nun, dann will ich es Ihnen sagen! Ich hatte ursprünglich geplant, vor den Kongreßwahlen zurück zu sein. Aber auf der Rückfahrt geriet mein Schiff in einen Sturm, und das hat mir einen Strich durch die Rechnung gemacht.«
»Wieso?« fragte Franklin bestürzt. Zum erstenmal malte sich etwas wie Verwirrung auf seinen Zügen. »Ich verstehe nicht recht, worauf Sie hinauswollen, Lion. Können Sie sich nicht etwas deutlicher ausdrücken?«
»Sehr einfach«, erwiderte Lion. Er sah dem alten Mann fest in die Augen, als er mit der größten Selbstverständlichkeit hinzufügte: »Ich will in den Kongreß . . . deshalb wollte ich vor den Wahlen zurück sein!«
»Ich höre wohl nicht recht!« Das Knarren des Schaukelstuhls hörte unvermittelt auf. Dr. Franklin, plötzlich hellwach, richtete sich auf und beugte sich vor. »Darauf

war ich allerdings nicht gefaßt! Daß Sie sich ernsthaft für Politik interessieren, habe ich zwar längst bemerkt, aber daß Sie die Sache so ernst nehmen, hätte ich nicht vermutet.«

»Ich auch nicht«, erwiderte Lion grimmig. »Es wurde mir erst im Verlauf meiner letzten Reise klar.«

»So so . . .« Franklin lächelte fein. »Trotzdem würde ich mich an Ihrer Stelle wegen der verzögerten Rückkehr nicht allzusehr aufregen, Lion. Oder bilden Sie sich allen Ernstes ein, man hätte Sie in den Kongreß gewählt, wenn Sie rechtzeitig vor den Wahlen zurückgewesen wären?« Franklin schüttelte langsam den Kopf. »Niemals, Lion!« Als er sah, daß Lions Gesicht sich verfinsterte, fügte er lächelnd hinzu: »Das soll nicht etwa heißen, daß ich die Männer, die in den Kongreß gewählt wurden, höher einschätze als Sie. Ich will vielmehr damit sagen, daß Sie mit einem Alter von kaum zweiunddreißig Jahren nicht der Vorstellung entsprechen, die man sich in diesem Lande gemeinhin von einem Kongreßmitglied macht.«

»Und wieso nicht?« Aus stürmischen eisblauen Augen funkelte Lion den alten Mann an. »Was spricht dagegen, wenn ich fragen darf?«

»Ihre ganze Persönlichkeit«, erwiderte Franklin ruhig. Er wiegte bedächtig den Kopf. »Alter, Temperament, Familienstand . . . der Ruf, der Ihnen anhaftet; das alles spielt eine gewichtige Rolle. Aber nicht genug damit, daß man Ihnen nachsagt, ein Schürzenjäger und Abenteurer zu sein! Das größte Handicap auf dem Weg in die Politik dürfte meines Erachtens Ihre äußere Erscheinung sein, Lion.«

»Wieso?« Verblüfft schaute Lion an sich herunter. »Was ist denn an meiner Erscheinung auszusetzen?«

»Nichts . . . das ist es ja! Sie sehen einfach zu gut aus!«

Franklin lachte. »Wer Aussicht haben will, in den Kongreß gewählt zu werden, muß ein gestandener Mann sein, Lion. Kühne Seefahrer sind dort weniger gefragt.«
Lion fuhr auf. »Aber das ist doch absurd! Ich sehe nicht ein, was die äußere Erscheinung . . .«
Franklin hob lächelnd die Hand. »Ich vertrete hier nicht meine eigenen Ansichten, sondern die der breiten Masse.« Er schwieg einen Augenblick und sagte dann in begütigendem Ton: »Wenn Sie auf meinen Rat hören, Lion, und wenn es Ihnen wirklich ernst ist mit der politischen Laufbahn, dann werden Sie Ihren Lebensstil grundlegend ändern müssen.« Er seufzte. »Und das geht leider nicht über Nacht. Sie werden viel Geduld haben müssen. Die Sache muß sorgfältig geplant und vorbereitet werden.« Ein winziges Lächeln funkelte plötzlich in den klaren blauen Augen. »Da fällt mir gerade ein . . . es gäbe schon eine Möglichkeit, die Dinge etwas zu beschleunigen.«
»Und die wäre?«
»Sie müssen heiraten.«
Wie vom Blitz getroffen, zuckte Lion zusammen. In sprachloser Verwirrung starrte er den alten Mann an – er traute seinen Ohren nicht. Schließlich würgte er hervor: »Was sagen Sie da? Ist das Ihr Ernst?«
»Natürlich. Mein voller Ernst.«
»Sind Sie noch bei Trost?« schnaubte Lion höchst verächtlich. »Heiraten? Ich?«
Ein winziges Lächeln in den Augen, griff Benjamin Franklin nach seiner Teetasse. Eine der buschigen weißen Brauen hob sich um einige Millimeter. »Wer sonst? Ich dachte, Sie wollten in den Kongreß?«

III

Die Gardinen an den Fenstern waren zurückgezogen; in breitem Streifen strömte die Sonne herein und malte goldene Kringel auf den Teppich. Lion und Dr. Elisha Dick saßen beim Frühstück zusammen und frischten ihre langjährige Freundschaft auf. Sie hatten sich nicht mehr gesehen, seit sie auf derselben Universität ihr Examen abgelegt hatten. Jahre waren inzwischen vergangen. Dr. Dick hatte sich für das ruhige Leben eines Landarztes entschieden und war längst verheiratet. Es überraschte ihn nicht sonderlich zu erfahren, daß das Leben seines draufgängerischen Freundes weniger ruhig, um nicht zu sagen recht stürmisch, verlaufen war.
»Ich kann dir nicht sagen, wie ich mich über deinen Besuch freue!« erklärte Dr. Dick zum dutzendsten Mal. »Daß du dich überhaupt an mich erinnert hast nach der langen Zeit! Ich dachte, du hättest längst vergessen, wo ich mich niedergelassen habe. Sag mal« – er warf Lion einen spöttischen Blick zu – »wie hast du es überhaupt geschafft, dich von James Wade loszueisen? Sollte mich wundern, wenn er nicht versucht hätte, dich nach West Hills zu verschleppen.«
Ein sarkastisches Lächeln um die Lippen, zündete Lion sich eine Zigarre an. »Du hast recht . . . leicht war es nicht, von Wade loszukommen! Er versuchte mit allen möglichen Tricks, mich an Ort und Stelle festzunageln und fuhr erst los, als ich ihm versprach, nach dem Abstecher zu dir nachzukommen. Ich war ziemlich sicher, daß ich dich doch hier antreffen würde . . . seßhaft, wie du nun einmal bist.« Lion grinste und nahm einen Schluck Kaffee. »Gute Freunde sind schließlich rar wie Gold heutzutage.«
»Es bleibt also dabei, daß du noch heute nach West

Hills aufbrichst? Hast du dir das auch gründlich überlegt, Lion?« Nach kurzem Zögern fuhr Elisha Dick vorsichtig fort: »Nicht, daß du mich falsch verstehst, Lion – es liegt mir fern, mich in deine Privatangelegenheiten einzumischen, aber ich kenne die Wades seit Jahren, und die Geschichte mit dir und Priscilla will mir einfach nicht in den Kopf!«
Lion verzog die Lippen zu einem schwachen Lächeln. »Wieso? Weil ich das Mädchen nie zuvor gesehen habe?«
»Nun ja, das natürlich auch«, sagte Dr. Dick ausweichend. Einen Augenblick suchte er nach Worten, dann gab er sich einen Ruck und setzte hinzu: »Ich weiß nicht, ob Priscilla Wade deinen Vorstetlungen entspricht. Das trifft das Problem schon eher.«
Lion stutzte und warf seinem Freund einen scharfen Blick zu. »Du versuchst doch nicht etwa, mir schonend beizubringen, sie sei häßlich wie die Nacht? Ihr Bruder schilderte sie mir als Ausbund von Schönheit, er schwärmte in den höchsten Tönen von ihr. Das ging den ganzen Abend über so, bis er schließlich so rabenvoll war, daß er fast unter den Tisch fiel. Der Kerl säuft ja wie ein Loch!«
»Nein, nein«, beeilte Elisha Dick sich zu versichern, »sie ist wirklich ein Bild von einem Mädchen! Schlank, hübsch, erstklassig erzogen – allerdings ausgesprochen oberflächlich und sehr gefallsüchtig. Immer nach der neuesten Mode gekleidet, immer tadellos frisiert. Ein Modepüppchen ohne jede innere Substanz ... eiskalt und berechnend.«
Aufseufzend schlug sich Elisha Dick mit der flachen Hand vor die Stirn. »Ich begreife das Ganze immer noch nicht! Ich dachte immer, du würdest einmal eine Frau heiraten, um die dich alle beneiden ... eine Frau,

die nicht nur Schönheit, sondern auch Charme und Herz besitzt. Und das kann man von Priscilla Wade leider beim besten Willen nicht behaupten.«

»Ein hirnloses Modepüppchen, sagst du?« wiederholte Lion vergnügt. »Oberflächlich und eiskalt? Soll ich dir was sagen, Elisha?« Er grinste unverschämt. »Genau das suche ich!« Mit einem fast mitleidigen Blick auf Elishas entsetztes Gesicht fügte er beruhigend hinzu: »Keine Angst, mein Alter, das Ganze war ausschließlich meine Idee . . . nicht daß du glaubst, ich ließe mich verkuppeln! Daß mir vor einem Monat in Philadelphia James Wade über den Weg lief, war ein glücklicher Zufall. Der Mann kam mir wie gerufen. Er saß im Indian Head Tavern und ließ sich voll Port laufen, als ich hereinkam. Wie das so geht – ich setzte mich zu ihm, und wir kamen ins Gespräch. Als er erfuhr, daß ich Junggeselle bin, unterbreitete er mir sein Angebot. Ich muß sagen, mir kam dieses Angebot sehr gelegen, denn was Wade zu bieten hatte, entsprach haargenau meinen Bedürfnissen.«

»Fragt sich nur, welchen Bedürfnissen!« meinte Dr. Dick grimmig.

»Ist das so schwer zu erraten?« Lion schüttelte den Kopf, sein Haar leuchtete in der durchs Fenster fallenden Sonne lohfarbig auf. »Ich brauche eine attraktive Frau! Was starrst du mich so entgeistert an? Das Motiv ist ebenso einleuchtend wie menschlich verständlich: Ehrgeiz! Ich will in den Kongreß, Elisha, und zwar als Senator. Und um dieses Ziel zu erreichen – möglichst schnell zu erreichen –, müssen zunächst einmal die Voraussetzungen stimmen. Eine davon ist Respektabilität . . . wohlanständige Bürgerlichkeit, ein einwandfreier Ruf. Also werde ich wohl oder übel heiraten müssen, sonst wählt man mich nie und nimmer in den Kongreß.«

Elisha Dick hatte Lion mit gerunzelter Stirn und ge-

senkten Lidern zugehört. Jetzt schüttelte er schwerfällig den Kopf. Auf seinem Gesicht standen Zweifel und Besorgnis geschrieben.
»So sehr ich dir wünsche, daß du erreichst, was du dir vorgenommen hast, Lion«, sagte er langsam, »bist du wirklich bereit, diesen Preis dafür zu zahlen? Dein Lebensglück für eine politische Karriere?« Er blickte Lion ernst an und sagte leise: »Ich könnte es nicht, Lion! Es ist . . . es ist vermessen.«
»Aber das ist es keineswegs!« Lion warf den Kopf zurück und brach in schallendes Gelächter aus. »Es ist ein Geschäft, weiter nichts, mein armer Elisha! Ich habe mich informiert, James Wade ist so gut wie ruiniert, erledigt. Na also! Durch meine Heirat mit Priscilla können alle an dem Kuhhandel Beteiligten nur gewinnen. Ich verschaffe mir durch die Heirat die nötige Seriosität, dafür bekommt Priscilla Schmuck, Kleider und Pelze in Hülle und Fülle, ganz zu schweigen von der gesellschaftlichen Position, die ich ihr biete: Was ist daran so unmoralisch? So etwas passiert doch jeden Tag in der besten Gesellschaft, bis hinauf zu den europäischen Fürstenhäusern!«
Ein Geräusch von der Tür her ließ die beiden Männer aufblicken. Auf der Schwelle erschien Hannah Dick.
Munter wie ein Maimorgen, in makellosem, getupftem Musselin, kam sie herein und inspizierte die Kaffeekanne.
»Ich mache gerade frischen Kaffee«, sagte sie freundlich. »Sie trinken doch noch eine Tasse, Lion?«
Lion schüttelte den Kopf. »Besten Dank, Mrs. Dick, aber es wird höchste Zeit, daß ich aufbreche.« Er drückte seine Zigarre aus und erhob sich. »Ich möchte die Dame meines Herzens nicht warten lassen.« In seiner Stimme lag blanker Zynismus. Hannah Dick hatte

kein Ohr für den verborgenen Spott in Lions Worten. Sichtlich angetan strahlte sie ihn an.
Elisha Dick hörte Lion mit leichtem Schauder zu. Ihm war gar nicht wohl bei der Sache. Es war heute wie früher – Lion stürzte sich mit Bedenkenlosigkeit in die gewagtesten Unternehmungen. Weder Vorhaltungen noch gutes Zureden würden ihn davon abhalten, einen einmal gefaßten Plan in die Tat umzusetzen. Was er sich in den Kopf gesetzt hatte, führte er auch durch.
Von den zwiespältigen Gefühlen, die Elisha Dick erfüllten, war ihm beim Abschied nichts anzumerken. Er tröstete sich mit dem Gedanken, daß Lion trotz seines brutalen Draufgängertums stets erreicht hatte, was er wollte. Er war das verkörperte Abenteuer. Vor allem jedoch war er ein Mann der Tat – nie würde er sich an eine Phantasterei verlieren. Und wie zur Bestätigung seiner Gedanken drehte Lion sich noch einmal um, als er den Garten durchquerte. Er richtete sich zu seiner vollen Höhe auf und hob winkend die Hand, mit der Gelassenheit eines Menschen, der weiß, daß er überall und mit allen Problemen fertig wird.

Im Reitdress, mit aufgelöstem, windzersaustem Haar, schob Sharon das schwere Eingangsportal von West Hills auf. Nichts rührte sich in dem großen Haus, nicht das leiseste Geräusch unterbrach die Stille. Sie glitt lautlos durch die Halle, huschte die Treppe hinauf und betrat nach kurzem Anklopfen Priscillas Schlafzimmer. Beim Anblick der dicht geschlossenen Vorhänge verschwand jede Spur eines Lächelns von Sharons Gesicht. Ernstlich erschüttert stürzte sie auf Priscillas Bett zu, packte mit beiden Händen den in der Mitte geteilten Bettvorhang und riß ihn auf. »Was denn ... du schläfst noch wie ein Murmeltier?« rief sie entsetzt.

Priscilla fuhr mit einem Schreckenslaut in die Höhe. Sie warf einen Blick auf Sharon, die bereits auf dem Weg zu den Fenstern war, um die Vorhänge zurückzuziehen, und ließ sich stöhnend wieder in die Kissen zurückfallen. »Sag mal, mußt du einen unbedingt in aller Herrgottsfrühe schon erschrecken?«
Sharon fuhr aufgeregt herum. »In aller Herrgottsfrühe? Es ist zehn Uhr, du Einfaltspinsel, und dein Verlobter kann jeden Augenblick eintreffen!«
»Du weißt genau, daß ich meinen Schönheitsschlaf brauche!« maulte Priscilla übellaunig. »Dir könnte es auch nicht schaden, wenn du morgens im Bett bliebst, statt in der Gegend herumzureiten. Schau mal in den Spiegel! Richtig verwildert siehst du aus.«
»Gott, was bist du doch für ein selbstgefälliges kleines Biest!« rief Sharon wütend. Einen Augenblick hatte sie den inbrünstigen Wunsch, Priscilla das eiskalte Wasser ins Gesicht zu gießen, das in einem Krug auf dem Waschtisch stand, aber dann wandte sie sich wortlos wieder zum Fenster um und setzte sich mit angezogenen Knien auf die breite Fensterbank. Sie legte die Hände an die Stirn und schob ihr volles Haar zurück. »Ich habe weiß Gott andere Sorgen«, sagte sie müde, »als mir von morgens bis abends den Kopf darüber zu zerbrechen, was für ein Kleid ich anziehen soll.«
»Sorgen?« fragte Priscilla zerstreut. »Mein Gott, wie langweilig!« Aus den Tiefen ihres Betts sah sie unschuldsvoll zu Sharon auf. »Warum siehst du mich so merkwürdig an? Was ist denn, Sharon? Ist etwas passiert?«
»Ja.« Sharon zog einen dicken Brief aus der Brusttasche ihres Jacketts. »Gestern bekam ich dieses Schreiben von Mr. Bumpstock.«
»Von wem?« Priscilla räkelte sich gähnend.

Sharon warf ihr einen warnenden Blick zu. »Von Vaters Anwalt. Jetzt werden die Leute keinen Grund mehr haben, sich darüber aufzuhalten, daß ich allein in Hickory Grove lebe, Priscilla. Ich – war die längste Zeit dort!« Sharon sprach sachlich, in einem beinahe trockenen Ton. »Ich weiß nicht, ob du dir vorstellen kannst, was es für mich bedeutet, dir das sagen zu müssen. Aber es ist besser, du erfährst es von mir.« Sharon lächelte verzerrt. »Hickory Grove kommt unter den Hammer, Priscilla! Das Haus, die Ländereien – die ganze Plantage samt Inventar, bis hinunter zum letzten Sklaven, wird versteigert.« Einen Augenblick saß Sharon ganz still und hielt die Augen mit der Hand bedeckt. Dann fügte sie tonlos hinzu: »Von dem ganzen Sayerschen Vermögen gehört mir kein Penny mehr, Priscilla. Seit ich dieses Schreiben erhalten habe, komme ich mir im eigenen Haus vor wie ein geduldeter Gast. Ich wünschte, es wäre schon alles vorbei.« Sie stieß einen schweren Seufzer aus. »Obwohl mir bei dem Gedanken an Boston graut. Dort soll ich nämlich hin, schreibt Mr. Bumpstock.«
»Boston?« wiederholte Priscilla mit hochgezogenen Augenbrauen gedehnt. »Was um alles in der Welt sollst du denn ausgerechnet in Boston?«
»Eine Tante meiner Mutter wohnt dort. Da ich noch nicht volljährig bin, hat sie sich auf Bumpstocks Betreiben hin bereit erklärt, mich unter ihre Fittiche zu nehmen.« Von plötzlicher Unrast gepackt, glitt Sharon von der Fensterbank und lief auf dem Teppich hin und her. Endlich blieb sie vor Priscillas Bett stehen und sagte im Ton der Verzweiflung: »Oh, Prissy, ich werde verrückt bei der alten vertrockneten Jungfer! Ich habe sie nur einmal im Leben gesehen, aber mir graut, wenn ich nur daran denke. Sie ist stocktaub, uralt und wackelt mit dem Kopf! Und jedesmal, wenn sie sich bewegt, steigt

aus ihren Kleidern ein Geruch nach Mottenkugeln auf. Eine gräßliche Person!«

Mit wachsender Verzweiflung gab sich Sharon den Gedanken an die eigene trostlose Zukunft hin. Aber es war nicht nur die Angst vor der Zukunft, die ihr das Herz zusammenpreßte. Es war weit schlimmer; sie hatte sich mit der Tatsache auseinanderzusetzen, daß es zum erstenmal in ihrem Leben eine Situation gab, aus der sie keinen Ausweg wußte. Bumpstocks Schreiben hatte ihr die Augen für vieles geöffnet, von dem sie vorher nichts – geahnt hatte. Reichtum, Sicherheit, Unabhängigkeit – das alles waren für sie Selbstverständlichkeiten gewesen. Um so deutlicher wurde ihr nun, daß die Welt, in der sie sich bewegt hatte, nicht mehr existierte. Voller Bitterkeit dachte Sharon an den extravaganten Lebensstil ihrer Eltern, an den Luxus, mit dem sie sich auf ihren zahllosen Reisen, bei den glanzvollen Bällen und Jagdeinladungen auf Hickory Grove umgeben hatten. Verzweifelt wehrte sie sich gegen die Beklemmung, die sich, je länger sie darüber nachdachte, um so schwerer auf sie legte. Sie hatte nicht das mindeste Verständnis für die verantwortungslose Handlungsweise ihres Vaters, der – sei es nun aus Unkenntnis, sei es aus Bequemlichkeit – in den Tag hinein gelebt hatte, ohne zu bedenken, daß man seiner Tochter später einmal die Rechnung präsentieren würde.

Lily, Priscillas Stubenmädchen, war mit der Frühstücksschokolade für Priscilla erschienen, und Priscilla hatte sich im Bett aufgesetzt.

»Mach es dir doch nicht unnötig schwer, Sharon«, meinte sie tröstend. »Vielleicht ist es in Boston ganz nett. Deine Tante ist wahrscheinlich sehr reich und verkehrt nur in den ersten Kreisen. Wer weiß, vielleicht lernst du durch sie die interessantesten und reichsten Männer kennen? Die Auswahl ist dort bestimmt größer als hier, wo . . .«

Sharon unterbrach sie mit einer ungeduldigen Handbewegung. »Ach, hör schon auf, Priscilla! Mich beschäftigen im Augenblick wichtigere Dinge. Vor allem muß ich nachdenken, ob es nicht doch einen Ausweg aus dieser verworrenen Situation gibt. Also trink deine Schokolade und halte einen Augenblick den Mund, ja?«

Sharon zog sich wieder auf ihren Platz am Fenster zurück. Priscilla, durch das schwarze Mädchen abgelenkt, das ihr die Kleider zurechtlegte und das Waschwasser ausgoß, ließ sie widerspruchslos gewähren. Sharon starrte düster zum Fenster hinaus. Bald würde der Februar und damit auch der Winter vorbei sein. Nicht mehr lange, und die Sonne würde den Schlamm auf Wegen und Straßen austrocknen, und die Straßen würden wieder befahrbar sein. Auch die Straße, die nach Boston führte . . . In dem vergeblichen Versuch, sich zu beherrschen, grub Sharon die Zähne in die Unterlippe, während sie gegen das Schluchzen ankämpfte, das ihr aus der Kehle quoll. Sie hob die Hand und wischte ungeschickt wie ein Kind mit dem Handrücken die Tränen weg, die unter den gesenkten Lidern hervorperlten.

Priscilla, ganz versunken in ihr Spiegelbild, merkte von alledem nichts. Sie war inzwischen aufgestanden und hatte sich an ihren Toilettentisch gesetzt, um sich von Lily das lange rotblonde Haar bürsten zu lassen, bis es in der Sonne glänzte wie pures Gold.

»Ich kann es gar nicht erwarten, ihn endlich zu sehen!« murmelte sie verträumt und schloß einen Moment die Augen.

»Deinen Verlobten, meinst du?« fragte Sharon ironisch und hörte auf zu weinen.

Priscillas Lider hoben sich langsam. Sie blickte Sharon im Spiegel an. »Natürlich meine ich ihn. James sagt, er sähe umwerfend aus und sei wahnsinnig reich! Und ausgerechnet mich will er heiraten . . . findest du das nicht auch unvorstellbar, Sharon?«
»Ja«, erwiderte Sharon trocken. »Absolut unvorstellbar!«
»Wir werden in Philadelphia ein wahnsinnig aufregendes Leben führen!« verkündete Priscilla mit leuchtenden Augen. »James ist jetzt schon ganz besorgt, ob die vielen Gesellschaften und Bälle mir bei meiner zarten Konstitution nicht am Ende zuviel werden.«
Sharon beugte sich plötzlich vor und starrte angestrengt in den Garten hinunter. »Ich reiße dich nur ungern aus deinen Zukunftsträumen, Priscilla«, sagte sie atemlos. »Aber ich glaube, da unten kommt dein Märchenprinz!«
Zwischen den hohen Eichen, die rechts und links die Auffahrt nach West Hills säumten, tauchte ein Reiter auf. Sharon starrte die hochaufgerichtete Gestalt mit dem in der Sonne aufflammenden Haarschopf wie gebannt an. Von einer Aura der Siegesgewißheit umstrahlt, ritt der Mann im schnellen Galopp auf das Haus zu. Ein Traum von einem Mann . . . Nie im Leben hatte Sharon eine faszinierendere Erscheinung gesehen!
»Ich verstehe nicht, daß er den weiten Weg hierher geritten ist, statt sich in der Kutsche fahren zu lassen«, sagte neben ihr fassungslos Priscilla. »Das wäre doch viel bequemer gewesen!« Sie verrenkte sich fast den Hals, um über Sharons Schulter hinweg einen Blick auf die Auffahrt zu werfen. »Oh, sieh doch nur, was für einen eleganten Anzug er trägt! Dunkelgrüner Samt feinster Qualität, sicher vom besten Schneider in ganz Philadelphia angefertigt!«

Sharon antwortete nicht. Ihre Aufmerksamkeit war auf den Reiter gerichtet, der inzwischen das Haus erreicht hatte, aus dem Sattel sprang und dem herbeieilenden Stalljungen die Zügel seines Fuchses reichte. Lächelnd warf er dem schwarzen Stalljungen ein Geldstück zu, nickte freundlich und ging ohne Eile die breite Freitreppe zum Haus hinauf.
Priscilla erwachte plötzlich aus ihrer Erstarrung. Sie bewegte sich mit einemmal mit einer Geschwindigkeit, die Sharon in helles Staunen versetzte. Das spitzenbesetzte Nachthemd flog auf das Bett, und schon im nächsten Augenblick verschwanden ihre langen schlanken Beine unter den raschelnden Unterröcken, die Lily ihr über den Kopf stülpte. Sie zog ein champagnerfarbenes Musselinkleid an, in das zartgrüne Rankenmuster eingewoben waren; es paßte wundervoll zu ihrem rotblonden Haar. Priscilla verschwendete keine Zeit; schon saß sie wieder dem Spiegel, um sich von Lily das Haar aufstekken zu lassen.
Sharon trat hinter sie. »Ich denke, ich lasse dich jetzt allein, Priscilla«, sagte sie schnell. »Erstens hatte ich mir vorgenommen, noch heute mit Packen anzufangen, und zweitens würde ich hier nur stören.«
Priscilla hatte weder Augen noch Ohren für Sharon; sie war vollauf damit beschäftigt, sich kritisch im Spiegel zu mustern und hörte nicht einmal zu.
»Was meinst du, Sharon?« fragte sie statt jeder Antwort. »Soll ich das Smaragdkollier anlegen oder lieber nicht?«
Sharon hob verzweifelt die Hände. »Was fragst du mich? Du machst ja doch, was du willst.« Ein Klopfen an der Tür unterbrach sie. Sie ging schnell zur Tür, drehte sich aber noch einmal zu Priscilla um und fügte hinzu: »Frag lieber James, du fragst ihn ja sonst auch

wegen jeder Kleinigkeit. Viel Glück, Prissy! Weißt du schon, wann ihr nach Philadelphia abfahrt?«
»In spätestens vier Tagen.«
Sharon griff nach dem Türknopf. »Wir sehen uns vorher noch. Ich komme noch einmal vorbei, um mich von dir zu verabschieden.« Mit einem Ruck öffnete sie die Tür und trat hastig einen Schnitt zurück, als sie sich plötzlich James Wade gegenüber sah.
»Oh, welch angenehme Überraschung, meine Liebe!« rief er erfreut aus. Seine eng zusammenstehenden Augen glitzerten, als er wohlgefällig den Blick an Sharons schlanker Gestalt herabgleiten ließ. Langsam wanderte der Blick wieder nach oben und blieb an Sharons Gesicht haften. »Der kleine Schmutzfleck an deiner Nase steht dir ausgezeichnet«, säuselte er. Mit einer raschen Handbewegung zog er ein stark parfümiertes Taschentuch aus seiner Brusttasche und machte Anstalten, den Fleck von Sharons Nase zu entfernen, aber Sharon duckte sich schnell und schlüpfte unter seinem ausgestreckten Arm hindurch in den Korridor.
»Hat mich gefreut, Sie noch kurz zu sehen, James!« warf sie ihm über die Schulter zu. Ihre Stimme war purer Honig. Wade schaute ihr verblüfft nach, als sie ihn einfach stehenließ und quer durch die obere Halle auf die Treppe zulief.
Auf dem obersten Treppenabsatz blieb Sharon einen Augenblick stehen und lauschte. Unten rührte sich nichts. Sie beugte sich weit über das vergoldete Treppengeländer und warf sicherheitshalber einen Blick in die untere Halle. Als sie sah, daß weit und breit niemand zu sehen war, raste sie in großen Sprüngen die Treppe hinunter. Zu ihrem Entsetzen geschah genau das, was sie hatte vermeiden wollen: im selben Augenblick, in dem sie am Fuß der Treppe ankam, betrat Lion Hampshire durch das

Vestibül die untere Halle, und Sharon, die ihren wilden Lauf nicht mehr abbremsen konnte, prallte mit Vehemenz mit ihm zusammen. Sie überstand den heftigen Zusammenstoß nicht so gut wie Lion, der wie ein Rammbock mitten in der unteren Halle stand, während sie wie eine Feder rückwärts geschleudert wurde und ins Taumeln geriet. Er fing sie im letzten Augenblick auf und stellte sie wieder auf die Beine.
»Hoppla!« lachte er. »Nicht so stürmisch, kleine Dame!« Sein Blick glitt belustigt über ihre schmutzverkrusteten Stiefel und heftete sich dann auf das lang herabfallende Haar, das in einem wilden Gewirr dunkler Locken um Sharons Schultern floß. In seinen durchsichtig hellen, meerblauen Augen funkelte leiser Spott, als er ironisch hinzufügte: »Dem prachtvollen Haar nach können Sie ja nur eine Dame sein.«
»Es . . . es tut mir leid, Sir«, stammelte Sharon mit feuerrotem Kopf. »Ich . . . entschuldigen Sie, Sir! Es ist mir furchtbar peinlich.«
Lion ließ Sharons Anne los und trat einen Schnitt zurück. Das Lächeln, mit dem er sie freigab, war so gewinnend, daß sie es, plötzlich wieder im Besitz ihrer Selbstsicherheit, unbefangen erwiderte.
Lion rührte sich nicht. Mit einer Unverfrorenheit, die ihresgleichen suchte, musterte er das Mädchen, das vor ihm stand und ihn aus amethystfarbenen, von einem Kranz dichter schwarzer Wimpern umrahmten Augen anstarrte. Sein Blick wanderte langsam von der schmalen Taille zu dem von einer knappsitzenden Reitjacke umspannten Busen und nach kurzem Verharren weiter, zu dem Gesicht. Sein Interesse entzündete sich plötzlich, sein Blick saugte sich an diesem reizenden kindlichen Gesicht fest. Wie jung es war, wie es bebte vor Leben! Und ein Mund wie eine reife Frucht.

Ihr Lächeln war offen und völlig unbefangen, aber es vermochte Lion nicht zu täuschen. Die verspielte Anmut dieses merkwürdigen Mädchens war echt, war angeboren und daher natürlich. Die Offenherzigkeit, mit der sie sich gab, war es nicht. Sie war längst nicht so harmlos, wie sie zu erscheinen wünschte, und er hätte einiges darum gegeben, die Gedanken hinter der kindlich glatten Stirn lesen zu können.
Noch immer standen sich Sharon und der Mann Auge in Auge gegenüber, bewegungslos, ohne ihre Umgebung zu beachten. Sharons Gesicht veränderte sich plötzlich. Das offene, leicht spottlustige Lächeln, erlosch, ihre Augen weiteten sich, wurden dunkel, ihr Blick groß und staunend.
»Sie kommen von oben ...«, sagte mit einer leichten Kopfbewegung zur Treppe schließlich Lion Hampshire. »Kommen Sie von ... Priscilla? Oder sind Sie am Ende Priscilla?«
»Um Gottes willen ... nein!« Sharon wurde abwechselnd rot und blaß. »Ich, ich gehöre zum Personal«, stieß sie ohne zu überlegen hervor. »Ich bitte nochmals um Entschuldigung, Sir.« Sharon schlüpfte an ihm vorbei und tat einen Schritt auf die Tür des Vestibüls zu. »Wenn Sie mich bitte entschuldigen würden, Sir? Ich stehe schon viel zu lange hier herum.«
Einen Augenblick später war sie verschwunden, und Lion Hampshire stand allein in der großen Halle. Ein amüsiertes und zugleich verwundertes Lächeln um die Lippen, blickte er ihr kopfschüttelnd nach.

An diesem Abend stand Sharon lange vor dem Schreibtisch im Arbeitszimmer ihres Vaters und starrte unglücklich die kleine, verblaßte Miniatur ihrer Tante Agatha an. Sie rührte sich nicht. Erst als die Uhr in der

Halle langsam zwölfmal zu schlagen begann, zog sie erschauernd ihren Morgenrock fester um sich und trat auf die dunkle Terrasse hinaus. Sie hatte keine Eile, still und dunkel wie der Schatten einer Statue stand sie da und sah in den stillen Garten hinunter. Sie wäre gern noch für einige Zeit ein Kind geblieben. Sie hatte fast keine Vergangenheit. Die wenigen Ereignisse darin lagen in ihrer Erinnerung wie die abgefallenen Blätter einer einzigen Blume.

Fröstelnd trat sie ins Zimmer zurück. Die Kerze, die sie auf dem Schreibtisch abgestellt hatte, war in sich selbst zusammengesunken und würde bald ganz erlöschen. Sie schirmte sie mit der Hand gegen den Luftzug ab, als sie die Halle durchquerte und die Treppe hinauf in ihr Zimmer ging. Eine Zeitlang stand sie unentschlossen am Fenster; ihre Gestalt zeichnete sich scharf gegen das helle Mondlicht ab. Zuerst hatte sich der Mond hinter den Wipfeln der Hickorybäume versteckt, aber jetzt trat er klar heraus und verströmte sein Silber. Der Raum war ganz erfüllt davon und die Konturen der Möbel wurden schärfer. Durch das offene Fenster drang ein kalter Luftzug herein; die Kerze erlosch mit leisem Zischen. Dann lag das einstmals von Leben erfüllte Haus wieder in tiefstem Schweigen.

Langsam drehte sich Sharon um. Sie trat in die Mitte des Zimmers und ließ ihren Morgenrock fallen, der mit einem leisen Rauschen zu Boden sank. Dort lag er glitzernd wie die abgeworfene Haut einer Schlange im Mondlicht.

Fast ehe Sharon wußte, was sie tat, stand sie neben ihrem Bett und griff nach ihren bereitgelegten Kleidern. Sie zog eine frische Reithose und ein grobgewebtes Wollhemd an. Es kratzte auf der Haut, aber es war warm, ebenso wie der graue Wollumhang, den sie dar-

über zog. Die Ärmel des Hemdes waren ihr zu lang; sie krempelte sie bis über die Handgelenke auf und band sich dann das Haar mit einem schmalen Samtband zurück.
Lautlos zog Sharon die Tür ihres Zimmers hinter sich zu. Sie huschte zur Hintertreppe, die in die Küche hinunterführte und schlich vorsichtig, sich mit den Händen an den feuchten Wänden entlangtastend, hinunter. Ihre Stiefel standen frisch geputzt bei der Küchentür. Sie schlüpfte hinein und verließ das Haus durch die Hintertür.
Im Stall angekommen, sattelte sie Laughter. Es war nicht das erstemal, daß sie den Wallach eigenhändig sattelte; sie brauchte kaum eine Minute dafür. Der Wallach schnaubte leise durch die Nüstern, als sie ihn aus dem Stall führte. Sharon klopfte ihm die Flanke, saß auf und ritt in gemäßigtem Trab los.
Erst als sie das freie Feld erreichte, spornte sie das Pferd an und ließ es Galopp laufen. Sie zügelte es erst wieder, als kaum eine halbe Stunde später hinter hohen Eichen das mondbeglänzte Dach von West Hill auftauchte. Sie ritt nicht, wie sie es sonst immer getan hatte, über die kiesbestreute Einfahrt zum Haus, sondern im Bogen um das Haus herum zum Obstgarten. Dort sprang sie aus dem Sattel, führte Laughter ein Stück weit in den Garten hinein und machte seine Zügel an den tiefhängenden Zweigen eines Apfelbaumes fest. Dann lief sie zurück und schlüpfte durch den Dienstboteneingang ins Haus.
Die Stiefel in der Hand, huschte Sharon auf Strümpfen durch die Halle und schlich lautlos die Treppe hinauf in Priscillas Zimmer. Um Priscilla nicht zu erschrecken, zündete sie die Kerzen in dem Wandkandelaber über dem Bett an, bevor sie sie weckte. Leider stellte sich

trotz aller Vorsichtmaßnahmen schon in der nächsten Minute heraus, daß Sharon die Schreckhaftigkeit ihrer Freundin unterschätzt hatte. Als Sharon sie vorsichtig an den Schultern rüttelte, fuhr sie kerzengerade in die Höhe, starrte Sharon an wie einen Geist und öffnete den Mund zu einem Schrei, der wahrscheinlich das ganze Haus alarmiert hätte, wenn Sharon nicht die Geistesgegenwart besessen hätte, ihr blitzschnell die Hand auf den Mund zu pressen.

»Um Gottes willen, Priscilla, komm zu dir!« zischte sie. »Ich bin's, Sharon ... ich muß mit dir reden!«

Mit weit aufgerissenen Augen schob sich Priscilla im Bett hoch. »Sharon! Wo kommst du denn her, mitten in der Nacht!« Sie schnappte nach Luft. »Bist du verrückt, mir einen derartigen Schreck einzujagen?« Theatralisch preßte sie die Hand auf ihr Herz. »Ich glaube, ich werde ohnmächtig.«

»Laß das Theater, Priscilla!« herrschte Sharon sie an. »Ich muß allein mit dir reden, es geht nur uns beide etwas an. Hör zu, Priscilla, ich brauche deine Hilfe! Ich will nicht nach Boston. Es gibt einen Weg, wie ich daran vorbeikomme ... ich hab' mir alles genau überlegt.« Sharon tat einen tiefen Atemzug. »Es muß gelingen, Prissy, ich bin fest entschlossen, mich von nichts und niemand auf der Welt von meinem Plan abbringen zu lassen. Und du wirst mir dabei helfen, Priscilla Wade!«

IV

»Also, ich kann mir nicht helfen, Lion!« Mit sichtlichem Mißtrauen beäugte Elisha Dick die hochrädrige gelbe Reisekutsche. »Ob dieses Gefährt den Belastun-

gen einer längeren Reise standhält, erscheint mit denn doch mehr als zweifelhaft. Glaubst du wirklich, daß ihr es in dem Ding bis nach Philadelphia schafft?«
Lion, der gerade dabei war, seinen Reisesack an der Rückwand der Kutsche festzuzurren, richtete sich lachend auf. »Du kannst ganz beruhigt sein, Elisha! Das Ding, wie du dich ausdrückst, hält mehr aus, als man auf den ersten Blick vermutet. Es ist schnell, zuverlässig und absolut stabil. Deine Bedenken sind also überflüssig.« Mit ausgestreckter Hand ging er auf den Freund zu. »Sei bedankt für die freundliche Aufnahme, alter Junge! Ich habe mich bei euch ausgesprochen wohl gefühlt.«
»Hoffen wir's, Lion! Wir haben uns jedenfalls sehr gefreut über deinen Besuch. Komm bald wieder, sobald du es ermöglichen kannst, Lion. Du bist uns jederzeit willkommen.« Nach einer unmerklichen Pause fügte Elisha mit einem besorgten Blick hinzu: »Bleibt nur zu hoffen, daß sich die Dinge deinen Plänen entsprechend entwickeln. Ich wünsche es dir jedenfalls von Herzen.«
»Meine bevorstehende Heirat, meinst du?« Lion warf seinem Freund einen scharfen Blick zu. »Keine Angst, Elisha, so leicht lasse ich mich nicht übertölpeln! James Wade hat seine Schwester zwar weit über Preis verkauft, aber Priscilla eignet sich vorzüglich für meine Zwecke.«
Elishas Augenbrauen hoben sich zweifelnd. Er öffnete den Mund zu einer Entgegnung, hielt es aber dann doch für klüger, das Thema zu wechseln und sagte mit gespielter Munterkeit: »Na, dann ist ja alles in bester Ordnung, Lion! Bleibt nur zu wünschen, daß sich die unangenehme Geschichte mit Marcus Reems in nächster Zeit irgendwie wieder einrenkt. Es täte mir aufrichtig leid . . .«

»Das hat Zeit!« unterbrach ihn Lion lakonisch. »Von mir aus können nochmal fünfzehn Jahre darüber vergehen. In seiner grenzenlosen Verbitterung wird Marcus kaum Wert darauf legen, sich mit mir auszusöhnen. Ich kann es mir jedenfalls nicht vorstellen. »Und was mich betrifft . . .« Lion zuckte gleichgültig die Achseln. »Kein Mensch hat gern Feinde. Aber wenn Marcus es nicht anders will – na bitte! Deswegen lasse ich mir bestimmt keine grauen Haare wachsen.«

Elisha Dick konnte einen beklommenen Seufzer nicht unterdrücken. Es war weniger, was Lion Hampshire sagte, als der Ton, in dem er es aussprach, der ihn zutiefst verstörte. Der unbekümmerte Draufgänger, mit dem er während der Studienzeit befreundet gewesen war, hatte in den vergangenen Jahren eine erschreckende Metamorphose durchgemacht. Sein faszinierender Charme, seine mitreißende Tollköpfigkeit waren von einer zynischen Härte, von einer eiskalten Entschlossenheit verdrängt worden, die Lion zwar mit eleganter Lässigkeit zu überspielen versuchte, die aber jeden befremden mußte, der ihn früher gekannt hatte. Allerdings würde sich erst erweisen müssen, ob diese hochmütige Unpersönlichkeit, die bewußt zur Schau getragene Rücksichtslosigkeit, mit der Lion sich umgab, in Wirklichkeit nicht Tarnung war, eine in langen Jahren errichtete Fassade, hinter der er die eigene Verletzlichkeit zu verbergen suchte. Elisha Dick war sich keineswegs sicher.

Lion brach merkwürdig überstürzt auf. Er hatte das peinliche Gefühl, der Freund durchschaue ihn, als sei er aus Glas. Unmerklich war in den auf ihm ruhenden Blick ein Ausdruck von Güte gekommen und hatte der Hellsichtigkeit, mit der sich Lion geprüft und gewogen, fühlte, die Schärfe genommen.

Als beim Abschied Elisha Dick Lion die Hand hinstreckte, ging die Besorgnis, mit der er den Freund angesehen hatte, in ein Lächeln über. Elisha war wieder er selbst. Seine Augen hatten den abwesenden, grüblerischen Blick eines über seine Kräfte beanspruchten Menschen verloren, und zugleich war der Ausdruck wehmütiger Trauer aus dem gutmütigen Gesicht verschwunden.

In schnellem Trab vor der fünfspännigen, von dem Kutscher Joshua gelenkten Kutsche herreitend, traf Lion Hampshire am späten Vormittag in West Hills ein.
Priscilla hatte sich zu seinem Empfang auf der Veranda eingefunden. Sie trug ein weitausgeschnittenes grünes Samtkleid mit einem weiten, in der Mitte durch seidene Schleifen gerafften Rock über blütenweißen, spitzenrüschenbesetzten Unterröcken. Den Schal, den sie sich zum Schutz gegen die kalte Februarluft um die Schultern gelegt hatte, hielt sie mit der linken Hand scheinbar absichtslos und sehr geschickt so zusammen, daß er ihr aufsehenerregendes Dekolleté nicht verhüllte. Ihr strahlendstes Lächeln auf dem Gesicht, reichte sie Lion die Rechte zum Kuß.
»Ich fühle mich hoch geehrt durch den persönlichen Empfang, Miß Wade«, sagte Lion höflich. Als er sich vom Handkuß aufrichtete, fiel sein Blick auf Priscillas Dekolleté und blieb eine ganze Weile dort haften. Erst nachdem er ausgiebig betrachtet hatte, was sich seinen Augen so freigiebig darbot, fügte er hinzu: »Sie sehen hinreißend aus heute morgen.«
»Oh, vielen Dank, Mr. Hampshire!« Priscilla errötete unter dem unverschämten Blick. Sie schlug züchtig die Augen nieder, faßte sich aber schon im nächsten Moment wieder. »Finden Sie nicht, daß wir uns beim Vor-

namen nennen sollten, wie es unter Verlobten üblich ist?« fragte sie mit kokettem Augenaufschlag.
Lion grinste. »Aber mit dem größten Vergnügen!« Völlig unvermittelt ging er zur Tagesordnung über und wurde sachlich. »Ich sehe nirgends Gepäck«, erklärte er verwundert. »Sie sind doch hoffentlich fertig mit dem Packen? Wo haben Sie die Sachen?«
»Ich ... natürlich bin ich fertig!« stammelte Priscilla. Verwirrt eilte sie in die marmorverkleidete Halle. »Ich habe schon alles herunterbringen lassen!« rief sie Lion zu.
Lion, der ihr gemächlich gefolgt war, blieb wie vom Donner gerührt vor dem Sammelsurium von Koffern, Kisten und Reisetaschen stehen, das sich in der Mitte der Halle türmte. »Was ... was ist denn das?« Er wandte sich ungläubig zu Priscilla um. »Wollen Sie das etwa alles mitnehmen?«
»Natürlich!« sagte sie spitz. »Oder hatten Sie erwartet, daß ich meine Sachen hierlasse?«
»So leid es mir tut, meine Liebe«, erklärte Lion kaltschnäuzig, »Sie werden wohl oder übel vorübergehend mit etwas weniger Gepäck auskommen müssen. In der Kutsche ist kein Platz für den ganzen Kram. Das ist ja die reinste Schiffsladung!«
Priscilla schnappte nach Luft. »Aber wieso denn?« Ihre Stimme war hoch und schrill, sie stampfte mit dem Fuß auf. »Wollen Sie mir etwa zumuten, ohne die nötigsten Dinge eine so weite Reise anzutreten? Ich muß sagen, ich finde das ausgesprochen rücksichtslos.«
»Es wäre besser, Sie würden sich an meine rücksichslose Art möglichst schnell gewöhnen«, versetzte Lion trocken. »Ich bin nämlich immer so. Sollten Sie aber ungeachtet dieser Warnung nach Philadelphia mitkommen wollen«, fügte er kalt hinzu, »so schlage ich vor, daß Sie sich fürs erste mit ein, zwei Koffern und einer

nicht allzu umfangreichen Reisetasche begnügen. Alles andere bleibt hier und wird später abgeholt!« Sein Blick streifte Priscillas entsetztes Gesicht. »Es gibt genügend Geschäfte in Philadelphia, in denen Sie sich besorgen können, was Ihnen fehlt«, meinte er achselzuckend.

Lions Worte hatten eine ausgesprochen besänftigende Wirkung. Von einer Sekunde zur anderen verflüchtigten sich die Unmutswolken auf Priscillas Stirn. Das Glitzern verschwand aus ihren Augen, sie wurden groß und strahlend. Sie glitt auf ihn zu, griff nach seinem Arm und schmiegte sich so eng an ihn, daß er den schweren Magnolienduft wahrnahm, der sie wie eine Wolke umhüllte.

»Es tut mir leid, Lion«, hauchte sie. »Wegen derartiger Kleinigkeiten sollten wir uns wirklich nicht streiten. Wollen wir uns wieder vertragen?« Ihr rosig überhauchtes, lächelndes Gesicht hob sich ihm entgegen, ihre halb geschlossenen, leuchtend grünen Augen flehten und schmachteten ihn an.

Langsam hob Lion die Hand, berührte leicht ihr Kinn und hob sachte ihr Gesicht zu sich empor. Priscilla schloß erwartungsvoll die Augen, aber nichts geschah. Es dauerte lange, bis sie begriff, daß sie umsonst wartete, und zögernd öffnete sie die Augen. Das merkwürdige Lächeln, mit dem er auf sie herabsah, der unergründliche Ausdruck seiner eisblauen Augen – ein kaltes Flirren, das ständig ihre Farbe zu verändern schien und sie durchsichtig erscheinen ließ wie ein Kristall – stürzten Priscilla in unbeschreibliche Verwirrung. Verstört starrte sie ihn an, aber schon nahm Lion die Hand von ihrem Kinn, trat einen Schritt zurück und erkundigte sich beiläufig: »Ist Ihr Bruder nicht da? Ich nehme an, Sie wollen sich von ihm verabschieden, bevor wir aufbrechen.«

Die belanglose Frage ließ Priscilla erbleichen. Gleich darauf färbte sich ihr fassungsloses Gesicht dunkelrot. »Ich ... ich ... ach, habe ich Ihnen das nicht gesagt?« stammelte sie mit unnatürlich hoher, gekünstelter Stimme. »Wie dumm von mir! James mußte sich gleich nach dem Frühstück hinlegen. Irgend etwas ist ihm nicht bekommen. Ihm war plötzlich furchtbar übel.« Wovon ihrem Bruder übel geworden war, behielt sie wohlweislich für sich.

Eine Augenbraue hochgezogen, beobachtete Lion sie scharf. »Ein Glück, daß Ihnen nicht auch von dem Frühstück übel wurde!« meinte er spöttisch.

»Ja, nicht wahr?« Merkwürdig gehetzt blickte Priscilla sich um, als erwarte sie, James wutentbrannt auf der Treppe auftauchen zu sehen. Beruhigt stellte sie fest, daß sich ihr ahnungsloser Bruder anscheinend immer noch da befand, wo sie ihn mittels Brechpulvers hinexpediert hatte: in seinem Bett.

»Warum ist Ihr Mädchen nicht zur Stelle?« fragte Lion ungeduldig. »Sehen Sie zu, daß sie baldmöglichst erscheint, wenn Sie nicht ohne sie abfahren wollen!« Ohne ein weiteres Wort drehte er sich um und ging hinaus, um den Kutscher zum Verladen des Gepäcks herbeizuholen.

Lions Verschwinden war das Signal, auf das Sharon seit geraumer Zeit wartete. Bebend vor mühsam bezähmter Ungeduld stürzte sie aus dem Salon, in dem sie sich versteckt hatte, in die Halle. Sie flog auf Priscilla zu, ihre in züchtigen weißen Strümpfen und schwarzen Schnallenschuhen steckenden Füße berührten kaum den Boden. Sie trug ein strenges Kleid mit einem kleinen weißen, steif gestärkten Kragen und weißen Manschetten, und darüber einen mauvefarbenen Wollumhang mit einer Kapuze, die sie im Laufen über ihre schwarzen Locken zog.

»Oh, Prissy, ich kann dir nicht sagen, wie aufregend ich das alles finde!« stieß sie atemlos hervor. »Es ist ein Abenteuer ... ein richtiges Abenteuer! Und was das beste ist – dein zutiefst von seiner Gottähnlichkeit durchdrungener Bräutigam ahnt nichts davon!«
Priscilla fuhr mit flammenden Augen zu ihr herum. »Mußt du es auch noch beschreien? Du wirst schon sehen, was passiert!« fauchte sie. Wenn er dahinterkommt, wer du in Wirklichkeit bist ...«
»Gar nichts passiert!« unterbrach Sharon sie aufgeregt. »Wenn du dich zusammennimmst und nicht ständig mit diesem schuldbewußten Gesicht herumläufst, das sein Mißtrauen geradezu herausfordern muß, wird er nichts merken!«
Die Warnung war in den Wind gesprochen, wie Sharon gleich darauf feststellen mußte. Denn als wenige Sekunden später Lion in die Halle zurückkam, benahm sich Priscilla wie ein beim Naschen ertapptes Kind. Sie lief feuerrot an und senkte schuldbewußt den Blick.
Lion warf ihr einen scharfen Blick zu. »Ich dachte, ich hätte dich gebeten, dem Mädchen Beine zu machen«, sagte er stirnrunzelnd. »Bist du dir wenigstens inzwischen klar darüber, welche Gepäckstücke du aus diesem Haufen mitnehmen willst?«
In kopfloser Verwirrung wies Priscilla auf die beiden nächststehenden Koffer, drehte sich um und stellte sich neben Sharon. Einen atemlosen Augenblick lang befürchtete Sharon, sie würde sich hinter ihr verstecken. Obwohl es dazu nicht kam, beobachtete Lion das merkwürdige Manöver mit offensichtlichem Befremden.
»Was zum Teufel geht eigentlich hier vor?« donnerte er. »Warum ist das Mädchen noch nicht da?«
»Ich ... ich weiß wirklich nicht, was Sie wollen!« piepste Priscilla. »D-d-das ist sie doch!«

Mit zwei, drei weitausholenden Schritten stand Lion vor Sharon. Wortlos streckte er den Arm aus und riß ihr die Kapuze vom Kopf. In derselben Sekunde ergoß sich eine Sturzflut langer im Licht des Kristallüsters rötlich schimmernder Haarsträhnen über Sharons Schultern. Lion trat einen Schritt zurück. In seinen Augen lag ungläubiges Erkennen.
»Ach, Sie sind das!« Lion wandte sich zu Priscilla um, die bis an die holzgetäfelte Wand zurückgewichen war. »Wenn ich mich recht erinnere, hatte das Stubenmädchen, das vor ein paar Tagen ständig um dich herumwieselte, eine um etliche Schattierungen dunklere Hautfarbe!« bemerkte er in beißend sarkastischem Ton.
Priscilla öffnete den Mund, brachte aber keinen Ton heraus. Ein Blick auf ihr Gesicht genügt, und Sharon wußte, daß der kritische Augenblick gekommen war. Ein tränenreiches Geständnis stand unweigerlich bevor. Geistesgegenwärtig ergriff sie die Initiative, bevor Priscilla dazu imstande war. Sie drängte Priscilla zurück, pflanzte sich vor Lion auf und lächelte ihn an.
Sharon nahm tief Luft. Dann sagte sie vollkommen ruhig: »Sie werden gleich verstehen, warum Miß Priscilla in letzter Minute davon Abstand nahm, Lily mitzunehmen, Mr. Hampshire. Das Mädchen ist hier aufgewachsen, es hat die Plantage nie verlassen. Es wäre grausam, das arme Ding von Eltern und Geschwistern zu trennen. Lily würde in Philadelphia vor Heimweh sterben. Mir macht es nichts aus, in einer fremden Stadt zu leben ...« Sharon seufzte tief, bevor sie weitersprach. »Ich bin als Waise bei fremden Leuten aufgewachsen, ich kenne es nicht anders und fühle mich überall zu Hause.«
Sharon war sich keinen Augenblick im unklaren darüber, daß ihre wohlgesetzte Rede Lions Mißtrauen erst

recht anstacheln mußte. Aber da Priscilla im entscheidenden Augenblick versagte, überlegte sie nicht lange, sondern trat mit dem Mut der Verzweiflung die Flucht nach vorn an. Zu ihrem nicht eben geringen Erstaunen gewann sie das Spiel. Lion schüttelte zwar skeptisch den Kopf, aber er gab sich schließlich mit einem resignierenden Seufzer geschlagen.
»Irgend etwas stimmt hier nicht!« sagte er mit einem scharfen Blick auf Priscilla, die abwechselnd rot und blaß wurde. »Aber ich habe jetzt weder Zeit noch besondere Lust, der Sache auf den Grund zu gehen. Wir fahren unverzüglich los. Der Tag ist schon halb vorbei, und wir haben eine lange Reise vor uns . . .«

In sicherer Entfernung von ihrem neben der Kutsche herreitenden Verlobten, bequem in schwellende Plüschpolster zurückgelehnt, erholte sich Priscilla allmählich von den ausgestandenen Schrecknissen. Sharon mußte über ihr verängstigtes Gesicht lachen. Im Gegensatz zu Priscilla war sie bester Dinge und wußte sich vor Übermut kaum zu lassen. Als es ihr zu bunt wurde, packte sie Priscilla an den Schultern und rüttelte sie leicht.
»Nun komm schon endlich zu dir, Prissy! Das Schlimmste haben wir hinter uns, du wirst sehen. Du darfst nur nicht die Nerven verlieren.«
Priscilla stieß einen schweren Seufzer aus. »Das sagst du so hin«, erwiderte sie unglücklich. »O Gott, hätte ich mich doch nur nicht von dir überreden lassen! Stell dir nur vor, was passiert, wenn er uns auf die Schliche kommt!« Sie schloß stöhnend die Augen. »Er wird uns beide mit Schimpf und Schande aus dem Haus jagen . . . wenn wir überhaupt bis dorthin kommen.« Sie schüttelte den Kopf, schlug die Hände vors Gesicht und murmelte erstickt. »Ich darf gar nicht daran den-

ken! James wird mich umbringen, und dich wird man zwangsweise nach Boston verfrachten! Lieber Gott im Himmel, auf was habe ich mich da eingelassen!«

»Nun hör aber auf, Priscilla!« sagte Sharon energisch. »Das sind doch Hirngespinste, die dir da im Kopf herumspuken. Du kannst mir glauben, es wird alles gutgehen. Mr. Hampshire tut zwar furchtbar überlegen und spielt bei jeder Gelegenheit den wilden Mann, aber ich bin auch nicht auf den Kopf gefallen.« Sharon schnaubte verächtlich durch die Nase. »Und einschüchtern lasse ich mich auch nicht, schon gar nicht von diesem selbstherrlichen Kraftprotz!« Etwas leiser und sehr nachdenklich fügte sie nach einer unmerklichen Pause hinzu: »Außerdem möchte ich möglichst bald auf eigenen Füßen stehen. In Philadelphia ergibt sich bestimmt diese oder jene Möglichkeit, mir meinen Lebensunterhalt selbst zu verdienen. Du brauchst also keine Angst zu haben, daß ich dir ewig zur Last falle.«

»Habe ich gesagt, du fielst mir zur Last?« fuhr Priscilla auf. Aufseufzend ließ sie sich in die Polster zurücksinken. »Darum geht es doch gar nicht, Sharon. Aber was ist mit James . . . hast du den vergessen? Was glaubst du, wie der sich aufführt, wenn er dahinterkommt, daß ich Lily in West Hills zurückgelassen habe. Und wenn er dann auch noch von deinem plötzlichen Verschwinden erfährt . . .« Mit einem jammervollen Laut brach Priscilla ab, und das Seufzen und Händeringen setzte wieder ein.

»Ich habe Lily eingebleut, was sie deinem Bruder zu sagen hat!« erklärte Sharon, der das Gewimmer auf die Nerven ging, mit großem Nachdruck. »Wenn sie, wie ich es ihr befohlen habe, deinem Bruder erklärt, Mr. Hampshire hätte sie zurückgelassen, weil in der Kutsche nicht genügend Platz für drei Personen sei, wird er sich beruhigen. Sie wird ihm außerdem berichten, dein Verlobter hätte versprochen, sofort nach eurer Ankunft in Philadelphia eine erstklassige Zofe für dich zu engangieren. Das wird genügen, um seine Bedenken zu zerstreuen. Bist du nun endlich zufrieden?« Sharon beugte sich lachend vor. Sie umarmte Priscilla und küßte sie übermütig auf die Wange. »Oh, Prissy, ich bin dir so dankbar für deine Hilfe! Ich wußte, du würdest mich nicht im Stich lassen. Soll ich dir sagen, was mir an diesem ganzen unglaublichen Abenteuer den meisten Spaß macht?« Sharon lachte klingend auf. »Die Tatsache, daß wir beide es tatsächlich fertiggebracht haben, diesen arroganten Lion Hampshire auszutricksen!« Sharon brach in noch wilderes Gelächter aus; wie ein Kind, das sich spitzbübisch über einen gelungenen Streich freut, wollte sie sich ausschütten vor Lachen, während Priscilla sich in eisiges Schweigen hüllte.

Kaum eine Stunde später geriet Sharons unerschütterliches Selbstvertrauen bedenklich ins Wanken, als sie zufällig einen Blick aus dem Wagenfenster warf und draußen einen majestätischen Fluß erblickte. Sie erlitt einen derartigen Schock, daß sie sekundenlang in absoluter Erstarrung verharrte, bevor ihr schlagartig klar wurde, daß es sich bei dem Fluß, der sich wie ein breites silbernes Band durch die bewaldeten Hügel schlängelte, nur um den Potomac handeln konnte.

»Ist das nicht ein herrlicher Anblick?« seufzte im gleichen Augenblick neben ihr hingerissen Priscilla.

Kreidebleich im Gesicht, fuhr Sharon zu ihr herum. »Bist du noch bei Verstand? Siehst du nicht, wohin wir fahren? Die Kutsche steuert geradewegs Mount Vernon an!«

»Na und?« Priscilla starrte Sharon verständnislos an. »Das ist doch kein Grund, sich so aufzuführen! Also wirklich, ich verstehe dich nicht, Sharon. Ein Besuch bei General und Mrs. Washington ... das wäre doch wundervoll.« Mit ehrfurchtsvoll gedämpfter Stimme setzte sie hinzu: »Schließlich soll Washington ja bald Präsident werden ... alle sagen das. Vielleicht laden die Washingtons uns sogar ein, über Nacht zu bleiben? Wäre das nicht ganz traumhaft, Sharon?«

»Deine Dummheit wird mich eines Tages noch wahnsinnig machen!« fuhr Sharon sie an. Ihre tiefblauen Augen flammten. »Die Washingstons haben mich schon als Kind gekannt, sie waren ständig zu Gast in Hickory Grove! Sie kennen mich, Priscilla! Begreifst du immer noch nicht, was das bedeutet?« Sharon rang die Hände. »Mein Gott, was fang' ich nur an? Was um alles in der Welt soll ich nur tun?«

Priscilla zuckte die Achseln und hüllte sich in beleidigtes Schweigen. Sharon hatte nichts anderes erwartet. Bei aller Verstörtheit täuschte sie sich nicht einen Augenblick darüber, daß von dieser Seite keinerlei Unterstützung zu erwarten war. Sie mußte sich selbst etwas einfallen lassen, um aus der peinlichen Situation herauszukommen.

Sharon pflegte ihren Kopf nicht umsonst anzustrengen. Als die Kutsche in die lange Einfahrt einbog, die zu dem auf einer bewaldeten Anhöhe liegenden Gutshaus Mount Vernon führte, wußte sie, was sie zu tun hatte.

Gleich darauf war es soweit. Die Kutsche hielt, die Türen wurden von außen geöffnet, die Trittbretter ausgeklappt. Lion steckte den Kopf herein, glücklicherweise, wie Sharon es vorausgesehen hatte, auf Priscillas Seite.

Sharon hatte sich mit dem Rücken zu Priscilla in ihre Ecke gekauert und brauchte den Ausdruck fassungslosen Entsetzens nicht zu verbergen, der sich über ihr Gesicht legte. Sie stöhnte leise.

»Was ist denn los?« fragte Lion betreten.

Priscilla umklammerte Sharons Hand. »Ich glaube, ihr ist nicht gut«, stotterte sie verzweifelt. »Sie . . . vielleicht braucht sie frische Luft.« Sharon rührte sich nicht.
Eine Weile betrachtete Lion die zusammengekauerte Gestalt mit kritischen Blicken. Dann sagte er: »Unter den Umstanden wäre es wohl besser, Miß . . . äh . . .«
»Sharon!« entfuhr es Priscilla vorschnell. Sharon, die ihr ausdrücklich eingeschärft hatte, sie Eliza zu nennen, hätte sie am liebsten geohrfeigt.
»Ja . . . also, was ich sagen wollte, Sharon . . .« fuhr Lion fort, » . . . wenn Sie sich . . . äh . . . nicht wohlfühlen, warten Sie vielleicht besser hier draußen im Wagen. Allzulange wird es vermutlich nicht dauern, bis wir weiterfahren. Wir werden den Washingtons nur einen kurzen Besuch abstatten und sind gleich zurück. Es macht Ihnen doch nichts aus, solange zu warten?«
Sharon schüttelte schwach den Kopf. Priscillas Röcke raschelten, dann klappte die Tür auf ihrer Seite der Kutsche zu.
Aufatmend wandte Sharon den Kopf und sah den beiden nach, wie sie Seite an Seite auf das von einem breiten roten Dach gekrönte, langgestreckte weiße Herrenhaus zuschritten. Ihrer äußeren Erscheinung nach waren sie wie geschaffen füreinander. Was für ein schönes Paar! dachte Sharon zerstreut. Dann fiel ihr Blick auf eine andere Kutsche, die ebenfalls wartend auf der Einfahrt stand, und ihr Herz begann wieder zu hämmern. Sie kannte die Kutsche, sie gehörte James Madison, in dessen Haus Montpelier sie oft mit ihren Eltern zu Gast gewesen war.
Eine halbe Stunde verging, und Lion Hampshire und Priscilla waren immer noch nicht zurück. Sharon hatte sich inzwischen von ihrem Schock erholt. Während sich langsam ihre Züge entspannten, lehnte sie sich in ihre

Ecke zurück, starrte träumerisch zum Haus hinüber und ließ ihren Gedanken freien Lauf. Eine Weile grübelte sie über die Frage nach, aus welchem Grund Lion Hampshire, dessen Interesse, soviel ihr bekannt war, ausschließlich der Seefahrt galt, soviel Wert darauf legen mochte, General Washington seine Aufwartung zu machen. Dann erinnerte sie sich vage, daß James Wade vor einiger Zeit erwähnt hatte, Hampshire sei Mitglied des Repräsentantenhauses. Natürlich war General Washington als Vorsitzender des Repräsentantenhauses ein wichtiger Mann, aber das erklärte immer noch nicht, warum Lion Hampshire plötzlich bestrebt schien, die lockere freundschaftliche Beziehung zu den Washingtons zu vertiefen. Bevor sie zu einem befriedigenden Ergebnis kam, wurden Sharons Überlegungen unterbrochen. Drüben im Haus flog die Eingangstür plötzlich auf, und Nelly Custis, gefolgt von ihrem Bruder Washington kam herausgelaufen. Nellys lange braune Locken wehten im Wind, als sie vor ihrem Bruder her über den Rasen lief. Nur mühsam unterdrückte Sharon den Impuls, den Kindern zuzuwinken. Sie hatte bereits die Hand zum Fenster ausgestreckt, zog sie aber in plötzlichem Erschrecken wieder zurück und drückte sich tiefer in ihre Ecke. Ihr Herz zog sich schmerzlich zusammen, als gleich darauf Martha Washington vor die Tür trat – Arm in Arm mit Priscilla, die sie fast um Haupteslänge überragte. Daß es der Gattin des Generals an Körpergröße mangelte, tat ihrer imposanten Erscheinung keinen Abbruch. Ihr hochaufgetürmtes weißes Haar war sorgfältig toupiert, ihr perlgraues Moirékleid von erlesener Eleganz.
Einige Minuten später erschienen auch die Männer, offensichtlich in ein angeregtes Gespräch vertieft. Die Lebhaftigkeit, mit der sich Lion Hampshire an der Un-

terhaltung beteiligte, der wachsam interessierte Ausdruck seines Gesichts, setzte Sharon in nicht geringes Erstaunen. Ihr ganzes Leben lang war sie der Meinung gewesen, General Washington überrage alle Männer der Welt und müsse vom Geschlecht der Titanen abstammen. Jetzt konnte sie feststellen, daß sie sich im Irrtum befunden hatte, denn Lion war noch um einiges größer als Washington. James Madison, der wie stets einen schwarzen Gehrock trug, mußte den Kopf in den Nacken legen, um zu den Gesichtern der beiden anderen Männer aufzusehen. Trotzdem schien er von einer Aura der Macht und Autorität umgeben. Nicht ohne Grund zählte Madison, wie Sharon wußte, zu den brillantesten Köpfen des Landes. Seit Jahren bestimmte er das politische Geschehen des Staates Virginia; sein Virginia-Plan war das Rückgrat der neuen Konstitution der Vereinigten Staaten von Amerika.

Auf die fröhlichen Rufe der Kinder hin hatte sich General Washington zur Seite gewandt. Sein Gesicht strahlte auf, der Schleier trüber Müdigkeit, der wie eine Maske über den Zügen des Generals lag, war zerrissen; er hob den Arm und winkte den Kindern lächelnd zu.

Als die kleine Gruppe von Menschen sich der Kutsche näherte, ließ Sharon sich erschrocken vom Sitz gleiten und duckte sich auf den Boden. Durch das geöffnete Fenster konnte sie den Klang ihrer Stimmen hören, während sie voneinander Abschied nahmen. Es waren nur allzu vertraute Stimmen, sie kannte jede einzelne von ihnen. Stimmen aus der Kindheit . . .

Sharon hörte sie undeutlich und wie aus weiter Ferne. Es kam ihr vor, als schwebe sie hoch oben in der Luft an einem dünnen Seil zwischen zwei Welten. Sie sah durch die Weite des unermeßlichen Raumes die Heimat und alle vertrauten Dinge ihres Lebens.

Sharon beugte sich noch weiter vornüber und drückte das Gesicht in die Falten ihres Umhangs. Sie schob die Gedanken an Hickory Grove fort, weit von sich fort. Sie durfte nicht daran denken, sonst gab es nichts als eine schwarze Leere, ein dunkles Nichts, das sie zu sehr quälte, um es auszuhalten.
Die Tür öffnete sich, und Lion half Priscilla in die Kutsche. Starr vor Angst wischte sich Sharon mit beiden Händen die Tränen vom Gesicht. Dann tat sie so, als suche sie auf dem Boden einen Gegenstand, der ihr aus der Hand geglitten war. Und Lion, völlig perplex, sah schweigend zu, wie sie mit den Händen auf dem Boden herumtastete.
Das letzte, was Sharon sah, bevor Lion endlich die Tür wieder schloß und die Kutsche sich zum Potomac hinunter in Bewegung setzte, waren Martha Washingtons graue Seidenstrümpfe, die hohen schwarzen Schaftstiefel des Generals und die silbernen Schnallen auf Madisons Schuhen.

V

Nicht anders als das launische Wetter, das für eine so lange und beschwerliche Reise nicht ungünstiger hätte sein können, verschlechterte sich auch Priscillas Stimmung in zunehmendem Maße. Für die Fahrt von Mount Vernon nach Baltimore, die unter günstigen Wetterbedingungen in zwei Tagen zu bewältigen war, brauchte die sich mühselig durch Regen- und Schneeschauer kämpfende Kutsche drei volle Tage.
Inzwischen war Priscillas Laune auf den Nullpunkt herabgesunken und Lion in denkbar gereizter Stimmung.

Priscilla schien sich vorgenommen zu haben, seinen Zorn geradezu herauszufordern. Sie ließ auch nicht den geringfügigsten Anlaß aus, ohne ihm eine Szene zu machen. Es kam zu dramatischen Auftritten zwischen den beiden, in deren Verlauf Sharon ernstlich befürchtete, Lion könnte die Nerven verlieren und sich an Priscilla vergreifen. Heimlich bewunderte sie Lions Geduld. Sie wäre auch lieber in Wind und Wetter, in Schnee und Regen hinter der Kutsche hergeritten, wie er es fast die ganze Zeit über tat, anstatt sich Priscillas ewiges Genörgel anzuhören. Ihre schrille Stimme zerrte an Sharons Nerven, ihre unaufhörlichen Weinkrämpfe und Jammertiraden machten die Reise zur Tortur.
Was sich Priscilla dabei dachte, war Sharon unerfindlich. Der Grund für ihre schlechte Laune konnte nicht nur das Wetter sein, soviel war ihr klar, eher die Tatsache, daß Lion nicht im Traum daran dachte, Priscilla den Hof zu machen, oder gar um sie herumzuscharwenzeln. Seine kühle, zurückhaltende, spöttische Art, seine distanzierte, fast gleichgültige Haltung mußte der verwöhnten Priscilla, die immer im Mittelpunkt der Bewunderung gestanden hatte, einen schweren Stoß versetzt haben. Vom ersten Augenblick an, als James Wade, aus Philadelphia zurückkommend, Lions Besuch angekündigt hatte, war Sharon in bezug auf die zukünftige Verbindung skeptisch gewesen. Jetzt stellte sich heraus, daß ihre Bedenken keineswegs unbegründet waren. Die von James Wade angezettelte Ehe war zum Scheitern verdammt, noch ehe sie begonnen hatte. Priscilla hatte bisher zwar alles durchgesetzt, was sie durchsetzen wollte, aber bei Lion Hampshire würde sie auf Granit beißen. Der beste Beweis dafür war Lions Gesicht, das sich von Tag zu Tag mehr verfinsterte.

Die Reise nach Norden dauerte zehn quälend lange Tage. Manchmal hatte Sharon den Eindruck, als wäre sie in alle Ewigkeit dazu verdammt, in einen engen Käfig eingesperrt durch Regen, Schnee und Kälte zu holpern, und mehr als einmal zweifelte sie daran, daß sie überhaupt lebend in Philadelphia ankommen würde.

Bergauf, bergab quälte sich die Kutsche über die morastigen Straßen Marylands, und immer rollte draußen die gleiche öde Landschaft vorbei: Einzelne Gehöfte, Schafherden, die sich im eisigen Wind auf schneebedeckten Weiden zusammendrängten, und darüber der düstere Himmel. Sie setzten über den Hochwasser führenden Susquehanna River, am nächsten Tag über den Elk River und überquerten die Grenze nach Delaware. Für die Strecke nach Newcastle, von der Grenze aus nicht weiter als eine Tagesreise entfernt, brauchten sie zwei Tage. Am nächsten Tag, der auf Lions unbarmherziges Drängen hin in aschgrauer Dämmerung begann, ging es weiter nach Norden, Stunde um Stunde dem drei Meilen breiten Lauf des Delaware Rivers folgend.

Lions Gesicht hellte sich erst auf, als bei einbrechender Dunkelheit die Kutsche vor einem bescheidenen Gasthof haltmachte. Sharon traute ihren Augen nicht, als er ihr aus der Kutsche half. Wahrhaftig, er sah fast heiter aus! Die Unmutswolken auf seinem Gesicht hatten sich verzogen, und um seinen Mund spielte das alte unwiderstehliche Lächeln. Die Erklärung für die merkwürdige Verwandlung, die inzwischen mit ihm vorgegangen war, gab er selbst ab, indem er gut gelaunt erklärte: »Letzte Station der Reise, meine Damen . . . so Gott will! Schlimmer als in den Gasthöfen, in denen wir in den vergangenen zehn Tagen übernachtet haben, wird es hier auch nicht sein.« Er grinste. »Ich hoffe es jedenfalls in Ihrem Interesse.«

Sharon konnte nicht anders, sie erwiderte Lions gewinnendes Lächeln mit einem Lachen, das wie ein Juchzer klang und warf übermütig ihre schwarzen Locken zurück. Alles Elend, alle Trostlosigkeit, die ganze ausgestandene Plage fiel mit einem Schlag von ihr ab, und sie sah voller Zuversicht dem Leben entgegen, das für sie beginnen würde.
Priscilla stieß einen Laut aus, der wie ein Zischen klang. Mit unbewegtem, marmorblassem Gesicht sagte sie: »Es wurde auch allmählich Zeit! Was ich in den letzten Wochen durchmachen mußte, war eine Zumutung – vom ersten bis zum letzten Tag! Man hätte schließlich berücksichtigen können, daß Mädchen aus meinen Kreisen nicht auf derartige Strapazen vorbereitet werden. Dazu erzieht man uns weiß Gott nicht in den exklusiven Internaten, die wir besucht haben.«
Lion warf ihr einen eisigen Blick zu und erwiderte gelassen: »Darauf brauchen Sie mich nicht ausdrücklich aufmerksam zu machen, Miß Wade. Mir ist auch ohne Ihre Bemerkung längst klar, daß man Mädchen aus Ihren Kreisen in teuren Internaten zu Gänsen erzieht!«
Ohne ihn einer Antwort zu würdigen, rauschte Priscilla ins Haus. Mit einem letzten Blick auf Lion folgte Sharon ihr achselzuckend. Er sagte nichts und zeigte spöttisch lächelnd seine weißen Zähne.
In dem gemeinsamen Zimmer angelangt, warf sich Priscilla auf das nächststehende Bett. Kaum hatte sie die mit Wein gefüllte Karaffe und die Gläser auf dem Tisch erblickt, verlangte sie in gebieterischem Ton ein Glas Wein. Der Wein schien ihre Nerven zu beruhigen, ihre Laune hob sich schlagartig. Während Sharon sich dem Waschtisch zuwandte, kaltes Wasser in eine der beiden Waschschüsseln goß und sich Gesicht und Hände wusch, begann Priscilla Zukunftspläne zu schmieden.

Sharon ließ sie reden. Sie kannte Priscillas blühende Phantasie und gönnte ihr ihre Illusionen.
Wenig später trug die Wirtin das Abendessen auf, und die beiden Mädchen setzten sich einander gegenüber an den wackeligen Tisch. Zu Sharons Verwunderung beschwerte sich Priscilla nicht über das frugale Mahl, obwohl das sogenannte ›Stew‹ mehr Graupen enthielt als Fleisch. Mit unergründlichem Lächeln pickte sie die Fleischstücke heraus; die Graupen verschmähte sie. Dafür trank sie ein Glas Wein nach dem anderen.
»Du bist ja plötzlich so vergnügt«, sagte Sharon erstaunt. »Hat das einen besonderen Grund?«
»Eigentlich nicht. Ich dachte nur gerade an morgen abend um diese Zeit . . . bestimmt werden wir da geradezu fürstlich speisen.« Sie legte den Löffel aus der Hand, ihr Gesicht glühte förmlich. »Lion scheint sehr befreundet mit den Binghams zu sein, er hat den Namen des öfteren erwähnt. Die Leute müssen furchtbar reich sein, sagt James. Sie sollen ein traumhaftes Haus besitzen.« Priscillas Wangen flammten. »Stell dir nur vor«, schwärmte sie, »das Bingham'sche Haus hat die gleichen Grundrisse wie das Haus, das der Herzog von Manchester bewohnt! James sagt, Anne Bingham . . .«
Sharon fiel ihr ins Wort. Sie hatte plötzlich genug von Priscillas Gefasel. »Setz dir lieber keine derartigen Rosinen in den Kopf«, sagte sie trocken. »Wenn du deinen Verlobten weiterhin behandelst wie bisher, könnte es passieren, daß wir beide unsere Mahlzeiten am Dienstbotentisch in der Küche einnehmen.«
Priscilla schnitt eine Grimasse. »Du scheinst mich immer noch nicht zu kennen, Sharon, sonst würdest du nicht derartigen Unsinn reden!« Sie lachte kurz und nervös auf, schob ihren Teller angewidert zurück und erhob sich gähnend. Mit einem Seufzer ließ sie sich auf

das schmale Bett sinken. »Mein Gott, bin ich müde!« Sie dehnte und reckte sich wie eine Katze und war schon in der nächsten Sekunde eingeschlafen.
Sharon breitete eine Decke über sie. Ihr Stew war kalt geworden, Klumpen gelben erstarrten Fetts schwammen in der Brühe herum. Um ihren Hunger zu betäuben, schenkte sie sich ein Glas Wein ein und stürzte es auf einen Zug hinunter. Mit dem Rücken gegen die Kissen am Kopfende ihres Bettes gelehnt, das Gesicht dem Fenster zugewandt, starrte sie eine Zeitlang melancholisch in die Dunkelheit hinaus. Von einem Gefühl der Verlorenheit überkommen, sprang sie nach einiger Zeit wieder auf und beschloß hinunterzugehen. Was für einen Sinn hatte es, sich unnützen Grübeleien hinzugeben? Daß es für sie kein Zurück geben würde, hatte sie bereits gewußt, als sie sich zu diesem Schritt ins Ungewisse entschloß – also durfte sie sich nicht beklagen. Aber hier oben fiel ihr die Decke auf den Kopf, und wenn sie nicht dem Trübsinn verfallen wollte, mußte sie unter Menschen.
Eine in einem Wandarm steckende Ölfunzel erhellte mit ihrem trüben Schein das holzgetäfelte Treppenhaus. Sharons Schatten wurde immer länger, als sie lautlos die ausgetretenen Stufen hinunterging. Sie ging den Stimmen nach, die aus der Gaststube zu ihr herausdrangen, aber das erste menschliche Wesen, das sie zu Gesicht bekam, war nicht die freundliche Wirtin, wie sie heimlich gehofft hatte, sondern Lion Hampshire. Er saß allein an einem Tisch in der Nähe des Kamins. Sein helles Haar, das im rötlichen Schein der Flammen leuchtete wie eine Fackel, zog magnetisch Sharons Blicke an. Die anderen Gäste, die in kleineren Gruppen in der Wirtsstube zusammensaßen, nahm sie nur am Rande wahr.
Ohne das Glas Wein, das Sharon sich oben in ihrem

Zimmer zu Gemüte geführt hatte, hätte sie wahrscheinlich nicht den Mut besessen, auf den völlig in seine Zeitung vertieften blonden Mann zuzugehen. Sie merkte nicht einmal, daß man sie mit erstaunten Blicken betrachtete, als sie die Wirtsstube durchquerte und an Lions Tisch trat. Sie warf einen Blick über den oberen Rand der Zeitung und sagte leise: »Hallo!«

Lion hob leicht den Kopf. Eine Sekunde starrte er sie verblüfft an. »Ach, Sie sind es, Sharon!« sagte er gedehnt! Ein winziges spöttisches Funkeln in den Augen, setzte er nach einer Pause hinzu: »Sie kommen wahrscheinlich im Auftrag Ihrer Majestät, der Dame Priscilla?«

Sharon verkrampfte verlegen die Hände ineinander. »Nein . . . eigentlich nicht. Sie . . . Miß Priscilla schläft.«

»Ah ja?« Lion entblößte lächelnd seine weißen Zähne.

»Ja.« Sharon wand sich unter seinem spöttischen Blick. Sie druckste und schluckte, dann gab sie sich einen Ruck und sagte geradeheraus: »Ich habe es plötzlich nicht mehr ausgehalten oben in dem dunklen Zimmer!«

»Kann ich mir vorstellen!« Lion rückte einen der Stühle zurecht. »Aber bitte, nehmen Sie doch Platz und trinken Sie ein Glas Wein mit mir.« Er winkte dem Wirt hinter dem Schanktisch zu, der sofort beflissen mit einem Krug Wein und frischen Gläsern herbeieilte. Die Arme vor der Brust verschränkt, lässig in seinen Stuhl zurückgelehnt, wartete Lion, bis der Mann sich zurückzog. Dann sagte er langsam: »Ich frage mich offengestanden, wie Sie es überhaupt aushalten, Tag und Nacht mit Priscilla zusammenzusein. Ein Vergnügen ist das bestimmt nicht!«

Sprachlos, völlig erschüttert, starrte Sharon ihn an. Sie brauchte einige Sekunden, um sich zu fassen, aber dann nahm sie kein Blatt mehr vor den Mund. »Nehmen Sie

mir meine Offenheit nicht übel«, sagte sie, »aber es wundert mich, daß ausgerechnet Sie als Miß Priscillas Verlobter das sagen!«
»Wieso?« fragte Lion Hampshire ungerührt.
Sharon starrte ihn fassungslos an. »Das fragen Sie noch? Sie müssen doch zugeben, daß es . . . zumindest ungewöhnlich ist, wenn ein Mann sich in dieser Art über seine Verlobte äußert.«
»Natürlich gebe ich es zu«, erwiderte Lion mit unbewegtem Gesicht. »Ich sage immer, was ich denke.« Ein Unterton von Bitterkeit lag in seiner Stimme, als er hinzufügte: »Nicht jeder verträgt das . . . leider.«
Sharon sah ihm fest in die Augen. »Ich weiß, es ist absolut ungehörig, ebenfalls auszusprechen, was ich denke. Aber ich frage mich allen Ernstes, warum Sie dann Pris . . . äh . . . Miß Wade überhaupt heiraten. Wenn sie besonders vermögend wäre, würde ich es noch verstehen, aber so?«
Eine Weile betrachtete Lion sie interessiert. Es war derselbe unverfrorene Blick, dasselbe unverschämte Lächeln, mit dem er ihr an jenem ersten Tag in der Halle von West Hills entgegengetreten war, und hier wie dort fühlte sie sich den bezwingenden eisblauen Augen hilflos ausgeliefert.
Sharons Hände waren mit einem Mal eiskalt. Sie wagte nicht, Lion anzublicken, sie senkte die Augen auf das Glas Wein, das vor ihm auf dem Tisch stand und schwieg. Wie von weit her hörte sie Lion sagen: »Irgend etwas stimmt nicht mit Ihnen! Ich weiß nicht, was es ist, es ist mir auch vollkommen gleichgültig. Im Grunde bin ich froh, daß Sie mitgekommen sind«, fuhr er nach kurzer Pause fort. »Erstens gefallen Sie mir, und zweitens . . .« Er legte wieder eine winzige Pause ein und sagte dann lachend: »Wenn Sie nicht dabei ge-

wesen wären, hätte ich wahrscheinlich schon beim Übersetzen über den Potomac die Nerven verloren. Ich hätte Priscilla vermutlich ins Wasser befördert, oder sie postwendend nach West Hills zurückgeschickt. Denn wenn Sie nicht mitgekommen wären, hätte ich die Reise zusammengepfercht mit Priscilla in der Kutsche zurücklegen müssen. Und das wäre nie und nimmer gutgegangen!« Er lachte dröhnend. »Mit anderen Worten, ich verdanke es ausschließlich Ihrer Gegenwart, daß ich hinter der Kutsche herreiten konnte. Sie waren meine kleine Verbündete, ohne es zu merken, Sharon! Trinken wir darauf!«

Mit blutübergossenem Gesicht griff Sharon nach ihrem Glas und nahm einen Schluck Wein. Dann blickte sie auf, direkt in Lions Augen. Er richtete einen düster triumphierenden Blick auf sie. »Ich wußte es!« Langsam beugte er sich ihr zu und sagte: »Nun, da wir Freunde sind, sollten Sie eigentlich nicht länger zögern, das Geheimnis aufzudecken, das Sie bisher so sorgfältig vor mir verborgen haben, meinen Sie nicht?«

Sharon verfärbte sich jäh. O Gott, dachte sie verzweifelt, ich darf nie mehr allein mit ihm zusammenkommen, sonst bin ich verloren! Mit einer heftigen, fast wilden Bewegung hob sie den Kopf und stammelte: »Nein! Es . . . es gibt kein Geheimnis. Warum . . . fangen Sie immer wieder davon an?«

»Weil Sie mir ein Rätsel sind!« sagte Lion leise. Sharon spürte seinen Atem an ihrem Ohr, als er weitersprach. »Sie sind kein Dienstmädchen, Sharon . . . mich können Sie nicht täuschen! Aber spielen Sie ruhig weiter das Dienstmädchen, wenn es ihnen Spaß macht. Ich kann warten, mein süßes Kind.« Lions Hand lag plötzlich um ihren Arm, zog sie noch näher zu sich hin. Sharon versuchte, sich loszumachen, aber er hielt sie mit eisernem

Griff fest, und in der nächsten Sekunde streiften seine Lippen ihren Hals.
Sekunden völliger Erstarrung vergingen, Sekunden, in denen sich in Sharons Kopf eine gähnende Leere ausbreitete. Dann kam sie zu sich. Mit einer einzigen wilden Bewegung riß sie sich los.
Keinen Augenblick zu früh. Ein Schatten fiel plötzlich auf den Tisch. Erschrocken blickte Sharon auf und sah dicht neben ihrem Stuhl Priscilla stehen.
Sorgfältig zurechtgemacht, makellos frisiert und taufrisch, richtete sie ihre grünglitzernden Augen auf Sharon. »Ich störe doch hoffentlich nicht?« Ihr Blick glitt spöttisch über Lions betretenes Gesicht und heftete sich wieder auf Sharon. »Ich kann mich beim besten Willen nicht erinnern, Ihnen erlaubt zu haben, das Zimmer zu verlassen, Sharon.«
Sharon stand auf. Alle Farbe war aus ihrem Gesicht gewichen, aber sie behielt sich in der Gewalt. »Entschuldigen Sie, Ma'am,« sagte sie in ruhig höflichem Ton. »Ich hatte plötzlich das Bedürfnis nach frischer Luft. Deshalb bin ich auf einen Sprung heruntergegangen.«
»Ich verstehe«, sagte Priscilla honigsüß. »Aber finden Sie die Luft in diesem rauchigen Raum wirklich so besonders gut? Warum machen Sie nicht einen kleinen Spaziergang ums Haus, meine Gute, und gehen dann wieder nach oben, um sich zu meiner Verfügung zu halten, wie es Ihre Pflicht ist?« Lächelnd ließ sich Priscilla neben Lion nieder und legte ihm die Hand auf den Arm. »Was stehen Sie noch da herum, Sharon?« sagte sie über die Schulter gewandt. »Sie können gehen, ich brauche Sie im Augenblick nicht.«
Sharon stand einen Moment da wie versteinert. Zu ihrem Entsetzen grinste Lion sie unverschämt an und zwinkerte ihr zu. Daß Priscilla ihn dabei mit Argusau-

gen beobachtete, schien ihm ausgesprochenes Vergnügen zu bereiten. Sharon konnte es nicht fassen. Sie riß sich zusammen und stieß hervor: »Wenn Sie mich bitte entschuldigen wollen, Miß Wade... Mr. Hampshire...« Fluchtartig verließ sie den Raum.
»Ich hatte plötzlich das Bedürfnis, mich mit dir auszusprechen, Lion, Liebster...« hörte Sharon durch das Dröhnen und Sausen in ihrem Kopf hindurch Priscilla mit honigsüßer Stimme girren. »Ich weiß, du hattest es nicht leicht mit mir in den vergangenen zwei Wochen. Du trägst es mir doch nicht nach, Lion? Du wirst sehen, in Zukunft...«
Sharon hatte genug gehört. Sie schloß leise die Tür der Gaststube hinter sich und flüchtete sich in ihr Zimmer.

VI

Zitternd vor Kälte verkroch Sharon sich in ihr Bett, aber dort wurde ihr auch nicht wärmer. Die Matratze war hart und klumpig, die klammen Bettlaken strömten eisige Kälte aus, und die trostlose Dunkelheit legte sich ihr beklemmend auf die Brust. Draußen goß es in Strömen, und der Regen wurde vom Wind gegen die Fenster gepeitscht. Eine Zeitlang horchte Sharon auf das wilde Hämmern ihres Herzens, das sich überhaupt nicht mehr beruhigen wollte und lag starr vor Verzweiflung. Die Luft im Zimmer schien immer eisiger zu werden, die Dunkelheit noch undurchdringlicher. Seltsame Gestalten kamen und quälten sie, Hände kamen aus dem Dunkel und griffen nach ihr.
Mit einem Ruck schleuderte Sharon die schwere Bettdecke von sich. Der Fußboden schien aus blankem Eis

zu bestehen, als sie barfuß zu dem Kamin in der Ecke des Zimmers lief. Das Feuer war fast erloschen, aber es glühte noch schwach. Sharon ließ sich auf die Knie nieder, blies in die glimmende Asche und stocherte mit dem Feuerhaken darin herum. Eine schwache Flamme flackerte auf. Schnell legte sie Holz nach und lief zum Bett zurück, um den erkalteten Ziegelstein zu holen, den die Wirtin vor Stunden ans Fußende gelegt hatte. Sie hielt die klammen Hände über das Feuer, während sie darauf wartete, daß der Ziegel heiß wurde. Sie verstaute ihn gerade wieder in ihrem Bett, als Priscilla die Tür öffnete und mit einem kleinen zufriedenen Lächeln auf dem Gesicht das Zimmer betrat. Das Lächeln machte Sharon rasend, vor Aufregung wurde ihr ganz heiß. Und wenn ihr tausendmal eine innere Stimme zu Vorsicht und Besonnenheit riet, diese Demütigung würde sie nicht hinnehmen!

Als Priscilla sich anschickte, an ihr vorüber zum Kamin zu gehen, packte sie sie mit festem Griff am Arm und sagte: »Wie kannst du es wagen, so mit mir umzuspringen? In meinem ganzen Leben hat mich niemand derartig niederträchtig behandelt! Ich rate dir gut, laß dir das nicht noch einmal einfallen, Priscilla Margaret Wade!«

»Was fällt dir ein, Sharon ... du tust mir doch weh!« Priscilla riß sich von Sharon los und rieb ihren Arm. »Ich weiß überhaupt nicht, was du willst!« sagte sie mit der Miene gekränkter Unschuld. »Du hast dir das ganze Theater doch ausgedacht, du willst doch, daß man dich für ein Dienstmädchen hält! Dann darfst du dich auch nicht darüber beschweren, daß man dich gelegentlich behandelt wie einen Dienstboten.« Ihre Unterlippe zitterte verdächtig, aber Sharon fiel nicht darauf herein.

»Dazu bestand überhaupt kein Anlaß!« wütete sie. »Ich

kenne dich, du konntest es kaum erwarten, mich zu demütigen. Du hast es mit voller Absicht getan, und es hat dir auch noch Spaß gemacht. Schämen solltest du dich!«

»Wie kannst du so etwas sagen?« rief Priscilla mit schriller Stimme. Schluchzend zerrte sie sich ihr Kleid über den Kopf. Schließlich kam ihr Gesicht wieder zum Vorschein. Aber so sehr sich Sharon auch anstrengte, sie konnte nirgends eine Spur der angeblich vergossenen Tränen erblicken. »Du brauchst dich gerade zu beschweren ... ausgerechnet du!« fügte Priscilla mit bebender Stimme hinzu. »Seit wir uns kennen, hast du nichts anderes getan, als mich herumzukommandieren und zu schikanieren.«

»Mach dich nicht lächerlich, Priscilla«, gab Sharon hitzig zurück. »Ich habe mir nur die größte Mühe gegeben, dir deine Affektiertheit auszutreiben. Wenn ich nicht gewesen wäre, hättest du doch deine ganze Zeit damit verbracht, im Bett zu faulenzen. Du wärst höchstens ab und zu aufgestanden, um zu baden oder dich frisieren zu lassen!«

»Auf jeden Fall bin ich nicht in einem so unmöglichen Aufzug herumgelaufen wie du!« Wütend knöpfte Priscilla ihr Nachthemd zu.

»Sieh dich doch nur mal an!« schnaubte sie verächtlich. »Du könntest in den ersten Kreisen Bostons verkehren, und was tust du? Verkleidest dich als Dienstmädchen! Worüber beschwerst du dich eigentlich? Du solltest mir dankbar sein ... jawohl, du hättest allen Grund dazu, Sharon Sayers! Du scheinst völlig zu vergessen, daß du auf mich angewiesen bist, nicht ich auf dich!«

Einen Augenblick starrte Sharon Priscilla fassungslos an, ein eisiger Schauer lief ihr über den Rücken. Sie hatte Priscilla Wade rückhaltlos vertraut, das war ihr größter Fehler gewesen. Nun erwies es sich, daß sie in eine Falle gegangen war. Vollkommen erschüttert, keines Wortes mehr mächtig, drehte sie sich um und flüchtete sich ins Bett.

In dem beklommenen Schweigen, das sich über das kleine Zimmer senkte, dämmerte Priscilla langsam die Erkenntnis, daß sie diesmal zu weit gegangen war. Eine Weile überlegte sie, dann richtete sie sich halb im Bett auf und beugte sich zu Sharon hinüber.

»Sei nicht bös, Sharon . . . ich hab's nicht so gemeint!« bettelte sie. »Du mußt nicht jedes Wort auf die Goldwaage legen. Bitte, sei wieder gut! Du wirst immer meine beste Freundin bleiben, das versprech' ich dir, Sharon. Und wenn ich als Lions Frau eine noch so hohe gesellschaftliche Stellung einnehmen werde – das ändert nichts daran.«

»Danke, zu gütig!« sagte Sharon bitter.

»Nun sei doch nicht so nachtragend!« drängte Priscilla. »Oh, Sharon, du weißt nicht, wie dankbar ich dir bin! Ohne dich wäre mir niemals klar geworden, daß ich Lion anders behandeln muß, wenn ich ihn nicht verliere will.« Sie stieß einen theatralischen Seufzer aus, kuschelte sich in die Kissen und zog die Bettdecke hoch bis zum Kinn. »Du wirst sehen, ich werde ihn bald soweit haben, daß er ganz verrückt nach mir ist . . . wenn er es nicht bereits ist.« Priscilla seufzte abermals. »Ist er nicht ganz umwerfend, Sharon? Das Haar . . . die aufregenden Augen. Wenn er lächelt, finde ich ihn unwiderstehlich, da kann einem richtig schwach in den Knien werden.« Priscilla drehte sich auf die Seite, rollte sich zusammen wie eine Katze und murmelte: »Ich habe noch nie einen Mann mit so breiten Schultern gesehen . . .« Das waren ihre letzten Worte, bevor sie einschlief.

Es gab mehrere Unannehmlichkeiten, die Priscilla Wade an diesem katastrophalen letzten Reisetag ertragen mußte. Heftige Regenfälle und Tauwasser hatten Lawinen von Geröll und Schlamm von den Bergen ins Tal geschwemmt und Straßen und Wege in einen einzigen Morast verwandelt. Zweimal versank das hochrädrige Gefährt bis über die Wagenachsen im Schlamm und konnte nur unter den größten Anstrengungen wieder flottgemacht werden. Beim zweiten Mal beteiligte sich sogar Sharon an der Aktion. Als sie sah, wie Lion und Joshua sich abmühten, raffte sie kurz entschlossen ihre Röcke und half Lion, die Kutsche von hinten anzuschieben, während Joshua die Pferde mit einem gewaltigen Ruck vorwärts zerrte.
Unterdessen stand Priscilla am Wegrand, funkelnde Lichter in den grünen Augen, und wartete auf den großen Augenblick, ihren triumphalen Einzug in Philadelphia.
Das Schicksal schien Priscillas Pläne zu begünstigen. Durch einen völlig unerwarteten Schachzug ihres Verlobten sollte sie noch am selben Abend am Ziel ihrer Wünsche ankommen. Was Priscilla nicht einmal in ihren kühnsten Träumen zu hoffen gewagt hatte, geschah: nach kurzer Fahrt durch die von Laternen erhellten Straßen Philadelphias hielten die Pferde vor einem hohen geschwungenen Tor. Zwei Lakaien eilten herbei, die beiden kunstvoll geschmiedeten Torflügel öffneten sich lautlos, und die Kutsche rollte die breite Auffahrt hinauf, die zu der fürstlichen Residenz der Binghams führte.
Das zweistöckige Haus erstrahlte im Licht der hinter den Fenstern funkelnden Kristallüster. Zwei Lakaien in seidener Livree näherten sich gemessenen Schrittes, um den Gästen beim Aussteigen behilflich zu sein. Dann

erschienen William und Anne Bingham auf der Türschelle. Anne Bingham trug ein bauschiges Kleid aus französischer Seide; ihre Augen leuchteten auf, als sie Lion erblickte.
Auf einer Wolke des Glücks schwebte Priscilla an Lions Arm die vier Steinstufen hinauf, die von der Auffahrt ins Haus führten, und trat durch die breite, geschnitzte Tür. Sharon folgte ihnen in respektvollem Abstand. Am Eingang zur Halle blieb sie stehen. Die Pracht, die sich ihren erstaunten Augen darbot, übertraf alles, was sie selbst in den prunkvollsten Herrenhäusern Virginias jemals gesehen hatte. Die riesige Halle war mit Marmormosaik ausgelegt, das sich auf den breiten Stufen der geschwungenen Marmortreppe fortsetzte, die zu den oberen Stockwerken führte. Durch die geöffneten Türen der angrenzenden Räume konnte man die kostbare Einrichtung der Zimmer sehen, die geschnitzten Möbel, die orientalischen Teppiche, Brokatsofas und seidenbespannten Stühle. In einem der Zimmer gab es einen riesigen Nußholztisch. Dutzende von Kerzen in schweren silbernen Leuchtern leuchteten auf dem damastenen Tischtuch, wo in silbernen Schalen und auf silbernen Platten das Buffet angerichtet war. Der unvorstellbare Glanz verschlug Sharon regelrecht den Atem. Insgeheim bewunderte sie Priscilla, die scheinbar unbeeindruckt drauflos plauderte und so tat, als sei der ganze unvorstellbare Luxus die alltäglichste Sache der Welt.
Ein hagerer, streng blickender Herr in feierlich schwarzem Anzug trat auf Sharon zu. »Ich nehme an, Sie gehören zu Miß Wade, Miß? Ich bin der Butler. Mein Name ist Wickham.«
»Ja, bitte?« Leicht irritiert durch den gebieterischen Ton, blickte Sharon auf. Dann kam ihr zu Bewußtsein,

daß der Mann als Ranghöchster unter der Dienerschaft des Hauses sie zu Recht als eine Art Untergebene betrachtete. Etwas freundlicher fügte sie hinzu: »Danke, Wickham. Ich heiße Sharon.«
Wickham erwiderte nichts, er zog nur seine buschigen Augenbrauen hoch, und Sharon sagte schnell: »Sharon . . . South.« Ein anderes Pseudonym fiel ihr in der ersten Verwirrung nicht ein.
Wickham neigte um einige Millimeter den Kopf. »Gut, South, dann warten Sie bitte einen Augenblick, bis die Hausdame kommt. Sie wird Sie auf Ihr Zimmer führen und Ihnen anschließend die Suite zeigen, die Miß Wade bewohnt.«
»Wollen Sie damit sagen, daß Miß Wade und ich hier wohnen werden?«
»Genau das wollte ich sagen, South. Miß Wade ist Gast dieses Hauses bis zu ihrer Heirat mit Master Hampshire.« Ein angedeutetes Kopfnicken, und Wickham entfernte sich gravitätisch.
Ein Ausdruck von Niedergeschlagenheit trat auf Sharons Gesicht. Sie warf einen Blick auf ihre schmutzigen Schuhe und den schlammbespritzten Rocksaum und lehnte sich seufzend mit dem Rücken gegen die Wand. Am liebsten hätte sie sich in ein Mauseloch verkrochen, um der Begegnung mit der Hausdame aus dem Weg zu gehen, die ja doch nur bei ihrem Anblick die Nase rümpfen würde. Kein Wunder bei dem Zustand, in dem sich ihre Kleider befanden. Was für einen Tag sie hinter sich hatte!
Die neue Umgebung, das mit verschwenderischem Luxus ausgestattete Haus, der Lichterglanz und die fröhlichen Stimmen verstärkten Sharons Unbehagen noch.
Die Binghams waren mit ihren Gästen in einen der an die Halle angrenzenden Salons gegangen; ein Diener

reichte mit Champagner gefüllte Gläser herum. Anne Bingham hob ihr Glas an die Lippen und lächelte Lion zu. Sie war eine wunderschöne Frau mit einem zarten, herzförmigen Gesicht und ungewöhnlich großen, weit auseinanderstehenden Augen. Das braune Haar hing in langen weichen Locken über ihre wie aus Marmor gemeißelten Schultern herab; der Schnitt des feinen Gesichts mit den hohen Backenknochen, die dunklen sprechenden Augen, ihre zartgliedrige Figur und die Anmut ihrer Bewegungen machten sie zu einer hinreißenden Erscheinung. Sie hatte die schmalste Taille, die Sharon je gesehen hatte.

In krassem Gegensatz zu seiner Frau stand William Binghams Erscheinung. Er wirkte um viele Jahre älter als seine Frau, ein untersetzter, stiernackiger Mann mit einem roten Gesicht, leicht hervorquellenden Augen und einem Backenbart. Neben Lion gab er keine sehr gute Figur ab.

Priscilla stand im Mittelpunkt des Interesses und ließ es sich gern gefallen. Sie lachte, redete pausenlos und schien sich glänzend zu unterhalten. Sie hatte die Reise unbeschadet überstanden und sah aus wie aus dem Modejournal. Nicht der winzigste Schlammspritzer verunzierte ihr Kleid. Ihre Frisur war makellos, und ihre Augen funkelten wie Smaragde. Sharon hätte sie am liebsten geschlagen.

Anne Bingham streckte den Arm aus und zog Priscilla auf eines der Sofas. Lion und Bingham folgten ihnen langsam und stellten sich an den Kamin. Lion wandte plötzlich den Kopf und warf einen Blick in die Halle. Er lächelte Sharon zu; einen Augenblick lang trafen sich ihre Blicke. Das Lachen und der lange Blick stürzten Sharon in ein Meer von Verlegenheit.

Eine heiße Blutwelle schoß ihr ins Gesicht, als sie

merkte, daß es ihr unmöglich war, den Blick von seinem Gesicht loszureißen.
Im selben Augenblick hörte sie neben sich ein diskretes Räuspern. Sharon, völlig in Lions Anblick versunken, zuckte heftig zusammen. Langsam drehte sie sich um. Sie sah in ein Paar haselnußbraune Augen, die sie mit unergründlichem Ausdruck fixierten. Die Frau, die neben sie getreten war, ohne daß sie es bemerkte, war noch jung; Sharon schätzte sie auf höchstens dreißig. Sie trug ein vom Rocksaum bis zum Halsausschnitt mit unzähligen Knöpfen zugeknöpftes, frisch gestärktes Baumwollkleid, das bei jeder Bewegung knisterte. Auf ihren leicht gepuderten Locken saß ein Spitzenhäubchen.
Auf dem runden, rosigen Gesicht der jungen Frau erschien ein freundliches Lächeln. »Ich bin Smith, die Hausdame«, eröffnete sie Sharon. »Herzlich Willkommen in Mansion House, Miß . . .?«
»South . . .« sagte Sharon. »Aber bitte nennen Sie mich doch Sharon. Smith und South . . . das führt bestimmt zu Konfusionen.«
Smith lachte leise. »Vermutlich haben Sie recht. Nun, wir werden sehen. Ich führe Sie jetzt auf Ihr Zimmer, würden Sie bitte mitkommen? Die Treppe am Ende dieses Korridors führt zu den Dienstbotenzimmern.«
Dienstbotenzimmer! dachte Sharon bitter. O Gott, hätte ich mich doch nie auf dieses Abenteuer eingelassen!

VII

Nachdenklich nippte William Bingham an seinem Port. Sein Blick ruhte auf Lions Gesicht. Irgend etwas schien Lion zu beunruhigen. Bingham konnte sich die merk-

würdige Veränderung, die im Verlauf weniger Wochen mit Lion vorgegangen war, nicht anders erklären. Der Ausdruck müder Verdrossenheit, der Lions Züge überschattete, gefiel ihm nicht.
Eine Weile saßen die beiden Männer sich schweigend gegenüber. Schließlich räusperte sich Bingham und eröffnete die Unterhaltung mit der Bemerkung: »Vergangene Woche habe ich Dr. Franklin einen Besuch abgestattet.«
»Interessant. Ich hoffe, es geht ihm einigermaßen?«
Bingham wiegte zweifelnd den Kopf. »Geistig ist er vollkommen auf der Höhe, aber mit der Gesundheit scheint es nicht zum besten zu stehen. Trotzdem arbeitet er unermüdlich weiter. Wir haben uns fast nur über Politik unterhalten, vorrangig über die nächste Sitzung des Sicherheitsausschusses.«
Lion nickte. Nach einer Weile fragte er: »Sind Sie nicht zum Vizepräsidenten dieser neuen politischen Institution ernannt worden, die Franklin kürzlich gegründet hat? Worum geht es da überhaupt?«
»Sie meinen die Gesellschaft für politische Wissenschaft?« Bingham warf sich in die Brust. »Ja, ich bin einer der beiden Vizepräsidenten. Der andere ist George Clymer. Das Präsidium – etwa fünfzig Leute – tritt alle zwei Wochen in Franklins Haus zusammen. Zur Diskussion stehen allgemeine Fragen der Innenpolitik. Franklin ist die treibende Kraft, er ist mit Feuereifer bei der Sache.« Aufseufzend fügte Bingham hinzu: »Sie kennen ihn ja. Ständig neue Ideen und Vorschläge! Wie lange er noch die Kraft dazu hat, weiß Gott allein.«
»Wenn es sich halbwegs einrichten läßt, werde ich ihn morgen besuchen.« Lion versank wieder in nachdenkliches Brüten.

William Bingham zog heftig an seiner Zigarre. Durch die Rauchwolken hindurch beobachtete er Lions verschlossenes Gesicht. Den ganzen Abend über hatte er sich den Kopf über den Grund für Lions Einsilbigkeit zerbrochen. Dabei hatten sich Anne und Priscilla die größte Mühe gegeben, ihn aufzuheitern. Genützt hatte es nichts. Und jetzt saß er da, starrte ins Feuer und verschanzte sich wieder hinter einer Mauer hartnäckigen Schweigens. Was zum Teufel mochte dem Burschen im Kopf herumgehen? William Bingham fragte sich vergeblich, was er davon halten sollte.

In William Bingham kam plötzlich ein Gefühl des Zorns hoch.

»Zum Donnerwetter, Mann!« polterte er los. »Wollen Sie sich nicht gefälligst endlich nach Reems erkundigen?«

Lion blickte gelangweilt auf. Als er Binghams aufgebrachtes Gesicht sah, konnte er sich nur mit Mühe ein Lächeln verbeißen. »Gibt es Neuigkeiten über Marcus Reems? Wenn ja, kommen Sie schon raus damit, Bingham, bevor Sie daran ersticken!«

»Ähem!« Bingham zog an seiner Zigarre und stieß eine Rauchwolke aus wie ein Vulkan. »Reems' letzte Orientfahrt war wieder einmal eine Riesenpleite!« erklärte er düster. »Das Schiff hat er zwar diesmal zurückgebracht, aber das war auch schon alles. Die traurige Wahrheit liegt auf der Hand: der Mann versteht sein Geschäft nicht. Reems hat keine Ahnung von der ganzen verdammten Seefahrt! Die Crew, mit der er in See stach, war keinen Pfifferling wert. Die Hälfte der Leute ließ ihn auf halbem Weg im Stich. Genauso verhält es sich mit der Ware, die er sich andrehen ließ: nichts als Schund, Ausschuß minderwertigster Qualität!« Binghams Erbitterung machte sich in einem wütenden

Schnauben Luft. »Man könnte glauben, Reems legte es darauf an, sich selbst zu ruinieren. Mitnichten, mein Freund! Sie hätten nur sein entsetztes Gesicht sehen sollen, als ich ihm erklärte, ich sei nicht gesonnen, diese elende Stümperei auch nur einen Tag länger mitzumachen, und ihm den Kredit kündigte.«

Lion zog verwundert die Augenbrauen hoch. »Tatsächlich?« Er lächelte undurchsichtig. »Von dem Schlag dürfte sich Marcus allerdings kaum erholen.«

»Das unangenehmste an der ganzen Geschichte ist Annes völlig unverständliche Reaktion«, grollte Bingham. »Sie findet den Mann charmant ... geheimnisumwittert ... und weiß Gott was sonst noch alles! Sie ist geradezu fasziniert von Reems. Natürlich wird er auch nach wie vor von ihr eingeladen. Wahrscheinlich tut sie es nur, um mich zu ärgern. Zuzutrauen wäre es ihr!«

Lion hatte plötzlich wieder sein unverschämtes Grinsen auf dem Gesicht. »Und warum schieben Sie nicht der Sache einen Riegel vor? Sie brauchen ihr doch nur zu verbieten, Reems einzuladen.«

Bingham erstickte fast an dem Schluck Port, den er sich gerade zu Gemüte führte. »Du liebe Zeit, glauben Sie, das hätte ich nicht getan?« Er seufzte. »Ich predige tauben Ohren! Reems geht weiter in meinem Haus ein und aus.« Einen Augenblick schwieg Bingham verdrossen und kaute auf seine Havanna herum. Dann meinte er mit einem Unterton von Schadenfreude in der Stimme: »Warten Sie's nur ab, Lion! Wenn Sie erst mit Priscilla verheiratet sind, wird es Ihnen nicht bessergehen.«

Lion sagte nichts, er zuckte nur gelangweilt die Achseln. Seine aufreizend gelassene Haltung ärgerte Bingham über alle Maßen. Was fiel dem Kerl eigentlich ein? Wollte er sich über ihn lustig machen? Einen vor vollendete Tatsachen stellen, und dann auch noch den Überlegenen spielen – das wäre ja noch schöner! Überhaupt, was waren das für undurchsichtige Machenschaften? Seit dem Gespräch mit Franklin ging die merkwürdige Sache William Bingham im Kopf herum. Und jetzt wollte er, verdammt noch mal, endlich wissen, woran er mit diesem Hampshire war!

Mit leicht geneigtem Kopf blickte er Lion finster von unten her an. »Es wird allmählich Zeit, daß Sie mich über Ihre Zukunftspläne aufklären, Lion!« platzte Bingham heraus. »Wann treten Sie ihre diesjährige Reise nach China an?«

»Überhaupt nicht!« entgegnete Lion seelenruhig. »Fürs erste jedenfalls nicht.«

»Soso!« Binghams Gesicht nahm eine unheilverkündend dunkle Färbung an. Er öffnete den Mund zu einer scharfen Entgegnung, besann sich aber, als er Lions abweisende Miene sah. Eine Weile würgte er an dem harten Brocken herum, dann sagte er kopfschüttelnd: »Ich hoffe, Sie überlegen sich das noch mal, Lion. Dieser plötzliche Entschluß bringt mein ganzes Konzept durcheinander. Mordecai und ich haben in der Werft in Kensington zwei nagelneue Schiffe liegen. Wir hatten fest damit gerechnet, daß Sie eins davon übernehmen.« Eine Pause trat ein. Bingham zerrte schweratmend an seinem Bart und hob plötzlich mit einem Ruck den massigen Kopf. Sein Zeigefinger stach in die Luft. »Sie können mir nicht ohne jede Erklärung den Kram hinwerfen, Lion! Es gibt haufenweise Kerle, die mit dem Kapitänspatent in der Tasche herumlaufen, obwohl sie von Navigation keine Ahnung haben. Aber davon haben wir nichts. Wir brauchen absolut zuverlässige Leute für unsere Schiffe, Männer, die wegen ihres seemännischen Könnens,

ihrer Autorität und Erfahrung von der Crew respektiert werden. Männer wie Sie, Lion.«
Lion ließ die Tiraden mit unerschütterlicher Ruhe über sich ergehen, äußerte sich jedoch mit keinem Wort dazu. Bingham, der nicht einmal sicher war, daß Lion ihm überhaupt zugehört hatte, fuhr gereizt in die Höhe. »Diese plötzliche Sinneswandlung kommt doch nicht von ungefähr, Hampshire! Wollen Sie mir nicht endlich die Gründe darlegen? Als langjähriger Freund habe ich schließlich das Recht ...«
Lions bitteres Auflachen ließ William Bingham mitten im Satz zu Stein erstarren. Empört runzelte er die Stirn. Die Unmutswolken auf Binghams Gesicht schienen Lion jedoch wenig zu beeindrucken.
»Machen Sie sich doch nichts vor, William!« sagte er kalt. »Ihnen geht es doch nur ums Geschäft. Durch meine Chinafahrten haben Sie mit Ihren Schiffen ein Vermögen verdient. Sie haben jahrelang von mir profitiert und dachten, es ginge immer so weiter. Deshalb wollen Sie mich um keinen Preis verlieren. Ich habe durchaus Verständnis dafür – aber das Wort Freundschaft lassen Sie bitte aus dem Spiel!«
Bingham wollte etwas einwenden, aber Lion schüttelte nur den Kopf und sagte: »Ich bleibe bei meinem Entschluß, William, also finden Sie sich lieber damit ab. Über die Gründe möchte ich vorläufig nicht sprechen. Es würde zu lange dauern, sie zu erörtern.« Aufseufzend streckte Lion seine langen Beine aus und schloß für einen Moment die Augen. »Müde bin ich übrigens auch. Ich habe einen langen Tag hinter mir, wie Sie wissen.«
Binghams Blick streifte unsicher Lions erschöpftes Gesicht. Vielleicht sollte man die Unterredung wirklich auf einen späteren Termin verschieben. Andererseits ... je-

der weitere Tag, der bis zum Auslaufen der neuen Schiffe verfloß, kostete ihn Geld. In dem lautlosen Kampf zwischen Profitgier und menschlichem Mitgefühl, der sich in Binghams Innern vollzog, siegte schließlich sein kühl rechnender Verstand. Er befeuchtete seine trockene Kehle mit einem Schluck Port und räusperte sich mehrmals.

»So können Sie nicht mit mir umspringen, Lion!« sagte er mit dumpfem Nachdruck. »Sie scheinen zu vergessen, daß Sie mir auch einiges verdanken!« Nach einer eindrucksvollen Pause fuhr er fort: »Ich habe Ihnen meine Schiffe zur Verfügung gestellt und Ihre Orientreisen finanziert, und Sie sind nicht schlecht dabei gefahren, Lion. Sie haben in den vergangenen drei Jahren nicht nur eine ganze Menge Geld gemacht, sondern besitzen außerdem die Aktienmehrheit der beiden neuen, erstklassig ausgestatteten Handelsschiffe. Ohne mich hätten Sie das nicht in der kurzen Zeit geschafft, das brauche ich Ihnen wohl nicht zu sagen.«

Bingham ging die Luft aus, er zerrte schweratmend an seinem Kragen. »Darüber hinaus . . .«, sagte er schließlich in vorwurfsvollem Ton, »habe ich mich erboten, Ihre Verlobte in meinem Haus aufzunehmen, ein wildfremdes Mädchen aus den Südstaaten, von dessen Existenz ich bis zum heutigen Tag nicht die geringste Ahnung hatte. Eine Selbstverständlichkeit unter guten Freunden, gewiß – aber finden Sie nicht, daß Sie mir zumindest eine Erklärung . . .«

Lion blickte scharf auf. Er hatte sich das lange genug mitangehört und war am Ende seiner Geduld angelangt. Mit einer kurzen Handbewegung bereitete er dem Lamento ein Ende und meinte kühl: »Wenn Sie sich weiter so aufregen, William, wird Sie unweigerlich der Schlag treffen, und das möchte ich nicht auf

mein Gewissen laden. Ich strebe eine politische Karriere an und habe vor, mich in den Senat wählen zu lassen. Das ist der Grund, warum ich mich entschlossen habe, die Seefahrt für einige Zeit auf Eis zu legen, und das ist auch der Grund für meine bevorstehende Heirat.«
William Bingham erbleichte. Sprachlos starrte er Lion an. Sekunden vergingen, bis Bingham das ungeheuerliche verdaut hatte und der Sprache wieder mächtig war. »Das ... das kann doch nicht Ihr Ernst sein, Lion!« würgte er mühsam hervor.
»Mein voller Ernst!« versicherte Lion ungerührt. Als er Binghams ungläubig entsetzten Gesichtsausdruck sah, fügte er beruhigend hinzu: »Keine Angst, ich werde Sie und Mordecai nicht im Stich lassen, William. Ich werde nach wie vor unten bei den Docks nach dem Rechten sehen und auch beim Anheuern der Leute dabei sein. Sie können auf mich zählen, William, ich verbürge mich dafür, daß keins von den beiden neuen Schiffen den Hafen verläßt, bevor für jedes ein zuverlässiger Käpt'n und eine entsprechend erstklassige Crew gefunden ist,« Lions Zähne blitzten auf, er erhob sich lächelnd. »Auf mich als Käpt'n werden Sie allerdings in nächster Zeit verzichten müssen, William. Sie werden deswegen doch hoffentlich nicht gleich Priscilla vor die Tür setzen? Ich wüßte offengestanden beim besten Willen nicht, wohin mit ihr, mitten in der Nacht.«
»Nein, nein ...« Bingham wedelte mit der Hand. »Machen Sie sich deswegen keine Sorgen, Lion. Priscilla bleibt selbstverständlich bei uns!« er leerte sein Glas und erhob sich ebenfalls.
Lion warf einen Blick auf die vergoldete Kaminuhr. »Es ist spät geworden, William ... höchste Zeit, daß ich mich aufs Ohr haue!«

Bingham nickte. »Schon gut, Lion. Vielleicht ist es ganz gut, wenn wir die Sache noch mal überschlafen, bevor wir weiterreden.«
Die Schritte der beiden Männer hallten laut durch das Haus, als sie die Halle durchquerten. Wickham stand plötzlich da wie aus dem Boden geschossen und reichte Lion schweigend Hut und Umhang, beides trocken und tadellos gereinigt. Der Butler verschwand ebenso lautlos, wie er gekommen war.
Lion wandte sich nach kurzem Zögern noch einmal zu William Bingham um.
»Da wäre noch eine Kleinigkeit, um die ich Sie bitten wollte, William.«
»Ja? Um was geht's denn, Lion?«
»Es geht um Priscillas Zofe. Ich hoffe, Sie verstehen mich nicht falsch, William ... das Mädchen ist kein gewöhnliches Dienstmädchen.«
»Wie meinen Sie das?« Bingham blinzelte verwirrt. »Wollen Sie etwa andeuten, daß ...«
»Kein Grund zur Aufregung, Bingham!« beruhigte Lion ihn schnell. Er stieß einen erschöpften Seufzer aus. »Ich will gar nichts andeuten. Ich wollte Sie nur bitten, Sharon ... so heißt Priscillas Zofe ... im Auge zu behalten. Das Mädchen wird ihnen morgen bestimmt auffallen.« Einen Augenblick lang geriet Lion ins Schwärmen. »Ich habe selten ein schöneres Geschöpf gesehen! Prachtvolles dunkler Haar, blasser, fast durchsichtiger Teint, veilchenblaue Augen ...« Lions Blick fiel auf Binghams verständnisloses Gesicht, er riß sich zusammen. »Was ich sagen will«, fügte er verlegen hinzu, »es ist etwas Besonderes, ganz und gar Ungewöhnliches an dem Mädchen. Man sieht auf den ersten Blick, daß man keinen gewöhnlichen Dienstboten vor sich hat. Sorgen Sie dafür, daß man sie ordentlich be-

handelt. Es soll sich nur ja keiner einfallen lassen, ihr zu nahe zu treten, sonst . . .«
»Sonst was?« Bingham starrte Lion an, als zweifelte er an seinem Verstand. Als ihm dämmerte, daß Lion nicht gesonnen schien, die Frage zu beantworten, sondern sich mit unverschämtem Grinsen zum Gehen anschickte, faßte er sich an den Kopf, drehte sich langsam zur Treppe um und murmelte: »Was in drei Teufels Namen geht eigentlich in diesem Haus vor? Das frage ich mich wirklich!«

Leichte Schritte auf dem Korridor und das Rascheln knisternder Seide ließen Priscilla aufhorchen. Auch Sharon erstarrte mitten in der Bewegung. Die beiden Mädchen wechselten einen stummen Blick. Ein zartes Klopfen ertönte. Dann öffnete sich die Tür, und Anne Bingham schwebte ins Zimmer.
»Guten Morgen, Ma'am!« Mit niedergeschlagenen Augen, wie es sich für einen dienstbaren Geist gehörte, versank Sharon in einem Knicks.
Mit einem angedeuteten Neigen des Kopfs rauschte Anne Bingham an ihr vorüber, um Priscilla zu umarmen. »Sie hatten doch hoffentlich eine gute Nacht, Liebste?«
»Das fragen Sie noch?« Priscilla preßte ihre Wange an Annes stark parfümiertes Haar. Dann heftete sie ihre vor neidvoller Bewunderung leuchtenden Augen auf das herzförmige Gesicht ihres Idols und rief exaltiert aus: »In meinem ganzen Leben habe ich nicht so herrlich geschlafen wie in diesem himmlischen Bett! Nach den vielen schlaflosen Nächten in diesen gräßlichen Bauernbetten kam ich mir vor wie im Paradies!«
Sharon verzog spöttisch die Lippen; sie traute ihren Ohren nicht. Wenn man Priscilla zuhörte, konnte man

glauben, sie hätte das reinste Martyrium hinter sich. Dabei hatte sie in den ›gräßlichen Bauernbetten‹ geschlafen wie ein Murmeltier. Anne schien ihr jedes Wort zu glauben. Ihr Blick glitt voller Besitzerstolz über das breite Hepplewhite-Bett unter dem Baldachin aus Goldbrokat.
»Es freut mich, daß es Ihnen bei uns gefällt, Priscilla«, versicherte sie. »Schließlich werden Sie einige Wochen bei uns bleiben, und wir möchten, daß Sie sich bei uns wohl fühlen. Es ist unser innigster Wunsch.«
Verzaubert, ja geblendet starrte Priscilla Anne Bingham an. »Oh, zu liebenswürdig, Mrs. Bingham!«
»Ich finde, wir sollten ›du‹ zueinander sagen . . . ich wollte es schon gestern abend vorschlagen.« Anne beugte sich vor und küßte die glücklich errötende Priscilla auf die Wange. »Nenn mich einfach Anne, Priscilla! So groß ist der Altersunterschied zwischen uns gar nicht.« Sie lachte. »In zwei Jahren wirst du in einem ebenso schönen Haus wohnen wie ich. Und du wirst zwei reizende Kinder haben . . . stell dir das doch nur einmal vor!«
Wenn du dich nur nicht täuschst! dachte Sharon trokken, aber sie verschloß ihre Zweifel wohlweislich tief in ihrer Brust und schwieg. Priscilla mimte die glückliche Braut. »Ich wünsche mir nichts sehnlicher, Anne«, hauchte sie mit verschämtem Lächeln.
Die beiden fuhren noch eine ganze Weile fort, sich gegenseitig mit Liebenswürdigkeiten zu bombardieren, bis Anne Bingham plötzlich energisch sagte: »Nun haben wir aber genug Zeit verplaudert. Zieh dich an, Priscilla und beeil dich ein bißchen! Ich hatte nämlich vor, gleich nach dem Frühstück zu einem Einkaufsbummel mit dir in die Stadt zu fahren. Du wirst staunen, was für elegante Geschäfte es in Philadelphia gibt.«

»Oh . . . herrlich!« Priscilla klatschte in die Hände wie ein Kind, aber dann umwölkten sich ihre Augen. »Mein Gott, ist das dumm! Ich fürchte, ich kann nicht mitkommen, Anne. Lion wollte heute vormittag vorbeikommen, und da kann ich doch nicht gut . . .«
»Du kannst!« erklärte Anne energisch. »Mir scheint, über den Umgang mit Männern wirst du noch einiges lernen müssen, meine Liebe! Eins mußt du dir merken: je rarer du dich machst, desto mehr wird er dir verfallen.« Sie lacht über Priscillas verblüfftes Gesicht. »Du brauchst mich gar nicht so entgeistert anzusehen, du Schäfchen. Ich spreche aus Erfahrung, es ist so wie ich sage. Laß ihn ruhig hinter dir herlaufen . . . es ist die sicherste Methode, ihn an dich zu binden.«

Lion, der nicht ahnen konnte, welches Komplott sich hinter seinem Rücken zusammenbraute, rasierte sich unterdessen seelenruhig. Er tat es ohne besondere Eile, da es ihn nicht sonderlich zu dem vormittäglichen Pflichtbesuch bei Priscilla drängte. Ab und zu warf er durch das Fenster einen mißtrauischen Blick auf den immer noch wolkenverhangenen Himmel. Seine Laune besserte sich etwas, als er feststellte, daß die dichte Wolkendecke aufzureißen begann. Der Wind hatte gedreht und trieb die Wolken vor sich her über den Delaware River, und im Westen überzog sich der Himmel mit einem unwirklich silbrigen Blau.
Während Lion in dem warmen Wasser sein Rasiermesser hin und herschwenkte, um den Seifenschaum abzuspülen, gab er sich die größte Mühe, den Gedanken an Priscillas schlechte Eigenschaften zu verdrängen. Bewußt rief er sich ihre Vorzüge ins Gedächtnis zurück: die seltene Farbe ihrer Augen, dieses einmalige, leuchtende Grün, das ihn an die Farbe glitzernder Smaragde

erinnerte, die zarte weiße Haut, die immer den Duft von Magnolien ausströmte, die wundervoll ebenmäßigen Proportionen ihres Körpers.
Halbwegs überzeugt, es vor Ungeduld, Priscilla wiederzusehen, keine Sekunde länger aushalten zu können, verließ Lion eine halbe Stunde später in einem seiner elegantesten Anzüge das Haus. Er nickte dem Kutscher, der vor dem Haus vorgefahren war, vergnügt zu, befahl ihm wieder auszuspannen und machte sich zu Fuß auf den Weg.
Der Spaziergang dauerte knapp zehn Minuten. Lion bog in die Third Street ein und strebte mit raschen Schritten dem Gartentor auf der Anhöhe zu, hinter dem sich inmitten eines parkartigen Gartens Mansion House erhob.
Brown, der Kutscher, setzte sich eilends in Bewegung, um das Eingangstor zu öffnen, als er den hochgewachsenen blonden Mann erblickte.
Lion begrüßte seinen ehemaligen Kajütenboy mit einem Lächeln. »Na, wie geht's?« fragte er, als er zusammen mit Brown über die Einfahrt zum Haus schlenderte. »Du schindest wohl mächtig Eindruck bei deinen Weibern als hochherrschaftlicher Kutscher, wie?«
»Ich kann mich nicht beklagen«, erwiderte Brown, ein durchtriebenes Zwinkern in den frechen dunklen Augen. »Im Gegensatz zu meiner früheren Tätigkeit als Kajütenboy schiebe ich hier 'ne ruhige Kugel.«
»Soso . . .« sagte Lion. »Soll ich das nun als Beleidigung auffassen, oder sagst du das nur so?«
»Um Gottes willen, Sir!« stammelte Brown erschrokken. »Das geht nicht gegen Sie, glauben Sie das nur nicht. Ich meine das Leben auf See, das ging nur manchmal auf die Nerven. Immer nur Wasser, wohin man auch schaut, tage- und wochenlang nichts als Was-

ser und ein Haufen bärtiger Grobiane um mich herum – das soll schon Stärkere wie mich umgehauen haben.« Er schüttelte den Kopf. »Nein, nein, Sir – auf die Dauer ist das nichts für mich.«

»Natürlich nicht«, stimmte Lion ihm mit gespieltem Ernst zu. »Zumal in den Hafenkneipen unten an den Docks viele Mädchen sehnsüchtig auf deine Rückkehr warteten, wie ich dich kenne.«

»Da haben Sie ein wahres Wort gesprochen, Sir ... Käpt'n!«

»Na, dann ist ja alles in bester Ordnung. Wenigstens weiß einer von uns beiden inzwischen, wo er hingehört!«

Vor den Eingangsstufen machte Lion halt. Sein Blick glitt über die geschlossenen Fenster, dann wandte er Brown das Gesicht zu. »Ist Mr. Bingham nicht da?«

»Nein, Sir. Er mußte zu einer Konferenz mit Mr. Gilmore und Mr. Lewis. Als ich ihn vor einer Stunde dort absetzte, meinte er, die Sitzung würde sich wahrscheinlich bis zum Abend hinziehen. Ach übrigens ... da fällt mir ein, Mrs. Bingham ist auch nicht da. Sie hat gleich nach dem Frühstück den neuen Landauer anspannen lassen. Soviel ich weiß, wollten die Damen zu Besorgungen in die Stadt.«

»Was?« Lion, der gerade im Begriff war, die Eingangsstufen hochzugehen, blieb abrupt stehen. »Soll das heißen, daß Miß Wade auch nicht im Haus ist?« fragte er stirnrunzelnd.

»Ich ... ich glaube nicht, Sir«, stotterte Brown. »Die beiden Damen sind vor etwa einer Viertelstunde weggefahren.« Brown zögerte kurz. Der Ausdruck auf Lions Gesicht verhieß nichts Gutes, wie er aus Erfahrung wußte. »Sie sind doch nicht etwa verärgert, Sir?« fragte er schüchtern.

»Was soll die dämliche Frage!« fuhr Lion auf. »Natürlich bin ich verärgert! Miß Wade wußte sehr genau, daß ich heute vormittag kommen würde.«
»Vielleicht hat sie es vergessen?« meinte Brown hoffnungsvoll. Ein Blick wie ein gefrorener Blitz brachte ihn zum Schweigen.
»Was ist . . . hast du nichts zu tun?« herrschte Lion ihn an. »Mir brauchst du den Weg nicht zu zeigen, ich finde auch allein ins Haus.« Brüsk wandte er dem verdutzten Brown den Rücken zu und verschwand ohne ein weiteres Wort hinter dem getäfelten Portal.
Im selben Augenblick, in dem Lion das Haus betrat, erschien Sharon in der oberen Halle. Sie hatte sich sofort an die Arbeit gemacht, nachdem Priscilla und Anne Bingham das Haus verlassen hatten. Eine volle Stunde hatte sie gebraucht, um die von Priscilla hinterlassene Unordnung zu beseitigen. Aufseufzend blickte sich Sharon ein letztesmal in dem Zimmer um, bevor sie die Tür hinter sich schloß. Es war tadellos aufgeräumt: in Reih und Glied standen die kristallenen Parfümflakons auf dem Toilettentisch, davor lag griffbereit Priscillas silberne Frisiergarnitur. Die Kleider hingen sorgfältig ausgebürstet im Schrank, die Wäsche hatte sie säuberlich gestapelt in den Schubfächern untergebracht. Priscilla sollte keinen Grund haben, sich über sie zu beklagen.
Bereits im Begriff die Treppe hinunterzugehen, hatte Sharon mit einem raschen Blick Lions riesige Gestalt erhascht. Sogleich war sie hellwach, gespannt und lebendig bis in die Fingerspitzen. Schnell trat sie vom Geländer zurück, aber in derselben Sekunde hob Lion den Kopf und warf einen Blick nach oben. Als er sie erblickte, kam er näher; er hob den Arm und bedeutete ihr herunterzukommen. Am Fuß der Treppe blieb er

stehen und rief ihr etwas zu. Sharon verstand zwar kein Wort von dem, was er sagte, den Ausdruck in seinen Augen jedoch umso besser. Zu ihrem Unbehagen musterte er sie ungeniert von oben bis unten, jedes Detail abschätzend, als sie nach kurzem Zögern leichtfüßig die geschwungene Treppe hinunterlief.

Der Schwung, mit dem Sharon die Treppe hinunterflog, wobei sie Lion das Vergnügen verschaffte, unter ihren gerafften Röcken ihre langen schlanken Beine bewundern zu dürfen, verschlug ihm glatt den Atem. Auf der letzten Treppenstufe blieb sie atemlos stehen, eine zierliche, in zartgrauen Musselin gehüllte Gestalt mit einer Taille, die mit zwei Händen zu umspannen war. Schlank wie eine Gerte stand sie da und lächelte. Die Lider gesenkt, verriet ihr Gesicht nichts von der Spannung, die sie beherrschte.

»Oh, Mr. Hampshire«, es klang erstaunt. Sie stockte, hob langsam die Lider und blickte ihn voll an. »Pris ... Miß Wade ist nicht zu Hause ... leider! Die Damen sind in die Stadt gefahren, um sich die Geschäfte und Modesalons anzusehen. Ich fürchte, sie werden erst gegen Abend zurück sein.«

»Soso ...« Lions Mund verzog sich zu einem ironischen Lächeln, seine Augen wurden schmal. Die Damen waren also in die Stadt gefahren, obwohl er für heute vormittag seinen Besuch angekündigt hatte! Ein uralter Trick, von unzähligen Frauen vor Priscilla und Anne Bingham angewandt, um irgendwelche ahnungslosen Verehrer kirre zu machen. Lion zweifelte keinen Moment daran, daß Anne Bingham die treibende Kraft gewesen war. In Priscilla hatte sie eine gelehrige Schülerin gefunden. Nur hatten die beiden anscheinend nicht bedacht, daß derartige Tricks bei ihm nicht verfingen.

Nachdenklich ließ Lion den Blick an Sharons zierlicher Gestalt herabgleiten. Die kleine Person gefiel ihm immer besser, obwohl er noch immer nicht wußte, woran er mit ihr war. Nun, das war ihre Sache und interessierte ihn im Augenblick wenig, denn sie kam ihm wie gerufen.
Ohne Umschweife setzte Lion Hampshire die Idee, die ihm plötzlich durch den Kopf schoß, in die Tat um. Er packte Sharon am Arm. »Kommen Sie, wir gehen in den Salon«, sagte er. »Ich habe eine Idee und möchte mit Ihnen reden.«
»Aber, aber das geht doch nicht!« stammelte Sharon erschrocken. »Was würde Mrs. Bingham dazu sagen, wenn sie zurückkäme und mich mit Ihnen im Salon anträfe?« Sie schüttelte den Kopf. »Nein, wirklich, Mr. Hampshire . . .«
»Also gut!« unterbrach Lion sie ungeduldig. »Dann reden wir eben hier!« Neben Sharon auf und ab gehend, befahl er ihr, sie hätte sich augenblicklich umzuziehen und ihn auf einen Spaziergang durch die Stadt zu begleiten. Bei der Gelegenheit könne sie gleich ihren zukünftigen Wirkungskreis in Augenschein nehmen, nämlich sein Haus, in dem sie ja ohnehin nach der Heirat leben würde.
Sharon traute ihren Ohren nicht, sie starrte Lion an, als zweifle sie an seinem Verstand. Einige Minuten lang sträubte sie sich mit Händen und Füßen, aber Lion ließ keinen Einwand gelten. Niemand brauchte davon zu wissen, sie sollte sich nur mit dem Umziehen beeilen, dann könnten sie das Haus ohne jedes Aufsehen verlassen.
Der Vorschlag klang so verlockend, daß Sharon in einem plötzlichen Impuls alle Bedenken über Bord warf. In einem Meer übermütiger Freude waren alle Kümmernisse der vergangenen Wochen von einer Sekunde

zur anderen untergegangen. Sharons Gesicht glühte, während sie sich mit blitzenden Augen das Vergnügen ausmalte, der hochnäsigen Priscilla einen derartigen Streich zu spielen. Obwohl sie auf der langen Reise scheinbar geduldig Priscillas Launen und Schikanen über sich hatte ergehen lassen, kam es sie hart an, sich in die Rolle der unterwürfigen Dienstmagd zu fügen, die ihrer Herrin auf Gnade und Barmherzigkeit ausgeliefert war. Wenigstens für einige Stunden wollte sie das alles vergessen und wieder sie selbst sein.
Sharon zögerte nicht länger; sie ging in den oberen Stock zurück und zog ihr schönstes Kleid an. Eine Viertelstunde später verließ sie mit Lion das Haus.

VIII

Wie im Traum hatte sich Sharon an Lions Seite durch die Straßen der Stadt bewegt. Als er schließlich am Ende einer kleinen Allee stehenblieb, hatte sie immer noch das Gefühl, dies alles nicht wirklich zu erleben.
»Ich habe das Haus schon vor längerer Zeit gekauft, gleich nachdem es gebaut wurde«, sagte Lion. »Gewohnt habe ich darin allerdings nur, wenn ich zufällig für einige Tage in Philadelphia war, was höchst selten vorkam.«
Mit der Versunkenheit eines Kindes sah Sharon zu dem fest gebauten Haus in dem alten Garten hinüber. Die Bäume des von einer hohen Mauer umgebenen Gartens verbargen seine Maße, aber stolz stand es da mit seiner breiten Eingangstür zwischen den zwei riesigen Pfeilern: ein zweistöckiges weißes Haus im Kolonialstil, schlicht, solide, für die Ewigkeit gebaut.

»Ich hoffe, das Haus gefällt Ihnen«, sagte Lion, als er die Tür öffnete, einen Schritt zurücktrat und Sharon eintreten ließ. Sharon antwortete nicht, ihre ganze Aufmerksamkeit gehörte jetzt dem Haus. Wortlos stand sie da und betrachtete es. Schatten erfüllten die dunkle, eichengetäfelte Eingangshalle, aus der sich breit die Treppe erhob und dann nach rechts und links teilte. Langsam zeichneten sich vor Sharons Augen Einzelheiten ab: die sanften Farben schwerer orientalischer Teppiche, Bilder in goldenen Rahmen, tiefe Nischen in der geschnitzten Wandvertäfelung und am Ende der Eingangshalle eine halb offenstehende Rundbogentür, die in den hinteren Garten hinausführte.

Völlig lautlos tauchte aus dem dämmerigen Halbdunkel jenseits der Treppe plötzlich eine kleine Gestalt auf. Erst als sie näher kam, erkannte Sharon, daß es sich um einen Mann, offensichtlich um Lions Butler handelte.

Der Mann, kaum größer als ein halbwüchsiger Junge, verbeugte sich fast bis zum Boden vor Lion, mehrmals hintereinander.

»Missa Lion bitte velgeben, weil ich kommen so spät!« lispelte er.

Mit offenem Mund starrte Sharon die merkwürdige Erscheinung an. Der Mann, dessen Gesicht unverkennbar asiatische Züge aufwies, war gekleidet wie jeder andere Butler auch: Schwarze Jacke, schwarze Kniehose, schwarzweiß gestreifte Weste, weiße Strümpfe und Schnallenschuhe. Es war also weniger sein Anzug, als vielmehr die gepuderte Perücke, die sich über dem gelben Gesicht mit den dunklen Schlitzaugen geradezu grotesk ausnahm.

Nachdem der komische kleine Mann seinen Kotau vor ihr wiederholt hatte, grinste er sie sehr höflich und freundlich an.

»Missy Pliscilla kommen zu Besuch ... gloße Ehle fül unwüldigen Dienel Wong! Wong sehl entzückt, Bekanntschaft von Missy Plis ...«

»Einen Moment, Wong!« fuhr Lion dazwischen. »Die junge Dame ist nicht Miß Priscilla. Sie heißt Sharon South und ist Miß Priscillas Zofe. Nach der Hochzeit wird sie hier im Haus arbeiten und selbstverständlich auch wohnen.«

Ein belustigtes Funkeln in den Augen, wandte sich Lion zu Sharon um. »Sharon, das ist Wong Washington, mein Butler. Der beste Butler, den ich je hatte, obwohl er sich ständig in Angelegenheiten einmischt, die ihn nicht das geringste angehen«, fügte Lion grinsend hinzu.

Sharon konnte ein Lächeln nicht unterdrücken. »Ein ungewöhnlicher Name ... Wong Washington!«

»Wong jetzt in Amelika und heißen Wong Washington!« beeilte sich Wong zu versichern. »Schöne amelikanische Name – Washington!« Sharon lachte, obwohl sie seinen Ausführungen nur mit Mühe folgen konnte. Wie die meisten Chinesen konnte Wong den Buchstaben ›r‹ nicht aussprechen und ersetzte ihn kurzerhand durch ein ›l‹. Es klang komisch, und sie mußte sich erst daran gewöhnen.

»Wong ist ein Andenken an meine letzte Orientreise«, erklärte Lion. »Wir lagen gerade in irgendeinem Hafen vor Anker, da wurde mein Kajütenboy plötzlich krank. Sie kennen ihn wahrscheinlich inzwischen, er heißt Brown und steht seit einiger Zeit als Kutscher in Diensten der Binghams. Da ich Ersatz für den erkrankten Brown brauchte, ernannte ich Wong zum Kajütenboy, und er heftete sich an meine Fersen, als ich von Bord ging.« Lion lachte. »Ich wurde ihn einfach nicht mehr los! Und da ich ohnehin einen Butler für mein Haus brauchte, nahm ich ihn mit.«

»Missa Lion mich blauchen . . .«, kicherte Wong. »Also el mich nehmen mit in sein Haus!«

Ausnahmsweise widersprach Lion ihm nicht. Über Wongs Kopf hinweg wechselte er einen Blick mit Sharon und lächelte vielsagend. »Es wird allmählich Zeit, daß wir beide uns über das Abendessen unterhalten, Wong!« meinte er schließlich. »Würden Sie bitte einen Augenblick in der Bibliothek warten, Sharon – es dauert nicht lange.« Mit einer Kopfbewegung zu einer der Türen legte Lion Wong freundschaftlich den Arm um die schmalen Schultern und verschwand mit ihm in der Küche.

Sharon begab sich in die Bibliothek. Beim Anblick der mit Büchern gefüllten, in die Wand eingelassenen Regale, die fast die gesamte Breite und Länge des Raums einnahmen, verschlug es ihr den Atem. Fasziniert wanderte sie an den langen Reihen ledergebundener Prachtbände vorbei. Tagelang, wochenlang hätte sie sich hier vergraben mögen, aber den Traum konnte sie getrost begraben. Zum Lesen würde sie fürs erste nicht kommen; statt dessen würde sie von früh bis spät Priscilla bedienen müssen und abends todmüde in ihr Bett fallen.

Seufzend sah sich Sharon nach einer Sitzgelegenheit um und entdeckte im selben Augenblick das Mädchen. Im ersten Moment glaubte sie, eine Halluzination vor Augen zu haben und blieb wie erstarrt stehen.

Das Mädchen saß in einer der Fensternischen auf einer seidenbespannten Sitzbank. Sie rührte sich nicht, so daß Sharon sie nicht bemerkt hatte. Ihre ätherische Schönheit war von einer Vollkommenheit, die fast etwas Unwirkliches hatte.

Die Gestalt rührte sich nicht, sie sah Sharon nur unverwandt aus leuchtend hellblauen Augen an.

Doch plötzlich flog ein Zittern über das Gesicht des Mädchens. Einen Augenblick senkte sie die dicht bewimperten Lider, und dann, als sie sich wieder hoben, sah Sharon, daß die wunderschönen Augen in Tränen schwammen.

»Sind Sie . . . Priscilla?« fragte das Mädchen mit bebender Stimme. »Lions . . . Braut?«

»Ich? O nein, nein . . . ich heiße Sharon und bin nur Miß Wades Kammerzofe.«

»Es ist also wahr!« schluchzte das Mädchen. Jetzt weinte sie wirklich, die Tränen strömten aus ihren Augen und rollten langsam über ihre Wangen, seltsamerweise ohne die Schönheit ihres Gesichts auch nur im geringsten zu beeinträchtigen. Heimlich beneidete Sharon sie um die Fähigkeit, mit völlig reglosem Gesicht zu weinen und dabei so wunderschön auszusehen. Nicht einmal ihre Augen röteten sich; klar wie strahlend blaue Saphire schimmerten sie durch einen Schleier von Tränen.

Noch während Sharon überlegte, ob sie sich leise davonmachen oder lieber zu dem Mädchen hingehen und es tröstend in die Anne schließen sollte, stürmte Lion in die Bibliothek und machte in empörten Worten seinem Unmut über Wong Luft.

»Der Teufel soll diesen dreimal verfluchten Wong holen!« wütete er grimmig vor sich hin. »Konnte der Kerl mir nicht sagen, daß er Clarissa bereits in die Bibliothek . . .« Lautes Schluchzen unterbrach ihn mitten im Satz. Mit einem Ruck fuhr er herum und starrte Clarissa stirnrunzelnd an. »Was zum Teufel . . .! Würde mir gefälligst jemand verraten, was hier vorgeht?«

Clarissa sprang auf. Ein Rascheln von Seide, ein schwebendes Gleiten, und schon war sie an Sharon vorbei und sank Lion in die Arme. Mit einem nadelfeinen Stich im Herzen beobachtete Sharon, wie er sich über sie beugte, ihr zärtlich über die flachsblonden Locken strich und tröstend auf sie einzureden begann. Der Anblick versetzte Sharon in die schrecklichste Verlegenheit. Am liebsten hätte sie sich in ein Mauseloch verkrochen.

Clarissa schien Sharons Anwesenheit wenig zu bekümmern, sie ließ ihren Tränen freien Lauf. »O Lion!« seufzte sie, »wie konntest du mir das antun? Ich konnte es einfach nicht glauben, ich dachte, es könnte nicht wahr sein!« Eine Weile hörte man nur Clarissas herzzerbrechendes Schluchzen, dann fuhr sie mit tränenerstickter Stimme fort: »Und dann, als ich heute in der Second Street Anne Bingham mit diesem Mädchen sah, da . . .« Sie rang nach Luft und stieß unter Strömen von Tränen hervor: »O Gott, Lion, da stürzte die Welt für mich ein! Ich hielt die Ungewißheit plötzlich nicht mehr aus, ich konnte nicht warten, bis meine Kutsche kam. Ich fing an zu laufen und rannte den ganzen Weg bis hierher. Und dann . . . dann sagte Wong . . .«

Lion hob plötzlich scharf den Kopf und warf Sharon einen Blick zu. »Würden Sie bitte nebenan im Salon warten?«

Sharon starrte ihn an, haßte ihn, war den Tränen nahe. »Verzeihen Sie, ich wollte nicht neugierig sein.« Sie drehte sich um und ging hinaus.

Dann stand sie in dem Salon und wußte nicht, was sie tun sollte. Sie fühlte sich gedemütigt. Auch diesem Raum hatte Lion den Stempel seiner Persönlichkeit aufgeprägt. Da gab es chinesische Schränke, venezianische Spiegel und gläserne Vitrinen mit Elfenbeinschnitzereien und hauchdünnem chinesischem Porzellan, Kostbarkeiten, die Lion aus dem Orient mitgebracht hatte.

Sharon ließ sich in einen Sessel sinken und versuchte,

die Gedanken von dem soeben Gesehenen loszureißen. Sie wollte nicht an das schöne Mädchen im Nebenzimmer denken, das sich in Liebe zu Lion verzehrte. Sie durfte nicht daran denken, daß Lion sie in den Armen hielt, aber so sehr sie sich auch bemühte, sie wurde das Bild der beiden zueinander geneigten blonden Köpfe nicht los, und jedesmal, wenn es wieder vor ihr aufstieg, krampfte sich ihr Herz zusammen.

Das Stimmengemurmel in der Bibliothek verstummte plötzlich. Eine Tür wurde geöffnet, dann hörte Sharon in der Eingangshalle Stimmen. Sie sprang auf und trat ans Fenster. Draußen auf der Einfahrt wartete eine Kutsche. Dann kamen Lion und Clarissa. Er half ihr beim Einsteigen, nickte dem Kutscher zu, und die Kutsche fuhr los. Sharon trat schnell vom Fenster zurück, als sie sah, daß Lion sich umdrehte und zum Haus zurückging. Als er wenig später den Salon betrat, stand sie vor dem Kamin, scheinbar völlig in den Anblick der vergoldeten Uhr auf dem Kaminsims versunken.

Schweigend, mit düsterer Miene, durchquerte Lion den Raum. Vor dem Kamin, unmittelbar neben Sharon blieb er stehen, anscheinend tief in Gedanken versunken. Eine Weile brütete er finster vor sich hin, dann hob er mit einer jähen Bewegung den Arm und schlug mit der Faust gegen den marmornen Kaminsims. Die Erschütterung war so heftig, daß Sharon wie unter einem Schlag zusammenzuckte. Der Schreck fuhr ihr in die Glieder; fassungslos starrte sie ihn an. Im selben Moment hob Lion den Kopf, sein Blick streifte ihr Gesicht. Sharon, die ihn aus weit aufgerissenen Augen anstarrte, bemerkte ein belustigtes Glitzern in seinen Augen, ein winziges Zucken um die Mundwinkel. Der Zorn war plötzlich wie weggewischt, auflachend hob er die Hand und berührte sie leicht an der Wange.

»Wenn Sie sich sehen könnten, Sharon...«, prustete Lion, »... gottvoll! Sie sind ganz und gar einmalig, wirklich! Man braucht Sie nur anzusehen, und schon vergeht einem die schlechte Laune. Sie sind ja ganz blaß geworden, habe ich Sie wirklich so erschreckt? Warten Sie, ein Glas Wein wird Ihnen wieder auf die Beine helfen.«

Lion öffnete eine der Vitrinen, hantierte eine Weile mit Karaffen und Gläsern herum und reichte Sharon ein zur Hälfte mit Wein gefülltes Glas. »Darauf müssen wir anstoßen!« sagte er, während er sich einen Brandy einschenkte. Er hob sein Glas: »Also dann: auf das unwiderstehlichste Geschöpf, das mir in meinem ganzen Leben begegnet ist!«

Er sah sie spöttisch an, und Sharon hatte das gräßliche Gefühl, daß er ihre Gedanken lesen konnte.

Sie zwang ein Lächeln auf ihre Lippen. »Ein Glück, daß Miß Wade den Trinkspruch nicht gehört hat.«

Lion lachte lauthals. »Man soll den Tag nicht vor dem Abend loben! Nachdem Clarissa völlig unerwartet hier aufkreuzte – wer weiß, was mir heute noch alles blüht!« Er ließ sich auf einem der Sofas nieder und lehnte sich entspannt zurück. »Wollen Sie nicht auch Platz nehmen?«

Sharon war bereits drauf und dran, sich neben ihn zu setzen, besann sich aber anders und ließ sich in einem der Sessel nieder. Um sich Mut zu machen, nahm sie einen tüchtigen Schluck Wein, dann sagte sie geradeheraus: »In meinem ganzen Leben habe ich kein so wunderschönes Geschöpf gesehen wie dieses Mädchen... diese Clarissa.« Sie zögerte, »Entschuldigen Sie, daß ich es so frei sage, aber ich verstehe beim besten Willen nicht, warum Sie bis nach Virginia fahren mußten, um sich eine Frau zu suchen. Warum muß es

ausgerechnet Priscilla Wade sein... die einem Vergleich mit Clarissa in keiner Weise standhält?«
Lion starrte sie an. »Dafür gibt es wohlüberlegte Gründe«, entgegnete er schließlich kurzangebunden. Eine Weile schwieg er und musterte sie mit spöttischem Blick. Dann sagte er in sarkastischem Ton: »Ich werde Ihnen den Grund nennen... es läßt Ihnen ja doch keine Ruhe! Meine Heirat mit Priscilla Wade dient ausschließlich dem Zweck, mir einen gesellschaftlichen Status zu verschaffen. Ich habe mir eine politische Karriere großen Stils in den Kopf gesetzt, und um dieses Ziel zu erreichen, ist mir jedes Mittel recht.«
Sharon fühlte, wie ihr das Blut ins Gesicht schoß. Irgend etwas an seiner Arroganz ging ihr gegen den Strich. Er hat kein Gewissen, dachte sie. Seine Menschenverachtung ist grenzenlos. Er hätte einen perfekten Schurken abgegeben, und das war er wahrscheinlich auch.
Lion starrte mit wissendem Lächeln auf sie hinab. »Schockiert?« fragte er. »Sie halten mich wohl für einen eiskalt berechnenden Egoisten, wie? Vielleicht darf ich Sie daran erinnern, meine Dame, daß ihre Herrin, Miß Wade, sich mit der gleichen eiskalten Berechnung ihren zukünftigen Ehemann ausgesucht hat! Sagen Sie nur nicht, das wüßten Sie nicht längst.«
»Ich verstehe Ihre Einstellung trotzdem nicht«, entgegnete Sharon steif.
»Nein?« Lion grinste sie wieder auf seine unverschämt arrogante Art an. »Nun gut, dann werde ich mich deutlicher ausdrücken, vielleicht verstehen Sie mich dann. Liebe, Schönheit, persönliches Glück, oder wie man es auch nennen will – diese Gesichtspunkte spielen bei meinen Zukunftsplänen eine denkbar untergeordnete Rolle. Wenn man es in der Politik zu was bringen will,

muß man über ein gewisses Maß an Freiheit verfügen. Mit anderen Worten, ein Politiker kann keine Frau brauchen, die wie ein Mühlstein an seinem Halse hängt.«

Ungläubige Bestürzung malte sich auf Sharons Gesicht. »Sie sprechen die ungeheuerlichsten Dinge aus, als wären es Selbstverständlichkeiten. Sie gehen mit Menschen um, als wären es Schachfiguren, die man nach Belieben hin und her schieben kann, um gewisse Ziele zu erreichen. Clarissa muß Ihnen doch etwas bedeutet haben, sonst wäre sie nicht so verzweifelt! Haben Sie sich einmal gefragt, was aus ihr werden soll?«

»Clarissa ist nicht der Engel an Tugend und Reinheit, für den sie sich ausgibt!« Lion lachte bitter auf. »Wenn Sie das glauben, dann täuschen Sie sich gewaltig. Eine Frau wie Clarissa heiratet man nicht . . . man geht mit ihr ins Bett, wenn einem danach ist.« Zynisch fügte er hinzu: »Sie brauchen Clarissa nicht zu bemitleiden. Sie ist es nicht wert.«

Sharons Lippen wurden ganz schmal. »Hören Sie . . .«

»Habe ich etwas gesagt, was Sie beleidigt hat?« fragte Lion schnell.

Sharon sprang von ihrem Sessel hoch. »Alles, was Sie sagen, beleidigt mich!«

Er starrte sie ungläubig an. »Wieso eigentlich? Weil ich aus meiner Einsteilung kein Hehl mache? Finden Sie Offenheit beleidigend?«

»Ich finde Sie verachtenswert«, platzte Sharon heraus.

»Warum?«

Sharons Lippen zitterten vor Zorn. »Wenn Sie nicht wissen, warum, kann ich es Ihnen niemals erklären.«

»Warum versuchen Sie es nicht? Ich habe viel Zeit.«

»Aber ich nicht.« Mit zornroten Wangen wandte sich Sharon der Tür zu. »Wenn Sie mich jetzt entschuldigen wollen – ich möchte gehen.« Ohne ihn eines weiteren Blickes zu würdigen, ging sie auf die Tür zu. Sie kam knapp drei Schritt weit. Lion stand plötzlich vor ihr und verstellte ihr den Weg. »Sie werden nicht gehen, bis es mir paßt!« Er packte sie an den Armen und drängte sie zurück. Als Sharon versuchte, sich loszureißen, lachte er spöttisch auf. »Kleine Wildkatze! Sie gefallen mir immer besser.«

»Lassen Sie mich los!« fauchte Sharon. Ihre Augen flammten ihn an. »Wie können Sie es wagen . . .!« Sie wand sich wie ein Aal, aber Lion zog sie noch näher zu sich heran und umschlang sie mit beiden Armen. Zu ihrem Entsetzen fühlte Sharon, wie plötzlich die Knie unter ihr nachgaben. Ihr Herz, das wie rasend zu hämmern begann, schlug ihr bis in den Hals hinauf. Alle Kraft schien sie zu verlassen. Sie fühlte, wie ihr Widerstand erlahmte und begriff nicht, was über sie gekommen war. Sie bog den Kopf zurück, ihre schönen Augen bettelten. »Bitte nicht . . . bitte, zwingen Sie mich nicht!« flüsterte sie mit einer Stimme, die wie die eines fremden Menschen klang.

Er ließ sie nicht aus seinen Armen.

»Nicht, Lion. Nicht«, flüsterte sie verzweifelt.

»Doch.« In seine Augen trat ein seltsamer Glanz, sie wurden durchsichtig wie Kristall. »Du weißt es nur noch nicht«, sagte er. »Ich weiß es schon lange. Meine Heirat mit Priscilla wird nichts daran ändern. Sie wird uns nicht trennen. Nichts wird uns mehr trennen . . . bis zum letzten Atemzug nicht!«

Sie vergaß einen Augenblick alles und gab sich seiner Umarmung hin. Sie sah und hörte nichts. Eine Flamme umhüllte ihren Körper, ihre Lippen trafen sich in einem brennenden Kuß. Nichts existierte mehr außer dieser Sekunde der Seligkeit.

IX

Wie ein General vor der Schlacht schritt Bramble langsam um die Anrichte herum und prüfte alles, was darauf stand, mit strengem Blick. Für den Tee war alles bereit und vorschriftsmäßig auf einem Tablett angerichtet: Porzellan, Silber, Gürkchen aller Arten, Sandwiches und dreierlei Gebäck. Bramble schnaufte zufrieden. Jetzt, da die erste Hürde des Nachmittags genommen war, konnte sie sich beruhigt auf die Vorbereitungen für das Dinner konzentrieren.

Bramble schnaubte noch einmal, dann hob sie vorsichtig das fertig gebackene Brot aus dem Brotofen und trug es, wie eine Priesterin eine heilige Reliquie, zum Abkühlen in die Speisekammer. Als sie wieder auftauchte, eilte sie unverzüglich zu ihrem riesigen Herd, um dort nach dem Rechten zu sehen.

Sharon, die mit Smith und Wickham an dem langen weißgescheuerten Küchentisch saß, sah zu, wie die Köchin ihre blinkenden Kasserollen und Pfannen auf der Herdplatte hin und her schob. Verlockende Duftschwaden verbreiteten sich in der Küche: der süße Rauchgeruch des Schinkens, der Duft der Obstpasteten, der knusprige Geruch der Hühner, die teils in der Pfanne brieten, teils in Sahne schmorten. Bramble hatte den Wasserkessel gefüllt; bevor sie ihn aufsetzte, entfernte sie mit einem eisernen Feuerhaken zwei Ringe aus der Herdplatte. Der Feuerschein ließ ihr grobknochiges Gesicht und ihr glanzloses Haar aufleuchten. Bramble war groß und dürr und verfügte über keinerlei Schönheit. Ihr Glaube an gewisse ewige Wahrheiten war unerschütterlich, und es war nicht immer leicht, mit ihr auszukommen. Dennoch gab es in dem großen Haus niemand, der sich unterstanden hätte, Bramble die Stirn zu

bieten, soviel hatte inzwischen selbst Sharon begriffen. Denn hinter diesem finsteren und pferdeähnlichen Aussehen verbarg sich eine Kochkünstlerin von hohen Graden, und Anne Bingham bildete sich nicht wenig darauf ein, daß alle Welt sie um ihre unübertreffliche Köchin beneidete.
Smith und Wickham saßen etwas abseits von Sharon am anderen Ende des langen Tischs, offensichtlich einer in den Anblick des anderen versunken. Daß zwischen den beiden eine tiefe Liebe entbrannt war, hatte Sharon bereits instinktiv erkannt, als sie sie zum erstenmal miteinander sah. Jede Geste, jeder Blick, jedes Lachen verriet es. Smith war bezaubernd, wenn sie Wickham anlachte. Ihre Augen strahlten dann so viel Liebes aus, und ihr leises Lachen hatte etwas Weiches, Zärtliches. Aus Wickhams würdigen Zügen war die Strenge wie weggewischt. Er sah Smith verehrungsvoll an und polierte unterdessen die silbernen Bestecke für den Abend.
Bramble schleifte eins von den Küchenmädchen an den Herd und gab präzise Erklärungen über das Wenden der Hühner von sich. Eine Weile blieb sie am Herd stehen, die knochigen Hände auf der Schürze gefaltet und überwachte den Ritus. Dann suchte sie sich das schärfste Küchenmesser heraus, ergriff einen Bottich mit bereits geschälten Kartoffeln und setzte sich zu Sharon an den Tisch, um die Kartoffeln in hauchdünne Scheiben zu schneiden. Das Messer trat in Aktion, und Bramble begann zu reden. Da weder Smith noch Wickham an einer Unterhaltung interessiert schienen, richteten sich ihre inhaltsschweren Worte hauptsächlich an Sharon.
Die Einleitung bestand in einem entrüsteten Schnauben. Sharon zuckte zusammen, und Bramble fuhr fort:

»Wenn Sie mich fragen – es ist eine Schande! Eine Sünde und eine Schande.«
»Wie bitte?« fragte Sharon schüchtern.
»Eine Schande für die ganze Stadt!« wiederholte Bramble düster. »Das Theater wird wieder eröffnet . . . vorgestern wurde es im Stadtrat beschlossen. Das ist der Anfang vom Ende«, sagte sie dumpf. »Jetzt ist es vorbei mit der Moral in dieser Stadt.«
Sharon hielt es für ratsam, das Thema zu wechseln. Sie hob schnuppernd die Nase. »Sie sind eine wundervolle Köchin, Bramble! Wie das duftet . . . himmlisch!«
»Es braucht viel Arbeit, bis so eine Mahlzeit auf dem Tisch steht«, schnüffelte Bramble. »Aber wenn Sie mich fragen – Arbeit hat noch keinem geschadet. Auf dem Standpunkt steh' ich nun mal, auch wenn es gewisse Leute gibt, die ganz anders darüber denken.« Sie stieß einen tiefen Seufzer aus. »Manchmal frag' ich mich allen Ernstes, ob ich's überhaupt vor meinem Gewissen verantworten kann, auch nur einen Finger für die da oben krumm zu machen!«
Entgeistert starrte Sharon sie an. »Meinen Sie etwa die Binghams?«
»Wen denn sonst? Was soll man von einer Herrschaft halten, die sich der Prasserei und allen möglichen weltlichen Vergnügungen hingibt, anstatt ein gottgefälliges Leben zu führen, wie es sich für anständige Christenmenschen gehört?« Bramble griff sich eine Kartoffel, ließ sie wieder ins Wasser zurückplatschen und stach mit dem Küchenmesser in die Luft. »Es heißt nicht umsonst ›Sage mir, mit wem du umgehst, und ich sage dir, wer du bist‹!« Sie schüttelte den Kopf. »Wenn man bedenkt, wer in diesem Haus aus und ein geht . . .!« Das Küchenmesser trat wieder in Aktion. »Die ganze Stadt hält sich ja schon darüber auf.«

»Über die Leute, die hier ein und aus gehen?« Sharons Augen wurden immer größer. »Meinen Sie jemand Bestimmten?«
»Ich meine Marcus Reems!« sagte Bramble grimmig. »Der Lump, der gottlose! Hat nichts als Schlechtigkeiten im Kopf!« Sie warf Sharon einen düsteren Blick zu. »Jawohl, so ist es, damit Sie es nur wissen! Sie können es Ihrer Miß Wade ruhig weitersagen.« Bramble schnaufte und fügte vieldeutig hinzu: »Bevor es zu spät ist.«
Sprachlos, völlig erschüttert, starrte Sharon die Köchin an. Einen Augenblick herrschte in ihrem Kopf absolute Leere, dann überstürzten sich ihre Gedanken. Marcus Reems und Priscilla? Hatte die Frau den Verstand verloren? Zwei Tage waren vergangen, seit sie sich von Lion hatte überreden lassen, ihn in das Haus am Ende der Allee zu begleiten. Die Rückkehr aus dem kurzen rauschhaften Traum dieses einen Tages in die rauhe Wirklichkeit ihres Daseins im Hause Bingham war wie ein Sturz in eisige Abgründe gewesen. Sie hatte sich in dieses Abenteuer gestürzt ohne zu ahnen, mit welchen Härten es verbunden war. Selbst in einem feudalen Haus wie Mansion House waren Dienstboten nicht auf Rosen gebettet, wie sie es sich vorgestellt hatte. Sie war als Dienstbote in dieses Haus gekommen und wurde behandelt wie ein Dienstbote. Was das bedeutete, hatte sie zu spät begriffen: Arbeit vom frühen Morgen bis in die Nacht hinein. Und Demütigungen, die man schweigend zu schlucken hatte . . . die hochmütige Herablassung, mit der Anne Bingham sie behandelte, die freundliche Herablassung, die William Bingham ihr zuteil werden ließ, die unpersönliche Art der Gäste. Selbst Priscilla schien vergessen zu haben, daß sie ihr ganzes Leben lang Freundinnen gewesen waren.

Was Sharon am meisten bedrückte, war der Gedanke an Lion. Seit jenem unseligen Tag hatte sie ihn nicht zu Gesicht bekommen, obwohl er Priscilla mehrfach besucht hatte. Wenn man dem Gerede der Dienerschaft Glauben schenken konnte, überschüttete er sie geradezu mit Aufmerksamkeiten. Die flüchtig aufgeschnappten Äußerungen brannten wie Feuer in ihrem Kopf, zerstörten ihren Glauben an Lion. Ihr ganzes Leben lang hatte sie geglaubt, es sei recht für sie, zu bekommen, was sie haben wollten, doch die Erfahrungen der letzten Tage hatten diesen Glauben erschüttert. Ihre ganze Welt schien in Trümmer zu stürzen. So stand sie da und blickte verzweifelt vor sich hin.
Bramble war fertig mit ihren Kartoffeln, als Sharon aus ihrer Träumerei erwachte.
»Bramble ...«, sagte sie seufzend, »würden Sie mir bitte erklären, was Sie mit dieser Andeutung über Miß Wade und Mr. Reems meinten? Ich dachte, Sie wüßten, daß Miß Wade mit Mr. Hampshire verlobt ist und kurz vor der Hochzeit steht?«
Bramble lächelte sie merkwürdig an, wobei sie ihre gelben Zähne zeigte. »Was will das schon heißen ... für eine wie die! Ich hab' die beiden doch selbst miteinander gesehen! Heute mittag – Arm in Arm! Aber Mr. Hampshire konnte ich beim besten Willen nirgends erblicken.«
»Das verstehe ich nicht!« murmelte Sharon bestürzt.
»Was gibt's da groß zu verstehen? Das ist eine Rasse für sich, diese Südstaatler. Was verstehen die schon von Ehre und Anstand ... oder Treue! Da lachen die doch höchstens drüber!«
Hilflos wandte sich Sharon zu Smith und Wickham um. »Ist das wirklich wahr, daß Miß Wade diesem Mr. Reems ... Avancen macht?«

Smith bekam einen feuerroten Kopf und wechselte einen raschen Blick mit Wickham. »Mr. Reems war heute hier, das stimmt schon. Er hat sich längere Zeit mit Miß Wade unterhalten, soviel ich weiß.« Zögernd fügte sie hinzu: »Aber das muß ja nicht unbedingt bedeuten . . .«
»Was nicht ist, kann noch werden!« unterbrach Bramble sie ungerührt. »Diesem Reems ist doch nichts heilig – der ist zu allem fähig. Wenn der sich was vorgenommen hat, geht er über Leichen. Und das eine könnt ihr mir glauben: der Kerl macht sich nicht ohne Grund an Miß Wade heran. Da steckt mehr dahinter . . . so sicher wie das Amen in der Kirche!«
Verstört heftete Sharon den Blick auf Smith. »Können Sie mir nicht sagen, worauf Bramble hinauswill, Smith? Ich begreife allmählich überhaupt nichts mehr. Das alles ist so . . . verwirrend für mich.«
Smith seufzte. »Ich rede nicht gern über fremde Angelegenheiten, wirklich nicht. Aber in diesem Fall . . . Vielleicht hat Bramble recht, und es könnte nicht schaden, Miß Wade zu warnen, vorsichtig, natürlich! Zumindest müßte man sie darauf aufmerksam machen, daß Mr. Hampshire und Mr. Reems seit Jahren gar nicht gut miteinander stehen.«
Wickham räusperte sich. »Sie können sich nicht ausstehen!« erklärte er trocken. »Und ich muß sagen, ich kann es Mr. Hampshire nachfühlen, daß er Reems die kalte Schulter zeigt.«
»Die Gründe für die Feindschaft zwischen den beiden Herren sind uns nicht bekannt«, sagte Smith vorsichtig. »Aber ich könnte mir vorstellen, daß sie in Mr. Reems' Charakter zu suchen sind. Er ist kein besonders sympathischer Mann. Ich möchte ihn nicht zum Feind haben, wenn Sie wissen, was ich meine.«
»Ich kann euch die Gründe für seinen Haß auf Mr.

Hampshire nennen«, ließ sich Wickham vernehmen. »Neid und Eifersucht, nichts anderes!«
»Jawohl!« Bramble nickte heftig. »Wer weiß ... vielleicht ging es wirklich um eine Frauensperson, als das Ganze anfing. Und als dann die Sache mit dem Chinahandel auch noch schiefging für Marcus Reems, da war's dann natürlich ganz aus. Da sah er rot! Mr. Hampshire hat noch jedes Schiff heil zurückgebracht, von allen seinen Reisen. Und Reems ... gleich beim erstenmal hat er sein Schiff zuschanden gefahren und Schiffbruch gemacht. Die Ladung, das Schiff, alles war hin! Und als Mr. Bingham merkte, was für eine Niete Reems ist, hat er ihm prompt den Kredit gekündigt.« Schnaufend stammte Bramble die Hände in die Hüften. »Also, wenn ihr mich fragt, daß dieser gottlose Mensch hier ein und aus geht, ist ein Unglück für dieses Haus! Dabei kommt nur Unheil heraus. Und was das schlimmste ist: Mrs. Bingham schaut in ihn hinein wie in einen Spiegel. Der hat er restlos den Kopf verdreht! Irgendeinen Grund muß es ja schließlich haben, daß sie ihn ständig einlädt, nicht?«
»Wenn das wirklich stimmt, wird Miß Wade bestimmt auch von ihm begeistert sein!« bemerkte Sharon trocken.
Wickhams Gesicht verfinsterte sich. Er warf Sharon einen durchdringenden Blick zu. »Eben das befürchten wir ja alle!«
Die Unterhaltung endete ziemlich abrupt, da im selben Augenblick eines der Stubenmädchen in die Küche geschossen kam. »Teebesuch!«
»Grundgütiger Himmel ... der Tee!« Bramble schlug die Hände über dem Kopf zusammen. Ein Schnauben, und sie hatte sich wieder gefaßt und richtete ihren knochigen Zeigefinger auf Sharon. »Sie servieren! Aber wechseln Sie vorher die Schürze!«

Mit einem gestärkten Spitzenhäubchen auf den dunklen Locken, die breiten Bänder einer winzigen Servierschürze zu einer Schmetterlingsschleife geschlungen, betrat Sharon fünf Minuten später den Salon. Da sie ihre ganze Konzentration und Geschicklichkeit benötigte, um das mit kostbarem Porzellan und Platten voller Köstlichkeiten beladene Tablett durch die Tür zu balancieren, auf dem zu allem Überfluß auch noch die Kanne mit dem kochendheißen Tee stand, hob sie die Augen erst, als sie bei der kleinen Teegesellschaft angelangt war. Sie erlitt fast einen Schock.

Auf dem seidenbespannten Sofa, eingerahmt von Anne Bingham und Priscilla, thronte ein blondes, engelhaft schönes Wesen: Clarissa. Eine fremde, auf wunderbare Weise verwandelte Clarissa, die nichts mit dem weinenden Mädchen gemein zu haben schien, das Sharon in Lions Bibliothek angetroffen hatte. Wie eine Marmorstatue saß sie in ihrem pfauenblauen Samtkleid da – unnahbar, damenhaft und beherrscht bis in die Fingerspitzen.

Anne Bingham wartete, bis Sharon das Gebäck herumgereicht hatte. Sie griff nach der silbernen Teekanne. »Lassen Sie nur, South, das mache ich schon selbst.« Ihr Blick streifte Sharon mit verletzender Gleichgültigkeit. »Danke, Sie können gehen!«

Klang nicht etwas wie Hohn aus ihrer Stimme, oder war es nur Einbildung? Sharon hätte es nicht mit Bestimmtheit sagen können. Errötend stellte sie das Tablett auf dem Teewagen ab. Sie kam sich vor wie ein überflüssiges Möbelstück, das überall im Weg herumsteht. Priscilla sah über sie hinweg, als wäre sie überhaupt nicht vorhanden. Sie hatte sich in den wenigen Tagen nicht nur Anne Binghams vornehm gedehnte Sprechweise, ihre elegant lässigen Bewegungen angeeignet, sondern auch deren herablassende Allüren dem Personal gegenüber übernommen. Selbst ihr Haar war anders frisiert. Sie trug es neuerdings hochtoupiert und an einer Seite zu einem Lockentuff gerafft – genau wie Anne Bingham. Wie entsetzlich! Sharons Herz war eisig vor Wut. Sie hörte noch, wie Priscilla und Clarissa begannen, sich gegenseitig mit Komplimenten zu überschütten, während sich Anne Bingham auf die Zeremonie des Tee-Einschenkens konzentrierte. Dann entfernte sie sich mit einem höflichen Knicks.

Mehrmals während der nächsten Tage versuchte Sharon vergeblich, eine Aussprache unter vier Augen mit Priscilla herbeizuführen. Es schien völlig unmöglich, Priscilla allein anzutreffen. Jedesmal tauchte im entscheidenden Moment Anne Bingham auf. Wie ein schillernder Schmetterling umflatterte sie Priscilla von morgens bis abends.

Fast eine Woche verging, bis Sharon endlich eines Mittags nach dem Lunch Priscilla allein in ihrem Zimmer antraf. Sie saß halb angekleidet vor dem Spiegel, als Sharon eintrat. Völlig in den eigenen Anblick vertieft, blickte sie nur flüchtig auf und murmelte zerstreut: »Ach, du bist es, Sharon! Schau doch mal, was ich hier habe . . . ist da nicht ein roter Fleck?« Sie hob die Hand an die rechte Augenbraue und legte den Kopf zurück.

Sharon beugte sich über sie. Das winzige rote Pünktchen, kaum stecknadelgroß, war mit dem bloßen Auge fast nicht zu erkennen. Sie richtete sich auf und warf Priscillas Spiegelbild einen belustigten Blick zu. »Man muß sich schon sehr anstrengen, um dieses winzige Pünktchen zu entdecken. Mach dir keine Gedanken, das sieht außer dir bestimmt niemand.«

»Man sieht es doch! Vielleicht kann man die Stelle mit Puder verdecken – was meinst du?«
»Hör zu, Priscilla . . .« Sharon ließ sich auf einem Schemel neben dem Toilettentisch nieder. Sie beugte sich etwas vor und versuchte Priscillas Blick zu erhaschen. »Hör mir bitte einen Augenblick zu, Priscilla, ich muß unbedingt mit dir reden. Wir kennen uns nun schon so lange, daß ich . . .«
»Ich hoffe, du verstehst dich aufs Maniküren, Sharon«, fiel Priscilla ihr ins Wort. Sie betrachtete kritisch ihre glänzend polierten Fingernägel. »Wenn nicht, solltest du es so schnell wie möglich lernen.«
Sharon sah sie stirnrunzelnd an. »Sag mal, hörst du mir überhaupt zu?«
»Natürlich«, sagte Priscilla gelangweilt. »Aber mußt du unbedingt immer wieder davon anfangen . . . von früher, meine ich? Wirklich, Sharon, ich finde, du solltest die Vergangenheit endlich ruhen lassen. Was früher war, ist vorbei.«
Sie seufzte. »Wenn du das nur endlich einsehen wolltest, anstatt mir dauernd mit diesem Gerede in den Ohren zu liegen.«
»Ich hatte nicht vor, dir in den Ohren zu liegen«, entgegnete Sharon brüsk. »Es geht auch nicht um mich oder meine augenblickliche Situation – es geht um dich, Priscilla! Ich kann nicht stillschweigend mitansehen, wie du durch deinen unglaublichen Leichtsinn deine ganze Zukunft aufs Spiel setzt. Wenn du so weitermachst, wirst du dich noch in Teufels Küche bringen. Oder hattest du geglaubt, du könntest ungestraft hinter Lions Rücken mit diesem Marcus Reems anbändeln?«
Mit einer unwilligen Bewegung warf Priscilla den Kopf in den Nacken. Ihre grünen Augen funkelten Sharon

durch den Spiegel an. »Du hast es gerade nötig, mir Vorhaltungen zu machen!« fauchte sie. »Wie kommst du mir überhaupt vor? Glaubst du, ich hätte nicht bemerkt, daß du Lion schöne Augen machst und nichts anderes im Sinn hast, als ihn mir abspenstig zu machen?«

Sharon schoß in die Höhe, ihre Wangen röteten sich zornig. »Priscilla! Wie kannst du so etwas Ungeheuerliches ...«

»Ich wünsche, du würdest dir endlich abgewöhnen, mich bei jeder Gelegenheit zu maßregeln!« fuhr Priscilla dazwischen. »Und nenn mich nicht ständig ›Priscilla‹! Es gehört sich einfach nicht für ein ... Stubenmädel.« Sie musterte Sharon mit einem kühlen Blick. »Und jetzt sei so gut und bring mir das zartgrüne Seidenkleid ... das mit den Schleifen! Ich werde mir noch den Tod holen, wenn ich noch länger so hier herumsitze. Außerdem wird es Zeit, daß ich nach unten komme. Marcus wollte uns seinen neuen Landauer vorführen. Ich möchte ihn nicht warten lassen.«

Sharon sagte kein Wort mehr. Mit fest aufeinander gepreßten Lippen holte sie Priscillas Grünseidenes aus dem Kleiderschrank und half ihr beim Anziehen. Eine Viertelstunde später bestieg Priscilla in Anne Binghams Begleitung freudestrahlend Marcus Reems' Landauer.

Der Vorgang wiederholte sich in den darauffolgenden Tagen und wurde bald zur feststehenden Routine. Jeden Tag um die selbe Zeit erschien, pünktlich wie eine Uhr, Marcus Reems' nagelneuer Landauer in der Einfahrt, um die Damen zu einer Kutschfahrt abzuholen ...

Anfang März brachen Anne Bingham und Priscilla schon in aller Herrgottsfrühe zu einer Reihe stunden-

langer Anproben in den verschiedensten Modesalons auf.
Ein Taumel fieberhafter Geschäftigkeit hatte die ganze Stadt erfaßt; festliche Ereignisse standen bevor, für die man gerüstet sein wollte. Die Hotels füllten sich mit Abgeordneten für den neuen Kongreß, der zum erstenmal in New York zusammentreffen sollte und des schlechten Wetters wegen auf unbestimmte Zeit verschoben worden war. Zu Ehren der Delegierten, die wenig Sehnsucht nach dem kalten New York hatten und es vorzogen, in Philadelphia zu warten, sollten glanzvolle Bälle und festliche Theatervorführungen stattfinden. Tag für Tag flatterten auf kostbares Büttenpapier gedruckte Einladungen ins Haus. In Mansion House wurde über nichts anderes mehr geredet als über die traumhaften, mit Perlen und glitzernden Steinen bestickten Gebilde aus Spitze und Tüll, in denen Anne Bingham und Priscilla Abend für Abend wahre Triumphe feiern würden. Es gab Sharon jedesmal einen Stich, wenn sie die aufgeregten Stimmen der beiden hörte. Stumm und blaß hörte sie dem ekstatischen Geschwätz zu und kam sich vor wie ein Kind, das man am Weihnachtsabend ausgesperrt und in die Kälte hinausgestoßen hat.
In dem großen Haus gab es nur eine einzige Person, der die Veränderung nicht entging, die sich lautlos mit Sharon vollzog. Sie beobachtete, wie Sharon von Tag zu Tag stiller und blasser wurde, sie sah den Ausdruck trostloser Verzweiflung in ihren Augen, und ihr weiches Herz quoll über vor Mitleid. Gerade weil das Glück ihrer heimlichen Liebe zu Wickham sie wie eine wärmende Flamme umhüllte, ertrug sie es nicht, andere unglücklich zu sehen und zerbrach sich den Kopf nach einer Möglichkeit, Sharon aus ihrer trüben Stimmung zu reißen.

Die Gelegenheit ergab sich an dem Tag, an dem Anne Bingham und Priscilla schon am frühen Vormittag zu ihren zahllosen Anproben aufbrachen. Kaum hatte sich die Tür hinter den beiden geschlossen, begab sich Smith stehenden Fußes auf die Suche nach Sharon. Sie fand sie in der an die Küche angrenzenden Bügelkammer mit einem Stapel spitzenbesetzter Untertaillen und Blusen.
Smith schlug die Hände über dem Kopf zusammen. »Das ist ja eine Heidenarbeit, Sie Ärmste! Ausgerechnet heute bei dem schönen Wetter.«
Sharon lächelte tapfer. »Leider kann man sich als Stubenmädchen die Arbeit nicht aussuchen.« Aufseufzend fügte sie hinzu: »Ich denke mir schon gar nichts mehr dabei.«
»Trotzdem«, sagte Smith. »Man kann es mit der Gewissenhaftigkeit auch übertreiben. Sie sehen gar nicht gut aus, Sharon ... so müde und blaß.«
Sharon schwieg und bügelte verbissen weiter. Smith beobachtete sie eine Weile, dann meinte sie: »Das Personal untersteht mir, wenn Mrs. Bingham außer Haus ist, das ist Ihnen doch bekannt? Selbstverständlich teile ich in solchen Fällen auch die Arbeit ein.«
»Natürlich ...« Sharon blickte auf. »Aber warum sagen Sie mir das, Smith? Worauf wollen Sie hinaus?«
»Ich sage es, weil ich der Überzeugung bin, daß Ihnen ein freier Nachmittag guttun würde! Es wird höchste Zeit, daß Sie an die frische Luft kommen.« Sie lächelte. »Ich nehme an, Sie können reiten, Sharon? Sie brauchen nur zu Brown zu gehen. Sie wissen ja, wo er zu finden ist um diese Zeit ... bei den Ställen. Er überläßt Ihnen bestimmt eins von den Pferden für den Nachmittag.«
Sharons Augen leuchteten auf. Vor Freude ganz über-

wältigt, beugte sie sich über den Tisch mit dem glühend heißen Bügeleisen und umarmte die zierliche Frau. »O Smith... Sie sind eine Seele von Mensch!« rief sie überglücklich. »Sie sind einfach wundervoll!«
Smith errötete bis unter ihre gepuderten Locken. Über das ganze runde Gesicht strahlend, brachte sie mit entschlossenem Griff das Bügeleisen in Sicherheit. »Na sehen Sie!« lachte sie. »So gefallen Sie mir schon besser. Und jetzt vertrödeln Sie keine Zeit mehr. Lassen Sie alles liegen und gehen Sie! Bis zum Tee können Sie sich ruhig Zeit lassen. Ich sorge schon dafür, daß die Sachen gebügelt werden.«

Sharon verlor keine Zeit. Einen Augenblick blieb sie von der Sonne geblendet stehen, als die Hintertür hinter ihr ins Schloß fiel, dann rannte sie die Allee entlang, die vom Haus zu dem weitläufigen Stallungshof führte. ›Bingham Court‹ nannte Anne Bingham diesen hinter dem Haus beginnenden Teil des Parks, auf den sie besonders stolz war. Aus gutem Grund, denn die Binghams besaßen nicht nur eine Pferdezucht edelsten Geblüts, sie konnten sich außerdem rühmen, als einzige unter den ganz Reichen außer einer ›Orangerie‹ eine sogenannte ›Fasanerie‹ vorweisen zu können. Die Fasanerie war eine verglaste Vogelvoliere, in der buntschillernde exotische Vögel umherschwirrten. Nachts leisteten ihnen die beiden Pfauen Gesellschaft, die tagsüber auf dem Rasen umherstolzierten und ihren prächtigen Schweif hinter sich herschleiften. Der eine von ihnen schlug gerade ein Rad, als Sharon vorbeilief; der andere stieß einen durchdringenden, mißtönigen Schrei aus. Sie lachte und hob winkend den Arm, als sie Brown vor den Stallungen erblickte.
Atemlos blieb sie vor ihm stehen. »An die Papageien

im Haus habe ich mich inzwischen gewöhnt«, stieß sie lachend hervor. »Aber vor den Pfauen habe ich immer noch Angst. Genau wie vor den riesigen Truthähnen zu Hause – um die habe ich auch immer einen Bogen gemacht.«

»Die Gnädige liebt nun mal das Exotische«, sagte Brown. Grinsend schob er seine Mütze zurück und wischte sich mit dem Handrücken den Schweiß von der Stirn. »Die Pfauen sind noch nicht allzu lange hier, Jacob Reads hat sie vor ein paar Monaten aus Süd-Carolina mitgebracht. Sehen Sie die Gewächshäuser da drüben? Das ist die Orangerie. Dort züchtet der Gärtner ganze Reihen von Orangen- und Zitronenbäumen in wassergefüllten Wannen. Wenn es wärmer wird, werden sie draußen auf dem Rasen aufgestellt.« Schulterzuckend fügte er hinzu: »Aber das ist noch gar nichts! In ein paar Monaten können Sie die seltensten exotischen Gewächse in der Orangerie bewundern.« Der junge Kutscher drehte sich wieder zu Sharon um und ließ wohlgefällig den Blick an ihrer schlanken Gestalt herabgleiten. »Leider sieht man Sie nur selten hier draußen. Ich dachte schon, ich bekäme Sie überhaupt nicht mehr zu Gesicht.« Er grinste. »Was verschafft mir denn die Ehre ihres unerwarteten Besuchs, kleine Lady?«

»Ich habe heute nachmittag frei«, sagte Sharon mit übermütig funkelnden Augen. »Smith hat mir sogar erlaubt, auszureiten!« Mit ihrem schönsten Lächeln setzte sie hinzu: »Vorausgesetzt, Sie leihen mir eins von Ihren Pferden, Brown?«

Brown trat einen Schritt näher. »Sie wissen genau, daß ich Ihnen keinen Wunsch abschlagen kann«, sagte er merkwürdig verlegen. »Es ist nur ein Jammer, daß ich Sie nicht begleiten kann, weil ich gerade jetzt alle Hände voll zu tun habe.« Er fuhr sich mit den Fingern

durch das störrische dunkle Haar, das jeglicher Bemühung, es glatt zu streichen, hartnäckig widerstand. »Na ja«, meinte er, »Sie werden sich schon allein zurechtfinden! Sie brauchen nur die Spruce-Street entlang zu reiten, etwa fünfhundert Yards weit, dann sind Sie schon auf den Wiesen außerhalb der Stadt. Warten Sie einen Augenblick, ich sattele Ihnen ein Pferd.«
Sharons Augen leuchteten auf, als Brown wenige Minuten später das Pferd aus dem Stall führte, eine Fuchsstute mit sanften Augen.
»Das ist Sunshine«, sagte Brown. »Ein sehr manierliches Pferd wenn man sie nicht zu hart anfaßt. Kein bißchen nervös!«
Gerade das hatte Sharon sich gewünscht. Alles ging so herrlich glatt! Sie schlang den Arm um Sunshines Hals und streichelte sanft die weichen Nüstern. Die Stute wieherte leise; Sharon hatte sie schon für sich gewonnen.
»O danke, Brown!« rief sie glücklich aus. »Ist sie nicht herrlich?«
»Daß du mir die kleine Lady gut zurückbringst, Sunshine!« sagte Brown, als er Sharon beim Aufsitzen half. Er tätschelte die Flanke der Stute, seine Hand streifte scheinbar unabsichtlich Sharons knabenhaft schlanke Hüfte. Sharon merkte es nicht, sie richtete sich auf und atmete tief den Geruch des Pferdes und des polierten Sattelzeugs ein. In langem Galopp ritt sie davon.
Brown sah ihr gebannt nach – wie kühn und sicher sah sie aus! Kein Zweifel, die Kleine verstand etwas von Pferden, sie hielt die Zügel ganz locker. Sie hatte etwas an sich, was Brown nicht verstand, eine Art, die nicht zu einem Dienstboten paßte. Was so besonders an dieser Sharon war, konnte Brown sich nicht erklären, genauso wenig wie Mr. Binghams Warnung, die Finger von dem Mädchen zu lassen. Merkwürdig, dieses Inte-

resse eines derart prominenten Mannes an einer kleinen Zofe! Möglicherweise hatte Bingham die Warnung aus ganz anderen Gründen ausgesprochen . . . sozusagen als Stellvertreter Captain Hampshires? Brown kam nicht dahinter, so sehr er sich auch den Kopf darüber zermarterte. Das Ganze war und blieb ihm ein Rätsel.
Sharon fühlte mit einigem Unbehagen Browns Blicke in ihrem Rücken. Aber dann, als der Weg in die Wiesen abbog und das freie Feld vor ihr lag, vergaß sie den Kutscher. Wie hatte sie das vermißt, dieses Dahinfliegen im Galopp! Ein leichter Druck gegen die Flanken der Stute, und Sharon brauste dahin wie von einer unsichtbaren Macht getragen. Ein Glücksgefühl erfüllte sie, wie sie es seit Wochen nicht empfunden hatte – seit dem Tod ihrer Eltern nicht mehr. Ihr Gesicht wurde hell, die Trostlosigkeit der vergangenen Wochen war vergessen, alles Bedrückende fiel von ihr ab. Sie hätte es mit der ganzen Welt aufnehmen mögen, während sie auf Sunshine über die Felder jagte und ihr aufgelöstes Haar im Wind flattern ließ.
Die Stadt lag schon weit hinter Sharon, als hinter ihr plötzlich das dumpfe Klappern von Hufen ertönte. Sie warf einen Blick zurück und sah Pferd und Reiter. Der Mann sah unheimlich aus mit seinem tief ins Gesicht gezogenen, breitrandigen schwarzen Hut und seinem schwarzen Umhang, der vom Wind hochgebläht hinter ihm herflatterte. Zu ihrem Entsetzen beugte er sich noch tiefer über den Hals des Pferdes und holte schnell auf. Als er ihr etwas zurief, was sie nicht verstand, geriet sie in einen panikähnlichen Zustand. Sie rammte der Stute die Absätze in die Flanken, riß sie herum und jagte einen von niedrigen Bäumen bestandenen Seitenweg entlang. Ihr Kopf flog plötzlich zurück, einer der tiefhängenden Äste hatte sich in ihrem Haar verfangen.

Mit einer wilden Bewegung riß sie sich los, aber da tauchte neben ihr schon der Schatten des anderen Pferdes auf. Eine Hand schoß vor, und Finger wie stählerne Klammern gruben sich in ihren Arm. Mit einem lauten Aufschrei versuchte Sharon, ihren Arm freizubekommen, doch er packte sie noch fester. Und dann hörte sie die Stimme des Mannes und wandte ihm ungläubig das Gesicht zu. Es war Lion.
»Um Gottes willen, Sharon!« stieß er atemlos hervor. »Ich dachte, Sie brechen sich den Hals . . . Haben Sie den Verstand verloren?«
»Mein Gott, Lion . . . ich . . . ich . . .« Sharon lachte hysterisch auf. »Ich hatte ja keine Ahnung, ich habe Sie nicht erkannt!«
»Was dachten Sie denn, wer hinter Ihnen herreitet? Ein Wegelagerer, oder ein Sittenstrolch?« Lion warf den Kopf in den Nacken und brach in schallendes Gelächter aus. »Verzeihen Sie, es war wirklich zu komisch, wie Sie plötzlich lospreschten, als sei der Teufel hinter Ihnen her!«
Trotz ihres immer noch wild klopfenden Herzens, kam Sharon plötzlich das Groteske der Situation zum Bewußtsein. Sie fing an zu lachen, sie lachte, bis ihr die Tränen übers Gesicht liefen. »Ich weiß selbst nicht, was ich dachte!« prustete sie, als sie endlich wieder zu Atem kam. »Ich bekam plötzlich Angst, als mir klar wurde, daß ich mich ganz allein in einer wildfremden Gegend befand, und weit und breit kein Mensch, der mir helfen würde. Jetzt komme ich mir selbst lächerlich vor, aber ich sah nur diesen wilden Reiter im schwarzen Umhang hinter mit herjagen, und da . . .«
»Daß Sie sich jemals vor irgend etwas auf der Welt fürchten würden, hätte ich nicht für möglich gehalten!«
Sharon strich sich verlegen das wirre Haar aus der Stirn. »Zu Hause in Virginia wäre mir das bestimmt

nicht passiert«, entschuldigte sie sich hastig. »Ich kannte mein Pferd und wußte, was ich ihm zutrauen durfte. Da hätte mich so leicht keiner eingeholt. Aber hier ...«
Lion sah sie groß an. »Was denn, Sie hatten ein eigenes Pferd?« fragte er so erstaunt, als traue er seinen Ohren nicht.
»Nun ja ... wenn man so will ...« Zögernd setzte Sharon hinzu: »Aber darüber möchte ich nicht reden – es ist vorbei.« Scheu hob sie den Blick. Sie fröstelte plötzlich. »Ich weiß nicht ... ich glaube, mir reicht es für heute«, sagte sie erschauernd. »Ich sollte mich langsam auf den Rückweg machen. Ich möchte nach Hause.«
»Nein, warten Sie!« Zu Sharons Erstaunen griff Lion ihr in die Zügel, dann legte er ihr die Hand auf den Arm. »Damit keine Irrtümer entstehen, ich hatte nicht die Absicht, Ihnen den Nachmittag zu verderben, Sharon. Das möchte ich zu meiner Ehrenrettung ausdrücklich betonen. Es war Zufall, daß wir uns begegneten. Ich war nämlich unterwegs, um ein Haus zu besichtigen ... einen älteren Landsitz, ziemlich weit draußen außerhalb der Stadt. Das Haus steht seit Jahren leer und soll einen ziemlich heruntergekommenen Eindruck machen. Trotzdem, die Sache klingt nicht uninteressant.« Nachdenklich fügte er hinzu: »Ich spiele mit dem Gedanken, das Haus zu kaufen, vorausgesetzt, es ist noch instand zu setzen.« Lion grinste. »Warum kommen Sie nicht mit und sehen sich das Haus an? Sie kennen Priscilla besser als ich und werden wahrscheinlich am besten beurteilen können, ob das Haus ihrem Geschmack entspricht.«
Sharon antwortete nicht sofort. Jedesmal, wenn er Priscilla erwähnte, gab es ihr einen Stich. Warum bloß? Sie wußte es nicht, begriff sich selbst nicht mehr. Um sich ihre Verwirrung nicht anmerken zu lassen, stieß sie ein

gezwungenes Lachen aus. »Warum nicht?« rief sie in gespielt übermütigem Ton. »Ich brauche erst zum Tee zurück zu sein. Reiten wir also los!«
Mit hartem Kniedruck umklammerte sie den Sattel, bis sie in den Oberschenkein einen scharfen Schmerz verspürte; dann lehnte sie sich zurück und zog mit aller Kraft den Kopf der Stute hoch. Zuerst bockte Sunshine, doch dann schoß sie mit einem gewaltigen Satz vorwärts und raste in wildem Galopp den Hohlweg zurück aufs offene Feld hinaus.

X

Sharon blieb nicht lange sich selbst überlassen, schon nach wenigen Sekunden hatte Lion sie eingeholt. Er warf ihr einen raschen Blick zu, zeigte lachend seine weißen Zähne; dann gab er seinem Rappen die Sporen. Sie sprachen nicht, Seite an Seite flogen sie in gestrecktem Galopp über Wiesen und brachliegende Felder dahin und wechselten nur von Zeit zu Zeit einen Blick geheimen Einverständnisses. Dann warf Sharon lachend den Kopf zurück. Ihr langes schwarzes Haar flog im Wind – wie eine Fahne flatterte es hinter ihr her.
Der wilde Ritt dauerte etwa eine halbe Stunde. Genau hätte Sharon es nicht sagen können, denn sie hatte jedes Zeitgefühl verloren. Sie wäre am liebsten ewig so dahingeflogen, aber Lion bog in einen breiten Feldweg ein, und sie war gezwungen, ihr Pferd zu zügeln und hinter ihm herzureiten. Der Weg führte zu einem großen Haus, das inmitten eines von hohen grauen Steinmauern umgebenen Gartens auf einer Anhöhe lag.
Vor dem Tor zur Einfahrt machte Lion kurz halt. »Wir

sind da«, sagte er. »Das ist das Haus . . . die Markwood Villa.«
Als Sharon das Haus plötzlich unvermutet vor Augen hatte, verschlug es ihr vor Staunen fast den Atem. Der Anblick des im gregorianischen Stil erbauten schloßartigen Landsitzes und sein Ausdruck trotziger Kraft und Stärke beeindruckten sie tief. Durch das Tor konnte sie hohe Steinmauern zu beiden Seiten sehen und dazwischen den verwilderten Garten, durch den die mit Moos und Flechten bewachsene Einfahrt zum Eingang führte. Sharon war hingerissen, und zum ersten Mal seit ihrer Ankunft in Philadelphia lösten sich ihre Gedanken von der Vergangenheit, während sie hinter Lion her über die Einfahrt auf das Haus zuritt.
Höflich half er ihr beim Absitzen. Eine Weile blieben sie vor dem Haus stehen und betrachteten es.
»Nun, wie gefällt Ihnen das alte Gemäuer?« fragte Lion in scherzhaftem Ton. »Vor allem, was würde Priscilla dazu sagen?«
Schon wieder Priscilla! Aber diesmal hatte Sharon sich in der Gewalt. »Das Haus hat mich sehr beeindruckt«, sagte sie langsam. »Aus der Entfernung sieht es wunderschön aus, aber jetzt, wo ich davorstehe . . . irgendwie hat es etwas Drohendes.« Wie gespannt blickte sie zu den hohen Fenstern hinüber. Sie waren glanzlos wie blinde Augen. Das Türmchen an der einen Ecke des Hauses war eingestürzt, und zwischen seinem Mauerwerk wucherten hohe Farne. Eine Atmosphäre der Wehmut und des langsamen Verfalls lag über dem Haus und seiner Umgebung. Lion konnte diese Gefühle anscheinend nicht teilen, denn er lachte. »Ihre Phantasie geht mit Ihnen durch«, sagte er. »Ich finde, es ist ein wunderschönes altes Haus. Ich glaube, ich könnte mich darin wohl fühlen. Natürlich, so wie es ist, kann es nicht

bleiben, aber es ließe sich durchaus wieder instand setzen.« Er wandte sich zu Sharon um, seine hellen Augen musterten sie eingehend. »Kein Wunder, daß sich das Haus in diesem heruntergekommenen Zustand befindet!« meinte er schließlich. Seit der damalige Besitzer tot ist, steht es leer. Er hieß Andrew Markwood und war überzeugter Loyalist. Als die Engländer Philadelphia besetzten, nahm er ein paar britische Offiziere in seinem Haus auf. Unglücklicherweise kehrte kurz darauf Markwoods Nachbar aus dem Krieg zurück, ein Mann, der in der Schlacht bei Yorktown für die Befreiung der ehemaligen Kolonien seine Haut zu Markte getragen hatte. Als fanatischer Feind der Briten forderte er Markwood zum Duell. Dabei kam Markwood ums Leben. Seine Familie kehrte mit den geschlagenen englischen Truppen nach England zurück, und die Villa wurde von der Regierung konfisziert.

Eine Weile starrte Lion schweigend das Haus an, dann sagte er: »Natürlich gibt es die unmöglichsten Gerüchte über das Haus. Das ist wohl der Grund, warum es immer noch unbewohnt ist.« Amüsiert lächelnd fuhr er fort: »Die Leute nennen es ein Unglückshaus. Es spukt, sagen sie, und das ist Andrew Markwood.« Lion lachte leise in sich hinein. »Ich glaube, es gibt in ganz Philadelphia keine Frau, die freiwillig dieses Haus betreten würde. Wenn Tote als Geister in ihre Häuser zurückkehren, müsse man sie in Ruhe lassen, sagen die Leute. Wer ihren Frieden stört, den verfluchen sie, und dann nehmen sie Rache.« Lion warf Sharon einen forschenden Blick zu. »Hoffentlich glauben Sie nicht auch an derartigen Unsinn!«

»Nein, nein ...«, sagte Sharon schnell. Sie lächelte schwach. »Das ist Aberglaube ...« Aber ganz wohl war ihr nicht dabei.

Lion bemerkte nichts von ihrem Unbehagen, er stand bereits auf den Eingangsstufen und stieß die Tür auf. Kreischend drehte sie sich in den Angeln. Sharon überlief es eiskalt.
»Kommen Sie«, sagte Lion über die Schulter zu Sharon. »Jetzt wollen wir uns das Haus näher ansehen.«
Sharon stand wie festgeschmiedet auf der Schwelle. Schüchtern zupfte sie an Lions Umhang. Er drehte sich erstaunt um. »Ist was?« fragte er mit hochgezogenen Augenbrauen.
Sharon schluckte. »Gibt es wirklich Leute, die Andrews Geist hier gesehen haben?« flüsterte sie mit angstvoll aufgerissenen Augen.
Lions Gelächter hallte hohl von den dunkel getönten Wänden wider. Sharon fühlte ein Prickeln im Rücken und sah ihn mit einem regelrecht entsetzten Blick an.
»Aber Sharon!« redete Lion ihr zu. »Was ist denn plötzlich in Sie gefahren?« er kam zurück, packte sie an der Hand und zog sie ins Haus. »Über jedes alte Haus gehen Geschichten um«, erklärte er mit leichtem Achselzucken. »Irgend jemand sieht seinen eigenen Schatten und schwört, es sei ein graues Gespenst gewesen. Aber erzählen Sie um Himmels willen Priscilla nichts davon, falls ich das Haus kaufen sollte! Sie würde einen hysterischen Anfall nach dem anderen bekommen und mir das Leben zur Hölle machen.«
Er sah so unwiderstehlich aus, als er fast beschwörend seine Bitte vorbrachte, daß Sharon ihm feierlich versprach, nichts davon zu sagen. Einen Augenblick fühlte sie Lions Arm um ihre Schultern, den festen Druck seiner Hand. »Gut«, sagte er beruhigt. »Ich verlasse mich darauf.« Sein Blick glitt forschend über ihr Gesicht. »Abgemacht?«
»Von mir erfährt Priscilla bestimmt nichts«, erklärte

Sharon noch einmal. »Für Anne Bingham kann ich allerdings nicht garantieren.«
Die letzte Bemerkung bekam Lion nicht mehr mit; er wanderte durch die riesige Halle und schob die Türen zu den Zimmern auf. Sharon folgte ihm zögernd. Die Räume hatten hohe Decken, von denen gespenstische Kandelaber herabhingen. Sharon sah, daß die Brokatpolster der Möbel zerschlissen waren und die Ölbilder trüb aus den angelaufenen vergoldeten Rahmen schauten. Die schweren Vorhänge an den Fenstern ließen kein Licht herein, in den Ecken lauerten dunkle Schatten, die sich zu bewegen schienen. Sharon starrte hin und konnte einen Schauder nicht unterdrücken.
Mit dumpf klopfendem Herzen stieg sie, an Lions Arm geklammert, die Treppe zu den oberen Stockwerken hinauf. Bewundernd glitt Sharons Blick über das herrlich geschnitzte Geländer. Die ehemals weiße Lackierung war vergilbt und blätterte stellenweise ab, und doch spürte Sharon, als sie langsam durch die oberen Räume schritt, etwas von der Schönheit, die von alten Häusern ausgeht. Die Wände der Zimmer waren mit edlen Hölzern getäfelt, die Einrichtung farblich genau darauf abgestimmt. Die hohen Zimmerdecken waren Meisterwerke der Stukkateurkunst. Ganz allmählich, während sie mit Lion jeden Winkel des großen Hauses durchstöberte, verlor sich Sharons Angst. Und als sie dann in die Sonne hinaustraten, um sich den Garten genauer anzusehen, hielt sie das ganze Gerede von einem Gespenst nur noch für ein lächerliches Gerücht.
»Nun?« fragte Lion abrupt. Er hatte wieder ihre Hand ergriffen, als sie die abbröckelnden Eingangsstufen hinuntergingen, und hier im hellen Sonnenlicht fühlte sich Sharon durch seine körperliche Nähe verwirrt. Sie entzog ihm unauffällig ihre Hand, indem sie sich zu dem

Haus umdrehte. Sofort gewann sie ihre Selbstsicherheit wieder, und ihre Stimme klang ehrlich begeistert, als sie sagte: »Sie haben recht, es ist ein wunderschönes Haus! Die Häuser im Süden mögen vielleicht großzügiger angelegt sein, weitläufiger eingerichtet, aber dieses Haus strahlt etwas aus . . .« Sie suchte nach Worten und zögerte kurz, da sprach Lion es bereits aus.
»Es hat Charme!« erklärte er kurz und bündig. »Es ist ein Haus, in dem man sich wohl fühlen kann . . . ein Heim, und das kann man von den meisten dieser neoklassizistischen Prunkbauten, die durch Washington hierzulande in Mode gekommen sind, nicht unbedingt behaupten. Ich habe nichts gegen den Stil, und ich verstehe durchaus den Stolz der Leute, die in diesen prachtvollen Villen leben, aber wohnen möchte ich darin nicht.« Langsam ließ er den Blick über die graue Fassade des Hauses gleiten. »Ich denke, ich werde das Haus kaufen und instand setzen lassen«, sagte er mit einem tiefen Atemzug. »Und wenn es fertig ist, wird es ein Haus sein, das Wärme und Behaglichkeit ausstrahlt. Ein Ort, an dem man sich geborgen fühlt.«
»Ein solches Haus haben Sie doch bereits . . . in Philadelphia«, wandte Sharon ein. Sie sah ihn zweifelnd an. »Wozu also brauchen Sie noch ein Haus?«
»Weil man es von mir erwartet!« gab Lion in scharfem Ton zurück. »Weil es heutzutage in gewissen Kreisen zum guten Ton gehört, ein Landhaus zu besitzen. Als Politiker muß man Prestige besitzen, sonst ist man verloren. Vor allem darf man sich nicht einbilden, um feststehende gesellschaftliche Regeln herumzukommen. Man muß sich daran halten und mit den Wölfen heulen, wenn man etwas erreichen will. Deshalb werde ich das Haus kaufen, das ist der Grund!«
Seine Stimme klang so bitter, daß Sharon unwillkürlich

aufblickte. »So leid es mir tut«, sagte sie geradeheraus, »ich verstehe es trotzdem nicht.«
»Das habe ich auch nicht erwartet«, erwiderte Lion zynisch.
»Ich weiß«, sagte sie leise. Sie heftete den Blick auf das Moos zu ihren Füßen. »Ich wünschte, Sie hätten sich nicht zu dieser Karriere entschlossen«, meinte sie aufseufzend.
Lion hob scharf den Kopf. Die jähe Bewegung ließ sein Haar in der Sonne aufleuchten. »Was soll das nun wieder heißen?« fragte er brüsk.
Sharon blickte immer noch zu Boden. »Ich finde es bedauerlich, daß Sie sich zu Dingen zwingen müssen, die Sie im Grunde Ihres Herzens nicht wollen . . . um einer zweifelhaften Karriere willen. Ich zweifele nicht daran, daß Sie Erfolg haben werden, aber . . .« Gegen ihre Unsicherheit ankämpfend, sah sie zu ihm auf, aber sie hielt seinem durchdringenden Blick tapfer stand. »Ist es das wirklich wert, Lion?« fragte sie leise.
Die Frage schien Lion noch mehr zu ergrimmen. »In meinen Augen schon!«, sagte er schroff. »Sonst würde ich vermutlich die Finger davon lassen, wie Sie sich denken können!«
Irgend etwas an seinem Ton reizte Sharon zum Widerspruch. Selbstherrlichkeit empörte sie dermaßen, daß sie aussprach, was ihr gerade in den Sinn kam.
»Es fragt sich nur, ob Sie es auf die Dauer durchhalten, nach außen hin eine Rolle zu spielen, die Ihnen in Wirklichkeit nicht liegt!« erklärte sie kühl. »Leute vom Schlage William Binghams oder James Wades bringen das zweifellos spielend fertig . . . aber Sie?« Unnachgiebig erwiderte sie seinen zornigen Blick und sagte: »Mich können Sie nicht täuschen . . . ich glaube nicht daran!«

Ein eisiger Blick streifte sie. »Ah ja?« In Lions Stimme lag wilder Triumph. »Dann wird es allerdings höchste Zeit, daß Sie sich folgendes für alle Zukunft einprägen, meine sehr verehrte Dame: Was ich mir vornehme, setze ich auch durch. Bisher habe ich jedenfalls noch immer erreicht, was ich erreichen wollte. Habe ich mich klar genug ausgedrückt? Oder sind Sie noch nicht zu Ende mit Ihren weisen Sprüchen?« Sharon fühlte, wie ihr das Blut in die Wangen stieg. Wortlos drehte sie sich um und lief ein paar Schritte weiter in den Garten hinein, aber er packte sie am Arm und riß sie zu sich herum. »Fordern Sie mich nicht noch einmal heraus, Sharon!« sagte er mühsam beherrscht. »Ich könnte mich eines Tages vergessen. Lassen Sie es lieber nicht darauf ankommen!«

Die unverhüllte Drohung in seiner Stimme, sein kalter, fast feindseliger Blick waren zuviel für Sharon. Mit einem unterdrückten Aufschrei stieß sie sich los und rannte blindlings einen Pfad entlang, der um das Haus herum zu einer Gruppe alter Steineichen führte. Sie hatte die Eichen fast erreicht, als ihr Fuß sich in einer Wurzel verfing. Mit einem Schrei kippte sie vornüber, fing aber im letzten Augenblick den Sturz ab und taumelte seitwärts gegen eine Eiche. Mit beiden Händen Halt an dem riesigen Stamm suchend, versuchte sie sich aufzurichten und weiterzulaufen, aber der verletzte Knöchel knickte unter ihr weg.

»O Gott ... auch das noch!« stöhnte Sharon verzweifelt. »Was soll ich nur tun?«

Lion, der ihren Schrei gehört hatte, stand plötzlich neben ihr. Er packte sie an den Schultern, richtete sie vorsichtig auf und versuchte sie auf die Beine zu stellen. Als er merkte, daß Sharon nicht stehen konnte, ließ er sie vorsichtig zu Boden gleiten und kniete sich neben sie.

»Was ist denn passiert, Sharon – haben Sie sich verletzt?« fragte er besorgt.
»Der Knöchel ... ich kann nicht auftreten!« Sharon versuchte, den Fuß zu bewegen. Es ging, aber es schmerzte so höllisch, daß sie einen unterdrückten Schmerzenslaut ausstieß. Lion tastete den Knöchel ab.
»Gebrochen ist der Knöchel nicht«, stellte er fest. »Eine Zerrung, wahrscheinlich. Ich werde versuchen, den Fuß einzurenken.« Er hob den Kopf und sah sie um Vergebung bittend an. »Verzeih, Sharon, das wollte ich nicht. Wenn der Zorn mit mir durchgeht, weiß ich nicht mehr, was ich sage. Verzeih, ich werde alles tun, um es wieder gutzumachen. Tut es sehr weh?«
Langsam wandte sie ihm ihr Gesicht zu, ein verlorener Ausdruck lag in ihren Augen. Sie öffnete den Mund, als wollte sie etwas sagen, aber kein Laut kam über ihre Lippen. Langsam füllten sich ihre Augen mit Tränen. Lion streckte die Arme aus, und sie schmiegte sich an ihn. Ihr Kopf ruhte an seiner Brust. So saßen sie eine Weile unter den Eichen; Lion hielt sie fest und streichelte sanft ihr Haar. Allmählich versiegten ihre Tränen.
»Der Boden ist noch kalt«, sagte Lion. »Hier können wir nicht bleiben.« Er richtete sich auf, nahm sie auf seine Arme und trug sie über den Rasen zu einem Pavillon. Die Fenster waren von einer dicken Staubschicht bedeckt, es drang kaum Licht herein. Lion tastete sich durch das dämmerige Halbdunkel zu einem der niedrigen Ruhebetten. Eine Staubwolke wirbelte auf, als er mit einem Ruck das Laken entfernte, das zum Schutz gegen den Staub darüber gebreitet Vorsichtig legte er Sharon auf die zerschlissenen Seidenpolster und setzte sich neben sie auf die Kante.
»Es tut mir leid, Sharon«, entschuldigte er sich erneut. »Ich wollte dich nicht kränken.«

»Denken Sie nicht mehr daran«, sagte sie rasch.
Wie lange sie so dort lag, konnte Sharon später nicht mehr sagen.
Die Dämmerung hatte die Fenster verhüllt, als Lion endlich sein Schweigen unterbrach.
»Ich liebe dich, Sharon.«
Sharon sagte nichts, sie sah ihn nur an. Es war, als ob sie es von Anfang an gewußt hätte. Sie rührte sich nicht.
»Ich weiß nicht, wie es passiert ist oder warum . . .«, hörte sie Lion sagen. »Von dem Augenblick an, als ich dich sah, fing ich wieder an zu leben. Ich war einsam.«
»Jetzt bist du nicht mehr einsam«, erwiderte Sharon leise.
»Nein?« fragte er sanft. Glut brannte in seinem Innern, er spürte, wie sich seine Muskeln strafften. Er nahm Sharon in die Arme und preßte sie an sich.
Sie schlang ihre Anne um seinen Hals. Mit verschleierten Augen sah sie ihn an. Nur ihre Lippen bewegten sich. »Nein, Lion. Bitte nicht.«
Er zog sie noch näher an sich. Seine Stimme klang rauh, als er auf sie herunterblickte. »Dafür gibt es keine Worte. Ich wollte es nicht. Aber ich kann nicht dagegen an.« Er preßte seine Lippen auf ihren Mund. »Es ist stärker als wir, Sharon.«
Sharons Lippen bebten, sie sah ihn unverwandt an. Sie wollte sich wehren, aber sie konnte es nicht. Sie lag in seinen Armen wie eine Puppe, die keinen eigenen Willen hat. Ihr Körper war wie ein Feuer.
Dann fühlte sie seinen Mund. Ein Komet traf sie und zerbarst in ihr zu Millionen Sternschnuppen. Es folgte ein Moment der Leere, dann stürzte sie in ein unergründliches Nichts, und jeder Gedanke erlosch.

XI

Den Rest des Nachmittags durchlebte Sharon wie in Trance. Die Lippen fest aufeinandergepreßt, den Blick auf die Zinnen und Türme der Stadt gerichtet, ritt sie stumm, scheinbar gleichmütig neben Lion her; von Zeit zu Zeit trieb sie ihr Pferd mit einem schnalzenden Laut an.

Sharons Blick streifte Lions verschlossenes Gesicht, und ihr Herz sank. Sie konnte die Worte zählen, die er auf dem Rückweg an sie gerichtet hatte. Sein Gesicht war ebenso undurchdringlich wie die Mauer des Schweigens, hinter der er sich verschanzte. Ernüchtert stellte sie fest, daß er offenbar nicht im Traum daran dachte, eine Trennung von Priscilla herbeizuführen und ihr die Stellung, die ihr zukam, zu geben. Jetzt, wo sie wußte, was Liebe war, begriff sie auch, was es bedeutete, Lions Geliebte zu sein. Sie würde jeder Nachrede schutzlos ausgesetzt sein und bis zum Ende ihrer Tage das erbärmliche Dasein einer Ausgestoßenen fristen. Der Schaden, den sie sich selbst durch ihren Leichtsinn zugefügt hatte, war kaum noch gutzumachen.

Die Türme der Stadt rückten unaufhaltsam näher, und Sharon haderte noch immer mit sich selbst. Jetzt, während sie stumm vor sich hinwütete, ging ihr durch den Kopf, was Lion hätte sagen müssen. Er sagte es auch beim Abschied nicht. Einen atemlosen Augenblick lang, kurz bevor sich in der Spruce Street ihre Wege trennten und Lion sich ihr mit einem Lächeln zuneigte, als seine Lippen ihre Wangen streiften, flackerte noch einmal Hoffnung in ihr auf. Aber Lion schwieg.

Die Sonne ging unter; es war empfindlich kühl geworden. Ein Frösteln überlief Sharon. Erschöpft, den Tränen nahe, ritt sie langsam die Spruce Street entlang und bog in die Einfahrt nach Mansion House ein. Ein Stalljunge kam ihr entgegen, sie übergab ihm wortlos das Pferd. Dann ging sie steif wie eine Marionette ins Haus. Sie fühlte sich plötzlich so zerschlagen, daß sie sich kaum noch aufrecht zu halten vermochte.

»O Gott, was für ein Tag!« rief Priscilla etwa um dieselbe Zeit theatralisch aus. Aufseufzend ließ sie sich in die weichen Polster des Bigham'schen Landauers zurücksinken. »Ich bin total erledigt!«
Die Anproben in einem halben Dutzend Modesalons hatten sich länger hingezogen als erwartet, und der Kutscher hatte das Verdeck bereits vorsorglich geschlossen.
Anne Bingham fächelte sich mit einem Spitzentuch Luft zu. »Ich bin auch völlig erschöpft von den vielen Anproben«, stimmte sie Priscilla zu. »Aber du wirst sehen, die Anstrengung zahlt sich aus. Die Toiletten, die wir uns ausgesucht haben, werden todschick . . . meine Freundinnen werden vor Neid erblassen!« Sie lachte klingend auf. »Ich sehe die betretenen Gesichter schon vor mir, Priscilla! Ob du es glaubst oder nicht – für den Spaß nähme ich noch ein Dutzend Anproben in Kauf!«
Priscilla nickte zerstreut. Die Kutsche blieb in dem dichten Abendverkehr immer wieder stecken, ihre Aufmerksamkeit war durch das Geschehen draußen auf der High Street vorübergehend abgelenkt. »Man könnte glauben, ganz Philadelphia sei auf den Beinen«, meinte sie. »Wo die Leute nur alle hin wollen? Wahrscheinlich . . .« Sie brach ab, stutzte, als ihr Blick das Straßenschild streifte und murmelte: »High Street . . . ist das nicht die Straße, in der diese . . . diese Clarissa Claussen wohnt, Anne?«
»Ja, ganz recht!« Nun verrenkte sich auch Anne Bing-

ham den Hals und warf einen Blick auf die Straße hinaus. »Siehst du da vorn das dritte Haus, Priscilla? Das ist das Haus!«
»Ah ja?« Priscilla rümpfte vornehm die Nase. »Hm. Hochherrschaftlich kann man das beim besten Willen nicht nennen. Eher heruntergekommen mit dem abbröckelnden Putz. Findest du nicht?«
»Ja, vielleicht könnte es wirklich nichts schaden, wenn man es gelegentlich neu verputzen ließe.« Anne seufzte. »Leider ist Edgar Claussen nicht mehr der, der er einmal war, nachdem er solches Pech mit seinen Schiffen hatte. Er gehörte zu den prominentesten Bürgern der Stadt, früher einmal. Der Ärmste hat viel mitgemacht! Seine Frau starb bei Clarissas Geburt, und er saß mit den sechs Töchtern da und mußte sie allein aufziehen.« Sie seufzte abermals. »Es ist keine Kleinigkeit, sechs Mädchen unter die Haube zu bringen, schon gar nicht in Kriegszeiten. Durch die Havarie mehrerer Schiffe hat Claussen fast sein gesamtes Vermögen verloren. Das bißchen Geld, das er noch hat, reicht nicht zum Leben und nicht zum Sterben. Das ist bitter, wenn man über siebzig ist. Der Mann kann einem wirklich ...«
Anne Bingham unterbrach sich mitten im Satz. Sie hatte den Mann erblickt, der gerade vor dem Claussenschen Haus aus einem schwarzgrün lackierten Phaeton stieg, Anne klopfte aufgeregt an das Fenster hinter dem Kutschbock. »Anhalten, bitte!«
Marcus Reems, soeben im Begriff, die Eingangsstufen zu dem Claussenschen Haus zu betreten, wandte sich zögernd um, als hinter ihm sein Name ertönte. Langsam ging er einige Schritte zurück und warf einen Blick in die vor dem Haus wartende Kutsche.
Zwei reizende Gesichter lächelten ihn an.

Marcus Reems beschleunigte seine Schritte. »Welch freudige Überraschung, meine Damen!« rief er entzückt aus, obwohl es ihm ganz und gar nicht paßte, ausgerechnet von Anne Bingham und Priscilla vor dem Claussenschen Haus erwischt zu werden. Sein Unbehagen verstärkte sich noch, als einen Augenblick später hinter seinem Rücken die Tür aufgerissen wurde und auf der Schwelle die völlig konsternierte Clarissa erschien. »Wo bleiben Sie nur, Marcus? Ich dachte schon, Sie kämen überhaupt nicht mehr! Sie wissen doch, wie wichtig ...«

Langsam drehte Reems sich zu ihr um. »Ich komme sofort, Miß Claussen«, sagte er in leicht gereiztem Ton. »Bitte sagen Sie Ihrem Vater das. Aber wenn Sie gestatten, möchte ich vorher noch schnell die Damen begrüßen.«

Clarissas verstörter Blick richtete sich auf die vor dem Haus wartende Kutsche. »Oh ... entschuldigen Sie, Mr. Reems«, stammelte sie, als sie Anne Bingham und Priscilla entdeckte, die den Auftritt mit erstaunt hochgezogenen Augenbrauen beobachteten. »Ich konnte ja nicht ahnen ...« Im letzten Augenblick riß Clarissa sich zusammen. »Guten Abend, Mrs. Bingham ... Miß Wade ...« stieß sie mit hochrotem Kopf hervor. Sie verschwand im Innern des Hauses und schloß hastig die Tür.

Marcus Reems wandte sich aufatmend wieder den beiden Damen zu. »Wie ein verwöhntes Kind!« meinte er kopfschüttelnd. »Wenn nicht alles nach Wunsch verläuft, geht gleich die Welt unter!«

»Ja, nicht wahr?« sagte Priscilla anzüglich. »Man könnte fast glauben, die Dame hätte Verfügungsrecht über Sie!« Sie lachte spöttisch auf.

Weder Anne Bingham noch Priscilla bemerkten, daß Marcus Reems leicht zusammenzuckte. Er faßte sich

noch im selben Augenblick. Mit dem untrüglichen Instinkt des geborenen Opportunisten hatte er den Unterton von Eifersucht in Priscillas Stimme wahrgenommen und ergriff augenblicklich die Initiative. Mit ausgestreckten Händen eilte er zu der Kutsche und ergriff ihre Hände. Priscilla errötete heftig.
»Das klingt ja fast so, als hätten Sie etwas dagegen, Miß Wade!« sagte Marcus Reems in scheinbar scherzhaftem Ton. »Muß ich Ihnen wirklich erst sagen, daß neben Ihrer Schönheit keine andere Frau bestehen kann?«
»Ach, Mr. Reems!« seufzte Priscilla mit einem tragischen Zug um den Mund. »Ich wünschte, es wäre die Wahrheit!«
»Für mich ist es die Wahrheit!« Er küßte ihre Fingerspitzen und beugte sich dann – bedeutend zurückhaltender – über Annes Hand. »Ich fürchte, ich muß mich von Ihnen verabschieden, meine Damen. Wie Sie wissen, wird Mr. Claussen leicht ungeduldig.«
»Für uns wird es auch höchste Zeit«, sagte Anne. »William und Mr. Hampshire erwarten uns.«
»Oh?«
»Ja. Das Dinner findet heute abend etwas früher statt als gewöhnlich, damit wir pünktlich im Theater sind. Heute abend ist die Premiere von Roman Father. William und Mr. Hampshire meinten, das dürften wir uns auf keinen Fall entgehen lassen.«
»Nein, was für ein glücklicher Zufall!« rief Marcus Reems. »Ich habe nämlich auch vor, die Vorstellung zu besuchen. Die Karte habe ich bereits.« Er warf Priscilla einen bedeutungsvollen Blick zu. Eine Karte . . .«, fügte er bedauernd hinzu.
»Vielleicht treffen wir uns im Theater«, sagte Priscilla vage. Ihre schmalen grünen Augen waren seltsam starr, als stände sie unter Hypnose. Sie wußte nicht, woran es lag,

aber jedesmal, wenn Marcus Reems sie aus bernsteinfarbenen Augen ansah, lief ihr ein Schauer über den Rücken. Sie hatte Augen von dieser Farbe nie zuvor gesehen ... ein grünliches Gold, von einer unglaublichen Transparenz. Das unheimlichste waren die Pupillen. Sie waren wie ein dunkler Spalt, der je nachdem, wie das Licht fiel, sich vergrößerte oder zusammenzog.
Wieder überlief Priscilla ein Schauer. Kalte, grausame, gefährliche Augen ... fast lauernd. Man fühlte sich förmlich aufgesogen von diesen Augen.
Und doch ... Wenn Marcus Reems sie anblickte, erbebte sie bis in die Fingerspitzen.

Ohne nach rechts oder links zu sehen, flüchtete Sharon auf ihr Zimmer. In der Halle begegnete ihr Smith.
»Ein Glück, daß Mrs. Bingham und Miß Wade noch nicht aus der Stadt zurück sind«, sagte sie. Ihr Blick ruhte forschend auf Sharons Gesicht. Was sie sah, beunruhigte sie. Das Mädchen sah aus wie eine Schlafwandlerin. Ob sie etwas Unerfreuliches erlebt hatte – einen Sturz vom Pferd vielleicht?
»War es wenigstens schön heute nachmittag?« fragte Smith vorsichtig.
»Ja«, sagte Sharon teilnahmslos.
»Ich hatte schon Angst, die Damen kämen vor Ihnen zurück. Sie wollen ins Theater, das Dinner fällt aus heute abend. Es gibt nur ein kleines kaltes Buffet für vier Personen.«
Smith plauderte munter drauflos, obwohl Sharon kaum reagierte. Irgend etwas stimmte nicht, aber sie wollte nicht aufdringlich erscheinen.
»Sie brauchen nicht zu servieren, Wickham macht das schon. Aber ziehen Sie sich für alle Fälle um, Sharon, man kann nie wissen!«

»Ja«, sagte Sharon und ging weiter. Smith sah ihr besorgt nach.
Die Treppe hinauf, den Korridor entlang. Noch eine Treppe, und da war endlich die Tür.
Leise schloß Sharon die Tür hinter sich. Sie wankte zu einem Stuhl, stand wieder auf und stützte sich auf ihr Bett. Weinend bohrte sie den Kopf in die Kissen. Die Tränen strömten ihr wie eine Sturzflut aus den Augen. Sie brachten ihr keine Erlösung und vermochten die brennende Qual der Enttäuschung, die in ihr wühlte, nicht zu mindern.
Verzweifelt versuchte sie sich zu begreifen und den Tatsachen ins Auge zu sehen. Was in aller Welt war über sie gekommen? Wie hatte sie sich so vergessen können? Der Gedanke an ihre plötzlich auflodernde Leidenschaft erfüllte sie mit Selbstverachtung. Ohne Überlegung hatte sie sich Lion ausgeliefert, hatte sie ihr Herz, ihre Unschuld verschenkt. Die verstohlenen Küsse, die sie zu Hause mit halbwüchsigen Jungen getauscht hatte, waren nichts als Kinderspiel gewesen. Jetzt war sie zum erstenmal einem Mann begegnet, der ihr Blut in Flammen setzte. Sie liebte ihn! Jede Faser, jeder Blutstropfen ihres Körpers verlangte danach, ihm zu gehören. Alles war anders geworden; ihr Weltbild hatte sich verändert. Überwältigt von dem Verlangen nach diesem Mann, mit dem sie nichts verband, nichts gemeinsam hatte, verzehrte sie sich in wilder, unbändiger Leidenschaft.
Lange lag sie so da, gepeinigt von Scham und Reue. Erst als es draußen dunkel wurde, hatte sie ihre Ruhe wiedergefunden. Seufzend erhob sie sich und tastete sich zum Waschtisch. Sie zog sich aus, wusch sich langsam von Kopf bis Fuß und zog frische Wäsche und ihr Servierkleid an.
Während sie langsam ihre Schürze umband, sagte sie

sich wieder und wieder, daß sie sich von dieser unseligen Liebe befreien müsse. Sie biß die Zähne zusammen und tat einen tiefen Atemzug. Sie wollte frei sein, frei . . . Nichts und niemand sollte ihr mehr Vorschriften machen können.

Sie hatte gerade die untere Treppenstufe erreicht, da öffnete sich am anderen Ende der Halle die Flügeltür des Salons. Zuerst erschien Wickham, dann rauschten Priscilla und Anne Bingham in festlichen Abendroben herein, gefolgt vom William Bingham und Lion. Sie prallte zurück und zögerte einen Moment, doch es war zu spät zurückzulaufen. Sharon flüchtete sich in den halbdunklen Küchenkorridor und lehnte sich zitternd an die Wand.

Stimmen, Scherze, Gelächter . . . man war gerade dabei, das Haus zu verlassen. Zwei Lakaien rissen die Flügel des Eingangsportals auf.

»Wo bleibst du denn, William?« rief Anne Bingham ungeduldig. Sie stand bereits draußen auf den Eingangsstufen und schlug kokett mit ihrem Fächer nach Bingham, als er an ihre Seite eilte. Dann verließen Lion und Priscilla Arm in Arm das Haus.

Sharon blieb regungslos in dem dunklen Küchenkorridor stehen. Ihr Körper war eiskalt, aber ihr Inneres brannte wie Feuer, und sie drohte zu ersticken.

Sharon krampfte die Hände zusammen.

Einen Moment lang fühlte sie finstere Verzweiflung, Am liebsten wäre sie gestorben. Doch dann riß sie sich zusammen. Irgend etwas würde geschehen müssen . . . aber was? Unzusammenhängende Gedanken schossen ihr durch den Kopf und drehten sich im Kreise, ohne einen Sinn zu ergeben. Sie war erschöpft, es war alles zuviel gewesen. Morgen würde sie darüber nachdenken . . . morgen . . .

Die Küchentür ging auf. Sharon wandte sich mechanisch um und sah Brown um die Ecke biegen. Sie erschrak und dachte einen Augenblick an Flucht, aber dann blieb sie stehen. Vielleicht war es besser so. Jede Ablenkung war recht, wenn sie nur nicht zu denken brauchte.
Brown kam näher. Seine Augen leuchteten auf, als er Sharon sah. Mit seinem typischen jungenhaft verlegenen Lächeln blieb er vor ihr stehen. »Ist Ihnen nicht gut, Miß? Sie sehen ziemlich blaß aus. Oder kommt es mir nur so vor, weil es hier so dunkel ist?«
»Wahrscheinlich«, sagte Sharon und brachte ein Lächeln fertig. Ihr war, als ob ihre Stimme von sehr weit herkäme.
»Dann ist es ja gut, Miß. « Brown war sichtlich erleichtert. »Ich hatte mir schon Sorgen gemacht, weil Sie zum Essen nicht herunterkamen.«
»Ich hatte keinen Hunger.« Sharon wechselte das Thema. »Warum nennen Sie mich nicht einfach ›Sharon‹, Brown! Oder nennen Sie die anderen Mädchen, die hier im Haus arbeiten, auch ›Miß‹?«
»Würde mir nie einfallen bei einem gewöhnlichen Stubenmädel! Bei Ihnen ist das was anderes.« Mit seinem entwaffnenden Lächeln fügte er hinzu: »Sie sind was Besonderes. Die Art wie Sie sprechen, und Ihre Manieren . . . So benehmen sich Damen, aber keine einfachen Dienstboten. Sie können mir ruhig glauben, M . . . Sharon!« Er zwinkerte ihr zu. »Ich sage immer die Wahrheit.«
Die Art, wie der junge Kutscher errötete und herumdruckste, war so umwerfend komisch, daß Sharon plötzlich ihr Lachen wiederfand. Es war wie eine Befreiung von einer drückenden Last. »Sie sind ein Schmeichler, Brown!« sagte sie in scherzhaftem Ton. »Trotzdem – vielen Dank für das nette Kompliment.«

Errötend fuhr Brown sich durch seinen widerborstigen Schopf. »Äh . . . was ich noch sagen wollte . . .« Er gab sich einen Ruck. »Ich heiße übrigens Kevin.«
»Es ist gut, Kevin«. Sharon konnte ein Lächeln nicht unterdrücken. »Ich werde es mir merken.«
»Ich dachte nur, es würde Sie vielleicht interessieren.« Er strahlte über das ganze Gesicht. »Übrigens, Sie haben noch gar nichts von ihrem Reitausflug erzählt. Hat alles geklappt?«
Sharon nickte nur und biß sich auf die Lippen. Sie war plötzlich totenblaß, ihre tiefblauen Augen sahen in dem weißen Gesicht fast schwarz aus. Brown warf einen Blick auf ihr versteinertes Gesicht und schalt sich einen Esel. »Wollten Sie nicht in die Küche?« fragte er schnell.
»Ja«, sagte Sharon schwach. »Ich glaube, ich könnte eine Tasse Tee brauchen.«
Wortlos führte der junge Kutscher Sharon in die Küche. Sie sank auf einen Stuhl und starrte teilnahmslos vor sich hin. Erst als sie in kleinen Schlucken den von Brown eigenhändig servierten Tee zu trinken begann, entspannten sich ihre verkrampften Züge. Ihre Wangen färbten sich rosig, ein schwaches Lächeln ging über ihr Gesicht. Sie warf dem Kutscher einen unsicheren Blick zu. »Es ist mir furchtbar peinlich, Ihnen so viel Umstände zu bereiten, Brown«, entschuldigte sie sich. »Machen Sie sich keine Sorgen, der kleine Schwächeanfall ist schon vorüber. Ich weiß selbst nicht, wie es dazu kommen konnte.« Sie erschauerte. »Mir war plötzlich so furchtbar kalt.«
Brown gab sich mit der Erklärung zufrieden, obwohl er sich seine eigenen Gedanken über die Gründe machte, die zu Sharons verändertem Verhalten geführt haben mochten. Ganz geheuer kam ihm die Geschichte nicht

vor, und er wurde den Verdacht nicht los, daß Lion Hampshire dahinter steckte. Aber das brauchte sie nicht zu wissen. Er würde den Teufel tun und sich ein zweitesmal den Mund verbrennen! Diplomatisch lenkte er vom Thema ab und sagte beiläufig: »Ich glaube, Sie kommen zu wenig an die frische Luft, Sharon. Warum nehmen Sie sich nicht ab und zu einen Nachmittag und einen Abend frei? Sie haben doch Anspruch darauf.«

»Nun ja . . .« Sharon zögerte.

»Die paar Stunden von heute nachmittag zählen doch überhaupt nicht!« hakte Brown sofort nach. »Ich meine einen richtigen freien Nachmittag, ganz offiziell. Morgen, zum Beispiel, wäre die Gelegenheit günstig.« Er betrachtete Sharon lächelnd. »Der Empfang bei Mayor Powell beginnt nachmittags und wird sich bestimmt bis gegen Mitternacht hinziehen. Da die Binghams und Miß Wade daran teilnehmen, wird kein Mensch Sie vermissen. Die Powells wohnen in der Nachbarschaft, meine Dienste werden also nicht benötigt. Wir beide könnten etwas zusammen unternehmen. Was meinen Sie, Sharon?«

Natürlich wird Lion Priscilla zu dem Empfang begleiten, dachte Sharon bitter. Sie werden miteinander flirten und tanzen und sich amüsieren, genau wie heute abend, während ich mit meinem geschwollenen Knöchel im Haus herumhocke und meiner verlorenen Unschuld nachtrauere. Sie hob den Kopf und starrte Brown an, Ihre Augen sprühten Funken. »Haben Sie für morgen nachmittag etwas Bestimmtes vor, Brown?« fragte sie geradeheraus.

Brown ließ sich seine Überraschung nicht anmerken. Seine Zuversicht stieg von Sekunde zu Sekunde. Er hatte doch gleich gewußt, daß er sich auf seinen Charme verlassen konnte. Er sah Sharon tief in die Augen.

»Da Sie bisher von der Stadt kaum etwas gesehen haben«, sagte er schnell, »würde ich Sie gern ins Peale Museum einladen. Ein Tiermuseum – ich weiß nicht, ob Sie schon davon gehört haben?«
Sharon unterdrückte ein Lächeln. »In Virginia gibt es nicht nur Hinterwäldler, ob Sie es glauben oder nicht«, erklärte sie dem verblüfften Kutscher. »Das Peale Museum ist mir nicht nur ein Begriff, ich weiß zufällig, daß die dort ausgestellten französischen Fasanen aus dem Besitz General Washingtons stammen. Washington hat die Tiere von dem Marquis de Lafayette geschenkt bekommen. Später, als die Tiere eingingen, stellte er sie dem Peale Museum zur Verfügung. Wußten Sie das, Kevin?«
Brown schüttelte verlegen den Kopf. Während Sharon im unschuldigsten Ton der Welt ihre Kenntnisse zum besten gab, war ihm das selbstgefällige Lächeln vergangen. Sharon schämte sich plötzlich. Sie hatte sich nicht besser benommen als die neureichen Snobs in Virginia, die sie immer nur verachtet hatte. Oder wie Anne Bingham, die immer so überlegen tat. Warum tue ich so etwas, dachte sie verzweifelt. Was hat der kleine Kutscher mir getan?
Eine Weile sagte Brown nichts. Er beobachtete Sharon verstohlen. Er wußte inzwischen genauso wenig wie Lion Hampshire, woran er mit dieser Zofe war.
»Da sehen Sie, was ich meine«, sagte er schließlich langsam. »Wenn man Sie so reden hört, fällt es einem schwer zu glauben, daß man ein einfaches Stubenmädel vor sich hat.« Kopfschüttelnd fügte er hinzu: »Sie reden wie eine Dame. Und Sie benehmen sich auch so. Ich kann's zwar nicht erklären, aber ich habe einen Blick dafür.«
»Das kommt Ihnen nur so vor«, sagte Sharon hastig.

»Entschuldigen Sie, Kevin, ich wollte nicht...« Das helle Bimmeln einer Glocke unterbrach sie. »Was läutet denn da draußen? Eine Kirchenglocke kann es nicht gut sein, oder?«

»Das ist die sogenannte ›Butterglocke‹!« klärte Kevin sie auf. »Sie läutet zweimal wöchentlich an den Abenden vor den Markttagen. Sie sollten sich den Markt einmal ansehen, Sharon. Er ist eine Sehenswürdigkeit – einmalig in seiner Art!«

»Du lieber Himmel!« rief Sharon aus. »Smith und Bramble wollten mich morgen früh mitnehmen – das hatte ich ja ganz vergessen!«

»Dann gehen Sie am besten mit den Hühnern schlafen!« Brown lachte. »An Markttagen steht Bramble nämlich mit den Hühnern auf ... kurz vor fünf bereits. Die Marktstände werden schon vor vier aufgeschlagen, im ersten Morgengrauen.«

»O ja!« Sharon stöhnte. »Das bedeutet, daß ich noch heute abend Miß Wades Kleider für morgen herauslegen muß. Wenn ich vom Markt zurückkomme, habe ich dazu keine Zeit mehr.« Mit einem Seufzer stand sie auf. »Ich werde darauf achten müssen, daß ich ihr das Frühstück pünktlich serviere, ich muß ihr beim Ankleiden helfen und sie frisieren. Es nützt alles nichts, Kevin, alles andere muß ich heute abend erledigen, sonst komme ich morgen früh ins Gedränge.«

Brown legte ihr schnell die Hand auf den Arm. »Warten Sie, Sharon, erst müssen Sie mir sagen, was morgen wird. Kommen Sie mit ins Peale Museum?«

Sharon wandte sich zu ihm und sah ihm ins Gesicht. »Ich würde es mir gern ansehen, Kevin, aber ... Sie zögerte. »Ich bin nicht sicher, ob ich schon wieder Ausgang bekomme.«

»Klar kriegen Sie Ausgang«, erklärte Brown sicher.

»Ich muß es schließlich wissen. Mr. Bingham hat nämlich ausdrücklich Anweisung gegeben, Sie anständig zu behandeln.« Er beobachtete sie scharf, aber ihr Erstaunen schien echt.
»Wieso, das verstehe ich nicht!« Sharon starrte ihn bestürzt an.
»Ich auch nicht, offengestanden!« Browns dunkle Augen hefteten sich forschend auf Sharons Gesicht. »Aber es ist so. Ich wunderte mich nur, als Mr. Bingham mir gleich am ersten Tag sagte, ich sollte Ihnen nur nicht zu nahe treten. Es kam mir merkwürdig vor, weil in den letzten zwei Monaten mindestens ein Dutzend Stubenmädchen hier antanzten. An jeder hatte die ›Gnädige‹ was auszusetzen, sie alle verschwanden nach einem oder zwei Tagen wieder, ohne daß Mr. Bingham auch nur ein Wort darüber verloren hätte. Natürlich fragt man sich dann, wieso er sich ausgerechnet für Sie so mächtig ins Zeug legt. Ich dachte, Sie könnten es mir vielleicht sagen?«
»Ich? Aber ich kenne Mr. Bingham doch überhaupt nicht!« rief Sharon. »Seit ich hier bin, hat er nicht ein einziges Mal das Wort an mich gerichtet.«
Brown biß sich auf die Lippen, aber dann konnte er sich die Frage doch nicht verkneifen. »Vielleicht hat Captain Hampshire was damit zu tun?« meinte er. »Wäre doch möglich, nicht?«
»Unsinn!« Sharon wechselte die Farbe, sie wich Browns Blick aus. »Das ist ja absurd!« protestierte sie schließlich heftig. »Ich bin überzeugt, daß irgendein Irrtum dahintersteckt. Anders kann ich mir die Sache nicht erklären.«
»Schon möglich«, stimmte der Kutscher ihr mit entwaffnendem Grinsen zu. »Trotzdem, Sharon, Sie bekommen bestimmt für morgen frei, wenn Sie Mr. Bingham persönlich darum bitten.«

»Hoffen wir's«, sagte Sharon zerstreut.
»Ich kann Ihnen nicht sagen, wie ich mich auf morgen freue!« Die Augen des jungen Kutschers leuchteten auf; er griff nach Ihrer Hand und drückte sie überschwenglich. Sharon entzog sie ihm hastig. Ihre Zustimmung hing noch in der Luft, und sie hätte alles darum gegeben, sie zurücknehmen zu können. Sie stand mit einem nervösen Auflachen auf und zog sich in Priscillas Zimmer zurück. Mechanisch begann sie aufzuräumen, aber sie war nicht bei der Sache. Ihre Gedanken umkreisten Lion. Nichts und niemand würde diesen Mann je dazu bringen, sich dem Verhalten gewöhnlich Sterblicher anzupassen. Sie würde ihn nie verstehen, so wenig wie er je zu verstehen vermochte, was in ihr vorging.

XII

Es war eine bunte kleine Gesellschaft, die sich im Morgengrauen des nächsten Tages durch die fast menschenleeren Straßen bewegte. Smith und Bramble schritten Seite an Seite voraus. Hinter ihnen kamen Sharon und ein junger Stallknecht mit einem vierrädrigen Handkarren. Ab und zu warf er Sharon einen verstohlenen Blick zu, und ein breites Grinsen der Bewunderung lag auf seinem sommersprossigen Gesicht. Ein blaßblauer Himmel dehnte sich über der Stadt. Vom Fluß her wehte ein frischer Wind. Sie waren nicht die einzigen. Aus den Seitenstraßen huschten immer mehr Frauen herbei, die mit großen Körben in dieselbe Richtung strebten.
Bramble schnitt zügiger aus; sie hatte nur den einen Gedanken: frische Ware zu bekommen, die nicht schon von unzähligen Händen betastet worden war. Als sie

den Marktplatz erreicht hatten und Bramble sich mit eigenen Augen davon überzeugen konnte, daß sie zu den ersten Käufern gehörten, wandte sie sich zu Sharon um. »Halten Sie sich dicht hinter Smith und mir«, wies sie Sharon an. »Und vor allem: merken Sie sich die Stände, an denen wir einkaufen, damit Sie für alle Zukunft Bescheid wissen!«

Damit war der Fall für Bramble erledigt. Sie kramte einen Zettel aus ihrem Strickbeutel, verglich ihn mit Smith's Einkaufsliste und setzte sich in Bewegung. Gehorsam stürzte sich Sharon hinter den beiden Frauen in das Gewühl. Smith und Bramble blieben vor einem Butterstand mitten auf dem Markt stehen. Sie kosteten die Butter, ließen sich einen großen Block davon abschneiden und verluden sie auf den Handkarren. Dann gingen sie auf einen Stand zu, der mit Krabben, Hummer und Fischen aller Art beladen war. Während Bramble mit der Marktfrau zu feilschen begann und den Preis für die ausgesuchten Fische herunterhandelte, wandten sich Smith und Sharon den Fleischständen zu. Smith kaufte nur das Beste vom Besten. Riesige Filetstücke, ganze Speckseiten und Würste aller Sorten wanderten in den Handkarren. Smith zahlte, ohne mit der Wimper zu zucken.

»Das Fleisch ist nicht billig«, erklärte sie Sharon lächelnd. »Aber die Qualität ist unübertroffen. Philadelphia ist für seine hervorragenden Fleischwaren bekannt. Sie sind in der ganzen Welt begehrt.«

Sharon nickte zerstreut. Am Nachbarstand hatte sie Wong entdeckt, der mit der Besitzerin des Fleischstandes in eine lautstarke Auseinandersetzung verwickelt war.

»Sie vellangen zuviel, Miß!« kreischte Wong. »Sie mich nicht belügen – Sie schnell machen andele Pleis! Sonst

ich nicht bei Ihnen kaufen!« Eine Weile stritten die beiden erbittert, dann gab der Standbesitzer seufzend nach. Er flüsterte Wong etwas zu; Wong grinste vergnügt, und das Fleisch wechselte den Besitzer. Als er sich umdrehte, entdeckte er Sharon und verbeugte sich mit hintergründigem Lächeln. Zum Glück ging Smith im selben Augenblick zu den Gemüseständen hinüber, so daß sie nicht bemerkte, wie Wong sich blitzschnell zwischen den Ständen zu Sharon durchschlängelte.
»Hallo, Miß Shalon!« begrüßte er sie lächelnd. »Endlich Sie wiedel sehen. Sehl gloße Fleude fül almseligen Wong!« beteuerte er unter zahllosen Verbeugungen.
»Ich freue mich auch, Wong«, sagte Sharon herzlich. »Wenn ich ehrlich sein soll, ich dachte, Sie hätten mich inzwischen längst vergessen.«
»Ich nicht velgessen.« Wong lächelte unergründlich. »Andele Ladies von Miß Lion alle velgessen. Sie nicht, Missy!«
Sharon errötete vor Verlegenheit. »Was reden Sie da, Wong! An mir ist doch weiß Gott nichts Besonderes. Ich bin ein einfaches Stubenmädchen, weiter nichts.«
Wongs Grinsen wurde noch breiter, seine sämtlichen Zähne kamen zum Vorschein. »Nicht fül Missa Lion!« Jetzt zwinkerte er sie auch noch an! Sharon wurde abwechselnd rot und blaß, als er bekräftigend hinzufügte: »Sie vielleicht nicht glauben, abel Wong wissen Bescheid.«
Sharons Herz setzte einen Schlag aus, ihr war, als öffne sich die Erde unter ihren Füßen und ein Abgrund täte sich vor ihr auf. »Wie . . . wie können Sie so etwas behaupten, Wong!« stammelte sie verstört. Sie wurde plötzlich weiß um die Lippen und tastete haltsuchend nach dem Pfosten hinter sich. Dann hatte sie sich wieder in der Gewalt und sagte mit grenzenloser Resigna-

tion im Ton: »Mr. Hampshire ist mit einer Dame der Gesellschaft verlobt, das wissen Sie doch, Wong. Oder hatten Sie es vergessen? Darum sagen Sie so etwas nicht.«
Verzweifelt, zutiefst gedemütigt, blickte sich Sharon nach Smith um. Sie erschrak. Smith schien sie bereits zu vermissen, sie sah sich nach allen Seiten um.
»Ich muß gehen, Wong!« sagte Sharon hastig. Ohne ein weiteres Wort ließ sie den Chinesen stehen und bahnte sich einen Weg durch das Menschengewimmel. Das Gedränge hatte plötzlich etwas Verwirrendes für sie, die Menschen schienen sie höhnisch anzustarren. In ihrem Kopf dröhnte und hämmerte es, in ihren Ohren war ein hohles Brausen. Schweigend half sie dem Stalljungen, das Gemüse auf dem Handkarren zu verstauen, und schweigend trat sie, nachdem Bramble endlich erschien, den Heimweg an. Erst als das hohe schmiedeeiserne Tor weiter vorn aufmachte, hatte sie sich wieder in der Gewalt.
Smith, die sie die ganze Zeit über mit steigender Unruhe beobachtet hatte, warf ihr einen mitfühlenden Blick zu. »Vorhin auf dem Markt dachte ich einen Augenblick, Sie würden jeden Moment ohnmächtig werden«, sagte sie. »Ich war richtig erschrocken, so schlecht sahen Sie aus, Sharon.«
»Es geht schon wieder, Smith.« Sharon lächelte schwach. »Mir war plötzlich schwindelig . . . nichts von Bedeutung.«
»Gott sei Dank!« Smith atmete auf. »Die letzten Wochen waren zu anstrengend für Sie, Sharon. Sie sollten mal einen Tag ausspannen. Tagein, tagaus wie eine Besessene zu arbeiten – das hält auf die Dauer niemand aus. Warum bitten Sie Miß Wade nicht um einen freien Nachmittag? Ihnen steht doch ein freier Tag pro Woche zu.«

»Genau das hatte ich vor. Kevin Brown hat mich für morgen nachmittag ins Peale Museum eingeladen, und da die Herrschaften den größten Teil des Tages außer Haus verbringen werden . . .«

»Ach ja!« rief Smith spontan, »der Empfang bei den Powells!« Über das ganze rosige Gesicht strahlend, lächelte sie Sharon an. »Warum sollten Sie nicht mit Kevin Brown ausgehen, er ist ein netter Junge!«

»Ja, nicht wahr?« stimmte Sharon ihr zu. Sie seufzte. »Ich mag ihn auch, er ist irgendwie rührend in seiner unkomplizierten Art. Wenn man sein ansteckendes Lachen hört, vergehen einem die trüben Gedanken.«

Smith warf ihr einen besorgten Blick zu. »Wollen Sie mir nicht sagen, was sie bedrückt, Sharon?« fragte sie leise.

Sharon wich dem Blick der Frau errötend aus. »Ich kann nicht darüber sprechen. Bitte, fragen Sie mich nicht, Smith. Ich muß ganz allein damit fertig werden.«

»Ich hoffe, es gelingt Ihnen, Sharon.« Smith hob die Hand und berührte scheu Sharons Wange. »Ich hoffe es von Herzen!« Sie wollte noch etwas hinzufügen, aber im selben Augenblick rief Bramble ihr vom hinteren Eingang des Hauses her zu: »Kommen Sie endlich, Smith?« Als Smith nicht sofort antwortete, fügte sie in scharfem Ton ungeduldig hinzu: »Ich will ja nicht drängen, aber die Arbeit in der Küche wartet!«

»Ich komme sofort!« rief Smith. Mit einer Grimasse drehte sie sich wieder zu Sharon um. Einen Augenblick zögerte sie, dann sagte sie in gedämpftem Ton: »Wickham und ich sollten eigentlich vorläufig nichts davon verlauten lassen, aber ich glaube, Brambles Tage in Mansion House sind gezählt. Ihnen kann ich es ja ruhig sagen, Sharon. Bei Ihnen kann ich mich wenigstens darauf verlassen, daß Sie es nicht gleich weitersagen.«

Sharon starrte Smith betroffen an. »Bramble soll entlassen werden? Das begreife ich nicht! Eine so großartige Köchin setzt man doch nicht mir nichts dir nichts auf die Straße. Oder gibt es einen Grund?«
Smith schüttelte den Kopf. »Nicht den geringsten. Mrs. Bingham war sehr zufrieden mit Bramble und lobt sie auch jetzt noch über den grünen Klee. Aber sie ist nun mal ganz versessen auf alles Französische, und nun hat eine ihrer Freundinnen ihr einen französischen Koch vermittelt, den sie absolut engagieren möchte. Ob er kochen kann, interessiert sie überhaupt nicht, Hauptsache, sie bekommt endlich auch einen französischen Koch!« Smith seufzte bekümmert. »Sie würde Bramble trotzdem behalten, aber die wird bestimmt in ihrer Küche keine anderen Götter neben sich dulden, wie ich sie kenne. Schon gar keinen französischen Koch. Sie wird sofort kündigen, und Mrs. Bingham wird nichts anderes übrig bleiben, als die Kündigung anzunehmen, fürchte ich.«
»Sie weiß es also noch nicht?«
»Nein. Bisher wissen nur Wickham und ich Bescheid. Bramble selbst wird es wahrscheinlich erst im letzten Moment erfahren.«
»Arme Bramble . . .«, sagte Sharon leise. »Das hat sie nicht verdient. Es wird ein furchtbarer Schock für sie sein.«
»Das fürchte ich auch!« Smith blickte besorgt, fast traurig zu dem Stalljungen und der Köchin hinüber, die mit strengen Blicken das Ausladen des Handkarrens überwachten. Sie schüttelte seufzend den Kopf. »Ich kenne Bramble, sie hat ihren Stolz. Wenn Mrs. Bingham glaubt, sie würde sich mit der Rolle einer Zweitköchin begnügen, täuscht sie sich gewaltig. Ich kann Ihnen jetzt schon sagen, was passieren wird, wenn sie es erfährt . . .« Kummervoll blickte Smith Sharon an. »Sie

wird ihre Koffer packen und hoch erhobenen Hauptes das Feld räumen.«

Die Nachricht von Brambles bevorstehender Entlassung war nicht die einzige Hiobsbotschaft, die Sharon an diesem Morgen erhielt. Der nächste Schock ließ nicht lange auf sich warten; er ereilte Sharon kaum eine Viertelstunde nach ihrer Rückkehr vom Markt.

Wie man es von ihr erwartete, begab sich Sharon unverzüglich in den oberen Stock, um Priscilla beim Ankleiden für den großen Empfang bei Mayor Powell behilflich zu sein. Priscilla, wie eine Fürstin aufrecht in ihrem Bett thronend und vor Neuigkeiten berstend, empfing sie mit dem neuesten Gesellschaftsklatsch. Was sie am Vorabend im Theater erfahren hatte ... unglaublich! Die Zahl der Abgeordneten, die in Philadelphia den Beginn des New Yorker Kongresses abzuwarten beschlossen hatten, nahm geradezu beängstigende Ausmaße an. Sämtliche Hotels der Stadt waren überfüllt! James Madison, der nach einem einwöchigen Aufenthalt in Mount Vernon gestern nachmittag zusammen mit John Page und Robert Bland Lee eingetroffen war, hatte die größten Schwierigkeiten gehabt, einigermaßen anständig unterzukommen ... man stelle sich nur vor! Natürlich fand der Empfang bei den Powells zu Ehren der Abgeordneten statt, deshalb hatte man auch nur prominente Leute aus allerersten Kreisen dazu eingeladen. Mit ausgebreiteten Armen ließ sich Priscilla rücklings in die Kissen fallen und stieß einen tiefen Seufzer aus. Wenn sie sich vorstellte, wen sie alles dort treffen würde ... die crème de la crème! Die bedeutendsten Männer des Landes würden sich um sie bemühen. Ob das Kleid, das Sharon bereitgelegt hatte, wirklich das richtige war zu ihrem blassen Teint?

Das meiste von Priscillas Geschwafel ging an Sharons Ohr vorüber. Der Schock war ihr in alle Glieder gefahren, als Priscilla die Namen der in der Stadt anwesenden Abgeordneten aufzählte. Alle drei – Madison, Page und Robert Bland Lee waren als gute Bekannte ihrer Eltern oft zu Besuch in Hickory Grove gewesen. Was um alles in der Welt sollte sie tun, wenn sie einem von ihnen zufällig im Haus oder auf der Straße begegnete? Die bloße Vorstellung genügte, um Sharon in Panik zu versetzen.

Priscilla redete unentwegt, während Sharon sie frisierte und ankleidete. Nachdem Sharon ein Kleid nach dem anderen herbeigeschleppt hatte, entschied Priscilla sich schließlich doch für die bereitgelegte Toilette, ein traumhaftes Gebilde aus elfenbeinfarbenem, mit zartblauen Blümchen besticktem Atlas unter kostbarem Brüsseler Spitzengeriesel. Das Kleid saß wie angegossen, und Priscilla sah hinreißend darin aus, doch das Ergebnis fand keine Gande vor ihren Augen. Sie fand sich zu dick. Geduldig half Sharon ihr wieder aus dem Kleid heraus und schnürte das Korsett enger. Der Vorgang wiederholte sich dreimal. Priscilla hielt sich am Bettpfosten fest, sie stöhnte und ächzte und wand sich wie ein Aal, während Sharon aus Leibeskräften die Schnüre anzog, bis die Taillenweite schließlich stimmte. Priscilla konnte nur noch ganz flach atmen. Sharon war am Ende ihrer Kräfte angelangt, aber sie biß die Zähne zusammen und schwieg. Geduldig half sie der Freundin zum viertenmal in die Krinoline, in mehrere Unterröcke und schließlich in das Kleid. Der passende Schmuck wurde ausgesucht: ein Kollier aus tropfenförmigen Perlen und eine zartgliedrige Platinkette mit einer winzigen Uhr, deren emaillierter Sprungdeckel mit kleinen Perlen besetzt war, Puder, Lippen- und Wangenrouge wurden

auf Priscillas Gesicht nach dem Muster ihres Idols Anne Bingham so geschickt verteilt, daß selbst der größte Frauenkenner das atemberaubende Ergebnis für vollkommen natürliche, angeborene Schönheit halten mußte. Ein halber Flakon kostbarsten französischen Parfüms hüllte Priscilla in betäubende Duftwolken. Sie redete unentwegt weiter, während Sharon ihr rotblondes Haar zu kunstvollen Korkzieherlocken ringelte.
»Das Balett war phantastisch! Besonders dieser eine Tänzer ... er schien bei den Sprüngen regelrecht in der Luft zu schweben! Als ob er jede Schwerkraft oder Gravität überwunden hätte!«
»Gravitation«, korrigierte Sharon sie automatisch.
Priscillas Augen wurden schmal. »Natürlich, das sagte ich ja bereits!« Sie verbarg ihre Verlegenheit unter einem neuerlichen Wortschwall und erging sich in langatmigen Betrachtungen über die sensationelle Theaterpremiere. Schweigend legte Sharon ihr den Umhang aus schillernd pfauenblauem Seidensamt um die Schultern. Nicht nur die Farbe, Priscillas ganze Erscheinung erinnerte an einen Pfau. Wie sie sich langsam vor dem Spiegel hin und her drehte, der hingerissene Gesichtsausdruck, mit dem sie ihr Spiegelbild betrachtete. Sharon drehte sich fast der Magen um, während sie sie beobachtete.
Endlich riß sich Priscilla von ihrem Spiegelbild los und schwebte, von Sharon in einigem Abstand geleitet, die Treppe hinunter. William Bingham, der unten in der Halle ungeduldig hin und her lief, nahm sie in Empfang.
»Ah, meine liebe Priscilla, wie zauberhaft Sie heute wieder aussehen! Alle werden Lion um seine bezaubernde Verlobte beneiden. Anne ist immer noch beim Ankleiden.« Er warf einen gehetzten Blick auf die Uhr.

»Hoffentlich kommt sie bald, es ist nämlich höchste Zeit!« Bingham zerrte an seinem Kragen und rückte die Krawatte zurecht. Er schien nervös und erhitzt; sein Gesicht hatte einen merkwürdig bläulichen Schimmer.
Sharon nahm allen Mut zusammen und trat schüchtern auf ihn zu. »Entschuldigen Sie, Sir . . .«
»Ja?« Langsam drehte Bingham sich um und zog erstaunt die Augenbrauen hoch, als er Sharon erkannte. Das war doch diese kleine Zofe, auf die Hampshire ihn am ersten Abend aufmerksam gemacht hatte! Er hatte sie zwar gelegentlich durchs Haus huschen sehen, aber bisher keine Gelegenheit gehabt, sie näher in Augenschein zu nehmen. Bingham stutzte. Tatsächlich, Hampshire hatte recht . . . die Kleine hatte mit dem üblichen Dienstbotentyp nichts gemein. Ihre Stimme, das feingeschnittene Gesicht, ihre ganze Art war irgendwie ungewöhnlich. Außerdem war sie bildhübsch. Augen hatte sie . . . merkwürdig, dieses leuchtende Blauviolett . . . Er konnte sich nicht entsinnen, jemals Augen von dieser Farbe gesehen zu haben!
William Bingham räusperte sich. »Ja bitte, Miß?«
Sharon knickste höflich. »South, Sir.«
»Ach ja . . . jetzt entsinne ich mich.« Bingham nahm seine Zuflucht zu einem väterlich herzlichen Lächeln. Auf die Wirkung dieses Lächelns konnte er sich getrost verlassen. Nicht daß er sich etwas vorgemacht hätte – er wußte nur zu gut, daß er kein Frauentyp war. Aber er wußte auch, daß der Mangel an äußerer Attraktivität durch die Aura von Macht und Reichtum mehr als nur wettgemacht wurde. Und für sein Image sorgte außerdem Anne mit ihrer Schönheit und ihrem unwiderstehlichen Charme. In eben diesem Augenblick erschien sie auf der Treppe – der Inbegriff betörender Eleganz.
»Ich bin soweit, William. Wollen wir gehen?«

Vor Besitzerstolz strahlend, griff Bingham nach Annes Hand und legte sie auf seinen Arm. »Sofort, Liebste! Miß South wollte nur noch kurz mit mir sprechen, wenn du gestattest.«
Annes Augenbrauen hoben sich unmerklich. »Wenn es durchaus sein muß – bitte!« sagte sie kühl.
Sharon erwiderte den hochmütigen Blick ruhig. Auch ihre Stimme klang vollkommen ruhig. »Ich wollte nur um einen freien Nachmittag bitten«, erklärte sie höflich.
Bingham ließ ein wohlwollendes Lachen vernehmen. »Von mir aus natürlich jederzeit ... aber sollten Sie nicht lieber Mr. Hampshire um Erlaubnis bitten? Schließlich hat er darüber zu befinden. Er wird jeden Augenblick eintreffen, nehme ich an. Wenn Sie also ...«
»Ach, was, William!« unterbrach Anne ihn umgeduldig. »Wozu sollen wir Lion mit derartigen Kleinigkeiten belästigen? Wenn du einverstanden bist, wird er es natürlich auch sein. Warum auch nicht?« Ein Blick aus ihren schönen dunklen Augen streifte flüchtig Sharons Gesicht. »Aber bleiben Sie nicht zu lange aus, South! Sehen Sie zu, daß Sie bei Einbruch der Dunkelheit wieder im Haus sind, und halten Sie sich zu Miß Wades Verfügung.«
Ein leichter Druck auf Williams Arm, und Anne Bingham entfernte sich mit raschelnden Röcken zusammen mit ihrem Mann und der vage lächelnden Priscilla.
Sharon stand einen Moment wie angewurzelt da. Dann drehte sie sich um und ging müde die Treppe hinauf. Der Weg über die vielen Stufen erschien ihr unendlich lang. Aber da, gerade, als sie die Tür zu Priscillas Zimmer öffnen wollte, hörte sie unten Lions Stimme und fuhr wie von einem Blitzstrahl getroffen herum. Einen Moment stand sie bewegungslos da, die Hand auf ihr

wild pochendes Herz gepreßt. Wie von einem Magneten angezogen, näherte sie sich lautlos dem Treppengeländer und warf einen Blick hinunter in die Halle. Einen Atemzug lang sah sie ihn – groß, blond und strahlend. Und neben ihm Priscilla ...

Lautlos zog Sharon sich in Priscillas Zimmer zurück. Als sie nach einer Weile wieder herauskam und über die Hintertreppe in ihr Zimmer ging, um sich für den Nachmittag mit Kevin Brown umzuziehen, lag ihr das Herz immer noch schwer wie ein Mühlstein in der Brust.

XIII

Der Vorschlag, den Nachmittag im Tiermuseum von Charles Wilson Peale zu verbringen, erwies sich als eine der besten Ideen, die Kevin Brown jemals gehabt hatte. Sharon brach angesichts der Vielfalt meisterhaft präparierter Tiere in einen wahren Begeisterungstaumel aus, Sie hatte den größten Teil ihres Lebens in freier Natur zugebracht, und ihre besondere Liebe galt von jeher den Tieren.

Allein die Landschaften, die Peale als Hintergrund für die Tiere hatte nachvollziehen lassen, stellten geradezu einzigartige Attraktionen dar. Fasziniert stand Sharon vor den künstlichen Teichen, dem mit Palmen bestandenen, von silbrigem Sand bedeckten Meeresstrand, vor baumbewachsenen Hügeln, Dschungeln und australischen Buschlandschaften. Die Tiere inmitten dieser Landschaften schienen zu leben: im hohen Savannengras pirschte sich ein Löwe an sein Opfer heran, der Tiger im Dschungel setzte zum Sprung auf die Beute an,

ein Leopard schlich durch den verfilzten Busch. Es gab Krokodile, Schlangen, Bären, exotische Vögel und Nashörner – nicht einmal den Mungo hatte man vergessen.
»Fehlt nur noch ein Schwarm bösartiger ostindischer Insekten!« witzelte Brown. »Wie ich Mr. Peale kenne, wird er den auch noch eines Tages irgendwo auftreiben.«
»Aber Brown!« wies Sharon ihn ernst zurecht. »Mr. Peale hat Ihren Spott nicht verdient. Ein Mann, der ein so großartiges Projekt wie dieses Museum verwirklicht, verdient Respekt und Bewunderung. Seiner Initiative ist es zu verdanken, daß es so etwas überhaupt gibt.«
Sharons Begeisterung kannte keine Grenzen. Fast drei Stunden wanderte sie in dem Tiermuseum umher, bis sie sich endlich entschloß, einen Blick in die Bildergalerie zu werfen. Dort stand sie lange, in andächtige Bewunderung versunken, vor dem lebensgroßen Bildnis George Washingtons.
»Washington wie er leibt und lebt!« murmelte sie selbstvergessen vor sich hin.
Brown warf ihr einen nachdenklichen Blick zu. Sein Kommentar war ebenso kurz wie diplomatisch. »Ein großer Mann – kein Zweifel!« sagte er nur.
Langsam schritt Sharon schließlich an den anderen Bildern vorbei. Die Helden der Revolution waren hier verewigt, darunter eine Anzahl von Männern, die Sharon persönlich kannte. Es fiel ihr nicht leicht, sich von den bekannten Gesichtern loszureißen, aber schließlich ließ sie sich doch von Brown zu der Attraktion führen, von der er pausenlos redete, und die angeblich alles bisher Gesehene übertraf.
»Sie werden ja hoffentlich nicht gleich in Ohnmacht fallen«, sagte Brown etwas unsicher auf dem Weg dorthin. Sharon wischte die Bemerkung mit einem belustigten

Lächeln vom Tisch. Aber schon wenige Minuten später, als sie vor dem Glaskasten mit indianischen Skalps stand, wich sie mit einem entsetzten Aufschrei zurück. Auch von dem Schaukasten, in dem die weitaufgerissenen, nadelspitzen Fänge von Klapperschlangen ausgestellt waren, wandte sie sich schaudernd ab.

»Vielleicht ist es ganz gut, daß ich diese Scheußlichkeiten erst jetzt zu Gesicht bekomme«, meinte sie mit einem unsicheren Lachen. »So fällt es mir leichter, mich von dem Museum zu trennen.«

Trotz des strahlenden Frühlingswetters zog Sharon auf dem Heimweg die Kapuze über die dunklen Locken. Aus Angst, einem ihrer früheren Bekannten zu begegnen, hatte sie vergeblich versucht, schneller zu gehen, aber Brown ließ sich dadurch nicht aus der Ruhe bringen. Er behielt seinen gemütlichen Schlenderschritt bei. Also tarnte sich Sharon notgedrungen mit der Kapuze, die ihr Gesicht zum Teil verdeckte. Sie zog sie fast bis zu den Augenbrauen herunter.

Brown beobachtete das Manöver erstaunt. »Sagen Sie nur, Sie frieren!« sagte er verblüfft.

»Im Gegenteil«, erwiderte Sharon hastig. »Mir ist nur plötzlich so komisch. Ich fürchte, ich kriege Fieber. Mal heiß, mal kalt – ich glaube, ich habe Schüttelfrost.«

Sie sah ihn nicht an, scheinbar interessiert betrachtete sie die vorüberfahrenden Kutschen. Ein auffallender, grünschwarz lackierter Phaeton fesselte ihre Aufmerksamkeit in besonderem Maße. Fasziniert starrte sie das Pferdegespann an. Zwei Rappen – wundervoll rassige Tiere mit schmalen Fesseln, feurigen Augen und kohlschwarzen glänzenden Mähnen. Ein rascher Blick ins Innere der Kutsche, und Sharon erkannte die Passagiere: Marcus Reems, und eng an seine Schulter geschmiegt die elegant gekleidete Clarissa. Offensichtlich

waren die beiden so völlig in ihre Unterhaltung vertieft, daß sie weder Augen noch Ohren für das Geschehen auf der Straße hatten. Sie sahen weder Sharon noch den an ihrer Seite gemütlich einherwandelnden Brown.
Sharons Gedanken wirbelten wild durcheinander, als sie in die Spruce Street einbogen. Ob es zwischen den beiden eine Verbindung gab, von der niemand etwas ahnte? Was hatten sie miteinander zu besprechen? Was mochte hinter diesem Rendezvous stecken?
Sharons schlimmste Befürchtungen schienen sich zu bewahrheiten, als sie sich der eleganten Residenz der Powells näherten. Die hohen französischen Fenster, die auf die Terrasse und in den Garten hinausführten, waren weit geöffnet. Eine Reihe von Abgeordneten promenierte im Garten herum. Brown, dessen scharfen Augen so leicht nichts entging, entdeckte Lion Hampshire schon beim ersten Blick, den er in den parkartigen Garten warf. Lässig gegen eine Säule der überdachten Terrasse gelehnt, kühl, selbstsicher und elegant, unterhielt er sich mit zwei anderen Herren. Einer von ihnen war Brown bekannt: William Macley. Den anderen, der mit dem Rücken zur Straße stand, kannte er nicht.
Zu Sharons Entsetzen ging Brown nicht, wie sie gehofft hatte, an dem Grundstück vorbei. Stattdessen blieb er vor dem weit geöffneten Tor zur Auffahrt stehen und machte Lion darauf aufmerksam, indem er ihn lautstark begrüßte. Sharon erstarrte vor Schreck, als Lion sich erstaunt aufrichtete und einen Blick auf die Straße warf. Er stutzte, sprach ein paar Worte mit Macley und Madison, und kam dann langsam über die kiesbestreute Einfahrt auf das hohe schmiedeeiserne Gartentor zu. Nicht genug damit – nun drehte sich auch noch Madison mitten in der Unterhaltung um und sah zum Gar-

tentor herüber. Sharons Herz setzte aus, sie verfärbte sich jäh. Mit dem letzten Rest von Geistesgegenwart, der ihn noch verblieb, flüsterte sie Brown zu: »Ich fürchte, mir wird übel. Entschuldigen Sie, Brown – ich muß so schnell wie möglich nach Hause!«
Bevor Brown dazu kam, auch nur ein Wort zu äußern, hatte Sharon sich bereits umgedreht und rannte mit fliegenden Röcken auf das Bingham'sche Haus zu. Einen Augenblick später verschwand sie hinter den Bäumen der Einfahrt.

Es war Sharon vor Aufregung ganz heiß geworden; kaum hatte sich die Tür hinter ihr geschlossen, zerrte sie die Pelerine von ihren Schultern. Sie rannte die Treppe hinauf zu den Dienstbotenzimmern und nahm immer zwei Stufen auf einmal. Der Empfang bei den Powells schien sich seinem Ende zu nähern; die Binghams und Priscilla konnten jeden Augenblick auf der Bildfläche erscheinen.
Sharon goß kaltes Wasser in die Waschschüssel und wusch sich Hände und Gesicht. In ihrem ganzen Leben hatte sie sich noch nie so erschrocken wie vorhin, als James Madison sich plötzlich zu ihr umdrehte. So sehr sie James Madison schätzte und verehrte – in diesem Augenblick wünschte sie, ihm nie begegnet zu sein. Hastig schlüpfte sie in ihr schwarzes Kleid und band ein frisches Schürzchen um, dann steckte sie ihr Haar auf. Es wollte nicht klappen, eine Haarnadel nach der anderen glitt ihr aus der Hand. Als es ihr endlich gelang, ihre wilde Haarmähne zu bändigen und das vorschriftsmäßige Spitzenhäubchen darauf zu befestigen, zitterten ihre Hände vor Nervosität.
In der Halle war kein Mensch zu sehen, als Sharon herunterkam. Sie erfuhr erst in der Küche, daß die Herr-

schaften inzwischen zurückgekommen seien. Auch Brown hatte sich wieder eingefunden. Er begrüßte Sharon mit einem wäßrigen Lächeln, taute jedoch sofort auf, als sie ihn freundlich ansprach und sich bei ihm entschuldigte.

Sharons Entsetzen über den Zwischenfall vor Mayor Powells Haus klang im Verlauf der nächsten Minuten etwas ab. Die Damen hatten sich zum Ausruhen in ihre Zimmer zurückgezogen, und Priscilla verspürte das Bedürfnis nach einer Tasse Tee. Tausend Dinge mußten gleichzeitig getan werden, so kam es Sharon wenigstens vor, während sie – von Bramble mit Argusaugen überwacht – das silberne Tablett anrichtete. Endlich fand es Gnade vor ihren Augen: Zucker, Sahne, hauchdünne Zitronenscheiben, Pariser Konfekt, kandierte Früchte, edelstes, handbemaltes Limoges-Porzellan . . . Bramble nickte wohlgefällig, und Sharon machte sich mit ihrem Tablett auf dem Weg zu Priscilla.

Am Ende des Küchenkorridors blieb sie stehen und warf einen vorsichtigen Blick in die Halle. Kein Mensch war zu sehen. Die Stimmen hinter der schweren Eichentür der Bibliothek verrieten Sharon, daß die Herren sich offensichtlich dort zu einem Glas Port niedergelassen hatten und so bald nicht wieder zum Vorschein kommen würden. Aufatmend huschte sie die Marmortreppe hinauf und verschwand in Priscillas Zimmer.

Mit einem Seufzer der Erleichterung lehnte sich Priscilla in ihre seidenen Kissen zurück, nachdem Sharon sie unter allerlei Verrenkungen von der Folter ihres fischbeingepanzerten Korsetts befreit hatte.

»Mein Gott . . . war das eine Tortur!« Priscilla nippte an ihrem Tee. »Ich glaube, ich wäre ohnmächtig geworden, wenn ich es auch nur eine Minute länger hätte aushalten müssen.« Sie rieb sich stöhnend die Taille, wo

die Fischbeinstäbchen tiefe Rillen hinterlassen hatten, wie Sharon mit einiger Befriedigung feststellte.
»Das Ding hat mir den ganzen Magen zerquetscht!« stöhnte Priscilla. »Mir ist entsetzlich übel ... richtig elend!« Mit spitzen Fingern griff sie nach einer kandierten Walnuß und steckte sie in den Mund.
»Morgen abend findet bei Dr. Shippen ein festliches Dinner zu Ehren der Kongreßmitglieder statt«, erklärte sie, während sie eine kandierte Frucht nach der anderen verspeiste. »Die meisten verlassen gleich anschließend die Stadt ... übrigens auch Madison, soviel ich weiß. Du kannst dich also beruhigen und brauchst nicht länger im Haus umherzuhuschen wie eine verängstigte Maus.« Priscilla gähnte. »Mein Gott, ist so ein Empfang anstrengend! Ich bin total erledigt.« Sie schob das Tablett von sich. »Kannst du nicht endlich dieses Ding von meinen Knien nehmen, Sharon? Ich muß unbedingt eine Stunde schlafen, wenn ich heute abend nicht aussehen soll wie ein Gespenst.« Seufzend ließ Priscilla sich in die Kissen zurücksinken. Ihr Blick glitt mißbilligend über Sharons Haar. »Gräßlich, wie du wieder mal aussiehst! Kannst du dir das Haar nicht ordentlich feststecken, anstatt ewig mit diesem Wuschelkopf herumzulaufen?«
Sharon schluckte den Vorwurf schweigend. Priscilla schien auch keine Antwort erwartet zu haben. Sie schloß die Augen, drehte sich zur Seite und ringelte sich zusammen wie eine Katze.
Sharon verließ lautlos das Zimmer und begab sich mit dem Tablett zurück in die Küche. Sie war plötzlich zum Umfallen müde. Seufzend bog sie in den halbdunklen Küchenkorridor ein und schob vorsichtig die Küchentür auf. Bramble und Brown waren verschwunden, die Küche war leer. Sharon stellte aufatmend das Tablett auf

der Anrichte ab. Nur ein paar Minuten würde sie sich ausruhen, vielleicht vergingen dann die Kopfschmerzen. Sie nahm das Spitzenhäubchen ab, zog die Haarnadeln aus dem Haar und schüttelte aufseufzend ihre langen Locken. Langsam, mit einem befreiten Aufatmen, fuhr sie sich mit den Fingern durchs Haar.

»War das ein abgrundtiefer Seufzer!« sagte hinter ihr eine tiefe Stimme. »So müde und matt, mein Liebling?«

Einen Augenblick stand Sharon wie angewurzelt auf demselben Fleck, dann wirbelte sie herum und preßte die Hand aufs Herz. Wie immer, wenn sie ihn sah, war in ihren Ohren plötzlich ein Dröhnen und Summen, und sie hatte das Gefühl, den Boden unter den Füßen zu verlieren.

Lion saß in der dunklen Nische zwischen Speisekammer und Brotofen am anderen Ende der Küche und rauchte in aller Seelenruhe seine Cheroot. Anscheinend fühlte er sich in der dämmerigen, gemütlich warmen Küche außerordentlich wohl.

Für einen Moment war Sharon sprachlos. »O Gott!« stieß sie dann hervor. »Ich bin zu Tode erschrocken!« Sie verkrampfte die Hände ineinander und versuchte mit aller Gewalt, die wilde Erregung zu zügeln, die sich ihrer bemächtigt hatte.

Lion lächelte sein gewinnendstes Lächeln. Seine Zähne leuchteten unnatürlich weiß in der Dunkelheit der Nische. »Ich hatte leider nicht die Möglichkeit, mich vorher anzumelden«, sagte er. »Du siehst hübsch aus heute abend, Liebes. Ich hatte fast vergessen, was für schönes Haar du hast. Willst du mich nicht wenigstens begrüßen?« Lion stieß sich mit den Schultern von der Wand ab, ließ seinen Stuhl nach vorn kippen und nahm die Beine von der Ofenbank. »Komm, setz dich zu mir!«

»Danke, nein.« Sharons Stimme klang tonlos. »Ich stehe lieber.«
Da stand sie und schaute ihn an, mit tiefblauen, traurigen Augen. Sie lächelte nicht. Langsam durchquerte sie die Küche und blieb vor ihm stehen. Einen Augenblick senkte sich Stille über den Raum.
»Willst du mir nicht die Hand geben?« fragte Lion schließlich und streckte ihr die Hand entgegen.
Sie legte ihre kleine, kalte Hand hinein und sah ihn lange prüfend an. Endlich fand sie ihre Stimme wieder. Sie schaute ihm ins Gesicht.
»Ich sollte dich hassen«, sagte sie, »aber ich kann es nicht.«
»Warum?« fragte Lion ungerührt. Er zog an seiner Cheroot, stieß langsam den Rauch aus. Durch die ausgestoßene Rauchwolke starrte Sharon ihn an. »Ich wollte, ich wüßte, was in dir vorgeht«, sagte sie leise.
Lion warf ihr einen belustigten Blick zu. »Es sollte dir nicht schwerfallen, mich zu durchschauen«, meinte er ruhig. »Ich bin nicht kompliziert.«
Sharon stand sehr gerade aufgerichtet da. »Warum bist du gekommen, Lion?« fragte sie. »Um mich zu quälen?« Ihre Stimme klang beherrscht, aber sie entzog ihm ihre Hand.
»Warum sagst du etwas, an das du selbst nicht glaubst, Sharon?« Seine Stimme klang plötzlich weich. Er beugte sich vor und sah ihr in die Augen.
Sharon wandte ihr Gesicht ab, trat einen Schritt zurück. Er nahm ihre Hand. »Bitte, geh nicht, Sharon.« Er zog sie langsam zu sich heran, zog ihre Hand an den Mund und preßte die Lippen in die Handfläche.
»Nicht, Lion. Bitte nicht.« Sharons Lippen zitterten. Sie schluckte. »Bitte, laß mich. Ich bin völlig erschöpft.«
»Ich weiß, Liebling.« Lion betrachtete einen Augen-

blick schweigend ihr blasses Gesicht. »Aber hör mich doch wenigstens an. Ich bin gekommen, um mich in Wongs und im eigenen Namen für den Vorfall auf dem Markt zu entschuldigen. Wong hat mir davon erzählt.«

»Ach das!« sagte Sharon. Sie wich Lions Blick aus, sie konnte ihm nicht in die Augen sehen, wenn sie log. »Das habe ich längst vergessen.«

»Wirklich?« fragte Lion lächelnd. Sein Gesicht wurde ernst. »Du solltest es ihm nicht nachtragen, Sharon«, sagte er. »Wong drückt sich manchmal ungeschickt aus, aber er wollte dich bestimmt nicht kränken. Genauso wenig, wie ich es je wollte«, fügte er nach einer nachdenklichen Pause hinzu. »Trotz meines oft recht schnodderigen Tons. Ich hoffe, du glaubst mir.«

Zögernd hob Sharon den Blick. Ihre Augen trafen sich. »Ich will es versuchen, Lion«, sagte sie ruhig.

Er sprach nicht, er verschlang sie nur mit den Augen. Sharons Herz begann zu hämmern, das Blut brauste in ihren Ohren. »Oh, Lion«, seufzte sie.

Er spürte, wie ihre Hand in der seinen plötzlich heiß wurde. Allein die Berührung ihrer Finger erregte in ihm den Wunsch, sie an sich zu ziehen. »Ich liebe dich, Sharon«, sagte er.

Sie schüttelte den Kopf und entzog ihm ihre Hand. »Nicht, Lion. Laß uns nicht wieder von vorn anfangen.« Sie blickte sich gehetzt um. »Nicht jetzt, nicht hier«, fragte sie zögernd hinzu. »Wenn jemand kommt und uns zusammen sieht, ist der Skandal perfekt.«

»Ja, vielleicht hast du recht.« Lion warf einen Blick auf die Tür. »Können wir nicht woanders hingehen? Ich habe dir nämlich etwas mitgebracht und möchte dabei sein, wenn du es auspackst. Ein kleines Versöhnungsgeschenk von Wong und mir.« Er griff hinter sich und brachte ein sorgfältig in geblümtes Seidenpapier ver-

schnürtes Päckchen zum Vorschein. »Komm, pack es aus!«
Im selben Moment wurde mit einem Ruck die Tür aufgestoßen, und Bramble erschien auf der Schwelle.
»Was um alles in der Welt . . .!« Bramble erstarrte zur Salzsäule, es verschlug ihr glatt die Sprache.
Lion nickte ihr gleichmütig zu. »Kommen Sie nur herein«, sagte er höflich. »Wir hatten nur verschiedenes wegen Miß Wades Geburtstag zu besprechen und wollten ohnehin gerade gehen.«
Seine wohlgesetze Rede gab Bramble Gelegenheit, sich von ihrer Sprachlosigkeit zu erholen.
»Das bitte ich mir auch aus!« sagte sie streng. Die verkörperte moralische Entrüstung, marschierte sie auf den Herd los. »Ich kann beim Kochen niemand in meiner Küche brauchen.« Mehr sagte sie nicht, es war auch nicht nötig. Das Gesicht, mit dem sie den überstürzten Abzug der beiden beobachtete, verriet deutlich genug, daß sie mit den Zuständen, die in diesem Hause herrschten, wieder einmal ganz und gar nicht einverstanden war.
Mit einem vor Verlegenheit feuerroten Gesicht zog Sharon Lion in einen selten benutzten Lagerraum in der Nähe der Hintertür.
»Sind wir hier sicher?« flüsterte Lion.
»Für den Augenblick ja. Aber lange können wir uns nicht aufhalten.«
»Dann beeil dich . . .« Er drückte Sharon das Päckchen in die Hand. »Pack es aus. Ich will wissen, ob es dir gefällt!« Lächelnd beobachtete er ihr Gesicht, während sie die Verschnürung löste und das Papier auseinanderschlug.
»Oh!« Sharon hielt unwillkürlich den Atem an. »Etwas so Wunderschönes habe ich in meinem ganzen Leben

nicht gesehen!« Sie hob die Stoffbahnen vorsichtig aus dem Papier – mattschimmernde reine Seide schwerster Qualität. Der weiße Grund war über und über mit winzigen Veilchen bestickt.«
»Gefällt dir der Stoff?« fragte Lion lächelnd. »Ich habe ihn aus China mitgebracht.«
»Das fragst du noch?« Mit leuchtenden Augen hob Sharon das weiche Material ans Gesicht und preßte es gegen ihre glühende Wange. »Wie kühl und weich sich das anfühlt!« Sie ließ den Stoff sinken und öffnete vorsichtig eine schmale Schachtel, die sie in der ersten Aufregung ganz übersehen hatte. »Mein Gott, die vielen winzigen Perlknöpfchen ... daß du daran gedacht hast!« Erschrocken blickte sie plötzlich auf. »Sind die etwa echt?«
»Was dachtest du denn?« Lion grinste vergnügt. »Glaubst du, ich ließe mir von den Chinks unechte Perlen andrehen?«
»Aber Lion, das ist ...« Sharon schluckte. »Das kann ich unmöglich annehmen. So ein kostbares Geschenk – es gehört sich einfach nicht!«
»Unsinn!« widersprach Lion energisch. »Sei kein Schaf ... es sind ja nur Zuchtperlen.« Als Sharon immer noch zögernd zwischen dem Stoff und den Perlen hin und her blickte, griff er zu einer List. »Willst du mich beleidigen?« fragte er. Spöttisch zog er die Brauen hoch. »Wenn du die Seide nicht nimmst, wird Priscilla sie eines Tages finden und sich ein Kleid daraus machen lassen. Wäre das nicht ein Jammer, wo die Farbe der Stickerei so gut zu deinen violetten Augen paßt?«
Der Name Priscilla setzte dem schweigenden Kampf, den Sharon mit sich ausfocht, ein Ende. Ein stählernes Funkeln kam in ihre Augen. Sie wußte, Lion stellte die-

se Frage nur aus purer Bosheit. Sie kapitulierte auf die anmutigste Weise. Sie packte die Seide, scheinbar in tiefes Nachdenken versunken, wieder ein, nahm das Päckchen scheinbar unschlüssig in die Hand und murmelte schließlich: »Wenn du darauf bestehst . . . beleidigen möchte ich dich natürlich nicht.« Langsam hob sie den Blick, sah Lions verdutztes Gesicht und lächelte ihn an. »Erpresser!« sagte sie scherzend.
Lion lachte befreit auf. »Der Zweck heiligt die Mittel. Du wolltest es ja nicht anders, mein Engel . . .« Er griff ihr ins Haar, bog ihren Kopf zurück und sah ihr forschend in die Augen. »Sag mal, was ich dich schon die ganze Zeit fragen wollte . . . wo warst du eigentlich heute nachmittag mit Brown?«
Der veränderte Klang seiner Stimme, der merkwürdig gespannte Ton, in dem er die Frage stellte, entging Sharon völlig. »Im Peale-Museum«, erwiderte sie zerstreut. Lions Frage hatte die Erinnerung an die Kutsche wieder wachgerufen, den schwarz grün lackierten Phaeton mit Marcus Reems und Clarissa, der ihr auf dem Heimweg aufgefallen war.
»Jetzt fällt mir übrigens auch etwas ein, was ich dir sagen wollte«, begann sie zögernd. »Ein merkwürdiger Zufall, der mir nicht aus dem Kopf geht. Es passierte auf dem Heimweg vom Museum . . .«
»Was?« fuhr Lion auf. »Ich breche diesem verdammten Brown sämtliche Knochen im Leib, wenn er sich unterstanden haben sollte . . .«
»Wieso Brown?« Sharon mußte über Lions wütenden Gesichtsausdruck lachen. »Wo denkst du hin, Lion? Brown hat nicht das geringste damit zu tun!« Amüsiert schüttelte sie den Kopf. »Wie kommst du nur auf die Idee? Nein – es geht um eine Kutsche, die an uns vorbeifuhr, als wir vom Museum zurückkamen. Ein

schwarzgrün lackierter, sehr auffällender Phaeton. Und weißt du, wer in der Kutsche saß?«
Lion zuckte gleichmütig die Achseln. »Marcus Reems natürlich, wer sonst? Ich kenne den Wagen.«
»Hätte er allein in der Kutsche gesessen, wäre auch alles in Ordnung gewesen«, erklärte Sharon mit Nachdruck. »Aber Clarissa war bei ihm. Das machte mich stutzig! Wußtest du etwas von einer Verbindung zwischen den beiden, Lion?«
»Bisher nicht.« Lion schüttelte stirnrunzelnd den Kopf. »Schon möglich, daß sie sich heimlich treffen . . . zuzutrauen wäre es ihnen.« Er zuckte die Achseln. »Aber was geht mich das an?«
»Ich weiß nicht . . .«, erwiderte Sharon nachdenklich. »Ich dachte nur, du solltest es wissen.« Grübelnd starrte sie an Lion vorbei, ihr Blick fiel durch das schmale vergitterte Fenster auf eine Baumgruppe im Park. Steineichen . . . eine Gruppe von Steineichen, nicht ganz so bemoost und alt wie die Eichen im Park der Markwood-Villa, aber die gleichen Bäume. Vor ihrem geistigen Auge tauchte plötzlich der Garten der alten Villa auf, und im selben Augenblick wußte sie, was seit jenem Nachmittag in ihrem Unterbewußtsein herumspukte. Als es geschah, hatte ihr Verstand es nicht registriert, weil sie in der Verwirrung des Augenblicks überhaupt nicht mehr fähig war zu denken. Ein Schatten an einem der Fenster des Pavillons, schmal und hoch, genau in dem Augenblick, in dem Lion sie auf den Diwan legte. Sie hatte der Sache keine Bedeutung beigemessen, das merkwürdige war nur – und der Gedanke kam ihr erst jetzt, während sie die Steineichen betrachtete: als sie nach dieser Stunde mit Lion aus ihrem Taumel erwachte und sich wieder anzog, war der Schatten nicht mehr dagewesen.

Sharon erschauerte. Sie hatte plötzlich das Gefühl, als habe ein eisiger Lufthauch ihren Nacken gestreift. Fröstelnd riß sie den Blick von den Steineichen los und drehte sich zur Tür um. »Es ist nur ein ungewisses Gefühl . . .«, murmelte sie. »Jedesmal wenn ich Clarissa begegne, beschleicht mich diese unheilvolle Ahnung, Warum, weiß ich selbst nicht. Ich kann es nicht erklären.«

»Aber Kleines!« Lion lachte hellauf. »Das bildest du dir doch nur ein! Wegen Clarissa brauchst du dir wahrhaftig keine grauen Haare wachsen zu lassen – mit der werde ich schon fertig. Überleg dir lieber, wie du die Geister, die du riefst, wieder los wirst. Kevin Brown, zum Beispiel, meinen ehemaligen Kajütenboy! Dem scheinst du ja ganz schön den Kopf verdreht zu haben, wenn er sich sogar zu einem Museumsbesuch herbeiläßt, nur um dir zu imponieren!«

»Ach wirklich?« Lions spöttische Worte, sein zynisches Lachen, machten Sharon rasend. Wie eine Stichflamme schoß eine besinnungslose Wut in ihr hoch. Sie fuhr zu ihm herum, ihre Augen loderten. »Du fürchtest wohl, er könnte mir zu nahe treten! Oder fürchtest du, ich könnte bei seinem Anblick schwach werden und mich in einem Augenblick wahnsinniger Leidenschaft von ihm verführen lassen? Deine Besorgnis um meine Mädchenehre rührt mich zu Tränen – falls ich nach dem Nachmittag in der Markwood-Villa überhaupt noch eine habe!«

»Um Gottes willen, Sharon . . .« Lion wollte auf sie zugehen, aber der Blick, den sie ihm zuschleuderte, warnte ihn. Es war nicht nur die Wut, die ihm aus ihren Augen entgegenflammte, was ihn am meisten bestürzte war der Ausdruck abgrundtiefer Verzweiflung in Sharons jäh erblaßtem Gesicht. Zum erstenmal seit jenem Nachmittag empfand er etwas wie Schuldbewußtsein.

»Sharon ...«, begann Lion noch einmal, diesmal im Ton tiefster Betroffenheit. Er ging schnell zu ihr hin, wollte sie an sich ziehen. Sharon stieß seine Hand zurück.
»Rühr mich nicht an!« fauchte sie. »Für was hältst du mich eigentlich? Eine Strohpuppe, die man da- und dorthin werfen kann? Nein, ich kann nicht mehr, ich kann es nicht ertragen, daß man so mit mir spielt! Ich ... ich ...« Sharon brach in Tränen aus. »Ich will dein Geschenk nicht!« schluchzte sie und schleuderte ihm mit Vehemenz das Päckchen vor die Füße.
Lion war einen Augenblick lang so verblüfft, daß er regungslos stehenblieb, als Sharon an ihm vorüber zur Tür stürzte. Er rührte sich nicht, bis hinter ihm die Tür zuschlug. Mit einem unterdrückten Fluch drehte Lion sich um. Er ging zur Tür, vergaß sich zu bücken und rannte mit dem Kopf gegen den Balken.
Sharon hörte Lions unterdrückten Aufschrei, aber sie rannte weiter. Sie drehte sich nicht einmal um.

XIV

Was Sharon in der schlaflosen Nacht nach der Auseinandersetzung mit Lion davor bewahrte, den Verstand zu verlieren, war ihr selbst unerfindlich. Ein entsetzliches Gefühl der Vereinsamung und Unwirklichkeit hatte sie überkommen. Ihr war, als stürze sie in einen Abgrund, wo es nichts gab als gähnende Leere. Sie war entsetzt. Sie begriff nicht, daß sie sich jenem Mann mit dieser Vorbehaltlosigkeit ergeben hatte.
Sharon hatte keineswegs daran gedacht, an den Ort ihres Zerwürfnisses mit Lion zurückzukehren, als sie die

Tür hinter sich zuwarf. Sie hatte sich geschworen, nie mehr einen Fuß in den unseligen Lagerraum zu setzen, so lange sie lebte. Die Seide war ihr völlig gleichgültig – sie hatte sich nie viel aus derlei Firlefanz gemacht. Daß sie ihren Vorsätzen kaum vierundzwanzig Stunden später untreu wurde, war einzig und allein ihrer Neugier zuzuschreiben. Sie wollte wissen, ob das Päckchen noch da lag, wo sie es hingeworfen hatte, oder ob Lion es wieder an sich genommen hatte.
Einen ganzen Tag lang widerstand sie der Versuchung, einen Blick in den Lagerraum zu werfen, dann gab sie den Kampf auf und beschloß, sich Gewißheit zu verschaffen. Die Gelegenheit ergab sich kurz vor dem Abendessen, während Bramble in der Küche den Tisch für das Personal deckte.
Das Päckchen lag auf demselben Fleck wie gestern, neben dem Fenster, vor dem Lion gestanden hatte. Fast hatte sie es sich gedacht, daß sein Stolz es nicht zulassen würde, das Geschenk wieder an sich zu nehmen. Bereits im Begriff, die Tür wieder zu schließen, wandte sich Sharon zögernd wieder um. Bramble kam gelegentlich in den Lagerraum; sie verwahrte ihre Backbleche hier. Wenn sie das Päckchen finden sollte, würde sie sich des Vorfalls in ihrer Küche entsinnen und sofort erraten, woher es stammte. Das ganze Haus würde es erfahren.
Sharon zögerte nicht länger. Sie huschte in den Lagerraum, nahm das Päckchen an sich und flüchtete sich damit auf ihr Zimmer. Dort verschwand der Stoff samt Perlknöpfen in der untersten Schublade ihrer Kommode.
Durchdrungen von dem festen Vorsatz, keinen Gedanken mehr an die ganze unselige Angelegenheit zu verschwenden, ging Sharon zum Abendessen hinunter. Aber dann ließ es ihr doch keine Ruhe. Kaum war sie

nach dem Essen wieder in ihrem Zimmer angelangt, holte sie das Päckchen aus der Kommode und packte es aus. Tapfer widerstand sie der Versuchung, sich den Stoff vor dem Spiegel vorzuhalten und strich nur langsam mit der Hand über die glatte Seide. Es war ein Fehler gewesen, wie sich gleich herausstellte, denn kaum hatte sie den Stoff berührt, geriet ihr Entschluß ins Wanken. Fast zärtlich ruhten ihre Augen auf der kostbaren bestickten Seide. Wie wundervoll sie schimmerte, wie herrlich weich und kühl sie sich anfühlte. Einen Augenblick lang hob Sharon die weiße Seide an ihr Gesicht. Es ging über ihre Kraft, dem Wunsch zu widerstehen, dieses Kleid zu besitzen, obwohl es vor ihrem Gewissen nicht zu vertreten war, Lions Geschenk zu behalten. Sharon begriff sich selbst nicht mehr. Zu Hause in Virginia, wo ihre Schränke voll der schönsten Kleider hingen, hatte sie sich nichts daraus gemacht und war tagaus, tagein in ihrem alten Reitdress herumgelaufen. Und jetzt, urplötzlich, schien ihre Seligkeit davon abzuhängen, ein neues Kleid zu besitzen! Wahrscheinlich rächte sich ihre unterdrückte Eitelkeit an ihr. Jawohl, das war es. Seufzend nahm Sharon den Stoff und trat damit vor den Spiegel. Ganz gleich, was es auch sein mochte – sie kam nicht dagegen an.
Die ungewohnte Tätigkeit mit Nadel und Faden, in der Sharon keinerlei Fertigkeit oder Erfahrung besaß, war anstrengender, als sie es sich vorgestellt hatte. Aber die mühsame Arbeit hatte auch ihr Gutes. Denn ihre Energie war so groß, daß sich allmählich das Gefühl der Selbsterniedrigung verlor, mit dem sie an Lion dachte. Der Elan, mit dem sie sich in die Arbeit stürzte, war in Wirklichkeit eine Flucht vor sich selbst. Das Nähen erforderte ihre ganze Konzentration und es half ihr, die Gedanken an Lion zu verdrängen.

Wie tapfer Sharon sich auch abmühte, wenn sie sich in ihrem Zimmer Stunde um Stunde die Finger zerstach ihren bohrenden Gedanken konnte sie nicht entkommen. Besonders Smith gegenüber hatte sie ein schlechtes Gewissen. Da sie selbst von der Schneiderei keine Ahnung hatte und beim Zuschneiden auf fremde Hilfe angewiesen war, hatte sie sich an Smith gewandt. Die Hausdame hatte große Augen gemacht, als Sharon den kostbaren Stoff auspackte und erklärte, die Seide sei das Abschiedsgeschenk einer Dame in Virginia, die sie während ihrer Krankheit gepflegt habe. Smith, die in ihrer Arglosigkeit nie auf den Gedanken verfallen wäre, an Sharons Worten zu zweifeln, hatte das Kleid zugeschnitten und geheftet. Sharon vermochte sich nicht recht darüber zu freuen; die Lüge lag ihr schwer auf dem Herzen.

Seufzend schnitt sie das Fadenende ab, seufzend griff sie nach der Seidenspule und fädelte einen neuen Faden ein. O Gott, dachte sie, was ist nur aus mir geworden? Wahrhaftig, ich habe es weit gebracht! Zuerst erniedrige ich mich selbst zum Dienstboten und lasse mich von morgens bis abends herumkommandieren – ausgerechnet von Priscilla Wade! Dann lasse ich mich von ihrem Verlobten verführen wie eine Straßendirne, die sich jedem hingibt, der gerade Lust auf sie hat. Nicht genug damit – ich lasse mich auch noch dafür bezahlen, indem ich teure Geschenke annehme. Und jetzt fange ich auch noch an, mit einer Schamlosigkeit ohnegleichen die arme Smith zu belügen, die es so gut mit mir meint.

Sharons Wangen brannten, zornige Tränen prickelten hinter ihren gesenkten Lidern. Sie wischte sie hastig mit dem Handrücken ab, als plötzlich ein Klopfen an der Tür ertönte.

»Wer ist da?«
»Ich bin's, Sharon . . . Kevin!«
Erschrocken rollte Sharon den Stoff zusammen und warf das Bündel in die Kommode. Dann öffnete sie die Tür.
»Ich störe doch hoffentlich nicht?« erkundigte Kevin sich mit einem Blick auf ihr verstörtes Gesicht.
»Nein, nein, durchaus nicht . . . wieso?« Sharon blickte den Kutscher fragend an. Er grinste verlegen. »Ich dachte nur . . . ich wollte nur fragen, ob Sie vielleicht Lust auf eine Tasse Tee hätten? Die Küche ist leer, und es ist so gemütlich warm unten.«
Sharons Gesicht entspannte sich. »Das klingt ja sehr verlockend. Danke, Kevin, ich komm gern für einen Augenblick mit.« Sie ließ die Tür einen Spalt offen und löschte die Kerze, die neben ihren Nähutensilien auf der Kommode brannte. »Lange kann ich mich allerdings nicht aufhalten, ich war nämlich gerade beim Nähen.«
Erst als sie in der warmen Küche auf die Ofenbank sank, wurde Sharon bewußt, wie müde und durchfroren sie war. Ihre Hände waren eiskalt, ihre Augen brannten. Während Brown im Nebenraum mit Porzellan und Silberlöffeln herumzuhantieren begann, lehnte sich Sharon erschöpft an die warmen Kacheln des Brotofens. Wohlige Wärme verbreitete sich in ihren Gliedern und hüllte sie ein wie ein Mantel. Ihre Gedanken kamen zur Ruhe. Sie gab sich völlig der Geborgenheit des friedlichen Raums hin und schloß mit einem Seufzer die Augen.
Eine Stimme, kaum lauter als ein Flüstern, unterbrach schon nach wenigen Augenblicken die Stille. Sharon hörte plötzlich jemand sagen:
»Ach, hier sind Sie! Gott sei Dank – ich habe Sie schon überall gesucht und nicht gefunden, South!«

Es kostete Sharon große Anstrengung die Augen zu öffnen, ihre Lider waren schwer wie Blei. Im ersten Moment erkannte sie die Erscheinung im silberfuchsbesetzten Kapuzenmantel nicht, die in der geöffneten Tür stand. Erst als die Frau näherkam, wurde ihr klar, daß es Clarissa war. Sie schien in Eile und hatte das Haus anscheinend durch die Hintertür betreten.
Sprachlos, völlig verwirrt, starrte Sharon das blonde Mädchen an. Irgend etwas an Clarissas Gesichtsausdruck beunruhigte sie ... wieso, hätte sie nicht sagen können. Sie schien sich in fieberhafter Erregung zu befinden; hektische Röte bedeckte ihre Wangen, und sie hatte ein unstetes Flackern in den Augen.
Clarissa blickte sich nervös um. »Hören Sie, South«, sagte sie hastig, »ich wollte Sie um eine Gefälligkeit bitten. Es handelt sich um eine Angelegenheit vor größter Wichtigkeit, und ich brauche dabei Ihre Hilfe.«
»Sind Sie eigens deswegen gekommen?« Sharon stand auf. Ihrem verständnislosen Gesicht war anzusehen, daß sie kein Wort begriff. »Ich verstehe zwar kein Wort, aber wenn ich Ihnen behilflich sein kann ...«
»Wäre ich sonst hier?« unterbrach Clarissa sie ungeduldig. »Es ist, wie gesagt, von größter Wichtigkeit, also hören Sie gut zu. Heute abend findet in Dr. Shippens Haus ein Dinner statt, wie Sie wahrscheinlich wissen?«
Sharon nickte.
»Und es ist Ihnen vermutlich auch bekannt, daß Mr. Hampshire an diesem Dinner teilnimmt«, fuhr Clarissa fort.
»Ja schon ... aber ...«
Clarissa brachte Sharon mit einem Blick zum Schweigen. »Bitte, unterbrechen Sie mich nicht ständig!« maßregelte sie Sharon. »Alles, was ich von Ihnen will, ist ein Botengang ... zu Dr. Shippens Haus. Dort lassen

Sie Mr. Hampshire herausrufen. Wenn er kommt, sagen Sie ihm, ich müßte ihn dringend sprechen.«
»Ich?« stammelte Sharon entsetzt. »Aber ich weiß ja gar nicht ... ich kenne weder das Haus noch Dr. Shippens Butler. Ich bin dort völlig fremd! Was soll ich tun, wenn man mir einfach die Tür vor der Nase zuwirft und mich überhaupt nicht anhört?«
»Das ist nicht zu befürchten«, erwiderte Clarissa kalt. »Ich habe Sie beobachtet, Sie haben ein recht bestimmtes Auftreten.« Einen Moment schwieg sie, ihr Blick glitt abwägend über Sharons betretenes Gesicht. »Glauben Sie, ich hätte mich an Sie gewandt, wenn ich nicht davon überzeugt wäre, daß Sie einer solchen Situation gewachsen sind? Bestimmt nicht!« Sie warf Sharon einen argwöhnischen Blick zu.
»Ich weiß nicht recht ... aber wenn Sie durchaus wollen ...«
»Ich wäre Ihnen außerordentlich dankbar!« Clarissa atmete auf. »Gehen Sie gleich, verschwenden Sie keine Zeit! Sagen Sie Lion, die Sache dulde keinen Aufschub, ich ließe ihn bitten, sich möglichst unverzüglich mit mir zu treffen. Ich erwarte ihn am selben Ort, wo wir uns sonst immer getroffen haben. Sagen Sie ihm das.«
Sharon schlug die Augen nieder, um ihre Betroffenheit zu verbergen. »Wie Sie wünschen, Ma'am«, sagte sie nur. Sie schluckte. »Und wie komme ich zu Dr. Shippens Haus?«
»Sie gehen bis zur ersten Querstraße und biegen dort rechts in die Locust Street ein. Das Haus liegt Ecke Fourth und Locust Street. Sie können es gar nicht verfehlen – eine zweistöckige weiße Villa in einem großen Garten.«
Clarissa schien es plötzlich sehr eilig zu haben. »Ziehen Sie sich schnell Ihren Mantel über, und dann gehen

Sie . . . es eilt! Wir dürfen keine Zeit mehr verlieren. Kümmern Sie sich nicht um mich, gehen Sie. Ich finde schon allein hinaus.«

Dr. Shippens Gäste, über vierzig an der Zahl, hatten an einer langen Tafel in dem großen Speisesaal Platz genommen. Alice Shippen saß mit dem Rücken zur Tür, und James Madison hatte den Ehrenplatz inne, seiner Gastgeberin direkt gegenüber. Während Diener die zweiundzwanzig Gänge des festlichen Banketts servierten, entspann sich eine angeregte Unterhaltung, die teilweise recht hitzig verlief und vor allem die männlichen Gemüter der illustren Runde zu erregen schien. Wie stets, wenn diese Runde bedeutender Mitglieder des neuen Kongresses sich zusammenfand, stand die Politik im Mittelpunkt des allgemeinen Interesses. Die ausgefallenen Delikatessen, die zwischendurch serviert wurden, interessierten nur am Rande. So blieb es den Damen überlassen, das Festmahl gebührend zu würdigen. Während sie diplomatisch schwiegen, mit ihren Perlenketten spielten und scheinbar interessiert der Unterhaltung zuhörten, registrierten sie aufmerksam jede Einzelheit des opulenten Dinners. Auch die jüngeren Mitglieder der Runde, Männer wie Lion Hampshire, hielten sich zurück und überließen das Wort den älteren Delegierten, die sich auf dem Gebiet der Politik bereits verdient gemacht hatten.
Während einer lebhaften Unterhaltung die sich an die Reden anschloß, hatte Lion nicht bemerkt, daß Cyrus, der schwarze Butler der Shippens unauffällig den Saal betreten und wartend hinter seinem Stuhl Posten bezogen hatte. Er drehte sich erstaunt um, als sich plötzlich hinter ihm jemand diskret räusperte.
»Entschuldigen Sie die Störung, Mr. Hampshire«, flü-

sterte ihm der baumlange Neger verlegen zu, »aber draußen in der Halle ist eine junge Lady, die Sie unbedingt sprechen will. Es ist mir fürchtbar peinlich, Sie herausbitten zu müssen, aber die Dame läßt sich nicht abweisen.«

Währenddessen stand Sharon draußen in der Halle und wagte vor Nervosität kaum zu atmen. Der kurze Moment, als der Butler die Tür des Bankettsaals öffnete, hatte genügt, um einen Blick auf einige der Gesichter zu erhaschen. Was sie sah, ließ sie erbleichen. Wie hatte sie sich nur von Clarissa überreden lassen können, sich auf ein derart tollkühnes Unternehmen einzulassen? Es kam einer Herausforderung des Schicksals gleich, auch nur einen Fuß in dieses Haus zu setzen! Nicht nur von Madison, auch von Alice Shippen drohte Gefahr. Sie war eine geborene Lee und stammte aus Virginia; ihre Brüder Richard Henry und Frances Lightfoot gehörten zu den prominentesten Bürgern des Landes. Die Lees waren zu jedem Ball, zu jeder Party und zu jeder Treibjagd in Hikkory Hill erschienen, und Sharon war zusammen mit ihren Eltern häufig auf Stratford Hall, dem Familienbesitz der Lees zu Gast gewesen. Jeden Augenblick konnte einer von innen in die Halle herauskommen!

Sharon zuckte heftig zusammen, als sich plötzlich die Tür des Speisesaals auftat. Mit entsetzt aufgerissenen Augen starrte sie die näherkommende hochgewachsene Gestalt an. Dann erkannte sie den Mann und atmete erleichtert auf: »Lion . . . Gott sei Dank!«

Erst als er vor ihr haltmachte, bemerkte sie das unverschämte Lächeln auf seinem Gesicht. Er betrachtete sie mit spöttisch funkelnden Augen.

»Sieh mal einer an!« sagte er leise. »Wenn man am wenigsten damit rechnet, erlebt man die nettesten Überraschungen. Welchem glücklichen Umstand verdanke ich

denn das Vergnügen dieses unerwarteten Besuchs? Sehnsucht nach mir?« Er grinste, legte die Hand aufs Herz und sah ihr tief in die Augen. »Warum sagst du nicht ja, mein kleiner Liebling? Ich wäre der glücklichste Mann auf der Welt . . . Hand aufs Herz!«
Es kostete Sharon ihre gesamte Willenskraft, um sich vom Bann seiner Augen zu befreien. Sie riß den Blick von seinem Gesicht los, warf zornig den Kopf in den Nacken. »Bilde dir nur keine Schwachheiten ein, Lion Hampshire!« Sie mußte sich große Mühe geben, um ihrer Stimme den nötigen Nachdruck zu verleihen. Erst als sie noch einen Schritt zurücktrat, hatte sie sich wieder in der Gewalt. Jetzt konnte sie ihn sogar ansehen, ohne abwechselnd rot und blaß zu werden. »Ich bin nicht ohne Grund hierhergekommen«, fügte sie bedeutungsvoll hinzu.
»Darf man den Grund erfahren?« erkundigte sich Lion. Lächelnd zeigte er seine weißen Zähne. »Um was für ein Geheimnis handelt es sich denn diesmal?«
Sharon sah ihn ernst an. »Clarissa schickt mich.«
Lion starrte sie einige Sekunden lang ausdruckslos an und fragte dann scharf: »Clarissa? Soll das ein Witz sein?« Das Lächeln war ihm plötzlich vergangen.
In dem Festsaal brandete Gelächter auf, die fröhlichen Stimmen drangen bis in die Halle heraus. Sharon warf einen unsicheren Blick auf die geschlossene Tür. »Können wir nicht in den Garten hinausgehen? Es wäre mir peinlich, wenn die Binghams oder Priscilla mich hier sähen.«
Lion hatte sich inzwischen von seiner Überraschung erholt. »Ich wüßte nicht, was mir lieber wäre«, entgegnete er gutgelaunt. Er legte den Arm um Sharons Schulter und zog sie in den dunklen Garten hinaus.
»Du könntest dich wenigstens erkundigen, um was es

geht!« sagte Sharon vorwurfsvoll, während sie langsam über die Einfahrt auf das Gartentor zugingen.
»Es wird nichts Welterschütterndes sein«, gab Lion gleichgültig zurück. »Aber wenn es durchaus sein muß ... also was ist? Weswegen hat Clarissa dich hergeschickt?«
Sharon machte sich von ihm los und lehnte sich mit dem Rücken gegen die hohe, efeubewachsene Gartenmauer. »Sie möchte dich unbedingt sprechen ... heute abend noch. Ich soll dir sagen, die Sache sei wichtig und dulde keinen Aufschub. Sie läßt dich bitten, möglichst sofort zu kommen.« Mit sichtlicher Überwindung fügte Sharon nach einer Pause hinzu: »Du wüßtest schon, wohin, sagt Clarissa.« Ein fremder, kalter Ton lag in Sharons Stimme. Sie senkte den Blick zu Boden und spielte zerstreut mit den Efeuranken.
Lion horchte auf. »Was hast du denn plötzlich, Kleines?« Er beugte sich zu ihr, versuchte, ihr ins Gesicht zu sehen.
»Nichts«, sagte Sharon leblos.
Lion schüttelte den Kopf. »Irgend etwas verschweigst du mir, Sharon, ich fühle es.« Als sie nicht antwortete, drängte er: »Weich mir nicht aus! Ich will wissen, was dich beunruhigt. Die Angst steht dir ja förmlich im Gesicht geschrieben!«
»Es ist nicht Angst«, erwiderte Sharon zögernd, »... nur ein ungutes Gefühl, das mich jedesmal in Clarissas Nähe überkommt.« Ein Schauer überlief sie, sie zog fröstelnd die Schultern hoch. Die Szene in der Küche stand ihr plötzlich wieder vor Augen. Sie hörte Clarissas erregte Stimme, sah das blasse, von kostbarem Fuchspelz umrahmte Gesicht mit den wunderschönen Augen.
Von einem jähen Impuls überkommen, legte Sharon die

Hand auf Lions Arm und blickte beschwörend zu ihm auf. »Geh nicht zu ihr, Lion . . . sie hat nichts Gutes vor! Ich wußte es sofort, als ich ihr Gesicht sah, mein Instinkt sagte es mir. Sie hat nichts anderes im Sinn, als dir Schaden zuzufügen. Ich weiß es.«

»Schäfchen!« Lion lachte leise in sich hinein. »Glaubst du wirklich, ich sei nicht Manns genug, um mit einer hysterischen Frau fertig zu werden? Na weißt du – ein Kompliment an meine Männlichkeit ist das gerade nicht!«

Sharon stieß einen ungeduldigen Seufzer aus. »Das wollte ich damit nicht sagen. Es . . . es geht um etwas ganz anderes, ich spüre es.«

»So, um was denn?« fragte Lion mit leisem Spott. Er griff nach ihr, zog sie näher zu sich heran und strich ihr sanft die dunklen Locken aus der Stirn. »Es gibt keine Geheimnisse um Clarissa, du siehst Gespenster, Sharon. Geh nach Hause und schlag dir die Flausen aus dem Kopf. In spätestens einer halben Stunde bin ich wohlbehalten zurück . . . wetten?« Mit seinem unwiderstehlichen Lächeln fügte er scherzhaft hinzu: »Wenn du willst, komme ich kurz bei dir vorbei, bevor ich hierhin zurückkehre, damit du dich mit eigenen Augen davon überzeugen kannst. Ich kenne die Fenster deines Zimmers, du brauchst nur herauszuschauen, wenn du mich unten pfeifen hörst.«

Sharon schüttelte schwach den Kopf. »Nein, lieber nicht.«

Der Mond kam für einen Augenblick zwischen den Wolken hervor, sein kaltes, unwirkliches Licht lag auf Lions Haar, ließ sein Gesicht scharf aus den Schatten der Nacht hervortreten. Sharon hob die Hand und berührte scheu seine Wange. »Sei vorsichtig, Lion«, flüsterte sie.

Er neigte den Kopf, seine Lippen glitten flüchtig über ihr Haar. »Keine Angst, Kleines!« Ein leichtsinniges Lächeln um die Lippen, drehte er sich um und ging mit langen, weitausholenden Schritten auf das Gartentor zu. Sekunden später tauchte er in der Dunkelheit unter.
Sharons Entschluß, Lion zu folgen, entsprang einem jähen Impuls.
Der Umstand, daß die Fourth Street beleuchtet war, begünstigte ihr Vorhaben. Jedesmal, wenn Lion an einer der in regelmäßigen Abständen aufgestellten Straßenlaternen vorüberging, leuchtete sein helles Haar auf. Er schritt zielstrebig aus und ging so schnell, daß Sharon ihre Röcke raffen und laufen mußte, um ihn nicht aus den Augen zu verlieren.
An der Ecke Fourth und Pine Street wartete sie im Schatten eines Torwegs, bis Lion den Platz vor der St. Peter-Kirche überquert hatte. Da er weiterging, ohne sich umzudrehen, folgte sie ihm in vorsichtigem Abstand. Plötzlich sah sie ihn nicht mehr – von einer zur anderen Sekunde hatte die Dunkelheit ihn verschluckt. Zögernd ging Sharon auf die Kirche zu und blieb in der Hoffnung, das Geräusch seiner Schritte zu hören, einen Augenblick angespannt lauschend vor der hohen Kirchhofsmauer stehen. Ihr stockte der Atem, als sie fast in derselben Sekunde jenseits der Friedhofsmauer unterdrückte Stimmen hörte.
»Was soll das eigentlich bedeuten, mich bei diesem wichtigen Dinner zu stören?« Lions Stimme war eisig. »Ich frage mich, wieso ausgerechnet Sharon mir die Nachricht überbringen mußte! Hat dein Vater die gesamte Dienerschaft entlassen, oder was hat dich auf die Schnapsidee gebracht?«
Sharon überrieselte es eiskalt. »Ich erwarte ihn da, wo wir uns sonst auch getroffen haben ...« hatte Clarissa

gesagt. Zwischen den Gräbern eines Friedhofs ... Sharon konnte es nicht fassen! Sekunden verstrichen, bis sie sich von ihrer Angst befreit hatte. Lautlos näherte sie sich dem Eingangstor und warf einen Blick in den Friedhof. Dann sah sie die beiden Gestalten, deren Umrisse sich scharf vom Hintergrund gespenstisch aufragender Grabsteine abhoben. Lion stand mit dem Rücken zu ihr, ihm gegenüber Clarissa. Ihr Gesicht, umrahmt vom silbrig schimmernden Pelzbesatz ihrer Kapuze, war in der Dunkelheit nur als verschwommener heller Fleck zu erkennen. Sie streckte die Hand aus, krallte sich an Lions Arm fest.

»O Lion ... Lion!« sagte sie gebrochen. »Du wirst die Hand nicht zurückstoßen, die ich dir reiche, nicht wahr? Ich würde es nicht überleben ... niemals!«

»Den Teufel wirst du!« Lion wischte Clarissas Hand vom Ärmel seines Jacketts. »Ich verlange eine Erklärung!« sagte er schroff. »Wird's bald, oder muß ich dir erst Beine machen?« Er packte sie grob am Arm. Clarissa versuchte sich loszureißen, es sah aus, als kämpften die beiden miteinander. Während erbitterte Worte zwischen ihnen hin und her flogen, schlüpfte Sharon durch das Tor in den Friedhof und näherte sich vorsichtig der Stelle, wo sie standen. Lautlos huschte sie von Grabstein zu Grabstein. Als sie sich schließlich in den Schatten eines größeren Steines duckte, war sie innen so nah, daß sie jeden ihrer Atemzüge hörte.

Clarissa war es unterdessen gelungen, sich von Lions Griff zu befreien. Sie stand hoch aufgerichtet vor ihm und hatte sich anscheinend wieder völlig in der Gewalt.

»Ich dachte, du wärst inzwischen zur Vernunft gekommen«, sagte sie kalt. »Aber du wirst dich nie ändern, Lion, du bist völlig verblendet von deinem Stolz. Anstatt mir auf Knien zu danken, daß ich die Sache in die

Hand genommen habe, machst du mir auch noch Vorwürfe. Wahrhaftig, ich begreife nicht, wie man so dumm sein kann, Lion!«
»Ich verstehe kein Wort.« Lion zuckte die Achseln. »Was soll das Geschwafel – kannst du dich nicht deutlicher ausdrücken.«
»Du bist in letzter Zeit ziemlich begriffsstutzig, Lion«, erwiderte Clarissa, wieder mit dieser kalten, hartklingenden Stimme. »Dabei ist es doch so einfach. Du wirst mich heiraten, Lion!« Sie lachte leise, triumphierend. »Siehst du, wenn du es nicht aus freien Stücken tust, werde ich dich zwingen müssen. Aber du wirst mich heiraten, Lion.«
»Sag mal ... bist du noch normal?« Lion lachte höhnisch.
»Völlig normal, Liebling. Aber dir wird das Lachen schneller vergehen, als du für möglich hältst. Das kann ich dir jetzt schon versprechen.«
»Jetzt reicht es mir aber!« stieß Lion zornig hervor. »Laß deine Andeutungen, das ist mir zu dumm. Deck endlich deine Karten auf!«
»Wie du willst!« erwiderte Clarissa im Ton ätzenden Spotts. »Du hältst dich für weiß Gott wie schlau, Lion, aber die Zeiten, wo ich mich von dir hinters Licht führen ließ, sind vorbei.« Sie holte tief Luft und sagte bitter: »Ich weiß, daß du mich mit dieser kleinen Hure, diesem Dienstmädchen betrügst. Ich habe mit eigenen Augen gesehen, wie ihr es im Pavillon der alten Markwood-Villa miteinander getrieben habt. Diese schamlose Person ... am hellichten Tag! Was würde Priscilla wohl dazu sagen, wenn sie es wüßte ... oder die hohen Herren des Senats?«
»Scher dich zum Teufel!« knirschte Lion. »Ich kann deinen Anblick nicht mehr ertragen, wie oft muß ich dir

das noch sagen? Jawohl, du bist mir widerlich, du ekelst mich an!« Einen Augenblick waren nur seine erregten Atemzüge zu hören, dann fügte er leise und drohend hinzu: »Bilde dir nur nicht ein, ich ließe mich von dir erpressen! Also spar dir jedes weitere Wort – deine Drohungen lassen mich kalt.«

»Wirklich? Ich an deiner Stelle würde das nicht so vorschnell behaupten.« Clarissas Stimme klang schrill, ihre Augen glitzerten. »Oder läßt es dich auch kalt, wenn ich dir sage, daß deine kleine schwarzhaarige Hure von ihrem Botengang nicht zurückkehren wird?« Sie lachte hysterisch auf. »Jetzt weißt du doch wenigstens, warum ich sie und nicht einen unserer Dienstboten zu dir schickte, nicht wahr, Lion? Du solltest die schamlose Kreatur so schnell wie möglich vergessen. Sie befindet sich längst außerhalb der Stadt, in sicherem Gewahrsam. Ich weiß zwar noch nicht, was wir mit ihr machen, aber ich glaube kaum, daß du sie je im Leben wiedersiehst!«

Sharon preßte die Hand auf den Mund, um den Schreckenslaut zu unterdrücken, der sich ihr wider Willen entrang. Starr vor Entsetzen stand sie wie angewurzelt auf demselben Fleck, während Lion sich wie ein Rasender auf Clarissa stürzte. Er packte sie bei den Schultern und schüttelte sie so wild hin und her, daß ihr Kopf haltlos vor und zurück schleuderte. Es sah aus, als wollte er ihr das Genick brechen.

»Laß mich los!« schrie Clarissa. »Du tust mir weh! Laß los, sage ich!« Mit einer wilden Bewegung riß sie sich los und taumelte einige Schritte rückwärts. Doch schon im nächsten Moment hatte sie sich wieder aufgerichtet.

Sharon begriff nicht gleich, was sie sah. Es muß ein Alptraum sein, dachte sie entsetzt.

Clarissa stand plötzlich dicht vor Lion und hob den

Arm. Aber es war eine Clarissa, die Sharon noch nie gesehen hatte. Sie hielt ein Messer in der Hand. »So leicht kommst du mir nicht davon!« schrie sie hysterisch.
Sharon erblickte das Messer zuerst. »Lion!« schrie sie und rannte auf Clarissa zu. »Sie meint es ernst, Lion!«
Lion wollte Clarissa packen, aber sie war zu schnell. Sie bewegte sich so schnell, daß Sharon sie erst bemerkte, als ein plötzlicher Stoß an den Arm sie zwischen den Grabsteinen zu Boden schleuderte. Während sie noch versuchte, sich aufzurichten, stürzte Clarissa wieder auf Lion zu. Sie hob den Arm, das Messer in ihrer Hand blitzte auf.
Lion starrte sie an. »Bist du verrückt geworden?« fragte er zornig. Seine Hand schloß sich um Clarissas Handgelenk, er drückte mit aller Kraft zu. Das Messer fiel zu Boden.
»Ich bringe dich um!« schrie Clarissa. Ihre Stimme überschlug ich. »Ich bringe dich um!«
Sie wollte sich nach dem Messer bücken, aber Lion packte sie an der Schulter und riß sie hoch. Ungerührt versetzte er ihr eine Ohrfeige, so daß sie rückwärts gegen einen der Grabsteine taumelte.
Unterdessen hatte Sharon sich hochgerappelt. Sie blickte an sich herab. Ihre Pelerine war über und über mit Schmutz bedeckt, und an der linken Seite, von der Schulter abwärts bis zum Ellbogen, klaffte ein Riß. Sie ignorierte den stechenden Schmerz in der Schulter, betastete nur vorsichtig den Arm, der merkwürdig gefühllos an ihr herabhing. Der weite Ärmel ihres Umhangs war feucht. Sie zog die Hand zurück und starrte ungläubig auf das Blut an ihren Fingern.
Sharon schüttelte den Kopf und streckte langsam die Hand aus. Ihr Gesicht war totenblaß, ihre Lippen kalt

und gefühllos. Sie blickte zu Clarissa hoch, bewegte mühsam die Lippen.
»Da ... sehen Sie nur ... all das Blut!« stammelte sie mit unnatürlich hoher Stimme. »Warum haben Sie das getan, Sie ... Sie Teufel in Menschengestalt!«

XV

Langsam, mit ungeheurer Anstrengung, öffnete Sharon die Augen. Sie sah ein Gesicht, es schien über ihr in der Luft zu schweben – ein flimmernder heller Fleck ohne Konturen. Die Züge konnte sie nicht erkennen, sie schienen wie Nebel zu zerfließen. Es war zu mühsam, darüber nachzudenken, wem das Gesicht gehörte. Es verwirrte sie. Ihr Kopf fühlte sich zu groß an, und der Arm tat ihr weh. Sie lag auf dem Rücken und wunderte sich, daß sie sich so leicht fühlte, so leicht, als schwebte sie. Sie wurde müde und hielt krampfhaft die Augen offen. Ich darf nicht einschlafen, dachte sie wirr, ich muß mich zu Priscillas Verfügung halten. Sie starrte zu der stuckverzierten Zimmerdecke hinauf. Plötzlich sah sie über sich blauen Himmel, roch den herben Duft der Hickorybäume und hörte die Hunde bellen. Alles war gut. Sie war zu Hause, in Hickory Grove. Sie schloß erleichtert die Augen.
Als Sharon nach einer Weile wieder die Augen öffnete, waren die Schmerzen in dem verletzten Arm stärker geworden. Sie stöhnte leise, versuchte den Arm zu bewegen und gab es mit einem Seufzer auf. Der ganze Arm, von der Schulter abwärts bis zu den Fingerspitzen, fühlte sich an wie zerschmettert.
Das Gesicht war wieder über ihr, jemand richtete sie

vorsichtig auf. »Komm, Sharon, trink einen Schluck«, sagte eine tiefe, behutsam gedämpfte Stimme.
Der Geruch von Brandy stieg ihr in die Nase. Gehorsam öffnete sie den Mund und schluckte. Der Brandy war stark, er brannte in der Kehle wie Feuer. Auch der Arm schien plötzlich in Flammen zu stehen, aber die Schmerzen ließen fast sofort nach.
Sharon riß die Augen auf. Im ersten Augenblick sah sie nur die fremde Umgebung. Sie war nicht in Hickory Grove, sie hatte nur davon geträumt. Und trotzdem kam der Raum, in dem sie sich befand, ihr merkwürdig bekannt vor. Sie fuhr sich mit der gesunden Hand über die Stirn. In ihrem armen, wirren Kopf brachte sie alles durcheinander. Angestrengt starrte sie in das vom rötlichen Schein des Kaminfeuers beleuchtete Gesicht, das sich ihr zuneigte. Dann sah sie die Augen. Sie hatten die Farbe von blauem Eis. Lion. Sharon lächelte glücklich. Eine Weile betrachtete sie ganz versunken das kühne, sonnengebräunte Gesicht, dann wanderte ihr Blick langsam abwärts und blieb an dem blutdurchtränkten Verband haften, der ihren linken Oberarm von der Schulter bis zum Ellenbogen bedeckte.
»Mein Gott . . .«, murmelte sie und brachte ein schwaches Lächeln fertig.
»Es sieht schlimmer aus, als es ist«, sagte Lion tröstend. »Du hast zwar eine Menge Blut verloren, aber der Arzt war recht zuversichtlich. Er hat den Arm genau untersucht, bevor er den Verband anlegte. Knochen und Muskeln wurden zum Glück nicht verletzt. Du wirst den Arm bald wieder gebrauchen können, meint Dr. Rush.« Lion zeigte lächelnd seine weißen Zähne. »Das schlimmste war wahrscheinlich der Schock.«
Plötzlich sah Sharon die Szene auf dem Friedhof wieder deutlich vor sich. Das blasse, reaktionslose Gesicht Cla-

rissas, als Sharon ihr die linke Hand hinhielt, von der das Blut auf die Erde tropfte, war das letzte, woran sie sich erinnerte.
Sharon sah Lion mit großen, fragenden Augen an. »Ich muß tatsächlich einen Schock bekommen haben. Mir ist ganz wirr im Kopf. Ich weiß nicht mal mehr, wie ich hierher gekommen bin.«
»Auf meinen Armen . . . wie sonst?« Um Lions Mundwinkel zuckte es amüsiert. »Ich war wie vor den Kopf geschlagen, als du plötzlich umkipptest, ohne einen Laut von dir zu geben. Ich sah nur, wie du von einer Sekunde zur anderen totenblaß wurdest, und plötzlich lagst du da.« Er grinste. »Du hast mir einen gehörigen Schreck eingejagt, kann ich dir sagen! Ich wußte im ersten Augenblick überhaupt nicht, was passiert war. Es dauerte eine Ewigkeit, bis du wieder zu dir kamst. Als Dr. Rush kam, warst du immer noch bewußtlos.«
»Allzu groß kann der Schreck nicht gewesen sein«, sagte Sharon spitz. »Das spöttische Lächeln ist dir jedenfalls nicht vergangen.«
»Verzeihung, Liebling!« Lion zog abbittend Sharons Hand an die Lippen. »Mir war in dem Augenblick wirklich nicht nach Lachen zumute«, sagte er ernst. »Aber wenn ich an die Szene zurückdenke«, er lachte leise in sich hinein. »Entschuldige, aber es war zu komisch, wie du mit dem Mut der Verzweiflung auf Clarissa losstürztest, du sahst so zerbrechlich aus neben ihr!«
»Und du kannst von Glück sagen, daß ich überhaupt dort war!« gab Sharon heftig zurück. »Clarissa hätte dir mit dem Messer glatt die Halsschlagader zerfetzt, wenn ich nicht dazwischengegangen wäre. Sie war ja nicht mehr zurechnungsfähig in dem Augenblick.«
»Ich weiß«, murmelte Lion schuldbewußt. Das Lächeln

war von seinem Gesicht verschwunden und hatte einem Ausdruck der Betroffenheit Platz gemacht. »Ich habe das Messer tatsächlich zu spät gesehen.« Lion holte schwer Atem und fuhr sich mit der Hand über die Stirn. »Wir hatten beide großes Glück, Sharon. Wenn ich mir vorstelle, was mit dir geschehen wäre, wenn du nach Hause gegangen wärst, anstatt mir auf den Friedhof zu folgen ... Du wärst Marcus Reems geradewegs in die Arme gelaufen!«

Ein eisiger Schauer überlief Sharon. Sie klammerte sie an Lions Arm. »Hör auf, Lion ... daran mag ich überhaupt nicht denken.« Mit großen, ängstlichen Augen blickte sie zu ihm auf.

Lion hielt die Luft an, als Sharon sich schutzsuchend an ihn schmiegte. Er starrte sie an: die unbekümmerte Schönheit ihres Gesichts, das dunkle volle Haar, das ihr über die Schultern herabfiel, und das tiefe, violette Blau ihrer Augen, unter deren Blick sich sein Herz umdrehte. Lion empfand eine plötzliche unkontrollierbare Begierde, Sharon zu küssen, bis sie die Augen schloß. Und Sharon dachte nur, daß sie, ohne es zu wissen, all die Jahre hindurch darauf gewartet hatte, diesem Mann zu begegnen. Unter seinem brennenden Blick schien sie sich zu verwandeln. Sie hatte das Gefühl, als ob sie zu leuchten begänne.

»Je länger ich dich ansehe, desto schöner wirst du«, sagte Lion leise. »Deine Augen strahlen, und auf deinen Haaren liegt goldener Sternenstaub. Du bist ein göttliches Wesen, und ich bete dich an.« Er wickelte zärtlich eine Strähne ihres offenen Haars um den Finger. »Du bist die einzige Frau, die ich liebe, die ich je geliebt habe und je lieben werde«, sagte er und küßte sie.

Durch eine ungestüme Bewegung verlagerte sich plötzlich das ganze Gewicht seines Oberkörpers auf Sharons Arm. Sie schrie leise auf. Der Schmerz war so grell, daß ihr die Tränen kamen. Sie biß sich auf die Lippen, aber die Tränen ließen sich nicht zurückhalten. Ihre Nerven, durch die Anspannung der letzten Stunden völlig überreizt, versagten wie zu straff gespannte Saiten.

»Um Gottes willen, Sharon!« Bestürzt richtete sich Lion auf. Seine Betroffenheit verstärkte sich noch, als er ihr tränenüberströmtes Gesicht sah. »Ich wollte dir nicht weh tun, Liebes.« Vorsichtig, ganz behutsam bettete er Sharons Kopf an seine Schulter und streichelte sanft ihr Haar. »Meine Rücksichtslosigkeit ist unverzeihlich«, sagte er reumütig. »Sind die Schmerzen sehr schlimm?«

Sharon schluckte tapfer die Tränen herunter. »Es geht schon wieder, mach dir keine Gedanken.« Sie seufzte. »Wenn ich nichts Schlimmeres zu ertragen brauchte, als diese körperlichen Schmerzen . . .« Sie brach erneut in Tränen aus.

»Ich weiß«, Lions Gesicht verdüsterte sich. »Im Vergleich zu dem Unrecht, daß ich dir zugefügt habe, fallen sie nicht ins Gewicht. Der Kummer, den du meinetwegen mit dir herumschleppst, wiegt schwerer. Glaube nur nicht, ich wüßte nicht, wie dir zumute ist«, fügte er mit einem schweren Seufzer hinzu. »Wenn es auch den Anschein hat, als setzte ich mich über alles hinweg – es ist mir alles andere als gleichgültig. Ich habe mir tage- und nächtelang den Kopf nach einem Ausweg aus dem Dilemma zerbrochen, in das du durch mein Verschulden hineingeraten bist. So, wie es bisher war . . . das ist kein Leben für dich. Du würdest es auf die Dauer nicht ertragen. Und ich auch nicht.«

»Wir müssen es ertragen«, sagte Sharon leise. »Es gibt keinen Ausweg.«

»Doch!« widersprach Lion entschlossen. »Du kannst nicht in Mansion House bleiben, Sharon, wir können uns nicht ewig in dunklen Ecken herumdrücken. Diese Heimlichkeiten sind demütigend ... vor allem für dich. Du hast ein besseres Leben verdient, und du sollst es haben.« Mit einem tiefen Atemzug fuhr er fort: »Ich bin entschlossen, dich dort herauszuholen, Sharon! Du sollst alles haben, was dein Herz begehrt – ein Haus, in dem du dich wohlfühlst, Schmuck, Kleider, Pferde. Ich werde dir die ganze Welt zu Füßen legen, Sharon, ich würde die Sterne vom Himmel holen, wenn ich wüßte, daß es dich glücklich macht!«

Eine verzweifelte Hoffnung flackerte für einen Augenblick in Sharon auf. Sie hob den Kopf, ihre Augen forschten in Lions Gesicht. Mit großen, ungläubigen Augen stammelte sie: »Soll das heißen ... willst du damit sagen ... o Lion! Soll das ein Heiratsantrag sein?«

Die Überraschung in Lions Blick war wie ein Schlag ins Gesicht. Er sah, wie sie irritiert zurückzuckte, griff mit beiden Händen nach ihren Schultern und umklammerte sie dann mit seinen Armen. »O Sharon«, sagte er unglücklich, »ich würde alles darum geben, mich vor aller Welt zu dir bekennen zu können! Aber versteh mich doch, ich ...«

Sie stemmte die Hände gegen seine Brust und stieß ihn mit aller Kraft zurück. Wie von einer stählernen Feder emporgeschleudert fuhr sie von dem Sofa in die Höhe und wirbelte zu ihm herum.

»Spar dir jedes weitere Wort, ich habe genug gehört!« Lion machte Anstalten, sich ebenfalls zu erheben, aber sie wich vor ihm zurück. »Und rühr mich ja nicht an, in deinem ganzen Leben nicht mehr!« fauchte sie. Ihre Augen loderten ihn an. »Du bist abscheulich ... ich

hasse dich! Ich will dich nicht mehr sehen . . . nie mehr, hörst du, du . . . du . . .«
Die Tür tat sich plötzlich auf. Sharons Kopf flog herum. Ungläubig starrte sie auf die vierschrötige Gestalt im hellerleuchteten Türrahmen der Bibliothek. Sie traute ihren Augen nicht, als sie in dem Mann Kevin Brown erkannte. Er war unschlüssig auf der Schwelle stehengeblieben und wagte nicht näherzukommen. Hinter seinem breiten Rücken tauchte nun auch Wong auf.
»Ich sagen, Missa Lion jetzt nicht zu splechen, abel junge Mann einfach . . .«
»Was zum Teufel . . . Sharon!« Browns entsetzter Ausruf setzte den wortreichen Entschuldigungen des Chinesen ein Ende. »Ich suche Sie seit Stunden. Ich konnte mir überhaupt nicht erklären . . .« Sein Blick fiel auf den blutdurchtränkten Verband um Sharons Arm. »Um Gottes Willen, Sharon, sind Sie verletzt?« rief er entsetzt. Energischen Schnittes durchquerte Brown den Raum. Aber noch bevor er sein Ziel erreichte, war Lion auf den Beinen. Mit einer wütenden Bewegung riß er die mit chinesischen Drachen bestickte Seidendecke von dem Sofa, auf dem Sharon gelegen hatte und warf sie ihr um die bloßen Schultern. Noch ein Schritt, und Lion stand zwischen Brown und Sharon.
»Was fällt Ihnen ein, so hier hereinzuplatzen, Brown?« donnerte er den verblüfften Kutscher an. »Ist Miß South etwa verpflichtet, Sie um Erlaubnis zu fragen, bevor sie das Haus verläßt? Was geht das Sie überhaupt an?«
»So . . . so habe ich das nicht gemeint, Käpt'n, Sir«, stammelte Brown völlig verdattert. »Es ist ja nur, weil . . . ich hatte sie gerade in die Küche heruntergeholt auf . . . auf eine Tasse Tee, sozusagen. Und als ich hinausging, um die Tassen zu holen, saß sie ganz ruhig auf

der Ofenbank. Ein paar Minuten später kam ich mit den Tassen zurück, und sie war weg. Spurlos verschwunden! Ich dachte erst, sie sei nur mal kurz hinausgegangen, aber sie kam nicht zurück. Ich wartete eine ganze Weile, Käpt'n, dann fing ich an, sie überall zu suchen. Das ganze Haus hab' ich abgesucht, vom Keller bis zum Dachboden. Als ich sie im Park auch nirgends fand, wurde mir die Sache unheimlich.« Er schluckte. Schließlich fuhr er fort: »Sie wissen ja, wie das ist, Sir, wenn man stundenlang auf jemand wartet... man sagt sich, da stimmt doch was nicht und wird unruhig. Tja, also ... je länger ich wartete, desto unheimlicher kam mir die Sache vor, Sir! Ich ging zuerst zu Dr. Shippens Haus, um Sie zu fragen, was ich machen soll. Und da erfuhr ich von Cyrus, daß Sie das Haus bereits vor längerer Zeit zusammen mit einem Mädchen verlassen hätten. Und wie er das Mädchen näher beschrieb, Sir, da ging mir natürlich ein Licht auf. Ich dachte mir...«

»Das reicht, Brown!« sagte Lion scharf. Brown zuckte zusammen, die Kinnlade fiel ihm herunter. Wenn der Käpt'n diesen Ton anschlug, war mit ihm nicht gut Kirschen essen. Er täuschte sich nicht, Lion war noch lange nicht fertig. »Sie dachten!« schnaubte er. »Ich kenne das. Wenn Sie anfangen zu denken, was zum Glück nicht oft vorkommt, brüten Sie nur Blödsinn aus. Ich will Ihnen sagen, was mit Ihnen los war – Ihre Neugier ließ Ihnen keine Ruhe. Leider muß ich Sie enttäuschen, Brown. Es gibt nichts Sensationelles zu berichten.« Lion schwieg einen Augenblick, bevor er kurzangebunden hinzufügte: »Miß South wurde unter einem scheinbar völlig harmlosen Vorwand aus dem Haus gelockt. Durch einen Zufall entkam sie der Falle, die man ihr gestellt hatte. Die Sache ging noch einmal gut, bis auf

die kleine Verletzung am Arm. Ich hoffe, das genügt Ihnen, Brown! Also . . .«
Sharon, die bisher kein Wort gesprochen hatte, unterbrach ihn.
»Ich bin müde«, sagte sie. »Bringen Sie mich nach Haus, Kevin. Bitte, holen Sie meinen Mantel. Wong wird Ihnen sagen, wo er liegt.«
Der Kutscher verschwand eiligst. Kaum hatte sich die Tür hinter ihm geschlossen, wandte sich Lion zu Sharon um. »Du willst doch nicht etwa in diesem Zustand . . .«
»Es hat keinen Zweck, Lion«, sagte sie mit schwacher Stimme. Sie wandte die Augen von ihm ab und schaute auf den Boden. »Jedes weitere Wort ist zwecklos. Du kennst meinen Standpunkt. – Man kann mich nicht kaufen wie ein Grundstück, oder ein Haus, das einem gerade gefällt.«
»Du weißt, daß es nicht so gemeint war.« Lion schüttelte schwerfällig den Kopf. »Warum willst du mich nicht verstehen? Ich kann nicht glauben, daß zwischen uns alles aus sein soll.«
Sie schaute zu ihm auf. Lions Herz tat einen Sprung bei dem plötzlichen Schmerz in ihren Augen. Er streckte seine Hand halb nach ihr aus, um den Kummer wegzuwischen, doch sie wich einen Schritt zurück.
Lion starrte sie an und schüttelte den Kopf. »Geh nicht so fort, Sharon, ich bitte dich!«
»Es hat keinen Zweck, Lion«, sagte Sharon leblos. Ihre Augen blickten kalt. »Es tut mir leid.«
Lion atmete schwer, er starrte sie unverwandt an, als wolle er sich ihr Bild für alle Zeiten einprägen. »Ich glaube es nicht. Du willst gar nicht von mir fort, Du redest es dir nur ein.«
»O nein«, bemerkte sie mit ausdrucksloser Stimme und schaute wieder auf den Boden.

»Sharon?« sagte Lion scharf.
»Was?« fragte sie mit gesenktem Blick in dem gleichen ausdruckslosen Ton.
»Unsere Liebe ist nicht zu Ende, Sharon«, sagte er. »Ich weiß es.« Und als sie zu ihm aufschaute, merkte er, daß sie sich vor ihm nicht verstellen konnte.

XVI

Fast eine Woche verging, bis endlich der von Priscilla mit ständig wachsender Ungeduld erwartete Tag anbrach: der Tag der ersten glanzvollen Frühjahrsparty in Mansion House. Schon der erste Hahnenschrei scheuchte die Dienerschaft aus den Betten. Während Anne Bingham und Priscilla tief und traumlos bis in den hellen Tag hineinschliefen, verwandelten sich die unteren Regionen des Hauses in einen Hexenkessel. Fast eine Woche zogen sich die Vorbereitungen für das festliche Ereignis schon hin, und immer noch gab es alle Hände voll zu tun.
Das Rumoren mit Kesseln und Pfannen in der Küche näherte sich dem Siedepunkt. Bramble stapfte schnaufend zwischen Küche und Speisekammer hin und her und machte lautstark ihrer Verbitterung über die Verschwendungssucht der Reichen Luft. Es störte sie nicht, daß niemand ihr zuhörte, weil jeder vollauf mit seiner Arbeit beschäftigt war. Ihr Monolog begann im frühen Morgengrauen und zog sich bis in die Mittagsstunde hin. Schimpfend richtete sie das Frühstück für Priscilla und Anne Bingham an, schimpfend drückte sie Sharon das schwere Silbertablett in die Hände. Es war an diesem Tag mit der doppelten Menge Porzellan, sowie

Mengen heißer Schokolade und Gebäck beladen, da Priscilla ihr Frühstück in Anne Binghams Zimmer serviert haben wollte.
Sharon brach fast zusammen unter der Last. Ihr Arm, der inzwischen fast verheilt war und seit einigen Tagen kaum noch schmerzte, war der Belastung nicht gewachsen. Die Schmerzen hätte sie klaglos ausgehalten, wenn mit dem Pochen, Ziehen und Stechen an der noch nicht vernarbten Stelle nicht die Erinnerung an die Nacht wieder über sie hereingebrochen wäre, die sie so verzweifelt zu vergessen suchte. Nächtelang hatte sie sich einzureden versucht, ihre Gefühle für Lion seien erkaltet, und alles, was sie jetzt noch für ihn empfände, sei Verachtung. Sie hatte sich verzweifelt bemüht, die Liebe zu ihm mit Stumpf und Stiel auszurotten, jeden Gedanken an hin in den hintersten Winkel ihrer Seele zu verbannen. Das Ergebnis ihrer Bemühungen war niederschmetternd. Gedanken ließen sich nicht ausrotten. Zum ersten Mal in ihrem Leben war Sharon ehrlich sich selbst gegenüber. Sie gestand sich ein, daß es sinnlos war, gegen etwas anzukämpfen, das stärker war als sie. Lion war ihr Schicksal. Ganz gleich, was auch geschah, sein Bild würde für immer in ihrem Herzen weiterleben, und wenn sie darüber zugrunde ging.
Seufzend schleppte Sharon das schwere Tablett die lange gewundene Marmortreppe zum ersten Stock hinauf und ging langsam an den Statuen in der oberen Halle vorbei. Die Götterknaben schienen sie von ihren marmornen Podesten herab höhnisch anzulächeln, jedenfalls kam es ihr an diesem Morgen so vor. Sie ging weiter, ohne sie eines weiteren Blickes zu würdigen. Vor Anne Binghams Tür blieb sie zögernd stehen.
Sharons Bemühungen, die Verletzung am Arm vor den Hausbewohnern geheimzuhalten, waren von Erfolg ge-

krönt gewesen. Nur Brown und Smith hatten davon gewußt – bis gestern abend. Smith hatte sich in rührender Weise um sie bemüht. Tag für Tag hatte sie den blutverkrusteten Verband an Sharons Arm aufgeweicht und ihr einen frischen angelegt, nachdem sie die Stichwunde mit Salbe bestrichen hatte. Die Wunde war bereits so gut wie verheilt, als am gestrigen Abend aus heiterem Himmel plötzlich Dr. Rush in Mansion House aufkreuzte und – offensichtlich in Lions Auftrag – Sharon zu sehen wünschte. Die Tatsache, daß einer der prominentesten Ärzte der Stadt sich höchstpersönlich um einen ihrer Dienstboten bemühte, hatte Anne Bingham auf den Plan gerufen. In der Hoffnung, mehr über den Grund des ungewöhnlichen Hausbesuchs zu erfahren, als Dr. Rush ihr mitzuteilen geruhte, hatte sie sich an seine Sohlen geheftet und war zusammen mit ihm in der Dienstbotenlounge hinter der Küche erschienen.
Anne Bingham hatte umsonst auf den Busch geklopft. Als erfahrener Arzt war Dr. Rush jeder, noch so sorgfältig unter vielen schönen Worten verborgenen Frage diplomatisch ausgewichen. Der kritische Augenblick war erst erreicht, als er sich verabschiedete und Anne Bingham in energischem Ton eine Erklärung von Sharon verlangte. Ihr Erstaunen kannte keine Grenzen, als ihr eine weitere Abfuhr zuteil wurde. Sharon ließ sich weder durch bohrende Fragen noch durch Drohungen erweichen, ihr Geheimnis preiszugeben und flüchtete sich schließlich in verstocktes Schweigen.
Gewappnet mit dem festen Vorsatz, sich auch an diesem Morgen durch nichts und niemand aus der Reserve locken zu lassen, klopfte Sharon bei Anne Bingham an. Die Unterhaltung hinter der Tür verstummte schlagartig. Dann rief eine Stimme: »Treten Sie ein. Uns ist schon ganz schwach vor Hunger!«

Die rosigen Gesichter, die sich Sharon beim Eintritt in Anne Bingams Boudoir zuwandten, straften die Behauptung Lügen. Anne Bingham thronte, von zahllosen pastellblauen Seidenkissen gestützt, in ihrem überdimensionalen Bett. Zu ihrer Rechten, zwischen zwei hohen französischen Fenstern, lag in malerischer Pose hingegossen, Priscilla auf einer Chaiselongue. Ihr zu Häupten baumelte ein versilberter japanischer Vogelkäfig mit drei schneeweißen Vögeln, die sehnsüchtig durch die Fenster auf den sonnenflimmernden blauen Himmel hinausstarrten.
Anne Bingham ließ sie keinen Augenblick aus den Augen, während Sharon die Schokolade einschenkte und geschäftig in dem großen Raum hin- und hereilte, um den beiden Damen das Frühstück zu servieren. Zu Sharons nicht geringer Verwunderung blieb jedoch die gefürchtete Fortsetzung des Verhörs an diesem Morgen aus. Das einzig Irritierende war der merkwürdig forschende Gesichtsausdruck, mit dem Anne sie betrachtete. Es hatte fast den Anschein, als versuche Anne, sich Sharons Erscheinung in jeder Einzelheit einzuprägen. Die Unterhaltung beschränkte sich auf die üblichen belanglosen Bemerkungen und war völlig unverfänglich. Trotzdem atmete Sharon erleichtert auf, als sie mit gnädigem Kopfnicken entlassen wurde.
»Ich kann mir nicht helfen«, beklagte sich Priscilla mit vollem Mund, nachdem Sharon den Raum verlassen hatte, » . . . aber ich finde, das Gebäck ist heute längst nicht so knusprig wie sonst.«
Anne antwortete nicht. Ihr Blick war nachdenklich auf die Tür gerichtet, die sich gerade hinter Sharon geschlossen hatte.
»Nun ja . . .«, meinte Priscilla, die sich überhaupt nicht mehr beruhigen konnte, »vielleicht sollte man heute ein

Auge zudrücken. Bei den Unmengen Konfekt und Pasteten, die für heute abend angefertigt werden müssen, herrscht in der Backstube wahrscheinlich Hochbetrieb.«
»Hm?« machte Anne abwesend.
»Ach, nichts Besonderes.« Priscilla zog die Augenbrauen hoch. »Was hast du denn heute morgen? Du bist ja so nachdenklich.«
Anne wandte ihr das Gesicht zu. »Ich dachte nur gerade über deine kleine Zofe nach. Ein ungewöhnliches Mädchen, findest du nicht auch?«
»Nun ja ... vielleicht«, stimmte Priscilla ihr widerstrebend zu.
»Wo kommt sie eigentlich her?« bohrte Anne weiter. »Gehört sie von jeher zum Personal von West Hills? Oder hast du sie erst kürzlich engagiert?«
»Nun ja ... wie man's nimmt ...«, stotterte Priscilla und verstummte. Ihre Verlegenheit entging Anne Bingham nicht. Auf Ausweichmanöver war sie noch nie hereingefallen, sie ging stets den Dingen auf den Grund.
»Siehst du!« rief sie triumphierend. »Ich habe doch gleich gewußt, daß es irgendein Geheimnis um dieses Mädchen gibt. Was ist es, Priscilla ... du mußt es mir unbedingt sagen!« Als Priscilla nicht sofort antwortete, fügte sie schmollend hinzu: »Eigentlich müßtest du inzwischen wissen, daß man mir vertrauen kann. Oder habe ich dich jemals enttäuscht?«
Priscilla schluckte den Köder geradezu begierig. Im Grunde ihres Herzens hatte sie immer schon auf ein Stichwort gehofft, das ihr die Möglichkeit eröffnete, sich den heimlichen Groll über das von Sharon erzwungene Täuschungsmanöver von der Seele zu reden. Endlich war die Gelegenheit gekommen. Wie Wasser bei einem Dammbruch, ergoß sich eine Flut von Worten und Anklagen gegen Sharon aus ihrem Munde. Sie redete

wie ein Wasserfall und hörte erst auf, als es keine Einzelheit in Sharons Leben mehr gab, über die Anne Bingham nicht im Bilde gewesen wäre.

»Ich habe Sharon nie verstanden ...«, beschloß sie schließlich ihren atemlosen Bericht, » ... obwohl wir von Kind auf miteinander befreundet waren. Eine richtige Freundschaft war es eigentlich nie«, fügte sie einschränkend hinzu. »Jedenfalls nicht das, was ich unter Freundschaft verstehe. Dazu waren wir viel zu verschieden. Sharon war immer schon eine wilde Hummel, sie ging ihre eigenen Wege. Du kannst dir nicht vorstellen, wie sie herumlief, einfach unbeschreiblich, sage ich dir!« Priscilla hob anklagend den Blick zur Zimmerdecke. »Von früh bis spät in Breeches und Reitstiefeln, aber was für Stiefel, und was für Breeches! Kein Stallknecht – wenigstens keiner, der was auf sich hält – hätte sich in einem solchen Aufzug unter die Leute gewagt. Glaubst du, Sharon hätte sich was daraus gemacht?« Sie schnippte mit den Fingern. »Nicht soviel! Wahrscheinlich denkst du jetzt, ich übertreibe, Anne, aber ...«

»Nein, nein, im Gegenteil, ich glaube dir jedes Wort«, versicherte Anne Bingham schnell. Sie schüttelte den Kopf. »Ich verstehe nur nicht, wie ein Mensch, der in der besten Bostoner Gesellschaft eine Rolle spielen könnte, es fertigbringt, auf Dienstbotenniveau herabzusteigen. Verstehst du das, Priscilla?«

»Ich? Um Gottes willen, Anne, wofür hältst du mich?« Priscilla verbarg ihren Ärger über die beleidigende Frage hinter einem neuen Wortschwall. »Ich habe Sharon gewarnt«, erklärte sie erregt. »Ich habe ihr zugeredet wie einem kranken Pferd, um sie von dieser Wahnsinnsidee abzubringen. Aber sie läßt sich ja nichts sagen ... sie mußte ja unbedingt ihren Kopf durchsetzen. Sie hat es bestimmt längst bereut. Sie läßt sich zwar nichts anmerken, aber mir kann sie nichts vormachen.« Priscilla warf ihren Kopf in den Nacken und preßte die Lippen zusammen. Nach einer Pause fügte sie in kaltem Ton hinzu: »Ich habe kein Mitleid mit ihr, wahrhaftig nicht. Sie hat sich die Suppe eingebrockt, also muß sie sie auch auslöffeln.«

Ein winziges spöttisches Lächeln huschte um Annes Lippen. »Wahrscheinlich hast du recht«, meinte sie vage. »Es sei denn, es wird ihr eines Tages zu dumm, und sie besinnt sich doch auf die Tante in Boston.«

»Oh, da kennst du Sharon aber schlecht!« protestierte Priscilla. Sie gab ein schnaubendes Geräusch von sich. »Sharon ist wahnsinnig stur, sie gibt so leicht nicht auf. Lieber geht sie vor die Hunde. Meistens hat sie ja Glück – am Ende geht immer alles zu ihren Gunsten aus. Sie ist wie eine Katze. Die fällt auch immer auf die Füße.«

»Merkwürdig, daß du das sagst...« Anne biß ein winziges Stück von ihrem Butterhörnchen ab. Sie wählte die nächsten Worte mit Bedacht. »Sag mal, Priscilla, die Frage ist natürlich rein hypothetisch, nicht, daß du mich falsch verstehst, aber ist dir noch nie der Gedanke gekommen, daß diese Sharon sich eines Tages an Lion heranmachen könnte?«

Priscilla tat die Frage mit einem Achselzucken ab. »Ach was, das halte ich für völlig ausgeschlossen, Anne«, erwiderte sie leichthin. »Erstens würde Lion sich nie mit einem Dienstmädchen einlassen, und zweitens hat Sharon auf dem Gebiet nicht die geringste Erfahrung. Außerdem macht sie sich nichts aus Männern. Für ein Pferd, ja, da kann sie sich begeistern, aber zu mehr reicht es nicht.« Mit einem spöttischen Lachen fügte sie hinzu: »Das ist wahrscheinlich auch der Grund, warum sie sich mit deinem Kutscher angefreundet hat. Wenn

man sich das vorstellt...« Priscilla lachte hellauf. »Sharon Sayers, deren Eltern zur Aristokratie Virginias gehörten und dort eine der feudalsten Plantagen besaßen, läßt sich mit einem Kutscher ein! Ihre Eltern wurden sich im Grab umdrehen, wenn sie es wüßten.«
»Wahrscheinlich...«, erwiderte Anne diplomatisch zum dutzendsten Mal. »Sayers, sagst du? Ich glaube, ich kenne Sharons Eltern flüchtig. Wenn ich mich recht entsinne, habe ich sie in Paris kennengelernt.«
»Bestimmt. Die Sayers waren fast jedes Jahr in Paris.« Priscilla erhob sich plötzlich und setzte sich neben Anne auf die Bettkante. Sie beugte sich vor und legte Anne die Hand auf den Arm. »Schwöre mir, daß du mit niemand darüber sprichst, Anne. Sharon lebt sowieso in der ständigen Angst, einer von euren Gästen könnte sie erkennen.« Priscilla schlug die Augen nieder und spielte nervös mit ihren Händen. »Irgendwie tut sie mir ja doch leid, auch wenn sie ein Dickkopf ist. Ich habe ihr mein Ehrenwort gegeben, daß ich mit niemand...«
»Du brauchst dir nicht die geringsten Gedanken zu machen, Priscilla!« fiel Anne ihr ins Wort. »Ich schwöre dir, von mir wird kein Mensch etwas erfahren, nicht einmal mein Mann.« Sie legte die Hand auf ihr Herz und sah Priscilla fest in die Augen. »Glaub mir, eher würde ich mir die Zunge abbeißen, als zu irgend jemand auch nur ein Sterbenswörtchen verlauten zu lassen...«

Kaum zwölf Stunden später schlüpfte Marcus Reems lautlos durch die Tür, die zu Anne Binghams Gemächern führte. Mitternacht war längst vorbei, aber die Party war noch im Gange.
Mit gemischten Gefühlen nahm Marcus Reems in dem an Annes Schlafzimmer angrenzenden Boudoir Platz.

Anne bezeichnete den mit raffinierter Eleganz ausgestatteten Raum als ihren Privatsalon. Besonders behaglich war Marcus Reems in der intimen Atmosphäre nicht gerade zumute, die von Rechts wegen William Bingham vorbehalten war. Erstens wurde er die Befürchtung nicht los, daß der zierliche vergoldete Stuhl, auf dem er sich niedergelassen hatte, jeden Augenblick unter ihm zusammenbrechen könnte, und zweitens war die Möglichkeit nicht auszuschließen, daß William Bingham ihn per Zufall hier entdeckte. Was dann passieren würde, konnte er sich mühelos vorstellen: Bingham würde ihn hochkantig an die frische Luft befördern lassen. Reems spannte sämtliche Muskeln an, als sich die Tür lautlos auftat. Aber es war nicht Bingham, es war Anne, die hereinspazierte. Die Anstrengungen des Abends waren anscheinend spurlos an ihr vorübergegangen. Taufrisch und schöner denn je lächelte sie ihn an.

Marcus Reems' überschwengliche Komplimente machten jedoch wenig Eindruck auf sie. »Lassen Sie die Schmeicheleien, Marcus«, sagte sie geradeheraus. »Ich habe Sie nicht zu einem Schäferstündchen hierher kommen lassen, sondern zu einer kleinen Privatkonferenz. Sie sollen mir keine Komplimente machen, Sie sollen mich beraten!«

»Stets zu Ihren Diensten, Ma'am«, erwiderte Reems mit einer spöttischen kleinen Verbeugung. »Darf man fragen, worum es geht?«

Ohne auch nur ein einziges überflüssiges Wort zu verlieren, ging Anne Bingham auf den Kernpunkt der Sache los, die ihr seit der Unterhaltung mit Priscilla im Kopf herumging. Zunächst informierte sie ihren Freund Reems über den merkwürdigen Arztbesuch, der – wie Anne ausdrücklich betonte – auf Lions Veranlassung

stattgefunden habe. Es bestünde kein Zweifel, sagte sie, daß zwischen Lion und diesem Dienstmädchen eine engere Bindung bestünde, wahrscheinlich schon seit geraumer Zeit. Vor einigen Tagen sei Lion dem Mädchen sogar in die Küche gefolgt. Die arme Priscilla ahne nichts von den Vorgängen, die sich hinter ihrem Rükken abspielten, deshalb erachte sie es als Gastgeberin für ihre Pflicht, der Sache einen Riegel vorzuschieben, bevor es zu spät sei. Anne Bingham beschloß ihren Bericht mit dem lapidaren Satz: »Mit einem Wort – die Person muß aus dem Haus!«
»Klar!« pflichtete Marcus ihr im Brustton der Überzeugung bei. »Das wäre natürlich die eleganteste Lösung.« Ein undurchdringliches Lächeln umspielte seine Lippen. Einen Augenblick starrte er – scheinbar in tiefes Nachdenken versunken – angestrengt vor sich hin. In Wirklichkeit amüsierte er sich über Annes unglaubliche Naivität. Sie hielt sich für den Mittelpunkt der Welt. Natürlich zweifelte sie keinen Augenblick daran, daß ihre Schönheit die jeder anderen Frau in den Schatten stellte, und sei sie auch um Jahrzehnte jünger, wie beispielsweise Priscilla. Selbstverständlich bildete sie sich ein, er käme nur ihretwegen nach Mansion House. Auf den Gedanken, daß er sich um Priscillas Gunst bemühen könne, kam sie in ihrer überheblichen Selbsteinschätzung überhaupt nicht.
Marcus Reems räusperte sich leise. »Wenn ich Sie recht verstanden habe, wissen Sie nicht, wohin mit dem Mädchen«, stellte er nüchtern fest. »Und ich soll Ihnen helfen, sie auf elegante Art loszuwerden.«
Anne Bingham nickte. »Sie haben es erraten, Marcus. Vielleicht könnten sie South irgendwo anders unterbringen? Natürlich mit der gebotenen Diskretion – zu einem Skandal darf es auf keinen Fall kommen.«

Kann ich mir denken, dachte Marcus zynisch. Mit Lion ist ja in so einem Fall auch nicht zu spaßen.
»Gut«, sagte er laut. »Ich werde mir die Sache durch den Kopf gehen lassen und mich umhören. Geben Sie mir ein paar Stunden Zeit.«
»Mir fällt ein Stein vom Herzen!« sagte Anne aufatmend. Sie legte ihm die Hand auf den Arm und sagte eindringlich: »Aber lassen Sie nicht zu viel Zeit verstreichen, Marcus. Je schneller und unauffälliger die Sache erledigt ist, desto besser für alle Beteiligten.« Sie erhob sich. »Ich muß wieder nach unten, bevor man mich vermißt. Sehen Sie sich vor, wenn Sie diesen Raum verlassen. Ich möchte nicht, daß man Sie sieht.«
Anne ging zur Tür, öffnete sie lautlos und horchte einen Augenblick hinaus. Bevor sie verschwand, drehte sie sich noch einmal kurz zu ihm um. Ihre Augen strahlten. »Ich wußte ja, daß ich mich auf Sie verlassen kann, Marcus«, hauchte sie, ein verheißungsvolles Lächeln um die Lippen. »Sie werden es nicht bereuen.«
Reems nahm Anne Binghams Abschiedslächeln zerstreut zur Kenntnis. Es ließ ihn kalt. Im Augenblick hatte er Wichtigeres zu tun. Die Arme vor der Brust verschränkt, ein Bein über das andere geschlagen, lehnte er sich bequem zurück und ließ seinen Gedanken freien Lauf.
Die Sache mit der kleinen Zofe schmeckte ihm nicht sonderlich. Die Kleine war eine Art Faustpfand, das sicherste Mittel, Lion und Priscilla auseinanderzubringen. Ihm konnte es nur recht sein, wenn Lion sich mit dem Mädchen einließ. Lion würde das Verhältnis nie durch Heirat legalisieren, dafür kannte er ihn zu gut. In der Beziehung brauchte man sich nicht die geringsten Gedanken zu machen. Und was Priscilla betraf... die würde ihm zufallen wie eine reife Frucht. Sie würde sich

trostsuchend in seine Arme flüchten und sich an seiner Schulter ausweinen. Der Rest war dann nur noch eine Kleinigkeit.
Andererseits, wenn das Mädchen aus Mansion House verschwand, würde es für Clarissa kein Halten mehr geben. Sie würde es wahrscheinlich nur begrüßen, wenn die Kleine aus dem Weg geräumt würde. Es eröffnete ihr die Möglichkeit, Lion für sich zurückzugewinnen. Das Fiasko neulich abends hatte Clarissa anscheinend immer noch nicht verkraftet, und da man zur Realisierung der eigenen Pläne auf ihre Hilfe angewiesen war, empfahl es sich, ihr im umgekehrten Fall ebenfalls Schützenhilfe zu leisten.
Auf keinen Fall durfte er es sich mit Anne Bingham verderben – das wäre ein geradezu unverzeihlicher Fehler. Ohne Anne keine Priscilla ... soviel war Reems klar. Anne war sozusagen das wichtigste Glied in der Kette seiner Überlegungen. Wenn sie ihm die Tore von Mansion House verschloß, würde ihm der Eintritt auf immer und ewig verwehrt bleiben. Mit einem Wort: er mußte tun, was sie von ihm verlangte! Er hatte überhaupt keine andere Wahl, im Augenblick jedenfalls nicht.
Nach kurzem intensivem Nachdenken kam Marcus Reems die rettende Idee. Es gab einen Ausweg aus dem Dilemma. Gardner ... Mayor Henry Gardner. Großhandelskaufmann ... steinreich. Besessen von einer geradezu unersättlichen Gier nach blutjungen Mädchen – junges, festes Fleisch, wie er sich ausdrückte.
Marcus Reems grinste. Es bedurfte nur eines kurzen Gesprächs, dann war Anne Bingham aller Sorge ledig. Und Henry Gardner würde sich die Hände reiben.

XVII

Was Anne Bingham tat, tat sie gründlich. Vor allem setzte sie immer auf das richtige Pferd. Schon am Morgen nach der Gesellschaft erschien Mayor Henry Gardner in Mansion House. Anne hatte es nicht anders erwartet. Sie hatte gewußt, daß man sich auf Marcus Reems verlassen konnte.

Nach einer kurzen Unterredung, die unter vier Augen in Annes Privatsalon stattfand, ließ Anne Bingham Sharon in die Bibliothek rufen, um sie mit ihrem zukünftigen Dienstherrn bekanntzumachen.

Verwirrt, sprachlos und völlig überrumpelt hörte Sharon sich an, was man ihr zu sagen hatte. Sie wurde blaß bis an die Lippen. Als ihr nach Minuten verstörten Schweigens endlich die eigene verzweifelte Situation schreckhaft zu Bewußtsein kam, begehrte sie auf, versuchte schließlich, von Anne Bedenkzeit zu erbitten. Sie biß auf Granit. Schon in den nächsten Sekunden dämmerte ihr, daß sie mit ihrem Kinderglauben an ein Wunder auf der Strecke bleiben würde. Eine einzige ebenso lapidare wie unmißverständliche Andeutung genügte, um ihren Widerstand im Keim zu ersticken.

»Sie sollten sich wirklich nicht so störrisch verhalten, South«, sagte Anne sanft. »Ich kann mir beim besten Willen nicht vorstellen, was es noch zu überlegen gibt! Mayor Gardner ist ein alter Freund der Familie, Sie können ihr Schicksal beruhigt in seine Hände legen.« Anne wartete eine Weile, dann fragte sie beiläufig: »Oder möchten Sie lieber nach Boston?«

Sharon schoß das Blut in die Wangen. Die versteckte Warnung, in unverändert sanftem Ton ausgesprochen, ließ an Deutlichkeit nichts zu wünschen übrig. Priscilla hatte also doch nicht Wort gehalten. Anne Bingham wußte alles. Sie wußte, daß sie nicht South, sondern Sharon Sayers hieß. Sie wußte über Hickory Grove und den Tod ihrer Eltern Bescheid – sie kannte die ganzen Zusammenhänge. Es war ihr Unglück, daß sie Priscilla falsch eingeschätzt und ihr bedingungslos vertraut hatte. Sie war eine kalte, harte, berechnende Kanaille, aber sie saß am längeren Hebel. Wenn Sie, Sharon, jetzt einen Skandal provozierte, würde sie zweifellos den kürzeren ziehen. Und was dann? Sie konnte nichts, sie hatte nichts gelernt – was sollte aus ihr werden? Sollte sie zu Kreuze kriechen und Tante Agatha auf Knien anflehen, sie aufzunehmen? Die Vorstellung war so trostlos, daß Sharon sie nicht einmal jetzt in Betracht ziehen mochte. Langsam begann sie zu begreifen, daß alles Aufbäumen ihr nicht weiterhelfen würde. Niemand konnte ihr helfen, wenn sie sich nicht selbst half.

»Nun, haben Sie es sich überlegt, South?« drängte Anne Bingham. Sie hatte Sharon scharf beobachtet. Ihr ratloses Gesicht, der innere Widerstreit, der sich darauf spiegelte, verrieten ihr, daß es keiner besonderen Mühe mehr bedurfte, sie umzustimmen. »Es wäre Mayor Gardner lieb, wenn Sie den Dienst bei ihm sofort aufnehmen würden. Er nimmt sie am besten gleich mit. Ihre Sachen werden Ihnen gebracht, darum brauchen Sie sich nicht zu kümmern.« Nach kurzer Pause fügte sie hinzu: »Wegen Priscilla brauchen Sie sich übrigens keine Gedanken zu machen. Sie kennt Mayor Gardner und ist bestimmt einverstanden. Eins von den Stubenmädchen wird ihr in Zukunft zur Hand gehen. Zum Glück haben wir ja genügend Personal.« Sie lachte ihr falsches Lachen, das Sharon so gut kannte. Gleich darauf wurde ihr Gesicht wieder kalt und abweisend. Sie warf Sharon einen scharfen Blick zu. »Es ist Ihnen doch recht, South?« fragte sie hinterhältig.

Sharon starrte mit leerem Gesichtsausdruck vor sich hin. »Ja«, sagte sie tonlos.
Das war das Stichwort für Mayor Henry Gardner. Der feiste, rotgesichtige Mann, den Sharon nur beim Eintreten mit einem flüchtigen Blick gestreift und dann keines Blickes mehr gewürdigt hatte, erhob sich aus seinem Sessel. Er griff nach Sharons Hand. Sie war kalt und lag wie leblos in der seinen.
»Wir werden uns bestimmt vertragen«, erklärte er feierlich. »Und Sie sollen Ihren Entschluß nicht bereuen.« Er räusperte sich und wechselte einen raschen Blick mit Anne Bingham. »Tja, dann wäre das wohl erledigt«, sagte Gardner. »Wollen wir gehen? Meine Zeit ist nämlich begrenzt.«
Anne lächelte ihn huldvoll an. »Gehen Sie nur, Henry«, sagte sie mit kupplerischer Freude. »Ich weiß, Sie sind in Eile, deshalb möchte ich Sie nicht länger aufhalten. Ich bin überzeugt, Sie werden mit South zufrieden sein . . . ich hoffe es jedenfalls.«
Sharon riß sich los und lief wie gehetzt aus der Bibliothek.
»Was hat sie denn?« hörte sie durch die offenstehende Tür Anne Bingham mit affektiert hoher Stimme fragen. Sie hatte Gardner bis zur Tür begleitet und stand mit erstaunt hochgezogenen Augenbrauen im Türrahmen.
Gardner lachte dröhnend. »Keine Angst, Anne! Wenn die Kleine erst bei mir ist, wird sich das sehr schnell geben!« Er küßte Anne flüchtig die Hand. »Aber jetzt wird es wirklich Zeit für mich. Besten Dank, Anne, und . . . Empfehlung an den Herrn Gemahl!«
Das letzte, was Sharon sah, war Anne Binghams Gesicht mit den spöttisch verzogenen Lippen. Dann schlug Mayor Gardner, offensichtlich zufrieden mit sich und der Welt, das schwere Eichenportal von Mansion Hou-

se zu. Die Tür fiel mit einem dumpfen Dröhnen ins Schloß, und Sharon stand draußen auf den Stufen.
Wortlos durchquerte Gardner mit Sharon den Park. Worte waren nicht am Platz, im Augenblick jedenfalls nicht. Gardner hatte Sharons Widerstreben wohl bemerkt. Die Kleine war reichlich halsstarrig für seinen Geschmack. Wahrscheinlich wäre sie überhaupt nicht mitgekommen, wenn Anne sie nicht unter Druck gesetzt hätte. Gardner grinste. Freiwillig oder nicht – ihm war das einerlei. Hauptsache, sie kam mit. Ein Mann war ein Mann, ein Weib war ein Weib, und Lippen waren Lippen. Alles andere war ihm egal und störte ihn nicht.
Sharon ging stumm neben ihm her. Sie blickte nicht zurück, sie sah nicht die Pfauen auf dem Rasen. Sie mußte an den spöttisch wissenden Blick denken, mit dem Anne Bingham ihr nachgesehen hatte. Sie verstand diesen Blick nicht, aber er ging ihr nicht aus dem Kopf.
Gardner strebte mit langen Schritten dem großen Tor am Ende der Auffahrt zu, wie jemand, der es nicht erwarten kann, sein Ziel zu erreichen. Sharon mußte schneller gehen, um mit ihm Schritt halten zu können, als er in die Straße einbog. Sie wehrte sich mit allen Kräften gegen ihre immer größer werdende Angst und kämpfte verzweifelt gegen die innere Unruhe an, die plötzlich von ihr Besitz ergriffen hatte. Sie warf dem Mann, der neben ihr herstapfte, einen verstohlenen Blick zu und wandte sich schaudernd ab. Ein dichtes Netz rötlicher Adern überzog die fleischige Nase und die schlaffen Wangen. Schwere Tränensäcke lasteten unter den stark hervortretenden Augen. Es war ein grobes, brutales Gesicht, und er hatte einen Zug um den Mund der ihr ein unerklärliches Grauen einflößte. Sie

hörte seine schnaufenden Atemzüge und drehte angewidert das Gesicht zur Seite, als der Wind ihr eine Wolke von Alkoholdunst zuwehte.
Erschreckend wurde ihr klar, daß sie sich auf Gedeih und Verderb einem völlig fremden Menschen ausgeliefert hatte. Sie hatte das Gefühl gehabt, als schnappe eine Falle zu, als die Tür von Mansion House hinter ihr ins Schloß fiel. Sie hatte die schrecklichen Geschichten der Pensionatsschwestern noch im Ohr, Berichte über Mädchen, die vom Pfad der Tugend abgewichen und Lustmördern zum Opfer gefallen waren . . . oder Wüstlingen, die ihre Opfer gewissenlos mißbrauchten und sie, wenn sie ihrer überdrüssig wurden, auf die Straße warfen, wo sie in Elend und Not verkamen. Wenn Gardner nun einer von diesen Wüstlingen war? Wie sollte sie sich seiner erwehren? Die Art, wie er sie ansah, war ihr unheimlich. Ständig strichen seine Augen über ihr Gesicht, ihren Hals, ihren Ausschnitt. Sharon wagte sich nicht auszumalen, was für ein Schicksal sie im Haus dieses Mannes erwartete.
»Es ist nicht mehr weit«, sagte neben ihr Gardner. Sharon antwortete nicht. Sie sah starr geradeaus, um seinem Blick nicht begegnen zu müssen. Ihre Stirn, ihre Handflächen wurden feucht, aber es kam nicht von der Hitze. Ihre Hände waren eiskalt. Sie riß sich zusammen und nahm sich vor, jede Annäherung Gardners zurückzuweisen. Sie würde ihm nicht einmal erlauben, ihre Hand zu berühren.
Wer sich so wie ich in Gefahr begibt, kommt darin um, ging es ihr durch den Kopf. Bei der Vorstellung, daß er nicht nur ihre Hand ergreifen, sondern über sie herfallen könne, brach ihr am ganzen Körper der Angstschweiß aus. Ich möchte davonlaufen, so schnell ich kann, dachte sie. Aber wohin? Zu Lion? Das ließ ihr

Stolz nicht zu. Nein, an Lion konnte sie sich nicht wenden . . . lieber zugrunde gehen. Zu Tante Agatha konnte sie sich auch nicht flüchten. Es hieße sich jeglicher Freiheit berauben. Sie konnte sich nur zu gut vorstellen, was ihr in Boston blühte. Sie würde das Leben einer Gefangenen führen, lebendig begraben in einer Gruft. Wohin also? Wohin?
Sharon lief nicht fort. In einem Zustand stumpfer Gleichgültigkeit, blind und taub gegen alles, was um sie her geschah, ging sie mit gesenktem Kopf weiter. Sie blickte erst auf, als ihr Begleiter vor einem Haus am Ende der South Fourth Street haltmachte.

XVIII

Die folgenden Stunden vergaß Sharon in ihrem Leben nicht mehr. Wie in Trance folgte sie Gardner über einen kiesbestreuten Gartenweg. Wie in Trance stieg sie hinter ihm die flachen Eingangsstufen hinauf. Dann öffnete sich die Tür. Sie trat in die halbdunkle Halle, und der Schweiß rann ihr den Rücken hinunter.
Aus dem Dunkel außerhalb des schwachen Lichtschimmers, der durch düster verglaste Türfenster drang, kam ein Butler auf sie zu. Schweigend, mit ausdrucksloser Miene, fing er den Mantel auf, den Gardner ihm mit einer geflüsterten Bemerkung zuwarf. Schweigend entfernte er sich wieder. Obwohl Sharon auf einen Schock vorbereitet gewesen war, verursachte ihr der Anblick der düsteren Halle einen derartigen Schreck, daß sie wie erstarrt stehenblieb. Ein blutroter persischer Teppich bedeckte den mit schwarzem Marmor gefliesten Fußboden, die hohen Wände hatten eine dunkel, fast

schwarz gebeizte Holzvertäfelung. Eine Atmosphäre von Unheil schien über dem Haus zu lasten, die sich einem beklemmend auf die Brust legte und einem den Atem benahm. Kein Laut von außen drang durch die dicken Mauern, es war totenstill. Die gespenstige Stille einer Gruft.

Sharon hatte plötzlich ein eiskaltes Gefühl im Nacken. Die Falle war zugeschnappt, und sie saß fest. Sie fühlte sich zum Umfallen elend und lehnte sich schwach mit dem Rücken an die Wand.

Gardner drehte sich zu ihr um. »Was ist denn? Sie sind plötzlich so blaß.«

»Nichts. Es ist nichts«, erwiderte Sharon hastig und würgte ihr Entsetzen hinunter.

»Na hoffentlich!« sagte Gardner. »Zimperliche Weiber sind mir nämlich ein Greuel.« Er musterte Sharon mit argwöhnischen Blicken. »Worauf warten Sie noch?« sagte er schließlich mit einer Kopfbewegung zur Treppe. »Kommen Sie mit, ich werde Ihnen Ihr Zimmer zeigen.« Als Sharon der Aufforderung nicht sofort nachkam, packte er sie am Handgelenk und zog sie die Treppe hinauf. Widerstrebend stolperte Sharon hinter ihm her. Ihr war, als führe die Treppe, die sich aus der Halle nach oben wand und zu einer Flucht langer Korridore führte, ins dunkle Nichts.

Gardner stieß eine Tür auf. »Wollen Sie nicht eintreten?« fragte er. Er stand dicht vor ihr, in seiner Stimme lag Spott.

Sharon hielt den Atem an und blickte auf, direkt in Gardners Gesicht. Keine Spur von Wohlwollen mehr. Seine Augen blickten tödlich ernst, und sie wußte, daß er böse war.

Sie warf einen Blick durch die Tür und schauderte zusammen. Das Zimmer hatte bombastische Ausmaße

wie alle in Henry Gardners Haus. Die Einrichtung war geradezu makaber.
An beiden Stirnseiten des langgestreckten Raums sah sie hohe Fenster mit schweren karmesinroten Brokatvorhängen. Sie waren, bis auf einen Spalt in der Mitte, zugezogen und ließen kaum Licht herein. Sharon bekam eine Gänsehaut, als ihr Blick auf das Podest in der Mitte des Zimmers fiel. Auf ihm stand ein riesiges Bett mit einem von vier geschnitzen Pfosten getragenen Himmel darüber. Kopfteil und Betthimmel schmückten vergoldete, merkwürdig ineinander verschlungene Figuren, und die Vorhänge waren aus leuchtend rotem Samt.
Sharon rührte sich nicht; sie stand wie angewurzelt auf der Schwelle und starrte wie hypnotisiert auf das Monstrum von Bett.
Ich muß träumen, sagte sie sich. Ich bilde mir das nur ein. Es kann nur ein Alptraum sein.
Sie umklammerte den Türpfosten. Ihre Hände zitterten, einen Moment schloß sie die Augen. Wohin hatte man sie geschickt? Anne Bingham . . . sie sah sie so deutlich vor sich. Es mußte Anne klar gewesen sein, was Gardner mit ihr vorhatte, und doch hatte sie ihn kaltlächelnd gewähren lassen. Warum? Was hatte sie Anne getan?
In diesem Augenblick räusperte sich Gardner, und wieder spürte sie seinen Spott. »Nicht so schüchtern, kleine Maus!« sagte er in unangenehm schlüpfrigem Ton. »Wie finden Sie das Zimmer? Prachtvoll, nicht? Der rote Samt zu Ihrem schwarzen Haar und Ihrer hellen Haut . . . Wie für Sie gemacht.« Er trat an das Bett, stemmte sich mit dem Arm auf die Matratze, ließ sie zurückfedern und grinste. »Hält allerhand aus wie Sie sehen. Bestes Roßhaar, erstklassig gefedert!«
Sharon fröstelte plötzlich, und ihr lief ein Kribbeln den

Rücken entlang. Sie wich seinem Blick aus und starrte auf den Boden. Sie hatte Angst vor dem, was in seinen Augen zu lesen stand.
Gardner kam langsam wieder näher; er umkreiste sie wie eine Spinne ihr Opfer. Die Umrisse der massigen Gestalt vor dem düsteren Rot der Vorhänge erschienen ihr plötzlich riesengroß, und ihr Herz begann wie wild zu hämmern. Plötzlich streckte er die Hand aus. »Kommen Sie, kleine Maus, ich zeige Ihnen . . .«
»Nein!« sagte Sharon so entsetzt, daß sie die eigenen Stimme nicht erkannte.
Gardner ließ die Hand sinken. Er starrte sie finster ab. »Machen Sie keine Sperenzchen«, knurrte er. »Was soll die blöde Ziererei?« In seinen Augen erschien ein böses Glitzern.
Den Bruchteil einer Sekunde stand Sharon wie gelähmt da. Aber in diesem Sekundenbruchteil begriff sie, daß sie einem Sadisten ausgeliefert war, dem es ein teuflisches Vergnügen bereitete, anderen Menschen Furcht einzuflößen. Und sie begriff, daß sie verloren war, wenn sie sich die entsetzliche Angst anmerken ließ, die ihr die Kehle zuschnürte.
Zunächst zögerte sie noch. Dann schlüpfte sie an Gardner vorbei in den Raum. Als er mit unwilligem Grunzen nach ihrem Arm griff, riß sie sich los und rannte zu den Wandvorhängen hinter dem Kopfende des Betts. Mit flatternden Händen tastete sie die Stoffbahnen ab und fand den darunter verborgenen Türknopf. Sie riß die Vorhänge auseinander und sah die in die Tapete eingelassene Tür.
Eine maßlose Wut schoß in Sharon hoch hoch. Mit einem Ruck stieß sie die Tür auf. Dahinter lag ein Ankleideraum mit einer weiteren Tür. Sie war ebenfalls unverschlossen und führte in ein großes Schlafzimmer.

Sharon sah sofort, daß sie sich in Gardners Schlafzimmer befand, denn auf dem Toilettentisch lag noch die Krawatte, die er am Vorabend auf der Party in Mansion House getragen hatte. Der Anblick des griffbereit auf der zurückgeschlagenen Bettdecke liegenden Morgenrocks machte sie rasend. Wie eine Furie stürmte sie in das für sie bestimmte Liebesnest zurück.
Gardner, der gerade im Begriff gewesen war, ihr zu folgen, blieb wie vom Donner gerührt stehen. Er starrte sie verständnislos an. Als Sharon Anstalten machte, den Raum zu verlassen, vertrat er ihr den Weg. »Was soll denn das? Wo wollen Sie hin?«
Sharon brach in hysterisches Gelächter aus. »Dachten Sie etwa, ich bliebe auch nur eine Sekunde länger in diesem Haus?« stieß sie mit sprühenden Augen hervor. Ihre Stimme klang hoch und schrill. »Für was halten Sie mich? Für eine Hafendirne?«
»Ich werde dir zeigen, wofür ich dich halte!« Gardner packte sie an der Schulter und riß sie herum. Sein Gesicht lief dunkelrot an, seine Augen wurden schmal und böse. »Schluß jetzt mit dem Affentheater!« herrschte er Sharon an. »Wozu glaubst du, habe ich dich hergeholt? Zum Rosenkranzbeten?« Mit einem gemeinen Auflachen trat er auf sie zu und umschlang sie mit beiden Armen.
»Lassen Sie mich los!« schrie Sharon auf. Sie versuchte sich loszureißen, aber er drängte sich mit dem ganzen Körper gegen sie und preßte gierig seine Lippen auf ihren Hals. Keuchend drehte er ihr die Arme auf den Rücken, packte sie mit einer Hand bei den Handgelenken und fetzte mit der anderen ihr Kleid halb herunter. Sharon wehrte sich verzweifelt, sie drehte und wand sich wie ein Aal. Gardners Grinsen wurde breiter, er packte noch fester zu. Seine Arme umklammerten sie, er schnaufte ihr seinen scheußlichen Alkoholatem ins

Gesicht. Sie wollte sich zur Wehr setzen, doch seine Arme hielten sie fest wie Schraubstöcke.
Sharons Bewegungen wurden schwächer, sie war den Bärenkräften des schweren Mannes nicht gewachsen. Doch plötzlich erfüllte sie eine wilde Wut. Sie riß das Knie hoch und traf ihn mit voller Wucht in den Unterleib. Gardner brüllte auf, ließ sie los und krümmte sich zusammen.
Sharon zitterte am ganzen Leib, der Raum drehte sich vor ihren Augen. Von panischem Schrecken ergriffen sah sie, daß Gardner sich mühsam aufrichtete. Er schüttelte benommen den Kopf, seine Augen waren glasig und leer. Kopflos drehte Sharon sich um und rannte auf die Tür zu. Aber Gardner war schon hinter ihr.
»O nein, du läufst mir nicht davon!« keuchte er. »Dir werd' ich etwas zeigen, warte nur! Du wirst mir noch aus der Hand fressen, verlaß dich drauf!« Er packte sie an den Schultern und zerrte sie roh vorwärts.
Der Schreck fuhr Sharon siedendheiß in den Kopf. Sie holte tief Atem und schrie so laut sie konnte. Gardner schlug ihr mit dem Handrücken auf den Mund und hielt ihn ihr dann mit einer Hand zu.
»Ich sollte dir den Hals brechen, du Luder!« knirschte er. »Vielleicht tu ich's auch, wenn du so weitermachst. Aber erst fliegst du in den Keller, da werden dir die Flausen schon vergehen. Los, komm!«
Sharon kämpfte mit allen Mitteln, es gelang ihr sogar, Gardner in die Hand zu beißen. Er fluchte unflätig, dann schlug er sie auf den Kopf, und alles verschwamm vor ihren Augen. Sie trat gegen sein Schienbein, verkrallte sich in den Türpfosten und versuchte vergeblich, sich an dem glatten Holz festzuklammern.
»Sieh mal einer an«, höhnte Gardner. »Wer hätte gedacht, daß die kleine Maus solche Kräfte hat?«
Seine Hand krallte sich erneut in Sharons Schulter. Sie

wehrte sich wie eine Rasende, aber ihre Kräfte reichten nicht aus. Langsam und unerbittlich wurde sie durch den Korridor zur Treppe gezerrt. Als sie sich mit beiden Händen am Geländer festklammerte, brach die Hälfte ihrer Fingernägel ab.

»Nein!« schrie sie gellend. Aber alle Kräfte hatten sie verlassen, sie fühlte, wie er sie zurückzerrte. Einen Arm um ihre Brust, die andere Hand so fest auf ihren Mund gepreßt, daß ihre Lippen bluteten, schleifte er sie die Treppe hinunter zu einer Tür im hintersten Winkel der Halle.

»So . . . Endstation!« Mit einem Fußtritt stieß Gardner die Tür auf. »Da unten wird dir das Kratzen und Beißen vergehen, du niederträchtiges kleines Biest. Da bist du fürs erste gut aufgehoben.« Mit einem heftigen Stoß in den Rücken beförderte er Sharon die hohen Steinstufen hinunter in einen stockdunklen Kellerraum. Als sie unten der Länge nach auf dem Boden aufschlug, lachte er roh. »Wenn du der Gesellschaft von Ratten und Mäusen den Vorzug gibst – na bitte!« rief er so laut, daß seine Stimme von den dicken Kellermauern widerhallte. »Du kannst es dir in aller Ruhe überlegen!«

Mit einem Entsetzensschrei rappelte Sharon sich von dem eiskalten Steinboden hoch. Im gleichen Augenblick warf Gardner oben die Tür zu, und der Schlüssel drehte sich kreischend im Schloß.

XIX

»Öffnen Sie die Tür!« schrie Sharon verzweifelt. Aber ihre Stimme war in der Dunkelheit gefangen, und sie wußte, daß auch sie eine Gefangene war – Gardners Gefangene.

Dunkelheit hüllte sie ein, und tiefes, lastendes Schweigen. Es war kalt und unheimlich. Grauenvolle Gedanken hämmerten in ihrem Kopf. Sie war in die Falle gegangen. Sie hatte den Weg beschritten, auf den Anne Bingham sie gestoßen hatte, um sie loszuwerden. Eine vernichtende, eiskalte Angst ergriff von ihr Besitz und löschte jeden klaren Gedanken in ihr aus.

Sharon wußte nicht, wie lange sie dort in absoluter Finsternis stand und nicht wagte, sich zu rühren. Jahre schienen vergangen zu sein, als sie sich endlich dazu aufraffte, den ersten zaghaften Schritt zu tun. Sie tastete sich die Stufen hinauf und hämmerte mit den Fäusten an die Tür.

»Laßt mich hinaus! Laßt mich um Gottes willen hinaus!« schrie sie. Aber sie wußte, daß ihre Stimme jenseits der schweren, eisenbeschlagenen Tür nicht zu hören war.

Niemand würde ihr zu Hilfe kommen. Sie würde in dem dunklen Loch den Tod finden, oder sie würde dem Wahnsinn verfällen. Und niemand außer Anne Bingham würde wissen, daß sie je in diesem Haus gewesen war.

Sharon schlug die Hände vors Gesicht und kauerte sich auf der obersten Stufe zusammen. Sie wußte, daß sie an diesem dunklen, feuchten Ort den Verstand verlieren würde. Mühsam richtete sie sich auf und kratzte an den Türbohlen, bis auch der letzte Fingernagel splitterte und sie Blut an den Fingern spürte.

Langsam gewöhnten sich ihre Augen an das Dunkel. Sie drehte sich um und glaubte zu träumen, als sie den schwachen Lichtschimmer im Hintergrund des Kellers sah.

Schluchzend wankte Sharon die steile Treppe hinunter, dann tastete sie sich mit beiden Händen an den Mauern entlang zu der Stelle, von wo der Lichtschimmer kam.

Plötzlich stand sie vor einer halbgeöffneten Tür, die in einen weiteren Kellerraum führte.
Eine Weile preßte sich Sharon an die Wand und lauschte. Hinter der Tür rührte sich nichts. Ihre plötzliche Angst war die Folge überhitzter Einbildungskraft. Alles kam daher, daß sie schon beim Betreten des Hauses diese unerklärliche Furcht verspürt hatte. Nicht nur der Keller, das ganze Haus war eine Gruft, und überall war der Geist dieses Unmenschen gegenwärtig, der darin hauste.
Zögernd stieß Sharon die dicke Tür auf und blickte in das dahinterliegende Kellergewölbe. Ein winziges Fenster mit bleigefaßten Scheiben, von außen vergittert, hohe Regale mit verstaubten Flaschen verschiedener Größen und Farben entlang der Wände, ein paar Whiskyfässer . . .
Sharon schauderte. Die Mauern waren dick, und es war kalt. Aber wenn das winzige Fenster auch keine Fluchtmöglichkeit bot, es ließ wenigstens einen Schimmer des Tageslichts herein. Sie würde Gardner kommen hören, und – was noch wichtiger war – sie würde ihn sehen, wenn er sie holen kam.
In den Winkel zwischen Tür und Wand gekauert, überlegte Sharon gerade, ob sie ihren Peiniger mit einer der Weinflaschen niederschlagen sollte, wenn er sich blikken ließ, als sie ein Geräusch hörte. Ein leises Scharren, Rascheln . . . ein merkwürdig hohes Pfeifen. Ein Schatten huschte über ihren Fuß, ein anderer über ihren Arm . . .
Sharon hörte jemand schreien, eine fremde, schrille Stimme. Sie wußte nicht, daß es ihre eigene Stimme war. Von Grauen geschüttelt, von namenlosem Entsetzen gepackt, bedeckte sie das Gesicht mit den Händen und sackte in sich zusammen.

Nach endlos langer Zeit kam sie zu sich. Sie mußte bewußtlos gewesen sein, denn ihr Kopf war ganz leer. Sie hörte jemanden stammeln und begriff nicht, daß es ihre eigene Stimme war, die sie hörte.
Licht blendete ihre Augen. Sie wurde getragen. Ein Schatten beugte sich über sie.
»Wo bin ich?« fragte sie. Und eine Stimme antwortete: »Mein Liebling . . . mein Liebling . . . du bist in Sicherheit.« Es ist Lions Stimme, und es waren seine Arme, die sie hielten.
Dann lag sie in einem Bett, von Angstvorstellungen gepeinigt. Immer wieder fuhr sie aus ihrem Dämmerzustand empor und fühlte den unerbittlichen Druck einer schweren Hand, die sich auf ihren Mund preßte. Sie wurde verfolgt von der Erinnerung an eine riesige, drohende Gestalt . . . Sie schrie entsetzt auf. Doch Lion war bei ihr, es war sein Schatten, der sich über sie beugte.
Sie hörte Lions Stimme, zart, besänftigend, liebevoll. »Ich bin bei dir, Sharon . . .«, sagte er. »Versuche zu schlafen.«
Und der Druck seiner Finger an ihrem Handgelenk löste den Krampf in ihr, verscheuchte den Alpdruck.
»Jetzt ist alles gut«, hörte sie Lion sagen. Es klang sehr weit weg, und sie war müde. Mit einem tiefen Seufzer schlief sie ein.

XX

Eine Nacht und ein Tag waren vergangen, als Sharon endlich zu sich kam. Sie erwachte von ihrem eigenen Schrei. Die Zeit geriet wieder in Fluß. Und plötzlich erkannte sie die hohe Gestalt am Fußende des Betts. Es

war nicht Gardner, es war Lion. Er trat vorsichtig näher, und Sharon drehte schnell den Kopf zur Wand, damit er die Tränen nicht sähe, die ihr übers Gesicht strömten ... Tränen der Erleichterung, weil sie in Lions Haus und nicht in Gardners Kellerverlies erwacht war.
Eine Weile wartete Lion geduldig neben ihrem Bett. Als Sharon endlich zögernd ihr Gesicht ihm zuwandte, sah sie, daß er lächelte. Es versetzte ihr einen regelrechten Schock. Hatte sie nicht erst kürzlich alle Brücken hinter sich abgebrochen, hatte sie nicht seine Hand zurückgestoßen, um ihm den Weg zu ihrem Herzen für immer zu versperren? Hatte sie ihm nicht die bittersten Vorwürfe ins Gesicht geschleudert und geglaubt, die Tür für immer hinter sich zuschlagen, als sie an jenem Abend sein Haus verließ? Sie starrte Lion aus großen, ungläubigen Augen an.
»Was ist?« fragte er leise. »Erkennst du mich endlich?«
Sharon nickte schwach.
»Gott sei Dank«, sagte er sichtlich erleichtert. »Ich dachte schon, du kämst überhaupt nicht mehr zu dir. Jedesmal, wenn ich mich dem Bett näherte, fingst du wieder an zu phantasieren.« Vorsichtig setzte sich Lion auf die Bettkante. Er streichelte sanft ihr Haar. »Ich frage mich nur, was die Ursache deines Nervenschocks war. Willst du es mir nicht sagen?«
Sharon erschauerte. »Frag mich lieber nicht danach. Wenn ich an die Kälte und Dunkelheit dieses Kellers denke ... Ich hatte alle Hoffnung aufgegeben, jemals dort herauszukommen.« Sie klammerte sich an seine Hand. »Du wirst mich doch nicht in dieses schreckliche Haus zurückbringen, Lion?«
Einen Augenblick war Lion völlig sprachlos. Er starrte Sharon an, als zweifele er an ihrem Verstand. Plötzlich warf er den Kopf in den Nacken und stieß ein hartes,

bitteres Lachen aus. Die hellen Augen in dem schmalen Gesicht hatten einen wilden Ausdruck, der Sharon erschreckte. Das Lachen brach jäh ab.
»Sag mal, für was hältst du mich eigentlich?« stieß er zornig hervor. »Für einen Mädchenhändler? Oder für was?«
Sharon sah ihn groß an. »Versteh mich jetzt bitte nicht falsch, Lion. Als Mrs. Bingham mich mit diesem Mann wegschickte, mußte ich annehmen, es geschähe im Einvernehmen mit dir und Miß Wade. Sie sagte ...«
»Es ist mir ganz gleich, was sie sagte!« unterbrach Lion sie heftig. »Was in deinem Kopf vorging, möchte ich wissen. Ich frage mich, wie du auf den Gedanken kommst, ich könnte mich zu einer derartigen Infamie hergeben. Kennst du mich wirklich so wenig?« Stirnrunzelnd fuhr nach einer unmerklichen Pause fort: »In Wirklichkeit stellte man mich vor vollendete Tatsachen. Ich war wie vom Donner gerührt, als ich erfuhr, daß man dich mit diesem ... Subjekt weggeschickt hatte. Ich dachte, ich höre nicht recht!«
Wieder trat eine Pause ein. Lion starrte wie blind auf die gegenüberliegende Wand. Schließlich fuhr er in etwas ruhigerem Ton fort: »Was dann passierte, kannst du dir denken. Ich ließ Anne stehen und ging auf dem schnellsten Weg zu Gardner. Natürlich machte er Schwierigkeiten. Als ich ihm eine Tracht Prügel androhte, schloß er endlich den Keller auf.«
Lion schwieg. Sein Blick glitt langsam über Sharons Gesicht. »Du hast mir immer noch nicht gesagt, wieso der Kerl dich in den Keller sperrte.«
Sharon antwortete nicht. Sie sah ihn nur aus großen, traurigen Augen an.
»Du benimmst dich wie ein Kind, wie ein trotziges, verstocktes Kind«, sagte Lion stirnrunzelnd. Als Sharon

wieder nichts sagte, legte er den Arm um ihre Schultern und bettete ihren Kopf an seine Brust. »Du zitterst ja, mein armes Kleines. Hab keine Angst, du brauchst nicht darüber zu reden, wenn du nicht willst. Ich kenne diesen Gardner und seinen Ruf, ich kann mir schon denken, was passiert ist.« Lion starrte finster vor sich hin. »Ich hätte ihm die Zähne eingeschlagen, wenn mich Anne nicht händeringend angefleht hätte, keinen Eklat zu provozieren. Wahrscheinlich wußte William genauso wenig von der Sache wie ich, und sie möchte um jeden Preis verhindern, daß er davon erfährt.« Mit einem unwilligen Seufzer fügte Lion hinzu: »Leider sind mir Priscillas wegen die Hände gebunden. Wäre das nicht der Fall, hätte Anne Bingham sich auf was gefaßt machen können.«

»Ich weiß . . .«, sagte Sharon. Es klang wie ein Schluchzen.

Lion nahm sie in die Arme. »Warum weinst du, Sharon, wovor fürchtest du dich? Niemand kann dir etwas anhaben, in meinem Haus bist du sicher. Deshalb wirst du vorläufig hierbleiben. Deine Sachen sind übrigens schon hier. Wong hat sie geholt. Ich hoffe, es ist dir recht?«

Sharon sagte nichts, sie brachte keinen Ton heraus. Sie wußte, daß dies ihre letzte Chance war, nein zu sagen, sich von Lion loszureißen, ehe es zu spät war. Sie wußte, daß sie im Begriff war, ihr ganzes Leben wegzuwerfen, und sie war unfähig, etwas dagegen zu tun. Es war, als ob dies alles einem anderen zustieße, es war, als hätte sie keinen eigenen Willen mehr. Vor Scham über die eigene Schwäche brach sie in einen neuen Tränenstrom aus. Sie bedeckte ihr Gesicht mit den Händen, die Tränen rannen ihr zwischen den Fingern durch.

»Ich kann nicht hierbleiben«, schluchzte sie. »Ich bin

nicht stark genug für den Skandal und alles andere. Ich möchte so gern in deinem Haus leben. Aber nicht so. Man wird mich verachten und verspotten. Mit Fingern auf mich zeigen, wenn ich mich irgendwo blicken lasse. Ein schlechtes Frauenzimmer, werden die Leute sagen. Eine hergelaufene Schlampe, die sich von den Männern aushalten läßt. Nein, ich kann es nicht!«
Sie umklammerte Lions Arm. »Du weißt, daß es nicht geht. Es wäre besser gewesen, wir hätten uns nie gesehen.« Die Stimme versagte ihr.
Lion ließ Sharon weinen. Der Arm, mit dem er sie umfangen hielt, war ihm eingeschlafen, seine Finger waren taub und gefühllos. Er wagte nicht, sich zu rühren, um sie nicht zu erschrecken. Er wagte nicht, ihr zu zeigen, wie bewegt er war und wie gut er sie verstand. Sie war so jung und schutzbedürftig. Und er konnte ihr die Geborgenheit nicht geben, nach der sie sich sehnte, weil er ein Ziel verfolgte, das er nicht aus den Augen verlieren durfte. Trotzdem konnte er sie nicht aufgeben, dazu war es zu spät. Er liebte sie, brauchte sie wie die Luft zum Atmen. Lion holte schwer Atem. Er war in eine Sackgasse geraten und saß fest.
Lange Zeit schwiegen sie, jeder hing seinen Gedanken nach. Sharon versuchte ihres inneren Zwiespalts Herr zu werden. Lions Gedanken liefen im Kreis. Da er logisch dachte, kam er immer wieder zu demselben Ergebnis. Vorläufig gab es keinen Ausweg aus dem Dilemma. Später vielleicht. Aber er mußte erst mit sich ins reine kommen, ehe er mit Sharon darüber sprach.
Mit der selbstherrlichen Unduldsamkeit seiner dreißig Jahre verdrängte Lion seine uneingestandenen Schuldgefühle. Als er nach langem Schweigen wieder zu sprechen begann, hatte er sein Lächeln wiedergefunden.
»Ich fürchte, du hast mich mißverstanden, Sharon«,

sagte er ruhig. Als Sharon Anstalten machte, ihn zu unterbrechen, schüttelte er den Kopf. »Sag jetzt nichts, hör mir zu.« Der Ausdruck seiner Augen war weich und zärtlich. »Es liegt mir fern, eine Situation auszunützen, Sharon. Wenn ich vorhin sagte, du könntest dich in meinem Haus sicher fühlen, dachte ich nicht nur an Gardner. Auch vor mir wirst du sicher sein. Ich gebe dir mein Ehrenwort, ich werde nichts von dir verlangen, was du nicht selbst willst. Mit anderen Worten, du wirst mir den Haushalt führen – ganz offiziell. Alles wird seine Richtigkeit haben, und selbstverständlich wird man nicht mit Fingern auf dich zeigen.« Er hob ihr Gesicht etwas an und sah ihr lächelnd in die Augen. »Ich hoffe, das erleichtert dir deinen Entschluß. Also was ist, Kleines . . . willigst du ein?«

Sharon hatte das Gefühl, in einen Abgrund gerissen zu werden. Sie versuchte vergeblich, den Blick abzuwenden und sich der Wirkung seines unwiderstehlichen Lächelns zu entziehen. Sie wollte zurückweichen, aber er zog sie ungestüm an sich und vergrub sein Gesicht in den Fluten ihres aufgelösten Haars.

»Lion . . .« sagte sie schwach. »O Lion!«

Er verschloß ihre Lippen mit seinem Mund, und langsam, wie unter einem unerklärlichen Zwang, hoben sich ihre Arme und schlossen sich um seinen Hals.

Es war wie ein Sturz in einen Bereich, wo Vernunft und Gewissen zum Schweigen gebracht, wo alle Angst tot ist. Sharon hörte auf, an das Ende zu denken, das unweigerlich kommen würde. Sie dachte nicht mehr an Priscilla und nicht an den Tag, der unaufhaltsam näher rückte . . . Priscillas Hochzeitstag. Sie dachte nur noch an den Mann, der sie in seinen Armen hielt.

XXI

Sharon war völlig in ihr Glück eingesponnen. Die Gewißheit, in Lions Obhut zu sein, Tag und Nacht unter demselben Dach mit ihm zusammensein zu können, gab ihr Sicherheit. Sie lebte auf; ein fast andächtiges Glücksgefühl erfüllte sie. Ihre früher so traurigen Augen leuchteten, ihre Haut hatte einen zarten Schmelz. Sie erledigte ihre neuen Pflichten mit Freude, nur die Stunden, die sie mit Lion beisammen war, zählten. Dann dachte sie nicht an die Zukunft, sie wünschte sich nur, daß alles so bliebe.
Und dennoch gab es Stunden, in denen sich Sharons Gewissen nicht unterdrücken ließ, in denen ihre Welt aus den Fugen geriet. Wenn sie in schlaflosen Nächten voll schmerzlicher Sehnsucht an Lion dachte, tauchten die Zweifel wieder auf, die sie tagsüber verdrängte. Dann fragte sie sich, ob sie sich nicht selbst belog, und sie mußte sich eingestehen, daß sie auf verlorenem Posten kämpfte. Mit jeder Stunde, die verging, rückte der Tag näher, an dem das trügerische Glück dieser Wochen zerplatzen würde wie eine Seifenblase. Zurückbleiben würde nichts als grenzenlose Leere . . .
Warum hoffte sie noch? Was trieb sie weiter, gegen jede Vernunft? Sharon wußte es nicht. Sie wußte nur, daß sie nicht bereit war, sich mit der Niederlage abzufinden, ehe nicht der letzte schwache Hoffnungsschimmer erloschen war. Sie wollte nicht aufgeben. Es hieße, sich dem Schicksal ergeben, das eigene Herz verleugnen.
Sie konnte nicht. Sie wollte diesen Mann, diesen Mann, der ihr zum Verhängnis und Schicksal geworden war. Und sie war bereit, auf Lion zu warten, solange es ihn gab und er sie liebte.

In den letzten Märztagen verschlechterte sich das Wetter. Ein eisiger Wind wehte vom Fluß her, und die Sonne verschwand hinter einem grauen Dunstschleier. Die Stadt versank im Nebel.
Im ersten Augenblick erkannte Sharon die nebelumwallte Gestalt auf den Eingangsstufen nicht, auf deren Läuten hin sie zur Tür geeilt war. Sie blickte die Frau in dem unförmigen Kapuzenumhang mißtrauisch an und sagte zögernd: »Ja, bitte?«
Die Frau schlug die Kapuze zurück. Sharon warf einen Blick auf das runde, rosige Gesicht, das darunter zum Vorschein kam und stieß einen Freudenschrei aus.
»Smith! Sind Sie es wirklich?« Sie ging auf Smith zu, umarmte sie und zog sie in die Halle. »Wie schön, daß Sie kommen. Endlich sehen wir uns wieder.« Sharon küßte die kleine Frau auf beide Wangen. »Mein Gott, Smith wie ich mich freue! Ich habe Sie schrecklich vermißt.«
Sharon konnte es kaum erwarten, mit Smith ungestört zu sein. Sie mußte sich endlich alles von der Seele reden. Nachdem Sharon das Hausmädchen Prudence mit einem Stoß Bügelwäsche in die Bügelkammer geschickt hatte, gehörte die warme, gemütliche Küche ihnen allein. Sharon drückte Smith auf die Eckbank zwischen Kamin und Fenster und deckte den Tisch. Eine Weile eilte sie geschäftig hin und her. Mit vor Erregung rot glühenden Wangen brühte sie frischen Tee auf und schnitt den Kuchen an, den Prudence schon in aller Herrgottsfrühe gebacken hatte. Als Köchin taugte Prudence nicht viel, aber im Backen war sie unübertroffen. Ihre Kuchen, Törtchen und Schaumrollen schmeckten himmlisch.
Endlich ließ sich Sharon mit einem glücklichen Seufzer neben Smith nieder und schenkte den Tee ein. Sie hatte

tausend Fragen auf einmal. Smith beantwortete sie alle geduldig.
»Ich habe mir die größten Sorgen um Sie gemacht, Sharon«, sagte sie dann. »Zunächst konnte sich kein Mensch erklären, was überhaupt vorgefallen war. Daß Sie hier sind, erfuhr ich erst heute früh von Mr. Hampshire.« Smith schüttelte den Kopf. »Ich begreife Mrs. Bingham offengestanden nicht. Sie trug mir auf, Ihre Sachen zusammenzupacken und sagte nur, Sie hätte Ihnen eine andere Stelle besorgt. Wo und bei wem, erwähnte sie nicht. Das erfuhr ich erst später . . . ausgerechnet von Mr. Reems. Er kam in die Küche und erklärte kurzangebunden, man sollte ihre Sachen im Vestibül bereitstellen. Mayor Gardner, bei dem Sie eine Stelle als Haushälterin angetreten hätten, würde sie später abholen lassen. Mehr war nicht aus ihm herauszukriegen.« Ihr Blick glitt besorgt über Sharons Gesicht. Es war ihr nicht entgangen, daß Sharon jäh erblaßte, als sie Gardners verhaßten Namen hörte.
Sharon hatte den schwarzen Tag in Henry Gardners Haus tief in ihrer Erinnerung begraben und wollte nicht daran zurückdenken. Deshalb überspielte sie Smiths unausgesprochene Frage mit einer raschen Gegenfrage.
»Sonst hat Mrs. Bingham nichts gesagt?« erkundigte sie sich obenhin.
»Nein, kein Sterbenswörtchen, aber ich dachte mir sofort, daß etwas nicht stimmte.«
Smith nahm einen Schluck Tee, stellte ihre Tasse ab und griff mit beiden Händen nach Sharons Hand. »Mein Gott, Sharon«, sagte sie atemlos, »Sie können sich nicht vorstellen, was für einen Schreck ich bekam, als Mr. Reems sagte, Sie wären mit diesem Mayor Gardner gegangen! Daß Mrs. Bingham Ihnen das antun konnte, verstehe ich nicht. Es will mir einfach nicht in

den Kopf. Ich dachte bis heute morgen, sie wären immer noch in Gardners Haus, zumal Ihre Sachen plötzlich verschwunden waren. Da Mrs. Bingham selbst die Tür öffnete, dachten wir natürlich, Gardner hätte Ihre Koffer holen lassen.« Aufseufzend fügte sie hinzu: »Mir fiel ein Stein vom Herzen, als Mr. Hampshire mir heute morgen sagte, daß Sie von Gardner weggegangen seien und in Zukunft hier arbeiten würden.« Sie warf Sharon einen forschenden Blick zu. »Es geht Ihnen doch hoffentlich gut hier, Sharon?«

»O ja...«. erwiderte Sharon errötend. Sie lachte gezwungen. »Ich fühle mich ausgesprochen wohl als frischgebackene Hausdame. Mr. Hampshire war sowieso auf der Suche nach tüchtigem Personal, zumal er ja bald heiraten wird.« Sie versuchte zu scherzen. »Ich hatte ganz einfach Glück, Smith.«

»Ich freue mich für Sie, Sharon«, sagte Smith herzlich. »Soviel ich weiß, bemüht sich Mr. Hampshire um eine tüchtige Köchin. Ich nehme an, Sie haben ihm von Brambles bevorstehender Entlassung erzählt? Er deutete es jedenfalls an und meinte, ich solle bei Gelegenheit vorsichtig bei Bramble antippen, ob sie nach ihrem Ausscheiden in Mansion House als Köchin zu ihm kommen möchte.«

»Ja, er ist wild begeistert von Brambles Kochkünsten«, sagte Sharon lebhaft. »Erst gestern haben wir uns wieder über Bramble unterhalten.« Sie lachte. »Sie ist eine großartige Köchin, auch wenn sie ein Besen ist.« Mit vorsichtig gedämpfter Stimme fügte sie hinzu: »Prudence versteht leider nicht allzuviel vom Kochen. Das einzige, was sie wirklich kann, ist backen. Da ist sie unschlagbar. Lion bekommt jeden Morgen die herrlichsten Croissants und Rosinenbrötchen zum Frühstück serviert. Frisch aus dem Backofen und dick mit Zuckerguß bepinselt. Er verschlingt zwar ungeheuere Mengen davon, aber ich glaube, ein gefüllter Fasan auf Champagnerkraut oder ein anständiges Steak wäre ihm lieber.«

Als Sharon bewußt wurde, daß ihr versehentlich Lions Vorname entschlüpft war, biß sie sich verlegen auf die Lippen. Daß ihr das Blut siedendheiß in den Kopf schoß, konnte sie allerdings nicht verhindern.

Smith, der so leicht nichts entging, hatte natürlich bemerkt, daß Sharons Wangen ein immer leuchtenderes Rot annahmen. Mitfühlend wie sie war, beruhigte sie Sharon mit einem gütigen Lächeln.

»Sie wissen, wie gern ich Sie habe, Sharon«, begann sie vorsichtig. »Und ich versichere Ihnen, was immer Sie tun – ich werde zu Ihnen halten, denn ich weiß, daß Sie überhaupt nicht imstande sind, aus niedrigen Beweggründen zu handeln.« In der Stimme der älteren Frau lag tiefe Anteilnahme, ihre Augen blickten ernst und aufrichtig. »Ich verstehe Sie, Sharon«, sagte sie leise. »Ich fühle mit Ihnen. Ich weiß, daß Sie es nicht leicht gehabt haben. Wenn sich zwischen Ihnen und Mr. Hampshire auf der langen, beschwerlichen Reise von Virginia hierher eine tiefere Freundschaft entwickelt haben sollte, wäre ich die letzte, die daran Anstoß nehmen würde. Sie können also unbesorgt mit mir über Mr. Hampshire reden, wenn es Sie erleichtert. Ich habe volles Verständnis dafür, daß Sie ihn sympathisch finden. Warum auch nicht? Jeder findet ihn sympathisch.«

Sharon seufzte erleichtert auf. Das alles klang so vollkommend natürlich, so einleuchtend. Sie selbst hätte sich keine bessere Erklärung zurechtlegen können, um ihr Gewissen zu beschwichtigen. Und doch konnte sie ein unbestimmtes Schuldgefühl nicht unterdrücken, als sie die Eselsbrücke betrat, die Smith ihr gebaut hatte.

»Leider denkt nicht jeder so tolerant wie Sie, Smith«, seufzte sie. »Sie kennen ja die Leute und ihr Gerede. Gerüchte, Klatsch, üble Nachrede ... davor ist keiner sicher, auch Mr. Hampshire nicht.« Sharon seufzte abermals. »Und ich schon gar nicht. Aber selbst, wenn es so wäre, möchte ich hierbleiben. Nicht nur Mr. Hampshire, das ganze Haus ist mir sympathisch. Ich habe mich vom ersten Augenblick an hier zu Hause gefühlt.« Sharon senkte den Blick auf ihre im Schoß verschlungenen Hände. »Das ist der Grund, warum ich nicht mehr weg möchte.«

Smith kannte Sharon zu gut, um nicht zu merken, daß hier etwas ganz und gar nicht stimmte. Für gewöhnlich hatte Sharon die Angewohnheit, ihrem Gesprächspartner direkt in die Augen zu sehen. Der Wirkung ihres Blicks konnten sich nur die wenigsten entziehen. Diesmal jedoch wichen Sharons tiefviolette Augen ihrem Blick hartnäckig aus, und das gab Smith zu denken. Sie ließ sich ihre Beunruhigung jedoch nicht anmerken. Ihr angeborenes Taktgefühl verbot es ihr. Sie sagte nur leichthin: »Ich bin froh, daß Sie sich bei Mr. Hampshire wohl fühlen, Sharon. Es beruhigt mich geradezu. Ich weiß, Sie sind gut aufgehoben in diesem Haus, und ich bin überzeugt, Sie werden Ihre Sache gut machen.«

Eine Weile schwiegen sie. Sharon sah zu, wie Smith mit der Kuchengabel an ihrem Kuchen herumpickte. Sharon schenkte sich eine zweite Tasse Tee ein und rührte ihn nachdenklich um. Als sie wieder aufblickte und die Augen der älteren Frau auf sich gerichtet sah, wurde ihr klar, daß Smith sie seit längerer Zeit schweigend beobachtete. Hastig sprang sie auf. »Ich bin eine miserable Gastgeberin, entschuldigen Sie tausendmal, Smith. Ich werde sofort ...«

»Nein, nein, es ist alles in Ordnung«, beschwichtigte

Smith sie lächelnd. Sie zog Sharon auf die Bank neben sich und sagte: »Mir fiel nur gerade ein, daß Brown sich immer wieder nach Ihnen erkundigt. Neugierig war er ja immer schon. Ich glaube, es war ein furchtbarer Schlag für ihn, daß er mich heute nicht fahren durfte.« Smith lachte hellauf. »Sie hätten nur sein enttäuschtes Gesicht sehen sollen ... es war zu komisch! Wahrscheinlich vermutete er, daß ich zu Ihnen wollte und wollte mich schon deshalb absolut fahren.« Ihr Lächeln machte einem ernsten Ausdruck Platz. »Trotzdem hatte ich den Eindruck, daß Neugier nicht die einzige Triebfeder seiner Ungeduld war. Ich glaube, Brown macht sich ernstlich Gedanken um Sie, Sharon. Die Sache geht ihm näher, als wir vielleicht ahnen.«
Sharon antwortete nicht. Es war auch nicht nötig. Der erschrockene Blick, mit dem sie die Nachricht aufnahm, sprach seine eigene Sprache.
»Sie brauchen keine Angst zu haben«, sagte Smith schnell. »Wenn Sie nicht wünschen, daß Brown erfährt, wo Sie sich aufhalten, werde ich es ihm bestimmt nicht sagen.«
Sharon lächelte. »Ich weiß, daß Sie schweigen können, Smith. Aber eines Tages wird Brown es ja doch erfahren.«
»Wenn er es von Captain Hampshire erfährt ... meinetwegen!« erklärte Smith energisch. »Von mir erfährt er jedenfalls nichts.« Sie streckte die Hand aus und streichelte Sharons schmale Wangen. »Wie schmal Sie geworden sind in den letzten Tagen, armes Kind! Sie kommen mir vor wie ein kleiner Vogel, der aus dem Nest gefallen ist und vor Angst nicht mehr ein und aus weiß.« Smith seufzte bekümmert. »Könnte ich Ihnen doch nur helfen, Sharon! Ich würde alles tun, um Ihnen weiteres Leid zu ersparen.«
»Ich weiß ...« Sharon ergriff die Hand der älteren Frau

und preßte sie an die Lippen. »Sie sind so gut zu mir, Smith! Was wäre aus mir geworden ohne Sie ... Ich mag es mir gar nicht vorstellen. Ich glaube ich wäre verrückt geworden in Mansion House, wenn ich Sie nicht gehabt hätte.«

»Sie taten mir vom ersten Tag an leid, Sharon«, gestand Smith nach kurzem Zögern. Sie lächelte. »Als ich Sie am ersten Abend in der Halle stehen sah – verschüchtert, verloren und völlig erdrückt von all der überladenen Pracht – da konnte ich mir sehr gut vorstellen, was in Ihnen vorging. Hinter der feudalen Fassade von Mansion House weht ein eisiger Wind. Glauben Sie nur nicht, ich wüßte das nicht. Mir war vom ersten Augenblick an klar, daß Sie sich dort nicht wohl fühlen würden.« Smith blickte sich langsam in der gemütlichen Küche um und sagte aufatmend: »Das Haus hat eine warme, behagliche Atmosphäre. Hier werden Sie aufleben, es ist die richtige Umgebung für Sie.« Sie beugte sich vor, ergriff Sharons Hand und fügte in eindringlichem Ton hinzu: »Kümmern Sie sich nicht um das Gerede der Leute, Sharon! Seien Sie froh, daß alles so gekommen ist.« Smith warf einen besorgten Blick auf Sharons verschlossenes Gesicht. »Warum sind Sie plötzlich so still, Sharon? Sie werden doch hierbleiben? Oder haben Sie andere Pläne?«

»O nein, nein ...« sagte Sharon schnell. »Natürlich bleibe ich vorläufig hier.« Sie wich dem Blick der älteren Frau aus und fügte vage hinzu: »Einige Wochen bleibe ich bestimmt ... bis zur Hochzeit, meine ich. Was danach wird, weiß ich noch nicht.«

Das Schlagen der Uhr in der Halle ließ Smith aufhorchen. Sie verschob die Frage, die ihr bereits auf der Zunge lag, auf einen späteren Zeitpunkt und erhob sich hastig.

»O je . . .« sagte sie, »jetzt wird es aber höchste Zeit für mich. Bis zum Lunch muß ich zurück sein, sonst fällt meine Abwesenheit auf.« Sie seufzte. »Mein Gott, wie schnell doch die Zeit vergeht, Sharon! Ich wäre gern länger geblieben, aber Sie wissen ja, die Pflicht ruft.«

»Ja, ich weiß«, seufzte Sharon. Sie schloß Smith in die Arme, drückte sie an sich und griff nach ihren Händen. Ihre Augen bettelten. »Ihr Besuch hat mir mehr bedeutet, als ich Ihnen sagen kann, Smith. Als ich Sie draußen vor der Tür stehen sah, wurde mir plötzlich ganz leicht ums Herz.«

»Das beruhigt mich. Und vergessen Sie nicht, was ich Ihnen gesagt habe, Sharon. Wenn Sie mich brauchen, ich bin immer für Sie da.« Auf dem Weg durch die Halle blieb sie zögernd stehen und meinte: »Wenn ich Brown etwas ausrichten soll, Sie brauchen es nur zu sagen.«

»Nein!« sagte Sharon schnell. Sie schüttelte den Kopf. »Nein, Smith, es würde alles noch mehr komplizieren.« Mit einem unsicheren Blick fügte sie hinzu: »Brown ist ein netter Junge, aber mehr als Freundschaft empfinde ich für ihn nicht. Und, verstehen Sie, Smith, ich möchte keine Hoffnungen in ihm erwecken, die ich nicht erfüllen kann. Es wäre nicht fair.«

»Aber Sharon«, wandte Smith vorsichtig ein, »es könnte doch sein, daß sich aus Ihren freundschaftlichen Gefühlen für Brown mit der Zeit mehr entwickelt . . . Liebe, zum Beispiel. Wer weiß, vielleicht . . .«

»Nein, Smith«, widersprach Sharon. Ihr Lächeln verflog. »Ich kenne den Unterschied zwischen Freundschaft und Liebe nur zu gut, glauben Sie mir.« Ein Schatten fiel über ihre Augen. »Liebe, das trifft einen wie ein Blitz, und dann brennt man wie eine Fackel.« Sharons Augen blickten schwermütig und gedankenverloren. Sie sah Smith nicht an, als sie leise hinzufügte: »und nichts ... nichts auf der Welt vermag dieses Feuer zum Erlöschen zu bringen.«

»Ja, vielleicht ist es wirklich so«, sagte Smith betroffen. Ihre Augen waren plötzlich wachsam. Sie stand an der Tür, die Hand bereits auf dem Türknopf und schaute zu Sharon auf. Ihre Lippen zitterten, während sie zu lächeln versuchte.

»Vielleicht ist es so, Sharon«, wiederholte Smith leise. »Aber vergessen Sie nicht: nur den wenigsten von uns gelingt es, die Sterne vom Himmel herunterzuholen ...«

XXII

Mit welchem Ernst Lion seine politischen Pläne verfolgte, zeichnete sich von Tag zu Tag deutlicher ab. Sharon fand sich stillschweigend damit ab, daß er die meiste Zeit außer Haus verbrachte. Es hatte keinen Sinn, die Augen vor der Tatsache zu verschließen, daß die Politik den ersten Platz in Lions Leben einnahm. Die Heirat mit Priscilla, persönliche Neigungen, Privatleben – das alles waren Fragen untergeordneter Bedeutung.

Zu dem Kreis von Delegierten aus sieben Staaten, der sich in diesen Tagen in Philadelphia um James Madison und Benjamin Franklin versammelte, gehörten fünfundfünfzig Männer: Reeder, Fabrikanten und Staatsmänner aus dem Norden, Pflanzer und Gelehrte aus dem Süden. Die Hälfte waren Rechtsanwälte. Neunundzwanzig waren promovierte Akademiker englischer und amerikanischer Hochschulen.

Da Fragen von größter Wichtigkeit zur Debatte standen, nahm Lion fast an jeder Zusammenkunft der Versammlung teil.
Vorschläge wurden eingebracht und verworfen. Der Süden hegte die ernste Befürchtung, es könne versucht werden, in der Verfassung die Abschaffung der Sklaverei auszurufen – einer der Ihren, George Mason, hatte dies tatsächlich vorgeschlagen. Der Vorschlag wurde jedoch abgelehnt.
Es waren hektische Wochen für Lion und verwirrende Wochen für Sharon. Wenn sie sich abends für ihn anzog, dann allein bei Tisch saß, in dem großen Stuhl im Salon wartete, bis die Uhr neun schlug und sie schließlich sicher war, daß er nicht mehr kommen würde, versank sie in vollkommene Lethargie. Und doch war sie in Lions Haus auf merkwürdige Weise von dem Gefühl erfüllt, nach langer Zeit endlich wieder festen Boden unter den Füßen zu haben. Sie fragte sich immer noch, ob sie sich nicht selbst belog. Aber sie gab nicht auf. Die Hoffnung in ihrem Herzen, daß Lion und sie für den Rest ihres Lebens zusammenbleiben würden, wollte nicht sterben.
Lion versuchte auf seine Art, Sharon für die einsamen Stunden zu entschädigen: er überschüttete sie mit Geschenken. Die größte Überraschung wartete jedoch auf sie, als sie ihn eines Tages während eines Spaziergangs durch den Garten zu den Pferdeställen begleitete. Vor einer der Boxen blieb er stehen.
»Du bist auffallend blaß in letzter Zeit«, sagte er obenhin. »Ich finde, es wird höchste Zeit, daß du dir etwas Bewegung in der frischen Luft verschaffst.«
Sharon blickte verwirrt zu ihm auf. »Du bist doch eine passionierte Reiterin«, fuhr Lion mit der größten Gemütsruhe fort. »Von meinen beiden Hengsten kann ich

dir keinen zur Verfügung stellen, die brauchen eine starke Hand.« Immer noch lächelnd, verschwand er in der Pferdebox und kam nach einigen Sekunden mit einer rassigen kleinen Stute zurück. »Was hältst du von dieser hübschen kleinen Stute?« fragte er. »Angeblich ist sie sanft wie ein Lamm. Genau das richtige für dich.«

»Oh!« sagte Sharon hingerissen, als sie das herrliche Pferd sah. Sie wurde erst sichtbar blaß, um gleich darauf tief zu erröten. Die Stute tänzelte nervös und riß mit leisem Wiehern den schmalen, rassigen Kopf hoch. Ihr rötlich braunes Fell glänzte wie Kupfer in der Sonne, die winzige herzförmige Blesse auf der Stirn leuchtete auf. Sie wieherte noch einmal und blickte Sharon aus klugen, ausdrucksvollen Augen abwartend an.

»Gefällt sie dir?« fragte Lion. Er lachte. »Ich hoffe es jedenfalls, denn sie gehört dir.«

»Aber ... aber das geht doch nicht, Lion! Ich kann unmöglich ...« Sharon konnte nicht weitersprechen, sie hatte plötzlich ein merkwürdig beengtes Gefühl im Hals.

Lion küßte sie aufs Haar. »Natürlich kannst du«, sagte er leise. »Ich möchte, daß du wieder ein eigenes Pferd hast. Es hat mich allerhand Mühe gekostet, das passende Pferd für dich zu finden. Jetzt steht es hier, und es ist ganz allein für dich bestimmt, hörst du?«

Es war Liebe auf den ersten Blick. Unwillkürlich streckte Sharon die Hand aus und liebkoste die weichen Nüstern der Stute. »Hat sie auch einen Namen?« fragte sie, als sie ihrer Stimme wieder mächtig war.

»Bis jetzt nicht«, erwiderte Lion. Betont fügte er hinzu: »Gib du ihr einen Namen, es ist ja auch dein Pferd. Ganz gleich, was passiert, das Pferd gehört dir ... für immer und alle Zeiten. Du wirst es behalten, als Zeichen meiner Liebe, Sharon.«

Sharon schluckte, ihr schossen plötzlich die Tränen in die Augen. »Wie . . . wie heißt das Pferd, das du am liebsten reitest«, fragte sie, ohne Lion anzusehen, » . . . dieser große schwarze Hengst?«
»Du meinst wahrscheinlich Hellfire, das beste Pferd im Stall.«
»Hellfire?« Sharon schmiegte ihr Gesicht an den Kopf der Stute. »Dann weiß ich auch schon, wie wir die Stute nennen«, sagte sie leise. Durch einen Schleier von Tränen blickte sie Lion an. »Wir werden sie Heaven nennen, Lion.«

»Übrigens, bevor ich es vergesse«, sagte Lion, als sie zusammen zum Haus zurückgingen, »eine gute Bekannte von mir – Madame Millet – wird vermutlich heute nachmittag hier aufkreuzen, um Maße für ein Reitkostüm bei dir zu nehmen!« Er sagte es ganz beiläufig und fügte ebenso beiläufig hinzu: »Sie wird eine Kollektion von Stoffen mitbringen, die ich für dich ausgesucht habe.«
»Eine Kollektion von Stoffen . . . wieso?« Sharon blieb stehen und starrte Lion entgeistert an. Er erwiderte ihren verstörten Blick mit einem offenen, gewinnenden Lächeln.
»Sehr einfach!« gab er gelassen zurück. »In deiner Eigenschaft als Hausdame brauchst du eine anständige Garderobe. Deshalb habe ich Madame Millet beauftragt, ein paar Kleider für dich anzufertigen.« Mit einem kurzen Blick auf Sharons entsetzte Miene fügte er hinzu: »Nicht, daß du auf den Gedanken kommst, du gefielst mir nicht in dem selbstgenähten Kleid . . . du siehst entzückend darin aus. Aber etwas Abwechslung könnte nicht schaden, findest du nicht?«
Die erregten Proteste, die Sharon sich bereits zurechtge-

legt hatte, blieben ihr im Hals stecken. Seltsam, eine einzige Bemerkung Lions bewirkte, daß sie sich plötzlich ihres Aussehens bewußt wurde, etwas, das sie seit geraumer Zeit kaum mehr interessiert hatte. Sie fragte sich, wie sie in den Augen dieses Mannes in ihrer unscheinbaren Dienstkleidung wohl aussehen mochte. Die Antwort lag auf der Hand: er war es leid, sie als graue Maus im Haus herumhuschen zu sehen, und das Kleid aus weißer chinesischer Seide hing ihm wahrscheinlich inzwischen ebenso zum Hals heraus.
Die Erkenntnis war schmerzlich, aber sie bewirkte, daß Sharon sich wortlos Lions Willen beugte. Sie empfing Madame Millet, die Besitzerin eines der renommiertesten Modeateliers der Stadt, noch am selben Nachmittag und ließ sie geduldig Maß nehmen.
Eine Woche später hingen fünf elegante Kleider in Sharons Kleiderschrank. Die Stoffe, die Lion für sie ausgesucht hatte, zeugten von untadeligem Geschmack: lavendelblaue Seide mit weißen Streifen, weißer Musselin mit Brüsseler Spitzen, Kleider für den Tag mit schlichten Tupfen- und Pünktchenmustern, sowie ein Kleid aus blaßlila Pongéseide – eine der Farben, die Sharon am besten standen, und die sie besonders liebte.
Sie mußte an den Tag denken, an dem er sie mit der Stute überrascht hatte, als sie das blaßlila Kleid vor dem Spiegel an sich glattstrich. Seltsam ... Lion brauchte nur zu lächeln, und schon geriet ihre innere Abwehr ins Wanken. Sie war diesem Lächeln hilflos ausgeliefert, und er wußte es. Er war ein Blender, aber sie liebte ihn.

XXIII

Je deutlicher sich der Tag seiner Hochzeit am Horizont abzeichnete, desto weniger konnte sich Lion der niederschmetternden Erkenntnis verschließen, sich in einem Netz verfangen zu haben, das sich unaufhaltsam fester zuzog, und aus dem es kein Entweichen gab. Er war in die Falle gelaufen, die er sich selbst gestellt hatte.

Die unvermeidlichen Besuche in Mansion House wurden ihm zur lästigen Pflicht, die er möglichst hinausschob und nur absolvierte, wenn es sich nicht umgehen ließ. Er ergriff jede Gelegenheit, um Priscilla aus dem Wege zu gehen. Er ersann die unmöglichsten Ausreden, um jede Begegnung mit ihr zu vermeiden, ja vergaß sogar, überhaupt an sie zu denken.

Als er sich notgedrungen Anfang April zu einem längst fälligen Besuch in Mansion House aufraffte, betrug die Frist bis zur Hochzeit, die vor der Abreise zur Amtseinführung Washingtons in New York stattfinden sollte, noch knapp drei Wochen. Düsterster Stimmung machte sich Lion auf den Weg und malte sich unterwegs aus, was ihn in Mansion House erwartete: zwei hysterische Weiber, die ihn mit Vorwürfen überschütten und mit endlosem Geschnatter über bevorstehende gesellschaftliche Ereignisse langweilen würden.

Das erste, was Lion sah, als er mit einem unterdrückten Fluch in die Einfahrt nach Mansion House einbog, war Priscilla. Der Anblick der einsam zwischen den Sträuchern herumschlendernden, in zartgelben Voile gehüllten Gestalt mit dem breitrandigen Sonnenhut dämpfte Lions Grimm etwas. Die Tatsache, daß er Priscilla ausnahmsweise einmal nicht in Anne Binghams Begleitung antraf, konnte nur bedeuten, daß Anne ausgefahren war. Ein Glück, daß er seinen Besuch nicht angekün-

digt hatte, sonst wäre sie wahrscheinlich zu Hause geblieben. Unwillkürlich beschleunigte Lion seine Schritte. Er wollte das Rendezvous, das seit Tagen wie ein Schwert über seinem Haupte hing, möglichst rasch hinter sich bringen.
Zu Lions nicht geringer Verwunderung blieben die erwarteten Vorwürfe aus. Statt dessen setzte Priscilla zur Begrüßung ihr strahlendstes Lächeln auf. Ihre heitere Miene täuschte, in Wirklichkeit kochte sie vor Empörung über Lions unverzeihliches Benehmen. Er vernachlässigte sie in letzter Zeit in geradezu sträflicher Weise und ließ sich oft tagelang nicht blicken. Weiß Gott, wo er sich herumtreiben mochte. Sie hatte sich vorgenommen, ihm einen gehörigen Auftritt zu machen, überlegte es sich jedoch in letzter Sekunde anders, gewarnt durch das stählerne Funkeln in seinen Augen. Sie zog Lion in die Allee, die zu den Vogelvolieren führte und verwickelte ihn in eine scheinbar unverfängliche Unterhaltung über die bevorstehenden politischen Ereignisse.
Lion hörte zerstreut zu und dachte sich seinen Teil. Er kannte Priscilla zu gut, um auf ihre lächelnde Miene hereinzufallen und wurde den Verdacht nicht los, daß sie irgend etwas im Schilde führte. Noch während er sich den Kopf darüber zerbrach, was sie nun wieder mit ihrem Lächeln und ihren Kniffen vorhatte, blieb Priscilla stehen und drehte sich zu ihm um.
»Lion?«
»Hm?« Lion, der sich gerade vorgebeugt hatte, um von einer der Blumenrabatten ein Büschel Unkraut zu entfernen, richtete sich langsam auf.
»Es gibt noch ein paar wichtige Einzelheiten bezüglich der Hochzeit, die ich mit dir besprechen wollte«, sagte Priscilla. Sie blickte zu ihm auf, das Lächeln ver-

schwand von ihrem Gesicht. »Aber da wäre noch eine gewisse Angelegenheit, über die wir uns vorher unterhalten sollten.«

»Ah, ja?« Lion zog spöttisch eine Augenbraue hoch.

»Ja. Es geht um . . . um diesen Landsitz, diese Markwood-Villa. Wie ich höre, hast du das Haus gekauft, ohne mir gegenüber auch nur ein Wort darüber verlauten zu lassen. Stimmt das?«

»Natürlich stimmt es. Wieso?« Lions helle Augen musterten Priscilla kritisch.

»Das hatte ich befürchtet«, sagte Priscilla völlig gebrochen. Mit einem feinen Gefühl für Dramatik ließ sie sich mit dem Rücken gegen den Stamm einer Trauerweide sinken und blickte anklagend zu ihm auf. »Das Haus soll sich in einem haarsträubenden Zustand befinden . . . ein uraltes, baufälliges Gemäuer, in dem es auch noch spuken soll! Es ist ein Unglückshaus, sagen die Leute. O Lion, wie konntest du nur!« Priscilla rang die Hände. »Ich bitte dich, verkauf diese Villa wieder. Ich kann dort nicht leben, ich würde mich zu Tode ängstigen. Anne findet auch, du solltest lieber ein neues Landhaus bauen. Sie sagt, in der Nähe von Landsdowne gäbe es die herrlichsten Grundstücke, und . . .«

»Und was Anne sagt, ist natürlich das einzige Richtige!« fiel Lion ihr ins Wort. Sein Lächeln war vielsagend – und zynisch. Jetzt wußte er doch wenigstens, was Priscilla mit ihrer Unschuldsmiene bezweckt hatte. Es schien ihm, als ob eine Nebelwand sich gehoben hätte und er endlich klar sähe. Wortlos starrte er Priscilla an. Lion holte tief Atem, sein Gesicht verfinsterte sich. »Ich werde den Teufel tun«, sagte er grimmig, »und ein Haus in Landsdowne bauen, möglichst Tür an Tür mit den Binghams! Damit ihr beide mich an die Kette legen könnt wie einen Hofhund – du und Anne.« Lions Stimme wurde eisig. »Das schlag dir aus dem Kopf. Es kommt nicht in Frage!«

»Aber Lion . . . ich . . .« stammelte Priscilla. Ein eisiger Blick Lions brachte sie zum Schweigen.

»Jedes weitere Wort erübrigt sich!« erklärte er scharf. »Ich habe dir übrigens auch etwas zu sagen, bevor ich gehe, meine Liebe. Zur Zeit bin ich derart mit Arbeit überlastet, daß ich zu privaten Dingen nicht mehr komme. So leid es mir tut, wir werden die Hochzeit auf einen späteren Termin verschieben müssen. Wenn es sich machen läßt, heiraten wir in New York – wenn nicht, dann eben später nach unserer Rückkehr hierher. Tut mir leid, meine Liebe, aber die Umstände zwingen mich dazu, wie du siehst.«

Priscilla stand völlig erstarrt da, rang mit den Tränen und fand keine Erwiderung. Es war zu ungeheuerlich.

Lions Lippen streiften flüchtig ihre Wange. »Bis bald also, meine Liebe«, sagte er obenhin, drehte sich um und ging quer über den Rasen auf das Eingangstor des Parks zu.

Als er das Tor hinter sich hatte, blieb er mit einem tiefen Atemzug stehen. Langsam atmete er aus. Und dann warf er den Kopf zurück und lachte und lachte . . .

In Sharons Augen war der neue Reitdreß die Krönung der atemberaubenden Kleiderkollektion. Madame Millet war zwar aus allen Wolken gefallen, als Sharon zusätzlich zu dem allgemein üblichen Reitkostüm passende Breeches bestellte, aber schließlich hatte ihr gesunder Geschäftssinn doch den Sieg über die anfänglich geäußerten Bedenken davongetragen. Sie hatte nicht nur die Breeches angemessen und pünktlich zusammen mit den übrigen Sachen geliefert, sondern Sharon zudem im Verlauf der einzigen Anprobe auf eine wahrhaft abenteuerliche Idee gebracht.

»Sie sehen entzückend aus!« stellte Madame Millet ehrlich begeistert fest, als Sharon sich in den halbfertigen Reithosen vor dem Spiegel in ihrem Zimmer hin – und herdrehte. »Einfach hinreißend! Ich sage ja immer: auf die Figur kommt es an! Wenn man Figur hat, kann man sich alles leisten. Mit Ihrem zierlichen Körperbau könnte man Sie glatt für einen Jungen halten. Wenn Sie das herrliche lange Haar nicht hätten! Kein Mensch würde auf die Idee kommen, daß Sie eine junge Dame sind.«

Sharon horchte auf. Sie warf der aufgeregt um sie herumtänzelnden Französin einen nachdenklichen Blick zu. »Das Haar könnte man hochstecken und unter einer Mütze verschwinden lassen«, sagte sie schließlich langsam.

Madame Millet kicherte. »Und den Busen könnte man auch einschnüren.« Sie klatschte in die Hände. »Stellen Sie sich nur vor, Sie könnten in Ihren Breeches ausreiten, ohne erkannt zu werden! Auf diese Weise würden sie jedenfalls dem Skandal aus dem Wege gehen, zu dem es unweigerlich kommen wird, wenn Sie sich als Dame in der Öffentlichkeit in Reithosen blicken lassen. Sie ahnen ja nicht, wie schrecklich bourgeois die Leute hier sind, einfach *entsetzlich*, sage ich Ihnen!«

Ihre Worte fielen auf fruchtbaren Boden. Sharon beschloß auf der Stelle, Madame Millets Idee bei erster Gelegenheit in die Tat umzusetzen. Aus Angst, einem ihrer früheren Bekannten vor die Füße zu laufen, hatte sie es bisher ängstlich vermieden, sich mit Lion in der Stadt blicken zu lassen. Die abenteuerlichsten Ausreden hatten herhalten müssen, um ihn davon abzubringen, sie zum Aussuchen der Möbel für die Markwood-Villa mitzunehmen. Jetzt würde er keine Gelegenheit mehr

haben, sich über ihr mangelndes Interesse zu beklagen. Er würde zwar nicht schlecht staunen, wenn er sie in den Breeches zu Gesicht bekam, aber sie hatte schon die plausibelste Ausrede der Welt parat.
Die rettende Idee kam sozusagen in letzter Minute. Lion trieb die Instandsetzungsarbeiten in der Markwood-Villa mit eiserner Zielstrebigkeit voran. Als Sharon das erstemal mit Heaven ausritt, hatte sie der Versuchung nicht widerstehen können, einen Blick in die alte Villa auf dem Hügel zu werfen. Sie hatte ihren Augen nicht getraut. Ein Heer von Handwerkern trampelte durch das Haus, von früh bis abends wurde gehämmert, gestemmt, gebohrt und gesägt. Überall lagen Muster von Stoffen, Tapeten und Edelhölzern herum. Der penetrante Geruch von Leim und Farbe zog durch alle Räume. Ohne jeden Zweifel standen die Renovierungsarbeiten unmittelbar vor dem Abschluß, was nicht mehr und nicht weniger bedeutete, als daß der Möbelkauf sich nicht länger hinausschieben ließ.
Wie recht Sharon mit ihrer Vermutung hatte, stellte sich schon einen Tag nach Lieferung der Kleiderkollektion heraus. Lion forderte sie nachdrücklich auf, ihn endlich zum Aussuchen der Einrichtung in die Stadt zu begleiten. Zu seiner nicht unbeträchtlichen Verwunderung willigte sie widerspruchslos ein. Sein Erstaunen steigerte sich noch, als sie ihn bat, sie nach dem Frühstück in ihrem Zimmer abzuholen.
Am nächsten Morgen erhob sich Sharon in grauer Morgendämmerung. Keine Sekunde zu früh, wie sich herausstellte, denn das Aufstecken der Haare allein erforderte eine volle Stunde. Strähne für Strähne mußte zu flachen Löckchen aufgerollt und mit winzigen Haarnadeln festgesteckt werden, bis das Haar endlich wie eine enganliegende Kappe ihren Kopf umschloß. Das

Einschnüren des Busens hatte sie sich einfacher vorgestellt. Unter den unmöglichsten Verrenkungen wikkelte sie sich die Stoffstreifen um den Oberkörper, die Madame Millet in stillschweigender Übereinkunft der Kleiderlieferung beigefügt hatte. Sie zog, zerrte und keuchte vor Anstrengung, aber die Mühe lohnte sich. Als das gewünschte Resultat endlich erreicht war, bekam sie zwar kaum noch Luft, aber sie war vorn platt wie ein Brett. Der Rest war eine Frage von Minuten: die Breeches, die Jacke des Reitkostüms, die Schirmkappe, und Sharon atmete auf. Sie war fertig, Lion konnte kommen.

Der Anblick des eigenen Spiegelbildes bereitete ihr ein geradezu diebisches Vergnügen. Alles saß wie angegossen, die Verkleidung war perfekt. Jeder, der sie sah, mußte sie für einen Jockey oder Groom halten. Verräterisch waren höchstens die ungewöhnlich langen Wimpern und der zarte Teint, aber so genau würde schon niemand hinsehen.

Mit langen Schritten durchquerte Sharon das Zimmer. Herrlich, diese Breeches! Endlich konnte sie wieder frei ausschreiten, ohne daß ihr ständig ein Haufen Röcke um die Beine schlenkerte. Endlich brauchte sie nicht mehr sittsam im Damensattel dahinzuschleichen und konnte im Herrensattel wie der Wind über Stock und Stein brausen! Ihre Freude kannte keine Grenzen.

Als Lion wenig später nach kurzem Anklopfen das Zimmer betrat, glaubte er im ersten Augenblick, an Halluzinationen zu leiden. Wie vom Donner gerührt, blieb er an der Tür stehen und starrte ungläubig die Gestalt in der Mitte des Zimmers an, die sich langsam um sich selbst drehte.

Sharon lächelte ihn strahlend an. »Du sagst ja gar nichts. Gefällt dir mein neues Reitkostüm nicht?«

»Sharon!« Zum erstenmal in seinem ganzen bisherigen Leben verschlug es Lion die Sprache.
Sharon lachte hellauf. »Findest du die Idee nicht ausgesprochen genial? Kein Mensch wird mich erkennen ... ist das nicht herrlich?« Die Worte sprudelten nur so aus Sharon heraus. »Stell dir nur vor, Lion, wir können überall zusammen hingehen und ...«
»Was denn, in Breeches und Reitstiefeln?« fragte Lion entgeistert. »Bist du total verrückt geworden?«
Langsam, immer noch vollkommen erschüttert, ging er auf Sharon zu und blieb kopfschüttelnd vor ihr stehen. Eine Zeitlang musterte er sie kritisch; der Ausdruck auf seinem Gesicht verflüchtigte sich, und plötzlich glomm in seinen Augen etwas wie Bewunderung auf. Den Anflug eines Lächelns um die Lippen, trat er auf Sharon zu, packte sie an den Schultern und drehte sie langsam um die eigene Achse. »Es ist ungeheuerlich!« murmelte er, während er ihre schlanken Hüften und schließlich die Vorderseite ihres Reitjacketts betastete. »Mein Gott, Sharon, wie hast du das nur angestellt? Du siehst tatsächlich aus wie ein Junge! Was hast du mit deinem Haar gemacht?« Lion schluckte, bevor er verlegen hinzufügte: » ... und ... und so weiter?«
»Nun ja,« sagte Sharon nicht minder verlegen, »sehr bequem ist es nicht, das muß ich zugeben. Aber Jungen haben nun mal eine andere Figur als Mädchen, und es sollte doch echt wirken.« Mit feuerrot angelaufenem Gesicht fügte sie hinzu: »Du brauchst keine Angst zu haben, ich habe mein Haar nicht abgeschnitten, ich habe es nur aufgesteckt. Und den Busen habe ich eingeschnürt.«
Lion fuhr sich nervös mit den Fingern durchs Haar, »Es ist nicht zu fassen! Auf so eine verrückte Idee kannst auch nur du kommen. Keine Frau auf der ganzen Welt würde sich freiwillig ...«

»Ich bin nicht irgendeine Frau!« unterbrach Sharon ihn hitzig. »Ich bin ich, und man muß mich so nehmen wie ich bin!«

»O Sharon!« seufzte Lion mit resigniertem Kopfschütteln. Das Lächeln in seinen Augen verriet Sharon, daß sie gewonnen hatte. Sie griff nach seiner Hand. »Sei mir nicht böse, Lion!« bettelte sie. »Ich hab's doch nur getan, weil ich nicht möchte, daß Priscilla oder Anne Bingham uns zusammen sehen. Wenn ich Ihnen in dieser Verkleidung begegne, erkennen sie mich bestimmt nicht.« Sie zog ihn zur Tür. »Und jetzt komm, wir wollen gehen. Es wird wundervoll . . . ein richtiges Abenteuer!« Vorsichtig öffnete sie die Tür, lauschte einen Augenblick hinaus und flüsterte, während sie ihn in die Halle zog: »Am besten verschwinden wir durch die Hintertür. Auf keinen Fall dürfen Wong oder Prudence mich in diesem Aufzug sehen. Komm mit, aber mach ja keinen Lärm!«

Eine ganze Woche lang, jeden Tag um dieselbe Stunde, schlichen sich Sharon und Lion wie zwei Verschwörer aus dem Haus, und es dauerte nicht lange, bis Lion sich eingestand, daß er bei den gemeinsamen Streifzügen durch die Stadt das gleiche unbändige Vergnügen empfand wie Sharon. Er amüsierte sich königlich über die resolute kleine Weibsperson, die mit übertrieben langen Schritten neben ihm hermaschierte und mit verstellter Stimme mit den Möbelverkäufern verhandelte. Es kostete ihn einige Überwindung, die Hände von Sharon zu lassen. Am liebsten hätte er sie auf offener Straße umarmt und weiß Gott was mit ihr angestellt. So überzeugend Sharon tagsüber ihre Rolle als männliches Wesen spielte, so ging doch abends eine seltsame Verwandlung mit ihr vor. Sie verschwand in ihrem Zimmer

und kam als eine andere wieder zum Vorschein. Jeden Abend trug sie ein anderes Kleid, ihr prachtvolles Haar schimmerte und ihre Augen leuchteten wie Amethyste. Und wenn sie durchs Zimmer ging, wehte ihm ein zarter Maiglöckchenduft entgegen. Lion fand sie verführerischer und schöner denn je – und er begehrte sie leidenschaftlicher denn je. Heimlich verfluchte er die Stunde, in der er sich zu dem Versprechen hatte hinreißen lassen, sie nicht anzurühren, nur um sie nicht endgültig zu verlieren. Die selbstauferlegte Enthaltsamkeit zerrte an seinen Nerven, und doch brachte er es nicht fertig, Sharon aus dem Weg zu gehen. Im Gegenteil, er verbrachte fast jeden Abend mit ihr und verdrängte jeden Gedanken an Priscilla, die er von Tag zu Tag mehr vernachlässigte. Sharons gleichbleibende Freundlichkeit, die in seinen Augen nichts anderes war als bewußte Zurückhaltung, machte ihn rasend. Trotzdem verlor er keinen Augenblick die Gewalt über sich und versagte sich jede, auch die kleinste Zärtlichkeit. Obwohl er manchmal den Eindruck hatte, daß sie sich heimlich nicht weniger vor Sehnsucht verzehrte als er, wagte er nicht einmal, sie zu küssen, aus Angst, er könne die Kontrolle über sich verlieren und in einem Anfall kopfloser Raserei alles zerstören.
So verging Tag um Tag, Abend um Abend. Es waren für Lion Tage und Nächte innerer Zerrissenheit und stummen Haderns gegen sich selbst. Es gab Abende, an denen Sharon sich frühzeitig zurückzog. Dann saß Lion halbe Nächte lang vor dem Kamin und starrte, in finsteres Brüten versunken, in die allmählich verlöschenden Flammen. Das Ergebnis seines Grübelns war immer dasselbe. Die Situation, in der er sich befand, war ausweglos, und das schlimmste war – er selbst hatte sie heraufbeschworen.

Anfang April war die Inneneinrichtung der Markwood-Villa bis auf das Schlafzimmer komplett. Vergeblich hatte Sharon gehofft, Lion würde beim Aussuchen der Schlafzimmermöbel auf ihren Rat verzichten und sie zu Hause lassen. Aber alle Ausflüchte nützten nichts – sie mußte mit. Lion legte Wert auf Qualität. Von Schnörkeln und Verzierungen hielt er nichts, dafür um so mehr von erstklassiger handwerklicher Arbeit. Entsprechend fiel die Ausstattung von Lions Schlafzimmer aus: edle Hölzer, schlichte, klare Linien. Ob sie wollte oder nicht, Sharon konnte nicht umhin, seinen untadeligen Geschmack zu bewundern.

Der kritische Augenblick war erreicht, als es um das Problem ging, das Zimmer für die Dame des Hauses einzurichten. Sharon hielt sich bewußt zurück; sie überließ es John Folwell, dem Geschäftsinhaber, Lion beim Aussuchen der Möbel zu beraten. Man einigte sich schließlich auf ein elegantes Bett und die entsprechenden Accessoires. Obwohl während der ganzen Transaktion Priscillas Name nicht ein einziges Mal genannt wurde, stand Sharon Qualen aus. Verzweifelt kämpfte sie gegen ein Schwindelgefühl an, das sie von einer Sekunde zur anderen befiel und ihr Übelkeit verursachte. Als sie nach endlosen Stunden das Geschäft verließen, war Sharon blaß bis in die Lippen.

Lion warf ihr einen scharfen Blick zu und wußte, woran er war. »Das hätten wir geschafft«, bemerkte er in betont ungezwungenem Ton. »Jetzt brauchen die Möbel nur noch geliefert zu werden, und das Haus ist fertig.«

»Wäre es nicht vernünftiger, die Möbel erst kommen zu lassen, wenn die Teppiche liegen?« fragte Sharon gleichgültig.

»Die werden schon morgen früh geliefert. Hoffentlich sind bis dahin die Maler fertig. Es wäre alles kein Pro-

blem, wenn genügend Dienstboten zur Stelle wären.« Er runzelte die Stirn. »Ich habe mich viel zu spät darum gekümmert. Nun, wir werden sehen.«
»Bei den meisten Leuten ergeben sich solche Probleme überhaupt nicht«, meinte Sharon. »Die setzen in solchen Fällen einfach ihre Sklaven ein. Es gibt ja genügend davon. Fast jeder hält sich doch mindestens ein halbes Dutzend Sklaven.«
»Ich nicht.« Der ungläubige Blick, den Sharon ihm zuwarf, amüsierte Lion. Lächelnd fügte er hinzu: »Du kennst ja meinen Standpunkt. Meiner Ansicht nach sollte die Sklaverei abgeschafft werden.«
»Ich weiß, Lion«, sagte Sharon beschwichtigend. »Und ich gebe dir recht. Ich bin auch für die Abschaffung der Sklaverei. Mich brauchst du nicht überzeugen. Du solltest lieber versuchen, deine zukünftige Frau zu deinen Ansichten zu bekehren. Die steht nämlich auf einem ganz anderen Standpunkt.«

Im Trubel der Straßen verflüchtigte sich Sharons Niedergeschlagenheit. Ein seidig blauer, wolkenloser Himmel spannte sich über der Stadt, die Sonne hatte die Menschen aus den Häusern gelockt. Das strahlende Frühlingswetter vertrieb die Schatten auf Sharons Gesicht, sie fand ihr fröhliches Lachen wieder, und ihre tiefblauen Augen leuchteten vor Glück. Es gab so viel zu sehen: die eleganten Kleider der Damen, die mit ihren Sonnenschirmen durch die Straßen flanierten, die Auslagen in den Geschäften, ganz zu schweigen von den rassigen Pferdegespannen der vorüberfahrenden Kutschen. Aber der ganze Glanz verblaßte vor der Tatsache, daß es Lion war, der ihr dies alles zeigte.
Strahlender Laune, charmanter und aufmerksamer denn je, machte er Sharon auf jedes bemerkenswerte

Gebäude, auf jede Sehenswürdigkeit aufmerksam. Er führte sie zum Indian Head Tavern, wo Thomas Jefferson, einer der Mitbegründer der neuen Verfassung, in einem Hinterzimmer die Unabhängigkeitserklärung ausgearbeitet hatte. Lion machte kein Hehl aus seiner Bewunderung für den kompromißlosen Demokraten Jefferson.

Vom Indian Head Tavern führte der Weg zur Carpenters Hall, wo 1774 der erste Kolonialkongreß zusammengetreten war; dann zum Penn Square, auf dem sich das aus Granit und weißem Marmor errichtete Stadthaus mit seinem über hundert Meter hohen Turm erhob, auf dessen Spitze sich ein Standbild Penns, des Gründers der Stadt Philadelphia befand.

In ehrfürchtiges Schweigen versunken stand Sharon schließlich neben Lion vor der Independence Hall. Die Bedeutung des schlichten Gebäudes war ihr aus vielen Erzählungen und Berichten bekannt, die sie im Hause ihrer Eltern gehört hatte. Hier hatte die Freiheitsglocke 1776 die Geburtsstunde der Föderation eingeläutet, der Vereinigten Staaten von Amerika, während der Kongreß die Unabhängigkeit der Vereinigten Kolonien proklamierte. Vier Jahre alt war sie damals gewesen. Beschreibungen der Stadt Philadelphia und der Independence Hall hatten ihre Kinderzeit begleitet, bedeutende Männer wie Washington, Jefferson und Madison hatten in begeisterten Schilderungen die Stadt und die Independence Hall gewürdigt, wenn sie zu Besuch in Hickory Grove weilten. Und doch hatte keine dieser Schilderungen sie auf den Aufruhr vorzubereiten vermocht, der in dem Augenblick ihre Brust zu sprengen drohte, als Lion sagte: »Das ist sie! Die Independence Hall mit der Freiheitsglocke.«

Gewissenhaft und überpünktlich, wie es seiner Art entsprach, war Robert Morris einen vollen Monat vor den übrigen Kongreßmitgliedern nach New York aufgebrochen. Am Abend des sechsten April sandte er einen Eilbrief an seine Frau in Philadelphia ab.
Der Brief traf zwei Tage später in Philadelphia ein, wurde ohne Verzögerung zugestellt und von einem atemlosen Postboten an der Tür der Morris'schen Residenz einem livrierten Lakaien übergeben. Dem großbürgerlichen Stil des Hauses entsprechend, beförderte der Lakai das versiegelte Dokument auf einem silbernen Tablett in den Salon, wo sich einige Minuten zuvor Mary Morris mit ihren Gästen Anne Bingham, Priscilla Wade und Eliza Powell zum Tee niedergelassen hatte.
Die Aufregung war unbeschreiblich. Endlich Nachricht aus New York, endlich würde man erfahren, an welchem Tage man die lang erwartete Reise antreten würde!
Nachdem Mary Morris den Brief ihres Gatten unter dem atemlosen Schweigen der versammelten Damen geöffnet und seinen Inhalt bekanntgegeben hatte, brach allgemeiner Jubel aus. Washington zum Präsidenten ernannt, sie hatten es ja gewußt! Und Thomas befand sich bereits auf dem Wege nach Mount Vernon, um dem General die freudige Nachricht zu überbringen? Mein Gott, wie aufregend! Am dreißigsten April sollte in New York die Amtseinführung stattfinden, das glanzvollste gesellschaftliche Ereignis aller Zeiten. Himmlisch . . . einfach unbeschreiblich! Ob man die Toiletten in New York oder in Philadelphia anfertigen lassen sollte? Lieber in New York, dort gab es Pariser Modeateliers, da kam Philadelphia nicht mit. Man bedenke nur, wen man in New York treffen würde . . . alles, was Rang und Namen hatte!

Priscilla, die sich immer dann langweilte, wenn sich die Unterhaltung nicht ausschließlich um ihre eigene Person drehte, unterdrückte ein Gähnen. Sie gab Anne Bingham durch Zeichen zu verstehen, sie möge ihr in die Halle folgen und ging hinaus. Anne folgte ihr auf dem Fuße. Sie war in angeregtester Stimmung und hätte die ganze Welt umarmen mögen.
»Was hast du denn?« fragte sie. »Ist dir nicht gut?«
»Das ist es nicht. Aber ich langweile mich entsetzlich. Ich dachte, du könntest mir vielleicht das Haus zeigen?«
»Natürlich . . . komm!« Anne lachte. »Das Haus gefällt dir, wie? Mich wundert das nicht. Jeder fühlt sich hierwohl, dabei ist es nicht mal besonders luxuriös. Washington war ganz begeistert von dem Haus«, sagte Anne, während sie die Treppe zum oberen Stock hinaufgingen.
»Washington wohnt doch in Mount Vernon . . . wieso kennt er dieses Haus überhaupt?«
»Robert Morris hatte es ihm zur Verfügung gestellt, als die Constitutional Convention wochenlang hier in Philadelphia tagte.« Anne deutete auf den glänzend gebohnerten Parkettboden. »Man kann sagen, was man will, Mary hält ihr Haus tadellos in Ordnung. Sieh nur die Messingbeschläge an den Türen und Fenstern . . . wie das alles blitzt und blinkt! Sollte Philadelphia Regierungssitz werden, wird General Washington sicher versuchen, Robert Morris das Haus abzuluchsen. Ich würde mich kein bißchen wundern. Es ist wirklich ein schönes, gepflegtes Haus. Obwohl . . .«, fügte Anne Bingham nachträglich hinzu, ». . . mein Stil ist es nicht!«
Es stimmte, von Marmor und überladenem Prunk war in diesem Haus nichts zu erblicken. Dafür besaß es et-

was, das mit Geld nicht aufzuwiegen und nicht zu erwerben war, etwas, von dem man in Mansion House nicht den leisesten Hauch verspürte: Atmosphäre. Mary Morris hatte dem Haus den Stempel ihrer liebenswerten Persönlichkeit aufgedrückt. Die Dekorationen, jedes Bild, jedes einzelne Möbelstück vermittelte den Eindruck unauffälliger Eleganz und erlesenen Geschmacks. Im oberen Stock führte Anne Priscilla zu einem Fenster, von dem aus man einen Blick auf die Blumen und Obstgärten hatte, die sich rings um das Haus zogen. Die Fenster an der Fassade führten auf die High Street hinaus, eine der belebtesten Straßen Philadelphias. Anne Bingham hatte selten Gelegenheit, sich das Leben und Treiben vom Fenster eines Hauses aus anzusehen. Sie legte wenig Wert auf Kontakt mit dem ›Pöbel‹, wie sie sich ausdrückte, daher lag Mansion House selbstverständlich in der vornehmsten Wohngegend der Stadt, auf dem sogenannten Prominenten-Hügel.

Während Priscilla sich in Hester Morris' Schlafzimmer umsah, trat Anne ans Fenster und warf einen Blick auf den Strom von Fußgängern, der sich auf der High Street drängte.

»Schau, schau . . .«, sagte Anne plötzlich in spöttischem Ton. »Der völlig mit Arbeit überlastete Mr. Hampshire mischt sich unter das gemeine Volk! Und ich hielt ihn immer für einen Snob. Jetzt weiß ich doch wenigstens, warum er von seiner Kutsche kaum noch Gebrauch macht. Auf den Gedanken, er könne sich bei der Tuchfühlung mit dem Pöbel eine ansteckende Krankheit holen, kommt er wohl nicht.« Annes Augen wurden plötzlich schmal, sie beugte sich noch weiter vor. »Dein Verlobter scheint sich neues Personal zugelegt zu haben. Er hat einen Jungen bei sich, einen Stallburschen, wie mir scheint. Wer das wohl sein mag? Komm doch

mal her, Priscilla! Kennst du den Jungen? Ich habe ihn jedenfalls noch nie gesehen.«
Priscilla hatte ihren Verlobten in letzter Zeit so selten zu Gesicht bekommen, daß er in ihrem Bewußtsein nur noch als mythische Gestalt existierte. Mehr von Neugier getrieben, trat sie ans Fenster und sah in dieselbe Richtung wie Anne. Sie entdeckte Lion auf den ersten Blick, sein helles Haar leuchtete in der Sonne wie eine Fackel. Der zweite Blick galt dem Jungen an Lions Seite. Priscillas Augen weiteten sich, dann wurden sie vollkommen starr. Sie stand da und starrte auf die Straße hinunter, und sie konnte nicht fassen, was sie sah.
Kennst du den Jungen da unten? hatte Anne gefragt. Genauso gut hätte sie Priscilla nach ihrem Namen fragen können. Das Gesicht des Stallburschen war nicht zu sehen. Es war auch nicht nötig, der Rest genügte. Der schmale Rücken, die schlanke Taille, die Breeches, die Reitstiefel, der unverwechselbare, beschwingte Gang . . . es überlief Priscilla eiskalt.
Es war, als wolle Sharon sie verhöhnen, denn im selben Augenblick wandte sie Lion ihr Gesicht zu und stieß ihr hellklingendes Lachen aus. Priscilla hörte es, und ihr wurde abwechselnd heiß und kalt. Dann drehte Lion sich zu Sharon um. Seine weißen Zähne blitzten auf. Priscilla hatte keine Ahnung, was er sagte, als er sich leicht zu Sharon hinunterbeugte, aber der Ausdruck seines Gesichts ließ Priscilla erbleichen.
Nie, nicht ein einziges Mal in all der Zeit, hatte er sie so angesehen.

XXIV

Jeder, der Marcus Reems kennenlernte, mußte überzeugt sein, einem Mann von großem Selbstbewußtsein gegenüberzustehen. Niemand außer Lion ahnte, daß es Marcus fast zwanzig Jahre seines Lebens gekostet hatte, sich die Maske unerschütterlicher Selbstsicherheit anzueignen, hinter der sich Unsicherheit und Zweifel an sich selbst verbargen. Diese Unsicherheit fraß an ihm und höhlte ihn aus. Was immer er anstrebte und erreichte, ein Blick auf Lion genügte, und der Triumph war ihm vergällt. Was er sich in mühsamer Arbeit erringen mußte, fiel Lion scheinbar mühelos zu – stets war er einen Schritt voraus. Erfolg an sich bedeutete Marcus nichts. Bevor nicht das Ziel erreicht war, das er mit einer Besessenheit ohnegleichen verfolgte, würde er sich nie zufriedengeben. Lion überflügeln, mehr erreichen als er, von ihm beneidet zu werden, – dieser Gedanke verfolgte ihn Tag und Nacht.
An diesem Abend jedoch war die Selbstsicherheit, die Marcus Reems zur Schau trug, nicht gespielt. Endlich, nach all den bitteren Jahren, schien sich das Schicksal zu seinen Gunsten zu wenden. Endlich würde Lion zu spüren bekommen, was es hieß, vom Unglück verfolgt zu sein! Marcus nahm einen zweiten Schluck Cognac und ließ ihn langsam durch die Kehle rinnen. Der alte Claussen war ein Kenner, das mußte ihm der Neid lassen. Sein Cognac war erstklassig ... genau richtig in einer so kalten, regnerischen Nacht.
Marcus ließ seine Augen langsam durch den Raum schweifen. Die Möbel hatten ihre Glanzzeit hinter sich, stellte er zynisch fest. Die Bezüge der Polster hätten längst erneuert werden müssen. Sie waren nicht nur total verschossen, sie wirkten ausgesprochen schäbig. Sein

Blick erfaßte die Uhr. Eigentlich eine Frecheit, ihn fast eine halbe Stunde warten zu lassen. Unter anderen Umständen hätte er sich das nicht gefallen lassen, schon gar nicht von Clarissa. Aber heute ... mit dieser sensationellen Neuigkeit ...

Die Flügeltür zur Halle schwang auseinander und Clarissa schwebte in einer Wolke von zartgrünem Musselin herein. Das Lächeln, mit dem sie Marcus begrüßte, war unsicher und gezwungen.

»Daddy hat dich ja gut versorgt, wie ich sehe«, stellte sie mit einem spöttischen Blick auf die Brandykaraffe fest.

»Dafür wurde meine Geduld ja auch auf eine ziemlich harte Probe gestellt.«

»Wundert dich das, wenn du unangemeldet hier erscheinst? Ich kann mich nicht erinnern, dich eingeladen zu haben.«

»Wenn du wüßtest, was ich dir mitzuteilen habe, hättest du mich nicht so lange warten lassen«, sagte Marcus trocken. Gelassen schenkte er sich den dritten Cognac ein. »Willst du dich nicht setzen, Liebling?«

Achselzuckend nahm Clarissa auf dem Sofa Platz. Sie beobachtete Marcus nervös, seine Bewegungen waren von aufreizender Lässigkeit.

»Du hast Lion nicht mehr gesehen seit diesem Abend auf dem Friedhof, soviel ich weiß«, begann Marcus umständlich. »Wie lange ist das jetzt her? Drei, vier Wochen mindestens ... stimmt's?« Er lachte leise in sich hinein. »Kein Wunder, daß du ein Gesicht machst wie drei Tage Regenwetter.«

»Du weißt genau, wie lange es her ist!« fauchte Clarissa. Nervös zerrte sie an ihrem Rock. »Du hast es gerade nötig, mich an diesen Abend zu erinnern ... ausgerechnet du! Wer hat denn alles verpatzt, etwa ich?« Sie starrte ihn zornig an. »Du hast mir versprochen, die Sache nicht auf sich beruhen zu lassen, Marcus. Geschworen hast du es mir. Und was hast du unternommen? Nichts!«

»Ich würde dir raten, dich um etwas mehr Gelassenheit zu bemühen, meine liebe Clarissa«, erwiderte Marcus ruhig. Er sah sie unverwandt aus seinen unergründlichen Augen an, etwas Lauerndes lag in seinem Blick. »Hattest du wirklich befürchtet, ich könnte mein Wort nicht halten? Oder versagen? Du scheinst mich schlecht zu kennen, meine Süße. Es wird dir gleich klarwerden, wieso.«

Clarissas Wangen röteten sich plötzlich, die Lethargie fiel von ihr ab. Als hätte neue Hoffnung sie beflügelt, sprang sie lebhaft auf und flog auf Marcus zu. Sie setzte sich neben ihn auf das zweisitzige Sofa und legte die Hand auf seinen Arm. »Bitte, halt mich nicht länger hin, Marcus!« bettelte sie. »Was ist geschehen? Hör auf, mich auf die Folter zu spannen . . . sag es mir endlich!«

»So gefällst du mir schon besser.« Marcus tätschelte Clarissas Wange. »Ich komme gerade aus Mansion House, von Priscilla. Wir haben uns lange unterhalten, und ich habe Dinge erfahren, die dich bestimmt interessieren werden. Zum Beispiel scheinen sich in Priscillas Leben gewisse Veränderungen anzubahnen.«

»Ja? Nun rede doch endlich, Marcus!« drängte Clarissa in höchster Ungeduld.

»Ein Jammer, daß die hübsche Priscilla sich mir erst heute anvertraut hat. Hätte sie mir ihr Herz eher ausgeschüttet, wären uns kummervolle Tage erspart geblieben.« Seufzend zündete Marcus sich eine Zigarre an. Die Art wie er sie mit sadistischer Freude dabei beobachtete, machte Clarissa rasend.

»Willst du, daß ich den Verstand verliere?« schrie sie, einem Tobsuchtsanfall nahe. »Warum quälst du mich? Rede endlich!«
»Du bist hinreißend, wenn du deinem Zorn die Zügel schießen läßt, mein blonder Engel«, spöttelte Marcus. »Jetzt habe ich ganz den Faden verloren. Wo waren wir stehengeblieben?«
»Bei Priscilla, dieser Gans! Rede, Marcus, oder, so wahr mir Gott helfe, ich zertrümmere einen Stuhl auf deinem Schädel!«
»Aber, aber . . . was ist das für ein Benehmen!« Marcus verging das Lächeln, als er das stählerne Funkeln in Clarissas Augen sah. »Beruhige dich, Clarissa, ich werde mich kurz fassen. Also, hör zu. Lions Gefühle für Priscilla scheinen inzwischen stark abgekühlt zu sein. Er läßt sich nur noch höchst selten in Mansion House blikken, er vernachlässigt sie in sträflicher Weise. Die Hochzeit hat er auf einen späteren Termin verschoben, unter den unglaubwürdigsten Vorwänden. Mit anderen Worten, die Verlobung wird nur noch zum Schein aufrechterhalten. Lion wollte sich nicht einmal auf einen neuen Hochzeitstermin festlegen lassen. Vielleicht in New York, vielleicht später – mehr konnte Priscilla nicht aus ihm herauskriegen.« Mit einem luziferischen Lächeln blickte Marcus Clarissa an. »Nun, mein Schatz, was sagst du dazu? Hältst du mich immer noch für einen Versager?«
»O Marcus!« Völlig überwältigt griff Clarissa mit beiden Händen nach Marcus' Hand und preßte sie an ihre glühende Wange. »Das ist ja zu schön, um wahr zu sein! Wann ist es passiert! Ist es auch wirklich wahr?«
»Natürlich ist es wahr. Aber das ist noch nicht alles, mein Kind! Wäre Priscilla mir eher entgegengekommen, hätte sie die Verschiebung des Hochzeitstermins

wahrscheinlich nicht widerspruchslos hingenommen. Ich hätte ihr nämlich schon vor Tagen den Grund nennen können, der Lion zu diesem Schritt veranlaßte ... den wahren Grund, nicht den vorgeschobenen, den Lion angab.« Marcus legte den Kopf zurück und stieß ein tonloses Lachen aus. »Von wegen Arbeitsüberlastung! Er treibt sich mit dieser kleinen, schwarzhaarigen Hure herum. Deshalb hat er kaum noch Zeit für Priscilla.«
»Was?« Clarissa hob betroffen den Kopf. »Was sagst du da?«
»Ja ... wenn ich es dir sage! Sie ist nicht mehr bei Gardner. Was dort vorgefallen ist, weiß ich nicht, ich habe Gardner seit Tagen nicht gesehen. Ich weiß nur, daß Lion das Mädchen in seinem Haus aufgenommen hat ... angeblich als Haushälterin oder Hausdame.«
Clarissa schoß mit einem zornigen Ausruf in die Höhe, aber Marcus hob abwehrend die Hand und sagte schnell: »Kein Grund zur Aufregung, meine Liebe! Heiraten wird Lion die Kleine bestimmt nicht, da besteht überhaupt keine Gefahr. Er weiß, daß er sich einen solchen Fehler nicht leisten kann, wenn er Karriere machen will. Und das will er ohne Zweifel.«
»Ja ...« sagte Clarissa nachdenklich. »Den Eindruck habe ich allerdings auch. Aber selbst wenn es ihm nicht ernst damit wäre ... über kurz oder lang wird er die Kleine ohnedies überbekommen.«
»Wie dich, meinst du?« Marcus lächelte niederträchtig. Clarissa verfärbte sich und brach in hysterisches Gelächter aus.
Das Lachen brach unvermittelt ab. Sie funkelte ihn an; »Du bist ein Satan, Marcus Reems! Ich könnte dich ...«
»Was könntest du?« unterbrach Marcus sie kalt. »Wenn du willst, daß ich dir den Weg zu Lion ebne, nimm dich

gefälligst zusammen und hör mich zu Ende an. Kann ich jetzt weiterreden?«
Clarissa gab keine Antwort. Sie biß sich auf die Lippen und nickte widerwillig.
»Na also, warum denn nicht gleich so«, meinte Marcus mit selbstgefälligem Grinsen. »Ich weiß wirklich nicht, worüber du dich aufregst, Clarissa, die Sache entwickelt sich doch ganz nach Wunsch? Was Lion sich in letzter Zeit gegenüber Priscilla geleistet hat, war Wasser auf unsere Mühlen.« Er schüttelte den Kopf, lachte höhnisch und schlug sich mit der Hand auf den Oberschenkel. »Lion hält sich anscheinend für unwiderstehlich. Er glaubt, er könne sich alles erlauben. Es gehört schon eine tüchtige Portion Unverfrorenheit dazu, dieses Mädchen nicht nur zu sich ins Haus zu nehmen, sondern sich noch dazu in der Öffentlichkeit mit ihr blicken zu lassen. Anscheinend schleppt er sie überall mit sich herum, Priscilla und Anne haben die beiden in der Stadt gesehen. Die Kleine trug Männerkleider, sie hatte sich als Stallbursche verkleidet. Priscilla hat sie natürlich trotzdem auf den ersten Blick erkannt.« Marcus warf den Kopf in den Nacken und lachte schallend auf. »Das muß man sich nur vorstellen ... der kleine Küchentrampel im Reitdreß!«
»Ich finde das gar nicht lächerlich!« sagte Clarissa erbost. »Aber bitte, wenn du unbedingt willst. Amüsier dich ruhig darüber.«
»Natürlich amüsiere ich mich«, erwiderte Marcus zynisch. »Ich habe ja auch allen Grund dazu.« Er betrachtete Clarissa spöttisch aus halb geschlossenen Augen, »Mir scheint, du verstehst immer noch nicht. Muß ich dir wirklich erst sagen, was geschehen wird?« Er beugte sich vor und starrte Clarissa durchdringend an. Wie immer, wenn er ernst wurde, nahm sein Blick eine

gläserne Starre an. »Unser Aktien standen nie besser«, sagte er langsam. »Priscilla fühlt sich durch Lions Verhalten zutiefst in ihrem Stolz verletzt. Sie wird sich dem ersten Kerl an den Hals werfen, der ihr in die Quere kommt. Mit anderen Worten, sie wird mir in die Arme sinken wie eine reife Frucht.«

Lächelnd lehnte Marcus Reems sich zurück und verschränkte die Anne vor der Brust. Er starrte Clarissa an. »Den kleinen Rest mußt du leider selbst erledigen«, sagte er leise. »Du brauchst nur zur selben Zeit wie Lion nach New York zu fahren und ihn bei erster Gelegenheit zu verführen. Das wirst du doch noch fertigbringen?«

Clarissa erschauerte unter seinem Blick. Sie unterdrückte die Entgegnung, die ihr auf der Zunge lag. Statt dessen fragte sie unnatürlich ruhig: »Und was geschieht mit dem Mädchen?«

Die Pupillen in Marcus' Augen zogen sich zusammen. »Sie verschwindet von der Bildfläche – für immer. Diesmal mache ich Nägel mit Köpfen.«

Langsam stand Clarissa auf. Kälte kroch ihr den Rükken entlang.

Das Seil, über das sie balancieren mußte, war über einen Abgrund gespannt. Aber bei Gott – sie würde es betreten!

Schon am nächsten Abend hatte Marcus Reems Gelegenheit, sich davon zu überzeugen, daß er sich auf seinen Instinkt verlassen konnte. Der Zeitpunkt, den er für seine Aktion gewählt hatte, war denkbar günstig. Nicht allein die Tatsache, daß die Binghams an diesem Abend ausnahmsweise ohne ihren Schützling ausgegangen waren, begünstigte seine Pläne. Priscillas Stimmungslage leistete ihnen geradezu Vorschub. Sie befand

sich, wie Marcus Reems bei seinem Eintreten in den Salon mit geübtem Blick feststellte, auf dem absoluten Tiefpunkt.
Außerstande stillzusitzen, während sie vergeblich auf Lion wartete, hatte Priscilla begonnen, umherzuwandern, Bücher zur Hand zu nehmen und nach kurzem Durchblättern wieder wegzulegen. Sie schien die Hände nicht ruhig halten zu können. Ständig zupfte sie an ihrem Kleid herum, nestelte an ihrem Haar, oder sie schob nervös die Fenstervorhänge zurück, um einen Blick nach draußen zu werfen.
Selbstzufrieden lehnte sich Marcus in seinen Sessel zurück und nahm einen Schluck von seinem Drink. Perfekt, dachte er, unbezahlbar. Eine Serie glücklicher Zufälle, die sich nahtlos aneinanderfügten. Alles verlief nach Plan.
Eine Zeitlang beobachtete er Priscilla aufmerksam. Schließlich fragte er behutsam: »Sie haben heute abend mit Lions Besuch gerechnet, nicht wahr, Priscilla?« Seine Stimme klang weich wie Samt.
Priscilla drehte sich hastig um. »Wie? O nein, nein, keineswegs, Marcus.« Sie lächelte, es war ein verzerrtes Lächeln, als schluckte sie eine bittere Medizin. »Obwohl er sich ziemlich rar macht in letzter Zeit. Allmählich frage ich mich ...« Ihre Stimme brach, ihre Augen füllten sich mit Tränen.
Mit einer raschen Bewegung hatte sich Marcus erhoben und stand mit zwei, drei Schritten neben ihr.
»Priscilla ... Liebling!« Er nahm sie in die Arme, streichelte ihr Haar und bettete ihren Kopf an seine Schulter. Prompt brach Priscilla in Tränen aus. »Oh, Marcus! Es ist alles so schrecklich. Ich ... ich ... ich bin völlig verzweifelt!«
»Nicht weinen, mein armes Kleines«, raunte Marcus in

ihr Haar. »Lion verdient deine Tränen nicht. Was er dir antut, ist unverzeihlich! Er ist es nicht wert, daß du auch nur eine einzige Träne seinetwegen vergießt.«
Von nun an war alles Gefühl. Mit tränenfeuchten Augen blickte Priscilla zu ihm auf. »Ich verstehe das alles nicht. Ich kann mir nicht erklären . . . oh, Marcus!« Sie brach in einen neuen Tränenstrom aus und preßte ihr Gesicht verzweifelt an seine Brust.
Gelassen zog Marcus ein spitzenbesetztes Taschentuch aus der Brusttasche seines Jacketts, das er in weiser Voraussicht eingesteckt hatte. Behutsam tupfte er Priscilla die Tränen von den Wangen. »Nicht weinen, Liebling, es wird alles wieder gut. Ich ertrage es nicht, dich weinen zu sehen.«
»Ach, Marcus . . .« seufzte Priscilla. »Ich weiß überhaupt nicht mehr, woran ich bin. Ich fühle mich so verloren, so entsetzlich allein.« Durch einen Schleier von Tränen sah sie ihn an. »In meinem ganzen Leben habe ich mich nicht so allein gefühlt.«
Auf dieses Stichwort hatte Marcus Reems gewartet. »Du bist nicht allein, Liebling«, sagte er. Lächelnd sah er ihr in die Augen. »Ich bin ja bei dir, vergiß Lion. Ich will versuchen, wieder gutzumachen, was er dir angetan hat. Ich liebe dich, Priscilla, ich liebte dich vom ersten Augenblick an, als ich dich sah. Ich gönne dich keinem anderen Mann, ich muß dich haben . . . mir, nur mir sollst du gehören! Als meine Frau, Priscilla.«
Marcus hatte Priscilla unverwandt angesehen, während er sprach. Sie hatte aufgehört zu weinen. Das anfängliche ungläubige Staunen in ihren weitgeöffneten Augen war einem Ausdruck der Faszination gewichen. Der Augenblick war gekommen, es war soweit. Marcus zögerte nicht länger, er umschlang Priscilla mit beiden Armen und preßte seine Lippen auf ihren Mund.

Priscilla wehrte sich nicht, sie schloß die Augen. Ihr schwindelte, die Knie wurden ihr weich. Als sie sich endlich von ihm löste und die Augen aufschlug, begegnete sie seinem Blick und erbebte bis in die Fingerspitzen. Einen Augenblick versanken ihre Blicke ineinander, dann hauchte Priscilla erschauernd: »Ja, Marcus. Ja.« Ihr Gesicht trug den abwesenden Ausdruck einer Schlafwandlerin, ihre Augen waren weitgeöffnet und starr. Erst als Marcus sich lächelnd abwandte und sie zu einem Sofa zog, wich die Verwirrung aus ihren Zügen. Die Farbe kehrte in ihre Lippen zurück, ein rosiger Hauch erschien auf ihren Wangen. Ihre Augen belebten sich und begannen zu funkeln wie Smaragde in der Sonne.

»Bist du glücklich, Geliebtes?« fragte Marcus zärtlich, während er sich insgeheim zu seinem Erfolg beglückwünschte.

Priscilla warf ihm einen schmachtenden Blick zu. »Sieht man mir das nicht an? Obwohl ...« Ein Schatten verdunkelte ihr Gesicht. »Irgendwie habe ich Lion gegenüber ein schlechtes Gewissen. Wenn ich mir vorstelle ...«

Marcus verschloß ihr den Mund mit einem Kuß. »Vergiß ihn, Liebes. Er ist es nicht wert, daß du dir seinetwegen Gedanken machst.«

»Ja, du hast recht.« Priscilla tat einen tiefen Atemzug. »Er ist es wirklich nicht wert, nachdem er sich mir gegenüber so unmöglich benommen hat. Vielleicht tröstet er sich mit Sharon. Warum auch nicht?« Priscilla war plötzlich Feuer und Flamme. Wenn Lion und Sharon am Ende doch heiraten sollten, brauchte sie sich keine Gewissensbisse mehr zu machen.

»Natürlich!« rief sie strahlend. »Daß ich nicht gleich darauf gekommen bin! Wenn Lion die Wahrheit erfährt, heiratet er Sharon bestimmt.«

Marcus horchte auf. »Welche Wahrheit? Ich verstehe nicht, was du meinst.«
»Nun, wer Sharon in Wirklichkeit ist, meine ich natürlich. Ach so, das kannst du ja nicht wissen, ich hab' dir ja nichts davon gesagt? Aber du wirst mich gleich verstehen. Sharon heißt nämlich gar nicht South, in Wirklichkeit heißt sie Sayers. Sharon Sayers!«
Priscilla kicherte, sie war plötzlich strahlender Laune und fand das Ganze wahnsinnig amüsant. Sicher würde Marcus auch so denken, wenn er erfuhr, wie sie Lion an der Nase herumgeführt hatten.
Priscilla war nicht mehr zu bremsen. Sie redete wie ein Wasserfall. In ihrer Begeisterung sprang sie auf, rannte zum Fenster und riß die Vorhänge auseinander, als hoffe sie, draußen die Tabakfelder Virginias zu erblicken. Es entging ihr völlig, daß Marcus sich keineswegs amüsierte, sondern ihr mit steinerner Miene und unheilverkündendem Stirnrunzeln zuhörte.
»Sharon stammt aus einer alten Aristokratenfamilie«, sprudelte Priscilla hervor. »Sie ist keine Bürgerliche, und schon gar kein Dienstmädchen ... das ist ja der Witz! Die Vorfahren der Sayers kamen aus europäischen Adelshäusern. Ich glaube fast, Sharon hat mehr blaues Blut in den Adern als ich. Ihr Vater besaß eine der größten Plantagen Virginias – Hickory Grove. Unsere Plantage war längst nicht so groß, meine Eltern waren auch nicht annähernd so reich wie Sharons Eltern. Die Sayers waren wahnsinnig reich und führten ein großes Haus. Sie hatten das Haus ständig voller Gäste und gaben die feudalsten Bälle und Partys. Sie veranstalteten Treibjagden und machten eine Weltreise nach der anderen. Geld spielte überhaupt keine Rolle.«
Einen Augenblick schwieg Priscilla, dann fuhr sie aufseufzend fort: »Natürlich lebten Sharons Eltern über

ihre Verhältnisse, aber das stellte sich erst heraus, als sie bei einem Schiffsunglück ums Leben kamen. Die Schulden, die Sharons Vater hinterließ, gingen in die Millionen.« Sie seufzte abermals.
»Hickory Grove kam unter den Hammer«, beschloß Priscilla ihren Bericht. »Sharon war arm wie eine Kirchenmaus. Eine Tante in Boston erklärte sich bereit, sie aufzunehmen. Aber Sharon wehrte sich mit Händen und Füßen. Warum, kann ich mir bis heute nicht erklären, denn diese Tante soll steinreich sein, und Sharon hätte dort alles gehabt, was man sich nur wünschen kann. Aber sie wollte nicht. Eines Tages erschien sie mitten in der Nacht in West Hills, weckte mich aus tiefstem Schlaf auf und . . . «
»Was denn?« unterbrach Marcus sie entgeistert. »Soll das heißen, daß ihr beide befreundet wart?«
Priscilla lachte. »Mehr als nur befreundet! Wir sind zusammen aufgewachsen wie Schwestern. Allerdings waren wir so völlig verschieden, daß wir uns ständig in den Haaren lagen.« Priscilla schluckte krampfhaft. Ihr saß plötzlich ein Klumpen im Hals, der nicht weichen wollte. Zum erstenmal wurde ihr bewußt, was Sharon in den vergangenen Wochen und Monaten durchgemacht haben mußte. Weniger, um sich vor Marcus als vor sich selbst zu rechtfertigen, fügte sie unnötig laut hinzu: »Es war alles Sharons Idee! Ich hatte nichts damit zu tun. Sie wollte um keinen Preis zu dieser alten Tante in Boston, deshalb kam sie auf die Idee, die Zofe zu spielen. Ich mußte mitmachen, ob ich wollte oder nicht. Sie ließ mir keine Ruhe, bis ich schließlich einwilligte, sie nach Philadelphia mitzunehmen.«
Priscilla warf Marcus einen unsicheren Blick zu. Der düster brütende Gesichtsausdruck, mit dem er sie betrachtete, befremdete sie über alle Maßen. Sie zwang

ein Lächeln auf ihr Gesicht, setzte sich wieder zu ihm auf das Sofa und schmiegte sich an seine Schulter. »Du bist mir doch nicht böse, Marcus?«
Automatisch legte Marcus den Arm um Priscillas Schulter. Er schüttelte den Kopf und streichelte zerstreut ihr Haar. Priscilla schlang aufatmend die Arme um seinen Hals und vergrub ihr Gesicht an seiner breiten Brust. »Wer weiß . . .«, flüsterte sie. »Vielleicht sollte alles so kommen, vielleicht sind Lion und Sharon füreinander bestimmt? So wie wir beide füreinander bestimmt sind«. Sie umklammerte ihn mit beiden Armen. »O Marcus . . . wie gut, daß es uns bewußt wurde, bevor es zu spät ist! Nun ist mir viel wohler.«
»Ja, mein Liebling«, sagte Marcus mechanisch. Priscilla schloß beseligt die Augen. Solche Töne verhaltener Leidenschaft hatte sie bei Lion nie gehört. Marcus war ganz anders. Seine Stimme war wie eine Liebkosung. Priscilla erschauerte. Diese tiefe, samtige Stimme . . .
Sie ahnte nicht, daß Marcus über ihren Kopf hinweg finster brütend die Wand anstarrte. Seine Lippen verzogen sich zu einem zynischen Lächeln. Ja, dachte er . . . Wie gut, daß ich diese interessante Neuigkeiten als erster erfahre! Und daß Lion nicht ahnt, was für einen blaublütigen Fisch er da an der Angel hat!
Marcus Reems biß die Zähne zusammen. Er wußte, was er zu tun hatte. Darüber hinaus war er sich klar darüber, daß er keine Zeit zu verlieren hatte. Was am Vorabend in Clarissas Haus noch ein vages Versprechen gewesen war, mußte ohne Verzögerung in die Tat umgesetzt werden. Denn es war fünf Minuten vor zwölf.

XXV

Die Nacht war bereits hereingebrochen, rasch, übergangslos, und da Sharon vergessen hatte, die Kerzen anzuzünden, lag die Bibliothek im Dunkel.

Seit Lion vor Stunden zu einem Besuch bei Benjamin Franklin aufgebrochen war, wanderte Sharon ruhelos hin und her. Das Buch, das sie aus einem der Regale genommen hatte, lag vergessen auf dem Sofa vor dem Kamin. Es war eine alte Bibel, eine Art Familienchronik, die offenbar Lions Mutter gehört hatte. Außer dem Namen Sarah Hampshire ganz oben auf der ersten Seite, waren auf den nachfolgenden Seiten zwei weitere Namen angeführt, die Sharon jedoch im schwachen Schein des heruntergebrannten Kaminfeuers nicht entziffern konnte. Sie seufzte leise auf.

Der Wind hatte sich gelegt, es war drückend schwül geworden. Wolken, aus denen in kurzen Abständen Blitze zuckten, hatten sich über der Stadt zusammengezogen.

Sharon hatte sich auf dem Sofa zusammengekauert. Der Schlaf hatte sie überwältigt, die Augen waren ihr zugefallen. Sie kam erst zu sich, als Lion die Bibliothek betrat. Sie schlug die Augen auf und glaubte zu träumen, aber es war keine Täuschung, Lion stand vor dem Kamin und legte Holz nach. Dann ließ er sich neben ihr auf dem Sofa nieder. Sein Blick streifte das aufgeschlagene Buch; ein Lächeln um die Lippen, wandte er ihr langsam das Gesicht zu.

»Hast du die Eintragungen gelesen?«

Ihre Augen tasteten sein Gesicht ab. »Nein«, sagte sie irritiert. »Nur den Namen auf der ersten Seite. Es ist der Name deiner Mutter, nicht wahr?«

»Ja.« Lion schwieg einen Augenblick. Den Arm um

Sharons Schulter gelegt, lehnte er sich zurück und betrachtete nachdenklich die auflodernden Holzscheite im Kamin. »Es sind nur zwei Eintragungen«, erklärte er schließlich. »Die erste betrifft mein Geburtsdatum, die zweite den Todestag meiner Mutter.«
Der zwiespältige Ausdruck auf Lions Gesicht fiel Sharon auf. Sie sagte rasch: »Verzeih, Lion, ich wollte nicht neugierig sein, oder in deiner Vergangenheit herumschnüffeln. Die Bibel fiel mir zufällig in die Hand. Ich dachte, es wäre irgendein Buch . . . ein Roman oder eine Reisebeschreibung. Daß es sich um eine Familienchronik handelt, merkte ich erst, als ich auf dem Sofa saß und das Buch aufschlug.«
»Du brauchst dich nicht zu entschuldigen«, sagte Lion. »Es ist kein Geheimnis, obwohl ich selten darüber spreche. Im Grunde ist es mir ganz recht, daß sich heute die Gelegenheit ergibt, dich über gewisse Umstände meiner Herkunft aufzuklären. Ich hätte dir sowieso eines Tages alles gesagt.«
»Wenn es dich dazu drängt, soll es mir recht sein«, wandte Sharon ein. »Aber ich möchte nicht, daß du dich dazu verpflichtet fühlst.«
Lion zog ihren Kopf an seine Schulter und preßte sein Gesicht in ihr Haar. »Ich möchte, daß du die Wahrheit kennst, Sharon. Einflüsse und Erlebnisse aus Kindheit und Jugend wirken sich entscheidend auf das spätere Leben aus. Sie prägen den Charakter des Menschen und bestimmen womöglich sogar seine spätere Einstellung und Handlungsweise. Vielleicht fällt es dir nicht mehr ganz so schwer mich zu verstehen, wenn du die Geschichte meiner Kindheit und Jugend kennst.« Lion fuhr sich mit der Hand über die Augen und holte tief Atem. »Die erste der beiden Eintragungen in der Bibel lautet: Thomas Lionel Hampshire, geboren am 5. Mai

1756. Die zweite: Sarah Elizabeth Hampshire, gestorben am 2. September 1770.«

Nach einer längeren Pause fuhr Lion fort: »Ich werde mich auf die wichtigsten Fakten beschränken, alles andere würde jetzt zu weit führen. Es ist auch nicht wichtig. Also hör zu. Meine Mutter war erst sechzehn, als ich in der Nähe von New York zur Welt kam. Einen Vater hatte ich nicht, ich war ein uneheliches Kind ... ein Bastard, wie die Leute mich nannten. Der Mann, der meine Mutter verführt hatte, konnte sie nicht heiraten, weil er bereits verheiratet war. Er war Großgrundbesitzer und sehr reich. Wir lebten von dem Geld, das er meiner Mutter regelmäßig zukommen ließ, aber das wußte ich damals nicht. Persönlich trat er nie in Erscheinung, ich bekam ihn nie zu Gesicht.«

So weich Lions Stimme klang, wenn er seine Mutter erwähnte, wenn er von seinem Vater sprach, lag so viel unversöhnlicher Haß in seinem Ton, daß Sharon erschauerte.

»Du hast deine Mutter sehr geliebt, nicht wahr?« fragte sie leise.

»Ja.« Lion seufzte schwer. »Sie war ein liebenswerter, warmherziger Mensch. Nie ließ sie mich fühlen, daß ich die Ursache ihres Unglücks war, obwohl sie furchtbar darunter litt, daß ihre Eltern sie verstoßen hatten. Die seelische Belastung höhlte sie von innen her aus. Sie wurde immer durchsichtiger, immer hinfälliger. Sie starb, als ich kaum vierzehn war.«

»O Lion ...« Sharon drückte ihr Gesicht fester an Lions Schulter. »Siehst du ihr ähnlich?«

Lion lachte bitter auf. »Schwerlich! Nur die Augen habe ich von ihr. Sie hatte die gleichen hellen Augen wie ich, aber ihr Haar war kastanienbraun. Im übrigen war

sie klein und schmal . . . mit einem zarten, durchsichtigen Gesicht.«
Schweigen senkte sich zwischen sie. Sharon wartete geduldig, aber Lions Gedanken irrten in der Vergangenheit umher. So sehr war er in Gedanken versunken, daß sie schon glaubte, er habe sie vergessen. Erst als das Holz im Kamin mit einem Funkenregen in sich zusammenbrach, fuhr er aus seinen Gedanken auf.
»Daß ich meinem Vater gleiche wie aus dem Gesicht geschnitten«, nahm Lion den Faden wieder auf, »wurde mir erst nach dem Tod meiner Mutter bewußt. Wieso er sich plötzlich an meine Existenz erinnerte, ist mir bis heute nicht recht klar.« Er stieß ein freudloses Lachen aus. »Vierzehn Jahre lang hatte er sich nicht um mich gekümmert. Ich wußte weder, wer er war, noch wie er aussah. Ich bekam fast einen Schock, als ich ihm eines Tages gegenüberstand, aber er war nicht mehr zu bremsen. Ob es die verblüffende Ähnlichkeit zwischen uns beiden war oder was auch immer – jedenfalls nahm er mich noch am selben Tag mit auf sein Landgut, und aus dem armen, vaterlosen Bastard wurde über Nacht der vielbeneidete Sohn eines reichen Gutsbesitzers. Was für ein Witz!« Sharon drückte seine Hand.
Lions Gesicht verdüsterte sich. »Als ich meine Stiefmutter sah, hätte ich am liebsten auf dem Absatz kehrt gemacht. Sie war kalt und herrisch, eine große, hagere Frau mit einem harten Gesicht und kohlschwarzem Haar. Ihr Sohn, mein Stiefbruder, sah genauso aus, nur hatte er die Augen seines Vaters geerbt.« Lion schnaubte leicht durch die Nase. »Das einzige äußere Merkmal, das mein Vater und ich nicht gemeinsam hatten, waren die Augen. Merkwürdig starre Augen, eiskalt und leuchtend wie Bernstein. Raubtieraugen.«
Es dauerte Sekunden, bis Sharon begriff. Mit einem

Ruck setzte sie sich auf und starrte Lion fassungslos an. »Raubtieraugen! Soll das . . . soll das etwa heißen, das Marcus Reems dein Stiefbruder ist?«
Lion beugte sich vor und küßte sie auf die Nasenspitze. »Natürlich«, sagte er lächelnd. Er nahm sie wieder in den Arm und ließ die Hand spielerisch durch die lockigen Strähnen ihres Haars gleiten, während er schilderte, was sich in den Wochen und Monaten nach seiner Ankunft auf dem väterlichen Gut zugetragen hatte.
Marcus' Eltern führten eine alles andere als mustergültige Ehe. Beide besaßen dieselben charakterlichen Grundzüge: Herrschsucht, Unnachgiebigkeit, Gefühlskälte und Rücksichtslosigkeit. Allein die Tatsache, daß Marcus seiner Mutter ähnlich sah, hatte eisige Ablehnung des Vaters zur Folge. Er versagte dem Jungen nicht nur seine väterliche Liebe, er reagierte den heimlichen Groll auf seine ungeliebte Frau an Marcus ab, indem er ihn unbannherzig schikanierte.
Marcus hatte es bei seinem Vater nie leicht gehabt. Als Lion ins Haus kam, verschlechterte sich das Verhältnis noch. Marcus konnte sich noch so sehr bemühen, seinen Vater zufriedenzustellen – nichts, was er tat, fand Gnade vor seinen Augen.
Lion hingegen war der erklärte Favorit, sein Vater vergötterte ihn geradezu. Voller Stolz präsentierte er ihn Nachbarn und Bekannten, er lobte ihn und strich seine Fähigkeiten bei jeder Gelegenheit heraus. Lion war der Mittelpunkt seines Lebens, sein ganzes Sinnen und Trachten galt nur noch dem einzigen Zweck, Lions Zuneigung zu erringen. Und Marcus, der in den Augen seines Vaters ohnedies nie viel gegolten hatte, führte im Schatten der strahlenden Existenz Lions das unbeachtete Dasein eines schuldlos Geächteten.
Lion schüttelte langsam den Kopf. »Für mich war die

Situation nicht weniger unerträglich als für den bedauernswerten Marcus«, sagte er. »Um sie zu beenden, überredete ich meinen Vater, mich auf die hiesige Akademie zu schicken. Später ging ich nach Harvard und studierte dort.«
»Und was wurde aus Marcus?«
»Ob du es glaubst oder nicht«, erwiderte Lion spöttisch, »er begleitete mich überall hin. Ich konnte tun, was ich wollte, ich wurde ihn einfach nicht los. Dabei haßte er mich wie die Pest, was ich ihm nicht einmal verübele. Es ist bestimmt nicht gerade angenehm, mitansehen zu müssen, wie ein anderer die Lorbeeren einheimst, die man selbst ein Leben lang vergeblich zu erringen versuchte.« Lion lachte bitter auf. »Dabei hätte mir nichts gleichgültiger sein können als Wohlwollen, Anerkennung oder gar Liebe von meinem Vater! Darum habe ich mich wahrhaftig nie gerissen.«
Sie schwiegen lange – Lion in seine Erinnerungen versunken, Sharon von zwiespältigen Gefühlen und Gedanken erfüllt. Sie wagte nicht, ihn anzusehen. Die bitteren Erlebnisse der Kindheit hatten nicht nur Lions Charakter geprägt. Es war lange her, gewiß, und doch war Lion in all den Jahren nie darüber hinweggekommen, mit dem Makel des unehelich Geborenen behaftet zu sein. Sie brauchte ihm nicht ins Gesicht zu sehen, sie kannte die Spuren, die das Leben in seinem Gesicht hinterlassen hatte: Härte, Unbeugsamkeit, kompromißlose Entschlossenheit, hinter der er seine Verletzlichkeit verbarg.
»Zu dem endgültigen Bruch zwischen Marcus und mir kam es dann, als ich aus dem Krieg zurückkam«, berichtete Lion schließlich weiter. »Um die verlorenen Jahre wettzumachen, wollte ich so schnell wie möglich mein unterbrochenes Studium beenden. Ich fuhr zu-

nächst nach Hause. Ich wollte unabhängig sein und ein für allemal reinen Tisch machen. Ich war entschlossen, die Hinterlassenschaft meiner Mutter von meinem Vater zu fordern. Viel war es nicht, etwas Geld, das sie für mich zurückgelegt hatte, ein bißchen Schmuck und andere persönliche Dinge. »Aber es hätte genügt, um mich während der paar Semester, die mir zum Examen fehlten, über Wasser zu halten.«
Einen Augenblick zögerte Lion. Seine Augenbrauen zogen sich zusammen. »Als ich nach Hause kam, traf ich nur Marcus und seine Mutter dort an – mein Vater war tot. Marcus teilte mir hohnlachend mit, in Zukunft sei ich auf die Gnade seiner Mutter angewiesen. Das Testament, in dem sein Vater mir die Hälfte seines Vermögens vermacht hätte, sei nicht mehr vorhanden. Seine Mutter hätte es verschwinden lassen.«
Lion verzog die Lippen zu einem dünnen Lächeln. »Was dann passierte, muß Marcus bis ins Mark getroffen haben. Er hatte mit allem gerechnet, mit Drohungen, Auseinandersetzungen, vielleicht sogar mit einer Klage beim Hinterlassenschaftsgericht . . . nur nicht damit, daß ich den Spieß umdrehen würde. Ich erklärte ihm, mir sei das nur recht, denn am Geld seines Vaters hätte ich nicht das geringste Interesse. Ich hätte die Erbschaft ohnedies nicht angenommen, ich wollte mir daran nicht die Hände schmutzig machen. Das verzieh Marcus mir nie! Er war seines Triumphes über mich so sicher gewesen, und nun mußte er erleben, daß dieser Triumph vor seinen Augen zu Staub und Asche zerfiel.«

Lion holte tief Atem. »An jenem Tag verwandelte sich Marcus' Abneigung gegen mich in unversöhnlichen Haß. Ich glaube, er würde vor nichts zurückscheuen,

um mich zu vernichten. Er kommt nicht darüber hinweg, daß ich ihn im Beisein seiner Mutter derart gedemütigt habe.«
Sharon blickte Lion lange fragend an. Schließlich fragte sie leise: »Marcus tut dir leid, nicht wahr Lion? Ich täusche mich bestimmt nicht, ich fühle es. Bisher kam jedenfalls kein böses Wort gegen Marcus über deine Lippen ... nicht einmal damals, als du durch Clarissa von dem geplanten Kidnapping erfuhrst.«
»Nun ja ... ich kann nicht gerade behaupten, daß mir Marcus ans Herz gewachsen sei, oder daß ich ihn sonderlich sympathisch finde«, erwiderte Lion trocken.« Aber ich gebe mir Mühe, ihn objektiv zu beurteilen und die Dinge so zu sehen, wie sie sind. Der eigentlich Verantwortliche ist nicht Marcus, sondern mein Vater. Seine absolute Gefühlskälte Marcus gegenüber ist die Ursache des ganzen Debakels.« Lion seufzte schwer. »Ich glaube, Marcus war immer ein unglücklicher Mensch. Und in gewisser Beziehung kann er einem wirklich leid tun. Ich gebe die Hoffnung nicht auf, daß er mit der Zeit über sein Trauma hinwegkommt und mich in Frieden läßt.«
Lion schwieg und starrte düster in die ersterbende Glut des Kaminfeuers. Er merkte nicht, daß Sharons Blick auf seinem Gesicht ruhte. Zum erstenmal sah sie ihn so, wie er wirklich war, zum erstenmal fielen ihr Einzelheiten in seinen Zügen auf, die sie vorher nicht bemerkt hatte: sein Gesicht war müde und die Linien für einen Mann Anfang Dreißig scharf ausgeprägt. Es war das Gesicht eines Getriebenen, eines Menschen, der gegen das Schicksal Sturm lief. Dieser Mann würde nicht ruhen und rasten, bis er das Ziel erreicht hatte, dem er alles andere unterordnete. Durch die Heirat mit einem Mädchen untadeliger Herkunft, durch den hohen ge-

sellschaftlichen Status, der ihm durch einen Sitz im Kongreß zufallen würde, hoffte er den Makel auszulöschen, mit dem sein Name behaftet war: das Brandmal des Bastards.
Nur wenige Tage noch, und Lion würde nach New York abreisen . . . zusammen mit Priscilla. Sharon rührte sich nicht. In dieser Stunde nahm sie innerlich Abschied von Lion. Wenn er diesmal ging, verließ er sie für immer. Und sie würde zurückbleiben, mit einem Herzen, schwer wie ein Stein . . .

XXVI

Die Ankunft General Washingtons in Philadelphia am nächsten Tag war der Anfang vom Ende. An dem festlichen Bankett, das die Stadt zu Ehren des künftigen Präsidenten veranstaltete, würden die prominentesten Bürger des Landes teilnehmen, in ihrer Mitte Lion und Priscilla Wade. Zwei Tage später würde man gemeinsam nach New York aufbrechen, wo vermutlich die Hochzeit der beiden stattfand. Sie wollte es nicht glauben und doch wußte Sharon mit tödlicher Klarheit, daß es keinen Aufschub mehr gab. Sie durchwachte die Nacht, bis sich der Tag langsam zu den Fenstern hereinschlich. Dann stand sie auf und packte ihre kleine rehlederne Reisetasche. Die Zeit mit Lion war zu Ende.

Auf den Tag genau einen Monat war es schon her, seit Sharon aus Mansion House verschwunden war. Tagaus, tagein hatte Kevin Brown voller Ratlosigkeit an sie gedacht, und je länger er grübelte, um so rätselhafter erschien ihm die Sache.

An diesem strahlend blauen Tag war die ganze Stadt auf den Beinen. Alles strebte der großen Pontonbrücke zu, die zum Empfang General Washingtons festlich geschmückt worden war.
Auch Kevin Brown fühlte sich von der allgemeinen Hochstimmung ergriffen. Die Niedergeschlagenheit der letzten Wochen verflüchtigte sich, in seiner von patriotischen Gefühlen geschwellten Brust regte sich Unternehmungsgeist. Um den Dienstboten Gelegenheit zu geben, sich das großartige Schauspiel anzusehen, hatte Mr. Bingham ihnen den Tag frei gegeben. Die meisten waren schon aufgebrochen, nur Brown ließ sich ungewöhnlich viel Zeit mit dem Ankleiden. Er hatte andere Pläne. Da ihm bekannt war, daß Käpt'n Hampshire zusammen mit Miß Wade an dem offiziellen Empfang auf der Brücke teilzunehmen gedachte, hatte er beschlossen, Sharon einen Besuch abzustatten.
Kevin Brown wollte endlich wissen, woran er war. Er hatte die Hoffnung, Sharon eines Tages für sich zu gewinnen, immer noch nicht begraben. Die Tatsache, daß sie in Hampshires Haus lebte, mußte schließlich nicht unbedingt bedeuten, daß zwischen den beiden etwas im Gange war und sollte das wirklich der Fall sein, nun gut, dann hatte es eben nicht sein sollen. Dann würde Brown sich damit abfinden und Sharon seiner unverbrüchlichen Freundschaft versichern, wie es in solchen Fällen üblich war. Aber solange noch ein Fünkchen Hoffnung bestand . . .
Vom Fenster seiner Kammer im Kutscherhaus aus hatte Brown, während er seine Schuhschnallen auf Hochglanz polierte und sich in seinen besten dunkelbraunen Anzug warf, Käpt'n Hampshires und Miß Wades Abfahrt beobachtet. Er wartete, bis Lions Kutsche durch das große Gittertor in die Straße einbog und machte sich

dann auf den Weg in die Pine Street. Nachdem er eigens einen Umweg gemacht hatte, um an einem Blumenstand in der Spruce Street einen Strauß in Vergißmeinnicht und rosa Azaleen zu erstehen, beeilte er sich. Die Straßen waren wie ausgestorben; die wenigen Kutschen, die an ihm vorüberrollten, fuhren in die entgegengesetzte Richtung stadteinwärts. Es war ungewöhnlich still in den sonst um diese Zeit belebten Straßen. Das einzige Geräusch, das die Stille unterbrach, war das Klicken seiner Absätze auf dem gepflasterten Gehsteig und der eigene keuchende Atem, als weiter vorn Lion Hampshires Anwesen in Sichtweite kam. Als Brown durch den Garten auf das Haus zustürmte und die Hand nach der Türglocke ausstreckte, hatte seine nervöse Ungeduld den Höhepunkt erreicht. Blind und taub für alles, was um ihn her vorging, bemerkte er weder die schwarze Kutsche auf der anderen Straßenseite noch die scharfen Augen, die ihn durch dicht verhängte Seitenfenster beobachteten. Sein ganzes Denken und Fühlen war nur auf das bevorstehende Wiedersehen gerichtet.

Sharon selbst öffnete die Tür. Sie war noch schöner, als Brown sie in Erinnerung hatte. Schön und fremd. Brown hielt unwillkürlich die Luft an. Einen Augenblick starrte er sie benommen an, aber da lächelte sie auch schon und ergriff seine Hand. »Kommen Sie, Brown«, lächelte sie und zog ihn durch die Eingangshalle in die Küche. »Wie schön, daß Sie gekommen sind! Setzen Sie sich an den Tisch.«

Mit großen Augen schaute sie ihn an. »Sie trinken doch ein Glas Wein?« Sie lachte freundlich. »Madeira vielleicht . . . war das nicht Ihr Lieblingsgetränk?«

Brown lachte mit ihr. Allmählich fühlte er sich wieder wohler. Er hatte sich wieder unter Kontrolle. Er sah

Sharon zu, wie sie ein Glas vor ihn hinstellte und Madeira einschenkte. Sie tat es ganz selbstverständlich, ihre Bewegungen waren sicher und ruhig. Zu ruhig ... so war sie früher nicht gewesen. Sie hatte sich vollkommen in der Gewalt, aber gerade das störte Brown. Sie wirkte wie ein Mensch, der hinter seiner äußeren Gelassenheit etwas verbarg. Er hätte zu gern gewußt, was in ihr vorging, aber sie war auf der Hut; sie trank ihren Tee und plauderte über Mansion House, über Smith und über den Nachmittag im Tiermuseum, an den sie immer wieder denken müsse.

Plötzlich hatte Brown wieder Grund unter den Füßen. »Wollen wir uns nicht auch die Feierlichkeiten ansehen, Sharon?« fragte er schnell. »Das ganze Personal von Mansion House ist dort, Mr. Bingham hat uns heute frei gegeben. Wir könnten Smith und Wickham suchen und irgendwo essen gehen ... zur Feier des Tages.«

Sharon starrte ihn überrascht an. Bestürzung lag in ihren Augen. »Lieber nicht, Kevin. Es ... es geht heute nicht.« Sie legte ihre Hand auf seinen Arm. »Sie haben sich nicht verändert, Kevin. Ich habe nicht vergessen, wie nett Sie immer zu mir waren, wie rührend Sie sich um mich bemüht haben. Sie sind wirklich ein Freund. Ich hoffe, Sie bleiben es.« Sie schaute ihm in die Augen, ihre Lippen zitterten. Ihre Stimme klang sehr ruhig und sanft, als sie leise hinzufügte: »Ganz gleich, was passiert ...«

Plötzlich hob Sharon die Hand. Sie strich sich eine Haarsträhne aus der Stirn, und Brown sah den Diamantring am Ringfinger ihrer schlanken, schmalgliedrigen Hand. Ein goldener Reif mit einer großen, von leuchtenden roten Rubinen umrahmten Diamanten.

»Den Ring habe ich noch nie an Ihnen gesehen«, sagte Brown verwirrt. »Hat er ihn Ihnen geschenkt?«

Sharon legte die Hand in den Schoß und senkte den Blick auf den Ring. »Ja ... gestern abend, als er mir von seiner Mutter erzählte. Der Ring gehörte seiner Mutter, sie bekam ihn zu ihrem fünfzehnten Geburtstag. Die Initialen ihres Namens sind innen eingraviert. S. H. – Sarah Hampshire. Sie starb, als Lion noch ein Junge war.«

Langsam schlug die Uhr in der Halle draußen die volle Stunde. Ein Schatten fiel auf Sharons Augen. Sie erblaßte noch tiefer, ihr Mund wurde schmal. Noch nie hatte Brown ein so todtrauriges Gesicht gesehen. Impulsiv griff er nach ihrer Hand. Sie zog sie sanft zurück. »Heute ist mein letzter Tag hier, Kevin«, sagte sie leise. Ihre Stimme klang flach und ausdruckslos. »Ich kann nicht länger hier bleiben, ich verlasse heute noch das Haus.« Einen Moment lang schaute sie ihm in die Augen und schüttelte dann kaum merklich den Kopf. »Es gibt keinen anderen Weg«, sagte sie. »Ich gehe weg, Brown.«

Brown merkte, wie er rot anlief. Er fühlte sich ungemütlich und verwirrt. Schwerfällig schüttelte er den Kopf. Endlich fiel ihm eine passende Antwort ein. »Ich hoffe, Sie haben es sich gut überlegt, Sharon«, sagte er. »Wissen Sie schon, wohin Sie gehen?«

»Nach Boston, denke ich. Da ... da kenne ich jemand.« Sharon versuchte vergeblich, sich des Fröstelns zu erwehren, das sie beim bloßen Gedanken an Tante Agatha überlief. »Ich werde wohl eine Zeitlang dort bleiben, zumindest, bis die Hochzeit vorüber ist und hier wieder alles seinen geregelten Gang geht.« Sharon versuchte zu lächeln, aber ihre Stimme zitterte: »Kommt Zeit, kommt Rat, Brown.«

Einen Augenblick zögerte Brown, dann ergriff er ihre Hand. »Sharon.« Ihre kühlen Finger brannten wie Feuer in seiner Hand. »Sharon«, wiederholte er. »Sie brau-

chen nur ein Wort zu sagen, und ich komme mit. Ich finde überall Arbeit, und was ich verdiene, reicht für uns beide. Glauben Sie mir, ich würde alles . . .«
Plötzlich schaute Sharon ihn an, und die Worte bleiben ihm in der Kehle stecken. Ein Schatten flog über ihr Gesicht, und sie wandte ihren Blick von ihm.
»Es tut mir leid, Kevin«, flüsterte sie. »Ich kann nicht mit Ihnen gehen . . . es wäre nicht fair Ihnen gegenüber. Aber ich werde Sie nie vergessen und immer an Ihre Freundschaft denken.«
Brown starrte sie an, als wollte er ihr klares, zerbrechliches Profil für alle Ewigkeit in sein Bewußtsein eingraben.
»Wie wollen Sie nach Boston kommen?« fragte er schließlich. »Mit der Postkutsche?«
»Nein.« Sharon schüttelte den Kopf. »Das würde Nachforschungen ermöglichen, und das möchte ich nicht. Nein, ich werde reiten. Lion hat mir ein Pferd geschenkt, eine junge Stute. Sie heißt Heaven.« Aufseufzend fuhr Sharon fort: »Es wird keine Probleme geben. Es ist ein gutes Pferd, schnell wie der Wind. Ich werde die Nacht durchreiten und wahrscheinlich schon gegen Morgen in Boston sein.«
»Das werden Sie nicht!« Brown fühlte, wie der Ärger plötzlich seine Verwirrung hinwegfegte. »Das ist doch nicht Ihr Ernst, Sharon!« Er stand auf und trat auf sie zu. »Ich werde sofort nach Hause gehen und eine von den Kutschen für Sie holen. Meinetwegen können Sie Ihr Pferd davorspannen, das soll mir recht sein, aber ich werde Ihnen einen von den Stalljungen mitgeben. Es wird nicht auffallen, die Binghams reisen schon morgen nach New York. Auf keinen Fall lasse ich Sie allein nach Boston fahren, Sharon.« Er packte sie an den Schultern und starrte ihr ins Gesicht. »Hören Sie, Sha-

ron? Sie werden die Kutsche nehmen, und Sie nehmen den Stalljungen mit!«
In Sharons Augen schimmerte es feucht. »Sie sind so gut zu mir, Kevin.« Brown fühlte, wie sie plötzlich unter seinen Händen zusammensackte, als ob sie alle Kraft verloren hätte. Tränen standen jetzt in ihren Augen.
»Es ist gut, Kevin, ich werde auf die Kutsche warten. Aber beeilen Sie sich. Und machen Sie nicht so ein zorniges Gesicht«, flüsterte sie. »Habe ich nicht schon Kummer genug gehabt?«
Ihre leise Stimme spülte Browns Ärger rasch fort. Er ließ die Hände sinken und ging zur Tür. »Gut, Sharon«, sagte er. »Ich werde die Kutsche und den Jungen holen. Es wird nicht lange dauern, in spätestens einer halben Stunde bin ich zurück.«

Eine unübersehbare Menschenmenge hatte sich rings um die Brücke, die Gray's Ferry, versammelt. Die Leute verrenkten sich die Hälse, sie schoben rücksichtslos vorwärts und drängten sich durch die Reihen der vor ihnen Stehenden. Keiner wollte den großen Augenblick versäumen, in dem die Reiterkavalkade des zukünftigen Präsidenten sich näherte.
In Ermanglung anderer Parkplätze war Lion gezwungen, seine Kutsche in unmittelbare Nähe des Musikcorps anzuhalten, das in voller Lautstärke bereits zu spielen begonnen hatte und mit Trommlern und Paukenschlägern einen unbeschreiblichen Lärm veranstaltete.
»Wollen wir ein paar Schritte gehen?« fragte Lion, als er Priscilla aus der Kutsche half. »Man versteht ja sein eigenes Wort nicht bei dem Lärm. Es gäbe da verschiedene Punkte, die ich dringend noch heute mit dir besprechen müßte.«
»Oh, das ist mir sehr recht. Ich habe dir nämlich auch

einiges zu sagen.« Priscilla konnte den Blick nicht von Lion wenden. Er sah prachtvoll aus mit seinem leuchtend blonden Haar und den schneeweißen Breeches, zu denen er schwarze Lackstiefel und ein knapp geschneidertes taubengraues Jackett trug. Priscilla empfand etwas wie leises Bedauern, als sie sah, wie die Damen ihn mit den Augen verschlangen. Wahrhaftig, er war ein Bild von Mann, der Inbegriff eines Helden der Revolution, nur leider nicht der richtige für sie. Der Lieblosigkeit, mit der er ihr zuweilen begegnet war, fühlte sie sich auf die Dauer nicht gewachsen.

Scheinbar spielerisch drehte sich Priscillas nilgrüner Sonnenschirm über ihrem hochgesteckten Haar, während sie Lion auf eine kleine Anhöhe folgte, von der aus man einen Blick auf die Menschenmenge an der Gray's Ferry hatte. In Wirklichkeit war sie nervös und wollte die unangenehme Unterredung so schnell wie möglich hinter sich bringen. Als Lion im Schatten einer Kastanie haltmachte, klappte sie entschlossen ihren Sonnenschirm zu und drehte sich zu Lion um. Sie sah hinreißend aus in ihrem duftigen Musselinkleid, das mit zarten Ranken in der Farbe des Sonnenschirms übersät war. Doch heute kam es ihr ausnahmsweise weniger darauf an, bewundernde Blicke einzuheimsen. Sie wollte sich seiner auf elegante Art ein für allemal entledigen.

»Es fällt mir nicht leicht, es so geradeheraus zu sagen«, begann Priscilla unumwunden. »Ich komme mir auch ziemlich rücksichtslos vor, aber schließlich hast du dich in den vergangen Wochen nicht gerade durch rücksichtsvolles Benehmen ausgezeichnet.« Sie warf Lion einen herausfordernden Blick zu und legte eine eindrucksvolle Pause ein. Als sie sah, daß Lion keine Miene verzog, sondern sie aus halbgeschlossenen Augen amüsiert beobachtete, wurde ihr das Geständnis plötzlich leicht. Bis unter die Haarwurzeln errötend platzte sie heraus: »Es handelt sich um Marcus Reems. Vorgestern abend hat er mir eine Liebeserklärung gemacht. Nachdem ich auf etwas Ähnliches von dir bis zum heutigen Tag vergeblich warte, habe ich seinen Heiratsantrag angenommen.«

Das arrogante Grinsen war plötzlich von Lions Gesicht verschwunden.

Er stand da wie vom Donner gerührt und kämpfte mit aller Kraft gegen den Impuls an, seiner ungeheueren Erleichterung durch einen lauten Juchzer Ausdruck zu verleihen. Dann leuchtete sein Gesicht auf, und er griff nach Priscillas Hand. Das strahlende Lächeln, mit dem er seine weißen Zähne zeigte, gab Priscilla einen Stich.

»Ich weiß«, sagte er scheinbar reumütig, »ich habe mich dir gegenüber nicht immer gut benommen, meine Liebe, wie ich zu meiner Schande gestehen muß. Du verdienst einen Mann, der deiner würdig ist.« Eine von Lions blonden Augenbrauen hob sich, leiser Spott funkelte in seinen eisblauen Augen, als er hinzufügte: »Ich bin sicher, daß du die einzig richtige Wahl getroffen hast. Marcus wird sich deiner würdig erweisen, davon bin ich überzeugt.«

Priscilla war sich nicht klar darüber, wie sie die letzte Bemerkung auffassen sollte: als Kompliment oder als Unverschämtheit. Da im selben Moment die Ereignisse unten an der Gray's Ferry in Bewegung gerieten, ließ sie die Frage auf sich beruhen.

Unter der Menschenmenge brach Unruhe aus; ein gewaltiger Jubelruf ertönte wie aus einem Munde. Alles blickte wie gebannt zu dem Hügel jenseits des Flusses hinüber, auf der sich eine Kavalkade von Reitern der Stadt näherte. Der Reiter auf dem weißen Hengst an der Spitze war General George Washington, der erste

Präsident der Vereinigten Staaten von Amerika. Seine blaue Uniform, sein schlicht zurückgekämmtes weißes Haar leuchtete weithin sichtbar in der Sonne. Mit ernstem Gesicht, kerzengerade im Sattel aufgerichtet, ritt er unter dem Jubel der Menge in die Stadt ein.
»So ernst wie heute habe ich General Washington nie zuvor gesehen«, stellte Priscilla fest, als die Hufe des weißen Hengsts über die Bohlen der Brücke donnerten.
»Kein Wunder«, bemerkte Lion trocken. »Er sieht ja auch ernsten Zeiten entgegen.«
Die Brücke hatte sich für den bedeutungsvollen Tag zu einem einzigen Triumphbogen aus Fahnen und Blumengirlanden verwandelt. An ihrem südlichen Ende flatterten die Banner der elf vereinigten Staaten, am anderen Ende wehte die stolze Flagge der Union im Wind. Während Washington, gefolgt von der langen Prozession berittener militärischer Ehrengarden, die Brücke überquerte, schossen die Kanonen Salut. Die Menschenmenge jenseits der Brücke geriet in wilde Bewegung, als die Prozession das Ende der Brücke erreichte und auf die zur City Hall führende Straße einbog. In einer Staubwolke stürmte die Menge hinterher und versuchte, den Zug zu überholen, an dessen Spitze Washington ritt. Es dauerte nicht lange, und ein Spalier von begeisterten Menschen säumte beide Seiten der Straße. Hunderte von Händen streckten sich dem Präsidenten entgegen, jeder wollte dem Mann die Hand schütteln, der die schwere Bürde des höchsten Amtes im Staat auf sich genommen hatte.
Lion und Priscilla beobachteten das Spektakel aus der Ferne. Sie verließen die Anhöhe erst, als sich die Staubwolke verflüchtigt hatte.
»Wolltest du mir nicht auch etwas sagen?« fragte Priscilla. Erst als sich die Aufregung an der Gray's Ferry

gelegt hatte, war ihr wieder eingefallen, daß Lion sich noch nicht zu der angekündigten Eröffnung bequemt hatte. »Um was geht es denn?« erkundigte sie sich ungewohnt freundlich.
»Hm?« Lion blickte zerstreut auf. »Ach so, das meinst du.« Er zuckte die Achseln. »Vergiß es, es war nichts von Bedeutung.« Er grinste. »Man könnte auch sagen, es hat sich inzwischen erübrigt«, fügte er hinzu. »Ich hoffe, du begleitest mich trotzdem zu dem Empfang in der City Hall, wenn ich dich darum bitte?«
»Natürlich, wenn du Wert darauf legst«, stammelte Priscilla verwirrt. Sie konnte sich nicht entsinnen, Lion jemals in so guter Laune erlebt zu haben. Eigentlich hätte sie sich gekränkt fühlen müssen, aber den Empfang wollte sie sich nicht entgehen lassen. Wozu hatte sie sich schließlich das neue Kleid machen lassen? Aber Lion brauchte sich nicht einzubilden, sie käme seinetwegen mit, deshalb fügte sie rasch hinzu: »Marcus wäre natürlich mitgekommen, wenn er nicht ausgerechnet heute dringende Angelegenheiten wegen unserer Hochzeit zu erledigen hätte.«
Galant reichte Lion Priscilla beim Abstieg von dem grasbewachsenen Hügel die Hand. »Wie fürsorglich dein Bräutigam ist!« spöttelte er. »Hätte ich ihm gar nicht zugetraut.«
»Ja, nicht wahr«, stimmte Priscilla ihm sichtlich angetan zu. Dann ging ihr auf, daß sich hinter Lions Bemerkung der blanke Hohn verbarg, und sie sagte spitz: »Die Nachricht von meiner Verlobung mit Marcus scheint dich ja nicht sehr zu treffen. Mich kann das nicht erschüttern, ich weiß, daß du dir nie besonders viel aus mir gemacht hast. Ich frage mich nur, was Marcus sagt, wenn er erfährt, daß das Duell, auf das er sich schon innerlich eingestellt hatte, überhaupt nicht stattfindet.«

»Was du nicht sagst!« Lion brach in schallendes Gelächter aus. »Das ist der beste Witz, den ich in meinem ganzen Leben gehört habe!« Lion bog sich vor Lachen. Nachdem er sich die Tränen aus den Augen gewischt hatte, wandte er sich schmunzelnd zu Priscilla um. »Du kannst Marcus sagen, daß ich nicht daran denke, mich mit ihm zu schlagen. Meinetwegen braucht er sich keine Sorgen zu machen, so leicht lasse ich mich nicht aus der Ruhe bringen. Eine geplatzte Verlobung ist in meinen Augen keine Tragödie. Ich hoffe, ihr werdet glücklich miteinander. Meinen Segen habt ihr jedenfalls.«
»Wie beruhigend!« Priscilla blieb stehen. »Allzu viel scheine ich dir nicht bedeutet zu haben«, sagte sie vorwurfsvoll. »Ich glaube fast, du bist froh darüber, daß aus unserer Hochzeit nichts wird. Du strahlst ja förmlich vor Erleichterung.«
Lion wollte etwas einwenden, aber sie schüttelte schnell ihre in der Sonne wie Kupfer glänzenden Locken. »Laß nur, Lion«, sagte sie mit einem kleinen abbittenden Lächeln. »Ich bin dir nicht böse. Daß es zwischen uns beiden nicht klappte, war nicht allein deine Schuld. Ich hätte nur noch eine letzte Bitte, Lion.« Priscilla zögerte und blickte einen Moment verlegen zu Boden. Als sie wieder aufsah, wich sie Lions erstauntem Blick nicht aus. Sie sah ihm fest in die Augen – zum erstenmal, seit er sie kannte, ohne versteckte Absichten oder Hintergedanken. Lion erkannte es an dem Nachdruck, den sie ihren Worten verlieh.
»Es geht um Sharon, Lion«, sagte Priscilla ruhig. »Würdest du ihr etwas ausrichten, falls ich sie vor der Abreise nach New York nicht mehr sehen sollte?«
Lion nickte schweigend, fast betroffen. »Gut«, sagte Priscilla. »Ich möchte, daß du Sharon sagst, wie sehr ich

mein Benehmen ihr gegenüber bereue. Ich hoffe, daß sie mir verzeiht, und daß wir trotz allem eines Tages wieder Freundinnen sein werden. Sag ihr das bitte.«
Lion konnte sich keinen Reim aus dem Ganzen machen. Aber seine Betroffenheit über Priscillas seltsame Äußerungen verflüchtigte sich schnell. Als er Priscilla wieder in die Kutsche half, um mit ihr zu dem Empfang zu fahren, fühlte er sich frei und unbeschwert wie lange nicht mehr. Eine glückliche Fügung des Schicksals hatte ihn vor dem Alptraum einer unglücklichen Ehe bewahrt. Jetzt galt es nur noch die Hürden zu überwinden, die ihm den Weg zu Sharon versperrten.

In Reitdreß und Stiefeln, die fertig gepackte Reisetasche neben sich, sehnte Sharon Browns Rückkehr herbei. Eine halbe Stunde wartete sie bereits, und er war immer noch nicht gekommen. Die Stille im Haus machte sie ganz krank. Seufzend überlegte Sharon, ob sie nicht lieber in den Stall gehen sollte, dort würde ihr wenigstens Heaven Gesellschaft leisten. Lange konnte es ja nicht mehr dauern, bis Brown mit der Kutsche und dem Stalljungen erscheinen würde. Nach kurzem Zögern packte Sharon entschlossen ihre Reisetasche und verließ die Küche. Jetzt brauchte sie sich nur noch von Wong zu verabschieden, aber zuvor würde sie einen letzten Blick in die Bibliothek werfen. Sie betrat den Raum und ließ ein letztesmal den Blick umher wandern. Dann läutete sie nach Wong.
Da sie dies höchst selten getan hatte, kam der Chinese diensteifrig herbeigelaufen, stürzte, ohne anzuklopfen, ins Zimmer und sagte ganz atemlos: »Ja, Missy Shalon? Soll ich Ihnen blingen Tee?«
»Nein, nein Wong, jetzt nicht. Kommen Sie herein, kommen Sie her.«

Als Wong vor ihr stand, holte Sharon tief Luft und sagte: »Ich möchte mich von Ihnen verabschieden, Wong. Ich fahre weg, die Kutsche wird gleich hier sein.«
»Wie bitte, Missy Shalon?«
»Ich gehe weg, Wong. Wahrscheinlich für immer.«
»Abel . . . O nein, Missy Shalon!« Zum erstenmal, seit Sharon den Chinesen kannte, trat ein Ausdruck von Bestürzung auf sein Gesicht. Er starrte Sharon entgeistert an. »Ml. Hampshile nichts davon wissen, daß Sie wegfahlen, el nichts sagen heute molgen. Ml. Hampshile fuchsteufelswild, wenn ich Sie lassen wegfahlen. El mich schmeißen aus Haus!«
»Wong, Wong, nun hören Sie mir einmal gut zu.« Sharon schüttelte den Kopf, sie ergriff Wongs Hand und sagte eindringlich: »Mr. Hampshire kennt die Gründe, die mich veranlassen wegzugehen. Sie haben nichts zu befürchten, er wird Ihnen nichts tun. Also seien Sie vernünftig, und beruhigen Sie sich. Wenn Brown kommt und nach mir fragt, sagen Sie ihm, ich sei schon zum Stall vorausgegangen.«
Wong schüttelte ernst den Kopf. »Ich glaube nicht, daß Sie das tun sollten, Missy.«
»Wong!« sagte Sharon mit ungewöhnlich strenger Stimme. »Sie sollten es mir nicht unnötig schwermachen. Gehen Sie wieder hinauf und packen Sie Mr. Hampshires Koffer fertig. Sehen Sie zu, daß nichts vergessen wird, und packen Sie die Sachen sorgfältig ein. Und nun leben Sie wohl, Wong.«
»Ja, Missy, gut, Missy, wie Sie wollen.« Wong lief Sharon nach, als sie die Bibliothek verließ. An der Tür, die in den Garten hinausführte, holte er sie ein. »Abel . . . Abel Sie welden Ml. Hampshile sagen, daß ich velsuchen, Sie zulückhalten, nicht wahl?«
»Machen Sie sich keine Sorgen, Wong. Vergessen Sie

nicht: es ist zu Mr. Hampshires Bestem, daß ich dieses Haus verlasse.«
»Hoffentlich, Missy!« sagte Wong mit einem tiefen Seufzer. Er stand immer noch kopfschüttelnd an der Hintertür, als Sharon längst in den Ställen verschwunden war.
Das Abfeuern der Kanonen und das nicht enden wollende Glockengeläut hatten Heavens Nerven offensichtlich arg strapaziert. Sie tänzelte nervös und versuchte nach hinten auszubrechen, als Sharon den Stall betrat. Sie stellte ihre Reisetasche ab, trat neben das aufgeregte Pferd und tätschelte beruhigend seinen Hals.
»Hab noch ein wenig Geduld, mein Liebling«, sagte sie zärtlich. »Nur ein paar Minuten noch, dann holen wir dich aus der engen Box, und du kannst dich nach Herzenslust austoben. Du wirst dich hübsch brav einspannen lassen und mich auf eine lange Reise begleiten.«
»Das glaube ich nicht!« sagte hinter Sharons Rücken eine rauhe Stimme. Sharon wirbelte herum, aber noch bevor sie den Mann zu Gesicht bekam, warf er ihr von hinten ein zu einer losen Schlinge verknotetes Tuch über die Augen. Blitzartig zog sich die Schlinge zu, der gewaltsame Ruck ließ Sharons Kopf zurückschnappen. Alles weiter war das Werk von Sekunden. Jemand stopfte ihr einen Knebel in den Mund, während man sie gleichzeitig an Händen und Füßen fesselte. Sharons Befürchtung, daß es sich nicht um einen, sondern um zwei Angreifer handeln müsse, bestätigte sich, als man sie aus dem Stall schleifte.
»Was ist mit der Reisetasche«, hörte sie eine Stimme fragen. »Bleibt die hier?«
Und die rauhe Stimme, die sie bereits kannte, antwortete: »Wozu mitnehmen? Sie wird sowieso keine Verwendung mehr dafür haben.«

Nachdem die beiden Männer Sharon in die Kutsche verfrachtet hatten, setzte sich das Gefährt in Bewegung. Sharon war sich klar darüber, daß jede Hoffnung auf Hilfe vergeblich war. Der Zeitpunkt der Entführung war gut gewählt; die ganze Stadt hatte sich aufgemacht, um bei dem großen Ereignis an der Gray's Ferry zugegen zu sein. Annähernd zwanzigtausend Menschen mußten sich dort versammelt haben, um General Washington zuzujubeln, flog es Sharon durch den Kopf, während man sie hier in aller Ruhe entführte. Kein Wunder, daß die beiden sich seelenruhig unterhielten. Ihrem Gespräch war nicht zu entnehmen, wohin man sie brachte, aber offensichtlich waren sie mit ihrem Auftraggeber verabredet. Dieser dritte Mann wartete außerhalb der Stadt, soviel wurde Sharon klar, als die Kutsche plötzlich wegen des holpriger werdenden Bodens langsamer fuhr und nach etwa zwei Meilen stehenblieb.
Einige Minuten vergingen, dann wurde von außen scharf an den Schlag geklopft. Die Männer stiegen aus und warfen die Tür hinter sich zu. Sharon lehnte gefesselt, geknebelt und mit verbundenen Augen in ihrer Ekke und versuchte zu verstehen, was draußen gesprochen wurde. Obwohl Sharon sich während der ganzen Fahrt weder gerührt noch einen Laut von sich gegeben hatte, wurde das kurze Gespräch außer Hörweite geführt.
Auch ohne die Stimme des dritten Mannes zu hören, wußte Sharon, daß es nur Marcus sein konnte. Er und kein anderer hatte die Entführung geplant und von gedungenen Helfershelfern ausführen lassen. Aber zu welchem Zweck? Hatte er vor, Lion zu erpressen, oder war er auf Rache aus? Sharons Grübeln führte zu keinem Ergebnis. Zum erstenmal im Leben war sie völlig ratlos. Sie wußte nur, daß ihre Situation so gut wie hoff-

nungslos war. Wenn ihr nicht der Zufall zu Hilfe kam, war sie verloren. Aller Mut würde ihr nichts nützen, aus eigener Kraft würde sie sich nie befreien können. Während sie noch verzweifelt versuchte, die jäh in ihr aufsteigende Panik niederzuringen, kamen die beiden Männer zurück. Der dritte war so plötzlich verschwunden wie er gekommen war.

Sharons Gehirn arbeitete fieberhaft, während die beiden sich lachend über das Geld unterhielten, das sie für ihre schmutzige Arbeit bekommen würden. Sie beglückwünschten sich gegenseitig zu ihrem leicht erworbenen Reichtum, klatschten sich auf die Oberschenkel und fingen an, billigen Fusel in sich hineinzuschütten. Sharon hörte, wie der Mann auf dem gegenüberliegenden Sitz die Flasche entkorkte, bevor er sie zum dritten Mal dem neben ihr Sitzenden herüberreichte. Er war der Gefährlichere von den beiden, derjenige, der ihr die Augenbinde übergeworfen und ihren Kopf so brutal zurückgerissen hatte. Er fluchte laut, als der andere den Schnaps auf den Boden verschüttete. Sharon erschauerte jedesmal, wenn sie seine Stimme hörte. Sie wußte, von diesem Menschen hatte sie kein Fünkchen Mitgefühl zu erwarten. Sollte er tatsächlich den Auftrag haben, sie umzubringen, würde er kurzen Prozeß mit ihr machen. Seine Bemerkung über die Reisetasche klang ihr noch im Ohr: ›Sie wird sowieso keine Verwendung mehr dafür haben . . .‹

Die unheilvolle Bedeutung der Worte wurde Sharon so plötzlich klar, daß sie wie unter einem Schlag zusammenzuckte. Übelkeit stieg in ihr auf, der Knebel in ihrem Mund erstickte sie fast. Sie schwankte haltlos zur Seite und hatte nicht einmal mehr die Kraft, ihren Kopf aufzurichten, der gegen die Schulter des neben ihr sitzenden Mannes sank.

Ein Ruck ging durch den Mann, einen Augenblick wurde es totenstill in der Kutsche.

»He ... was soll denn das?« fragte der Mann schließlich verblüfft.

Sharon fing an, lautlos vor sich hinzuweinen. Die Nerven ließen sie plötzlich im Stich.

»Was mag sie nur haben?« fragte der Mann neben ihr konsterniert. »Ob was mit ihr ist?«

»Wieso?« knurrte der andere. »Was soll mit ihr sein? Sie sitzt doch seit Stunden da, ohne sich zu rühren. Wieso sollte plötzlich was mit ihr sein?«

»Was weiß denn ich? Vielleicht ist ihr schlecht geworden. Ein Wunder wär's nicht mit dem Knebel im Mund.«

»Quatsch!« fuhr der Mann auf dem gegenüberliegenden Sitz auf. Er beugte sich vor und beförderte Sharon mit einem Stoß vor die Brust wieder in ihre Ecke.

»He ...« fuhr der andere in die Höhe. »Bist du verrückt geworden? Laß das gefälligst, oder ich schmier dir eine!«

»Sag mal, spinnst du? Sollen wir sie etwa mit Samthandschuhen anfassen? Bei der kommt's doch überhaupt nicht mehr drauf an, kaltgemacht wird sie so oder so!« Er stieß ein gemeines Lachen aus. »Warum sollen wir uns nicht vorher noch ein bißchen mit ihr amüsieren?«

Eine Hand packte Sharon brutal an der Jacke, der oberste Knopf riß ab. Plötzlich schnellte der Sitz neben Sharon hoch, ein dumpfer Schlag, und etwas Schweres schlug so heftig auf dem Boden auf, daß die ganze Kutsche erbebte. Sharon fühlte, wie jemand sie an den Schultern packte und vorsichtig aufrichtete. Eine Hand löste die Augenbinde und befreite sie vorsichtig von dem Knebel in ihrem Mund. Endlich, endlich konnte sie wieder frei atmen.

Sharons Blick fiel auf den Mann, der merkwürdig verrenkt halb auf dem Boden der Kutsche, halb auf dem Sitz gegenüber lag. Aus seiner Nase sickerte Blut. Er lag da wie ein Toter, obwohl er nicht tot sein konnte, denn er atmete gurgelnd. Sie sah schnell weg und versuchte das Gesicht ihres Retters zu erkennen, der sie gerade von den Fesseln befreite, mit denen man ihr Hände und Füße zusammengeschnürt hatte. Es war die kurze Zeitspanne zwischen Abenddämmerung und Dunkelheit, sie konnte die Züge nur undeutlich sehen: die unförmig dicke Nase, die winzigen Augen, den breiten Mund. Er schwitzte vor Anstrengung, auf seinem fetten Gesicht standen dicke Schweißtropfen, seine Kleider starrten vor Schmutz. Er sah aus, als sei er ein volles Jahr lang nicht aus seinen Kleider herausgekommen und hätte sich ebenso lang nicht gewaschen.

»Oh, Gott sei Dank!« seufzte Sharon erlöst. »Ich kann Ihnen nicht sagen, wie dankbar ich Ihnen bin.«

Der Mann blickte auf. »Ich kann's nicht haben, wenn man mit Mädchen so grob umgeht«, brummte er. »Es geht mir gegen den Strich.«

Eine zaghafte, ungläubige Hoffnung flackerte in Sharon auf. Sie war plötzlich hellwach. »Aber ... ich dachte, Sie wollten mich umbringen?« fragte sie vorsichtig.

Der Mann schüttelte angewidert den Kopf. »Ich? Im ganzen Leben nicht. So was brächte ich überhaupt nicht fertig, das hab' ich den anderen gleich gesagt. Ich hätte nicht mal zuschauen können, wenn es soweit ...«

»Aber zugelassen hätten Sie es trotzdem, nicht wahr?« Sharons Stimme zitterte. Die herzerweichenden Töne verfehlten ihre Wirkung nicht. Der Mann begann sich weinerlich zu verteidigen.

»Aber nur wegen dem Geld ... so ein Haufen Kohle auf einmal! Wann kommt unsereiner schon zu so was –

einmal vielleicht in hundert Jahren. Besonders, wenn man keinen Finger dafür zu rühren braucht. Ich sollte ja nur aufpassen, daß Sie ihm nicht abhauen, als er sie in dem Stall kassierte ... als Wache, sozusagen. Das ... andere hätte ich wahrscheinlich gar nicht mitbekommen. Ich hatte sowieso vor, mich vorher zu besaufen.«
»Ich wüßte schon einen Weg, wie Sie aus der Sache herauskommen könnten, ohne ihr Gewissen mit einem Mord zu belasten«, bohrte Sharon sanft weiter. »Sehen Sie den Ring?« Sie hob die Hand und drehte sie langsam. Im bläulichen Schein des Mondes, der durch die Fenster hereindrang, funkelte der Diamant, glühten die Rubine in sanftem Feuer. Sie sah, wie sich seine Augen gierig an dem Ring festsogen und sagte schnell: »Ich gebe Ihnen den Ring, wenn Sie mich laufen lassen. Er ist mehr wert als das Geld, das Sie für den Mord bekommen sollten.« Sie wußte, dieser Mann war ihre einzige Chance. Wenn es ihr nicht gelang, ihn zu überreden, war sie verloren. »Überlegen Sie doch, was könnten Sie schon unternehmen, wenn Ihr Auftraggeber sein Versprechen nicht hält? Vor dem Gesetz ist der Komplize genauso schuldig wie der Täter. Wenn Sie also mitmachen, hat ihr Auftraggeber Sie in der Hand. Ob er Ihnen das versprochene Geld gibt oder nicht – Sie können nichts gegen ihn unternehmen. Wollen Sie sich wirklich auf eine so unsichere Sache einlassen? Auf welche Weise sollte ich eigentlich beseitigt werden? Wollen Sie mir das nicht verraten?«
Man sah dem Mann förmlich an, wie es in seinem Kopf zu rumoren begann. Er schluckte krampfhaft, zerrte an seinem Kragen, der Schweiß floß ihm in Strömen übers Gesicht. Seine flackernden Augen irrten unstet umher. »Wir ...«, würgte er schließlich heraus, » ... ich meine, er sollte Sie in den Fluß werfen, in der Nähe von

Trenton, in den Delaware. Da kommen nämlich die Kutschen vorbei, die nach New York fahren. Ich glaube, das war der Grund, warum es unbedingt bei Trenton passieren sollte. Irgend jemand sollte Sie finden.«
»Eine reizende Überraschung, die man sich da ausgedacht hat!« bemerkte Sharon grimmig. Die Zeit drängte, jetzt mußte sie aufs Ganze gehen. »Hören Sie, Sie sollten sich nicht die Hände schmutzig machen. Warum nehmen Sie nicht den Ring und lassen mich laufen? Ziehen Sie Ihren Kopf aus der Schlinge, bevor es zu spät ist! Auf Mord steht der Galgen, das wissen Sie ja. Wollten Sie das wirklich riskieren? Wenn Sie mich laufen lassen, riskieren Sie nichts, und haben trotzdem einen Haufen Geld. Mein Pferd würde ich Ihnen noch obendrein geben.«
»Das Pferd nützt mich gar nichts«, sagte der Mann. »Das müssen wir abliefern. Sozusagen als Beweis, daß die Sache geklappt hat. Der zweite Beweis ist Ihre ... Ihre Leiche ... wenn sie nach ein paar Tagen irgendwo angeschwemmt wird ... am Ufer oder so.« Er warf Sharon einen scheuen Blick zu.
»Oder auch nicht«, sagte Sharon ruhig, obwohl ihr die Angst fast das Herz abwürgte. »Der Delaware mündet in den Ozean. Eine Leiche kann also genauso gut ins offene Meer hinaustreiben. So könnten Sie sich doch ohne weiteres herausreden?«
Der Mann überlegte angestrengt. Er kniff die Augen zusammen, warf einen unschlüssigen Blick auf seinen bewußtlosen Kumpan und sagte: »Und wie soll ich dem da die Sache erklären, wenn er zu sich kommt?«
Sharons Augen waren starr auf den Bewußtlosen gerichtet. »Es wird nicht mehr lange dauern ...« Mit beiden Händen umklammerte sie den Arm des anderen. »Wir dürfen keine Zeit mehr verlieren. Warum zögern

Sie noch? Sie brauchen ihm doch nur weiszumachen, Sie hätten mich in den Fluß geworfen, die Sache hätte ihnen zu lange gedauert! Sie haben den Ring und das Pferd, und hier ...« – Sharon knöpfte hastig ihre Jacke auf und zerrte sie sich vom Leib. »Hier haben Sie meine Jacke, werfen Sie die in den Fluß, damit es auch echt wirkt!«

»Aber, wenn er ...«

Der Bewußtlose bewegte sich und stöhnte leise.

»O Gott ... er kommt zu sich! Ich bitte Sie ... um Christi Barmherzigkeit willen, lassen Sie mich gehen!« flehte sie, während sie den Ring vom Finger drehte und ihn dem Mann hinhielt. Er griff danach, drehte ihn hin und her, warf einen raschen Blick auf den Bewußtlosen und starrten einen Moment Sharon unschlüssig an. Plötzlich gab er sich einen Ruck, stieß die Tür auf und rief dem Kutscher zu: »Los, fahr ans Flußufer ... so dicht wie möglich!«

Sharon wurde totenblaß, als der Mann sie rauh am Arm packte. Die Pferde zogen an, die Kutsche machte einen Ruck vorwärts und fuhr langsam an.

»Los, hauen Sie ab – schnell!« zischte er. »Laufen Sie hinten um die Kutsche rum, damit der Kutscher Sie nicht sieht!« Er stieß Sharon aus der fahrenden Kutsche. Sie spürte steinigen Grund unter ihren Füßen, stolperte und fiel der Länge nach hin. Sie hörte das Klappen der Tür, als der Mann in der Kutsche sie zuzog und rappelte sich vom Boden hoch. Einen Augenblick horchte sie angespannt in die Dunkelheit hinein. Irgendwo rechts hörte sie Geräusche, ein gleichmäßiges Rauschen, ein Gurgeln von Wasser ...

Mit einem schaudernden Aufschrei wandte Sharon dem Flußufer den Rücken zu und rannte in die andere Richtung, direkt auf eine Gruppe von Weiden zu, deren dürre Äste gespenstisch zum Himmel aufragten. Ihr Fuß stieß gegen einen Stein, sie fiel wieder hin. Auf Händen und Knien kroch sie in den Schatten des Weidengestrüpps. Dann schlug sie die Hände vors Gesicht, ließ sich vornüber fallen und weinte.

Ein leichter Nieselregen war während der Nacht niedergegangen. Gegen Morgen ließ der Regen nach, und endlich hörte er ganz auf. Das Licht der aufgehenden Sonne bahnte sich einen Weg durch die zerfließenden Nebelschleier im Osten und überzog die langsam dahinziehenden Wolken mit Gold. In dem klaren Himmel sang eine Lerche.

Von bleierner Müdigkeit überwältigt, hatte sich George Washington mit geschlossenen Augen in die Polster seiner Kutsche zurückgelehnt. Colonel David Humphreys, engster Freund und Sekretär des Generals, wechselte einen stummen Blick mit Charles Thomson, dem dritten Passagier. Es war der Mann, der zwei Wochen zuvor nach Mount Vernon gesandt worden war, um dem General die Nachricht von seiner Ernennung zum Präsidenten zu überbringen. Thomson hatte sich der schwierigen Pflicht, den immer noch unschlüssigen Washington von der Richtigkeit des Kongreßbeschlusses zu überzeugen, mit diplomatischem Fingerspitzengefühl entledigt. Nach anfänglichem Zaudern hatte sich Washington bereit erklärt, das Amt als höchster Diener des Staates zu übernehmen. Somit war der erste Auftrag des Kongresses erfüllt. Der zweite betraf die persönliche Sicherheit des zukünftigen Präsidenten während der Reise nach New York, für die ebenfalls Thomson verantwortlich zeichnete.

Washington schien über die Fähigkeit zu verfügen, mit geschlossenen Augen anderer Leute Gedanken zu erra-

ten, wie sich nach dem stummen Blickwechsel seiner beiden Begleiter bald herausstellte. Mit einem belustigten Blick aus halb geöffneten Augen erklärte er seinen erstaunten Mitreisenden: »Sie können sich ruhig unterhalten, meine Herren. Ich schlafe nicht. Ich meditiere.«
»Sehr wohl, Sir!« erwiderte Thomson höflich.
Durch eine plötzliche Schwenkung nach links, die der Kutscher im selben Augenblick vollführte, verlor Colonel Humphreys die Balance, so daß er um ein Haar in Thomsons Schoß gelandet wäre. Noch während er sich hastig aufrichtete, beugte General Washington sich vor: »Was ist denn da los? Ruft da draußen nicht jemand?«
Er drehte sich um und blickte durch das Rückfenster angestrengt auf die Straße.
»Wahrhaftig – da rennt jemand hinter der Kutsche her! Merkwürdig, das scheint ein Junge zu sein. Ein Junge in Reithosen und Stiefeln. Wo mag der sich nur so dreckig gemacht haben? Man könnte glauben der Bursche hätte bis zum Hals im tiefsten Sumpf gesteckt.«
Mit gerunzelter Stirn betrachtete George Washington das sonderbare Individuum, das, verzweifelt mit den Armen wedelnd, hinter der Kutsche herjagte.
»Da muß doch irgendwo was passiert sein«, murmelte er, »auf einer der umliegenden Farmen womöglich. Vielleicht soll der Junge Hilfe holen?« Entschlossen drehte sich Washington zu Humphrey um. »Lassen Sie anhalten, David. Wir werden den Jungen fragen, was er will.«
Der Colonel beugte sich aus dem Fenster und rief dem Kutscher etwas zu. Der Mann nickte und brachte die sechsspännige Kutsche mit einem energischen Ruck zum Stehen. Die Rechte auf dem Pistolengurt, drehte der Kutscher sich um und heftete die Augen mit gespannter Wachsamkeit auf die näherkommende Gestalt auf der Straße.

Charles Thomson räusperte sich unbehaglich. »Sir, ich fühle mich verpflichtet darauf hinzuweisen, wenn Sie erlauben . . .«
Mit einer Handbewegung brachte Washington ihn zum Schweigen. Seine gespannte Aufmerksamkeit galt ausschließlich dem Jungen, der sich vergeblich bemühte, den Wagenschlag von außen zu öffnen. Auch David Humphreys Augen wurden immer größer. »Merkwürdig . . .« murmelte er vor sich hin. »Ich könnte schwören . . .«
»Öffnen Sie die Tür!« ordnete der General in energischem Ton an. Der Befehl wurde unverzüglich ausgeführt. Verblüfftes Schweigen breitete sich unter den drei Männern aus, als kaum eine Sekunde später eine von oben bis unten mit Schlamm bedeckte Gestalt mit strahlendblauen Augen in ihrer Mitte auftauchte. Das rätselhafte Geschöpf riß sich mit einer schnellen Handbewegung die schmutzige Mütze vom Kopf, und ein Gewirr langer schwarzer Locken ergoß sich über seine Schultern.
»O General . . . Gott sei Dank!« Aus den tiefblauen Augen stürzte eine Flut von Tränen. »O Colonel Humphrey!« schluchzte Sharon. »Ich kann Ihnen gar nicht sagen, wie mir zumute ist! Ich . . . ich . . .«
Ungeachtet seiner makellosen Generalsuniform schloß Washington Sharon in die Arme und tätschelte väterlich ihr zerzaustes Haar. Dann packte er sie an den Schultern, schob sie auf Armeslänge von sich und sah ihr ins Gesicht.
»Sharon Sayers . . .«, sagte er langsam, »wenn ich dich nicht kennen würde, als wärst du mein eigenes Kind — wahrhaftig, ich würde auf meine alten Tage noch anfangen, an Gespenster zu glauben!«

XXVII

»Damit du von vornherein Bescheid weißt, Clarissa –. wenn du nur Konversation machen willst, bist du heute bei mir an der falschen Adresse!« verkündete Marcus Reems wenig höflich, während er die Tür seines Rauchsalons hinter sich schloß. »Meine Zeit ist bemessen, wie du weißt. Wir waren übereingekommen, daß du die Angelegenheit in eigener Regie erledigen solltest, nachdem ich die Weichen gestellt hatte.« Marcus biß die Spitze einer Zigarre ab, spuckte die Tabakkrümel aus und zündete die Zigarre an. Er warf Clarissa, die Platz genommen hatte, einen scharfen Blick zu. »Und dabei bleibt es – den Rest wirst du selbst erledigen. Ich habe weiß Gott genügend anderes zu tun. Priscilla kann es kaum erwarten, mich zum Altar zu schleppen. Mit anderen Worten, die Hochzeitsvorbereitungen nehmen meine gesamte Zeit in Anspruch.«

Clarissas Lippen verzogen sich zu einem spöttischen Lächeln. »Statt zu jammern, solltest du dich beglückwünschen, mein lieber Marcus. Du hast doch erreicht, worum du dich so emsig bemüht hast. Eine bildhübsche Frau, die rasend in dich verliebt ist, und die noch dazu deinetwegen Lion den Laufpaß gegeben hat . . . was willst du mehr?« Clarissas Augenbrauen hoben sich, sie heftete den Blick auf Marcus' Gesicht und fügte von oben herab hinzu: »Meinetwegen brauchst du dir kein Bein mehr auszureißen. Mit Hilfe deiner unbezahlbaren Tips habe ich die Situation Gott sei Dank unter Kontrolle. Es ist alles erledigt.«

Marcus, der sich gerade einen Brandy einschenkte, wandte den Kopf und warf Clarissa einen scharfen Blick zu. »Darf man fragen, was du mit der Kleinen gemacht hast?«

»Man darf. Soviel ich weiß, befindet sie sich irgendwo im Delaware.« Clarissas Stimme klang gelassen und heiter. »Ohne Boot natürlich.«
»Eine reichlich drastische Maßnahme, findest du nicht?«
»Wenn ich mich recht entsinne, warst du derjenige, der vorschlug ›Nägel mit Köpfen‹ zu machen«, sagte Clarissa mit honigsüßer Stimme. »Wie gut, daß ich mich nicht darauf verlassen habe. Im Gegensatz zu dir führe ich nämlich zu Ende, was ich beginne, weil ich prinzipiell auf Nummer Sicher gehe.« Sie hatte plötzlich ein stählernes Funkeln in den Augen. »Die Sache ist erledigt, Marcus, jedes weitere Wort darüber erübrigt sich. Ich bin aus einem anderen Grund gekommen.«
Clarissa biß sich auf die Lippen. Sie brauchte Marcus, dringend sogar. Wenn er ihr nicht noch ein letztesmal unter die Anne griff, war sie geliefert. Sie wußte, daß man mit schönen Worten bei ihm alles erreichte. Ihrem Lächeln hatte er noch nie widerstehen können.
Aus weit geöffneten Augen blickte Clarissa Marcus an. Ihr schüchternes Lächeln wirkte mädchenhaft und rührend. »Ich bin ohne mein Verschulden in eine peinliche Situation geraten, Marcus«, gestand sie aufseufzend. »Diese . . . Leute, die in meinem Auftrag die Sache erledigt haben, wollten natürlich sofort Geld sehen, nachdem alles vorüber war. Als ich ihnen die vereinbarte Summe aushändigte, zog der eine plötzlich einen Ring aus der Tasche – ein goldener Reif mit einem großen, in Rubine gefaßten Diamanten. Das Mädchen – diese South – hat den Ring angeblich von Lion geschenkt bekommen.« Hastig sprach Clarissa weiter, sie schien erregt, ihre Wangen waren hektisch gerötet. »Sie muß ein fürchtbares Theater gemacht haben, als man ihr den Ring abnahm. Jedenfalls, wie dem auch sei, der Kerl

hatte den Ring und wollte ihn mir unbedingt verkaufen.« Clarissa schwieg einen Augenblick und senkte den Blick auf ihre Hände, die in ständiger Bewegung waren. Schließlich warf sie Marcus einen unsicheren Blick zu und stieß aufgeregt hervor: »Der Preis, den er für den Ring forderte, ist so horrend, daß ich spontan ablehnte. Aber dann machte er eine Bemerkung, die mich stutzig machte. Er sagte: ›Es wäre besser, Sie würden den Ring kaufen. Sie sehen ja, die Initialen SH sind innen eingraviert. Man kann nie wissen, ob er nicht in die falschen Hände gerät, wenn Sie ihn nicht kaufen . . .‹ Mir war natürlich in dem Moment sofort klar, was gespielt wird.« Clarissas engelhaft reine Augen richteten sich flehend auf den Mann, der sie mit unbewegtem Gesicht betrachtete. »Versteh doch, Marcus . . .«, sagte sie mit gerungenen Händen. »Der Kerl versucht, mich zu erpressen!«

»Wieviel?« erkundigte sich Marcus kalt.

Als sie zögernd die Summe nannte, stand er auf. Ohne eine Miene zu verziehen, ging er wortlos zu seinem Sekretär und nahm eine Geldkassette heraus. Während er die von Clarissa benötigte Summe in einen ledernen Beutel zählte, sagte er gelassen: »So, das wär's.« Er schloß die Kassette weg, drehte sich zu Clarissa um und fragte: »Sonst noch was? Ich werde nämlich in Mansion House erwartet – zum Tee.«

»Ja, da wäre noch etwas, Marcus.« Clarissa zögerte. »Ich hatte gehofft, man würde das Mädchen finden, am Ufer irgendwo . . . du weißt schon. Aber anscheinend ist die Strömung ausgerechnet an dieser Stelle so reißend, daß . . . daß alles ins offene Meer hinaustreibt. Das Problem ist: Wie soll man Lion davon überzeugen, daß sie tot ist, wenn ihre Leiche nie gefunden wird?«

Ohne jede Eile, mit lautlos gleitenden Schritten, ging Marcus auf Clarissas Sessel zu. Lächelnd blieb er vor ihr stehen und meinte spöttisch: »Du bist doch sonst ein so kluges Kind, meine reizende Clarissa. Die Lösung ist doch ganz einfach. Irgendwann in den nächsten Tagen kreuzen die beiden Subjekte, die das Mädchen entführt und erledigt haben, als Bettler verkleidet an der Haustür von Mansion House auf und bitten um eine warme Mahlzeit. Das Pferd des Mädchens bringen sie natürlich als Beweis für die schaurige Geschichte mit, die sie der guten Smith auftischen, während man sie bewirtet. Sie haben mit eigenen Augen gesehen, wie das Pferd am Fluß ein Mädchen abwarf – da, wo die Uferböschung sehr steil und die Strömung reißend ist. Das arme Ding stürzte kopfüber ins Wasser und wurde von der Strömung mitgerissen. Alles übrige kannst du getrost der guten Smith überlassen. Sie war die Vertraute der Kleinen und wird nichts Eiligeres zu tun haben, als zu Lion zu laufen. Siehst du, so einfach ist das!«
Lächelnd beugte Marcus sich über Clarissa und ließ den mit Goldstücken gefüllten Lederbeutel in ihren Schoß fallen. »Wenn du demnächst Mrs. Hampshire wirst, kannst du es mir gelegentlich zurückzahlen . . . es eilt nicht. Bis dahin, schlage ich vor, sollten wir uns möglichst nicht sehen, du und ich. Eine reine Vorsichtsmaßnahme, die ich wohl nicht zu erläutern brauche. Der Grund liegt auf der Hand: jemand könnte auf den Gedanken kommen, zwei und zwei zusammenzählen, wenn man uns zusammen sieht. Und darauf wollen wir es lieber nicht ankommen lassen, nicht wahr, mein kluges Kind?«

Es erfüllte Clarissa mit heimlicher Bewunderung, mit welcher Präzision die von Marcus lässig aus dem Hand-

gelenk geschüttelte Strategie funktionierte. Befriedigt stellte sie fest, daß ihr sorgfältig ausgearbeiteter Plan nicht eine einzige schwache Stelle aufwies – abgesehen von der leidigen Geschichte mit dem Ring natürlich. Daß sie Unsummen für ein Schmuckstück hatte bezahlen müssen, das ihr nicht einmal gefiel, wurmte sie maßlos. Aber schließlich, was bedeutet das schon im Vergleich zu dem Hochgefühl, das sie erfüllte, wenn sie sich vorstellte, in wenigen Wochen Lions Frau zu sein. Der Weg zu Lion war frei, das trennende Element beseitigt. Jetzt konnte sich ihr keine South mehr in den Weg stellen – die lag längst auf dem Meeresgrund, wenn für sie die Hochzeitsglocken läuteten. Nur das zählte, alles andere war bedeutungslos.
Clarissa tastete in ihrem seidenen Pompadour nach dem viel zu teuer bezahlten Ring, der einmal Lions Mutter und später Sharon gehört hatte. Sie hatte beschlossen, das Ärgernis erregende Schmuckstück in New York zu verkaufen. Nachdem sie sich vergewissert hatte, daß der Ring noch vorhanden war, entfaltete sie den Brief, den Marcus ihr an diesem Morgen durch einen als Laufburschen verkleideten Diener hatte zustellen lassen.
Es erfüllte sie mit unbeschreiblichem Triumph, den Brief wieder und wieder zu lesen. Sie las ihn zum viertenmal.

22. April 1789, 11 Uhr

Das Bewußtsein, am morgigen Tag mit Priscilla den Bund fürs Leben zu schließen, sowie eine tüchtige Portion Brandy, haben den Beschluß begünstigt, ein letztes Mal von mir hören zu lassen. Außerdem möchte ich Dir eine Reihe erfreulicher Informationen nicht vorenthal-

ten, die sowohl für Dich als auch für mich von größter Wichtigkeit sind, zumal wir im selben Boot sitzen.
Der reibungslose Ablauf der betreffenden ›Angelegenheit‹ ist nach meiner Ansicht auf die bemerkenswert schauspielerischen Qualitäten deiner ›Leute‹ zurückzuführen, die mit großer Überzeugungskraft Smith die Geschichte auftischten. Tränenüberströmt identifizierte besagte Smith die Stute. Dann machte der gute Wickham sich auf den Weg, um Brown zu suchen. Er fand ihn in einem Pub bei Ale und Pharao-Spiel. Der Ärmste, der gerade eine Glückssträhne hatte, wurde schlagartig nüchtern, als er die traurige Nachricht erfuhr, was darauf schließen läßt, daß er ebenfalls bis über beide Ohren in die Kleine verschossen war. Brown begab sich natürlich stehenden Fußes zu Lion, der sich gebärdet haben soll wie ein Irrer, als er die Hiobsbotschaft erhielt. Angeblich verrammelte er sich sechsunddreißig Stunden lang in seinem Schlafzimmer, wo er getobt haben soll wie ein wildes Tier. Keiner von den Dienstboten wagte sich in seine Nähe, nicht einmal Wong. Smith hat ihn schließlich durch stundenlanges Zureden (durch die geschlossene Tür!) wieder einigermaßen zur Vernunft gebracht.
Lions Reaktion auf die von Brown überbrachte Nachricht ist vermutlich nicht die von Dir erhoffte, aber es ist wohl überflüssig zu erklären, daß ich mich für manches entschädigt fühlte, als ich davon erfuhr.
Priscilla und ich werden am fünfundzwanzigsten nach New York reisen. Sie hat sich in den Kopf gesetzt, die ersten Tage unserer Ehe auf dem Gut zu verbringen, das ich in den Woodlands gekauft habe. Ich werde ihr den Wunsch erfüllen, allerdings nur für einige Tage. Spätestens zwei Tage vor der Amtseinführung werden wir nach New York zurückfahren.

Wenn nichts dazwischenkommt, werden wir also beide den ersten Teil unserer Flitterwochen in New York verbringen und uns vermutlich dort sehen.
Bis dahin verbleibe ich in alter Verbundenheit

stets der Deine
M.

XXVIII

Nachdem General Washington sich voller Mitgefühl Sharons tränenreiche Beichte angehört, sie an sein väterliches Herz gedrückt und sie von jeglicher Schuld freigesprochen hatte, waren alle recht ratlos, was man nun mit Sharon anstellen sollte. In Abwesenheit der Ehefrauen zusammen mit einem jungen Mädchen die Reise fortzusetzen, hätte eine Katastrophe heraufbeschworen. Nach langen Beratungen kam man überein, Sharon als Ordonnanz Colonel Humphreys mitzunehmen. Bei der erstbesten Gelegenheit wurden ihre Kleidungsstücke, die Breeches und ein Wollhemd, einer Reinigung unterzogen. Für Sharon grenzte es an ein Wunder, ihre Sachen in völlig verändertem Zustand wiederzusehen, nachdem sie die erste Nacht hindurch in einem Gasthof in Princeton geschlafen hatte wie eine Tote. Als sie fertig angezogen war, wurde sie kritisch von General Washington und Colonel Humphreys begutachtet, bevor sie sich in der Wirtsstube blicken lassen durfte. Die hohen Herren kamen übereinstimmend zu dem Schluß, daß Sharons zierliche Figur durchaus von Vorteil sei, weil es ihr ermögliche, sich hinter den breiten Rücken der mitreisenden Herren zu verstecken.

Die Nacht vom zweiundzwanzigsten auf den dreiundzwanzigsten April verbrachten die Insassen der Kutsche im Hotel Samuel Smith in Elizabeth Town. Sharon hatte sich auf die Suche nach Colonel Humphreys begeben und drückte sich verstohlen in allen möglichen Ecken des großen Hotels herum. Nachdem ihre drei Beschützer an einem Meeting in der Boxwood Hall teilgenommen hatten, sollte der letzte Teil der Reise, die fünfzehn Meilen bis Manhatten Island, per Schiff zurückgelegt werden.

Sharon atmete erleichtert auf, als endlich Colonel Humphreys auftauchte. »Gott sei Dank, daß Sie da sind!« sagte sie aufgeregt. »Ich dachte schon, Sie hätten mich vergessen und wären ohne mich weitergefahren.«

Humphreys lächelte sie von sehr hoch oben her wohlgefällig an. Er war ein Turm von einem Mann, eine blendende Erscheinung mit vollem, leicht ergrautem Haar und strahlenden, ausdrucksvollen Augen. »Welcher Mann könnte Sie vergessen, kleine Elfe!« erwiderte er mit charmantem Lächeln.

»Nun ja, wir fahren doch sicher gleich weiter, und ich weiß immer noch nicht, was aus mir wird.«

»Das ist alles bestens geregelt. Wir haben uns Gedanken darüber gemacht, der General und ich. Ich war dafür, daß man Sie bei den Hamiltons unterbringt, wo Sie mit Sicherheit gut aufgehoben gewesen waren. Aber der General war dagegen, vermutlich weil sein Verhältnis zu Alexander Hamilton nicht das beste ist.« Humphreys klopfte Sharon liebevoll auf die Schulter. »Keine Angst, mein Kind, Sie werden trotzdem zufrieden sein. John und Sarah Jay werden Sie bei sich aufnehmen. Sarah ist ungefähr in Ihrem Alter, Sie werden sich großartig mit ihr verstehen. Jay ist mit der Eskorte von New York gekommen, um den General abzuholen.

Er hat uns versichert, daß er und Sarah Sie mit offenen Armen aufnehmen werden.«
Sharon sah mit großen fragenden Augen zu dem baumlangen Mann auf. »Und später?«
Der Colonel lachte. »Sich darüber jetzt schon den Kopf zu zerbrechen, wäre entschieden verfrüht. Stürzen Sie sich in den Trubel und amüsieren Sie sich nach Herzenslust. Denken Sie nicht an die Zukunft, darüber werden wir uns Gedanken machen, wenn nach der Amtseinführung wieder ruhigere Zeiten anbrechen.« Mit einem beschwichtigenden Lächeln fügte er hinzu: »Sie kennen doch General Washington und müßten aus Erfahrung wissen, daß seine besondere Liebe den Kindern gehört. Er wird bestimmt mit Mrs. Washington über Sie sprechen, wenn Sie in einigen Tagen nachkommt. Wer weiß, vielleicht nimmt er sie in seinem eigenen Haus auf? Ich halte es für durchaus möglich.«
Sharons Augen umschatteten sich. Ihre Stimme hing fremd und kühl. »Möglich vielleicht, Colonel«, sagte sie. »Das Problem ist nur – ich bin kein Kind mehr.«

Es war ein langer anstrengender Tag. Alle strahlten Wohlwollen aus, alle bemühten sich um Sharon. Ihre Lippen waren schon ganz steif und gefühllos vom ständigen Lächeln. Trotz des festlichen Trubels, in dessen Sog sie geraten war, wich die anfängliche Erleichterung, das rauschhafte Gefühl, in letzter Sekunde dem Tod entronnen zu sein, einem Gefühl der Niedergeschlagenheit und Leere. Jetzt, da sie unter ihrem eigenen Namen wieder in die gesicherte Atmosphäre ihres früheren Lebens eintauchte, erschienen die Wochen und Monate mit Lion ihr unwirklich wie ein bittersüßer Traum. Sie hatte ihn für immer verloren, und sie trieb wie ein fal-

lender, sich immer weiter von ihm entfernender Stern einer dunklen Zukunft entgegen.
An den Docks von Manhatten Island hatten sich zum Empfang des Generals und zukünftigen Präsidenten Tausende von Menschen versammelt. Für Sharon bestand die nächste Stunde in einem Taumel verwirrender Eindrücke. Das letzte was sie an diesem Tag von Washington sah, war sein blau betuchter Rücken, als er auf einem roten Teppich zu den Docks emporstieg. Dann versperrte die ungeheuere Menschenmenge, die den General jubelnd umringte, ihr die Sicht. Eingepfercht in einen Wall breitschultriger Männergestalten, wurde sie vorwärtsgeschoben, willenlos und jedes klaren Gedankens unfähig. John Jay packte sie fürsorglich am Arm und half ihr die Stufen zu den Docks hinauf. Die ritterliche Geste bewahrte sie zwar davor, von den Menschenmassen erdrückt zu werden, aber oben auf den Docks übergab er sie seinem Kutscher mit dem Auftrag, sie unbeschadet zu Hause abzuliefern.
Washington setzte seinen Weg durch das jubelnde Menschenspalier fort, während die Kutsche, in der Sharon saß, die entgegengesetzte Richtung einschlug und über den Broadway zu der Jay'schen Residenz rollte.
Sie war plötzlich zum Umfallen müde, zu Tode erschöpft. Es war einfach zuviel gewesen, so daß alle Ereignisse der Vergangenheit die Gestalt eines langen wirren Traums annahmen.

Das Haus der Jays war nicht nur eins der größten, es war auch der Mittelpunkt des gesellschaftlichen Lebens in New York und galt als tonangebend in allen Fragen des guten Geschmacks.
Sharon lächelte, als sie sich in dem riesigen Salon umsah, in dem die Jays ihre Tees, Soireen und Bälle gaben.

Ihre Gastgeber hatten es verstanden, dem Raum einen Hauch erlesener Eleganz und zugleich die wohltuende Atmosphäre bürgerlicher Behaglichkeit zu verleihen. Da gab es kostbare Möbel im Sheraton- und Chippendalestil, reichgeschnitzte Tische, Silberschalen und Kristallvasen, während die übrige Einrichtung einen einfacheren Geschmack verriet.
Nachdem Sharon sich in den unteren Räumen umgesehen hatte, streckte ihr Sally beide Hände entgegen und führte sie durch das eichengetäfelte Treppenhaus in ihr Zimmer im oberen Stock. Es war ein hübsches Zimmer, eine Mischung aus Schlaf- und Wohnraum. Die Möbel – Fauteuils, Stühle, ein Sofa – waren mit blaugold gestreiftem französischem Satin bezogen, der Baldachin über dem Sheraton-Himmelbett und die gebauschten Vorhänge aus demselben Stoff. Sharon mußte ein heißes Bad nehmen und in eins der Kleider schlüpfen, die Sally in ihren Schrank hatte hängen lassen. Dann wurde sie von den Kindern geräuschvoll begrüßt, die sie wie eine ältere Schwester in ihrer Mitte aufnahmen. Ebenso spontan, wie sie sich vom ersten Augenblick an zu Sally hingezogen fühlte, empfand sie herzliche Zuneigung zu diesen Kindern mit den frischen Gesichtern. Alle hatten die großen, weit auseinanderstehenden Augen ihrer Mutter, leuchtend blau, klar und strahlend.
Das Haus war stets voller Gäste und Besucher, von denen einige zu Sallys Verwandtschaft gehörten. Alle Freunde sowie Verwandte, vor allem Sallys Schwestern, behandelten Sharon mit der größten Herzlichkeit. Trotzdem fand sie es unmöglich, die vielen neuen Gesichter auseinanderzuhalten, was bei der Anzahl von Besuchern, die täglich ins Haus strömten, kein Wunder war.
Sharon wurde mit der größten Selbstverständlichkeit in den Kreis um John und Sally Jay aufgenommen, Gene-

ral Washington, der von seinen häufigen Besuchen in Hickory-Grove Sharons Verhältnisse wie kein zweiter kannte, hatte John Jay vorsorglich über Sharons Herkunft und den tragischen Verlauf der Dinge nach dem Tode ihrer Eltern aufgeklärt. Natürlich hatte Jay nicht nur Sally und die Kinder, sondern auch den engeren Bekannten- und Freundeskreis darüber unterrichtet. Die Folge bestand aus einer Welle warmherziger Anteilnahme, die Sharon von allen Seiten entgegenströmte. Jeder wollte das schöne geheimnisumwitterte Geschöpf kennenlernen, das in Männerkleidern in New York eingetroffen war. Man überschüttete Sharon nicht nur mit Liebenswürdigkeiten, man tat sein möglichstes, um ihr über die erlittenen Schicksalschläge hinwegzuhelfen. Ein Hagel von Einladungen ging über Sharon nieder. Sally und John, die Sharon behandelten wie eine Schwester, hätten sie am liebsten überallhin mitgeschleppt, aber Sharon zeigte wenig Lust, das Haus zu verlassen. Wenn Gäste kamen, und Sally darauf bestand, sie vorzustellen, begrüßte sie die Leute freundlich und zog sich bei erster Gelegenheit wieder in ihr Zimmer zurück. An dem Tag, als die Binghams zum Tee erschienen, ließ sie sich überhaupt nicht blicken, sondern weigerte sich zu Sallys Bestürzung strikt, ihr Zimmer zu verlassen.
Dafür kam Sally aus dem Staunen nicht heraus, als eines Tages James Madison und Edmund Randolph zum Lunch kamen. Ganz erschüttert beobachtete sie die Verwandlung, die an diesem Tag mit Sharon vorging: ihre Augen strahlten, ihre blassen Wangen überzogen sich mit einem rosigen Hauch, und ihr helles, klingendes Lachen erfüllte das Haus. Sie war vollkommen außer sich vor Freude und schäumte förmlich über vor quirliger Lebendigkeit.

Sally Jay, die sich seit Tagen vergeblich den Kopf darüber zerbrach, was sie nur anstellen sollte, um Sharons trübselige Stimmung etwas aufzuheitern, faßte neue Hoffnung. Als Madison und Randolph sich verabschiedet hatten, ließ sie sich mit Sharon auf einem der satinbezogenen Sofas nieder und setzte zu der längeren Rede an, die sie sich im Verlauf des Mittagessens zurechtgelegt hatte.

»Gestern abend konnte ich mich nicht genug über John wundern«, begann sie in völlig unverfänglichem Ton. »Im allgemeinen ist er Fremden gegenüber ziemlich zurückhaltend und außerordentlich vorsichtig in der Wahl seiner Freunde. Aber gestern in der City Tavern muß er einen Mann kennengelernt haben, der ihn regelrecht faszinierte. Ob du es glaubst oder nicht – er redet pausenlos von diesem interessanten Mann!« Sally warf sich mit zurückgebogenem Kopf in ihre Sofaecke zurück und brach in helles Gelächter aus. »Ich glaube, am liebsten hätte er ihn gestern abend noch hergeschleppt, nur um ihn mir vorzuführen! Die begeisterten Schilderungen hättest du nur hören müssen ...« Sie schlug die Hände zusammen wie ein übermütiges Kind und wollte sich ausschütten vor Lachen. »Groß, breitschultrig, eine blendende Erscheinung! Tadellos angezogen, ein Gentleman vom Scheitel bis zur Sohle! Ein Mann von ungewöhnlicher Intelligenz, ein Mann mit geradezu brillanten geistigen Fähigkeiten! Ein Mann, der es noch weit bringen wird und der einer glänzenden Karriere entgegengeht ... und was nicht sonst noch alles. Nur einen winzigen Makel hat diese Traumgestalt von einem Mann: ätzenden, bitteren Sarkasmus. John führt das auf seelische Vereinsammung zurück. Er sagt, dieser Mann hätte einen schrecklich einsamen und verbitterten Eindruck auf ihn gemacht.« Sally seufzte. »Der Ärmste! Er tut uns richtig leid. Wir haben lange überlegt, wie man ihm helfen könnte. Weißt du, was ich mir gedacht habe, als ich das alles hörte, Sharon?« Sally beugte sich vor, ihr Blick glitt langsam über Sharons Gesicht. »Du wirst es nicht glauben, aber mir flog doch tatsächlich der Gedanke durch den Kopf: Das ist genau der Typ Mann, der zu Sharon Sayers passen würde!«

XXIX

Am Nachmittag hatte sich der Wind gedreht; eine kühle Brise wehte vom Atlantik her über die Stadt. Die Fenster in Sharons Zimmer standen offen, die Vorhänge bewegten sich leicht hin und her. Die Luft strich wie eine kühle Hand über Sharons Schultern. Sie fröstelte. Steif wie eine Puppe hatte sie sich in ihren spitzenbesetzten Unterröcken auf ihrem Bett ausgestreckt und wagte kein Glied zu rühren, aus Angst, ihre Frisur zu ruinieren.

Hätte ich mich nur nicht darauf eingelassen, dachte sie verzweifelt. Wahrhaftig, ich muß den Verstand verloren haben. Ausgerechnet zu einem Empfang lasse ich mich schleppen, zu einer hochoffiziellen Angelegenheit. Die halbe Stadt wird sich dort versammeln ... die Binghams mit Sicherheit auch, mit tödlicher Sicherheit sogar! Und Gott weiß, wer sonst noch alles ...

Sharon schloß die Augen, um Lions Bild auszulöschen, das sich ständig in ihr Bewußtsein drängte. Es nützte nichts. Im Gegenteil, ihr wurde noch elender. Der Gedanke, daß Lion und Priscilla wahrscheinlich inzwischen verheiratet waren, machte sie ganz krank. Sie brauchte sich nur vorzustellen, was sich in der Hoch-

zeitsnacht abgespielt hatte, und schon wurde ihr schwarz vor Augen.
Da klopfte es, und Sally schlüpfte herein. Sie trug ein Kleid aus blaßrosa Brokat, mit Silberfäden durchwirkt. Es sah wundervoll aus zu ihrem kastanienbraunen Haar. Kurz darauf betrat Sallys Zofe das Zimmer. Sie hatte Sharons Kleid auf dem Arm, blaßlila Seide, mit einem weiten gebauschten Rock. Die Pumps, die sie in der anderen Hand hielt, waren von derselben Farbe.
Sally hielt das Kleid hoch und fragte schüchtern: »Gefällt es dir, Sharon? Die Farbe wird dir fabalhaft stehen zu deinen violetten Augen. Meinst du nicht auch?«
Sharon setzte sich auf und schwang die Beine über den Bettrand. »O ja, Sally – es ist wunderschön.«
»Gut. Du kommst gleich nach unten, wenn du fertig angezogen bist? Es gibt nämlich Hummer heute abend. Und zum Dessert ein Riesentablett Eclairs ... ganz frisch aus der Confiserie Pryor. Sie schmecken einfach himmlisch!«
Sally warf Sharon, die immer noch steif aufgerichtet auf der Kante ihres Betts saß, einen irritierten Blick zu. »Du fühlst dich doch hoffentlich wohl, Sharon? Dieser junge Mann, von dem ich dir erzählt habe, wird wahrscheinlich auch an dem Empfang teilnehmen, sagt John.« Sally hatte schon die Hand nach der Türklinke ausgestreckt, ließ sie aber wieder sinken. »Ach übrigens ... das hätte ich ja fast vergessen, wie dumm von mir!« Sally lachte. »Du wirst auf dem Empfang vermutlich eine Bekannte treffen, vielleicht warst du sogar mit ihr befreundet. Sie stammt nämlich auch aus Virginia, von einer großen Plantage, ganz in der Nähe von Mount Vernon. Priscilla Wade heißt sie, soviel ich weiß. Sie hat erst vor einigen Tagen geheiratet und ist zusam-

men mit ihrem Mann nach New York gekommen. Ist das nicht aufre . . .«
Das Wort blieb Sally im Hals stecken, sie erschrak zu Tode. Sharon war plötzlich totenblaß geworden.

Das Haus von General Henry Knox stand auf der Westside des Broadway. An diesem Abend erstrahlten sämtliche Fenster der roten Backsteinvilla im funkelnden Glanz zahlloser Kristallüster nicht weniger blendend als die Juwelen der in Seide, Satin und Brokat gehüllten Damen, die sich in den festlich geschmückten Räumen des Hauses eingefunden hatten.
Die Stimmung näherte sich bereits dem Höhepunkt, als Sally Jay aus ihrer Kutsche stieg. Das Stimmengewirr, das Gelächter, das Klingen der Gläser, die glanzvolle Umgebung erinnerte sie an Versailles. In sämtlichen Räumen ertönte Musik. Die Leute tanzten, lachten, tranken sich zu, sie promenierten zwischen den Räumen hin und her oder standen in kleinen Gruppen zusammen. Überall, wo man hinblickte, sah man lachende, glückliche Gesichter.
Nur ein Gast hielt sich von dem Trubel fern. Er stand abseits, mit der Schulter leicht gegen die Wand gelehnt, trank seinen Brandy und sah sich das Treiben mit unbeteiligter Miene an. Groß, breitschultrig und blond, stand er da, als ob ihn das Ganze nichts anginge, mit unbewegtem, düsterem Gesicht und fest zusammengepreßten Lippen – ein steinerner Gast, einem Denkmal ähnlicher als einem Menschen.
John Jay, der gleich beim Eintreten Alexander Hamilton erblickt hatte, steuerte den bedeutenden Politiker augenblicklich an. Zu seiner größten Verwunderung jedoch blieb Sally plötzlich stehen und blicke fasziniert in die entgegengesetzte Richtung. »Sag mal, John . . .«,

flüsterte sie, »wer ist eigentlich dieser gut aussehende Mann dort drüben? Der mit dem blonden Haarschopf – kennst du ihn vielleicht?«
Jay folgte ihrem Blick und mußte unwillkürlich lächeln. »Das ist er ... der Mann, von dem ich dir erzählt habe erinnerst du dich? Es ist der Mann, den ich mit Sharon zusammenbringen möchte. Lion Hampshire.«
»Machst du Witze?«
»Nein, wenn ich es dir sage – es ist der Mann! Ich bitte dich, Sally, nimm dich zusammen. Die Art wie du Hampshire anstarrst, ist vollkommen unmöglich.«
»Wenn du willst, daß ich aufhöre, ihn anzustarren, brauchst du ihn mir ja nur vorzustellen«, lachte Sally. »Nachdem du ihn mir stundenlang in den höchsten Tönen geschildert hast, brenne ich geradezu darauf, ihn kennenzulernen.«
Einige Sekunden später stand John Jay mit seiner Frau vor Lion. Die beiden Männer begrüßten sich herzlich, dann wurde Lion Sally vorgestellt. Ein Blick auf Sallys rosiges Gesicht, auf die kastanienfarbenen Locken und die strahlenden Augen genügte, und schon gab es ihm einen Stich. Sally fühlte, wie sich die Muskeln der sehnigen Männerhand anspannten, sie sah, wie sich der Blick der kristallhellen Augen verdüsterte, und sich seine Lippen aufeinanderpreßten.
»Fehlt Ihnen etwas, Mr. Hampshire?« fragte sie besorgt.
Lion versuchte vergeblich, den Aufruhr in seinem Innern niederzuringen. Doch dem strahlenden Blick der leuchtend blauen Augen die unverwandt auf ihn gerichtet waren, hielt selbst ein Herz aus Stein nicht stand.
»Ich ...« An Lions Kinn zuckte ein Muskel. »Es ist die Ähnlichkeit, die mich umgeworfen hat, Mrs. Jay. Verzeihen Sie, wenn ich es so unumwunden sage, aber Sie

erinnern mich an ... einen Menschen der mir viel bedeutet hat. An eine Frau ... ich habe sie erst kürzlich verloren, sie lebt nicht mehr. Ihre Ähnlichkeit mit diesem Mädchen ist frappierend.« Er zuckte die Achseln. »Meine Nerven sind etwas überreizt.«
»O Mr. Hampshire, es tut mir leid, entschuldigen Sie.« Bestürzung malte sich auf Sallys Gesicht. »Jetzt verstehe ich, warum Sie so finster dreinschauen ...«
»Aber Sally – ich bitte dich!« unterbrach Jay seine Frau entsetzt.
Sally war nicht zu bremsen, ihr weiches Herz quoll über vor Mitgefühl. »Sie tun mir ja so leid, Sie Ärmster!« versicherte sie Lion mit Tränen in den Augen. »Wie schrecklich, besonders für einen Mann Ihres Alters! Sind wenigstens Kinder da, die Ihnen ein wenig Trost geben?«
John Jay holte tief Atem. »Sally!«
»Kein Grund zur Aufregung, Mr. Jay.« Zum ersten Mal seit Tagen erschien die Andeutung eines Lächelns auf Lions Gesicht. Er erwiderte Sallys besorgten Blick. »Nein, es gibt keine Kinder, Mrs. Jay. Wir standen kurz vor der Heirat.«
Sally sah Lion kummervoll an. Wie tragisch, daß zwei so schöne junge Menschen wie dieser Mr. Hampshire und Sharon Sayers sich in Trauer um ihr verlorenes Glück verzehrten ... ausgerechnet in diesen wundervoll aufregenden Wochen.
John Jay hatte seine Frau mit wachsender Beunruhigung beobachtet. Er kannte Sally zu gut, um nicht zu ahnen, was sich in diesen Sekunden hinter ihrer Stirn abspielte. Höchste Zeit einzugreifen, und der Sache einen Riegel vorzuschieben, bevor Sally Gelegenheit hatte, noch mehr Porzellan zu zerschlagen.
Entschlossen ergriff er das Wort. »Was ich Sie schon

die ganze Zeit fragen wollte, Mr. Hampshire ... kennen Sie Mr. Hamilton schon?«
»Ja, aber ich bezweifle, daß er sich an mich erinnert. Wir haben uns anläßlich eines Meetings der Constitutional Convention kennengelernt.«
Anscheinend hatte Jay die Hartnäckigkeit seiner Frau unterschätzt, denn Sally ließ sich nicht so ohne weiteres mundtot machen. Mit der ihr eigenen Unbefangenheit griff sie das Thema wieder auf, das ihr Mann ein für allemal aus der Welt hatte schaffen wollen.
»Ich hoffe, Sie nehmen es mir nicht übel, Mr. Hampshire«, begann Sally mit der unschuldigsten Miene der Welt, »wenn ich mich in ihre privatesten Angelegenheiten mische.« Sie stieß einen bekümmerten Seufzer aus. »Aber, sehen Sie ... es bricht mir das Herz, mitansehen zu müssen, wie Sie unter dem schweren Schicksalschlag leiden und langsam innerlich zugrunde gehen.«
Sally seufzte abermals. »Es bedrückt mich in besonderem Maß, weil es in unserer unmittelbaren Umgebung einen ähnlichen Fall gibt, ein junges Mädchen, das uns in der kurzen Zeit, seit sie bei uns lebt, sehr ans Herz gewachsen ist. Ein reizendes Geschöpf ... Miß Sayers. Ich dachte, John hätte vielleicht über sie gesprochen. Sie hat in den letzten Monaten Schweres durchgemacht, und so sehr ich mich bemühe, sie ein wenig aufzuheitern, sie kommt einfach nicht darüber hinweg. Ich fürchte, wenn sie ihr Grübeln nicht aufgibt und sich weiter so wie bisher in sich selbst verkriecht, wird sie noch schwermütig werden.« Sally schüttelte kummervoll den Kopf. »Ich kann machen, was ich will, ich bringe sie nicht dazu, etwas mehr aus sich herauszugehen! Sie geht kaum aus dem Haus und sitzt stundenlang in ihrem Zimmer herum. Heute abend, zum Beispiel, soll-

te sie mitkommen. Sie hatte es mir versprochen und war bereits angezogen, und dann – in allerletzter Minute – flehte sie mich an, sie zu Hause zu lassen.«
Lion antwortete nicht sofort. Er ahnte, daß etwas auf ihn zukam, was ihm ganz und gar nicht gefallen würde und überlegte, wie er sich aus der Affäre ziehen sollte. Schließlich, als sich die Gesprächspause unhöflich lang ausdehnte, nahm er seine Zuflucht in nichtssagende Phrasen.
»Tja . . .«, murmelte er verlegen, »das ist allerdings ein nicht zu unterschätzendes Problem für Sie und Ihren Gatten, Mrs. Jay.«
»Oh, Mr. Hampshire, ich wußte ja, daß Sie mich verstehen würden!« rief Sally freudestrahlend. »Vielleicht sollte ich Sie gelegentlich mit Miß Sayers bekanntmachen? Ich meine, Sie sind doch beide in derselben Situation, Sie würden einander wahrscheinlich spontan verstehen. Das wäre doch ganz wundervoll und würde Ihnen beiden helfen. Schaden könnte es bestimmt nicht, finde ich, im . . .«
»Sally!« John Jays Kopf lief langsam dunkelrot an.
»Aber John, es ist doch so!« Sally warf Ihrem Mann einen vorwurfsvollen Blick zu. Dann sah sie Lion an und sagte lächelnd: »Wollen Sie uns nicht die Freude machen, nach dem Empfang auf einen Brandy mit uns zu kommen? Vielleicht gelingt es Ihnen, unsere kleine Freundin aus ihrer Einsamkeit herauszulocken. Damit wäre schon viel gewonnen.«
Lion fühlte sich zwar in die Ecke getrieben, aber er fand Sally Jay so bezaubernd in ihrer kindlichen Naivität, daß er es nicht übers Herz brachte, sie durch eine Absage zu kränken. Es ging ihm zwar empfindlich gegen den Strich, aber er sagte zu.

Glockenschlag zehn erschien, mit einer weißen Perücke und hoch erhobenen Hauptes, der Majordomus des Hauses Knox und kündigte das Erscheinen von Mr. und Mrs. Marcus Reems an.
Auf dem Höhepunkt der Glückseligkeit, graziös auf den Arm ihres Gatten gestützt, schwebte eine strahlend schöne Priscilla herein. Dies war wirklich die große Welt, von der sie geträumt hatte. Sie fühlte sich in schwindelnde Höhen erhoben, als General Knox und seine Gattin Lucy zu ihrer und Marcus' Begrüßung herbeieilten, und der General, der als Intimfreund Washingtons galt, sich vor ihr verneigte. Als Lucy Knox sie anschließend mit der Elite der New Yorker Gesellschaft bekanntmachte, wäre sie vor Glück fast in Tränen ausgebrochen. Daß Marcus darauf bestanden hatte, an dem Empfang teilzunehmen, obwohl sie erst vor einigen Stunden in New York eingetroffen waren, würde sie ihm nie vergessen.
Da der zukünftige Präsident jeden Augenblick erwartet wurde, hatte sich Marcus mit Priscilla in die große Halle begeben. Priscilla konnte sich nicht beklagen, Marcus flüsterte ihr die charmantesten Komplimente ins Ohr. Er zog alle zwei Minuten ihre Hand an seine Lippen. Auf die Idee, daß er nur ständig um sie herumscharwenzelte, weil er angestrengt nach Lion Ausschau hielt, wäre sie nicht im Traum gekommen. Es war gut, daß Marcus Reems nicht über die Fähigkeit verfügte, durch Wände hindurchzusehen wie durch Glas. So blieb ihm der Anblick Lions im Kreise der prominentesten Kongreßabgeordneten und Senatoren erspart. Hätte Marcus den verhaßten Stiefbruder in diesem Augenblick sehen können, hätte Priscilla vermutlich ihr blaues Wunder erlebt und zum erstenmal in ihrer Ehe mit Marcus Reems' Jähzorn Bekanntschaft gemacht.

In den Stunden, bevor Sally und John Jay sich zu Lion gesellten, hatte Lion sein möglichstes getan, um seinen Kummer in Cognac zu ertränken. Es war ihm vorübergehend gelungen, Sallys Erscheinen hatte seinen künstlich aufrecht erhaltenen Gleichmut gefährlich ins Wanken gebracht. Der kritische Augenblick war erreicht, als sich infolge des übermäßigen Alkoholkonsums urplötzlich rasende Kopfschmerzen einstellten. Die Schmerzen wurden so stark, daß Lion glaubte, ihm müsse der Schädel platzen. Das Gesicht Hamiltons, mit dem er sich gerade unterhielt, schien sich vor seinen Augen aufzulösen, er hörte Hamiltons Stimme wie aus weiter Ferne. Als Hamilton sich einem anderen Gesprächspartner zuwandte, preßte Lion die Hand an die Augen und dachte verzweifelt: Ich kann nicht zu den Jays gehen, heute abend! Wenn ich mir vorstelle, was da auf mich zukommt . . . ich werde wahnsinnig, wenn ich mir das Geplapper dieses total verklemmten Mädchens anhören muß!
Lion hatte plötzlich ein merkwürdiges Gefühl im Nakken . . . er spürte den Blick fast körperlich. Irgend jemand beobachtete ihn. Langsam wandte er den Kopf und richtete den Blick an Hamilton vorbei auf die breite Öffnung der Flügeltür. Dann sah er sie, draußen in der Halle – eine Vision in Silberlamé und Diamanten: Clarissa.

Im ersten Augenblick glaubte Lion, seinen Augen nicht trauen zu können. Sein Blick war wie in Hypnose auf die schlanke Gestalt jenseits der weit geöffneten Flügeltür gerichtet. Seine Gedanken rasten. Clarissa . . . in diesem Haus, dessen Gästekreis sich ausschließlich aus Angehörigen einer exclusiven Gesellschaftsschicht zusammensetzte? Die meisten der hier versammelten Gäste mußten darüber informiert sein, daß Clarissa Claussen eine stadtbekannte Demimonde war. So etwas sprach sich herum. Eine Frau wie Lucy Knox hätte nie geduldet, daß Clarissa auch nur einen Fuß in ihr Haus setzte. Wie also kam sie hierher? Und was wollte sie hier?

Plötzlich tauchte die Szene auf dem Friedhof wieder vor Lions Auge auf. Im nächsten Moment war ihm alles klar. Clarissa wollte die Heirat mit ihm erzwingen; genau das hatte sie ihm damals auf dem Friedhof angedroht. Sie würde vor nichts zurückscheuen, um ihr Ziel zu erreichen. Sie war entschlossen, ihn durch einen öffentlichen Eklat in die Knie zu zwingen – deshalb war sie hier.

Lions Zorn flammte auf, das Blut schoß ihm in den Kopf. Bevor Sally Jay, die sich ihm in eben diesem Moment wieder zuwandte, noch Zeit hatte, ein Wort zu äußern, hatte sich Lion schon mit einer knappen Verneigung entschuldigt und war durch die Flügeltür in die Halle hinausgetreten.

Als er vor Clarissa stehenblieb, fing ihr Herz derart zu rasen an, daß sie dachte, sie würde im nächsten Augenblick zusammenbrechen. Er hatte sich in seiner vollen Größe aufgerichtet. Clarissa hatte den Eindruck, als wäre sie eine Zwergin neben ihm.

»Wenn ich bitten darf, Madam«, sagte er mit unbeweglicher Miene. Damit packte er sie mit eisernem Griff am Arm und steuerte sie durch die Tür ins Freie.

Als Clarissa klar wurde, daß Lion mit ungestümen Schritten seiner Kutsche zustrebte, entwand sie sich ihm mit einem jähen Ruck.

»Was soll denn das . . . wo willst du hin?«

»In welchem Hotel bist du abgestiegen?« fragte Lion in ausdruckslosem Ton.

»In Bradford's Coffee House«, antwortete Clarissa automatisch. »Wieso?«
»Weil ich dich auf der Stelle dorthin zurückbringen werde.« Lion riß die Tür der Kutsche auf. »Los, steig ein!« Clarissa wagte nicht, sich zu widersetzen, wortlos nahm sie in der Kutsche Platz. Lion rief dem Kutscher etwas zu, stieg ebenfalls ein und setzte sich in die entgegengesetzte Ecke.
Die kurze Fahrt verlief in unheilverkündendem Schweigen. Lion starrte düster zum Fenster hinaus, während Clarissa die Augen schloß und alles daransetzte, sich nicht anmerken zu lassen, wie sehr sie zitterte. Warum, wußte sie selbst nicht. Sie beobachtete ihn verstohlen, als er ihr wortlos in das Hotel folgte und sie die Treppe hinauf zu ihrem Zimmer begleitete. Was mochte nur geschehen sein ... was hatte er mit ihr vor? Der Ausdruck finsterer Entschlossenheit auf seinem Gesicht flößte ihr Furcht ein und erfüllte sie mit dunklen Ahnungen.
Als Lion ihr wortlos in das schäbige Hotelzimmer folgte und die Tür hinter sich schloß, drehte sie sich ungestüm zu ihm um. Er war mit gekreuzten Armen an der Tür stehengeblieben und starrte sie derart finster an, daß sie eine Gänsehaut bekam.
Eine hilflose Wut stieg in Clarissa auf. Sie begann am ganzen Leib zu zittern, Tränen ohnmächtigen Zorns würgten sie in der Kehle. Zum erstenmal dämmerte ihr die Erkenntnis, daß dieser Mann für sie unerreichbar war. Sie würde ihn nie besitzen. Die tödliche Kälte, die ihr aus seinen Augen entgegenschlug, bewies ihr, daß er sie nicht nur haßte – er verabscheute sie! Der ganze verzweifelte Kampf war vergeblich gewesen. Die Demütigungen, die Eifersucht, die Intrigen, die verzweifelten Nächte – alles umsonst. Die Blutschuld, die sie sei-

netwegen auf sich geladen hatte, das Verbrechen an dem Mädchen – umsonst. Die Erkenntnis dessen, was sie getan hatte, das volle Ausmaß ihrer Schuld, traf sie mit einer Wucht, daß sie aufstöhnte. Plötzlich sah sie rot. Sie fuhr zu Lion herum und schrie: »Was starrst du mich so an? Was, zum Teufel, bildest du dir ein? Was willst du überhaupt hier? Verschwinde endlich . . . ich kann dich nicht mehr sehen!«

»Halt den Mund!« Langsam ging Lion auf Clarissa zu, die jedoch sofort vor ihm zurückwich. Sie stieß gegen die Frisiertoilette, wollte sich festhalten und hob mit einer heftigen Bewegung den Arm. Ihr Handgelenk streifte die Schmuckkassette, die geöffnet auf dem Toilettentisch stand; die Kassette rutschte über die Kante auf den Boden, und ihr Inhalt ergoß sich auf den Teppich.

Clarissa warf einen Blick auf den Boden und schlug automatisch die Hand vor den Mund, um den Schreckenslaut zu unterdrücken, der ihr entfuhr. Dann blickte sie auf und starrte Lion an. Ihr Gesicht war totenblaß.

Durch das Flackern in ihren Augen mißtrauisch geworden, warf Lion einen Blick auf die auf dem Fußboden verstreuten Schmuckstücke. Er kannte sie, das meiste davon hatte er bezahlt. Gleichgültig streifte sein Blick das Kolli mit Smaragden und Diamanten, die Armbänder mit Perlen und Saphiren. Plötzlich blieb sein Blick starr an einem Gegenstand unter den Armbändern und Halsketten haften, ein tiefrotes Funkeln unter all dem bläulich weißen Geglitzer. Rot . . . wieso rot? Clarissa hatte doch von jeher eine Vorliebe für blaue und grüne Steine gehabt! Stirnrunzelnd beugte sich Lion vor und schob das Saphirarmband zur Seite. Dann sah er den Ring und erstarrte. Es konnte nicht sein. Und doch war es wahr. Ein goldener Reif mit einem großen, in Rubine gefaßten Diamanten. Der Ring seiner Mutter. Der Ring, den er Sharon . . .

Clarissa stieß einen lauten Schrei aus, als Lion sich jäh aufrichtete. Seine Augen waren Abgründe besinnungsloser Wut. Er hielt den Blick starr auf Clarissas totenblasses Gesicht gerichtet und sagte heiser: »Du hast es getan! Was habt ihr mit ihr gemacht?« Langsam ging er auf Clarissa zu. »Was habt ihr mit ihr gemacht?«

Schweigen und Erstarrung senkte sich über den Raum. Sie standen da wie zu Stein erstarrt. Bis sich nach einer endlos erscheinenden Weile Clarissa mit einem erstickten Laut umdrehte und sich in die Zimmerecke flüchtete. Mit zwei langen Schritten stand Lion dicht vor ihr. Der Schein der Deckenlampe lag jetzt auf Clarissas Gesicht; es wirkte gespenstisch weiß vor der dunklen Tapete. Lion starrte sie an. Er strich sich mit der Hand über die Augen. In diesem Gesicht – dem Antlitz eines Engels hatte er einmal den Inbegriff überirdischer Schönheit erblickt. Jetzt sah er Clarissas Gesicht zum erstenmal, wie es wirklich war . . . in all seiner Verworfenheit. Einst war er ihr verfallen gewesen. Weshalb hatte er nicht geahnt, daß sie sich so verwandeln würde? Sie war ihm zum Fluch geworden. Dieses Geschöpf hatte sein ganzes Leben ruiniert, denn sie hatte Sharon auf dem Gewissen.

»Du hast Sharon auf dem Gewissen«, hörte Lion sich laut sagen. Und schon schlossen sich seine Hände um Clarissas Hals. »Dafür bringe ich dich um«, keuchte er. »Ich bring dich um!«

»Lion!«

Der Aufschrei veranlaßte Lion, die Arme fallen zu lassen, Clarissa anzusehen und mit leiser Stimme zu flüstern: »Du bist ein Ungeheuer . . . ein Teufel in Menschengestalt! Diesmal hast du dir die Schlinge selbst um den Hals gelegt. Ich schwöre dir bei Gott, ich werde dafür sorgen, daß sich die Schlinge um deinen Hals so fest zuzieht, daß du sie nicht mehr lockern kannst. Ich gehe zur Polizei.«

Clarissa preßte die Hand auf den Mund, als Lion ihr ohne ein weiteres Wort den Rücken kehrte und zur Tür ging. Sie sah noch, wie die Tür sich hinter ihm schloß. Dann wurde ihr schwarz vor Augen, und sie sank in sich zusammen.

XXX

Lion entließ den Kutscher mit einer Handbewegung und ging schwankenden Schrittes die Wall Street hinauf, ohne einen klaren Gedanken fassen zu können. Der Schweiß floß in Strömen über sein Gesicht, obwohl es empfindlich kühl geworden war. Unter einer Laterne blieb er stehen und wischt sich den Schweiß von Stirn und Nacken.

Er wußte, daß er zur Polizei gehen mußte. Doch zuerst würde er zu Hamilton gehen. Zwar war er nicht persönlich in diese Angelegenheit verwickelt, aber er war ein brillanter Advokat, der in aufsehenerregenden Prozessen seine Kontrahenten das Fürchten gelehrt hatte. Man mochte Alexander Hamilton unbeugsamen Stolz, Arroganz und Standesdünkel nachsagen; aber all diese Charaktereigenschaften wurden durch seine unbestrittene Großmut wettgemacht. Er war ein Mensch und Politiker von der nobelsten Art. Also würde Lion ihn um Rat fragen, bevor er handelte.

Aber es kam anders, als Lion geplant hatte, denn als er eine halbe Stunde später zum zweitenmal an diesem

Abend Bradford's Coffee House betrat – diesmal in Hamiltons Begleitung – war Clarissa verschwunden. Das Zimmer war leer, die Schmuckkassette und der Ring fort. Von einer Anzeige schien Hamilton sich wenig zu versprechen, die Gründe lagen auf der Hand. In der von Menschen überfüllten Stadt, die in diesen Tagen einem Wespennest glich, war es ein leichtes, unterzutauchen. Selbst wenn die Polizei jede Straße, jeden Winkel absuchte, Clarissa würde wahrscheinlich nie gefaßt werden. Die Vermutung lag nahe, daß sie noch im Verlauf der Nacht das erste auslaufende Schiff besteigen und sich ins Ausland absetzen würde.

Einen Abend später saß Lion, in finsteres Brüten versunken, in der City Tavern. Er hatte die Hoffnung, Clarissa zu finden, ungeachtet der Skepsis Alexander Hamiltons, nicht aufgegeben. Während Lion sich noch mit der Frage befaßte, ob er nicht doch zur Polizei gehen solle, erhoben sich die beiden Männer, die an seinem Tisch saßen, und ein Gast, der gerade das Lokal betreten hatte, setzte sich auf einen der frei gewordenen Stühle.

»Schau, schau ... hat man da noch Worte!« hörte Lion plötzlich jemand sagen. »Lion Hampshire!«

Lion hob ruckartig den Kopf und starrte den Mann erstaunt an. Es war James Wade.

»Genau wie damals in Philadelphia«, sagte Wade süffisant. »Man braucht nur in eine Kneipe zu gehen, und schon trifft man die interessantesten Leute.« Er warf Lion einen spöttischen Blick zu. »Wie fühlt man sich denn so, wenn einem ein anderer die Braut vor der Nase weggeschnappt hat, Hampshire?«

»Ich bin froh, daß Priscilla den passenden Partner gefunden hat«, erwiderte Lion wahrheitsgemäß.

Wade kniff die Augen zusammen. »Auf einmal? Das klingt aber ganz anders als damals in Philadelphia. Ich dachte, Sie wollten sich unbedingt standesgemäß verheiraten? Darf man sich nach den Gründen Ihres plötzlichen Sinneswandels erkundigen?«

Lion ließ sich Zeit mit der Antwort. Er starrte in sein Brandyglas und überlegte, ob er die unverschämte Frage überhaupt beantworten solle. Andererseits, als Priscillas Bruder hatte Wade das Recht, ihn zur Verantwortung zu ziehen. Lion strich sich müde mit der Hand über die Augen und sagte ohne aufzusehen: »Ich lernte ein Mädchen kennen, das mir sehr viel bedeutete. Da wurde mir mit einemmal klar, daß ich im Begriff stand, den größten Irrtum meines Lebens zu begehen. Priscilla und ich wären niemals miteinander glücklich geworden.« Aufseufzend fügte er hinzu: »Mehr gibt es darüber nicht zu sagen.«

»Ist auch nicht nötig, bin bereits im Bilde!« winkte Wade ab. »Hoffentlich haben Sie mit ihrer neuen Herzdame mehr Glück.« Er lachte dreckig. »Ist sie wenigstens gut im Bett?«

»Ich dulde nicht, daß Sie in diesem Ton über Sharon sprechen!« fuhr Lion auf. »Merken Sie sich das, Wade.«

»Sharon?« Wade stellte mit einem Ruck sein Bierglas ab. »Sagten Sie Sharon? War die denn auch in Philadelphia?«

Lion starrte Priscillas Bruder verständnislos an. »Was soll die blöde Frage? Sie haben Sharon doch selbst mit Priscilla und mir dorthin geschickt!«

»Ich?« James Wade schnappte nach Luft. »Sagen Sie mal, sind Sie noch bei Trost, Hampshire? Wie kommen Sie denn auf die hirnrissige Idee, ich hätte Sharon nach Philadelphia geschickt? Wie käme ich dazu?«

Plötzlich wurde es Lion zu dumm, er schlug mit der flachen Hand auf den Tisch. »Nun hören Sie aber auf, Wade! Das Mädchen war Priscillas Zofe ... das wissen Sie ebenso gut wie ich.«
»Zofe? Sagten Sie ›Zofe‹?« Wade klatschte die Hand auf den Oberschenkel, er bog sich vor Lachen. Lions Brauen zogen sich immer mehr zusammen, sein Gesicht färbte sich unheilverkündend dunkel.
James Wade bekümmerte das wenig. In seinem ganzen Leben hatte er sich nicht so blendend amüsiert.
»Sharon soll Priscillas Zofe gewesen sein? Das ist ja ein Witz! Der beste Witz, den ich in meinem ganzen Leben gehört habe.«
»Würden Sie mir endlich erklären, wovon Sie überhaupt reden, Wade?« sagte Lion scharf.
»Ich rede von Sharon Sayers«, erwiderte Wade, immer noch glucksend vor Lachen. »Von der Tochter eines der reichsten Plantagenbesitzer von ganz Virginia – Russell William Sayers, Besitzer von Hickory Grove, der Nachbarplantage von West Hills.« Wade fing wieder an zu lachen. »Schade, daß Sie Ihr Gesicht nicht sehen können, Hampshire! Ist Ihnen der Alkohol zu Kopf gestiegen, oder warum starren Sie mich an wie ein Gespenst?«
»Hören Sie auf zu lachen, Wade«, sagte Lion durch die zusammengebissene Zähne. Seine Stimme klang heiser. »Wissen Sie nicht, was passiert ist? Sharon ist tot!«
»Das wird ja immer besser!« Wade starrte Lion an, als zweifle er an dessen Verstand. »Für einen Mann, der bis über beide Ohren verliebt ist, scheinen Sie aber nicht besonders gut informiert zu sein. Sharon tot!« Er gab ein schnaubendes Geräusch von sich. In herablassendem Ton fügte er hinzu: »Ich habe gestern beim Lunch von General Washington erfahren, daß Sharon Sayers zusammen mit ihm in New York eingetroffen ist.

Washington traf sie auf der Fahrt von Philadelphia hierher irgendwo unterwegs auf der Landstraße und hat sie in seiner Kutsche nach New York mitgebracht. Und seither ist sie bei den Jays! Washington hat sie persönlich dort untergebracht, als er von mir erfuhr, daß Sharons Eltern tot sind.« In vertraulichem Ton fuhr Wade fort: »Sie wissen ja, die Plantagenbesitzer in den Südstaaten leben alle auf ziemlich großem Fuß. Nach Sayers' Tod kam Hickory Grove unter den Hammer. Er hatte Schulden in Millionenhöhe hinterlassen. Und Sharon stand ohne einen Penny . . .«
Er unterbrach sich mitten im Wort. »Was ist denn nun schon wieder? Ist Ihnen nicht gut Hampshire, oder was?«
Lion hatte plötzlich ein hohes Sausen in den Ohren. Er war aschfahl, seine Hände zitterten. Einen Moment schloß er die Augen, aber die roten und gelben Kreise verschwanden auch bei geschlossenen Lidern nicht. Er öffnete die Augen wieder, richtete sich mühsam auf und murmelte: »Entschuldigen Sie, Wade, ich glaube . . . ich muß an die frische Luft.« Nach unsicherem Tasten in der Hosentasche warf er einige Münzen auf den Tisch. »Drei Cognac . . . bitte, erledigen Sie das für mich, Wade . . .«
Ohne ein weiteres Wort drehte Lion sich um und verließ das Lokal. Als er auf die Straße hinaustrat, stieß er mit John Jay zusammen, der gerade aus seiner Kutsche gestiegen war. Jay blieb stehen.
»Oh, hallo, Hampshire! Ist das ein Zufall! Wollen Sie schon nach Hause . . . so früh am Abend?«
»Ich . . . eigentlich hatte ich nichts Besonderes vor«, sagte Lion, immer noch völlig betäubt.
»Das trifft sich ja großartig!« Jay blickte Lion forschend an. »Ist Ihnen nicht gut, Hampshire?«

»Doch, doch, es ist nichts«, sagte Lion hastig. »Ich wollte nur an die frische Luft. Da drin kann man ja vor Rauch nicht mehr atmen!«

»Dann kommen Sie doch auf einen Sprung mit zu mir«, schlug Jay for. »Sie haben sowieso einiges gutzumachen bei Sally. Sie war ziemlich enttäuscht gestern abend, als Sie so plötzlich verschwanden.« Er legte Lion die Hand auf den Arm. »Wollen wir, Hampshire? Um diese Zeit sind Sally und Sharon bestimmt noch auf.«

Erst als Jay Sharons Namen aussprach, wurde Lion die volle Bedeutung dessen bewußt, was er soeben von James Wade erfahren hatte. Er hob plötzlich den Kopf, seine Schultern strafften sich, die Schatten in seinen Augen verschwanden. Jay starrte den Mann, der sich vor seinen Augen bis zur Unkenntlichkeit verwandelte, verblüfft an.

»Was ist denn plötzlich mit Ihnen los, Hampshire?« fragte er lachend. »Sie sind ja auf einmal ganz verändert?«

Lion holte tief Atem. »Ja, vielleicht.« Er sah Jay ins Gesicht. »Glauben Sie an Wunder, Jay?« fragte er unvermittelt.

Jay, der gerade die Tür der Kutsche öffnen wollte, hielt mitten in der Bewegung inne. »Darüber habe ich mir noch nie Gedanken gemacht. Wieso?« fragte er verständnislos.

»Wieso?« Lion legte den Kopf in den Nacken und stieß ein befreites Lachen aus. »Weil ich ein Wunder erlebt habe heute abend. Gerade eben . . . vor wenigen Minuten. Sie glauben mir nicht?« Ein leichtsinniges Lächeln um die Lippen, ein winziges spöttisches Funkeln in den hellen Augen, öffnete Lion die Tür der Kutsche.

»Wollen wir fahren?« fragte er und zeigte lächelnd seine blendend weißen Zähne. »Steigen Sie ein, steigen Sie ein, Jay!« drängte er ungeduldig, als Jay wie angewurzelt stehen blieb und ihn mit offenem Mund anstarrte. »Sie werden staunen, wenn Sie hören, was ich Ihnen zu erzählen habe . . .«

XXXI

Sharon erwachte früh; ein schöner Tag war angebrochen, die Luft war klar und kühl. Das Zimmer voller Sonnenschein, und sie fühlte sich wohler als an den Tagen vorher. Es war der erste Morgen seit Sharons Ankunft in New York, an dem sie es kaum erwarten konnte, das Haus zu verlassen.

Sharon ging ans Fenster und sah hinaus. Es schien lange her, seit sie hierhergekommen war. Nichts würde wieder so sein, wie es gewesen war. Zwischen dem neuen und dem alten Leben klaffte eine nicht zu überbrückende Kluft. Aber die Vergangenheit war tot, die Zukunft voll pulsierenden Lebens. Soviel war sicher: der Tod, der ihr so nahe gewesen war und sie beinahe mit sich genommen hätte, hatte sie erkennen lassen, daß sie leben wollte.

Sie wollte sich nicht länger zwischen den Wänden ihres Zimmers vergraben. Heute, am Tag der Amtseinführung des Präsidenten, würde sie die Möglichkeit wahrnehmen, aus dieser Monotonie auszubrechen. Sie war entschlossen, mit Sally und den Kindern zur Federal Hall zu fahren, um an dem festlichen Akt teilzunehmen.

Eine plötzliche, starke, ungewohnte Freude erfüllte Sharon. Sie stieß das Fenster auf und lehnte sich hinaus.

Ich werde ein neues Leben bauen über den Ruinen der Vergangenheit, dachte sie voller Vertrauen, eine Brücke in eine bessere Zukunft. Die Schatten der Vergangenheit werden darunter verschwinden, als hätte es sie nie gegeben.

Lion musterte kritisch sein Spiegelbild. Er konnte sich sehen lassen; der Anzug stammte vom teuersten Schneider New Yorks und war erstklassig gearbeitet: Rauchgraues Jackett, perlgraue Weste, silbergraue Krawatte; dazu austernfarbene Breeches und schwarze Lackstiefel. Alles stimmte, vom tadellosen Sitz bis hin zu den sorgfältig aufeinander abgestimmten Farben.
Während er sich langsam den Rock zuknöpfte, klopfte es an der Tür. Stirnrunzelnd hob er den Kopf. Dann fiel ihm ein, daß es sich nur um James Wade handeln konnte, den er am Vorabend schriftlich zu einer kurzen Unterredung ins Hotel gebeten hatte.
Lion öffnete die Tür. »Treten Sie ein, Wade!« sagte er gut gelaunt.
»Sie wollten mich dringend sprechen?« Wade blieb in der geöffneten Tür stehen und warf einen mißtrauischen Blick in das Zimmer. »Um was geht's denn?«
»Das werde Sie erfahren, sobald Sie sich hereinbemüht haben, mein Freund«, erwiderte Lion in spöttischem Ton. »Ich unterhalte mich prinzipiell nicht zwischen Tür und Angel.« Mit einer Handbewegung zu einem Sessel fügte er etwas freundlicher hinzu: »Nun nehmen Sie schon Platz, James. Wie wär's mit einem kleinen Drink?«
»Nun ja ... gegen einen Schluck Brandy hätte ich nichts einzuwenden.« Wade schloß die Tür und ließ sich schweratmend in den Sessel fallen. Sein rot angelaufenes Gesicht glänzte vor Schweiß, sein Atem strömte Wolken von Alkoholdunst aus.

»Wollen Sie mir nicht endlich sagen, weshalb Sie mich hergebeten haben?« erkundigte er sich vorsichtig, nachdem er sich mit einem tüchtigen Schluck Brandy gestärkt hatte.
»Sie werden es nicht glauben, James«, erwiderte Lion lächelnd, »aber ich brauche Ihre Hilfe. Ich wollte Sie um einen Gefallen bitten.«
»Einen Gefallen? Ausgerechnet heute?« Wade starrte Lion aus hervorquellenden Augen an. »Ich hatte eigentlich vor . . .«
»Ich weiß«, unterbrach Lion ihn schnell. »Sie wollen sich die Vereidigung des Präsidenten ansehen. Ich übrigens auch, deshalb werde ich mich kurz fassen.«
Lion verschränkte die Arme vor der Brust. »Ich verlange nichts umsonst, Wade«, sagte er, »das möchte ich ausdrücklich betonen. Falls Sie mir entgegenkommen, werde ich mich selbstverständlich revanchieren, sagen wir, mit einer ansehnlichen Summe zur Abdeckung Ihrer nicht unbeträchtlichen Schulden. Nun, was halten Sie davon?«
Wades säuerliche Miene erhellte sich augenblicklich »Ach so . . . na ja . . . das käme mir im Augenblick allerdings recht gelegen«, stotterte er. »Aber Sie haben mir immer noch nicht gesagt, um was es sich handelt. Schließlich . . .«
Lion brachte ihn mit einer Handbewegung zum Schweigen. »Es handelt sich um eine Bekannte, die gestern früh einige Meilen außerhalb der Stadt tödlich verunglückte«, erklärte er. »Ich weiß nicht, wie es zu dem Unfall kam, ich weiß nicht einmal, ob es überhaupt ein Unfall war, oder ob das Unglück absichtlich herbeigeführt wurde.« Die Hände auf dem Rücken zusammengelegt, ging Lion langsam im Zimmer hin und her. »In so einem Fall drängen sich einem alle möglichen Vermutungen auf«, fuhr er

nach einer Pause fort, »die sich leider nicht beweisen lassen. So halte ich es durchaus für möglich, daß die Radachsen der Kutsche angesägt waren. Als Initiator des Ganzen käme in erster Linie Marcus Reems in Frage, so ungeheuerlich das in Ihren Ohren klingen mag, Wade. Die Vermutung liegt jedenfalls nahe, denn er stand in ziemlich engen Beziehungen zu der betreffenden Dame. Aber das nur nebenbei.« Lion blieb vor James Wade stehen und sagte mit einem spöttischen Blick auf das verständnislose Gesicht seines Gegenübers: »Keine Angst, Wade, es geht mir nicht darum, Marcus Beteiligung an dem Unfall nachzuweisen, sondern um etwas anderes. Aus dem Gepäck der Verunglückten sind einige Gegenstände verschwunden, und ich möchte wissen, ob sich diese Gegenstände im Besitz Ihres Schwagers befinden. Würden Sie das für mich feststellen?«

»Ich? Ich soll feststellen . . .?« Wade verschluckte sich an einem großen Schluck Brandy. Er fing an zu husten, sein Gesicht lief bläulich an.

»Ja, Sie, Wade!« erklärte Lion ungerührt. »Sie brauchen nur Augen und Ohren offenzuhalten, mehr verlange ich nicht. Also passen Sie auf, Wade: es handelt sich um zwei Schmuckstücke . . . um einen goldenen Ring mit einem großen, in Rubine gefaßten Diamanten, und um ein Smaragdkollier. Sollten diese beiden Schmuckstücke eines Tages bei Marcus oder Priscilla auftauchen, verständigen Sie mich möglichst sofort. Ich würde mich, wie gesagt, großzügig revanchieren . . . Sie werden sich nicht zu beklagen haben. Einverstanden?«

»Das fragen Sie noch?« James Wade, auf wunderbare Weise mit einem Schlag völlig nüchtern, hatte sich bereits erhoben und strebte eiligst der Tür zu. Mit Augen, in denen die nackte Geldgier glitzerte, drehte er sich noch einmal zu Lion um.

»Sie können sich auf mich verlassen, Hampshire«, versicherte er großspurig. »Falls Marcus diese Schmuckstücke tatsächlich haben sollte – ich werde sie finden, ganz gleich, wie gut er sie versteckt hat!«

Bis auf den letzten Platz besetzt, bahnte sich in den frühen Nachmittagsstunden die Jaysche Kutsche mühsam einen Weg durch die von Menschen und Fahrzeugen wimmelnde Wall Street. Zu Sallys Bestürzung bewahrheiteten sich ihre heimlichen Befürchtungen. Noch ehe sie die Federal Hall erreichten, blieb die Kutsche im Straßengewimmel stecken. Nervös beugte sie sich vor, um durch das Fenster einen Blick auf die Straße zu werfen. Es war hoffnungslos, an ein Weiterkommen war bei dem Menschengewühl draußen nicht zu denken. Enttäuscht lehnte Sally sich zurück. Ihr ganzer schöner Plan geriet ins Wanken. Bei dem Chaos, das da draußen herrschte, würde aus dem geplanten Treffen mit Mr. Hampshire wohl nichts werden. Wie gut, daß Sie Sharon gegenüber kein Sterbenswörtchen davon hatte verlauten lassen.
Sharon, die mit den Kindern auf der gegenüberliegenden Bank saß, lehnte sich auf der anderen Seite zum Fenster hinaus. Alle Farbe wich aus ihrem Gesicht, als ihr Blick auf die gelbe Kutsche fiel, die unmittelbar neben dem Fenster haltmachte, Sie prallte zurück. Ihr Herz setzte einen Schlag aus und fing dann wie rasend zu hämmern an. Es konnte nur Lion sein. Sie hatte die Pferde auf den ersten Blick erkannt: Hellfire und Heaven!
Mit einem Gefühl, als müsse sie jeden Augenblick in Ohnmacht fallen, sank Sharon in die Polster zurück und drehte das Gesicht zur anderen Seite. Wie aus weiter Ferne hörte sie durch das Brausen in ihren Ohren Sally

etwas rufen. Dann öffnete Sally die Tür, und Sharon schloß verzweifelt die Augen.
Peter, Sallys Ältester, stieß Sharon vorsichtig mit dem Ellbogen an. »He, Sharon! Hörst du nicht, was Mom sagt?« Sharon rührte sich nicht. Der Erdboden schien sich vor ihr aufzutun, als Sally kurz darauf rief: »Bist du taub, Sharon? Ich sagte, Mr. Hampshire möchte dich begrüßen!«
Es gab kein Entrinnen. Steif wie eine Puppe drehte Sharon sich um. Ihr unnatürlich starrer Blick begegnete Lions Augen. Er hatte sich nicht verändert. Mit unverfroren arrogantem Lächeln griff er durch die geöffnete Tür nach ihrer Hand. Die Berührung ließ sie erzittern.
»Ich habe schon soviel von Ihnen gehört, meine liebe Miß Sayers«, sagte Lion. Er schaute ihr in die Augen, ohne eine Miene zu verziehen. Langsam glitt sein Blick an ihr herab und verweilte ungebührlich lang auf dem tiefen Ausschnitt ihres fliederfarbenen Kleids. Mit einem winzigen spöttischen Funkeln in den eisblauen Augen bemerkte er: »Wie ich zu meiner Freude feststelle, übertrifft die Wirklichkeit meine kühnsten Erwartungen. Sie sind noch schöner, als ich Sie mir vorgestellt hatte.«
Sharon öffnete die Lippen, aber ihre Stimme versagte, sie brachte keinen Ton heraus. Sie lächelte ein wenig, hob die Hand, zitterte und ließ die Hand wieder sinken. Ich träume, dachte sie. Es kann nur ein Traum sein.
»Du bist ja plötzlich so blaß, Sharon«, sagte Sally besorgt. »Mein Gott es ist ja auch fürchterlich eng in der Kutsche. Du wirst mir doch nicht ohnmächtig werden?«
Sharon schüttelte schwach den Kopf. Beruhigt drehte Sally sich zu Lion um. »Es ist wahrscheinlich nur ihre Scheu Fremden gegenüber, Mr. Hampshire«, beeilte sie sich zu versichern. »Kein Wunder«, fügte sie seufzend

hinzu. »Das arme Kind hat Schreckliches durchmachen müssen, bevor es zu uns nach New York kam.«
»Vielleicht würde es mir gelingen, Miß Sayers etwas aufzuheitern«, erbot sich Lion mit einem tiefen Blick in Sharons unnatürlich geweitete Augen. In seiner Stimme lag warme Anteilnahme. »Wenn ich mir einen Vorschlag erlauben dürfte, Ma'am . . .« Er wandte sich zu Sally um. »In meiner Kutsche ist genügend Platz. Wenn Miß Sayers mir während der Feierlichkeiten Gesellschaft leisten würde, es wäre mit eine Ehre und ein Vergnügen.«
Sharon kam plötzlich zu sich, alles Blut strömte in ihren Kopf. Sie starrte Lion an, ihre Wangen flammten.
»Sehr freundlich, Mr. Hampshire, besten Dank«, sagte sie im Ton beleidigender Kälte. »Aber ich möchte Sie nicht aufhalten. Ihre Frau wird sich bereits wundern, wo Sie so lange bleiben. Sie sollten sie nicht unnötig warten lassen.«
Zu Sharons Verwirrung rührte Lion sich nicht von der Stelle, sondern musterte sie, sichtlich belustigt, mit unergründlichem Lächeln. Nicht genug damit, nun fühlte sich auch noch Sally verpflichtet, ihn zu verteidigen. »Aber Sharon, ich bitte dich!« stieß sie peinlich berührt hervor. »Mr. Hampshire ist nicht verheiratet. Wußtest du das nicht?« Sie starrte erst Sharon, dann Lion verwirrt an. Dieser nette Mr. Hampshire hatte es weiß Gott nicht verdient, so vor den Kopf gestoßen zu werden. Was war nur heute mit Sharon los, sie war ja völlig verdreht! Sich einen derartigen Fauxpas zu leisten – das konnte man unmöglich auf sich beruhen lassen. Umsonst hatte man schließlich das ›zufällige‹ Zusammentreffen zwischen den beiden nicht arrangiert. Plötzlich kam Sally die rettende Idee, ihr Gesicht leuchtete auf.
»Warum nimmst du Mr. Hampshires Einladung nicht

an, Sharon?« fragte sie mit der unschuldigsten Miene der Welt. »Wir kriegen ohnedies kaum Luft in unserer völlig überfüllten Kutsche – sie ist einfach nicht groß genug für sieben Personen. Mr. Hampshire würde sich bestimmt freuen . . .«
»Aber mit dem größten Vergnügen, Mrs. Jay«, unterbrach Lion sie schnell. Bevor Sharon etwas einwenden konnte, hatte er ihre Hand ergriffen und zog sie aus der Kutsche. »Kommen Sie, wir steigen in meine Kutsche um, Miß Sayers. Ich bin überzeugt, wir werden uns eine Menge zu sagen haben.«
Sharon hatte keine Zeit zu protestieren. Bevor sie wußte, wie ihr geschah, packte Lion sie mit beiden Händen um die Taille und hob sie in die gelbe Kutsche. Mit der selbstverständlichsten Miene der Welt stieg er ebenfalls ein, klappte den Schlag zu und drückte sie in die Polster.
Als er seelenruhig ihr gegenüber Platz nahm, die langen Beine ausstreckte und ein Stäubchen von seinen weißen Breeches schnippte, flammte wie eine Stichflamme Zorn in Sharon auf.
»Wie kannst du es wagen, mich derart zu überrumpeln!« fuhr sie heftig auf. »Du glaubst wohl, du brauchtest nur mit den Fingern zu schnippen und schon falle ich dir um den Hals?« Zornig rollte sie ihre spitzenbesetzten Rocksäume zusammen. »Natürlich«, fauchte sie, »jetzt wo du alles über meine Herkunft weißt, bin ich ja plötzlich ebenbürtig!« Sharons Augen flammten. Sie wirkten fast schwarz in dem tief erblaßten Gesicht. »Warum läßt du mich nicht endlich in Frieden?« wütete sie. »Früher, als du mich für ein einfaches Dienstmädchen hieltest, war ich dir nicht gut genug. Glaubst du, ich hätte überhaupt keinen Stolz? Damit du es weißt, jetzt bin ich mir zu schade . . .«

»Sharon!« Lion beugte sich vor und packte Sharon hart am Arm. Als sie versuchte, sich mit Gewalt von ihm loszureißen, zog er sie mit einem Ruck zu sich herüber und drückte sie auf das Sitzpolster neben sich. »Hör sofort auf, Sharon!« Der metallische Klang seiner Stimme ging ihr durch und durch, verzweifelt wandte sie ihr Gesicht ab. Plötzlich schrie sie auf. Mit einer jähen Bewegung hatte Lion die Arme um sie geschlungen, und als sie versuchte, ihn von sich zu drängen, zog er sie nur noch enger an sich. Während sein Gesicht über dem ihren schwankte, beschwor er sie: »Sag so etwas nie wieder, Sharon. Du weißt, daß es nicht wahr ist, du mußt es wissen!«

Sharon schloß die Augen und schüttelte den Kopf, ohne zu antworten. Wie aus weiter Ferne hörte sie seine Stimme, sie wiederholte immer dieselben Worte.

»Ich liebe dich, Sharon. Und ich weiß, daß du mich liebst. Sag es mir, ich will es von dir hören. Du liebst mich, ich weiß es. Und wenn du es bis zum letzten Atemzug leugnen würdest, könntest du auch nichts mehr daran ändern ... genauso wenig wie ich.«

Als sie immer noch nichts sagte, suchten seine Lippen die ihren. »Sieh mich an, Sharon«, sagte er, als sie ihr Gesicht zur Seite drehte. Seine Stimme klang merkwürdig ruhig und unbewegt. Sharon hob ihr Gesicht zu ihm empor und blickte ihm in die Augen. Er sah sie unverwandt an, ließ nicht zu, daß sie seinem Blick auswich, und als sie es dann doch tat, flüsterte er: »Du weißt, was ich für dich empfinde, Sharon ... vom ersten Augenblick an war mir, als verbrenne ich. Was uns zugestoßen ist, ist Liebe, Sharon ... Liebe. Wann wirst du es endlich begreifen?«

Er sah, wie ihre Lippen bebten; dann schloß sie fest die Augen, und Tränen drängten sich zwischen ihren Lidern hervor.

Und dann lag sie an seiner Brust und weinte, wie sie seit Monaten nicht mehr hatte weinen können. Sie konnte sein Gesicht vor lauter Tränen kaum noch erkennen. Als sein Mund den ihren fand, erwiderte sie seine Küsse, wie sie es am ersten Nachmittag im Pavillon der Markwood-Villa getan hatte.
Lion nahm ihre Hand, die immer noch in ihrem Schoß lag, löste sanft die verkrampften Finger, hob sie zu seinem Gesicht empor und legte die Innenflache an seine Wange. Während er sie mit einem Arm umschlang, trocknete er ihr mit der anderen Hand die Tränen, und als sie endlich sprechen konnte, sagte sie nur leise: »Ich dachte, ich hätte dich für immer verloren. Es war grausam, grausam.«
»Vergiß, was hinter uns liegt«, flüsterte Lion. »Vergiß es.« Er preßte die Lippen auf ihr Haar, sprach auf sie ein, beruhigte sie. Und wenn seine Worte auch erstickt klangen, so verstand sie doch jedes einzelne von ihnen, als er sagte: »Eines weiß ich genau: du bist mein, wir gehören zusammen. Für immer, Sharon . . . heute, morgen, immer.«

EPILOG

Der Morgen brach mit einer goldenen Dämmerung an, die unendlich verheißungsvoll war. Der Tag, der so strahlend begann, war der vierte Mai 1789 – Sharons Hochzeitstag.
Von den Türmen der zwischen dem Broadway und dem Hudson-River erbauten St. Pauls Chapel dröhnte festliches Glockengeläut. Das auf den Hudson führende Westportal der Kirche war weit geöffnet; langsam füllten sich die vorderen Sitzreihen mit Hochzeitsgästen.
Zu Sharons Freude war Smith – von Lion per Eilkurier verständigt – wider Erwarten doch noch rechtzeitig in New York eingetroffen. Sie hatte Sharon in die Sakristei begleitet, um vor der Trauungszeremonie den Brautschleier aus Brüsseler Spitze kunstvoll zu arrangieren.
Schließlich trat Smith zurück und begutachtete mit einem zufriedenen Seufzer ihr Werk. Sharon sah hinreißend aus: eine Gestalt von fast überirdischer Schönheit, umflossen von schneeweißem Musselin und einem Geriesel hauchzarter Spitzen. In ihrem ganzen Leben hatte Smith keine so wunderschöne Braut gesehen.
Unwillkürlich stiegen ihr Tränen der Rührung in die Augen. Als sie verlegen das Gesicht abwandte, trat Sharon schnell auf sie zu und umarmte sie impulsiv.
»Sie dürfen nicht weinen, Smith«, sagte sie leise. »Es sind genug Tränen geflossen in der Vergangenheit, aber ich

bin so unbeschreiblich glücklich, daß ich sie bereits vergessen habe. O Smith, ich werde Ihnen nie vergessen, daß Sie den ganzen weiten Weg aus Philadelphia hierhergekommen sind, nur um heute bei mir zu sein. Ihre selbstlose Freundschaft, der Trost, den Sie mir in der schweren Zeit gegeben haben, hat mir so viel bedeutet. Wenn ich nur wüßte, wie ich Ihnen je für Ihre Hilfe danken soll.«
Resolut schluckte Smith ihre Tränen hinunter. Ihr Blick glitt langsam über Sharons Gesicht. »Ich habe immer gehofft, daß sich eines Tages alles zum Guten wenden möge, Sharon«, entgegnete sie schlicht. »Daß ich mich mit eigenen Augen von Ihrem Glück überzeugen darf, ist Dank genug. Ich hoffe von ganzem Herzen, daß Sie und Mr. Hampshire nur noch glückliche Tage erleben. Werden Sie nach der Hochzeit nach Philadelphia zurückkehren?«
»Ja . . . aber leider nicht für immer, Smith.« Sharon seufzte. »Es wird mir nicht leichtfallen, die Markwood-Villa wieder zu verlassen. Ich liebe das alte Haus, es ist eine Welt für sich. Aber Lion hat sich nun einmal vorgenommen, in Hickory Grove die Leitung zu übernehmen. Er hat die Plantage meines Vaters zurückgekauft und auf mich überschreiben lassen. Er will sich selbst darum kümmern, daß die brachliegenden Felder wieder bebaut werden, um der Plantage zu einem wirtschaftlichen Aufschwung zu verhelfen. Hickory Grove soll wieder das werden, was es früher einmal war.« Sharon lächelte. »Und wie ich Lion kenne, wird er dieses Ziel eisern verfolgen.«
»Ich finde das großartig«, sagte Smith spontan. »Für die Politik wird er allerdings keine Zeit mehr haben, denn eine solche Aufgabe erfordert einen ganzen Mann.«
Sharon lachte. »Diese Bedenken hatte ich auch, aber das konnte Lion nicht erschüttern. Er behauptet, die Politik hätte fast sein Leben ruiniert. Sein krankhafter Ehrgeiz sei schuld gewesen, daß er mich um ein Haar verloren hätte. Aber ich

kenne Lion. Eines Tages wird er sich wieder der Politik zuwenden.« Sharons Stimme war voller Zuversicht, als sie hinzufügte: »Ich hätte nichts dagegen, im Gegenteil, ich hoffe es sogar. Lion hat das Zeug zu einem großen Politiker und würde bestimmt schnell Karriere machen.«
»Davon bin ich überzeugt«, stimmte Smith ihr lächelnd zu. »Zumal er in Ihnen die Frau gefunden hat, die ihn bei all seinen Unternehmungen tatkräftig unterstützen wird. Auch als Politiker könnte er sich keine idealere Partnerin wünschen.«
»O Smith, wie froh ich bin, das von Ihnen zu hören!« Sharon schloß die ältere Frau in die Arme und küßte sie auf die Wange. »Ich hatte schon befürchtet, die Trennung von Priscilla könnte sich zu Lions Schaden auswirken. Der Gedanke bedrückte mich regelrecht.«
»Unsinn!« sagte von der Tür her eine helle Stimme. Sharon wirbelte herum und starrte erstaunt die elegante Erscheinung im Türrahmen der Sakristei an. Es war Priscilla, bildschön und taufrisch wie eh und je in einem traumhaften Kleid aus dunkelgrünem Samt. Lächelnd schwebte sie herein und preßte ihre nach französischem Puder duftende Wange an Sharons Gesicht.
»Es ist gut für alle Beteiligten, daß es so gekommen ist«, sagte sie. »Lion und ich hätten uns nie verstanden.« Sie stieß ein hellklingendes Lachen aus. »Wir hätten uns von früh bis spät in den Haaren gelegen und wären mit Sicherheit todunglücklich miteinander geworden.« Priscilla strahle Sharon an. »Glaub mir, Sharon«, versicherte sie, »Marcus paßt viel besser zu mir. Er ist der ideale Mann für mich.«
Unwillkürlich atmete Sharon auf. »O Prissy, mir fällt ein Stein vom Herzen. Ich habe mir schon Vorwürfe gemacht . . .«
Priscilla legte ihr rasch die Hand auf den Mund. »Dazu besteht nicht der geringste Grund, Sharon. Im Gegenteil,

ich habe dir viel abzubitten.« Sie sah Sharon bittend an. »Verzeih mir, Sharon. Ich weiß, ich habe es dir noch schwerer gemacht, als es ohnedies für dich war. Es tut mir leid. Ich hoffe, du glaubst mir.«

Sharon beugte sich vor und küßte Priscilla auf die Wange. »Das ist doch längst vergessen, Prissy. Ich bin froh, daß du gekommen bist.« Noch während Sharon ihre Freundin umarmte, erschien Brown in der Sakristei und überreichte ihr feierlich in Lions Auftrag den Brautstrauß. »Höchste Zeit!« flüsterte er. »Mr. Hampshire wartet schon ungeduldig.«

Sharon nickte nur. Versonnen betrachtete sie das Brautbukett. Weiße Rosen und Vergißmeinnicht, ihre Lieblingsblumen. O Lion, dachte sie glücklich. Als sie nach einer Weile lächelnd aufblickte, waren Priscilla und Smith verschwunden. Auch Brown zog sich hastig zurück, als General Washington auftauchte, um Sharon zum Altar zu führen.

Alle Gesichter wandten sich zu Sharon um, als sie langsam am Arm des ersten Präsidenten der Vereinigten Staaten von Nordamerika durch das lange Kirchenschiff zum Altar schritt. Die Jays waren gekommen, die Hamiltons, die Powells, James Wade, David Humphreys, Charles Thomson, Madison, Randolph, und selbstverständlich die Binghams. Priscilla quetschte sich gerade noch rechtzeitig auf den freien Platz zwischen ihrem Bruder und William Bingham.

»So ganz allein?« flüsterte James ihr hinter vorgehaltener Hand zu. »Wo hast du denn heute deinen lieben Gatten gelassen?«

Priscilla warf ihrem Bruder einen kühlen Blick zu. »Muß ich dir erst sagen, wie Marcus und Lion zueinander stehen?« Mit hochgezogenen Augenbrauen fügte sie hinzu: »Natürlich hätte Marcus mich trotzdem begleitet, wenn er nicht dringend zum Juwelier gemußt hätte. Ich glaube, er will einen Schmuck für mich arbeiten lassen, aber laß dir ja nichts merken, wenn ihr euch trefft . . . es soll nämlich eine Überraschung werden. Ich sah zufällig, wie er einen Brillantring mit Rubinen einsteckte, bevor er das Haus verließ. Er läßt ihn bestimmt umarbeiten, oder er kauft noch Steine dazu, um eine ganze Garnitur für mich machen zu lassen. Du weißt schon, Kollier, Armband, und so weiter.« Als James plötzlich aufhorchte und ruckartig den Kopf hob, fügte sie spöttisch hinzu: »Du brauchst mich gar nicht so anzustarren, James! Ob du es glaubst oder nicht . . . Marcus trägt mich auf Händen. Er vergöttert mich geradezu. Anders als dein arroganter Lion, den kannst du dir getrost an den Hut stecken!«

James Wade hatte keine Gelegenheit mehr, sich zu der unerwarteten Eröffnung zu äußern, die ihn gleichermaßen schockierte und entzückte, da im selben Moment auf der Empore brausende Orgelklänge ertönten.

General Washington hatte mit Sharon die Stufen des Altars erreicht. Einen Augenblick blieben sie unbeweglich stehen, dann schritten sie langsam die Altarstufen hoch. Einen Augenblick später trat Sharon an Lions Seite. Der General legte ihre Hände ineinander, neigte lächelnd den Kopf und trat zurück.

Auf Sharons Gesicht lag ein Leuchten, als Lion ihr den Ring an den Finger steckte. Sie blickte zu ihm auf. Ihre suchenden Blicke fanden einander, und es war, als hätten sie bis zu dieser Stunde gar nicht gelebt, als wären sie erst im sonnenflimmernden Halbdunkel dieser Kirche aus tiefster Finsternis zum Leben erwacht.

Cynthia Wright

Duell aus Leidenschaft

Aus dem Amerikanischen
von Erika Saupe

BASTEI
LÜBBE

Erster Teil

1. KAPITEL

17. März 1793

Das erste rosige Licht des neuen Tages drang durch die Fenster. Constanze Hahn lag unter einem Berg Decken und rührte sich nicht. Sie war schon eine Weile wach, aber der Gedanke, bei dieser eisigen Winterkälte das warme Bett zu verlassen, behagte ihr nicht.

Ihr Mund verzog sich zu einem herzhaften Gähnen. Sie öffnete vorsichtig die Augen und blinzelte. Constanze seufzte schwer und schlug schließlich die Decken mißmutig zurück. Fröstelnd rieb sie sich die Schultern und schüttelte ihr langes Haar zurück.

Dann beeilte sie sich, ein Feuer in Gang zu bringen, und zündete eine Kerze an. Sie lief nach unten, um frisches Wasser zu holen.

Die mit zarten Blumen bemalte Waschschüssel und der dazu passende Krug waren aus feinstem Porzellan. Constanzes Mutter hatte diese beiden Dinge aus Österreich mitgebracht. Constanze erinnerte sich noch an das lächelnde Gesicht der Mutter, als diese Krug und Schale sorgfältig verpackt hatte. Sie hatte das neue Leben in Amerika in den leuchtendsten Farben geschildert. »Du wirst sehen, Kind, unser neues Haus in Philadelphia ist wunderbar . . .«

Siebzehn Jahre war das jetzt her, und wenn Constanze an all die hoffnungsfrohen Erwartungen dachte, die ihre Mutter gehabt hatte, traten ihr immer noch Tränen in die Augen. Wie schnell hatte das Unglück alle Hoffnungen zerstört!
Ihr Schiff war von einer englischen Brigantine attackiert worden. Man hatte ihnen ihr ganzes Geld und alles, was wertvoll war, abgenommen. Ein Fieber hatte Constanzes Mutter dahingerafft. Und so waren Ernst Hahn und seine Tochter allein in der ihnen so fremden, neuen Heimat angekommen.
Sie hatten sich in Arbeit gestürzt. Arbeit war eine gute Hilfe, wenn man vergessen wollte. Sie machten ein Kaffeehaus ganz im Wiener Stil auf, und es wurde ein Erfolg, besonders seit Philadelphia 1790 Amerikas Hauptstadt geworden war. Constanzes Schönheit und ihre Kochkünste zogen immer mehr Gäste an. Frauen war der Besuch des Kaffeehauses nicht erlaubt. Hier trafen sich nur die Herren zu Diskussionen und Geschäftsabschlüssen. So hatte Constanze wegen ihres Charmes und ihrer Klugheit viele Verehrer.
Das Feuer, das nun richtig brannte, machte den Raum behaglich warm. Constanze zog das frische dunkelgrüne Wollkleid an, das sie bereitgelegt hatte. Sie spürte, wie ihre Arme weh taten, und ihr Rücken war ganz steif. Die letzten Wochen waren sehr anstrengend gewesen.
Es hatte Bälle zum Geburtstag des Präsidenten gegeben, Feierlichkeiten am 4. März zur zweiten Amtseinsetzung des Präsidenten und einiges mehr. Im Kaffeehaus hatten sich die festlich gekleideten Bürger und Amtsträger gedrängt. Erst jetzt, Mitte März, schien das Leben in der Stadt etwas ruhiger zu werden.
Während Constanze ihr Haar aufsteckte, das wie rötli-

ches Gold glänzte, fragte sie sich, wie viele Torten und Kuchen sie in den letzten Wochen wohl gebacken und garniert hatte. Aber das Kaffeehaus der Hahns war nicht nur wegen der köstlichen Torten so bekannt. Constanze bereitete auch warme Speisen zu. Ihre Kochkünste wurden hochgelobt. Mit Hilfe von zwei Küchenmädchen zauberte sie die herrlichsten Leckerbissen.
Constanze holte eine frisch gestärkte Schürze und ein Häubchen aus ihrer Kommode und verließ dann ihr Schlafzimmer, um nach unten zu gehen.
Sie lächelte, als sie hörte, daß ihr Vater auch schon wach war. Doch gleich darauf wurde ihr Gesicht sorgenvoll. Je älter ihr Vater wurde, desto weniger konnte er tun. Dabei wurde die Arbeit, die anfiel, immer mehr.
Constanze liebte ihren Vater sehr. Sie war entschlossen, das Kaffeehaus, das so sehr zu seinem Lebensinhalt geworden war, auch dann weiterzuführen, wenn er gar nicht mehr arbeiten konnte.
Eine solche Aufgabe traute man einer Frau nicht zu, aber sie würde es allen beweisen. Constanzes Gesicht hatte sich schon wieder entspannt, als sie in die ganz von Sonnenlicht durchflutete Küche kam.
Ich werde mich nie im Leben unterordnen oder etwas aufgeben, nur weil ich eine Frau bin, schwor sie sich.

Der Schein der Morgensonne erhellte auch das luxuriös ausgestattete Schlafzimmer auf Alexandre Beauvisages schönem Besitz Belle Maison.
Der Hausherr und seine Frau wachten gerade auf. Alexandre blinzelte gegen das helle Licht und drehte sich zur Seite. Noch halb schlaftrunken streckte er einen Arm nach dem weichen Körper aus, der neben ihm lag. Caroline stöhnte sehnsüchtig, als Alexandre die Träger ihres seidenen Nachthemdes herunterstreifte und ihre

Brüste zu liebkosen begann. Dann küßte er die rosigen Brustwarzen, die sich unter seiner Zunge sehnsüchtig versteiften.
Carolines Finger griffen in Alexandres schwarzes Haar. Ihr Körper bog sich ihm entgegen, und sie schloß die Augen, um sich seinen Zärtlichkeiten ganz zu ergeben.
Im nächsten Moment hatte er ihr das Nachthemd ausgezogen, und seine Hand glitt zwischen ihre Schenkel. Caroline protestierte nicht. Da preßte Alexandre sie in die Kissen und warf sich über sie. Er küßte sie wild, bis sich ihre Schenkel für ihn spreizten. Caroline keuchte, als er in sie eindrang. Ihre Hände krallten sich in seine Schultern.
Plötzlich war ein leises Klopfen an der Tür zu hören. »Papa?« fragte eine Kinderstimme.
Caroline richtete sich auf und schob Alexandre von sich. »Bleib ruhig, Alec«, flüsterte sie und lächelte, als sich seine dunklen Brauen vor Unwillen zusammenschoben.
Sie hatte gerade die Bettdecke wieder über ihre nackten Körper gezogen, als die Tür aufging und zwei ihrer Kinder erschienen. Der achtjährige Etienne hielt seine fünfjährige Schwester Natalya an der Hand. Natalyas Kinn zitterte, weil sie krampfhaft ein Schluchzen unterdrückte.
»Verdammt noch mal! Was soll . . .« Caroline erstickte Alecs wütenden Protest, indem sie ihm die Hand auf den Mund legte.
»Was ist passiert?« fragte sie dann sanft.
Eine dicke Träne kullerte über Natalyas Wange, und Etienne erklärte hastig: »Ich . . . ich habe schuld, weil ich Talya . . . weil ich was zu ihr gesagt habe.«
»Kürbisgesicht hat er gesagt . . .«, schluchzte die Kleine und flüchtete sich in die Arme ihres Vaters.

Alec sah seinen Sohn strafend an. Der Junge war ganz sein Ebenbild, bis auf die Augen. Die waren tiefblau wie die der Mutter.
»Etienne, warum sagst du so was zu deiner Schwester?«
»Tut mir leid, Papa. Es kam so raus. Ich wollte es gar nicht. Aber sie hat mir mein Buch weggenommen und ganz schmutzig gemacht. Da war ich so wütend . . .«
Natalya, die sich in den Armen des Vaters sicher fühlte, weinte noch lauter.
»Du solltest sie nicht immer in Schutz nehmen«, sagte Caroline vorwurfsvoll.
»Es ist absolut lächerlich«, knurrte Alec. Dabei tätschelte er den Kopf seines Lieblings. »So was macht ihr künftig untereinander aus, verstanden? Da kommt ihr nicht einfach hier ins Schlafzimmer geplatzt!«
»Ja, Sir«, flüsterte Etienne verschüchtert.
»Sag nicht immer Sir zu mir!«
Talya kicherte und kletterte vom Bett. Ihr Bruder lächelte erleichtert, nahm ihre Hand und trottete mit der Schwester aus dem Zimmer. Die Tür schlug hinter ihnen zu.
»Diese Kinder!« schimpfte Alec. Er schob die Decke zur Seite und verließ das zerwühlte Bett.
Caroline lachte. »Sie sind süß, nicht?« Sie sah sehnsüchtig auf Alecs nackten Körper. Dann beobachtete sie, wie er Morgentoilette machte. Alec war jetzt vierzig. Doch sie fand, daß er fast noch attraktiver war als vor neun Jahren. Seine Anziehungskraft auf sie war noch stärker, ihre Liebe war mit jedem Jahr ihrer Ehe noch größer geworden.
»Träumst du noch, *chérie?*« fragte Alec. Er beugte sich über die Waschschüssel, um sein Gesicht zu waschen. »Von einem schönen neuen Kleid vielleicht?«

»Die Idee wäre nicht schlecht. Aber ich träumte gerade von dir«, meinte Caroline lächelnd.
»Ich bin wirklich ein Glückspilz.« Alec lachte leise. »Was hast du heute für Pläne? Hättest du Lust, mit mir auszureiten?«
»Das würde ich gern, aber ich habe Sharon versprochen, um zehn bei ihr zu sein. Wir wollen Vorbereitungen für die große Gesellschaft treffen . . .«
»Große Gesellschaft?« Alec warf sich, noch immer nackt, aufs Bett und reckte sich träge.
»Na, die Gesellschaft für den neuesten Senator von Philadelphia. Lion Hampshire!« Caroline sprach mit feierlicher Stimme. »Was ist mit deinem Gedächtnis? Ich hab' dir doch alles erzählt! Du weißt auch, wann die einzelnen Feste sind. Oder hast du . . .«
Ein unwilliges Stöhnen unterbrach sie. Typisch Alec, dachte Caroline und lehnte sich wieder in die Kissen zurück. Sie dachte an die Jahre ihrer Ehe.
Vieles in ihrer Umwelt hatte sich verändert. Alecs Schwestern, die ihr so gute Freundinnen waren, wohnten nicht mehr in Philadelphia. Danielle war jetzt in New York, und Natalya lebte mit ihrem Mann in Charleston. Alecs Großmutter war im vergangenen Herbst gestorben. Der Tod der alten Dame hatte eine große Lücke hinterlassen.
Nicholai Beauvisage war vor fast sieben Jahren nach Frankreich gegangen, um das Stammschloß der Familie und die ausgedehnten Weinberge zu verwalten.
Caroline wußte, daß sich Alec große Sorgen um seinen Bruder machte, denn die Gerüchte, die über den Atlantischen Ozean kamen, waren beängstigend. Die Revolution in Frankreich trieb dem Höhepunkt zu.
Der König war gefangengenommen. Frankreich stand mit einigen Nachbarn im Krieg, und viele Angehörige

der Adelskreise hatten schon ihre Köpfe unter das Fallbeil der Guillotine legen müssen.
Die Republik war ausgerufen worden. Nicholais Eltern lebten seitdem in ständiger Angst. Befand sich nicht auch Nicholai, der stets offen seine Meinung vertrat, in höchster Lebensgefahr?
Caroline fuhr aus ihren Grübeleien auf, als Alec in ihr Haar griff und ihr Gesicht zu sich drehte. Dann preßten sich seine Lippen auf ihren Mund. Mit einer Hand riß er die Bettdecke zur Seite, und im nächsten Moment lag er auf ihr.
»Monsieur?« rief eine Stimme vom Flur her. »Ich bringe den Kaffee!«
»Zum Teufel noch mal!« schrie Alec wütend. »Laß mich in Frieden!«
Sichtlich verstört antwortete Pierre von draußen: »Verzeihung, Monsieur, aber die Kinder sagten, daß Sie und Madame wach sind. Außerdem habe ich eine sehr wichtige Nachricht für Sie.«
Brummend zog Alec die Bettdecke wieder zurecht. »Komm rein!« knurrte er.
Der kleine Franzose kam mit einem silbernen Tablett ins Zimmer. Der Duft von Kaffee wehte herein. Pierre blieb mit hochrotem Gesicht stehen, als er sah, daß Caroline sich die Bettdecke bis unters Kinn gezogen hatte.
»Nun bring schon deine wichtige Neuigkeit, ehe meine Geduld nachläßt«, meinte Alec.
»Sie haben den König hingerichtet«, berichtete Pierre aufgeregt. »Mit der Guillotine, schon Mitte Januar.«
»Du lieber Himmel!« Caroline rang keuchend nach Luft. »Hoffentlich ist Nicholai nichts passiert! Alec ...«
Alec war von der Neuigkeit auch schockiert. »So schlimm steht es in Frankreich?« murmelte er betroffen. »Sind die Menschen denn völlig wahnsinnig gewor-

den?« Dann wandte er sich seiner Frau zu. »Mach dir wegen Nicholai keine Sorgen, Liebling. Er ist weder ein Royalist noch ein Adliger. Wenn er nicht leichtsinnig wird, kann er unbeschadet davonkommen.«
Caroline nickte. Doch ihre Augen waren noch immer vor Schreck geweitet. Sie fürchtete, daß Nicholai nicht schweigen würde, wenn er sah, welches Unrecht geschah . . .

2. KAPITEL

17. März 1793

Die Küche von ›Hahn's Coffee-House‹ befand sich an der Rückseite des großen Backsteingebäudes. Constanze hielt sich gern dort auf. Sie liebte den Feuerschein des Herdes und die Gerüche der Gewürze.
Töpfe und Pfannen hingen an den Wänden. In den Regalen stand Steingutgeschirr. Alles blitzte vor Sauberkeit. Die Bündel mit getrockneten Kräutern, die Körbe mit Gemüse, das Küchengerät aus Kupfer und Holz, alles hatte seinen Platz.
Die breite Doppeltür führte in den Gastraum. Dort gab es schwere Eichentische mit hochlehnigen Stühlen. Zinnleuchter mit vielen Kerzen spendeten genug Licht. Dazu kam der Feuerschein von zwei mächtigen Kaminen.
Seit fünfzehn Jahren war Hyla Flowers im Kaffeehaus als Bedienung angestellt. Die mütterliche Frau behandelte Constanze oft wie eine Glucke ihr Kücken. Und Constanze ließ es lächelnd geschehen. Die beiden Mädchen Purity und Kate, die ihr am Morgen in der Küche halfen, mußten ab Mittag Hyla Flowers Kommandos

befolgen und die Gäste bedienen. An der Theke stand James Stringfellow, der vor zwei Jahren mit einer Schaustellertruppe aus England nach Philadelphia gekommen war. Er erschien eines Abends im Kaffeehaus und blieb. Der dunkelhaarige Engländer war wegen seiner Freundlichkeit und schlagfertigen Art bei den Gästen beliebt. Ernst Hahn, Constanzes Vater, half mal hier und mal dort aus. Doch heute saß er in seinem Lieblingsstuhl in der Nähe des Küchenherdes und hatte die Hände vor dem Leib gefaltet.

Constanze stand in einer Kittelschürze an einem der Arbeitstische und putzte Gemüse. Sie warf einen besorgten Blick zu ihrem Vater hinüber. »Wenn du dich heute nicht so gut fühlst, warum legst du dich dann nicht noch ein bißchen hin? Das tut dir . . .«

»Mich hinlegen und warten, daß der Tod mich abruft?«

Constanze ließ erschreckt das Messer sinken. Der Tod? Sie starrte ihren Vater an. Er sah so abgespannt und blaß aus, daß sie nur mühsam die Tränen unterdrücken konnte. »Papa, bitte, sag so was nicht!«

In diesem Augenblick wurde die Tür zum hinteren Hof aufgerissen, und eine sehr hübsche dunkelhaarige Frau kam herein. Katya Beauvisage lief zu Ernst Hahn und küßte ihn auf die Wange. Dann kam sie zu Constanze, um sie zu umarmen. Die beiden waren seit ihrer Schulzeit Freundinnen.

»Randolph ist drüben im Gastraum«, sagte Katya, während sie ihr dunkelblaues Cape ablegte und die Handschuhe auszog. Dann setzte sie sich neben Constanze auf einen Stuhl. »Er ist mit Lion Hampshire zusammen.«

»Seit seiner Wahl als Senator sitzt Mister Hampshire oft hier bei uns«, meinte Constanze. Sie schob Katya einen Berg Karotten und ein Messer hin.

»Hier bei euch wird mehr über Politik diskutiert als im Regierungsgebäude!« Katya lachte.
»Denkt Randolph an eine neue Karriere?« fragte Constanze. Sie konnte es nicht lassen, die Freundin ab und zu wegen ihres Verlobten zu necken.
Katya fing an, die Karotten zu putzen. Auf ihrer Stirn bildete sich eine tiefe Falte, denn sie mußte an das Gespräch denken, das sie und Randolph auf dem Weg zum Kaffeehaus geführt hatten.
Ihr Verlobter hatte in den höchsten Tönen von Constanze geschwärmt und von der starken Anziehungskraft, die sie auf alle Männer ausübte. Warum war Constanze mit ihren einundzwanzig Jahren weder verlobt noch verheiratet? Das fragte sich mancher Mann.
Katya kannte das Geheimnis. Doch sie hatte es für sich behalten. Mit achtzehn hatte Constanze eine unglückliche Liebe gehabt.
Der Mann, den Constanze mit aller Glut ihres jungen Herzens geliebt hatte, war bereits verheiratet und Vater von zwei Kindern gewesen.
»Und ich glaubte so fest daran, daß dies die große, die einmalige Liebe war. Ich habe ihm ganz vertraut. Doch jetzt weiß ich, daß Männer rücksichtslos und egoistisch sind. Ich sehe und beobachte sie doch jeden Tag, wenn sie zu uns ins Kaffeehaus kommen«, hatte Constanze mit einem bitteren Lächeln gesagt. »Sie brauchen ihre Eroberungen, um sich damit zu brüsten. Ich schwöre dir, daß mich keiner mehr mit schönen Worten blind machen kann. Keiner. Für mich gibt es nur meine Arbeit – und natürlich meinen Vater.«
Und die Männer da drüben bilden sich ein, Constanze herumzukriegen. Katya mußte bei diesem Gedanken lächeln. Sie sagte sich, daß zwischen ihr und Randolph alles ganz anders war. Sie kannte ihn schon von Kind-

heit an und wußte, daß nicht irgendwo Frau und Kinder auf ihn warteten. Randolph betete sie an und war ihr ganz ergeben.

Als Katya den Blick hob, sah sie direkt in Constanzes blaue Augen. »Na, träumst du von deinem Liebsten?« neckte Constanze und blinzelte verschwörerisch.

Katya wurde rot. »Nein! Nein, wirklich nicht. Du brauchst gar nicht über mich zu lächeln. Ich dachte an Caroline, meine Schwägerin, weißt du? Sie kam heute zu uns und lieferte die Kinder bei *maman* ab. Sie will später mit Sharon herkommen.«

»Ihr Mann wird das nicht zulassen, ich meine Mrs. Hampshires Mann. Nicht einmal die Frau eines Senators hat besondere Rechte.«

»Caroline sagte, daß sie mit dir sprechen wollen. Ich will dich nur vorwarnen, weil ich ja weiß, wie schwer du in der letzten Zeit gearbeitet hast – aber Caroline will eine Gesellschaft für Lion Hampshire geben und dich fragen, ob du ihr dafür ein paar Torten machen kannst.«

Constanze schob die kleingeschnittenen Zwiebeln zur Seite und zog den Korb mit Kartoffeln heran. »Um Himmels willen, ich kann von Gesellschaften nichts mehr hören!«

»Du wärst die erste, die Caroline etwas abschlägt. Sie erreicht immer, was sie will.«

»Na ja, ein paar Torten werden mich nicht umbringen. Außerdem mag ich den Senator. Er ist ein sehr netter Mann.«

»Findest du?« Katya warf der Freundin einen prüfenden Blick zu.

»Ich habe gehört, daß Mrs. Hampshire ein Baby erwartet . . . Sie muß sehr glücklich sein.«

»Ja. Es kommt im August. Für Sharon ist das jetzt eine schwere Zeit. Also, ich kann sie mir als werdende Mut-

ter nicht vorstellen. Sie muß sich schonen, und das wird ihr schwerfallen.«
Die Tür zum Hof öffnete sich wieder. Purity und Kate kamen mit frischen Kräutern aus dem Garten. Constanze wies sie sofort an, sich um den Braten und die Suppe zu kümmern, die auf dem Herd standen.
Constanze warf einen Blick auf ihren Vater, der in seinem Stuhl eingenickt war. Eine Weile betrachtete sie ihn nachdenklich und besorgt. Dann machte sie sich an die Zubereitung der Limonade.
Katya half ihr, indem sie die Glaskaraffen holte. Plötzlich blieb sie stehen. »Liebe Zeit, beinahe hätte ich es vergessen! Hast du schon das von dem König von Frankreich gehört?«
»Was? Nein ...« Constanze nahm Katya schnell die Karaffen aus den Händen, weil sie verdächtig klirrten. Dann fragte sie: »Was ist mit ihm?«
»Man hat ihn auf der Guillotine hingerichtet – schon vor zwei Monaten. Und wer weiß, was inzwischen noch alles passiert ist ...«
Constanze stellte die Karaffen ab und faßte nach Katyas Händen. »Ist dein Bruder nicht in Frankreich? Ist er ... ist er etwa in Gefahr?«
»Ich habe genau gemerkt, daß meine Eltern nur so tun, als würden sie sich nicht aufregen. Nicholai verwaltet das alte Schloß der Familie und kümmert sich um die Weinberge. Aber wenn dort drüben alle aufgehetzt sind ... Ich meine, die Leute müssen wahnsinnig sein, wenn sie ihren König umbringen, findest du nicht?«
»Wie alt ist dein Bruder?«
»Laß mich nachdenken ... einunddreißig oder so. Ich war noch ein kleines Mädchen, als er fortging. Ich kann ihn mir gar nicht mehr richtig vorstellen. Er war immer

sehr fröhlich und ließ kein Abenteuer aus. Manchmal war er richtig tollkühn ...« Katya schüttelte den Kopf. »Was ist nur in die Leute gefahren ...«
»Sie sind verrückt geworden!« sagte Caroline von der Tür her. Sie wirkte in ihrem mit Fuchspelz besetzten Umhang sehr elegant. Hinter ihr stand Sharon Hampshire, die bereits ihr Cape abstreifte und dann strahlend in die Runde lächelte.
»Ich hoffe, wir stören Sie nicht«, meinte sie und ging zu Constanze hinüber, um deren Hand zu drücken. »Ich habe schon viel von Ihnen gehört. Wahre Wunderdinge, auch von meinem Mann. Ich bin Sharon Hampshire.«
Zum ersten Mal sah Constanze die in der Stadt berühmte Schönheit aus der Nähe. Fast jeder kannte die dramatische Liebesgeschichte zwischen dem jungen Senator und der Adeligen aus Virginia. Lion Hampshire war mit Sharons Freundin Priscilla verlobt gewesen, und Sharon hatte sich als Priscillas Zofe ausgegeben, als sie nach Philadelphia gekommen waren.
Constanze fand es nicht verwunderlich, daß ein Mann wie Lion sich in diese Frau verliebt hatte. Für sie hatte er sogar seine Karriere aufgegeben. Sie ahnte, daß Lion Hampshire sicher durch seine Frau zu einer zweiten Karriere als Politiker angeregt worden war.
»Es ist mir eine große Ehre, Sie kennenzulernen, Mrs. Hampshire«, sagte Constanze. »Ich habe auch von Ihnen viel gehört. Und der Senator ist ein wunderbarer Mann.«
Constanze wußte nicht, ob sie es sich nur einbildete, aber sie glaubte zu beobachten, wie sich die Augen der jungen Frau verdunkelten. Das Lächeln verblaßte für Sekunden. Doch dann sagte Sharon Hampshire: »Sie müssen mich Sharon nennen. Der Braten duftet ja köstlich. Ich hielt meine Köchin immer für eine Meisterin, aber von Ihnen kann sie sicher noch lernen.«

»Ihre Torten sind noch einmaliger«, mischte sich jetzt Caroline ein. Sie hatte auf den richtigen Moment gewartet.
Constanze wußte, was jetzt kam. Sie tauschte mit Katya einen Blick und blinzelte der Freundin zu.
Caroline setzte gerade an, um ihre Bitte vorzutragen, da sagte Constanze: »Meine Damen, ich helfe Ihnen gern. Ich backe Ihnen, was Sie haben möchten. Es ist mir eine große Ehre, das für den Senator zu tun.«
Caroline war begeistert. »Das ist ja großartig! Was sagst du, Sharon?« Sie drehte sich um. Doch Sharons Lächeln wirkte verzerrt und gequält.
»Sharon, meine Liebe, geht es dir nicht gut?«
»Doch, doch. Ich bin Ihnen sehr dankbar, und Lion wird es auch zu schätzen wissen. Wo wir gerade von meinem Mann sprechen – meinen Sie, daß Sie ihn bitten können, einmal kurz herauszukommen. Ich muß ihn sprechen.«
Constanze war von dem Wunsch etwas überrascht. Doch sie nickte und nahm ihr Häubchen ab. Sharon sah mit großen Augen auf die rötlich goldene Haarflut, die darunter hervorquoll. Als Constanze auch ihre Schürze auszog, betrachtete sie mit leisem Neid die schlanke Taille und hübschen Brüste, die sich unter dem Kleid abzeichneten. Neben Constanze kam sie sich plump und unförmig vor.
Während Constanze im Gastraum war, unterhielten sich Caroline und Sharon höflich mit dem alten Ernst Hahn. Katya beschäftigte sich mit der Zubereitung der Limonade. Es war fast Mittag, und die verschiedenen Getränke wie Wein, Limonade, Schokolade und Kaffee mußten in großen Mengen bereit sein, um den zahlreichen Gästen zum Lunch serviert werden zu können.
Nach einigen Minuten öffnete sich die breite Doppeltür.

Lion Hampshire erschien. Er war in ein Gespräch mit Constanze vertieft und lächelte dabei strahlend. Als Sharon das sah, wurde sie ganz blaß.
Sie ließ keinen Blick von ihrem sehr attraktiven Mann. Er war groß, kräftig, braungebrannt, blond, hatte blitzende weiße Zähne und tiefblaue Augen. Er strahlte Ruhe und Selbstsicherheit aus. Sharon liebte ihren Mann so sehr, daß es ihr weh tat, ihn mit anderen Frauen zu sehen.
Constanze ging wieder an ihre Arbeit, während Lion mit einem herausfordernden Grinsen auf seine Frau zuschritt.
»Was hast du auf dem Herzen, meine Süße?« fragte er und küßte sie flüchtig.
Sharon schoß das Blut ins Gesicht, weil dieser Kuß so väterlich wirkte. Sie faßte nach Lions Rockaufschlägen und zog ihn zu sich.
»Ich dachte, du würdest vielleicht Zeit haben, um mit mir essen zu gehen«, flüsterte sie. »Es ist ein so schöner Tag und wir haben so lange keinen Spaziergang gemacht . . .«
Lion führte sie in eine Ecke der großen Küche. »Du weißt, daß ich das gern täte, aber ich habe heute gewisse Verpflichtungen. Als wir letzte Nacht darüber sprachen, war ich fest der Meinung, daß du das verstehst. Ich werde heute mit ein paar sehr wichtigen Herren zu Mittag essen. Solche Gespräche sind nötig. Siehst du das nicht ein?«
Sharon sah an ihm vorbei auf Constanze. »Bist du zum Abendessen zu Hause? Bitte, Lion!« Tränen glitzerten in ihren Augen, und Lion blickte verwundert auf sie nieder.
»Natürlich«, meinte er sanft. »Dann sprechen wir miteinander.« Seit Sharon schwanger war, kam sie ihm oft

wie eine Fremde vor. Sie war so voller Gegensätze, oft den Tränen nahe und depressiv. Die Frau, die er geheiratet hatte, war eigenwillig, selbstsicher und stolz gewesen, so ganz anders als die schwache Weiblichkeit, die er jetzt vor sich hatte. Lion verstand diese Veränderung bei Sharon nicht.

»Miteinander sprechen?« Ihr Kinn zitterte. »Ja, wenn du meinst . . .«

Sharon wünschte sich, daß Lion ihr ins Ohr flüsterte, daß sie das Abendessen im Bett einnehmen würden. Sie wollte ihn viele Stunden bei sich haben. »Ich . . . möchte dich jetzt nicht aufhalten«, sagte sie leise.

»In ein paar Stunden bin ich bei dir.« Lion fuhr sich mit einer Hand durchs Haar, lächelte Sharon an und wandte sich dann in Richtung Gastraum.

Sharon beobachtete, wie er neben Constanze stehenblieb und die frisch zubereitete Limonade probierte. Und er schenkte der anderen das gleiche strahlende Lächeln wie ihr . . .

3. KAPITEL

25. März 1793

Caroline saß in ihrem Satinunterhemd auf dem Sofa in ihrem Zimmer und wartete darauf, daß ihre Zofe Rose den kleinen Riß im Kleidersaum zunähte. Sharon hatte es sich in einem der Queen-Anne-Stühle vor dem Kamin bequem gemacht. Alec und Lion waren unten in der Bibliothek des Hauses und tranken Brandy.

»Es ist so lieb von dir, daß du diese Gesellschaft für Lion gibst«, sagte Sharon. »Er fühlt sich sehr geehrt.«

Caroline sah zu ihrer Freundin hinüber. Sharon war auf

den ersten Blick so schön wie immer. Sie trug ein modisches Kleid aus dunkelrotem Samt und weißer Seide. Perlen schimmerten an ihrem Hals und in ihrem schwarzen Haar. Doch ihre dunkelblauen Augen hatten ihren Glanz verloren. Die matt klingende Stimme und der traurige Ausdruck ihrem Gesicht paßten so gar nicht zu der Sharon, die sie kannte.
Caroline setzte sich in den Stuhl neben Sharon und streichelte die eiskalten Finger der Freundin. »Willst du mir nicht sagen, was dich so traurig macht? Bist du krank? Liegt es an deiner Schwangerschaft? Wenn ich dir helfen kann, will ich ...«
»Ach, Caroline ...« Sharons Stimme zitterte. »Ich möchte so gern darüber reden, aber ich fürchte, du glaubst dann, daß ich nicht ganz bei Verstand bin. Manchmal bin ich ganz sicher, daß meine Sorge unsinnig ist, und dann wieder ...«
»Sprich dich doch aus ...«
Sharon schloß einen Moment die Augen. »Sicher ist auch diese Schwangerschaft daran schuld ... Sie kam zur unpassendsten Zeit, obwohl wir uns schon lange ein Kind wünschen ... Als Lion die Wahl gewann, wollte ich an seiner Seite stehen, und nun kann ich es nicht. Mir ist jeden Morgen übel, ich fühle mich kraftlos, bin nervös und immer den Tränen nahe – und jetzt fange ich an, dick und unförmig zu werden. Ich mußte mir für heute dieses Kleid nähen lassen, weil mir kein anderes mehr paßt.«
»Aber, Sharon, du hättest doch sowieso neue Garderobe gebraucht. Du warst ja noch nie schwanger und ...«
»Ach, das ist es nicht!« Sharons Stimme war ganz schrill.
»Jede Frau wird dicker, wenn sie ein Baby bekommt. Du kannst das Kind schließlich nicht in deiner Tasche

tragen.« Caroline konnte Sharon auch mit einem Scherz nicht aufheitern.
»Du verstehst mich nicht. Das weiß ich alles. Wenn ich eher schwanger geworden wäre, zu der Zeit, als Lion und ich noch ständig zusammen waren, wäre alles nicht so schlimm. Aber jetzt, wo er jeden Tag Pflichten hat, bei denen ich ihn nicht begleiten kann – ich glaube, er hat kaum Zeit, an sein Kind zu denken . . . oder an mich. Er ist ständig in diesem Kaffeehaus bei . . .«
Caroline sah sie mit großen Augen an. »Bei wem?«
»Lassen wir das. Wahrscheinlich ist das auch wieder nur eine Einbildung von mir. Ich sollte nicht darüber reden. Mach dir meinetwegen keine Sorgen, Caroline. Ich hab' schon schlimmere Probleme bewältigt. Und Flitterwochen dauern eben nicht ewig . . .«
Als Sharon sich schwerfällig erhob, beobachtete Caroline sie besorgt. Doch sie kam nicht dazu, etwas zu sagen, weil sich die Tür zur Halle öffnete und Katya den Kopf ins Zimmer steckte.
»Ich bringe dein Kleid, Caroline. Du mußt dich beeilen. Die Gäste können gleich eintreffen!« rief sie.
Caroline nahm dem Mädchen das Kleid aus weißer Seide ab. Es war mit Zuchtperlen und winzigen Diamanten verziert. Sie zog es an und ließ sich von Sharon beim Schließen der Knöpfe helfen.
»Ich habe eben gesehen, daß Pierre und Constanze gekommen sind«, berichtete Katya. »Constanze ist gleich in die Küche gegangen. Aber Pierre hat mir erzählt, daß es ihrem Vater heute sehr schlecht geht. Sie hat ihn nur ungern allein gelassen. Ich weiß, daß sie sich furchtbare Sorgen um ihn macht.«
»Ich kann mich nur wundern, daß sie wegen dieser Gesellschaft ihren kranken Vater allein läßt«, meinte Sharon ungewohnt hart.

»Aber sie hat Caroline versprochen, daß sie . . .« Katya wollte die Freundin gerade in Schutz nehmen, als Alec in der Tür zum angrenzenden Schlafzimmer erschien.
»Wann bist du endlich fertig?« fragte er ungeduldig. Hinter ihm tauchte Lion auf. Er ist ohne Zweifel der attraktivste Senator, den es in Amerika jemals gegeben hat, dachte Caroline.
Alec trat zu ihr. Auch er sah in seinem schwarzen Samtrock und den hellgrauen Hosen sehr gut aus. Bei seinem bewundernden Blick wurde Caroline ganz rot. Und als er sich niederbeugte und sie küßte, fing ihr Herz wild an zu klopfen.
Sharon ließ keinen Blick von ihrem Mann. Ihre Knie zitterten, als sie zu ihm ging und an seiner Krawatte zupfte. Lion lächelte. »Habe ich dir schon gesagt, wie schön du heute abend bist?«
»Ja . . .«
»Warum machst du dann ein Gesicht, als würdest du mir das nicht glauben?«
»Weil ich mich nicht hübsch finde. Ich bin dick, schlechtgelaunt und passe nicht in eine Gesellschaft.«
Lions Lächeln wurde breiter. »An solche Dinge kann ich mich nicht erinnern. Ich weiß nur, daß ich die süßeste und schönste Frau von ganz Amerika geheiratet habe.«
»Ach, das gilt heute nicht mehr«, murmelte Sharon. In ihren Augen glitzerten Tränen.
»Was habt ihr beiden da zu tuscheln?« fragte Caroline. »Schluß damit. Wir müssen nach unten gehen. Los, kommt! Ich laufe noch mal rasch in die Küche und frage, ob Constanze sich später nicht zu uns und den Gästen gesellen möchte. Will einer von euch mitkommen?«
Katya nickte sofort. Und Sharon fürchtete einen Moment, daß auch Lion sie begleiten wollte. Doch er sagte nur: »Du könntest es bedauern, wenn du Constanze

einlädst, Caroline. Sie wäre eine zu große Konkurrentin für die schönen Damen dieses Festes.«

In der Küche ging es zu wie in einem Bienenschwarm. Es war sehr heiß und sehr laut.
Constanze stand an einem der großen Tische und arrangierte die Torten auf silberne Teller und Platten, garnierte sie und schnitt sie zurecht.
Sie hatte bereits Stunden damit zugebracht, die Kuchen zu backen. Nun brauchte sie mindestens noch einmal so viel Zeit, um sie zu füllen und zu garnieren. Ihr Gesicht war trotz der Hitze im Raum ungewöhnlich blaß. Das lag nicht nur an der Erschöpfung, sondern auch an den Sorgen, die sie sich um ihren Vater machte.
»Ich kann Ihnen gar nicht sagen, wie dankbar ich Ihnen bin, daß Sie gekommen sind, obwohl Ihr Vater Sie so dringend braucht!«
Als Constanze die sanfte Stimme von Caroline Beauvisage hörte, drehte sie sich um und zwang sich zu einem Lächeln. »Ich hatte es Ihnen versprochen. Und für meinen Vater kann ich nicht viel tun. Er braucht vor allem Ruhe . . .«
»Constanze ist die beste und zuverlässigste Frau, die ich kenne«, sagte Katya und legte einen Arm um die Freundin. »Ich muß mich um die Gäste kümmern«, meinte Caroline. »Ich wollte Ihnen nur sagen, wie sehr wir Ihre Sorgen verstehen. Und es wäre mir eine große Ehre, wenn Sie Zeit hätten, uns später noch Gesellschaft zu leisten . . .«
Constanze schüttelte bedauernd den Kopf. »Ich bin ziemlich müde und außerdem nicht dafür gekleidet. Ich kann auch nicht tanzen, wenn ich weiß, daß mein Vater krank zu Hause liegt. Ich möchte zu ihm zurück, sobald ich meine Arbeit hier getan habe.«

»Natürlich. Dieser Vorschlag von mir war sicher unpassend. Ich wollte Ihnen nur sagen, wie sehr wir Sie schätzen.«
Kaum hatten die beiden festlich gekleideten Damen die Küche verlassen, da sagte Caroline: »Sie ist eine Schönheit. Ist sie wirklich weder verliebt noch verheiratet, Katya? Ich kann es gar nicht mit ansehen, wie sie sich für dieses Kaffeehaus abarbeitet. Wir müssen mal überlegen, ob wir nicht einen passenden Mann für deine Freundin finden.«
Katya lachte. »Du siehst das falsch, Caroline. Constanze liebt ihre Unabhängigkeit über alles. Und von Männern will sie nichts wissen. Sie hat eine schwere Enttäuschung hinter sich, und sie will sich nicht mehr binden. Sie hält Männer für egoistisch, rücksichtslos und arrogant. Sie will sich keinem unterordnen.«
»So was habe ich ja noch nie gehört!« rief Caroline überrascht. »Bist du ganz sicher, daß sie ohne Liebe leben will?«
Katya sah nachdenklich vor sich hin. »Weißt du, manchmal glaube ich, daß Constanze klüger ist als wir alle zusammen«, sagte sie.

4. KAPITEL

25. März 1793

Zu den ersten Gästen, die in Belle Maison ankamen, gehörten Alecs Eltern. Jean-Philippe Beauvisages Haar war in den Jahren schlohweiß geworden, sein Gesicht von tiefen Falten durchfurcht. Doch sein Charme hatte nichts von seiner Unnachahmlichkeit verloren.
Seine Frau Antonia war stärker gealtert als er. Mit ih-

ren dreiundsechzig Jahren wirkte sie durch ihre schlanke, zierliche Figur zwar mädchenhaft, aber die Sorgen hatten ihre Spuren in ihrem immer noch schönen Gesicht hinterlassen. In ihrem braunen Haar gab es schon einige silbrig schimmernde Strähnen.
Caroline küßte ihre Schwiegereltern zur Begrüßung, und die sorgenvollen Mienen der beiden ließen sie gleich fragen: »Habt ihr etwas Neues gehört?«
»Von Nicholai? Nichts ... es ist kaum zu ertragen«, sagte Antonia. Sie stützte sich schwer auf den Arm ihres Mannes, als sie den hell erleuchteten Empfangssalon betratraten.
Niemand sah, wie Sharons Lächeln zu einer Maske gefror, als Anne Bingham mit ihrem Mann William in der Tür erschien. Diese Intrigantin, dachte sie. Ihr Widerwille gegen diese Frau war ihr deutlich anzusehen.
»Ich hoffe, Sie nehmen mir nicht übel, daß ich noch einen Gast mitgebracht habe«, zwitscherte Anne und zog ein junges Mädchen, das sich hinter ihrem Rücken versteckte, hervor. »Das ist meine Kusine Ophelia Corkstall. Sie kommt aus England. Ophelia, darf ich dir Mr. und Mrs. Beauvisage vorstellen? Und das sind Senator und Mrs. Hampshire.«
Das Mädchen kicherte albern und starrte dann mit unverhohlenem Interesse erst Alec und dann Lion Hampshire an. Dann drehte sie sich um und faßte nach dem Arm von Marcus Reems.
Nur Sharon beobachtete die Blicke, die Lion und Marcus tauschten. Sie allein wußte, warum die beiden Männer sich wie Feinde maßen. Sie waren Halbbrüder und gleichzeitig Rivalen. Daran waren zum größten Teil Mißverständnisse schuld. Und Lion hatte es noch immer nicht aufgegeben, sich eines Tages mit seinem Bru-

der versöhnen zu können. Lions Blick folgte Marcus, der mit Anne Bingham und Ophelia in den Empfangssalon ging. »Marcus ist so unverbesserlich wie immer. Er glaubt, daß er mich neidisch machen kann – auf seine guten Verbindungen in der Gesellschaft. Dabei tut er mir leid, daß er den Abend in solcher Begleitung verbringen muß.«
»Du vergißt, daß Annes Einfluß erstaunlich groß ist«, erinnerte Sharon ihn mit einem ironischen Lächeln.
»Ich kann ohne solche Verbindungen zurechtkommen«, raunte Lion ihr noch zu, ehe er sich in den Schultern straffte, um Samuel Powel, dem Bürgermeister der Stadt, die Hand zu schütteln.
Den Powels folgten Präsident Washington und seine Gattin. Es ging das Gerücht um, daß zwischen dem alternden Präsidenten und der koketten Eliza Powel mehr als eine freundschaftliche Beziehung bestand.
Nach der Ankunft der hohen Gäste gab Caroline den Musikern einen Wink. Das Fest konnte beginnen.

Constanze war in der Küche ganz allein zurückgeblieben. Die Dienerschaft hatte sich in den großen Speiseraum begeben, um den Gästen zu servieren.
Es geschah nur selten, daß Constanze in melancholische Stimmungen verfiel. Doch an diesem Abend konnte sie sich gegen die aufkommende Traurigkeit nicht wehren.
Sie hörte die Musik, das fröhliche Lachen und Plaudern und sah die Fenster der von vielen Kerzen festlich erleuchteten Räume.
Constanze blickte an sich hinunter. Sie trug ein schlichtes aprikosenfarbenes Kleid und darüber eine lange mit einer Spitzenrüsche verzierte Schürze. Im Geiste stellte sie sich alle die elegant gekleideten Damen vor, mit raf-

finierten Lockenfrisuren und kostbarem Schmuck. Sie glaubte sogar, die exotischen Parfüms zu riechen.
Sie bewegte sich stöhnend, weil ihr Rücken heftig schmerzte, richtete sich auf und schob sich eine Locke aus dem Gesicht. Wie schön muß es sein, unbeschwert und fröhlich lachen zu dürfen, an keine Verantwortung zu denken, sich des Lebens zu freuen und zu wissen, daß man jemanden hat, der einen liebt, dachte sie.
Sie wunderte sich selbst über solche Gedanken und mußte unwillkürlich lächeln. Das kommt, weil ich völlig übermüdet bin. Constanze schloß einen Moment die Augen und versuchte, sich zu entspannen.
Als sie die Lider wieder hob, meinte sie zu träumen. In der offenen Tür zum Hinterhof stand ein Mann. Er hatte sich lässig an den Türrahmen gelehnt und betrachtete sie amüsiert.
Constanze zuckte zusammen. Ihr Herzschlag beschleunigte sich. Dieser Fremde konnte keiner von den Gästen sein. Er trug eine lange Lederweste, Reithosen und schlammbespritzte hohe Stiefel. Gesicht und Hände waren tief gebräunt. Auf seiner Brust, die sein weit offenes Hemd zeigte, kräuselte sich dunkles Haar. Als er jetzt lächelte und dabei blitzend-weiße Zähne zeigte, wirkte er wie ein verwegener Pirat.
»Bonsoir, mademoiselle«, sagte er mit einer Stimme, die Constanze ein Prickeln über die Haut jagte.
»Sind Sie hier im Haus angestellt, Sir?« fragte sie.
Der Mann lachte. »Nein, das bin ich nicht.«
Constanze wußte nicht, wie sie sich verhalten sollte. Wenn dieser Fremde nun ein Räuber oder ein Krimineller war? Vielleicht wollte er die Gäste ausrauben? Oder er wollte ihr etwas antun?
»Mein Herr, ich muß darauf bestehen, daß Sie mir sa-

gen, was Sie hier wollen!« forderte sie energisch und hoffte, daß er ihr nicht anmerkte, wie nervös sie war.
Der Fremde kam langsam auf sie zu. Constanze konnte jetzt sehen, daß sein Haar dunkelbraun war und bis auf seine Schultern reichte. Auf seiner Wange leuchtete eine kaum verheilte Narbe. Trotz seiner staubigen Kleidung wirkte der Mann gepflegt und gar nicht wie ein Räuber.
Sie stand wie erstarrt da, als er ihre Hand nahm und an seine Lippen zog. Sie erstaunte, als sie die Berührung seiner Lippen auf ihrer Haut spürte.
»Nicholai Beauvisage, zu Ihren Diensten, Mademoiselle . . .« In seiner Stimme schwang leichter Spott mit, als er sich vorstellte.
Constanze glaubte, nicht richtig zu hören. »Nicholai Beauvisage«, wiederholte sie mit steifen Lippen. »Ich . . . aber . . . nein, das glaube ich Ihnen nicht.«
»Warum nicht?« Seine rechte Braue zuckte hoch, und in seine grünen Augen trat ein seltsames Glitzern. »Es betrübt mich, daß Sie mir mißtrauen. Aber nachdem diese Angelegenheit nun geregelt ist, habe ich das gleiche Recht zu wissen, wer Sie sind.«
Constanze hatte sich jetzt wieder ganz in der Gewalt. Sie hielt dem prüfenden Blick des Mannes ruhig stand. »Ich bin Constanze Hahn.«
»Hm . . . kommt mir bekannt vor.« Der Mann schnippte mit den Fingern. »Ich hab's. Hahn's Coffee House! Ich war dort vorhin auf einen Krug Bier und stellte zu meiner Überraschung fest, daß man da auch ein gutes Essen bekommen kann. Nach dem undefinierbaren Zeug, das ich auf der Überfahrt genossen habe, war das Stew einfach himmlich. Sind Sie eine von diesen Hahns?«
»So ist es. Und es freut mich, daß Ihnen mein Stew so gut geschmeckt hat.«

»Was tun Sie dann hier?«
»Es handelt sich um eine Gefälligkeit für Ihre Schwägerin. Ich bin hier, um diese Torten für das Fest heute abend zu richten«, erklärte Constanze.
Der Fremde wandte sich ab und trat an eines der Fenster, um zu den erleuchteten Festräumen hinüberzusehen. Constanze beobachtete ihn nun wieder mißtrauisch.
»Ich glaube noch immer nicht, daß Sie Nicholai sind. Wenn Sie aber die Wahrheit gesagt haben, würde ich gern wissen, wieso Sie heute abend hier auftauchen?«
Er kam zu ihr zurück und sah auf sie nieder. Constanze reichte ihm gerade bis zur Schulter, dabei war sie größer als die meisten Frauen.
Ihr rotblondes Haar glänzte wie Gold. Nicholai betrachtete es hingerissen. Er fand auch ihre blauen Augen faszinierend. Die Selbstsicherheit dieser Frau gefiel ihm. Sie reizte ihn, von den rosigen Lippen bis hin zu dem schlanken, biegsamen Körper. Es war lange her, daß er eine Frau gehabt hatte . . .
»Die Erklärung ist ganz einfach, Constanze. Es wurde mir in Frankreich zu ungemütlich, und da dachte ich, daß ich meine Familie mal wieder besuchen könnte. Und weil ich mein Haus verschlossen vorfand, ging ich zu meinen Eltern, um mir den Schlüssel zu holen. Dort wiederum erfuhr ich, daß sie heute abend hier sind. Ich ließ mir ein Pferd satteln und ritt her. Mein Aufzug ist leider nicht dazu geeignet, durch den Vordereingang zu gehen. Da ich hier in der Küche Licht sah, dachte ich mir, daß ich hier vielleicht ein mir bekanntes Gesicht antreffen würde. Wo sind Mrs. Forbes und Pierre? Und die anderen?«
»Drüben wird gerade das Dinner serviert. Sie sind alle damit beschäftigt. Wie Sie sehen, stehen hier nur noch

die Torten und das Dessert. Tut mir leid, ich muß jetzt weitermachen. Pierrre wird gleich kommen ...«

Die Augen des Mannes leuchteten auf. »Pierre? Es wird schön sein, diese treue Seele wiederzusehen. Wissen Sie, ich war zehn Jahre fort. Mir kommt es jetzt wie eine Ewigkeit vor.«

Constanze betrachtete ihn aus den Augenwinkeln, während sie eine dritte Lage auf die letzte Torte legte und mit dem Verzieren begann. Was er sagte, klang glaubhaft.

»Ich glaube nicht, daß Sie Ihre Familie sehr verändert vorfinden. Standen Sie mit Ihren Angehörigen in Verbindung?« fragte sie.

»Per Brief, ja. Jedenfalls bis vor ein paar Monaten. Da war ich gezwungen, mein Schloß zu verlassen und nach Paris zu gehen. Man informierte mich von hier aus über Geburten, Hochzeiten ... und schrieb mir, daß Großmama gestorben ist ...«

Er setzte sich auf die Kante des Tisches und starrte ins Herdfeuer. Constanze legte geeiste Orangenscheiben auf die Torte. Doch ihr Blick glitt immer wieder zu Nicholai Beauvisage hinüber.

Im Profil wirkte sein Gesicht wie gemeißelt und sehr hart. Dieser Mann entsprach so gar nicht der Beschreibung, die Katya ihr von ihrem Bruder gegeben hatte. Wenn dieser Mann tatsächlich Nicholai Beauvisage war, hatten die Jahre in Frankreich ihn zu einem anderen Menschen gemacht.

»Was starren Sie mich so an, Mademoiselle?« fragte Nicholai spöttisch. »Sehe ich so ungewöhnlich aus?«

Constanze beugte sich hastig wieder über ihre Arbeit. Wenige Minuten später legte sie den Löffel in die leere Schale und richtete sich auf.

Sie lächelte den Mann an. »Nein, Mr. Beauvisage. Es

ging mir nur gerade durch den Kopf, daß ich Ihnen sagte, Ihre Familie habe sich kaum verändert. Ihre Angehörigen werden sich aber vermutlich wundern, wie die Jahre Sie verändert haben . . .«

5. KAPITEL

25. März 1793

Während er darauf wartete, daß Pierre in die Küche zurückkam, nutzte Nicholai Beauvisage die Zeit für Annäherungsversuche. Seit sechs Wochen hatte er nicht mehr mit einer Frau geschlafen. Und nach seinen Erfahrungen waren Zofen oder Küchenmädchen nur zu gern bereit, wenn ein Mann von Stand sie hofierte.
Nicholai setzte seinen ganzen Charme ein. Er machte Constanze Komplimente und suchte nach einer Gelegenheit, ihr schönes Haar und ihre weiche Haut zu berühren.
Doch sie reagierte in keiner Weise darauf. Statt kokett auf sein Geplänkel einzugehen, wurde sie kühl und abweisend. Da versuchte Nicholai es mit Unverschämtheit.
»Dir hat wohl keiner Manieren beigebracht, was?« fragte er finster.
Constanze, die gerade die Schüsseln abspülte, sah nicht einmal hoch. »Mein lieber Mister Beauvisage, ich sehe nicht ein, warum ich zu einem Mann höflich sein sollte, der etwas von mir will, was er von jeder Hafendirne bekommen kann.«
»Sie haben eine scharfe Zunge, Mademoiselle«, knurrte Nicholai.
»Was erwarten Sie von mir? Sie ergeben anhimmeln und dabei mein Kleid aufknöpfen, nicht wahr? Und da

werfen Sie mir schlechte Manieren vor? Würden Sie mich auch in Ihr Bett haben wollen, wenn ich eine von den eleganten Damen wäre, die dort drüben tanzen?«

Ihre Wangen waren rot vor Zorn. Nicholais Miene verfinsterte sich bei diesen Vorwürfen noch mehr. Doch ehe er etwas erwidern konnte, kam Pierre in die Küche gestürmt. *»Mon dieu!«* rief er. »Die Torten . . . Schnell, ich weiß nicht, wo mir der Kopf steht!« Er wollte gerade auf den Tisch zuhasten, als er plötzlich wie erstarrt stehenblieb. Sein Mund klappte auf und zu, und dann würgte er mühsam hervor: »Monsieur Nicky? Sind Sie es wirklich, oder sind Sie ein Geist?«

Nicholai umarmte ihn. »Himmel, wie tut es gut, wieder ein vertrautes Gesicht zu sehen. Du hast dich überhaupt nicht verändert, Pierre!«

Doch die beiden Männer konnten sich nicht lange ihrer Wiedersehensfreude hingeben. Nicholai brauchte dringend ein Bad, ehe er sich zu den Gästen gesellen konnte, und auch angemessene Kleidung. Constanze schlug vor, die Torten hinüberzutragen, so daß sich Pierre um das Bad und frische Weidung kümmern konnte.

Ein Laken wurde in der hintersten Ecke der Küche aufgehängt und die Wanne dahinter gestellt. Constanze trug eine Torte nach der anderen hinüber, während Pierre Wasser heiß machte und die Wanne füllte. Dabei vermied sie Nicholais spöttischen Blick.

Als Constanze schließlich etwas atemlos in die Küche zurückkehren wollte, nachdem sie die letzte Torte weggebracht hatte, kam Pierre ihr entgegen.

»Ich kann Sie jetzt noch nicht nach Hause bringen, Mademoiselle. Ich muß mich um Monsier Nicholai und um einige andere Dinge kümmern. Es tut mir so leid, daß Sie warten müssen, aber . . . zuerst muß ich Kleidung für Monsieur besorgen . . .« Pierre hatte Tränen in den

Augen. »Was für ein Abend, was für eine Freude! Die Familie wird überglücklich sein. Und er ist so männlich und erwachsen geworden.«

Constanze stand unschlüssig da und überlegte, ob sie in die Küche gehen sollte oder nicht. Es war eine fatale Situation, auch wenn Nicholai Beauvisage sein Bad hinter dem Vorhang einnahm.

»Soll ich hier draußen in der Kälte warten?« redete sie sich trotzig ein. »Das sehe ich nicht ein.«

Entschlossen ging sie auf die Küchentür zu, öffnete sie und erstarrte im nächsten Moment. Die Wanne war nicht mehr durch einen Vorhang geschützt. Das Laken lag am Boden. »Es fiel runter«, erklärte Nicholai mit einem Grinsen.

Zu ihrem größten Arger merkte Constanze, wie sie feuerrot wurde. Sie war immer stolz darauf gewesen, sich durch nichts erschüttern zu lassen. Und ausgerechnet jetzt wurde sie unsicher!

Wenn ich jetzt wegsehe, blamiere ich mich noch mehr, sagte sie sich. Sie hoffte, daß der Feuerschein vom Kamin ihre Röte nicht so offensichtlich machte. »Sie erwarten doch nicht, daß ich es aufhebe«, sagte sie so kühl wie möglich.

Nicholais Grinsen verstärkte sich. »Macht es Ihnen nichts aus, wenn ich es aufhebe?«

»Tun Sie das nicht!« Constanze biß sich im nächsten Moment wütend auf die Unterlippe. Nun hatte sie sich doch verraten. Ihr Blick wurde wie magisch von dem muskulösen Oberkörper des Mannes in der Wanne angezogen.

»Sie sind nicht sehr konsequent, Mademoiselle, oder?« Nicholai genoß dieses Wortgeplänkel. Es lenkte ihn von den schrecklichen Erinnerungen an die letzten Wochen in Frankreich ab.

»Wie soll ich das verstehen?«
In den grünen Augen des Mannes glitzerte es auf. »Eine Frau, die nicht das geringste Interesse an Männern hat, habe ich recht? Kein Mann kann dein Herz zum Rasen bringen oder dir eine Gänsehaut über den Rükken jagen, stimmt's? Du willst nicht das süße Zittern empfinden, das deinen ganzen Körper erfaßt, wenn ein Mann dich küßt . . .«
»Mister Beauvisage!« Constanze war todunglücklich, weil sie bis unter den Haaransatz rot wurde. »Sie haben offensichtlich zu lange in Frankreich gelebt. Sie haben nicht das Recht, so mit mir zu reden . . . auch nicht, wenn Sie sich einbilden, ein Mann von hohem Stand zu sein!«
Nicholai lachte leise vor sich hin. »Diesen Dünkel habe ich nicht. In Frankreich hätte mich das den Kopf gekostet. Aber lassen wir das jetzt. Dein Verhalten ist paradox. Unter deiner kühlen Maske sehe ich ein liebliches Gesicht und einen herrlichen Körper – wie geschaffen für die Liebe. Ich sehe auch das Feuer in deinen Augen, wenn du so zornig bist wie jetzt . . .«
»Sie sind eingebildet und überheblich!« fauchte Constanze ihn an.
Nicholai überhörte das. »Welches ist denn nun die echte Constanze Hahn? Du kannst es mir anvertrauen, ich sage es niemandem weiter.«
Constanze ballte aufgebracht die Hände. Die Stimme versagte ihr den Dienst.
Nicholai lächelte. »Ich würde mich ja für meine etwas unbedachte Äußerung entschuldigen und dich auf den Knien um Verzeihung bitten, aber dann müßte ich mich erheben, und das wäre in diesem unbekleideten Zustand sicherlich nicht angebracht, oder?«
Constanze merkte, daß sich sein Tonfall verändert hatte. Er war nicht länger spöttisch. Sie hätte Nicholai gern

gefragt, was er in Frankreich erlebt hatte, doch da erschien Pierre mit einem dunkelgrünen Anzug, einer silbergrauen Weste und einem blütenweißen Hemd.

»Voilà!« rief er glücklich. »In diesen Sachen werden Sie umwerfend aussehen, Monsieur!«

Pierre breitete eifrig die Sachen aus und schickte sich dann an, Nicholai beim Abtrocknen zu helfen. Constanze floh in den dunklen Garten hinter dem Haus.

Unruhig ging sie auf dem Plattenweg auf und ab. Sie hoffte, daß Pierre bald Zeit hätte, sie nach Hause zu bringen. Im Kaffeehaus wartete noch genug Arbeit auf sie. Außerdem tat ihr jeder Knochen im Körper weh. Die Sorge um ihren Vater belastete sie. Dazu kamen diese verwirrenden Gefühle, die Nicholai Beauvisages plötzliches Auftauchen bei ihr ausgelöst hatten.

Constanze war so in ihre Gedanken versunken, daß sie nicht merkte, wie sie sich dem Haupthaus näherte. Sie blieb stehen und sah in den festlich erhellten Salon. Sie erkannte Anne Bingham, die in den Armen von Präsident Washington über das Parkett schwebte.

»Constanze? Sind Sie das?«

Erschreckt fuhr sie herum und sah Lion und Sharon Hampshire vom Garten her auf sich zukommen. Sie zwang sich zu einem Lächeln. »Guten Abend. Sie sehen wunderbar aus, Mrs. Hampshire«, sagte sie hastig.

Sharons Miene blieb ernst. »Danke, sehr nett von Ihnen.«

»Ich fürchte, ich bin zu nahe ans Haus gegangen«, entschuldige sich Constanze. »Das wollte ich nicht. Ich warte auf Pierre. Er sollte mich in die Stadt zurückbringen.«

Lion hob abwehrend die Hand. »Kein Grund, sich zu entschuldigen, Constanze. Selbst mit einem Tupfer Schlagrahm auf der Nase sehen Sie hinreißender aus als manche Dame da im Saal.«

Constanze sah die Tränen nicht, die schon wieder in Sharons Augen glänzten, denn ihre Aufmerksamkeit wurde von Pierre und dem unwahrscheinlich attraktiv aussehenden späten Gast abgelenkt. Weder Lion noch Sharon erkannten Nicholai.
Doch Lion umarmte ihn begeistert, als Pierre sie einander vorstellte. Constanze stand nur da und starrte Nicholai an. Sie hatte noch nie einen solchen Mann kennengelernt. Nichts erinnerte mehr an den verwegenen Piraten. Als er sich jetzt über Sharons Hand neigte, wirkte er elegant und weltmännisch.
Es traf sie ein Blick aus seinen grünen Augen, der ihren Pulsschlag beschleunigte. Ein leichtes Neigen des Kopfes. Dann wandte sich Nicholai Beauvisage Pierre und den Hampshires zu, die es eilig hatten, ihn in den Festsaal zu führen.
Das wird sicherlich ein glückliches Wiedersehen, dachte sie. Zehn Jahre waren eine lange Zeit . . .
Fröstelnd rieb sich Constanze über die Arme. Dann ging sie in die Küche zurück, um dort auf Pierre zu warten.

Nicholai nahm ein zweites Glas Brandy von seinem Bruder Alec entgegen. Sein Lächeln wirkte etwas gequält. Er war es nicht mehr gewöhnt, so viel zu lächeln. Außerdem spürte er die Müdigkeit in allen Gliedern. Es war ein aufregender und anstrengender Tag gewesen.
»Du siehst nicht gerade frisch aus«, meinte Alec.
»Höflich ausgedrückt, mein lieber Bruder . . .« Nicholai hob sein Glas, »ich bin zum Umfallen müde.«
»Das hättest du früher nie eingestanden. Du hast dich in jeder Beziehung verändert.«
»Findest du?« Nicholai zuckte die Schultern. »Ich bin jetzt erwachsen. Aus dem Jungen wurde ein Mann . . .«

Er sah, wie Anne Bingham ihre Cousine durch die Menge schob. Die Frau hatte bereits zwei Versuche unternommen, Ophelia in seine Nähe zu bringen. Nun schien ihr wieder eine Idee gekommen zu sein.

»Warum gibt es hier nicht die Geheimtür, die du drüben im Salon hast«, raunte Nicholai seinem Bruder zu. »Weißt du sonst noch einen Fluchtweg?«

Alec schüttelte bedauernd den Kopf. »Leider nicht, mein lieber Bruder. Du bist doch jetzt Manns genug, um mit dieser Situation fertig zu werden, oder?« Er grinste und machte sich auf die Suche nach Caroline.

Anne und Ophelia hatten Nicholai inzwischen erreicht. »Meine Cousine würde so gern etwas über Frankreich hören«, zwitscherte Anne und legte ihre Hand auf seinen Arm. »Nicht wahr, Ophelia?«

Das Mädchen nickte und sah Nicholai schwärmerisch an.

»Meine Damen, ich fürchte, daß ich zu dem, was Sie so brennend interessiert, nur wenig sagen kann«, wich Nicholai aus. »Ich habe Frankreich gleich nach der Hinrichtung des Königs verlassen, und sicherlich gibt es inzwischen längst andere Neuigkeiten.«

»Untertreiben Sie da nicht ein bißchen, Mister Beauvisage? Ich habe gehört, wie Sie sich vor zehn Minuten mit dem Präsidenten verabredet haben. Dabei haben Sie ihm versichert, daß Sie manche Neuigkeit mitbringen. Ophelia interessiert sich so für Politik. Hätten Sie die kommende Woche nicht mal Zeit für ein Abendessen bei uns?«

»Sie sind sehr liebenswürdig, mich einzuladen, Mrs. Bingham. Aber ich bin gerade erst in Philadelphia angekommen und noch gar nicht bereit für Einladungen und dergleichen.« Nicholai lächelte charmant und hoffte, daß er seine Abneigung gut genug verbarg.

»Jetzt bist du enttäuscht, meine arme Ophelia, nicht wahr?« Anne tätschelte die Wange ihrer Cousine.
»Mister Beauvisage, ich wüßte so gern etwas über . . .« Ophelia wurde unterbrochen, als Bürgermeister Powel neben Nicholai auftauchte. Er wohnte neben den Beauvisages und kannte Nicholai von Kindheit an. Nicholai wurde mit neuen Fragen bestürmt, weiteren Gästen vorgestellt und fand nicht einen Augenblick der Besinnung. Eine junge Dame zerrte ihn zur Tanzfläche, und Nicholai konnte sich nur durch eine Unhöflichkeit retten.
Er floh in den dunklen Garten hinaus. Paare waren schattenhaft zwischen Büschen und Bänken zu erkennen. Liebesgeflüster drang an Nicholais Ohren.
Er ging mit schnellen Schritten zum Küchentrakt hinüber. Im Gehen lockerte er seine Krawatte und zog den eleganten Überrock aus. Ohne anzuklopfen trat er ein, ganz von dem Gedanken an Constanzes ungewöhnliche Schönheit getrieben.
»Gott sei Dank!« rief sie. »Ich bin ja so froh, daß Sie kommen. Ich warte schon so ungeduldig auf Pierre. Ich muß ganz schnell nach Hause. Bitte, bringen Sie mich hin? Schnell!«
Constanze hatte sich schon ihre Pelerine umgelegt. Sie zitterte so sehr, daß die Schüsseln, die sie in den Händen trug, klirrten.
»Warum denn diese Eile?« wollte Nicholai wissen.
»Mein Vater!« Ihre Stimme war hoch und schrill. In ihren blauen Augen standen Tränen. »Der Junge . . . er kam mit der Nachricht, daß es . . . daß es ihm sehr schlecht geht. Bitte, helfen Sie mir!«
Nicholai nahm ihr die Schüsseln ab und faßte nach ihrem Arm. Das Pferd, mit dem er nach Belle Maison gekommen war, stand noch bereit. Alles, was sie brauch-

ten, war eine Kutsche. Der Stalljunge wurde angewiesen, sofort anzuspannen. Nicholai hinterließ seinem Bruder Alec eine Nachricht. Er war froh, die Gesellschaft verlassen zu können.
Nur Minuten später rollte die Kutsche in hohem Tempo über die vom Mondlicht erhellte Germantown Road in Richtung Philadelphia.

6. KAPITEL

26. März 1793

Constanzes Müdigkeit war einer starken Anspannung gewichen. Sie war blaß, und ihre Knie zitterten. Nichts erinnerte mehr an das Mädchen, das Nicholai so trotzig die Stirn geboten hatte. Sie war nur noch die besorgte Tochter, machtlos gegen die Angst, die sich beklemmend um ihr Herz legte. Während der Fahrt versuchte Nicholai, sie mit Fragen abzulenken. Und als er die Kutsche schließlich vor dem Hahnschen Kaffeehaus zum Stehen brachte, hatte er eine vage Vorstellung von ihrem bisherigen Leben und wußte etwas mehr über den Gesundheitszustand ihres Vaters.
Die Jahre in Frankreich hatten ihn gegen Tod und Schicksalsschläge hart gemacht. Er hatte mitangesehen, wie Freunde ihr ganzes Hab und Gut verloren, wie man sie hetzte und verfolgte, ganz zu schweigen von denen, die man zur Guillotine schleppte. Er hatte es gelernt, seine Gefühle zu beherrschen, und so war er jetzt für Constanze eine wirkliche Stütze.
Nicholai blickte sich aufmerksam um, als Constanze ihn durch den hinteren Eingang ins Haus führte. Die behagliche Atmosphäre gefiel ihm.

Constanze warf ihren Umhang achtlos über einen Stuhl und zerrte ungeduldig an ihren Schürzenbändern. Nicholai kam ihr zu Hilfe. Flüchtig berührte er ihre schmale Taille und atmete den Duft ihres Haares.
Dann hastete Constanze auch schon eine steile Holztreppe hinauf. Nicholai folgte ihr. Eine rundliche, weißhaarige Frau kam Constanze oben an der Treppe entgegen. Ihre Miene war ernst. Sie umarmte das junge Mädchen und führte es zum Ende des spärlich erhellten Flures, ohne Nicholai auch nur eines Blickes zu würdigen.
Er wandte sich um und ging wieder nach unten. Er holte sich einen Brandy aus dem Schankraum und setzte sich damit am Fuße der Treppe nieder, um zu warten.
»Papa, liebster Papa!« In Constanzes Stimme zitterten tränen. »Ich habe dich so lieb ...«
Seine runzligen Lider zuckten leicht, doch er öffnete die Augen nicht. Constanze tauchte ein Tuch in die Waschschüssel und betupfte damit die trockenen Lippen des Kranken. Dann hielt sie seine schlaffe Hand in der ihren. Ängstlich lauschte sie seinem rasselndem Atem.
»Papa, du wirst bald wieder gesund«, flüsterte sie. Sie konnte ihre Tränen nicht länger unterdrücken. Sie rannen über ihre Wangen und tropften auf das Laken.
Die mattblauen Augen öffneten sich. »Verzeih deinem alten Vater, Kind. Wenn ich nicht so resigniert hätte, als deine Mutter damals starb, wäre ich jetzt vielleicht stärker. Ich war so schwach ...«
»Nein, Papa! Wie kannst du so etwas sagen! Jeder weiß, was für ein tatkräftiger Mann du bist. Von dir habe ich alles gelernt. Du ...«
»Du hast gelernt, weil du eine starke Persönlichkeit bist, nicht weil ich dein Vorbild war ...«
»Ich will nicht, daß du dir Vorwürfe machst, Papa. Das

ist so unsinnig! Du hast immer dein Bestes gegeben. Unser Kaffeehaus ist doch der Beweis dafür. Hast du vergessen, wie du Tag und Nacht gearbeitet hast . . .«
Ernst Hahn lächelte matt. Zärtlich streichelten seine welken Finger über die Hand der Tochter. »Du bist ein schönes Mädchen, Constanze, und du bist sehr willensstark . . .« Er hielt inne und rang mühsam nach Atem. »Constanze . . . du mußt mir versprechen, daß du dein Leben nicht allein leben wirst. Du . . . du hast so viel zu geben. Ich möchte, daß du . . .«
Mit weit aufgerissen Augen sah Constanze, wie es im Gesicht ihres Vaters arbeitete. Er konnte die Worte, die er hatte sagen wollen, nicht mehr artikulieren. Nur seine Augen sprachen die Bitte noch aus. Dann wurde sein Blick plötzlich starr. Constanze saß da und rührte sich nicht.
Erst als Hyla Flowers sanft eine Hand auf ihre Schulter legte, erwachte sie aus ihrer Erstarrung. »Nein! Er darf nicht tot sein! Nein, nein!« wimmerte sie. »Ich will bei ihm bleiben . . .«
»Baby, komm. Du kannst nicht hierbleiben. Stringfellow und ich, wir werden uns um deinen Papa kümmern . . .«
Constanze erhob sich wie eine Schlafwandlerin. »Ja, danke, Hyla. Danke. Ich . . . ich muß jetzt eine Weile fort . . .«
»Aber, Kindchen, wo willst du hin?« Hyla folgte Constanze auf den Flur.
»Mister Beauvisage?« rief Constanze. »Bringen Sie mich bitte fort von hier – irgendwohin!«
Hyla sah, wie der Mann sich von der Stufe erhob und Constanze am Arm faßte. War dies einer von *den* Beauvisages? »Sei vorsichtig, Kind!« rief sie besorgt.
Doch Constanze hörte das nicht. Ihr Gesicht war wie

eine Maske. »Bitte«, murmelte sie. »Ich kann nicht mehr. Ich . . .«
Nicholai hob das zitternde Mädchen auf seine Arme und trug es zu der Kutsche. Constanze erlebte alles wie in einem Traum. Ein Mann trug sie fort – fort von ihrem Vater, von dem Kaffeehaus. Sie war auf der Flucht vor ihren quälenden Gedanken. Und er half ihr dabei.
Nur ein paar Minuten später hoben starke Arme sie wieder aus der Kutsche. Es ging durch einen dunklen, von einer Mauer begrenzten Garten. Dann klirrte ein Schlüssel, drehte sich knirschend im Schloß, und Constanze fand sich in einer nur vom Mondlicht erhellten Eingangshalle wieder. *»Chérie«*, sagte Nicholai mit rauher Stimme, »setz dich hier. Ich mache Feuer und zünde ein paar Kerzen an . . .« Er sah sich um. »*Bon Dieu*, wie lange bin ich nicht hier gewesen.« Während er im Kamin ein Feuer machte, saß Constanze da und rührte sich nicht. Sie befand sich in einem gemütlichen Arbeitszimmer in Nicholai Beauvisages Haus. Man hatte das Haus offensichtlich während seiner Abwesenheit versorgt. Weiße Schonbezüge schützten Sessel und Stühle, und alles war sauber und blank.
Der Raum hatte eine ausgesprochen männliche Note. Die Farben Gold und Braun herrschten vor.
Nicholai, der den Raum für einige Minuten verlassen hatte, kam zurück. Er blieb an der Tür stehen und sah Constanze nachdenklich an, so als wüßte er nicht, was er mit ihr anfangen sollte. Sie hockte verkrampft in ihrem Sessel. Ihre Hände umklammerten die Lehnen so fest, daß die Knöchel ihrer Finger weiß hervortraten.
»Was tun wir jetzt?« fragte Nicholai und trat neben sie. »Du mußt mir einen Rat geben. Möchtest du etwas trinken?«
Constanze nickte. »Einen Brandy, bitte.«

Nicholai fand eine gefüllte Karaffe und zwei Gläser. Er füllte sie und gab Constanze eines davon. Sie trank es aus, ehe er Platz genommen hatte. »Mehr, bitte.«
Er füllte nach und sank dann auf das Sofa. Sein Blick ließ Constanze nicht los.
»Ich ... ich wünschte, daß ich einen Trost für dich wüßte, Constanze«, sagte er weich. »Ich habe dem Tod in den vergangenen Jahren so oft ins Auge gesehen, daß er für mich seine Schrecken verloren hat.«
Constanze wischte sich über die Augen. »Mein Vater hatte kein leichtes Leben. Dabei hätte es kaum ein Mensch so wie er verdient, glücklich zu sein. Er mußte schwer arbeiten. Immer sagte er, daß er es nur für mich tut, weil ich das einzige war, was ihm auf der Welt noch geblieben ist ...«
»Constanze, quäle dich jetzt nicht mit Selbstvorwürfen. Das führt zu nichts. Wenn man einen geliebten Menschen verliert, hat man genug andere Probleme zu verkraften. Schuldgefühle machen den Kummer nur noch schlimmer.«
Constanze holte tief Luft. Dann nickte sie. »Sie haben recht. Wenn ich darf, würde ich gern noch eine Weile hierbleiben. Sie möchten sich nach so langer Abwesenheit sicherlich gern in Ihrem Haus umsehen. Darf ich mitkommen? Ich bin ziemlich neugierig ...«
Constanze wußte den Ausdruck seiner Augen nicht zu deuten. Dann lächelte Nicholai. »Es ist mir eine große Ehre, dir mein Haus zu zeigen. Hast du vielleicht Hunger? Wie ich meine Mutter kenne, hat sie bestimmt dafür gesorgt, daß ein paar Vorräte im Haus sind. Meine Schwester Danielle wohnt immer in meinem Haus, wenn sie mit ihrer Familie in Philadelphia zu Besuch ist.«
Constanze stand auf und strich ihren Rock glatt. »Essen

kann ich bestimmt nichts. Aber vielleicht schenken Sie mir noch etwas Brandy ein?«
Während Nicholai einschenkte, fragte er sich, ob er vielleicht nur träumte. Die ganze Situation war so unwirklich.
»Sind Sie an soviel Alkohol gewöhnt?« fragte er.
»Um ehrlich zu sein, ich trinke kaum einmal ein Glas Wein. Aber ich fühle mich jetzt gut. Machen Sie sich also keine Sorgen, Mister Beauvisage . . .«
»Nicholai, bitte . . .« Nicholai füllte die Gläser von neuem. Er sagte sich, daß Constanze vom Schock wie betäubt war. Das half ihr über den schweren Verlust, der sie getroffen hatte. Von sich selbst wußte er, daß es nicht leicht sein würde, den Rest dieser so ungewöhnlichen Nacht gut zu überstehen.

Auf dem Rundgang durchs Haus sparte Constanze nicht mit Lob über die geschmackvolle Einrichtung. Nicholai war stolz.
»Ein Haus, in dem man sich wohl fühlen kann«, sagte Constanze. »Als ich neulich mit Katya bei den Binghams war, fand ich die vielen Vergoldungen und den Marmor erdrückend . . .«
»Katya?« fragte Nicholai verwundert.
»Ja, Ihre Schwester ist meine beste Freundin.«
»Ach?« Nicholais Brauen schoben sich zusammen. »Ich hatte heute abend kaum Gelegenheit, ein Wort mit ihr zu reden. Sie war die größte Überraschung für mich. Als ich wegging, war sie noch ein Kind mit langen Zöpfen.« Nicholai trat zu einer Standuhr und zog sie auf. Als er sich wieder umdrehte, betrachtete er Constanze hingerissen.
Mit ihren zerzausten, im Mondlicht wie gesponnenes Gold glänzenden Haaren wirkte sie wie ein Wesen aus einer anderen Welt. Die Sehnsucht, diesen herrlichen Kör-

per in seinen Armen zu haben, wurde übermächtig in ihm.
»Warum sehen Sie mich so merkwürdig an«, fragte Constanze verwirrt. »So hungrig . . .«
Nicholai lachte leise über ihre Offenheit. Die weißen Zähne blitzten in seinem gebräunten Gesicht. »Wenn du meine Bewunderung als Begierde auslegen mußt, bitte ich vielmals um Vergebung.« Er streckte die Hand aus und zeichnete mit einem Finger die feine Linie ihres Halses nach.
Diese Berührung jagte einen Schauer durch Constanzes Körper. »Danke für das Kompliment«, murmelte sie verlegen. Sie wandte sich ab, damit er nicht sehen konnte, wie rot sie geworden war. »Gibt es in diesem Stockwerk noch weitere Räume?« frage sie, um abzulenken.
»Ein Schlafzimmer noch. Eher eine Suite für Gäste.« Nicholai überquerte den Flur und stieß eine breite Tür auf.
Zu ihrer Verwunderung fand Constanze den Raum von Kerzen erhellt und behaglich warm denn es brannte ein Feuer im Kamin. Sie sah ein großes Bett mit einem Himmel aus duftigem Musselin und einer Decke aus dunkelgrüner Seide. Vor dem Kamin standen ein Sofa und zierliche Sessel.
»Ich habe vorhin rasch das Feuer angezündet, für den Fall, daß du heute nacht hierbleiben willst.«
Constanze stand da und starrte auf das Bett. Nach einer Weile trat Nicholai zu ihr und faßte unter ihr Kinn. Es sollte ein tröstende Geste sein. Doch als er ihre samtige Haut fühlte, rann es heiß und verlangend durch seinen Körper.
Constanze sah wie hypnotisiert zu ihm auf. Und dann hörte sie sich mit einer Stimme sprechen, die ihr fremd in den Ohren klang. »Das war sehr freundlich von Ihnen, Nicholai, aber ich würde gern Ihr Schlafzimmer sehen . . .«

Ehe sie ins dritte Stockwerk hinaufkamen, merkte Constanze, daß der so hastig getrunkene Brandy zu wirken begann. Er betäubte den Schmerz in ihrem Herzen, vertrieb die Kälte aus ihrem Körper und machte sie frei und leicht. Der große Raum, in den Nicholai sie führte, gefiel ihr auf den ersten Blick. »Das Zimmer paßt genau zu Ihnen«, meinte sie. »Ihr Haus ist wirklich perfekt, einfach traumhaft.«
»Oh, vielen Dank.« Nicholai steckte auch in diesem Raum das schon vorbereitete Holz im Kamin an.
Constanze beobachtete ihn und schlenderte dann zu dem breiten Bett hinüber. Sie ließ sich auf den weichen Kissen nieder und sah sich um. Dunkle Mahagonimöbel beherrschten den Raum, poliertes Holz mit Messingbeschlägen. Dicke Perserteppiche bedeckten den Boden. Schwere Brokatvorhänge hingen vor den Fenstern.
Ihr Blick glitt wieder zu dem Mann am Kamin hinüber. Sein Haar glänzte im Feuerschein wie Kastanien. Sein Gesicht wirkte sehr markant und männlich.
Diesmal sah Constanze nicht verlegen zur Seite, als Nicholai sich zu ihr umdrehte. Ein Lächeln umspielte ihre Lippen.
»Constanze, was hat du heute nacht vor?« fragte er leise. Sie sah so zerbrechlich und hilflos aus, wie sie da auf seinem Bett saß, mit den wirren Haaren und dem zerknitterten Kleid.
»Wenn ich Sie jetzt um einen Gefallen bäte, würden Sie mir den erfüllen?« Etwas wie Trotz schwang in ihrer Stimme mit.
»Das ist sehr wahrscheinlich«, meinte Nicholai und grinste.
»Kommen Sie zu mir und küssen Sie mich. Küssen Sie mich so, wie ein Mann eine Frau küßt, so lange, bis ich an nichts mehr denken kann . . .«

7. KAPITEL

26. März 1793

Nicholais Stirn runzelte sich. Überrascht starrte er Constanze an. Dann richtete er sich langsam aus der gebückten Haltung auf.

»Wenn du wirklich glaubst, daß dir das hilft, will ich mein Bestes tun.«

Constanzes überhörte die Ironie in seinen Worten. Sie spürte, wie ihr Herz zu rasen anfing, als er sich dem Bett näherte.

Er nahm eine Locke ihres glänzenden Haares und wikkelte sie um seinen Finger. Mit der anderen Hand begann er ihr Gesicht und dann ihren Hals zu streicheln. Constanze sah ihn unverwandt an. Ihre Brust hob sich unter einem tiefen Seufzer.

Als Nicholai sie in seine Arme zog, stöhnte sie leise. Im nächsten Moment verschloß sein Mund ihre Lippen. Er küßte sie mit einer Leidenschaft, die sie überraschte.

Willig öffnete Constanze die Lippen, und seine Zunge kostete die Süße ihres Mundes. Sie erwiderte diesen stürmischen Kuß, und ihre Sehnsucht nach mehr wurde immer stärker.

Jahre hatte sie wie eine Nonne gelebt. Jetzt brachen nie gekannte Gefühle in ihr auf. Ihr ganzer Körper war wie in Feuer getaucht.

Nicholai begriff nicht, daß dies noch dasselbe Mädchen sein sollte, das ihm so kühl und trotzig begegnet war. Ihre Hände wühlten in seinem Haar, und ihr Körper fiel ihm zu wie eine reife Frucht.

Er spürte ihre weichen Brüste, die sich an ihn preßten. Constanze zerrte ungeduldig an seinem Hemd, öffnete die Knöpfe und tastete über seine behaarte Brust.

Da zögerte Nicholai nicht länger. Zu lange war er gezwungen gewesen, ohne Frau zu sein. Diese kleine wilde Katze, dachte er. Wenn sie jetzt plötzlich so begierig ist, soll sie haben, was sie will.

Er riß an ihrem Kleid. Stoff knirschte. Constanze stöhnte nur und ließ es zu, daß Nicholai ihr das Kleid und die Unterwäsche auszog. Die Kleidungsstücke fielen zu Boden, und gleich darauf folgten Nicholais Stiefel und die Hose.

Nicholai schlang die Arme um den herrlichen Frauenkörper. Constanze hatte das Gefühl, daß ihre Haut wie Feuer glühte. Sie schämte sich ihrer Nacktheit nicht. Ihr Verstand war ausgeschaltet. Sie wollte nicht denken, nur vergessen.

Als seine Lippen eine ihrer rosigen Brustwarzen eroberten, keuchte Constanze wollüstig auf. Ihre Hände krallten sich um Nicholais Schultern. Wonneschauer rannen durch ihren ganzen Körper, und als seine Hände die verborgene Stelle zwischen ihren Schenkeln erreichten, meinte Constanze, vergehen zu müssen.

»Du bist wunderschön«, sagte Nicholai, und seine Stimme klang heiser vor Erregung. Er streichelte die seidige Haut ihrer Hüften. »Du kannst einen Mann verrückt machen, weißt du das?«

»Nein ich ...« Constanze konnte nicht sprechen. Ihr Körper brannte vor Sehnsucht. »Bitte, liebe mich! Liebe mich!« Tränen kamen unter ihren langen Wimpern hervor. Nicholai, der sich gerade auf sie rollen wollte, hielt inne und sah sie an. »Bitte!« flehte sie.

»Weine nicht, *chérie!«* Nicholai war alarmiert, obwohl er seine Lust auf diese Frau kaum noch beherrschen konnte.

Er küßte Constanze die Tränen von den Wangen. »Komm«, sagte er dann sanft und führte ihre Hand zu

seinem Glied. Einen Moment schien Constanze erschreckt zu sein. Dann handelte sie ganz instinktiv. Sie spreizte ihre Schenkel. Als Nicholai in sie eindrang, schrie sie leise auf. Dann preßte sie die Lippen zusammen. Ihre Augen waren noch immer geschlossen.
Ihre Körper verschmolzen zu einem, als sie den Höhepunkt ihrer Ekstase erreichten. Constanze warf den Kopf hin und her und stöhnte. Ihre blauen Augen öffneten sich und sahen Nicholai erstaunt an. Ihre Lippen zitterten leicht.
»Pscht . . . ganz ruhig«, murmelte er, als er sah, daß sie wieder weinen wollte. Er rollte sich zur Seite und preßte ihr Gesicht an seine Brust. Dann hielt er sie fest, während ihr Körper von heftigem Schluchzen geschüttelt wurde.
Nicholai vermutete, daß Constanze wieder an ihren Vater dachte. Sie war zwar bei weitem nicht so kühl und prüde, wie er geglaubt hatte, aber sie war auch keine gewöhnliche Tavernendirne, kein Schankmädchen.
Der Schock über den plötzlichen Tod des Vaters hatte sie in einem merkwürdigen Zustand versetzt. Aber was immer auch der Grund gewesen war, dieser leidenschaftliche Liebesakt hatte bei ihm die schmerzlichen Erinnerungen an andere Nächte vertrieben. Nächte mit . . .
»Ich friere so«, flüsterte Constanze.
Nicholai löste sich von seinen bedrückenden Gedanken und zog die warme Bettdecke über sich und Constanze. Das Bettzeug roch frisch, und die weichen Kissen machten ihm seine Müdigkeit wieder bewußt.
Constanze ließ es zu, daß er sie dicht an seinem Körper hielt. Sie schmiegte ihr Gesicht an seine Brust. Seine Finger, die sie eben noch so aufreizend liebkost hatten, streichelten jetzt sanft über ihre Stirn und ihre Wange.

Als Constanze sicher sein konnte, daß Nicholai eingeschlafen war, löste sie sich vorsichtig von seinem muskulösen Körper und drehte sich um. Dann lag sie da und starrte blicklos in das Kaminfeuer.

Der Regen hing in feinen, feuchten Schleiern vor dem Fenster, als Nicholai am nächsten Morgen erwachte. Es war kalt im Raum, und diese Kälte hatte ihn geweckt.
Nicholai entdeckte seine Stiefel, Hemd und Hose vor dem Bett. Constanze? Wo war sie? Von ihr gab es keine Spur. War sie fort? Es schien noch ziemlich früh zu sein.
Nicholai erhob sich träge und suchte nach seiner Weste, um auf seine Taschenuhr zu sehen. Als er sie schließlich fand, war er überrascht. Schon elf Uhr!
»Verdammt«, brummte er und kroch wieder ins warme Bett. Als er die Decke über sich zog, entdeckte er Blutflecke auf dem Laken neben sich, wo Constanze gelegen hatte.
»Du lieber Himmel! Das kann doch nicht wahr sein!« Tiefe Fassungslosigkeit zeichnete sich in seinem Gesicht ab. Das konnte es doch nicht geben! Constanze hatte sich ihm mit einer solchen Leidenschaft hingegeben! War das möglich, bei einer Jungfrau?
Nicholai fing an, laut vor sich hinzureden. »Welches Mädchen, das im Grund so vernünftig ist, gibt sich einem völlig fremden Mann hin – zum ersten Mal . . .«
Nicholais Überlegungen wurden durch ein Klopfen abgelenkt, das von fern an seine Ohren drang. Er zog hastig seine Hose an und verließ das Zimmer. Der Marmorfußboden war kalt unter seinen Füßen. Doch Nicholai kümmerte sich nicht darum. Er beeilte sich, die Tür zu öffnen. Vielleicht war es Constanze Hahn, die gekommen war, um . . . Nicholai riß die Tür auf. Doch es war sein Bruder, der auf der Treppe stand.

Alec grinste, während er die Aufmachung seines Bruders betrachtete. »Ich bin gerührt, daß du es so eilig hattest, mich zu begrüßen . . .«
»Ich weiß doch, daß ihr auch vor Freude außer euch seid, mich wieder im Schoße der Familie zu haben«, meinte Nicholai und lachte.
»Es scheint heute morgen schon jemand vergeblich bei dir vorgesprochen zu haben.« Alec zeigte auf die Reisetruhe, die auf der Treppe stand. »Das Ding da mußt du bei unseren Eltern vergessen haben, als du dir gestern den Schlüssel geholt hast.«
Nicholai ließ sich nicht aus der Ruhe bringen. »Ich konnte sie auf dem Pferd nicht transportieren. Das wirst du wohl einsehen.«
»Und du warst, wie es scheint, zu sehr mit Constanze Hahn beschäftigt . . .«
Nicholai zog die Truhe ins Haus, während Alec seinen nassen Umhang ablegte.
»Du hast doch sicher von der Sache mit ihrem Vater gehört, oder? Ich habe ihr nur in den schweren Stunden geholfen und sie . . .«
»In dein Bett gelockt, wie ich mir denken kann . . .« Alec half seinem Bruder, die schwere Truhe nach oben zu tragen.
»Was war denn mit ihrem Vater?«
»Er starb gestern ganz unerwartet. Ich kenne ihn zwar nicht, aber die Sache ist mir sehr nahegegangen. Constanze war völlig außer sich.«
Alec war überrascht, aber er sagte nichts. Er setzte sich in einen Sessel und sah zu, wie Nicholai sich saubere Kleidung aus seiner Truhe nahm.
»Du hast Constanze Hahn gestern abend doch zum ersten Male gesehen, oder irre ich mich?« fragte Alec.
»Stimmt.« Nicholai betrachtete sich in dem Spiegel

über seinem Waschtisch. »In Belle Maison habe ich gestern gebadet und mich rasiert. Meinst du, daß ich jetzt so unter Menschen gehen kann?«
»Natürlich . . . Erzähl mir jetzt endlich, wieso ihr beide . . .«
»Redest du von Constanze und mir?« Nicholai grinste, als er sein Hemd zuknöpfte. »Sie war in der Küche mit einigen Torten beschäftigt, als ich gestern ankam. Ich wollte mich ja erst menschenwürdig anziehen, ehe ich mich unter die feine Gesellschaft mischte. Ich hab' mit ihr geredet, und ich muß sagen, daß sie mich beeindruckt hat. Als sich dann später alle Frauen auf mich stürzen wollten, floh ich in die Küche, um mich dort ein bißchen auszuruhen. Constanze hatte gerade gehört, daß es ihrem Vater sehr schlecht ging, und da habe ich sie nach Hause gebracht. Ich würde ja gern wissen, wie es ihr jetzt geht. Was wird sie nun mit dem Kaffeehaus machen, nachdem ihr Vater . . .«
»Mistress Hahn ist eine sehr selbständige junge Dame. Sie hat das Kaffeehaus die letzten Jahre schon fast allein geführt.«
Nicholai hatte sich fertig angezogen und bürstete sein Haar zurück. »Sag mal, Alec, als du eben von Mistress Hahn gesprochen hast, lag da so ein Unterton in deiner Stimme.« »Hm, es ist allgemein bekannt, daß sie trotz ihrer ungewöhnlichen Schönheit einundzwanzig Jahre alt geworden ist, ohne mit einem Mann zu schlafen. Du kannst mir glauben, daß fast alle männlichen Einwohner von Philadelphia versucht haben, diese Eisprinzessin zu erobern.«
Nicholais Augen blitzten, als er sich an seinen Bruder wandte. »Und? Warum erwähnst du das? Meinst du, daß sie was gegen Männer hat?«
»Nicht direkt. Sie ist nett und freudlich zu ihren Gä-

sten, aber nicht mehr. Aber das reizt die Männer, und deshalb ist das Kaffeehaus auch so gut besucht.« Alec stand auf. »Bist du fertig? Ich hoffe, daß du nichts dagegen hast, daß ich Lion Hampshire gebeten habe, doch mit uns zu essen. Ich weiß, daß er darauf brennt, etwas mit dir zu besprechen.«
»Ah, der frischgebackene Senator! Wo wollen wir mit ihm tafeln?«
Alec grinste und beobachtete seinen Bruder genau, als er antwortete: »Zufälligerweise bat Lion darum, daß wir uns in Hahn's Kaffeehaus treffen . . .«
Das Funkeln in Nicholais Augen verstärkte sich. Er zuckte als Antwort nur die Achseln.

8. KAPITEL

26. März 1793

Die Brüder stiegen nebeneinander die geschwungene Treppe hinunter.
»Das Haus ist in bestem Zustand«, meinte Nicholai. »Ich muß mich noch ganz besonders bei Maman bedanken, daß sie sich so darum gekümmert hat. Als nächstes werde ich mich nach einer neuen Dienerschaft umsehen müssen.«
»Laß das Maman machen. Sie liebt solche Aufgaben. Du kannst dir vorstellen, daß sie und Papa dich heute abend zum Essen erwarten. Sie brennen schon darauf zu hören, wie es dir ergangen ist.«
»Und Caroline?«
Alec warf dem Bruder einen mißtrauischen Blick zu. Er hatte nicht vergessen, daß Nicholai seine Frau einmal angebetet hatte. »Sie auch. Übrigens – bei der Gele-

genheit kannst du deinen Neffen und deine Nichten kennenlernen . . .«
»Nichten?« Nicholai zog die Brauen hoch.
»Ja, die jüngste Beauvisage wurde am zwanzigsten Oktober geboren. Kristin sieht aus wie ich. Talya dagegen hat das herrliche blonde Haar ihrer Mutter. Dir wird sicherlich Etienne am besten gefallen. Er ist jetzt acht. Hm, du hast meinen letzten Brief also nicht bekommen . . .«
Nicholai schien ganz in Gedanken versunken, als sie die Spruce Street entlanggingen. Bei dem trüben, feuchten Wetter waren nur wenige Kutschen unterwegs.
»Philadelphia hat sich überhaupt nicht verändert«, stellte er plötzlich fest. »Man müßte doch sehen können, daß es jetzt die Hauptstadt ist.«
»Du kannst dich noch nicht genügend umgesehen haben, wenn du solche Feststellungen triffst«, tadelte Alec. »Die Stadt hat mehr Einwohner, und in den letzten Jahren . . .«
»Alec . . .« Nicholai unterbrach seinen Bruder plötzlich und blieb stehen. »Ich sollte dir besser sagen, warum ich deinen letzten Brief nicht bekommen konnte. Ich habe das Schloß schon im August verlassen müssen. Ich muß dir leider sagen, daß es nicht einmal sicher ist, ob wir uns noch als Eigentümer des Schlosses und der Weinberge bezeichnen dürfen.«
»Verdammt, was redest du da?«
»Ich weiß nicht, ob es gut ist, Papa und Maman alles zu erzählen. Deshalb sollst du zuerst alles erfahren. Dann kannst du entscheiden, worüber ich heute abend besser schweigen soll.«
»Zum Teufel noch mal, spann mich nicht so auf die Folter!«
»Ich hatte gestern auf eurem Fest den Eindruck, daß

die Leute die Ereignisse in Frankreich von der heiteren Seite sehen, daß alle glauben, die Revolution sei so etwas Ähnliches wie der Freiheitskampf hier.«

»Damit kannst du recht haben . . .«

Nicholai zog eine Grimasse. Er ging langsam weiter und schien nach den richtigen Worten zu suchen. »Ich wollte euch nichts darüber schreiben, was für ein Alptraum das alles gewesen ist. Um ehrlich zu sein, es ist ein Wunder, daß ich lebend davongekommen bin. Ehe die Revolution ausbrach, hatten fast alle Adligen, die ich kannte, nichts Besseres zu tun, als ihre Schlösser im Stich zu lassen, um das prunkvolle Leben am Hof von Versailles zu genießen. Mich widerte das an. Die Königin hat mich mehrmals eingeladen, und dreimal habe ich mich auch breitschlagen lassen – zum Glück nicht öfter. Aber bei meinem ersten Besuch in Versailles lernte ich die Schwester eines sehr einflußreichen Marquis kennen. Sie faszinierte mich von der ersten Sekunde an. Gabrielle ist mehrmals zu mir in unser Schloß gekommen, auch noch, nachdem ihr Bruder sie mit einem gräßlichen eingebildeten Comte verheiratet hatte.«

»Und was wurde aus dieser Sache?«

»Laß mich der Reihe nach erzählen. Ich versuche, mich kurz zu fassen. Wie du weißt, waren die Menschen in Frankreich immer in drei Klassen unterteilt, den Adel, den Klerus und die Bürger – dazu gehörten alle, vom Bankier bis zum Bauern. Und diese letztere Gruppe bezahlte die Steuern, damit die beiden anderen Klassen gut lebten. Ich habe mich nie für einen Adligen ausgegeben, das weiß jeder in Touraine. Ich habe Steuern gezahlt und im Weinberg gearbeitet, wie alle anderen. Ich hätte als Aristokrat ein herrliches Leben führen können, aber mir war das Leben am Hof zu oberflächlich, ja zuwider.

Es hat unter den Bürgern immer Unruhe gegeben, aber bei Hofe nahm man das nicht ernst. Das Geld wurde mit vollen Händen ausgegeben. Und in dem schlimmen Winter *1789* war es dann soweit. Das Faß des Unmutes kochte über. Der König beauftragte Vermittler, die Sache zu regeln. Ich wurde als Delegierter der Bürgerklasse aufgestellt. Aber trotz aller Hoffnungen blieb die Sache eine Farce ...«

Nicholai wirkte angespannt. Seine grünen Augen blickten mit ungewohnter Härte. »Mit dem Klerus und dem Adel im Rücken weigerte sich König Ludwig, unsere Reformvorschläge zu akzeptieren. Damit war die letzte Hoffnung zunichte geworden. Dann kam der Sommer mit der schrecklichen Dürre. Die Verzweiflung erreichte ihren Höhepunkt. Die Revolution begann mit dem Sturm auf die Bastille ...«

»Nicholai – das hört sich an, als ob du für diese Menschen bist«, unterbrach Alec ihn erregt.

»Damals war ich es, jedenfalls verstand ich ihre Enttäuschung. Aber dann sind alle übergeschnappt. Die Girondisten und die Jakobiner wetteifern ständig um Macht. Es gibt keine Ordnung mehr. Der Wunsch nach Freiheit und besseren Lebensbedingungen ist meiner Meinung nach zu einem gräßlichen Blutbad geworden. Und es wird immer schlimmer. Ein Menschenleben gilt nichts mehr. Man schleppt Unschuldige zur Guillotine. Im September artete es in ein wahres Massaker aus. Ich könnte dir Geschichten erzählen, die so grauenhaft sind, daß du nicht schlafen würdest.«

Alec sah in Nicholais zerquältes Gesicht. »Meinst du nicht, daß das nur Gerüchte sind ...«

Nicholai fuhr herum. »Ich habe es miterlebt! Nicht ein Wort von dem, was ich sagte, ist übertrieben. Im Gegenteil. Gabrielle kam im September zu mir, weil man ihren Bruder verhaftet hatte. Sie flehte mich an, mit ihr nach Paris zu kommen, um ihm zur Flucht aus dem Gefängnis zu verhelfen. Das September-Massaker wurde schon lange im voraus geplant. Mehr als tausend Menschen wurden hingeschlachtet. Man hat schon im August mit den Verhaftungen angefangen. Die Gefängnisse waren überfüllt. In der ersten Nacht, die ich mit Gabrielle in Paris war, wurden wir von den Hausdurchsuchungen heimgesucht. Wahrscheinlich wollte man ihren Mann holen, der sich auf dem Land versteckt hielt. Aber sie fanden nur die Comtesse und ihren Liebhaber . . .«

»Du . . .?« flüsterte Alec.

»Ja. Statt Gabrielles Bruder befreien zu können, mußte ich mitansehen, wie man sie in den Gefängniskarren zerrte – es war das letzte Mal, daß ich sie sah. Ich bin sicher, daß sie und ihr Bruder hingerichtet worden sind. Mich rettete ein Zufall vor dem gleichen Schicksal. Robespierre erkannte mich bei einer Inspektion der Gefängnisse. Er erinnerte sich daran, daß ich als Vermittler für die Bürgerklasse eingetreten war. Das rettete mich. Ich wurde freigelassen. Ich versuchte alles, um auch Gabrielle zu retten, obwohl ich nicht einmal wußte, in welchem Gefängnis sie war. Doch Robespierre blieb hart.«

»Was hast du dann getan?«

»Ich blieb die nächsten fünf Monate in Paris, weil ich hoffte, Gabrielle doch noch am Leben zu finden. Ich versuchte, diese völlig in ihre Ideen verrannten Menschen zur Vernunft zu bringen Robespierre schätzte mich, weil ich Rousseau gelesen und studiert hatte. Allerdings legte ich das Werk anders aus als er. Ich habe versucht, den König zu retten, indem ich mit Robespierre, Marat und Danton vor der Urteilsvollstreckung eine ganze Nacht diskutiert habe. Ich trieb es zu weit. Sie wurden mißtrauisch, und ich bin sicher, daß man mich auch umgebracht hätte, wenn ich in Paris geblieben wäre.«

Obwohl sie das Kaffeehaus schon erreicht hatten, blieben die beiden Männer draußen im kalten Nieselregen stehen. Alec starrte seinen jüngeren Bruder bewundernd an.

»Ich kann das alles gar nicht fassen«, sagte er leise. »Jetzt weiß ich, was dich so verändert hat. Ich habe gedacht, daß du einfach nur erwachsener geworden bist. Diese letzten Jahre in Frankreich haben dich stark und hart gemacht.«

Nicholai zuckte die Achseln, sein Gesicht war ausdruckslos. »Wenn ein Mensch in einer Welt lebt, in der alles drunter und drüber geht, in der der Tod regiert – muß er lernen, seinen Verstand einzusetzen, wenn er ungeschoren davonkommen will.«

Lion Hampshire zog seine Taschenuhr hervor. Es war schon fast halb zwölf, und er fragte sich, ob Alec die Verabredung vergessen hatte.

Mehrmals hatte man ihm schon von anderen Tischen zugewinkt. Lion sagte sich, daß es wohl dumm gewesen war, die Einladungen namhafter Bürger wegen Alec Beauvisage auszuschlagen.

Plötzlich sah er Alec und seinen Bruder, die sich einen Weg zwischen den Tischen bahnten. Immer wieder blieben sie stehen, um jemanden zu begrüßen.

»Na endlich«, meinte Lion, und er mußte sich zu einem Lächeln zwingen.

Alec und Nicholai wechselten einen Blick und nahmen dann am Tisch Platz.

»Ich muß mich bei Ihnen entschuldigen, Senator«, sagte

der jüngere der Brüder. »Ich habe Alec von meiner Zeit in Frankreich erzählt, und ich fürchte, ich konnte mich nicht kurz genug fassen.«
Alecs Stirn runzelte sich. »Du kannst dir nicht vorstellen, was er durchgemacht hat, Lion ... was da drüben vorgeht ...«
»Bitte, lassen wir dieses Thema. Ich bin sicher, daß der Senator wichtigere Dinge zu besprechen hat.«
Lion betrachtete Nicholai eingehend. Er ist gutaussehend wie Alec, dachte er, aber da ist noch etwas, das ich nicht in Worte kleiden kann. Lag es an dem Ausdruck der Augen, der Selbstsicherheit, die er ausstrahlte?
»Nicholai, ich möchte, daß du Lion zu mir sagst. Ich bin mit deinem Bruder seit vielen Jahren befreundet und hoffe, daß wir beide uns auch näherkommen.«
Nicholai löste sich nun ganz von seinen bedrückenden Erinnerungen und sah Lion Hampshire lächelnd an. Handelte der Mann aus irgendeiner Berechnung heraus. Was für ein Mensch war dieser Hampshire?
»Ich würde mich freuen, dich als Freund zu haben, Lion. Du bist sicherlich ein vielbeschäftigter Mann. Warum bin ich dazu auserwählt, dich näher kennenzulernen?« Er sprach höflich, aber mit einem unmißverständlichen Unterton.
Lion grinste. »Großartig. Marcus ist einfach nicht in der Lage, Menschen richtig zu beurteilen, hinter das charmante Äußere zu blicken. Nicholai, du mußt mir versprechen, immer so offen und ehrlich zu sein. Ich weiß gern, was andere denken und fühlen.«
Zuerst war Nicholai verblüfft. Dann beugte er sich vor und knurrte: »Im Moment halte ich dich für einen zwar ganz attraktiven, aber sehr eingebildeten Verrückten, und es tut mir leid, hier zu sitzen, statt zu Hause im Bett zu liegen!«

Alec sah Lion an und stieß einen tiefen Seufzer aus. Gleich darauf lächelte er. Lion erwiderte dieses Lächeln. Dann rieb er sich zufrieden die Hände.

»Verdammt, was ist los mit euch beiden?« knurrte Nicholai. »Alec, du kommst mir schon genauso verrückt vor wie dein Freund . . .«

Er wurde durch Hyla Flowers unterbrochen, die an den Tisch kam, um die Herren zu fragen, was sie trinken wollten. Sie trug heute nicht wie sonst ein buntes Kleid mit Schleifen und Bändern, sondern eines aus grauem Wollstoff. Ihr Gesicht war ungeschminkt und von tiefen Falten durchfurcht.

»Hyla, mach nicht so eine Trauermiene«, versuchte Lion sie aufzuheitern. »Lach ein bißchen! Übrigens – wo ist Constanze? Ich habe sie heute noch nicht gesehen.«

»Es ist nicht zu fassen!« fuhr Nicholai auf. »Dieser Mensch ist ja noch dümmer als ich dachte! Weißt du denn nicht, daß Constanzes Vater letzte Nacht gestorben ist? Ich wundere mich, daß das Kaffeehaus heute überhaupt offen ist. Vorerst werden wir Mistress Constanze . . .«

Alec mischte sich ein, weil er fand, daß Nicholai in seinem Ärger zu weit ging. »Nicholai . . .«

»Sie sind Mister Beauvisage, nicht wahr?« fragte Hyla. Ihre Stimme zitterte leicht. »Sie kennen unsere Constanze nicht. Sie ist eine Kämpfernatur. Die Arbeit ist für sie die beste Ablenkung von ihrem Kummer. Sie ist widerstandsfähiger als ein Dutzend Männer!«

Hyla musterte den jungen Mann genau. Sie war sicher, daß er Constanzes Schmerz und Schock gestern nacht für sich ausgenutzt hatte. Sie hatte noch wachgelegen, als Constanze leise die Treppe heraufgeschlichen war.

Lion war noch so entsetzt über die trauige Nachricht,

daß er dem Gespräch nicht gefolgt war. »Die arme Constanze. Sie ... es muß sie furchtbar getroffen haben«, murmelte er.

»Sie kennen sie doch, Sir. Sie läßt sich nicht unterkriegen«, sagte Hyla. »Heute gibt es Ochsenschwanzsuppe, frisches Weißbrot und kalten Braten ...«

Die Männer bestellten, und Hyla rauschte wie eine Königin davon.

»Nicholai«, begann Alec, »ich fürchte, du hast einen völlig falschen Eindruck von Lion. Er ist ein großartiger Mensch und mein bester Freund. Ich kenne keinen, dem ich so vertrauen kann wie ihm.«

»Ich bin weder eingebildet noch unzurechnungsfähig.« Lion lächelte. »Ich bin ein ganz normaler Mensch, der schon einige Lebenserfahrung besitzt, der versucht, gerecht zu sein, und der dieses Land sehr liebt. Es bedeutet für mich unendlich viel, daß ich Senator werden durfte. Ich möchte helfen ...«

Nicholai seufzte. »Vielleicht war ich in meinem Urteil ein bißchen zu schnell«, meinte er. »Aber nach dieser Zeit in Frankreich bin ich einfach nicht mehr so leicht bereit, einem Menschen zu vertrauen.«

»Ich nehme dir dein Urteil über mich nicht übel«, versicherte Lion. »Aber kommen wir zur Sache. Nachdem ich dich gestern abend kennenlernte, kam mir die Idee, ob du mich in meiner Arbeit als Senator nicht unterstützen könntest. Alec sagte mir, daß du wegen der chaotischen Situation in Frankreich nach Philadelphia zurückgekehrt bist. Ich ... könnte dir vielleicht eine interessante Aufgabe anbieten, bis du konkrete Pläne für deine Zukunft gemacht hast ...«

Eines der Küchenmädchen brachte die Schüsseln mit der Suppe, Brot und Butter. Nicholai sah Lionel über den Tisch hinweg an.

»Und wie paßt der Mann, der mir gestern abend als Marcus Reems vorgestellt wurde, in alle diese Pläne? Was ist das überhaupt für ein Mann?«

Alec brummte bei der Erwähnung dieses Namens unwillig vor sich hin. Doch Lion kümmerte sich nicht darum.

»Das ist eine komplizierte Geschichte. Ich will es dir möglichst kurz erklären. Ich bin ein unehelich geborenes Kind. Meinen Vater lernte ich erst nach dem Tod meiner Mutter kennen. Damals war ich vierzehn. Mein Vater war davon begeistert, daß ich ihm – ganz im Gegensatz zu seinem legitimen Sohn – sehr ähnlich war. Als er dann auch noch sah, wie leicht mir die Schule fiel und wie gut ich mich im Leben zurechtfand, hat er mir immer mehr Aufmerksamkeit geschenkt. Der andere Sohn, also mein Halbbruder, ist Marcus Reems. Er hat immer versucht, mich auszustechen. Einer sieht im anderen eine ständige Herausforderung. Eine irrwitzige Situation, nicht wahr? Marcus ist geradezu verbissen. Und unsere Rivalität wurde oft richtig gefährlich. Er glaubte, mich endgültig bezwungen zu haben, als er mir meine Braut abspenstig machte und sie heiratete. Doch dann mußte er erfahren, daß ich eine ganz andere Frau liebte. Mit ihr bin ich jetzt verheiratet. Ich war der Meinung, daß seine Wut auf mich mehr oder weniger verraucht war. Aber dann gewann ich im letzten Herbst die Wahl. Seitdem sehe ich ihn immer, wenn ich ihm begegne, im wahrsten Sinne des Wortes mit den Zähnen knirschen. Ich ärgere mich selbst darüber, daß ich mir ständig Gedanken darüber mache, was er wohl als Rache ausbrütet. Aber seit seine Frau vor zwei Jahren im Kindbett starb, muß man oft an seiner Zurechnungsfähigkeit zweifeln. Ich weiß nie, was er als nächstes tun wird.«

»Und wie kann ich da helfen?«
Lion lächelte Nicholai an. »Du bist neu hier in der Szene. Keiner weiß, auf wessen Seite du stehst und wer dein Freund ist. Um es kurz zu machen: du bist bestens dazu geeignet, ein Auge auf Marcus zu haben . . .«
»Ich soll ihm nachspionieren?« Nicholai grinste.
»Das hört sich nicht gut an, aber so ungefähr meinte ich es.« Lion war jetzt ganz ernst. »Ich spüre, daß da irgend etwas im Gange ist. Wenn du das herausfinden kannst, habe ich vielleicht die Chance, meine Haut zu retten. Ich will Marcus nicht unterstellen, daß er einen Mord plant, aber auf jeden Fall will er mir einen Schlag versetzen, von dem ich mich nicht so schnell wieder erholen kann.«
Nicholai nickte. »Ich will versuchen, dir zu helfen. Die Aufgabe ist wirklich interessant . . .«
Alec hatte sich seinem Essen gewidmet und ab und zu aus dem Fenster gesehen. Jetzt richtete er sich plötzlich auf.
»Lion – wenn man vom Teufel redet, ist er schon da. Marcus steuert gerade auf das Kaffeehaus zu. Du willst doch sicherlich nicht, daß man dich mit deinem ›Spion‹ zusammen sieht, oder?«
»Was für ein Glück, daß du die Straße im Auge behalten hast!« Lion sprang auf. Er drückte hastig Nicholais Hand.
»Vielen Dank. Wir sehen uns bald. Dann reden wir über alles weitere. In ein paar Monaten werde ich Vater, ein Grund mehr, daß ich auf mich aufpassen muß. Schließlich möchte ich mein Kind sehen.«
Er griff nach seinem Umhang und eilte auf die Tür zu, die in die Küche führte.
»Er scheint sich hier wie zu Hause zu fühlen«, stellte Nicholai trocken fest.
Alec entging der Unterton in der Stimme seines Bruders

nicht. »O ja. Er war mit Ernst Hahn befreundet, und er ist es noch mit Constanze.« Mit einer Kopfbewegung wies er zur Tür. »Da ist er. Marcus Reems. Der große mit dem schwarzen Haar. Sieh dir seine Augen an.«

Nicholai beobachtete Reems, der in Begleitung von zwei Männern an ihrem Tisch vorbeiging. Als die neuen Gäste Platz genommen hatte, beugte er sich vor und raunte seinem Bruder zu: »Merkwürdig. Man könnte sagen, daß er goldene Augen hat.«

Alec ging nicht darauf ein. Er sah an seinem Bruder vorbei und sagte: »Da ist ja Constanze. Eine wahrhaft klassische Schönheit.«

Nicholais Kopf ruckte herum. Als er Constanze entdeckte, hielt er unwillkürlich die Luft an. Ein merkwürdiges Gefühl durchströmte ihn.

Constanze ging mit einem Tablett durch den großen Gastraum, der bis auf den letzten Platz besetzt war. Sie trug ihr blondes Haar geflochten und zu einer Krone aufgesteckt. Diese Frisur betonte ihr schönes Gesicht und die anmutige Linie ihres Halses. Das einfache dunkelblaue Kleid konnte die weichen Rundungen ihres Körpers nicht verbergen.

Sie ging von Tisch zu Tisch und teilte frisches Brot aus. Jedem Gast schenkte sie ein freundliches Lächeln oder wechselte ein paar Worte mit ihm.

Nicholai spürte eine eigenartige Beklommenheit in seiner Brust. Die Erinnerung an die vergangene Nacht überfiel ihn mit aller Macht, an Constanzes leidenschaftliche Küsse, an ihren nackten Körper, der sich an ihn gepreßt hatte.

Constanze hatte inzwischen den Tisch erreicht, an dem er und Alec saßen. Alec streckte Constanze die Hand hin und sprach ihr sein Beileid aus.

»Danke, Mister Beauvisage . . .«, murmelte sie.

Nicholai hatte sich ebenfalls erhoben. Er erwartete, daß Constanze ihn ansehen und etwas sagen würde. Doch sie stellte nur den Korb mit dem Brot auf den Tisch, und als ihr Blick ihn streifte, waren ihre Augen ausdruckslos.
»Guten Tag, Mistress Hahn«, sagte Nicholai und hoffte, das eisige Schweigen zu brechen.
Constanze hatte sich schon abgewandt und murmelte nur: »Guten Tag, Sir.«

9. KAPITEL

26. März 1793

Nicholai hätte Constanze nicht so einfach davonkommen lassen, wenn Marcus Reems sie nicht angesprochen hätte.
»Mistress Hahn. Darf ich Sie kurz sprechen?« Der große Mann mit den goldenen Tigeraugen erhob sich halb und deutete eine Verbeugung an, während er Constanze an seinen Tisch bat.
Nicholai sank wieder auf seinen Stuhl und beobachtete die beiden. Constanze hatte sich zu Marcus Reems hinuntergebeugt, um zu hören, was er ihr zu sagen hatte. Ihre Gesichter waren sich sehr nahe.
»Verdammt, Alec, was ist das für ein Frauenzimmer?« knurrte Nicholai. »Erst benimmt sie sich, als wäre ich ein Fremder für sie, und dann tut sie sich mit einem Mann zusammen, von dem man mir schlimme Dinge erzählt hat!« Nicholais Augen blitzten vor Ärger.
Alec schob sich ein Stück Brot in den Mund und kaute nachdenklich. »Hm, ich hab' mir auch gerade so meine Gedanken gemacht . . .«

Nicholai, der Constanze nicht aus den Augen gelassen hatte, sah, wie sie jetzt wieder in die Küche zurückging. Ihre blonde Haarkrone glänzte im Schein der vielen Kerzen, die den Raum erhellten, wie Gold.

Seine Miene erstarrte, als er sah, daß sich Marcus Reems erhob, sich nach allen Seiten umschaute, so als wollte er sich vergewissern, daß niemand ihn beobachtete, und dann auf die Tür zusteuerte, hinter der Constanze gerade verschwunden war.

Mit einem Ruck war auch er von seinem Stuhl hoch. »Ich glaube, daß ich meine neue Aufgabe sofort in Angriff nehmen muß«, sagte er leise zu seinem Bruder.

Alec grinste und fragte spöttisch: »Aber du wirst doch nicht auf dein Dessert verzichten?«

Nicholai schob ihm ärgerlich den Teller zu. »Du kannst es haben. Wir sehen uns heute abend bei den Eltern.« Mit großen Schritten ging er zum Ausgang hinüber.

Nicholai fuhr sich mit einer Hand über die Wange und ärgerte sich, daß er sich nicht die Zeit für eine Rasur genommen hatte.

Er wartete gerade erst eine Viertelstunde, und doch war sein Haar schon feucht, und die Kälte drang durch seine Kleidung.

Was macht der Kerl bloß so lange da drin? dachte er.

Wie als Antwort auf seine Frage, öffnete sich die Hintertür des Kaffeehauses, und Marcus Reems erschien. Daß der Mann nicht wieder in den Gastraum zurückkehrte, machte Nicholai noch mißtrauischer.

Als Reems aus seinem Blickfeld verschwunden war, ging er auf die Tür zu. Es gab da einiges, was er mit Constanze Hahn zu besprechen hatte.

Ohne anzuklopfen, trat er ein. Er wollte sie überraschen. Aber Constanze sah ihn gar nicht. Sie war gera-

de damit beschäftigt, heiße Zitronensoße auf Teller mit Rosinenpudding zu verteilen.
Nicholai blieb stehen, und er wünschte sich im stillen, diesem schönen und doch so eigenwilligen Mädchen nie begegnet zu sein. Er hatte Erfahrung mit Frauen, aber bei Constanze mußte er eine völlig neue Taktik anwenden.
Constanze drehte sich zu ihm um. »Tut mir leid, Sir, aber ich habe keine Zeit. Sie sehen selbst, daß ich zu tun habe«, erklärte sie kühl.
Was bildete diese Frau sich ein? Nicholai mußte sich bezwingen.
»Ich werde warten, Mademoiselle, bis Sie einen Moment Zeit für mich haben werden – wie für Marcus Reems.« Er zog sich einen Stuhl heran und setzte sich. Dabei sah er Constanze herausfordernd an.
Sie versuchte, ihn zu ignorieren, während sie sich wieder über ihre Arbeit beugte. Dabei kehrte sie Nicholai den Rücken zu, damit er nicht sehen konnte, wie rot sie geworden war.
Sie begriff nicht, was gestern abend mit ihr geschehen war. Aber auf ihrem einsamen Fußmarsch zurück in die Stadt hatte sie sich fest vorgenommen, daß ihr so etwas nicht wieder passieren sollte.
Weder Nicholai Beauvisage noch irgendein anderer Mann sollten die Ordnung, die sie in ihrem Leben mühsam aufgebaut hatte, niederreißen können. Es würde für sie schwer genug sein, das Kaffeehaus allein weiterzuführen. Ihre ganze Kraft sollte dieser Aufgabe gehören.
Constanze war so in ihre Arbeit vertieft gewesen, daß sie nicht bemerkt hatte, daß sie mit Nicholai allein in der Küche war.
Er stand plötzlich neben ihr und nahm ihr den Topf aus

den Händen. Ehe sie unsicher werden konnte, rettete sich Constanze in eine Angriffshaltung.

»Sir, ich glaube, ich habe Ihnen deutlich zu verstehen gegeben, daß ich Sie hier nicht dulde. Ich hoffe, daß Sie sich nun wie ein Gentleman benehmen und gehen, damit ich nicht nach Hilfe rufen muß.«

Nicholai hielt ihrem wütenden Blick ruhig stand. Ihr Zorn amüsierte ihn. »Constanze, warum bist du jetzt so heftig? Ich dachte, ich hätte dich letzte Nacht richtig verstanden . . .« Sie hob die Hand, als wollte sie ihn schlagen, aber sie hielt mitten in der Bewegung inne.

»Sie sind ein unhöflicher, gemeiner Mensch! Ich will mit Ihnen weder über die vergangene Nacht noch über sonst irgend etwas reden!« Der rötliche Feuerschein vom Kamin umgab sie wie eine Gloriole, als sie so vor ihm stand. Nicholai sah sie wie gebannt an.

»Verlassen Sie dieses Haus!« forderte Constanze.

Nicholai hielt sie am Arm fest, als sie sich abwenden wollte. »Constanze, was ist los mit dir? Willst du so tun, als ob letzte Nacht nichts zwischen uns gewesen wäre? Du mußt nicht glauben, daß ich dich für leichtfertig halte oder daß ich jemandem erzähle, daß wir eine Liebesnacht gehabt haben. Falls du wütend auf mich bist, weil ich dich genommen habe . . .«

Constanze riß sich von ihm los. »Sie mich? Ihr Männer seid doch alle gleich überheblich! Mister Beauvisage, ich habe Sie genommen! Das können Sie sich wohl gar nicht vorstellen, was? Auch Frauen haben bestimmte Bedürfnisse – und Sie waren gerade da, so daß ich . . . Ich bin unabhängig und verdiene mir meinen Lebensunterhalt selbst. Und ob Sie es nun begreifen können oder nicht: ich brauche weder Sie noch irgendeinen anderen überheblichen Mann, der sich um mich kümmert!«

Obwohl er ziemlich verblüfft war, mußte sich Nicholai

ein Lächeln verbeißen. »Du willst damit sagen, daß ich nur einer von vielen war?«
»Ekel!« zischte Constanze wütend und machte ein paar Schritte zurück.
Doch Nicholai war sofort wieder neben ihr. Er kümmerte sich nicht darum, daß sie sich wehrte. Nach einem leisen Lachen meinte er: »Du wirkst erstaunlich abgeklärt nach ein paar Stunden Liebeserfahrung. Kannst du mir verraten, wie du deine ›bestimmten Bedürfnisse‹ befriedigt hast? Vor der letzten Nacht, meine ich, als du noch Jungfrau warst ...« Ihre Augen weiteten sich, und das war Nicholai Antwort genug. Er küßte sie, ehe sie etwas sagen konnte. Zu ihrem Entsetzen merkte Constanze, wie heftig ihr Körper auf diesen Kuß reagierte.
Sie schlang die Arme um Nicholai und fuhr mit den Händen in sein dichtes Haar. Die Anziehungskraft dieses Mannes machte sie wieder schwach. Die Sehnsucht danach, seinen Körper zu spüren, ließ sie jeden Widerstand vergessen.
»Meine Liebe, hast du den Verstand verloren?« Hyla Flowers heisere Stimme war plötzlich von der Tür her zu hören.
Constanze machte sich mit einem Ruck aus Nicholais Armen frei. Ihr Gesicht glühte, und sie starrte Nicholai fassungslos an.
»Ich weiß nicht, Hyla ... seit Papa tot ist, bin ich ziemlich durcheinander.« Nervös kaute sie auf ihrer Unterlippe. »Ist schon gut. In ein paar Minuten bin ich wieder ich selbst ...«
Hyla tätschelte ihre Wange. Dann sah sie finster zu Nicholai hin. Ihre Worte waren jedoch an Constanze gerichtet: »So ist es recht, Kind. Halte dich von Leuten fern, die deinen Kummer nur ausnutzen ...«

»Ja, Hyla«, antwortete Constanze mit schwacher Stimme »Mister Beauvisage, was ich vorhin gesagt habe, gilt noch immer. Ich möchte, daß Sie jetzt gehen.«
Er fuhr sich mit einer Hand durchs Haar und grinste. »Wie Sie wünschen, Mademoiselle. Aber da wäre noch etwas, was ich mit Ihnen besprechen muß. Es geht um Senator Hampshire. Hätten Sie wohl ein paar Minuten Zeit? Ich gebe Ihnen mein Wort, daß ich mich als Gentleman benehmen werde.«
Constanze hob stolz den Kopf und nickte. »Also gut. Hyla, ich gehe mit Mister Beauvisage ins Arbeitszimmer hinüber, um die Sache nun endlich zu Ende zu bringen.«
Nicholai folgte ihr durch den schmalen Hausflur zu der Tür, die der Treppe gegenüberlag. Sie betraten ein sehr hübsches, helles Zimmer.
»Ich bitte um Verzeihung, daß ich dich eben geküßt habe«, sagte Nicholai, als Constanze die Tür hinter sich geschlossen hatte.
»Ich möchte nicht mehr darüber sprechen. Sagen Sie mir jetzt, was Sie mit mir bereden wollen, Sir. Dann gehen Sie endlich, und halten Sie mich nicht länger von meiner Arbeit ab.«
»Dieses Zimmer paßt genau zu dir.« Nicholai streckte die Beine von sich und sah sich um.
»Nachdem mein Vater krank wurde, mußte ich die meiste Arbeit übernehmen. Ich richtete mir alles nach meinem Geschmack ein.« Constanze nahm ein Hemd, das über dem Nähkorb lag, und preßte es an ihre Brust. »Dies hier gehörte Vater. Ich wollte es ihm enger machen und kam wegen der Party, die Ihre Schwägerin für den Senator gegeben hat, nicht mehr dazu.«
Ihre Augen füllten sich mit Tranen. »Ich kann es noch immer nicht glauben ... morgen wird Papa begraben.

Dann wird er unter der kalten Erde liegen und ...« Sie preßte ihr Gesicht in den Stoff.
»Weinen tut gut«, sagte Nicholai sanft. Er wollte nach ihrer Hand greifen, doch Constanze zuckte zurück, als hätte sie sich verbrannt.
»Rühren Sie mich nicht an!« Wütend wischte sie sich über die Augen. Dann saß sie steif da und wartete, daß er zu sprechen anfing.
Der Ausdruck in Nicholais Augen veränderte sich. Sein Blick wurde abweisend. »Wie du willst, *chérie.* Wenn du so verschlossen bist, daß du nicht einmal eine freundschaftliche Geste akzeptierst, steht es schlimmer mit dir als ich dachte. Ich fasse mich kurz, damit du meine Anwesenheit nicht länger ertragen mußt.«
Constanze wurde blaß und konnte gerade ein »Danke«. hervorwürgen.
»Ich möchte wissen, was du da vorhin so vertraulich mit Marcus Reems zu bereden hattest.«
»Was geht das Sie an?«
»Ich stelle diese Frage nicht aus Neugier, sondern wegen Lion Hampshire. Er hat Grund, Mister Reems zu mißtrauen, und bat mich, soviel wie möglich über ihn in Erfahrung zu bringen. Ich kann mir nicht vorstellen, daß du mit diesem Reems irgendwelche Gemeinsamkeiten hast.«
»Und wenn – es ginge Sie auch das nichts an«, erwiderte Constanze ärgerlich. »Ich bin es leid, mit Ihnen zu diskutieren. Da ich Reems nicht ausstehen kann, werde ich Ihnen sagen, was er von mir wollte. Wie Sie wissen, ist er Bankier. Vor Jahren hat mein Vater ein Darlehen aufnehmen müssen, und wir schulden ihm noch einen großen Teil davon. Mister Reems glaubt, daß die Bank mich nicht als Kundin akzeptieren wird und daß das Kaffeehaus gefährdet ist, wenn ich es allein weiterführen will.«

In ihren Augen blitzte Zorn, als sie weitersprach: »Dieser gemeine Kerl. Er tut immer so höflich und zuvorkommend. Jetzt bietet er mir einen großzügigen Preis, zu dem ich ihm das Kaffeehaus verkaufen soll. Um mich von der ›Last‹ zu befreien.«
»Ich vermute, du hast abgelehnt.«
»Natürlich! Ich kann meine Probleme allein bewältigen, und ich werde mich schon gar nicht einem Marcus Reems anvertrauen!«
Nicholai zog die Brauen hoch. »Irgendwie hatte ich erwartet, daß du das sagst. Ich könnte dir einen Rat geben, aber ich weiß, daß dir das nicht gefällt. Deshalb überlasse ich das jemandem, der dein Vertrauen hat.«
Er stand auf. Als Constanze sich auch erheben wollte, winkte er ab. »Ich finde allein hinaus.« Er griff nach ihrer Hand und führte sie an seine Lippen. »Keine Angst, ich will dich nicht vergewaltigen. Es war interesssant, dich kennenzulernen, Constanze. Und wenn du irgendwann wieder einmal »bestimmte Bedürfnisse« hast, so zögere nicht, wieder von mir Gebrauch zu machen.«
Constanze war sprachlos. Wie erstarrt saß sie da, während Nicholai zur Tür ging.

10. KAPITEL

26. März 1793

Das hübsche Kleid aus dunkelblauem Samt flog durch die Luft und landete am Fußende des zerwühlten Bettes.
»Gräßliches Ding!« schimpfte Sharon Hampshire. Sie stand mitten im Ankleidezimmer, nur mit ihrem Satin-

unterrock bekleidet, und stampfte wütend mit dem Fuß auf.
In diesem Moment öffnete sich die Schlafzimmertür, und Lion erschien. Er tat ganz erschreckt und fragte: »Darf man eintreten? Hast du einen Tobsuchtsanfall, geliebtes Eheweib?«
Sharon murmelte etwas Unverständliches vor sich hin, während sie sich ein anderes Kleid aus dem Schrank holte.
»Schatz, ich fürchte, es ist doch etwas Ernstes mit dir. Vielleicht sollte ich Doktor Rush kommen lassen.« Seine Stimme klang besorgt.
»Ach, Lion . . .« Sharon wandte sich ihm zu. In ihren Augen leuchtete es auf, als er spielerisch nach einer ihrer glänzenden Locken griff. Sie preßte das Gesicht an seine Brust und seufzte glücklich, als Lion den Arm um sie legte. »Ich weiß, daß ich furchtbar launisch bin. Ich ärgere mich selbst, daß ich so viel heule und mich ständig bedauere. Man sagt zwar, daß das typische Symptome für eine Schwangerschaft sind. Wenn das stimmt, frage ich mich, ob es nicht falsch war, daß ich . . . Ach, ich kann kein einziges von meinen Kleidern mehr tragen. All die schönen Sachen nicht, die du mir zu Weihnachten geschenkt hast. Ich war so glücklich damals . . .«
Lion spürte, wie ihre Schultern vor verhaltenem Schluchzen zuckten. »Liebling, du redest dir etwas ein . . .«
»Du hast leicht reden«, jammerte sie. »Dir geht es gut. Du brüstest dich damit, daß deine brave kleine Frau schwanger ist. Aber ich bin es, die fett wird und die in diesem Haus eingesperrt ist . . .«
»Sharon, freust du dich denn nicht auf unser Kind?« Lion wischte ihr die Tränen ab und umarmte und küßte sie dann zärtlich.

Sharon erwiderte seinen Kuß mit einer Leidenschaft, die ihn verwunderte. Sie klammerte sich an ihn und stöhnte sehnsüchtig, als Lion ihre Brüste liebkoste.
Ein Klopfen an der Tür ließ Lion innehalten. »Ja? Was ist?«
»Missa Lion!« antwortete Wong, der chinesische Diener, vom Flur her. »Das Essen sein feltig! Welden kalt! Sie und Missy müssen kommen, sonst welden Blamble wütend!«
Sharon klammerte sich an Lions Arm. »Nein, wir gehen nicht«, flüsterte sie.
»Liebste, du weißt, daß ich lieber hierbleiben und dich lieben würde. Aber wir haben doch noch die ganze Nacht für uns. Ich bin hungrig. Heute mittag habe ich kaum etwas essen können. Komm, laß uns nach unten gehen. Du weißt auch, wie schnell Bramble verstimmt ist, wenn wir ihr Essen ablehnen.«
Sharon zwang sich zu einem Lächeln. Sie ließ sich von Lion in ein Kleid helfen und ging dann mit ihm nach unten.
Der Tisch war wie immer mit dem besten Leinen, Porzellan und Silber gedeckt. Wong brachte sofort die Suppe, als das Ehepaar an der Tafel Platz genommen hatte. Sharon aß nur ein paar Löffel voll von der Bouillon. Sie übersah Wongs vorwurfsvollen Blick.
Auch von dem Fasan mit Wildreis, Pilzen und Mandeln nahm sie nur ein paar Bissen. Sie trank ein bißchen von ihrem Wein und sah Lion über den Rand ihres Glases hinweg an.
»Wie war der Tag heute?« wollte sie wissen.
Lion berichtete von den Neuigkeiten im Senat. Seine Miene wurde plötzlich ernst, als er sagte: »Hast du schon gehört, daß Ernst Hahn gestorben ist?«
Sharon spürte einen Stich im Herzen, als sie den trauri-

gen Ausdruck in seinen Augen sah. »Hast du seine Tochter heute gesehen?« fragte sie leise.
»Ja. Sie ist sehr tapfer und selbständig. So wie du damals warst, als wir uns kennenlernten. Aber ich mache mir Sorgen um sie. Sie unterdrückt ihre Trauer, und ich fürchte, sie wird noch mehr arbeiten, um sich abzulenken.«
Sharon nickte mechanisch. Sie hörte kaum zu, als Lion von Nicholai Beauvisage erzählte.
Das Dessert wurde aufgetragen. Bratäpfel mit einer köstlichen Soße und Sahne. Sharon aß etwas davon.
»Lion, können wir nicht diesen Freitag in unsere Villa fahren?« fragte sie plötzlich. »Ich vermisse sie so . . .«
»Ich weiß nicht, Liebste. Das hängt davon ab, ob ich . . .« Lion brach ab. Doch Sharon hatte es nicht anders erwartet. Alles war ihm wichtiger als sie.
Ausgerechnet in diesem Augenblick war ein Klopfen an der Haustür zu hören, und gleich darauf kam Wong mit einem Briefumschlag herein.
Lion überflog den Brief und sah Sharon an. »Tut mir leid, ich muß für eine Weile fort.« Er faltete hastig seine Serviette zusammen.
»Fort?« Sharons Stimme war schrill.
»Nicht den ganzen Abend, zwei Stunden vielleicht.«
Sharon war sofort von ihrem Stuhl hoch, als Lion sich erhob. Sie folgte ihm in die Halle. Wong wartete schon mit Hut und Umhang.
»Sagst du mir nicht, wohin du willst?« fragte Sharon, als Lion sie umarmte.
»Das kann ich leider nicht, Liebste.«
»Willst du ins Kaffeehaus? Was für eine Verabredung ist es?«
»Was hast du nur? Ich kenne dich gar nicht wieder . . .« Lion ließ sie los.
Sharons violette Augen wurden dunkel vor Zorn. Sie

stieß ein bitteres Lachen aus. »So? Ich dich auch nicht, Lion!«
Er wollte etwas erwidern. Doch er überlegte es sich anders. Er drehte sich auf dem Absatz um und verließ das Haus.
Sharon stand einen Moment reglos da. Dann stieg sie die Treppe hinauf. Sie zitterte am ganzen Körper und mußte sich erbrechen, kaum daß sie ihr Zimmer erreicht hatte.

Etwa zwei Stunden später verließ Lion mit Nicholai dessen Haus in der Spruce Street. Im flackernden Licht einer Straßenlaterne blieben sie stehen.
»Tut mir leid, daß ich dein Abendessen unterbrechen mußte«, sagte Nicholai. »Aber ich mußte dringend mit dir reden.«
»Ist schon gut, Nicholai. Ich bin dir sehr dankbar, daß du so schnell Kontakt mit mir aufgenommen hast. Ich kenne Marcus lange genug, um zu wissen, daß er seine Pläne immer schnell in die Tat umsetzt.«
»Freut mich, helfen zu können.«
»Es wäre gut, wenn du weiterhin Verbindung zu Constanze halten kannst. Wenn sie dir vertraut, dann . . .«
Nicholai lachte auf. »Was das angeht, habe ich meine Zweifel. Sie kann mich nicht besonders gut leiden. Um genauer zu sein: die Verabschiedung heute sollte für immer sein.«
»Sie ist Männern gegenüber sehr mißtrauisch«, sagte Lion.
»Das habe ich gemerkt.« Wieder lachte Nicholai. »Normalerweise würde ich mir von einer Frau nie mehr als eine Abfuhr holen. Aber in diesem Fall mache ich eine Ausnahme. Es wird jedoch nicht ganz leicht werden. Du kannst also keine schnellen Erfolge erwarten.«

»Ein Erfolg ist besser als gar keiner«, versicherte ihm Lion.
Die beiden Männer schüttelten sich die Hände und trennten sich dann. Jeder ging in eine andere Richtung davon.

Antonia Beauvisage wartete ungeduldig auf die Ankunft ihres jüngsten Sohnes.
Sie lief ihm entgegen, und Nicholai umarmte die zierliche Frau liebevoll.
»Du kannst dir gar nicht vorstellen, wie sehr wir dich all die Jahre vermißt haben.« Antonia stellte sich auf die Zehenspitzen, um Nicholai einen Kuß auf die Wange zu geben.
»Ich bin glücklich, daß ich wieder bei euch bin. Was ist? Warum siehst du mich so prüfend an?«
Antonia Beauvisage lächelte verhalten. »Du bist so männlich, so erwachsen geworden.«
Nicholai nickte ernst. »Ich bin nicht mehr der kleine Nicky, der vor zehn Jahren fortgegangen ist. Da hast du recht. Aber sag mir – wo ist Vater?«
Katya erschien als erste. Sie zog Randolph mit sich und ließ die Hand ihres Verlobten nicht eine Sekunde los. Nicholai mußte über seine verliebte Schwester lächeln.
Als nächster kam Jean-Philippe. Er begrüßte seinen Sohn mit einer festen Umarmung. »Du wächst mir noch über den Kopf, mein Lieber.« Prüfend sah er den Sohn dann an. »Gestern abend ist mir schon aufgefallen, daß du dich verändert hast. Aber nicht nur dein Äußeres. Nein, auch deine Stimme und dein Charakter. Du bist reifer geworden.«
Nicholai lächelte und freute sich über die Worte des Vaters.
»Wir müssen über vieles reden. Wenn ich dir von mei-

ner Zeit in Frankreich erzähle, wirst du verstehen, warum ich mich so verändern mußte.«
Katya maulte. »Willst du ihn den ganzen Abend mit Beschlag belegen, Papa? Und wollt ihr hier in der Halle stehenbleiben?«
Sie nahm Nicholais Arm und sah den Bruder kokett an. Sie wußte genau, daß sie in ihrem Kleid aus lila Seide und dem hochgesteckten schwarzen Haar, das mit einer weißen Schleife geschmückt war, sehr erwachsen wirkte.
»Du hast es jetzt mit einer Dame zu tun«, meinte sie.
»Ich sehe es.« Nicholai ließ sich von der Schwester in den Empfangssalon führen.
Caroline saß auf dem Sofa und sah Bruder und Schwester eintreten. Da die beiden in ein Gespräch vertieft waren, hatte sie Muße, Nicholai genau zu betrachten.
Er trug hellbraune Lederstiefel, eine dunkelbraune Hose und Weste und zu dem langen Rock ein cremefarbenes Hemd. Sein Gesicht war tief gebräunt. Er wirkte männlich, wie Alec. Aber um seinen Mund entdeckte sie feine Falten, die sie nachdenklich machten.
»Caroline!« Nicholai kam auf sie zu und umarmte sie zur Begrüßung.
Caroline gab ihm einen Kuß auf die Wange. »Hallo, Nicholai.«
Sie hoffte, daß er ihr Erröten nicht sah.
»Du siehst wundervoll aus.« Nicholai strich über den weichen Samt ihres Ärmels. Carolines rötlich blonde Locken waren von einem grünen Seidenband nur mühsam gebändigt. Nicholai sah sie bewundernd an. »Du bist noch schöner als damals. Einfach perfekt.«
Caroline lächelte. Sein Kompliment war ernst gemeint, das wußte sie. »Freut mich zu hören, Nicholai. Aber um ehrlich zu sein – ich habe das gleiche eben von dir gedacht.«

Er grinste und ließ sich neben ihr auf dem Sofa nieder. »Ich weiß, ich weiß – ich habe mich verändert. Jeder sagt mir das. Das höre ich immer wieder. Man kennt mich hier wohl nur als den Jungen mit kurzen Hosen und einem Steckenpferd.«
»Das ist Unsinn. Du warst damals schon ein junger Mann. Ich muß es ja wissen . . .« Caroline streckte die Hand aus und berührte sanft eine der feinen Linien auf seiner Wange. Sie dachte an die Nacht, in der Nicholai ihr seine Liebe gestanden hatte.
Sie hatte ihm die erste schwere Enttäuschung seines Lebens zufügen müssen. Jetzt wußte sie, daß Nicholai inzwischen viel Schlimmes durchgemacht hatte.
Nicholai hielt ihre Hand fest und preßte seine Lippen darauf.
»Du wirkst so nachdenklich.« Er grinste. »Ich vermute, daß du bedauerst, Alec und nicht mich genommen zu haben.«
Seine Mutter, die diese Bemerkung gehört hatte, warf ihm einen tadelnden Blick zu. Caroline lachte und entzog ihm ihre Hand.
»Nicholai, du bist so stürmisch wie immer. Ich muß es dir nicht sagen, daß du ein sehr gut aussehender Mann bist. Das weißt du bestimmt. Aber ich bin nun mal dazu geboren worden, Alec zu lieben.«
Nicholai nahm sich ein Glas Brandy von dem Tablett, das ein Diener ihm reichte. »Wo wir von Alec reden . . . du hast mich so gefesselt, daß ich ihn ganz vergessen habe. Wo ist er? Und euer Nachwuchs?«
»Sie sind in die Küche gelaufen. Mrs. Reeves wollte unbedingt sehen, wie Kristin gewachsen ist. Alec ist gerade gegangen, um sie zu holen.«
Caroline sah Nicholai sinnend an und fragte sich, was für Frauen es wohl in seinem Leben gegeben hatte.

Alec war ein verwegener Herzensbrecher gewesen, ehe er sie kennen und lieben gelernt hatte. Aber in dem Alter, in dem Nicholai jetzt war, war Alec bereits verheiratet gewesen und hatte auch schon einen Sohn gehabt.
»Du siehst mich schon wieder so merkwürdig an, Caroline.«
Nicholai riß sie aus ihren Überlegungen. Einen Moment überlegte sie, was sie antworten sollte. Doch da kam Alec mit den Kindern, und Nicholai wurde abgelenkt.
Die Erlebnisse in Frankreich haben ihm sehr zugesetzt, dachte sie. Der fröhliche junge Mann, den ich einmal gekannt habe, ist ein Mann geworden, der Schicksalsschläge hinnehmen kann. Hatten diese schlimmen Erlebnisse auch zur Folge, daß er ein Mensch geworden war, der seine Gefühle nie mehr zeigte?

11. KAPITEL

26. März 1793

Nicholai genoß den Abend im Kreise seiner Familie sehr. Die Stunden vergingen wie im Fluge. Die Kinder hatten schnell ihre Scheu vor dem ihnen bis jetzt noch unbekannten Onkel verloren.
Talya saß auf seinem Schoß und strahlte ihn bewundernd an, während Etienne ihm von seinen Freunden, der Schule, den Pferden und den Schiffen seines Vaters erzählte.
Kristin, die wirklich das genaue Ebenbild ihres Vaters war, saß auf einem hohen Eichenstühlchen und spielte den ganzen Charme ihrer fünf Monate aus.
Das Dinner war so feierlich wie eine Festtagsmahlzeit.

Antonia und die anderen berichteten Nicholai von seinen Schwestern Danielle und Natalya. Es fiel ihm schwer, sich Natalya als Ehefrau und Mutter vorzustellen.

»Ich bin also das einzige deiner Kinder, das noch nicht verliebt, verlobt oder verheiratet ist, Maman«, stellte er lächelnd fest.

»Es sieht so aus«, meinte sie und sah ihn nachdenklich an. »Das wird aber . . .«

»Keine Pläne, Maman!« rief er sofort. »Ich kann deine Gedanken lesen. Ich sehe dir an, daß du gerade die Liste der eventuell geeigneten Jungfrauen durchgehst.«

Er lachte, und die anderen stimmten in sein Lachen ein.

»Übrigens – wie geht es eigentlich Mary Armstrong?« fragte er dann plötzlich.

Caroline beobachtete ihn genau. Mary war einmal für einige Monate seine Freundin gewesen, bis zu dem Tag, an dem Nicholai erklärt hatte, daß er in Frankreich ein neues Leben anfangen wollte. Sie hatten alle geglaubt, daß er Mary vorher heiraten würde.

»Sie hat vor zwei Jahren Timothy Barcroft geheiratet«, sagte Jean-Philippe. »Er ist Professor an der Philadelphia Academy.«

Nicholai schien sich über diese Nachricht zu freuen. »Ich hoffe, daß sie glücklich geworden ist. Sie hat es verdient.«

Antonia und Caroline tauschten Blicke. Sie wußten, daß Mary acht Jahre lang auf Nicholais Rückkehr gewartet hatte. Und sie befürchteten, daß Mary nur aus Angst davor, ihr Leben als alte Jungfer beschließen zu müssen, Timothys Antrag angenommen hatte.

Das Dessert wurde serviert. Die Kinder brachen in Begeisterungsschreie aus, denn Mrs. Reeves hatte Eiscreme gemacht. Die Köchin lächelte Nicholai an, als sie ihm eine besonders große Portion brachte.

»Ich weiß noch, daß das immer Ihr Lieblingsdessert war, Master Nicky«, sagte sie liebevoll. »Das ist mein Willkommensgeschenk an Sie.«
Nicholai erhob sich gerührt und umarmte die alte Köchin. Sie wurde ganz rot und flüchtete verlegen in ihre Küche zurück.
Gerade als er sich wieder setzte, griff Kristin quietschend vor Freude in seine Eiscreme. Dann patschte sie ihrem Onkel mit den verschmierten Händen ins Gesicht.
Nicholai lachte. »Ich bin überglücklich, wieder im Kreise meiner Lieben zu sein«, meinte er. Dabei war seine Miene ganz ernst.

Alec schenkte Brandy in zwei Gläser und gesellte sich dann zu seinem Bruder, der in der Bibliothek vor dem Kamin saß. Eine Weile schwiegen sie beide und sahen dem Spiel der Flammen zu.
»Ich weiß, daß Vater sich jeden Moment zu uns setzen wird«, sagte Nicholai schließlich. »Deshalb will ich dir schnell erzählen, was geschehen ist. Lion ist der Meinung, daß du in der Sache Marcus Reems . . .«
»Sag bloß, daß du schon was in Erfahrung gebracht hast!« rief Alec überrascht. »Du hast den Mann vor ein paar Stunden doch gerade zum ersten Male gesehen!«
Nicholai lockerte seine Krawatte und seufzte dramatisch. »Es war ein langer, schwerer Tag . . .« Er nahm die dünne Zigarre an, die Alec ihm anbot. »Du erinnerst dich an meinen überstürzten Aufbruch heute mittag. Nun, ich habe draußen gewartet, bis Marcus Reems aus der Hintertür kam und war nach einem kleinen Schwatz bei Constanze Hahn.« »Hat sie sich diesmal wieder an dich erinnert?« zog Alec seinen Bruder auf.
Nicholai zwang sich ein Lächeln ab. »Ja, das tat sie. Ich

bin jetzt sicher, daß sie sich nur so kühl verhalten hat, um ihre Schwäche, die sie für mich hat, dahinter zu verstecken.«

»Dann kann sie Schauspielerin werden. Die Rolle, die sie beim Lunch gespielt hat, war perfekt.«

»Unterbrich mich nicht dauernd! Also, sie hat mir erzählt, daß ihr Vater bei der Bank ein recht hohes Darlehen aufgenommen hatte. Bei der Bank, bei der Reems beschäftigt ist. Er hat versucht, sie in Angst zu versetzen, indem er ihr sagte, daß sie das Kaffeehaus als Frau allein nicht weiterführen dürfte, weil man ihr das Darlehen nicht geben wird. Dann bot er ihr an, es ihr für einen recht beachtlichen Preis abzukaufen.«

»Und sie lehnte ab?«

»Natürlich. Sie ist eine unabhängige, selbständige Frau, wie sie mir heute unmißverständlich versichert hat. Ihr Lieblingsausspruch ist: ›Ich brauche keinen überheblichen Mann, der sich um mich kümmert‹ ...«

Alec grinste, als Nicholai versuchte, Constanzes Stimme nachzunahmen. »Bist du sicher, daß du von ihr redest? Ich erinnere mich, daß sie eine weiche, sehr schöne Stimme hat ...«

»Du hast sie noch nicht gehört, wenn sie wütend ist.«

»Wenn sie dann so redet, brauche ich mich nicht mehr zu wundern, daß kein Mann was mit ihr zu tun haben will.«

»Hören wir jetzt auf mit solchen Witzen. Ich habe sofort mit Lion über diese Sache gesprochen. Er ist mir jetzt sehr sympathisch, und ich bewundere seine Ehrlichkeit. Er scheint zu wissen, was dieser Reems im Schilde führt.«

»Wenn er etwas vermutet, wird er wissen, warum.«

»Genau. Reems merkt, daß er nach dem Tod seiner Frau nicht mehr das Ansehen hat, das er seiner Mei-

nung nach braucht, um über Lion zu stehen. Sie stammte, wie du weißt, aus einer sehr guten Familie. Nun ist Lion Senator. Frag mich jetzt nicht, wie er es anstellen will, aber er wird versuchen, Präsident zu werden. Seit das Kaffeehaus Treffpunkt für Politiker ist und dort wichtige Gespräche geführt werden, will er es haben, um alles zu leiten und zu steuern. Verstehst du?«
»Das wird ja nur ein kleiner Teil seines Plans sein.«
»Ja. Ich vermute, daß er zuerst einmal selbst Senator werden will ... nachdem er Lion durch irgendeinen Skandal gestürzt hat.«
Die Tür öffnete sich, und Jean-Philippes weißhaariger Kopf erschien. »Bin ich noch immer unerwünscht?« Neben ihm tauchte seine zierliche Frau auf. »Ich möchte auch nicht draußen bleiben. Ich will alles hören, was ihr euch zu erzählen habt.«
Die Söhne lachten und baten die Eltern, sich zu ihnen zu setzen. Sie unterhielten sich über die Schiffe der Familie und den Handel mit China. Nicholai berichtete den Eltern von Frankreich, dem Schloß und den Weinbergen. Er wurde von Caroline unterbrochen.
»Tut mir leid, daß ich störe, aber Etienne und Talya wollen nicht schlafen, ehe sie nicht einen Gutenachtkuß von ihrem Onkel bekommen haben.«
Alec, der sich beim Eintritt seiner Frau halb erhoben hatte, ließ sich wieder in seinen Sessel fallen. Seine Miene verschloß sich. Ein seltsames Gefühl regte sich in seiner Brust. Er hatte es vor ein paar Stunden schon einmal gespürt, als er Caroline und Nicholai auf dem Sofa gesehen hatte. Nun verlangten seine Kinder nicht nach ihm, sondern nach dem Onkel.
Er wollte sich nicht darüber ärgern, aber es gelang ihm nicht.

Die Kinder waren nach dem aufregenden Abend todmüde, und nach einer letzten Umarmung von ihrem Onkel kuschelten sie sich in die Kissen und machten die Augen zu.

Kristin lag schon in ihrer Wiege und schlief.

Nicholai flüsterte noch immer, obwohl er mit Caroline in der Halle stand. »Wo ist Katya?«

»Du kannst ruhig laut sprechen. Katya und Randolph sind ins Theater gegangen. Ich soll dich von ihr noch grüßen und ...«

»Wie ärgerlich! Ich wollte mit ihr sprechen ...«

»Kann ich dir irgendwie helfen?«

Nicholai zuckte gleichmütig die Schultern. »Ist nicht so wichtig. Ich wollte sie wegen Constanze Hahn etwas fragen, weil ich gehört habe, daß die beiden befreundet sind.«

»Vielleicht kann ich dir doch helfen? Ich kenne Constanze auch recht gut. Ich habe mich erst gestern abend mit Katya über sie unterhalten.«

Nicholai spürte Carolines prüfenden Blick auf sich und wünschte sich, den Namen Constanze Hahn nicht erwähnt zu haben. Wenn es um die Beziehung zwischen Mann und Frau ging, hatte seine Schwägerin das Gespür eines Bluthundes.

»Ach, lassen wir das jetzt. Ich hatte da so eine Vermutung und dachte, daß Katya – aber es ist wirklich unwichtig ...« Caroline nahm seinen Arm. »Komm, wir setzen uns in Antonias Salon und plaudern ein bißchen, ja? Ich muß dir ehrlich sagen, daß ich diese Constanze Hahn faszinierend finde. Sie ist mir ein Rätsel. Ich würde gern deine Meinung über sie hören.«

In dem geschmackvoll eingerichteten Zimmer zog Caroline ihren Schwager neben sich auf das Sofa.

»Findest du es nicht auch merkwürdig, daß Constanze nichts mit Männern zu tun haben will?« fragte sie »Sie ist so attraktiv und klug und könnte jeden Junggesellen in Philadelphia haben. Sie ist schon einundzwanzig Jahre alt und lehnt jeden Mann ab, der sich ihr nähert.«

»Es ist wirklich seltsam«, meinte Nicholai ironisch.

»Alec erzählte, daß du sie gestern abend von Belle Maison nach Hause gebracht hast. Da mußt du sie doch ein bißchen kennengelernt haben.«

Nicholai zuckte die Achseln. »Wie du eben schon sagtest, sie ist ein Rätsel. Sie ist voller Widersprüche.«

Caroline quälte sich ein Lächeln ab. »Katya hat mir letzte Nacht Dinge erzählt, die dir helfen, sie vielleicht besser zu verstehen, für den Fall, daß du in Zukunft mit ihr zu tun haben solltest. Deine Schwester meint, daß Constanze Hahn um jeden Preis unabhängig sein will. Ich habe es so verstanden, daß ihre Meinung von Männern nicht gerade gut ist.«

»Das weiß ich alles!« Als er hörte, daß seine Stimme lauter klang als beabsichtigt, holte Nicholai einmal tief Luft und fuhr dann ruhiger fort: »Ich würde gern die Ursache dafür erfahren.«

Caroline sah, daß sein Gesicht zu einer Maske erstarrt war. Sie konnte nur ahnen, was zwischen ihm und Constanze Hahn gewesen sein konnte. Was immer es auch war, er war unsicher.

»Ich sollte es dir eigentlich nicht sagen. Aber ich weiß, daß Katya es doch tun würde, wenn ich es nicht mache. Sie hat mir berichtet, daß Constanze nur deshalb so abweisend zu Männern ist, weil sie vor zwei Jahren einmal eine schwere Enttäuschung erlebt hat. Dadurch hat sie ihr Vertrauen verloren.«

Nicholai betrachtete sie einen Moment, ohne etwas zu sagen. Dann verzog sich sein Mund zu einem Lächeln.

»Es sieht ganz so aus, als würde ich einiges mit ihr gemeinsam haben.«

»Was meinst du damit?«
»Sie hat wie ich etwas erlebt, an dem sie fast zerbrochen wäre . . .«
Sein Tonfall erschreckte Caroline. Sie legte eine Hand auf Nicholais Arm. »Bitte, du mußt nicht . . .«
»Ich hoffe, ich störe nicht«, unterbrach sie eine Stimme von der Tür her. Es war Alec. Der grimmige Blick, der die beiden traf, strafte seine Worte Lügen.
Caroline sah die Eifersucht in seinen Augen und wußte, daß ihr Mann jetzt eine Erklärung von ihr verlangte. Aber was sollte sie ihm sagen?
Nicholai erhob sich. »Ich habe deine Frau heute schon zu oft für mich beansprucht, entschuldige, Alec. Ich spüre jetzt die Müdigkeit in jedem einzelnen Knochen. Ehe ich hier umfalle, verabschiede ich mich besser von allen und mache, daß ich nach Hause und in mein Bett komme.«
Er gab Caroline einen Kuß auf die Wange und klopfte seinem Bruder auf die Schulter. Dann verschwand er in der Halle.
Caroline stand da und hielt Alecs finsterem Blick stand. »Du hast keinen Grund zur Eifersucht«, warf sie ihm vor.
»Das hoffe ich.« Alec riß sie in seine Arme und küßte sie mit einer Wildheit, die sie atemlos machte.
Erst als sie seinen Kuß hingebungsvoll erwiderte und sich an ihn schmiegte, verging sein Zorn. Sie küßten sich wie Verdurstende und mit wachsender Erregung, bis Alec sagte: »Madame, ich glaube, wir sollten schnellstens nach Belle Maison fahren. Die Kinder sollten schon seit einiger Zeit einen längeren Besuch bei ihren Großeltern machen. Also komm . . .«
Caroline sah ihn strahlend an. »Ich stimme in allen Punkten zu, Sir.«

Zweiter Teil

12. KAPITEL

9. April 1793

Nicholai saß, von drei dicken Kissen gestützt, in seinem Bett. Sein nackter Körper war nur bis zur Taille in eine dünne Decke gewickelt. Die Sonne, die ins Zimmer fiel, ließ seine muskulösen Schultern wie Bronze glänzen.

Vor ihm lag die *National Gazette* ausgebreitet, aber Nicholai las nicht in der Zeitung. Jetzt schob er sie zur Seite und schloß die Augen.

Die Tage waren seit seiner Rückkehr nach Philadelphia wie im Fluge vergangen. Inzwischen hatte seine Mutter für ihn Dienstboten gefunden, die ihn und das Haus versorgten. Da war Oliver als Butler und persönlicher Diener. Ein großer, sehr würdig wirkender Neger. Die Köchin hieß Welcome und war rund wie eine Kugel. Ihre Tochter Felicity kümmerte sich um den Hausputz.

Antonia Beauvisage hatte die neuen Leute eingearbeitet. Sie hatte eine Liste über die Gewohnheiten ihres Sohnes, seine Lieblingsspeisen und dergleichen mehr gemacht.

Allmählich gewöhnte sich Nicholai an das Leben in Philadelphia. Er führte Gespräche mit alten Freunden, Ladenbesitzern und den Männern im Kaffeehaus. Er

stellte fest, daß sich auch in Amerika das Leben verändert hatte.
Amelia Purdy, die Frau eines wohlhabenden Kaufmanns, war eine willige Bettgenossin für Liebesstunden. Außerdem verbrachte Nicholai viel Zeit mit seiner Familie.
Letzte Woche waren Katya und Randolph seine ersten Dinnergäste gewesen. Alte Verbindungen wurden aufgefrischt und neue Bekanntschaften geschlossen. Dazu gehörten Präsident Washington, Staatssekretär Thomas Jefferson und Alexander Hamilton.
Die Rivalität zwischen Hamilton und Jefferson faszinierte Nicholai geradezu. Und der Präsident ließ sich mal von dem einen und mal von dem anderen beeinflussen.
Sie bringen es noch so weit, daß sie eines Tages beide ihre Ämter verlieren, dachte Nicholai, als er sich wieder in seinem Bett ausstreckte.
Vor zwei Tagen war der Präsident nach Mount Vernon gereist. Nicholai hatte ihn am Abend vor seiner Reise noch gesprochen. Der Präsident war in bester Laune gewesen, weil er seine Heimat endlich wiedersehen konnte. Washington trug die Last seines Amtes mit beinahe stoisch wirkender Würde. Nicholai wünschte ihm, daß ihm in Mount Vernon wirklich eine Zeit der Ruhe und Erholung vergönnt sein würde.
Oliver kam leise ins Zimmer und machte sich daran, ein Bad für seinen Herrn zu richten. Etwas widerwillig verließ Nicholai das Bett, um sich an seine Morgentoilette zu begeben.
Er hatte keinen Grund zur Eile, und so ließ er sich Zeit. Dieses neue Leben war völlig anders als die Jahre in Frankreich. Dort war er gleich nach Sonnenaufgang aufgestanden und hatte den ganzen Tag in den Weinbergen zugebracht. Stimmen in der Halle zogen Nicho-

lais Aufmerksamkeit auf sich. Er hatte sich gerade das Haar gewaschen und drückte nun mit dem Badeschwamm ein paarmal Wasser über Schultern und Arme aus, um den letzten Rest Seife abzuspülen.
»Bedauere, Sir, aber ich kann nicht erlauben, daß Sie das Schlafzimmer meines Herrn betreten!« hörte er Oliver sagen.
»Ich übernehme die Verantwortung. Du brauchst dir keine Gedanken zu machen. Ich habe keine Zeit, so lange zu warten, bis sich dein Herr ausreichend parfümiert und hergerichtet hat . . .«
Als Nicholai den britischen Akzent hörte, verzog sich sein Mund zu einem Grinsen. Dann fragte er sich, was James Stringfellow so früh am Morgen auf dem Herzen haben konnte. Konnte es irgendwie mit der geheimnisvollen Constanze Hahn zu tun haben?
Stringfellow klopfte ungeduldig an die Tür, während Oliver noch immer aufgeregt protestierte. Nicholai stieg aus der Wanne und wickelte sich in ein paar Badetücher. Er war noch nicht ganz fertig damit, als Stringfellow schon ins Zimmer geplatzt kam.
»Guten Morgen«, sagte Nicholai. Er lächelte seinen Besucher an, während er sich das Haar trockenrieb. »Kann es sein, daß ich eine Verabredung mit Ihnen vergessen habe?«
»Sie müssen entschuldigen, Mister Beauvisage«, würgte James Stringfellow hervor. Er beobachtete, wie Nicholai durchs Zimmer ging.
»Hyla würde mir den Kopf abreißen, wenn sie wüßte, daß ich zu Ihnen gegangen bin . . .« Stringfellow drehte nervös seinen Hut in den Händen.
Nicholai kleidete sich ganz gemächlich an. Oliver hatte ihm die Sachen auf dem Bett zurechtgelegt.
James Stringfellow fing stockend an zu berichten. Mar-

cus Reems war unangemeldet in der Küche aufgetaucht und hatte Constanze schwer zugesetzt. Obwohl sie sein Angebot abgelehnt hatte, ihm das Kaffeehaus zu verkaufen, fürchtete Stringfellow, daß Reems nicht aufgeben würde. Und in der vergangenen Nacht war Reems mit den von ihrem Vater unterschriebenen Schuldpapieren erschienen und hatte sie Constanze vor die Nase gehalten.

»Hyla ist völlig außer sich, weil sie glaubt, daß Constanze nicht mehr lange durchhalten kann. Ich sage es nicht gern – aber ich fürchte, daß unsere junge Mistress längst nicht mehr so selbstsicher ist...«

Nicholai schob sich das schwarze Haar aus der Stirn. »Vielleicht braucht sie nur ein bißchen mehr Ruhe. Jeder Mensch kann nur ein gewisses Maß an Belastungen ertragen. Und sie hat in der letzten Zeit viel durchmachen müssen.«

»Das ist richtig, Mister Beauvisage, aber so wie jetzt haben ich sie noch nie erlebt. Sie war immer energisch und wußte, was sie wollte. Sie hat sich von keinem Menschen etwas sagen, sich zu nichts drängen lassen...«

»Stringfellow, und was wollen Sie jetzt von mir? Seit der Nacht, in der Ernst Hahn starb, habt ihr mich ständig mißtrauisch beobachtet. Ich war sicher, daß Hyla und Sie froh waren, daß Mistress Hahn sich von mir distanziert hat.«

Stringfellows Gesicht rötete sich. »Wir wollen für Constanze nur das Beste. Hyla traut Ihnen nicht, aber ich habe das Gefühl, daß Sie ein ehrlicher, anständiger Mann sind. Ich dachte, daß Sie das, was Sie Constanze angetan haben – Hyla hat da so ihre Vermutungen vielleicht wieder gutmachen wollen.«

Nicholai sah, wie sich der Mann vor Verlegenheit wand.

»Welche Art von Hilfe meinen Sie? Finanzielle oder . . .«

»Das müssen Sie entscheiden, Sir. Constanze ist viel zu stolz, jemanden um Beistand zu bitten. Deshalb tue ich es für sie.«

»Sie wird Ihnen das sicherlich hoch anrechnen.« In Nicholais Stimme lag Ironie. »Also gut, Stringfellow. Ich werde Mistress Hahn noch einen Besuch abstatten. Aber wenn sie mit einer Bratpfanne oder einem Kochlöffel auf mich losgeht, mache ich Sie für die Folgen verantwortlich.«

Goldblonde Löckchen kräuselten sich anmutig um Constanzes erhitztes Gesicht. Seit mehr als einer Stunde hatte sie mit Kate, Purity und Hyla in dem großen Gastraum gearbeitet. Als Tische und Fußboden nun vor Sauberkeit glänzten, lehnte sie sich gegen den Thekentisch.

Sie war todmüde und mußte immer wieder gegen ein leichtes Schwindelgefühl ankämpfen. Aber sie konnte sich jetzt keine Pause gönnen. Es war noch so viel zu tun.

»So, ich kümmere mich jetzt um das Essen«, sagte sie.

»Nein, Baby. Du setzt dich erstmal hin und ruhst dich aus«, erklärte Hyla energisch. »Du hast Zeit genug.«

Constanze quälte sich ein müdes Lächeln ab. Sie strich den Rock ihres weiß-gelbgestreiften Kleides glatt und ging mit schleppenden Schritten in die Küche hinüber. Als sie den Kopf hob, sah sie direkt in Nicholai Beauvisages Augen.

Constanze war starr vor Überraschung. Nicholai saß auf einem der hohen Stühle vor dem Arbeitstisch. Er trug keinen Rock und hatte die Ärmel seines Hemdes hochgekrempelt. Nach seiner höflichen Begrüßung wandte er sich wieder den Kartoffeln und dem Gemüse zu, die er gerade bearbeitete.

Constanze erholte sich allmählich von ihrem Erstaunen. »Was machen Sie da?«

»Oh, ich kam gerade hier vorbei und dachte, daß ich dir mal einen Besuch abstatten könnte. Und weil ich nicht untätig herumsitzen wollte, während ich wartete, habe ich mich ein bißchen nützlich gemacht.«

Constanze sah ihn mißtrauisch an. Ihr fiel ein, daß sich James Stringfellow heute morgen mit einer ziemlich lahmen Entschuldigung fortgestohlen hatte. Sie wußte, daß er und Hyla sich Sorgen um sie machten, besonders seit ihrer letzten Auseinandersetzung mit Marcus Reems.

Nicholai Beauvisage hatte sie immer nur kühl und knapp begrüßt, wenn sie ihn in den letzten zwei Wochen im Kaffeehaus gesehen hatte. Warum tauchte er jetzt hier auf und gab sich so liebenswürdig? Dafür mußte es einen Grund geben?

Constanze nahm sich ihre Schürze. »Warum sind Sie heute morgen so freundlich? In den letzten Tagen habe ich von Ihnen kaum mehr als eine Höflichkeitsfloskel gehört.«

Nicholai ließ das Messer sinken und drehte sich zu ihr um. Ohne etwas zu sagen, packte er sie und zog sie zwischen seine Knie. Dann band er die Schürzenbänder mit einer großen Schleife zusammen.

Constanze war so überrascht, daß sie es geschehen ließ. Nicholais Kopf war etwas über ihr. Wie gebannt starrte sie ihn an. Seine Hände legten sich um ihre schmale Taille und zogen sie an seinen Körper.

»Du hast mich vermißt, stimmt's?« fragte er sanft.

Constanze rührte sich nicht. Sie war wie betäubt von der Nähe dieses Mannes. Aber als sein Mund ihr Ohr berührte, zuckte sie zusammen und keuchte. Nicholai umschlang sie noch fester. Seine Lippen zogen eine Feuerspur über ihren Hals und jagten heiße Schauder durch Constanzes Körper. Sie bog den Kopf zurück, als Nicholais Mund über ihren Hals tastete. Und dann erreichte er ihre Lippen. Bei seinem wilden Kuß erfaßte sie ein heftiges Zittern.

Sie war ganz benommen vor leidenschaftlichem Verlangen. Sie vergaß alles um sich und preßte sich sehnsüchtig an Nicholai. Sie spürte, wie seine Begierde immer stärker wurde. Durch das Kleid und den Unterrock fühlte sie den Druck seiner Schenkel und stöhnte vor Lust.

Als Nicholai ihre Lippen für einen Moment freigab, flüsterte er heiser: »Ich bin nahe an dem Punkt, wo ich nicht mehr zurück kann, meine Liebste . . . Aber da wir leider nicht in meinem Bett sind und jederzeit jemand hereinkommen kann, muß ich dir die Entscheidung überlassen.«

Seine Worte brachten Constanze jäh in die Wirklichkeit zurück. Ihre Augen weiteten sich, und sie machte sich mit einem Ruck von Nicholai frei. Sie begriff sich nicht.

»Ich muß den Verstand verloren haben«, murmelte sie.

Nicholai seufzte. »Daraus entnehme ich, daß dieses Intermezzo zu Ende ist.« Er lächelte spöttisch und wandte sich wieder dem Gemüse zu. »Auch auf die Gefahr hin daß du mir gleich die Augen auskratzt, muß ich dir sagen, daß du in keiner Weise den Verstand verloren hast, Constanze. Ich finde deine Reaktion auf meine Umarmung völlig normal. Normaler als dein Benehmen als unabhängige, selbstbewußte Frau.«

Sie wußte nicht recht, was sie von dieser Bemerkung halten sollte. Aber sie hatte ihm Beweise genug gegeben, daß sie sich körperlich von ihm angezogen fühlte.

»Es ist sehr nett von Ihnen, daß Sie mir Schuldgefühle ausreden wollen. Aber ich weiß nicht, was für ein Teufel mich reitet, wenn ich . . .«
»Der gleiche Teufel, der dafür gesorgt hat, daß du und ich auf die Welt gekommen sind, Constanze.«
»Nein, das ist nicht zu vergleichen. Ich bin nicht mit Ihnen verheiratet, und außerdem finde ich Ihre Anwesenheit hier ziemlich lästig.«
»Wirklich?« Nicholai tat das fertige Gemüse auf einen Teller und wollte es in den großen Kochtopf werfen.
»Nein, nein!« schrie Constanze. »Es soll noch nicht in die Brühe, Ich muß erst das Fleisch herausnehmen.«
Sie nahm eine große Schüssel und eine lange Gabel und lief zum Herd. Dann erlaubte sie Nicholai, daß er die Fleischstücke herausnahm, während sie die Schüssel hielt.
Zuerst ein großes Huhn, dann ein Stück Rindfleisch und ein drittes. Es war auch dunkles Fleisch, aber offensichtlich nicht vom Rind.
»Was ist das?« fragte Nicholai.
»Bärenfleisch«, sagte Constanze lächelnd.
»Wie? Was kochen wir denn damit?«
Constanze überhörte das ›Wir‹ und erklärte ihm: »Succotash. Ich muß jetzt nur noch Bohnen und Mais hinzufügen. Einer meiner Stammgäste bringt mir das Bärenfleisch mit. Und da Succotash sein Lieblingsgericht ist, koche ich es ihm.«
Nicholai sah das Fleischstück mißtrauisch an. »Aber was würden die anderen Gäste sagen, wenn sie wüßten, was du ihnen da vorsetzt?«
»Probieren Sie erst, ehe Sie urteilen. Es ist einfach köstlich.« Constanze reckte stolz das Kinn vor. »Und ich bin eine gute Köchin. Man lobt meine Kochkünste sehr.«

»Verzeihen Sie, Mistress Hahn!« Nicholai machte eine ehrfürchtige Verbeugung. Doch seine Augen blitzten herausfordernd. »Es wäre mir eine große Ehre, dieses Meisterwerk der Kochkunst kosten zu dürfen. Aber dann müßte ich bis zum Mittag hierbleiben . . .«

Constanze merkte, wie ihr Herz schneller schlug. Nicholai wirkte im Feuerschein des Herdes wie eine großartige Statue, die zum Leben erwacht war. Sie mußte ein paarmal schlucken, ehe sie sprechen konnte.

»Bleiben Sie nur hier, und probieren Sie mit mir zusammen eine Portion von dem Succotash, Mister Beauvisage. Allerdings nur unter einer Bedingung . . .«

»Und die wäre?«

»Sie müssen ernst nehmen, was ich vorhin sagte. Ich weiß einfach nicht, was mich da überkommt, wenn Sie . . . Ich . . . ich habe leider keine Zeit darüber nachzudenken. Aber ich will nicht, daß es noch einmal passiert.«

»Was?« Nicholai setze eine Unschuldsmiene auf.

»Sie wissen ganz genau was ich meine. Zwingen Sie mich also bitte nicht, direkter zu werden.« Constanze kaute nervös auf ihrer Unterlippe herum und wich seinem Blick aus. »Sie können sich ein bißchen mit mir unterhalten, während ich koche. Aber Sie müssen mir versprechen, daß Sie mich nicht wieder anfassen oder sich über mein dummes Benehmen lustig machen.«

»Aber Constanze! Was hast du bloß? Warum sollte sich ein so schönes Mädchen wie du gegen die ganz natürliche Sehnsucht seines Körpers wehren? Liebe ist so wichtig wie essen und trinken – für jeden Menschen.«

»Ich will nichts mehr hören. Was Sie da sagen, klingt zwar sehr logisch, aber es kommen schließlich noch andere Dinge hinzu: Gefühle, Stolz, Ansehen, Würde. Ich will nicht, daß man über mich redet. Wie ich Ihnen schon sagte, ich habe meine Bedürfnisse neulich befriedigt. Doch es wird keine Wiederholung geben. Wenn Sie Ihren Appetit noch nicht gestillt haben, müssen Sie sich nach einer anderen Frau umsehen, die nicht mehr so sehr auf ihr Ehrgefühl achtet.« Ein Muskel zuckte an Nicholais Mundwinkel. Doch er verbiß sich eine heftige Erwiderung.

»Also gut, ich sehe, daß es zwecklos ist, weiter mit dir darüber zu diskutieren. Du bist ziemlich eigensinnig.« Als Constanze sich abwenden wollte, hielt er sie am Arm fest. »Ich bin sicher, daß du ständig Wünsche in dir unterdrückst, meine Liebe. Sehnst du dich wirklich nie nach Zuneigung, nach Heiterkeit und Lachen?«

»Dafür habe ich keine Zeit, Mister Beauvisage!« fuhr Constanze ihn an. »Im Gegensatz zu Ihnen habe ich Sorgen, die mich mehr bedrücken, als ich verkraften kann.«

»Man kann Sorgen auch überbewerten. Aber diese Gefühle, die du in dir unterdrückst, werden immer stärker werden, glaub mir. Und es wird eine Zeit kommen, wo du sie nicht mehr ignorieren kannst . . .«

13. KAPITEL

9. April 1793

Ein paar Stunden später war Constanzes Gesicht voller Mehltupfer, aber dafür stand auf dem Arbeitstisch eine lange Reihe himmlisch duftender Apfelkuchen.

Auch Nicholai roch nach Äpfeln, denn er hatte das ganze Obst geschält und geschnitten. Er hatte seine Krawatte abgenommen, weil es in der Küche so heiß war.

Hyla und Kate richteten gerade die Schüsseln mit dem Fleischgericht und andere mit Gemüse und Kartoffeln her, Nicholai und Constanze saßen vor dem Kamin und streckten die Beine von sich.
Constanze wurde verlegen, als sie feststellte, daß ihr Kleid an einer Seite hochgerutscht war und ein Stück von ihrer Wade sehen ließ. Hastig zog sie den Rock zurecht.
Nicholai, der sich eine Cheroot angezündet hatte, stieß genüßlich den Rauch von sich. Er sah Constanzes Verlegenheit und amüsierte sich darüber.
Als es Constanze bewußt wurde, wieviel er bereits von ihrem Körper gesehen hatte, wurde sie noch röter.
Nicholai fragte sich, ob sie wirklich sanfter geworden war. Oder bildete er sich das nur ein? Es war auch das erste Mal gewesen, daß er soviel Geduld mit einer Frau gehabt hatte, die ein Techtelmechtel mit ihm abgelehnt hatte. Constanze hatte zwar das dünne Brusttuch trotz aller Hitze nicht abgelegt, aber es schien so, als sei ihre innere Abwehr gegen ihn nicht mehr so stark.
Dann erinnerte sich Nicholai, daß Stringfellow und Hyla in Sorge um ihre Mistress waren, weil Constanzes Widerstand Marcus Reems gegenüber ins Wanken geriet. Er schob das darauf, daß sie einfach nur überarbeitet und erschöpft war. Wie komme ich bloß auf die Idee, daß sich ihre Einstellung zu mir geändert hat, warf er sich vor.
»Was bedeutet dieses seltsame Lächeln, Mister Beauvisage?« fragte Constanze., »Legen Sie sich gerade einen Plan zurecht, wie Sie ein anderes Mädchen mit Ihrem Charme schwachmachen können?«
In Nicholais Augen blitzte es auf. »Mistress Hahn, Sie tun mir unrecht.« Constanze mußte bei seiner Unschuldsmiene laut lachen. Nicholai entdeckte ein hinrei-

ßendes Grübchen an ihrer Wange. Bewundernd sah er sie an.
»Ich habe dich noch nie so herzlich lachen sehen. Dann bist du doch noch süßer.« Er schüttelte ungläubig den Kopf. »Davon werde ich tagelang zehren. Du mußt mir sagen, was dich so erheitert hat. Das muß ich mir aufschreiben, damit ich es nie vergesse.«
»Auch mit so schönen Worten stimmen Sie mich nicht um. Bitte, nutzen Sie jetzt nicht meine Schwäche aus.«
Nicholai lehnte sich zurück und zog langsam an seiner Cheroot. »Hm, es erleichtert mich schon sehr, daß du überhaupt dazu fähig bist, so herzlich zu lachen. Ich habe mir deshalb schon Gedanken gemacht. Ob du vielleicht durch irgendeine schlimme Krankheit nicht lachen kannst, ob eventuell etwas mit deinem Mund nicht stimmt.«
»Freut mich, daß Sie, was das angeht, nun beruhigt sind«, sagte Constanze. »Und da Ihre Laune nun so gut ist, genießen Sie das Bärenfleisch vielleicht um so mehr.«
Mit einem schelmischen Seitenblick füllte sie einen Teller. Nicholai sah sie an und rührte sich nicht.
»Kommen Sie, Mister Beauvisage. Sie wissen doch, daß ich Ihre Gesellschaft all die Stunden nur ertragen habe, weil ich sehen wollte, wie Sie zum ersten Male in Ihrem Leben Bärenfleisch essen.« Constanze setzte sich wieder und stützte das Kinn in eine Hand.
Nicholais Stirn runzelte sich. Er sah von dem Teller zu dem Mädchen am Tisch hin und drückte dann seufzend seine Cheroot aus.
»Auch die bittende Kleinjungenmiene hilft Ihnen jetzt nicht.« Constanze kicherte. »Ich kenne Sie inzwischen zu gut. Essen Sie.«
Nicholai fing an zu essen. Obwohl das Fleisch nicht das

beste war, was er in seinem Leben probiert hatte, schmeckte es doch besser, als er erwartet hatte.
»Recht gut«, sagte er nach ein paar Bissen. Sein Blick drückte Bewunderung für die Köchin aus.
Constanze, die sich die Schuhe von den schmerzenden Füßen gestreift hatte, ging währenddessen in der Küche hin und her und räumte auf. Es mußte das ganze Geschirr abgewaschen sein, ehe sie sich an die Vorbereitungen für die Abendmahlzeit machte.
»Was halten Sie von den Neuigkeiten über einen Krieg?« fragte sie, als sie Nicholai einen Krug mit kühlem Bier brachte.
»Von Krieg?« wiederholte er verwundert.
»Haben Sie nichts davon gehört? Mister Jefferson war gestern auf einen Kaffee hier, und er erzählte mir, daß es ziemlich sicher sei, daß Frankreich England und Rußland, Spanien und den Niederlanden den Krieg erklärt hat.«
»Wie sollte ich von dieser Neuigkeit wissen?« brummte er. »Ich bin sozusagen direkt vom Bett aus hierhergekommen, habe hier gesessen und Äpfel geschnitten. Wie sollen mich da solche Nachrichten erreichen?«
Constanze stemmte die Hände in die Hüften. »Das können Sie mir nicht vorwerfen. Ich habe Sie nicht dazu eingeladen, den Vormittag mit mir zu verbringen!«
Nicholai nickte. »Entschuldige, Constanze. Ich habe mir meine Worte eben nicht überlegt.«
Sie zuckte die Schultern und fuhr dann fort, Teller aufeinander zu stapeln. »Ich kann mir vorstellen, wie solche Nachrichten über Frankreich Sie treffen müssen.«
Nicholai starrte in das Kaminfeuer. »Ja«, murmelte er.
Er schwieg dann lange. Constanze sah ihn immer wieder verstohlen an. Woran dachte er?

»Das wird auch hier bei uns einiges verändern, nicht wahr?« fragte sie.
Nicholai nickte wieder.
»Die Föderalisten und die Republikaner haben ständig Meinungsverschiedenheiten. Mister Hamiltons Partei mißtraut der Revolution. Sie sind so entsetzt über die furchtbaren Gewalttaten in Frankreich, daß sie sich sicherlich auf Englands Seite schlagen werden.«
»Zweifellos«, murmelte Nicholai abwesend. Constanze füllte Wasser in eine große Schüssel.
Wieder warf sie einen Blick auf den Mann am Tisch. Dann redete sie weiter: »Mister Jefferson meint, daß trotz all der Schreckenstaten immer noch der Wunsch nach Freiheit höher zu bewerten ist. Ich habe mich mit ihm gestritten. Doch er bleibt dabei, daß er eher hinnehmen würde, daß die halbe Welt zerstört wird, als daß die Freiheit untergeht. Finden Sie diesen Gedanken nicht auch fürchterlich?«
»Für die Freiheit sind schon viele Menschen gestorben. Freiheit ist für ihn die Basis des Lebens, und wenn er der Meinung ist, daß sie jeden Preis wert ist, muß man das akzeptieren.«
Constanze sank auf einen Küchenhocker nieder. Sie war so in Gedanken versunken, daß sie gar nicht merkte, daß ihre Hände noch eine Kuchenform hielten.
»Was halten Sie von alledem?« wollte sie wissen. »Sie sind lange in Frankreich gewesen. Obwohl ich nicht weiß, was Sie während der Zeit der Revolution durchgemacht haben, glaube ich doch, daß Sie sich eine Meinung darüber bilden konnten. Wer hat recht? Hamilton oder Jefferson?«
Sie konnte Nicholais Blick nicht deuten. Seine Augen wirkten seltsam verschleiert. Er schob den Teller von sich und nahm einen Schluck von dem Bier.

»Natürlich hat keiner recht. Und in Frankreich auch nicht. Himmel noch mal, die Menschen sind dort alle nicht mehr mit normalen Maßstäben zu messen. Es ist der helle Wahnsinn! Aber das ist ein anderes Thema.«
Constanze starrte ihn an. »Keiner hat recht? Wenn das so ist, was sollen wir dann tun? Was wird hier in Amerika passieren?«
»Zuerst muß der Präsident sich Gedanken darüber machen, ob dieser Krieg unseren Seehandel gefährdet. England wird mit Sicherheit eine Blockade für Frankreich verhängen. Und wenn wir diese Blockade brechen wollen, riskieren wir, daß man unsere Schiffe angreift oder zerstört.«
»Muß sich der Präsident nicht für eine Position entscheiden, für Hamiltons oder Jeffersons?«
Nicholai zuckte die Schultern. »Nein. Man kann sich immer neutral verhalten, meine Liebe. Die Frage ist nur, abzuwägen, was das Beste ist.«
»Der arme Präsident Washington.« Constanze seufzte. »Er wird es nicht leicht haben.«
»Er ist klug und gerecht. Er wird sich auf sein eigenes Urteilsvermögen verlassen.«
Nach diesen Worten schwiegen sie eine Weile. Constanze dachte über das nach, was sie gehört hatte. Als sie nach einer Weile hochblickte, stellte sie fest, daß Nicholai sie die ganze Zeit beobachtet haben mußte.
Er stand auf und zündete sich eine neue Cheroot an. »Mir tut der Präsident leid«, meinte er. »Ich habe ihn noch gesprochen, bevor er nach Mount Vernon abreiste. Nun wird er durch die Krise gezwungen sein, hierher zurückzukehren, kaum daß er drüben in Mount Vernon die Stiefel ausgezogen hat.«
»Mister Jefferson sagte, daß er dem Präsidenten gestern einen Brief geschickt hat. Es ist ein Jammer . . .« Con-

stanze wurde unterbrochen, als die Hintertür aufgerissen wurde. Sie und Nicholai fuhren gleichzeitig herum und sahen erstaunt auf Marcus Reems.
»Ich bitte vielmals um Verzeihung«, sagte er übertrieben höflich, während er eintrat. »Mister Beauvisage? Das ist aber eine Überraschung.» Er zog seinen Hut und machte eine knappe Verbeugung.
Nicholais Miene war nicht zu deuten, als er dem Besucher die Hand bot. »Ganz meinerseits, Mister Reems.«
»Ich würde mich gern eine Weile mit Ihnen unterhalten, aber leider fehlt mir die Zeit dazu. Sie müssen entschuldigen, aber ich muß Mistress Hahn in einer dringenden Angelegenheit sprechen.«
Constanze war einen Moment sprachlos und sah nur hilflos von Nicholai auf den dunkelhaarigen Besucher. »Ich . . .«
»Das ist bedauerlich«, hörte sie Nicholai sagen. »Ich habe nämlich heute nachmittag eine Verabredung mit Mistress Hahn.«
Er drehte sich zu Constanze um. »Mademoiselle, haben Sie aus irgendeiner Verwirrung heraus zwei Verabredungen getroffen?«
Constanze hatte sich jetzt wieder in der Gewalt. »Ich habe Mister Reems nicht hergebeten, Mister Beauvisage. Und Sie haben mir Ihren Besuch auch nicht angekündigt, Mister Reems. Da meine Zeit knapp bemessen ist, schlage ich vor, daß wir in mein Arbeitszimmer hinübergehen, um unsere Unterredung dort fortzusetzen, Mister Beauvisage.«
Mit einem Kopfnicken entließ Constanze den völlig verblüfften Marcus Reems. Sie raffte ihren Rock und verließ die Küche. Nicholai folgte ihr. Er drehte sich nicht noch einmal um, denn er konnte sich auch so vorstellen, daß Marcus Reems vor Wut kochte.

Als sie die Tür des Arbeitszimmers hinter sich zugedrückt hatten, sanken sie auf das Sofa und lächelten sich wie zwei Verschwörer an.
Nicholai war ganz hingerissen, als er wieder das Grübchen in Constanzes Wange entdeckte.
»Sehen Sie mich bitte nicht so an«, bat sie, als sie merkte, daß sie wieder in den gefährlichen Bann dieses Mannes geriet.
»Bei einem so reizenden Lächeln fällt es mir schwer. Ich bewundere Ihre Schönheit von Anfang an, Mistress Hahn. Aber jetzt bin ich ganz hingerissen . . .«
»Ich sehe aus wie ein Küchenmädchen, mit Flecken auf dem Kleid, zerzausten Haaren, ich rieche nach Essen und bin nicht geschminkt und . . .«
»Das alles macht dich nur noch reizender. Die Natur hat dich mit so viel Schönheit ausgestattet, das du keine künstlichen Mittel brauchst. Du bist wunderbar erfrischend und natürlich. Du kannst mir nicht einreden, daß du die bewundernden Blicke nicht siehst, wenn du durch den Gastraum gehst.«
»Ach, es gibt immer Männer, die glauben, daß sie hinter jedem Weiberrock herlaufen müssen. Außer Hyla und den Mädchen bin ich außerdem das einzige weibliche Wesen im Kaffeehaus. Ich mache mir nichts aus bewundernden Blicken. Aber wir sprachen eigentlich von Ihnen. Ihnen laufen die Frauen doch sicher nach . . .«
»Ja, scharenweise«, sagte Nicholai.
»Warum bedrängen Sie mich dann? Ich habe Ihnen doch schon einmal den Beweis geliefert, daß Sie mich verführen können.«
»Ist deine Meinung über Männer wirklich so schlecht, daß du keine Unterschiede machen kannst? Es betrübt mich, daß du mich mit den anderen in einen Topf wirfst. Glaubst du, daß ich dich nur in den Armen hal-

ten will, um meine Unwiderstehlichkeit bestätigt zu bekommen?«
Constanze erhob sich und ging im Zimmer hin und her. »Nein, das heißt – ich weiß es nicht.« Sie holte tief Luft, denn sie wußte nicht mehr weiter. »Welche Meinung soll ich denn von Ihnen haben, Mister Beauvisage?«
»Verdammt noch mal! Laß endlich diesen ›Mister Beauvisage‹ weg! Nennen Sie mich Nicholai!« Wütend drückte Nicholai seine Cheroot aus und stützte die Hände auf die Knie.
»Du bist doch ein so kluges Mädchen, warum weigerst du dich, zwischenmenschliche Beziehungen richtig einzuschätzen. Glaubst du, daß ich nur Begierde oder Liebe für dich fühle? Es gibt auch andere Dinge. Ich mag so vieles an dir. Du bist mir ein Rätsel, aber ich liebe Geheimnisse. Ja, ich fühle mich stark zu dir hingezogen. Und dir geht es nicht anders. Das habe ich gemerkt. Du spürst es auch jetzt, nicht wahr, Constanze? Auch jetzt, wo wir so weit voneinander getrennt sind.«
Er sah, wie ihr das Blut in die Wangen schoß. »Ich habe mir Gedanken darüber gemacht, wie du allein mit diesem Kaffeehaus zurechtkommen willst. Ich habe mich gefragt, wie deine finanzielle Lage ist. Ich würde dir gern helfen. Vielleicht würdest du mir erlauben, daß ich dir Geld leihe, damit du das Darlehen von Marcus Reems' Bank zurückgeben kannst.«
Constanze fühlte eine alarmierende Schwäche in allen Gliedern, als sie Nicholai zuhorte. Sie war nahe daran, ihm zu glauben. Doch bei seinen letzten Worten regte sich ihr letzter Rest Widerstand. Sie riß sich gewaltsam aus ihrer Lethargie, in die sie sich hatte sinken lassen wollen.
Das durfte nicht sein! Schon einmal hatte sie einem

Mann zu sehr vertraut. Sie hatte beinahe ihre Pflichten vergessen – wie damals. Am Ende hatte sie mit gebrochenem Herzen dagestanden. Constanze zwang sich jetzt dazu, diese qualvollen Erinnerungen wieder wach werden zu lassen, um sich vor einem neuen Fehler zu schützen.

»Sie können es sich wohl gar nicht vorstellen, daß ich es allein schaffen könnte, nur weil ich eine Frau bin, was? Da muß ein starker Mann kommen und mich retten?« Sie trat dicht vor ihn hin und blitzte ihn wütend an. »Sie würden es gern sehen, daß ich Sie um Hilfe anflehe und dann bewundernd zu Ihnen aufblicke, während Sie alle Probleme für mich lösen, was?«

Nicholai hatte zuerst nur mit Erstaunen auf ihren Wutausbruch reagiert. Jetzt wurde er ärgerlich. Er packte sie und zog sie zu sich aufs Sofa. Als sie sich wehrte, drückte er sie mit seinem ganzen Körpergewicht in die Polster.

»Sei endlich still!« knurrte er. »Du störrische kleine Hexe! Du willst alles nur falsch verstehen! Dir muß man endlich beibringen, daß du . . .«

»Wollen Sie mich etwa schlagen?« zischte Constanze. Ihre blauen Augen schossen Blitze, während sie sich wand, um ihm zu entkommen. Die wirren blonden Locken umgaben ihr Gesicht wie ein goldener Heiligenschein. Nicholai fand sie in ihrem Zorn noch schöner als sonst.

»Nein!« schrie er.

Constanze lag einen Moment still, um wieder zu Atem zu kommen. Sein Gesicht war zu einer Maske erstarrt, und der Blick seiner grünen Augen war zum Erschrekken. Und doch war etwas an ihm, das ihr Herz schneller schlagen ließ.

Nicholai hielt ihre Handgelenke fest. Constanze holte

Luft, um ihm wieder ihre ganze Wut ins Gesicht zu schreien. Doch es war zu spät.
Sein Mund preßte sich auf ihre Lippen. Er küßte sie so hart und wild, daß sie nach Luft rang. Als seine Zunge ihre Lippen auseinander zwang, fuhr es wie ein Feuerstoß durch ihren Körper.
Sie versuchte, steif dazuliegen und seinen Kuß nicht zu erwidern. Aber sie schaffte es nicht lange. Sie gab jeden Widerstand auf.
Nicholai zog ihre Arme hoch und hielt sie mit einer Hand fest, während er mit der anderen ihr Kleid öffnete. Das Blut rauschte in ihren Ohren.
Ungeduldig riß Nicholai den Stoff auf, als er nicht schnell genug ihre Brüste entblößen konnte. Die rosigen Warzen versteiften sich, als seine Hand über die weichen Rundungen tastete.
Constanze keuchte. Wonneschauer ließen sie in Nicholais Armen erbeben. Seine Zunge spielte mit den zarten Brustwarzen, und als er daran saugte, wand Constanze sich keuchend hin und her.
Er ließ ihre Hände los. Und während er ihre Brüste und die Stelle zwischen ihren Beinen streichelte, wühlte Constanze in seinen schwarzen Haaren.
Sie spreizte ihre Beine. Nicholai warf sich über sie. Durch den Stoff ihres Kleides spürte sie sein hartes Glied und stöhnte. Das Lustgefühl übermannte sie. Ihr Körper sehnte sich nach Erfüllung. Sie wollte, daß Nicholai endlich ihren Rock hochschob, um der Qual ein Ende zu setzen.
»Du willst es, nicht wahr?« hörte sie ihn flüstern.
Sie sah das Glitzern in seinen Augen und konnte nur nicken.
Doch Nicholai ließ plötzlich von ihr ab und stand auf. »Meine liebe Constanze, das war eine Situation, die du

dir unbedingt einprägen mußt. Du wirst nicht nur erkannt haben, daß du nicht selbständig genug bist, dich allein zur Ekstase zu treiben. Du wirst auch zugeben müssen, daß du dich nicht gewehrt hast.«
Er rollte seine Ärmel herunter und fuhr ruhig fort: »Da ich jedoch weiß, wie du über Männer denkst, will ich nicht länger versuchen, dich eines Besseren zu belehren. Du bist im Moment wohl schwach geworden, aber später wirst du froh sein, daß es nicht weitergegangen ist.«
Constanze hätte ihm am liebsten das Gesicht zerkratzt. Sie hob schon die Hand, um ihn zu schlagen. »Du arroganter Kerl!«
Nicholai packte ihre Handgelenke und drückte sie herunter. »Sei froh, daß ich weiß, wie ich mich Frauen gegenüber zu benehmen habe.«
»Laß mich los, sonst rufe ich nach Stringfellow! Ich muß mein Kleid in Ordnung bringen und wieder an die Arbeit gehen.« Constanze stand auf, strich ihren Rock glatt und schloß die Knöpfe am Oberteil. »Es wäre besser gewesen, mich mit diesem Marcus Reems abzugeben als mit dir!«
»Mistress Hahn, ich muß Sie darauf aufmerksam machen, daß Sie dieses kleine Intermezzo wollten. Ich habe die Sache beendet. Sie können sich jetzt also nicht als Opfer bezeichnen.«
Constanze wollte ihn gerade wütend anfahren, als ein Klopfen an der Tür zu hören war. Sie warf Nicholai einen Blick zu und ging dann, um zu öffnen.
»Hallo, Constanze.« Es war Lion Hampshire. Mit einem Blick erkannte er ihre Verwirrung und sah dann zu Nicholai hin.
»Mister Beauvisage! Tut mir leid, daß ich Ihre ... Ihre Unterhaltung gestört habe ...«
»Er wollte gerade gehen«, sagte Constanze.

»Nur einen Moment noch!« bat Lion. »Ich mache es kurz.«
»Also gut. Worum handelt es sich?« Nicholais Stimme war tonlos.
»Es handelt sich darum, Constanze, daß Hyla mich heute morgen angesprochen und mir erzählt hat, daß Marcus Reems Sie wegen des Darlehens unter Druck setzt, daß er Sie drängt, ihm das Kaffeehaus zu verkaufen.«
»Das stimmt, Senator. Aber ich finde, daß Hyla sich um ihre eigenen Sachen kümmern sollte.«
»Sie macht sich Sorgen, Constanze. Und ich auch. Ich habe über die Angelegenheit nachgedacht. Sie möchten das Kaffeehaus doch sicherlich behalten und weiterführen . . .«
»Nehmen Sie doch bitte Platz, Senator«, sagte Constanze und wies auf einen Sessel. Dann setzte sie sich ihm gegenüber auf einen Stuhl. Nicholai hielt sich im Hintergrund.
»Mein Angebot ist einfach. Ich möchte Ihnen das Geld für die Ablösung des Darlehens leihen, damit Sie mit Marcus Reems nichts mehr zu tun haben müssen. Ich stelle keine Bedingungen, und Sie zahlen mir das Geld so zurück, wie Sie können.«
Als Constanze antwortete, glaubte Nicholai, seinen Ohren nicht trauen zu können.
»Senator, ich wünschte, daß ich in der Lage wäre, Ihr Angebot abzulehnen. Aber leider bin ich das nicht. Ich nehme Ihr Angebot dankbar an und werde Ihnen das Geld so schnell wie möglich zurückzahlen.«
Nicholai reagierte heftig. »Ich muß gehen. Guten Tag.« Er schritt an ihnen vorbei, nickte Lion kurz zu und übersah Constanze völlig.
Er übersah auch Hylas verwunderte Blicke, als er in der

Küche seine Krawatte und seinen Rock nahm. Noch im Gehen zog er beides an und stieß dann die Tür zum Gastraum auf.
Stringfellow ging gerade mit einem Tablett voll Gläser zwischen den Tischreihen, als er plötzlich von einer Hand gepackt wurde. Er ließ fast das Tablett fallen und fuhr wütend herum.
Ein finster blickender Nicholai Beauvisage stand hinter ihm. »Stringfellow, versuchen Sie nie wieder, mich als möglichen Retter Ihrer Mistress in Erwägung zu ziehen. Wenn sie sich etwas einbrockt, muß sie es selbst auslöffeln. Sie hat es nicht anders verdient.«
Stringfellow stand wie vom Donner gerührt da und starrte Nicholai nach, bis die Tür hinter ihm ins Schloß fiel.

14. KAPITEL

18. April 1793

Die Körbe mit Erdbeeren, die auf dem Tisch in der Küche standen, boten einen appetitlichen Anblick. Constanze saß auf ihrem Stuhl und richtete die Früchte her. Ihre Bewegungen waren langsam und schwerfällig, und sie machte immer wieder eine Pause.
Hyla saß ihr gegenüber und putzte Silber. Wie gut, daß es Sonntage gibt, dachte sie. Ohne einen Ruhetag würden wir es nie schaffen.
Sie schob eine Haarsträhne aus dem Gesicht und sah zu Constanze hinüber. Wie apathisch sie wirkt! Ihre Augen sind trübe und traurig.
Als Constanze wieder einen langen Seufzer von sich gab, fragte Hyla: »Hast du etwas?«

»Wie?«
»Ich fragte, ob du dich nicht gut fühlst. Bist du krank?«
»Aber nein, Hyla ...« Constanze brachte ein Lächeln zustande. »Vielleicht ist es die Frühjahrsmüdigkeit.«
»Ich weiß, was dir fehlt. Du hockst den ganzen Tag hier in der Küche. Frische Luft bekommst du nur dann, wenn du mal auf den Markt gehst. Du solltest dir einmal einen langen Spaziergang gönnen. Es ist heute ein so schöner Abend. Nutze ihn aus.«
Constanze wollte schon auffahren. Doch dann hielt sie inne. »Du hast recht, Hyla. Es ist ungesund, wie ich lebe. Ich werde ein bißchen an die frische Luft gehen.«
Sie ging nach oben und wusch sich Hände und Gesicht. Dann holte sie sich ein frisches Kleid aus dem Schrank. Eine Viertelstunde später verließ sie in einem hellgelben, duftigen Kleid das Haus. Ihre Augen glänzten in Vorfreude. Es tat gut, wieder einmal im Freien zu sein. Sie fühlte sich belebt und beschwingt. Lächelnd erwiderte sie die Begrüßungen anderer Passanten.
Der Himmel färbte sich langsam violett, und die Straßenlaternen wurden angezündet. Constanze schlenderte durch die Front Street und folgte dann den Windungen der Dock Street.
Sie beobachtete, wie hinter den Fenstern der hübschen Backsteinhäuser Licht aufflammte, und ihr fiel plötzlich Nicholai ein. Sie fragte sich, was er jetzt wohl gerade tat, mit wem er lachte und plauderte.
Mit einer Frau vielleicht?
Seit dem Tag, an dem sie Lion Hampshires Angebot angenommen hatte, war Nicholai nicht mehr ins Kaffeehaus gekommen. Constanze wußte es ganz genau, denn sie hatte immer wieder einen Grund gesucht, einmal durch den Gastraum zu gehen.
Ihre Vernunft versuchte ihr einzureden, daß es gut war,

ihn nun endlich loszusein. Aber ihr Herz und ihr Körper konnten ihn nicht vergessen.
Wenn sie nachts erschöpft in ihrem Bett lag, mußte sie oft an seine Worte denken. Sein Blick hatte ihr mehr als deutlich gesagt, wie sehr sie in reizte. Aber er war ein stolzer Mann, und es mußte ihn sehr getroffen haben, daß sie sein Angebot, ihr das Geld für Marcus Reems zu geben, abgewiesen hatte. Sie versuchte auch, die mahnende Stimme in sich zu überhören, die sagte, daß sie ihm gegenüber besonders launisch, eigensinnig und unfreundlich reagiert hatte. Constanze seufzte leise vor sich hin, während sie weiterging. Sie befand sich jetzt in der Spruce Street.
Ohne daß sie es wollte, stiegen ihre Tränen in die Augen. Energisch versuchte sie, sich einzureden, daß sie ohne romantische Gefühle besser dran war, besonders bei einem Mann wie Nicholai Beauvisage.

Nicholai saß in diesem Augenblick in seinem Arbeitszimmer. Er rauchte eine Cheroot und starrte auf eine Nachricht, die er gerade von Lion Hampshire bekommen hatte.
Ich muß Dich heute abend dringend sprechen. Kann ich um acht Uhr zu Dir kommen? L. H.
Unwillig brummte Nicholai vor sich hin. Er konnte sich denken, was Lion wollte. Schließlich hatte er sich seit fast einer Woche nicht im Kaffeehaus blicken lassen. Er hatte Marcus Reems nicht mehr beobachtet, weil er vermeiden wollte, der Besitzerin des Kaffeehauses zu begegnen.
Da Constanze Hahn der Meinung zu sein schien, daß er nur ihretwegen ins Kaffeehaus kam, und seit sie Lions Angebot angenommen hatte, war er nicht in der Stimmung, sie wiederzusehen.

Aber wie sollte er das Lion erklären? Nicholai wollte gern helfen. Doch um nichts in der Welt wollte er über das sprechen, was zwischen ihm und Constanze vorgefallen war. Das ging gegen seinen Stolz.
»Verdammt!« knurrte er ärgerlich vor sich hin. Er zerknüllte das Papier in seiner Faust und warf es ins Kaminfeuer. Dann setzte er sich an seinen Schreibtisch und schrieb:
Tut mir leid, aber es geht nicht. N. B.
Es gefiel ihm nicht, so hart sein zu müssen. Aber es blieb ihm keine andere Wahl.
Oliver wurde beauftragt, den Brief zu den Hampshires zu bringen. Nicholai setzte sich mit einem Glas Brandy vor den Kamin und zündete sich eine neue Cheroot an.
Es war ein merkwürdiger Abend. Nicholai hatte bereits eine Einladung von Anne und William Bingham abgelehnt. Er wollte der kuhäugigen Ophelia nicht begegnen. Caroline hatte ihn nach Belle Maison eingeladen. Auch ihr hatte er abgesagt, weil ihm Amelia Purdy mitgeteilt hatte, daß ihr Mann heute nacht nicht da sei.
Er war mehr in der Stimmung, mit der leidenschaftlichen Amelia im Bett zu liegen, als sich das glücklich verheiratete Paar Caroline und Alec anzusehen.
Vor einer Stunde war jedoch eine Nachricht von Amelia gekommen, die seinen Plan zunichte gemacht hatte.
Nicholai drückte unwillig seine Cheroot aus. Ich hätte mir längst ein oder zwei weitere Frauenzimmer suchen sollen, warf er sich vor. Die Sache mit Amelia gefiel ihm schon lange nicht mehr.
Die Frau war zu launisch und unausgeglichen. Er brauchte eine, die ihn anhimmelte und im Bett alles mit sich geschehen ließ. Er suchte Entspannung und keinen Ärger.
Ein Klopfen an der Haustür ließ Nicholai aufhorchen.

Welcome und Felicity hatten sich schon in ihre Räume hinter dem Küchentrakt zurückgezogen. Und Oliver hatte von ihm die Erlaubnis bekommen, daß er, nachdem er den Brief zugestellt hatte, noch seine Liebste besuchen durfte.
Mit einem Seufzer stand Nicholai auf und warf einen Blick in den Spiegel. Er hatte wie immer die Krawatte gelockert, sein Haar war zersaust, und er trug keinen Rock, sondern nur eine Weste.
Doch er sagte sich, daß ihm das Recht zustand, sich in seinem Haus so leger wie möglich zu kleiden. Er ging in die Eingangshalle hinunter und öffnete die Haustür.
Vor ihm stand Constanze Hahn, und sie sah in ihrem anmutigen gelben Kleid einfach hinreißend als.
»Constanze!«
»Sie kennen mich wohl nicht mehr?« fragte sie mit einem Lächeln.
»O doch. Aber wie komme ich zu der Ehre? Gibt es einen Grund?«
Constanze stand da und sah ihn an. »Nein, nein.« Sie wirkte plötzlich unsicher. »Falls Sie Damenbesuch haben . . . oder wenn ich störe, dann gehe ich sofort wieder. Es . . . es war töricht von mir, bei Ihnen anzuklopfen . . .«
»Wie kommst du darauf, daß ich Damenbesuch habe?« fragte Nicholai spöttisch. »Komm herein. Ich bin schon furchtbar neugierig zu hören, weshalb du hier bist.«
Er führte Constanze in sein Arbeitszimmer. Sie sah sich in dem behaglichen Raum um, während Nicholai Wein in Gläser schenkte.
»Ohne die Schonbezüge auf den Möbeln sieht es hier noch viel hübscher aus.« Sie lächelte.
»Vielen Dank.« Nicholai wartete vorsichtig. Was hat diese kleine Hexe vor? fragte er sich. »Komm, wir set-

zen uns hier vor den Kamin, und dann erzählst du mir, was mir die Ehre deines Besuches verschafft. Ich habe gar nicht gewußt, daß du so weite Spaziergänge machst.«

»Sie scheinen mich in einigen Dingen zu unterschätzen, Mister Beauvisage. Sie haben auch geglaubt, daß ich nicht lachen kann ...«

»Ich heiße Nicholai. Das hab' ich dir schon hundertmal gesagt.« Er hatte das Gefühl, daß sie diese steife Anrede benutzte, um ihn auf Distanz zu halten, weniger aus Höflichkeit. »Und da wir uns in meinem Haus befinden, habe diesmal ich das Recht, eine Bedingung zu stellen, für den Fall, daß du bleiben willst.«

Constanze zwang sich, ganz ruhig zu bleiben. Wollte er von ihr eine Liebesnacht fordern? Einerseits schockte sie dieser Gedanke, andererseits fand sie die Idee auch sehr aufregend, wenn sie an die Gefühle dachte, die er in ihr wecken konnte.

»Also gut.«

Nicholai sah sie an, als wollte er ihre Gedanken lesen. »Ich möchte, daß du mir ganz ehrlich erzählst, warum du heute abend gekommen bist.«

»Ich bin hier, weil es mir leid tut, daß unsere letzte Begegnung so unglücklich endete ...« Constanze brach ab und schluckte schwer.

»Nicht nur die halbe Wahrheit, Constanze!«

»Sie sind ziemlich hartnäckig. Nun, ich habe über Ihre Worte nachgedacht. Von den Gefühlen, die ich unterdrücke und von ... Sie haben mir mehrmals Ihre Freundschaft angeboten und Ihre Hilfe, und ich habe so unfreundlich abgelehnt. Das ... das war eine rein instinktive Handlung, weil ich mich vor weiteren Enttäuschungen schützen wollte.« Constanze war froh, daß es endlich heraus war.

»Ich bin mir darüber klar, daß ich mich sehr dumm benommen habe, obwohl Sie sich auch nicht gerade als Gentleman hervortaten. Ich habe auch nicht die Absicht, mit Ihnen ins Bett zu steigen oder Ihnen schluchzend eine Liebeserklärung zu machen. Ich wollte, daß Sie wissen, daß ich über alles nachgedacht habe, und ich möchte mich für mein kindisches Benehmen entschuldigen. Und . . .«

»Und weil du so allein bist, stimmt's? Man hat es nicht leicht, wenn man niemanden hat, dem man sich anvertrauen kann . . .«

»Nein!« Constanzes Kinn zitterte.

Nicholai streichelte sanft ihre Wange. »Hast du meine Besuche nicht auch ein bißchen vermißt?«

Constanze zögerte, dann nickte sie. An ihren lagen Wimpern glänzten Tränen.

»Es war ein Tag, an dem ich mich richtig entspannt fühlte. Es war so schön zu lachen, und wir haben uns so gut über Politik unterhalten. Früher habe ich das mit Katya gemacht. Aber seit sie mit Randolph verlobt ist, hat sie nur wenig Zeit für mich. Jetzt machen die beiden Hochzeitspläne, und das ist ja auch gut so. Mit Hyla und den Gästen – und sogar mit Papa konnte ich mich nie so unterhalten.«

Als die Tränen nun über ihre Wangen rollten, nahm Nicholai sie liebevoll in die Arme und hielt sie fest.

»Es fällt mir nicht leicht, Ihnen das alles zu gestehen«, wisperte Constanze kaum hörbar. »Aber wenn ich mich in der letzten Zeit einmal wie lebendig gefühlt habe, dann war es immer in Ihrer Gesellschaft. Ich kann es nicht erklären, aber Sie haben irgend etwas in mir geweckt . . . Nicholai.«

Er atmete den Duft ihres Haares ein und lächelte. »Das ist gut, Constanze. Das braucht jeder Mensch von Zeit zu Zeit.«

»Sie ... Sie müssen mir versprechen, daß Sie dieses Geständnis nicht ausnutzen, um mich ... Es wäre schrecklich, wenn ich feststellen müßte, daß Sie sich heimlich über mich lustig machen.«
»In einer echten Freundschaft darf es kein Mißtrauen geben. Und man muß immer ehrlich zueinander sein.«
Constanze seufzte und nickte dann. »Tut mir leid, daß ich ...«
Plötzlich schlang sie die Arme um ihn. Sekundenlang waren sich ihre Gesichter ganz nahe, dann gab Constanze Nicholai einen Kuß. Es war ein zärtlicher Kuß. Noch nie war Nicholai von einer Frau so geküßt worden, und dieser Kuß weckte nie gekannte Gefühle in ihm.
Als Constanze sich von ihm löste, fragte er heiser: »Was hast du da getan?«
Constanze wandte sich ab, weil ihre Wangen glutrot geworden waren. »Ich hatte plötzlich den Wunsch, festzustellen ob es jetzt anders ist, nachdem wir keine Feinde mehr sind.«
»Hm. Und wie ist das Ergebnis? Ist das Feuer vergangen?« Constanze schüttelte den Kopf. »Nein, es hat sich nichts geändert.«
Nicholai nahm sein Weinglas und leerte es mit einem Zug. Da war plötzlich wieder ein Klopfen an der Haustür zu hören. Nicholais Stirn runzelte sich.
»Mein Butler ist nicht da. Also muß ich nachsehen, wer das ist. Entschuldige einen Moment.«
Constanze lächelte ihm zu und machte es sich auf dem Sofa bequem.
Nicholai ging nach unten, um zu öffnen. Es war Lion Hampshire, der ihn aus der Dunkelheit ansah.
Ärgerlich hielt er Nicholai den Brief vor die Nase. »Was soll das, Beauvisage?«

»Ist dem noch etwas hinzuzufügen?«
»Über den Witz kann ich nicht lachen. Kann ich hereinkommen?«
In der Halle starrte Lion den Freund finster an. »Wie ich sehe, bist zu Hause. Warum dann dieser Brief?«
»Darf ich über meine Zeit nicht selbst entscheiden?«
»Es handelt sich um eine wichtige Angelegenheit . . .«
»Wenn es mit Marcus Reems zu tun hat, habe ich nichts dazu zu sagen. Ich bin der Meinung, daß du viel besser weißt, was vorgeht, als ich. Du hast schließlich Constanze Hahn das großzügige Angebot gemacht. Somit bist du besser darüber informiert, was Reems plant.«
»Laß mich auch mal zu Wort kommen, damit ich dir alles erklären kann!« schrie Lion. »Es geht nicht um Marcus! Präsident Washington ist von Mount Vernon zurückgekommen! Morgen wird eine Kabinettsitzung stattfinden, in der beraten wird, was wir im Fall Frankreich unternehmen wollen.«
»Washington wird also mit Jefferson und Hamilton zusammensitzen. Es wird sicherlich eine interessante Unterredung.«
»Deshalb bin ich hier. Du hast auf den Präsidenten einen großen Eindruck gemacht. Er möchte, daß du heute abend zu ihm kommst. Sofort. Er möchte mit dir über die Situation in Frankreich sprechen. Ich habe für dich ein Reitpferd mitgebracht.«
»Es wird kein erfreuliches Gespräch«, meinte Nicholai.
»Es ist sein ausdrücklicher Wunsch.«
Nicholai zuckte resignierend die Schultern. Dem Befehl eines Präsidenten mußte man sich fügen.
»Ich hole nur meinen Mantel . . .« Als Lion sich anschickte, ihm die Treppe hinauf zu folgen, drückte Nicholai den Freund in einen Sessel. »Warte hier auf mich. Ich bin sofort wieder da.«

Constanze sah Nicholai mit großen Augen entgegen, als er zurückkam. »Wer war es?«
»Pst, nicht so laut. Ich vermute, daß du nicht unbedingt willst, daß Senator Hampshire weiß, wer sich hier befindet. Ich muß leider für einige Zeit fort. Jemand möchte einen Bericht aus erster Hand über meine Erfahrungen in Frankreich. Es ist unaufschiebbar.«
Constanze sah zu, wie er seine Krawatte band und seine Weste zuknöpfte. Dann zog er sich seinen grünen Rock über und betrachtete sich im Spiegel. Sie war enttäuscht und konnte das nicht ganz verbergen.
»Schmoll jetzt nicht, Constanze. Ruh dich hier ein bißchen aus. Schlaf ein bißchen. Ich sehe dir an, daß du ziemlich müde bist. Wenn du aufwachst, bin ich bestimmt wieder da. Es kann höchstens eine Stunde dauern oder sagen wir zwei. Der Abend hat ja gerade erst begonnen.«
Constanze wirkte unentschlossen. »Wenn ich noch warte, bedeutet das aber nicht, daß ich mit dir ins Bett gehen will . . .«
»Habe ich mich heute nicht als Gentleman benommen?«
»Doch, schon . . . aber ich weiß ja nicht, wie lange du das schaffst . . .« Sie lächelte verschmitzt.
Nicholai lachte. »Wir werden uns weiter unterhalten. Weiter nichts. Jetzt muß ich mich beeilen, ehe Lion ungeduldig wird und heraufkommt. Ich hoffe sehr, daß du bleibst, Constanze.«
»Vielleicht. Vielen Dank für den Wein und das nette Gespräch.«
»Und ich danke dir für deinen süßen Kuß.« Nicholai beugte sich zu ihr nieder und berührte mit den Lippen ihre Schläfe. Dann verließ er eilig das Zimmer.
Minuten später ritten die beiden Freunde in Richtung Third Street. Sie waren so in ihr Gespräch vertieft, daß

sie die schattenhafte Gestalt im dunklen Garten der Binghams nicht bemerkten.
Es war Marcus Reems, der sich vor der ihn anhimmelnden Ophelia in den Garten gerettet hatte. Schicksalsfügung, dachte er, sonst hätte ich nicht gesehen, was ich jetzt sehe. Lion und dieser Beauvisage. Sehr interessant.

15. KAPITEL

18. April 1793

Constanze konnte sich nicht entscheiden. Sollte sie auf ihre Vernunft hören und nach Hause gehen, oder sollte sie so leichtsinnig sein und auf Nicholai warten?
Nach ein paar Minuten Grübeln beschloß sie, die Entscheidung noch zu verschieben. Die behagliche Wärme des Kaminfeuers lullte sie ein, und sie war zu träge zum Denken.
Sie schloß die Augen und war Sekunden später eingeschlafen. Eine schrille Stimme weckte sie.
Das erste, was Constanze sah, war das verglimmende Kaminfeuer. Nur die Petroleumlampe auf dem Tisch erhellte den Raum.
Als sie die fremde Stimme wieder hörte und gleich darauf am Arm gepackt wurde, wußte Constanze nicht recht, wie ihr geschah.
»Ich habe dich gefragt, wo Nicholai ist! Wach endlich auf, du Dirne!«
Constanze blinzelte. Vor dem Sofa stand eine schlanke Frau mit schwarzen Haaren und einer sehr hellen Haut.
»Wer . . . wer sind Sie?« fragte Constanze und richtete sich auf.
»Amelia Purdy. Du brauchst mir deinen Namen nicht

zu nennen. Ich habe keine Zeit, mich mit Küchenmädchen abzugeben. Ich wollte zu Mister Beauvisage und sah Licht in diesem Zimmer. Ich bin sicher, daß dein Herr es nicht gern hören wird, wenn ich ihm sage, daß du in seinem Zimmer liegst und schläfst, statt Besuchern die Tür zu öffnen.«

Inzwischen war Constanze ganz wach. Sie stand auf und musterte die Frau ruhig. »Ich stelle mich Ihnen trotzdem vor, Mrs. Purdy. Ich bin Constanze Hahn, und ich arbeite nicht bei Mister Beauvisage in der Küche. Dazu fehlt mir die Zeit . . .«

Constanze sah, wie es um die Mundwinkel der Frau spöttisch zuckte. »Ich bin die Inhaberin von Hahn's Coffee House, und ich würde gern wissen, was Sie hier wollen . . .«

Das Haus, in dem Präsident Washington in Philadelphia wohnte, gehörte Robert Morris, von dem man sagte, daß er Amerikas reichster Mann sei.

Das Haus stand in der High Street und wirkte mit seinen drei Stockwerken sehr imposant. Türen und Wandverkleidungen waren aus poliertem Mahagoniholz. Alle Räume waren mit kostbaren Möbeln ausgestattet. Nicholai sah wertvolle Gemälde und Figuren, als Tobias Lear, der Sekretär des Präsidenten, sie in das private Arbeitszimmer im zweiten Stockwerk führte.

Der sechzigjährige George Washington saß in einem bequemen Sessel mit Samtpolstern. Er trug einen weinroten Morgenmantel und hatte die Hände vor dem Leib gefaltet. Er wirkte bleich und abgespannt, und unter seinen Augen lagen tiefe Schatten.

»Wir sollten morgen wieder herkommen«, schlug Nicholai vor. Er glaubte, daß der Präsident eingenickt war. »Lassen wir ihm heute seine Ruhe.«

»Nein, morgen ist die Kabinettsitzung«, raunte Lion ihm zu. Lauter sagte er dann: »Der Präsident ist gerade von Mount Vernon zurückgekehrt. Er braucht eine vernünftige Stellungnahme zu den Ereignissen in Frankreich, ehe er die richtigen Entscheidungen treffen kann.«

»So ist es!« Präsident Washington richtete sich müde in seinem Sessel auf. Er griff nach Nicholais Hand und drückte sie. »Ich hoffe, es geht Ihnen gut und das Leben hier in Philadelphia gefällt Ihnen. Hat Mrs. Bingham Sie noch nicht in eine Ehe mit ihrer Cousine manövriert? Eine gute Freundin, Eliza Powel, sagte uns, daß das Annes größter Wunsch ist.«

Nicholai lachte, und der Präsident blinzelte ihm zu. »Ich bin sicher, daß Mrs. Bingham ihre Bemühungen nicht so schnell aufgeben wird, Mister Präsident.«

Nachdem sie so ein paar Minuten geplaudert hatten, kam Washington zum Thema Frankreich. Nicholai gab ihm einen genauen Bericht. Er verschwieg jedoch Gabrielles Namen, sondern sagte nur, daß jemand, der ihm sehr nahe gestanden habe, bei dem September-Massaker umgekommen war.

Der Präsident hörte aufmerksam zu und sprach dann von seinem eigenen Kummer. Lafayette, den er wie einen Sohn geliebt hatte, war gezwungen gewesen, nach Österreich zu flüchten. Und dort hatte man ihn inhaftiert.

»Ich kenne den Marquis«, erwiderte Nicholai. »Und ich habe ihn immer sehr bewundert. Es ist unvorstellbar, wie sich die Menschen gegenseitig an Grausamkeiten überboten haben. Sie waren wie in einem Blutrausch.«

»Sind Sie gegen die Revolution?« fragte Washington plötzlich und sah Nicholai prüfend an. »Würden Sie sich auf Englands Seite stellen?«

»Nein. Ich finde die Grundidee für diese Revolution sogar sehr gut. Es ist nur alles außer Kontrolle geraten. Der König hat in Saus und Braus gelebt, während die Armen kaum das Nötigste hatten. Das konnte kein gutes Ende nehmen.«

»Wie wird es enden? Was ist Ihre Meinung, Mister Beauvisage?«

»Ich hoffe, daß eines Tages doch noch die Vernunft die Oberhand gewinnt. Allerdings ist nun schon so viel Blut geflossen, daß man diese Zeit nie vergessen wird. An der jungen Demokratie Frankreich wird immer ein Geruch von Mord und Tod hängen. Und das ist sicherlich auch gut so. Die Menschen werden aus diesem Fehler lernen. Dann wäre das alles nicht umsonst gewesen.«

»Mister Beauvisage ... wenn Sie an meiner Stelle wären, was würden Sie tun?«

»Amerika sollte sich nicht in diese europäischen Angelegenheiten mischen. Es gibt keine Seite, die wirklich im Recht ist. Wir müssen weiter hoffen, daß Demokratie und Freiheit in Frankreich den Sieg davontragen werden. Wir können natürlich das Gemetzel nicht entschuldigen. Ich bete darum, daß die Revolution gut endet. Wenn sie jetzt unter dem Druck eines Krieges zusammenbricht, wäre alles umsonst gewesen. Das ganze Chaos ist ohne Hilfe von Amerika entstanden, und ich bin der Meinung, daß die Franzosen selbst einen Weg finden müssen.«

»Wissen Sie nicht, daß wir Verträge unterzeichnet haben, die uns verpflichten, Frankreich im Falle eines Krieges zu unterstützen?«

Nicholai machte eine heftige Handbewegung. »Mister Präsident, Sie wissen doch genauso gut wie ich, daß nach der Exekution des Königs nicht mehr gilt, was zu seinen Lebzeiten gegolten hat. Die Männer, die jetzt

dort an der Macht sind, werden sich nicht mehr an diese Abmachungen halten.«
Präsident Washington legte nachdenklich die Fingerspitzen gegeneinander. Eine Weile schwiegen sie. Als der Präsident dann wieder zu sprechen anfing, ging er zu einem anderen Thema über.
Es war fast elf Uhr, als Tobias Lear kam und der Unterredung ein Ende setzte. Washington brachte seine Besucher noch in die Halle hinunter. Er bat Lion Hampshire, morgen an der Kabinettsitzung teilzunehmen.
Dann griff er nach Nicholais Hand und hielt sie fest. Forschend betrachtete er den jüngeren.
»Werden Sie nach Frankreich zurückkehren, Mister Beauvisage? Oder bleiben Sie in Amerika?«
»Ich kann es noch nicht sagen, Sir. Mein Herz ist da etwas zerrissen, und meine Gefühle für Frankreich sind ziemlich gemischt. Frankreich ist wie eine Frau, die ich einmal sehr geliebt und auf deren Treue und Ehrlichkeit ich mich verlassen habe. Und dann hat sie mich eines Tages betrogen. Das kann ich nicht vergessen. Trotzdem gibt es eine mir unerklärliche, geradezu geheimnisvolle Bindung an dieses Land. Ich liebe es wie meine Heimat, so wie Sie Mount Vernon lieben. Es kann sein, daß einmal der Tag kommt, an dem es mich dorthin zurückzieht, ob ich nun will oder nicht.«
Washington, der Nicholai dazu bewegen wollte, in Philadelphia zu bleiben, weil er fand, daß er einen Mann wie ihn gut in seiner Regierung brauchen könnte, nickte jetzt.
»Ich verstehe Sie, Mister Beauvisage. Ich wünsche Ihnen alles Gute, ganz gleich, wofür Sie sich entscheiden.«

Nicholai und Lion ritten langsam die High Street entlang. Sie begegneten nur selten einer Kutsche oder einem Passanten.

»Wie geht es deiner Frau?« fragte Nicholai nach einer Weile. »Ich habe gehört, daß sie ein Baby erwartet.«

»Ja.« Lions Lächeln war matt. »Sie ist in der letzten Zeit ziemlich verändert. Die Schwangerschaft zwingt sie, ihr Leben ruhiger zu gestalten, und das ist schwer für eine so temperamentvolle Frau wie Sharon.«

»Hat sie auch unter den Unpäßlichkeiten zu leiden, die Frauen in diesem Zustand oft haben? Ich . . .«

Lion ließ ihn nicht ausreden. »Du kannst dir nicht vorstellen, wie sie ist. Sie weint und schmollt. Dann sie ist mal furchtbar nervös und dann wieder richtig lethargisch. Sie ist mir ganz fremd geworden.«

»Diese Symptome verschwinden nach den ersten Monaten, wie ich gehört habe«, versuchte Nicholai den Freund zu trösten.

»Ich muß ja zugeben, daß ich nicht ganz unschuldig an der Situation bin. Sharon hat mich gebeten, mit ihr zu unserem Landhaus zu fahren. Das hatte ich auch vor, aber wegen der augenblicklichen politischen Lage ist das nicht möglich.«

Sie hatten inzwischen Nicholais Haus erreicht und zügelten ihre Pferde. Nicholai sprang ab und gab Lion die Zügel.

»Vielleicht geht doch noch alles gut, Lion. Morgen ist die Kabinettsitzung, und wenn alles zufriedenstellend verläuft, hast du bald die Möglichkeit, den Wunsch deiner lieben Frau zu erfüllen.«

»Hoffen wir das Beste.« Lion seufzte. »Sharon kann sehr schwierig sein. Jetzt will ich mich beeilen. Ich muß die Pferde noch zurückbringen. Ich komme schon viel später, als ich Sharon versprochen habe.«

»Na, dann laß dich von mir nicht aufhalten.« Nicholai lachte. Mit großen Schritten ging er auf sein Haus zu. Er war müde und unterdrückte ein Gähnen.

Er warf seinen Überrock auf einen Stuhl in der Halle und stieg die Treppe hinauf. Im Gehen lockerte er seine Krawatte.
Natürlich! Constanze war nicht mehr da. Es war ja auch schon fast Mittemacht. Nicholai war enttäuscht.
Das Feuer war niedergebrannt. Und nur das leere Weinglas zeugte noch von Constanzes Besuch.
Nicholai wandte sich seinem Schlafzimmer zu. Wenn Oliver da war, brannten immer ein, zwei Kerzen, die Bettdecke war zurückgeschlagen, und am Fußende stand eine Messing-Wärmflasche. Alle diese Annehmlichkeiten vermißte Nicholai an diesem Abend.
Mißmutig zog er sich in der Dunkelheit aus. War das Alleinsein an seiner gedämpften Stimmung schuld? Er war zu müde, um darüber nachzudenken, als er sich nackt zu seinem Bett tastete.
Er schlüpfte unter die Seidendecken, gähnte, reckte sich und wollte sich gerade auf die Seite drehen, als er kühle Fingerspitzen auf seinem Rücken und dann an seinen Hüften spürte.
Mit einem Ruck fuhr er hoch. Er konnte in der Dunkelheit jedoch nichts erkennen. Eine zweite Hand tastete nach seinem Gesicht, und dann preßten sich üppige weiche Brüste gegen seine Brust, feuchte Lippen eroberten seinen Mund, während eine Hand sich unter der Bettdecke zu seinen Schenkeln bewegte. Es durchfuhr ihn wie ein Stromstoß, als sich Finger um sein Glied schlossen.
»Himmel, Constanze!« keuchte er. »Was ist in dich gefahren? Ich begreife nicht . . .«
»Was begreifst du nicht, Nicky, Liebster? Willst du nicht ausreden?«
Nicholai glaubte, nicht richtig zu hören. Er erkannte Amelias Gesicht nur undeutlich. Ein Gesicht mit einem

ungewöhnlich blassen Teint, umgeben von tiefschwarzem Haar.
»Du bist es!« Es hörte sich an, als habe er einen Stoß gegen die Brust bekommen.
»Entschuldige, Liebster. Ich wollte dich nicht erschrekken. Es war dumm von mir, zu glauben, daß du ausschließlich meine Person hier empfängst.«
»Amelia . . .«
»Du mußt dich nicht entschuldigen. Ich mache eben jetzt neue Erfahrungen und lerne daraus.«
Nicholai stieß einen langen Seufzer aus und ließ sich in die Kissen zurückfallen. Eben noch war er in heißer Leidenschaft entbrannt gewesen. Doch jetzt, wo er die wahre Identität seiner Verführerin erkannt hatte, spürte er nichts als Leere und Enttäuschung.
Diese Frau war eine Meisterin darin, sich stets ins rechte Licht zu rücken. Jetzt spielte sie das arme Opfer, und er hatte die Rolle des Schuldigen. Das konnte sie vielleicht mit ihrem etwas einfältigen Ehemann machen, aber er hörte den Unterton in ihrer Stimme genau.
»Was, zum Teufel, soll das, Amelia? Ich denke, du konntest heute nicht von zu Hause fort?«
»Nun, ich konnte doch.« Sie kicherte. »Ich wollte dich mal überraschen . . .«
»Amelia?« Nicholai versuchte, trotz der Dunkelheit ihren Gesichtsausdruck zu erkennen. »War jemand hier, als du ankamst?«
»Wie? Nein . . . ich mußte mich sogar selbst hereinlassen. Du bist zu großzügig mit deinen Dienstboten, Liebster. Du verlierst jeden Respekt bei ihnen.« Amelia sprach sehr hastig. »Ich habe geglaubt, daß du dich freust, weil ich die ganze Zeit auf dich gewartet habe. Ich habe vor dem Abendessen noch ein Bad genommen . . .« Sie rieb ihren Körper an seinem. »Merkst du

nicht den Lavendelduft, Liebster? Ich wollte dich damit überraschen. Reizt es dich nicht ganz besonders?«

Nicholais Nerven waren zum Zerreißen gespannt. Die gegensätzlichsten Gefühle machten ihm zu schaffen. Er war wütend auf Amelia, aber noch wütender auf sich selbst, weil er vor Sehnsucht nach Constanze verging.

Amelias Zunge spielte mit seinem Ohrläppchen. Dann war ihr Mund wieder auf seinen Lippen. Er wollte sie fortschieben, doch er sagte sich, daß es diplomatischer war, das nicht zu tun.

Amelia richtete sich so auf, daß eine ihrer Brüste seine Wange streifte. Sie war ärgerlich, weil er nicht auf ihren Kuß reagiert hatte. Was dann geschah, überraschte sie.

Seine Zähne gruben sich in das weiche Fleisch ihrer Brust. Mit beiden Händen umklammerte er ihre Hüften. So grob und wild hatte sie ihn noch nie erlebt. Er war immer ein so zärtlicher Liebhaber gewesen. Es wurde ihr klar, daß das keine neue Art von Liebesspiel war. Nicholai war wütend! Als er in sie eindrang, schrie sie auf. Sie war zwischen Leidenschaft und Schreck hin und her gerissen, und sie fragte sich, ob diese goldhaarige stolze Schöne mit Nicholais seltsamem Verhalten zu tun haben könnte.

16. KAPITEL

19. April 1793

»Deine Augen strahlen heute so«, sagte Caroline nun schon zum zweiten Mal. »Sharon, ich bin ja so froh, daß du wieder ganz die alte bist.«

Sharon nahm einen Schluck aus ihrer Teetasse und lächelte.

»Und ich freue mich, daß du den weiten Weg hierher gemacht hast, um mich zu besuchen, Caroline. Es kommt mir vor, als wäre ich schon drei Monate hier und nicht nur drei Wochen. Du hast mir gefehlt . . .«

»Du mir auch. Aber der Ritt hierher war ein herrlicher Frühlingsausflug.« Caroline sah sich in dem vom Sonnenlicht durchfluteten Salon um.

Wie sehr hatte sich dieses Haus verändert. Vor vier Jahren noch hatte jeder um diese sehr einsam gelegene Villa einen großen Bogen gemacht. Seit ihr früherer Besitzer bei einem Duell ums Leben gekommen war, erzählte man sich, daß es in dem Haus umgehe. Lion hatte die heruntergekommene Villa gekauft und wieder herrichten lassen.

Die beiden Damen saßen in hellen Korbstühlen. Caroline sah in den Garten. Sharon war in Erinnerungen versunken. Sie dachte an den Tag, als sie den Stoff für die Bezüge der Polstermöbel ausgesucht hatte.

Damals war Lion noch mit Priscilla verlobt gewesen und hatte geglaubt, daß sie, Sharon, nur ein einfaches Dienstmädchen war. Sie waren Liebesleute gewesen, aber um einen Skandal zu vermeiden, hatte sie sich als Junge verkleidet, als sie gemeinsam für die Markwood-Villa eingekauft hatten. Die Gefahren und das gemeinsam geteilte Abenteuer ihrer Liebe hatte sie fest zusammengeschweißt.

»Du bist plötzlich so nachdenklich«, stellte Caroline fest.

Sharon lächelte ein bißchen traurig und strich über ihr violettes Seidenkleid. Es war ein Teil ihrer neuen Garderobe, die nun weit und locker geschnitten war.

»Ich dachte gerade an den ersten Frühling, den Lion und ich hatten, als wir dieses Haus einrichteten. Das Leben ist so rätselhaft. Ich habe geglaubt, daß eine Ehe mit Lion ein ewiger Glücksrausch sein würde. Aber es schien so, als sollte es für uns keine gemeinsame Zukunft geben . . .«

»Aber ihr habt doch . . .« Caroline brach ab, als sie den merkwürdig abwesenden Blick der Freundin sah. Was meinte Sharon? »Lion hat sich für dich entschieden und nicht für Priscilla. Und das, bevor er wußte, wer du bist. Ihr habt geheiratet, und Lion ist trotz des Skandals Senator geworden und jetzt . . . jetzt findet eure Liebe ihre Krönung in einem Kind . . .«

»Ich bin ein Glückspilz . . . findest du?«

»Sharon. Du machst ein Gesicht, bei dem man es mit der Angst kriegen könnte. Was hast du denn? Lion hat dir den Wunsch erfüllt, in euer Landhaus zu gehen. Ich habe geglaubt, daß du begeistert bist.«

»Ich wollte hier mit ihm allein sein . . .«

Caroline stellte ihre Teetasse ab. »Ich verstehe dich nicht.«

»Lion ist so gut wie nie hier!« Die Tränen, die Sharon nun schon eine Weile gewaltsam unterdrückte, brachen sich jetzt Bahn. »Ich war wahnsinnig glücklich, als wir herkamen, um hier den Frühling zu genießen. Aber schon nach ein paar Tagen mußte Lion nach Philadelphia, und er wollte mir einfach nicht erklären, warum. Er blieb immer länger weg . . .«

Sharon nahm das Taschentuch, das Caroline ihr reichte, und drückte es gegen die Augen. »Letzte Nacht ist er erst gegen zwölf gekommen. Ich fühlte mich so elend und stellte mich schlafend. Aber als er heute morgen schon wieder fort war, bin ich fast durchgedreht. Ich brauchte jemanden, mit dem ich mal reden kann, und bat dich deshalb um deinen Besuch.«

Hilflos sah Caroline die schluchzende Freundin an. Dann sprang sie auf und kniete sich neben Sharons Sessel. »Bitte, versuch, dich zu beruhigen. Dann laß uns über alles reden. Ich bin ganz sicher, daß Lion nur wegen seiner Verpflichtungen als Senator nach Philadelphia ...«

Sharon ließ sie nicht aussprechen. »Das Kabinett ist in Urlaub. Und außerdem – Lion war auch im März schon so oft nachts nicht zu Hause. Wenn er sich mit Mister Jefferson oder einem anderen trifft, warum sagt er mir das nicht?«

»Was meinst du denn, wohin er geht?«

Sharon schluckte schwer. Ihr Kopf schmerzte, und ihr Gesicht war vom Weinen ganz erhitzt. »Er ... er hat etwas mit einer anderen Frau.«

Caroline riß die Augen auf. »Was sagst du da? Nein, das kann doch nicht ...«

»Es ist die Wahrheit. Ich wollte es auch nicht glauben, obwohl ich es schon seit Wochen vermute ...« Sharon wischte sich wieder über die Augen. »Ich habe jetzt Beweise.«

»Sharon, kein Wunder, daß du so durcheinander bist. Aber du kannst nicht sicher sein, wenn du ihn nicht selbst mit dieser angeblichen anderen gesehen hast. Vielleicht redest du dir das nur ein? Was sind das denn für Beweise?«

»Ich ... ich versuche, den Verdacht schon seit langem zu verdrängen. Ich hoffte immer, daß Lion eines Tages doch wieder so sein würde wie sonst ... Ich konnte nie darüber sprechen.«

»Dann bin ich froh, daß du dir jetzt endlich ein Herz gefaßt hast.«

»Ich habe immer gedacht, daß es an meiner Schwangerschaft liegt. Oder an seiner neuen Position, oder daß ich mir alles nur einbilde. Aber als er dann von hier aus nach Philadelphia reiten wollte und nicht sagte, aus

welchem Grund, war ich sehr traurig. Um mich abzulenken, habe ich gestern abend die Schubladen in unserem Schlafzimmer aufräumen wollen. Und da habe ich es gefunden . . .«
Caroline hielt die Luft an.
»Einen Brief. Nein, mehr eine Bescheinigung über einen ziemlich hohen Betrag, den er Constanze Hahn gegeben hat . . . mit dem Datum von dem ersten Tag, an dem er von hier aus nach Philadelphia geritten ist.«
»Ich . . . also das begreife ich nicht. Willst du damit sagen, daß Constanze Hahn eine Affäre mit Lion hat?«
»Das will ich. Und du brauchst gar nicht so verblüfft auszusehen. Sie ist eine Schönheit. Ich gebe sogar zu, daß sie schöner und interessanter ist als ich, besonders jetzt, wo ich jeden Tag dicker und häßlicher werde.«
»Sharon, mir klingt diese Sache einfach zu verrückt! Meinst du nicht, daß es eine andere Erklärung gibt? Vielleicht bist du über seine jetzigen Pflichten nicht genau informiert, und es ist ja auch nicht leicht . . .«
»Wenn er tagsüber nach Philadelphia reiten würde, könntest du vielleicht recht haben. Aber warum bleibt er nachts fort? Es gibt zur Zeit keine Kabinettsitzungen. Das weißt du auch. Seine Kollegen sind fast alle mit ihren Familien aufs Land gefahren.«
Caroline faßte nach Sharons Hand. »Es gibt in jeder Ehe einmal Probleme. Vielleicht ist alles ganz harmlos. Du bist jetzt sehr aufgeregt. Da zieht man oft völlig falsche Schlüsse. Und außerdem – ich weiß, daß mein Schwager Nicholai sich ernsthaft für Constanze Hahn interessiert. Was sagst du dazu?«
Sharons Gesicht war wie eine Maske, ihre Augen wie Eis. »Ich würde sagen, daß Constanze Hahn eine sehr beschäftigte junge Frau ist . . . und daß sie zu Unrecht den Ruf hat, unnahbar und unschuldig zu sein.«

»Ich kenne dich gar nicht mehr wieder, Sharon. Ich werde jetzt nach Hause reiten, weil ich über alles, was du mir erzählt hast, gründlich nachdenken möchte. Vergiß nicht, daß Lion sich unter Umständen wirklich nur um seine Pflichten im Senat kümmert. Und denk auch daran, daß das Vertrauen zwischen Mann und Frau nicht so schnell aufs Spiel gesetzt werden sollte. Es könnte sein, daß du eines Tages bereust, so falsche Schlüsse gezogen zu haben.«
Caroline hauchte der Freundin einen Kuß auf die Wange und bestand darauf, daß Sharon in ihrem Sessel sitzenblieb. Als sie in die Halle hinunterging, war sie so mit ihren Gedanken beschäftigt, daß sie den großen blonden Mann mit dem finsteren Gesicht nicht sah, der dort stand.

Sharons Rücken schmerzte heftig, und sie fühlte sich wie zerschlagen. Sie lehnte in ihrem Sessel und starrte in den Garten hinaus, bis ihr die Augen zufielen.
Die Dämmerung hatte sich schon über die Villa gesenkt, als Bramble ihre Herrin am Arm rüttelte, um sie zu wecken.
»Sie können doch nicht die ganze Nacht in diesem Stuhl zubringen«, meinte die Frau. »Und schon gar nicht in Ihrem Zustand.«
Sharon sah sich benommen um. »Ich . . . nein . . .« Sie rieb sich den Hals. »Ich bin ganz steif . . .«
»Das Abendessen ist fast fertig«, brummelte Bramble.
Sharon erhob sich und reckte sich. Die Schläfrigkeit wollte nicht vergehen. »Ich gehe in mein Zimmer und mache mich ein wenig frisch.«
Bramble nickte nur. Doch als ihr Blick ihrer jungen Herrin folgte, umspielte ein zufriedenes Lächeln ihren Mund.

Während sie die Stufen hinaufstieg, versuchte Sharon, gegen die traurigen Gedanken anzukämpfen, die sie wieder überfielen. Lion war nun schon fast zwölf Stunden fort. Hielt er es nicht einmal mehr für nötig, wenigstens ab und zu den liebenden Gatten zu spielen? Machte es ihm nichts mehr aus, daß sie etwas vermutete?

Zu ihrer Verwunderung war das Schlafzimmer von mehreren Kerzen erleuchtet, und im Kamin brannte ein Feuer.

»Guten Abend, mein Schatz.«

Sharon schrie überrascht auf. »Lion? Du?«

Er saß in dem großen Bett und lehnte sich mit einem Kissen im Rücken gegen das Kopfende. Lion trug nur einen Morgenmantel aus dunkelbraunem Samt, der seine bronzefarbene Haut und sein blondes Haar besonders betonte.

Als Sharon nur dastand und ihn anstarrte, lächelte Lion, hob ein Glas mit Weißwein und trank einen Schluck.

»Du scheinst überrascht zu sein, mich hier zu sehen. Aber wo sollte ich sonst um diese Zeit sein?«

Sharons Brauen schoben sich zusammen. »Was für eine Frage! Du bist in den letzten Wochen nur sehr selten hier gewesen.«

»Das war höhere Gewalt!«

»So?« Sharon war froh, daß ihr Verstand inzwischen wieder normal arbeitete.

»Mein liebes Eheweib, warum setzt du dich nicht zu mir, damit wir uns in die Augen sehen können, während wir miteinander reden?« Lion klopfte auf das weiche Satinkissen neben sich.

Sharon sah das Glitzern in seinen Augen. Ihr Herz begann rascher zu schlagen, und sie mußte sich energisch dazu zwingen, daß sie seine Untreue nicht vergaß.

»Ach, Liebste, ich habe dich heute so sehr vermißt!« Lion schlang den Arm um sie und zog sie an sich. Er faßte unter ihr Kinn und küßte sie dann mit einer Leidenschaft, die Sharon ganz atemlos machte.
Unwillig stieß sie ihn von sich. »Hör auf damit! Du machst dich irgendwie über mich lustig, und das lasse ich mir nicht gefallen.«
»Das glaubst du von mir? Sieh mich an! Sehe ich aus wie ein Lügner?« Grob drehte er ihr Gesicht zu sich. »Ich mache dir einen Vorschlag. Ich sage dir jetzt zwei Dinge, eine Lüge und die Wahrheit. Denke darüber nach, und sage mir dann, welches die Lüge war.«
Sharon fühlte sich müde und abgespannt, und ihr Ärger war noch immer nicht verraucht. Aber was immer ihr Lion auch sagen würde, in dieser Nacht mußte das entscheidende Gespräch geführt werden.
»Also gut, Lion.«
Er nickte und sah sie so eindringlich an, daß Sharon ganz nervös wurde. »Du bist meine Frau, meine Kameradin und meine Geliebte. Meine Liebe zu dir gibt meinem Leben einen Sinn. Ich liebe dich so sehr, daß ich dich nie betrügen könnte ...«
Der Ausdruck in seinen Augen veränderte sich. Etwas wie Spott meinte Sharon darin zu lesen. »Na, wie gefällt dir der Text bis jetzt? Das kommt dir vielleicht etwas eigentümlich vor. Aber gehen wir jetzt zu Punkt zwei. Bist du bereit?«
Sharon zögerte kurz. Dann nickte sie wieder.
»Du mußt wissen, daß ich alle diese Dinge von eben anders sehe, seit du schwanger bist. Ich finde deinen Körper furchtbar häßlich! Constanze Hahn ist da ganz anders. Du weißt, daß wir Männer gern herausgefordert werden, daß Gegensätze uns reizen. Ich konnte mich kaum von ihr trennen, um heute nacht nach Hause zu

kommen. Den ganzen Tag habe ich in ihrem Bett verbracht. Es ist wunderbar, eine Frau zu lieben, die keinen so schweren Leib hat wie du. Eigentlich ist es gar nicht wichtig, was für eine Frau das ist.«
Sharon fragte sich, ob sich ihr Verstand verwirrt hatte. Oder wurde sie von Lions Augen hypnotisiert? Sie war völlig durcheinander und stumm vor Schock.
»Na, was ist, geliebtes Weib? Welche Behauptung von mir war ehrlich? Soll ich dir beim Ratespiel ein bißchen helfen!« Lion umarmte sie wieder und küßte sie zärtlich. Ihre Nerven vibrierten, und sie wurde ganz schwach. Sie spürte Lions Lippen auf ihrem Hals. Seine Finger öffneten ihr Kleid. Sharon ließ alles geschehen. Sie schloß die Augen, als er ihre Brüste entblößte.
»Sharon!« flüsterte Lion. »Sieh mich an. Sieh diese herrlichen Brüste an! Glaubst du wirklich, daß ich deinen Körper häßlich finden könnte?«
Sharon brachte noch immer kein Wort heraus. Doch sie sah Lion an, weil seine Stimme so merkwürdig klang.
»Wir werden die Kerzen brennen lassen, damit du es endlich siehst und begreifst.« Lion zog ihr ein Kleidungsstück nach dem anderen aus, bis sie ganz nackt war.
Sharon preßte ihr Gesicht in das Kissen. »Lion, warum machst du das? Ich ertrage es nicht, daß du mich so verspottest.«
»Oh, das ist kein Scherz, keine Ironie. Ich bin noch nie so ernst gewesen wie jetzt!«
Er streichelte ihren Körper, seine Küsse waren wie Feuermale auf Sharons Haut, und sie merkte, wie sie immer sehnsüchtiger darauf reagierte.
Und dann wurde ihre Erregung so übermächtig, daß alle ihre Zweifel und Ängste unwichtig wurden. Ihre Körper verschmolzen und erlebten die höchste Lust.

»Sharon«, sagte Lion atemlos, »ich liebe dich! Ich lasse nicht zu, daß du das bezweifelst, nie mehr!«
Sie schluchzte auf und schlang die Arme um seinen Hals. »Es tut mir leid – ich . . . ich war so durcheinander . . .«
Dicht aneinandergeschmiegt lagen sie da. Nach einer Weile verließ Lion das Bett und hüllte Sharon liebevoll in die Decken ein. Er zündete sich eine Cheroot an und zog die Vorhänge an den Fenstern zu. Dann legte er sich neben sie, und Sharon kuschelte sich sofort an seine Brust.
»Du bist wunderbar. Und endlich strahlst du auch wieder. Weißt du, wie schön du aussiehst, wenn du geliebt worden bist? So, und nun will ich dir auch deine unausgesprochene Frage beantworten. Ich kann in deinen Augen lesen wie in einem offenen Buch. Also – ich habe dein Gespräch mit Caroline zufällig gehört. Es hat mich sehr getroffen, daß du mich verdächtigt hast, ein Verhältnis mit Constanze Hahn zu haben. Ich wollte es nicht begreifen und habe mir immerzu gesagt: sie kann dich nicht meinen. Ich war fürchtbar wütend auf dich. Zum Glück bist du vor Erschöpfung eingeschlafen. Das gab mir Zeit, in Ruhe über alles nachzudenken. Es wurde mir klar, daß ich eine Menge falsch gemacht habe. Ich war so in meine neuen Pflichten als Senator vertieft, daß ich dich ganz vergaß.«
»Ach, ich habe doch auch schuld daran. Ich mußte ja nicht so empfindlich sein und dir ständig Vorwürfe machen. Damit habe ich dich noch mehr belastet.«
Lion lachte leise vor sich hin. »Dann wollen wir die Schuld teilen.« Er preßte Sharon fester an seine Brust. »Wie konntest du nur glauben, daß ich eine andere Frau dir vorziehe?«
»Ich habe dich so gebraucht, noch mehr als sonst. Und du warst nicht da. Du . . .« Sharon konnte nicht weiter-

sprechen, denn Lion verschloß ihre Lippen mit einem wilden Kuß.

Als sie wieder zu Atem gekommen war, rief Sharon plötzlich: »Lion, du hast mir noch nicht gesagt, warum du so oft nach Philadelphia mußtest! Und warum hast du Constanze Hahn soviel Geld gegeben?«

Er stieß ein unwilliges Brummen aus. »Hat das nicht bis morgen Zeit? Heute haben wir Wichtigeres zu tun.«

»Ich will, daß es zwischen uns keine Geheimnisse gibt.«

»Also gut. Morgen werden die Beschlüsse ja sowieso bekanntgegeben. Nachdem Frankreich halb Europa den Krieg erklärt hat, gab es einige Kontroversen darüber, wie wir uns verhalten sollen. Es geht hauptsächlich darum, inwieweit die Blockaden unseren Seehandel behindern könnten. Dazu waren viele Unterredungen nötig. Ich habe mich mehrmals mit Jefferson und anderen treffen müssen. Es war in vielen Fällen nicht genug Zeit, den Kongress wieder einzuberufen, aber . . .«

»Es tut mir so leid. Kein Wunder, daß du so wenig Zeit hattest.«

Lion gähnte. »Ich wünschte mir oft, mehr Zeit für dich zu haben, aber es war unmöglich.«

»Und Constanze?«

»Das ist eine lange Geschichte. Kurz gesagt, ich habe sie vor Marcus retten wollen. Er hat sie wegen der Schulden, die ihr Vater hatte, unter Druck gesetzt. Und er wollte sich in den Besitz des Kaffeehauses bringen . . .« Lion rollte sich auf die Seite. »Constanze ist sehr reizvoll, aber ich liebe nur dich. Und damit habe ich genug zu tun. Du bist eine Vollbeschäftigung, kann man sagen.«

Sharon lächelte vor sich hin. »Ach, es ist so schön, wenn du das sagst.«

Von Lion kam keine Antwort. Als Sharon nach einer

Weile zur Seite sah, stellte sie fest, daß er die Augen geschlossen hatte.
»Lion? Schläfst du schon?«
»Hm . . .«
»Ich habe gerade darüber nachgedacht, warum das alles so gekommen ist . . .«
»Ja, und?«
»Weißt du, es liegt einfach an unserer Gesellschaftsordnung. Eine Frau spielt nur eine untergeordnete Rolle und gar keine in der Welt, in der du jetzt arbeitest.«
Lion war sofort wieder wach. Er sah Sharons blitzende Augen.
»Das ist nicht gerecht. An dem Tag, an dem du Senator wurdest, kam ich sozusagen auf ein Abstellgleis. Da ist es ja kein Wunder, daß wir uns auseinanderleben mußten . . .«
»Oh! Da ist ja wieder die alte Sharon!« Lion grinste.
»Ich werde mich dagegen wehren, Lion. Du kannst dich darauf verlassen!«
»Ich sehe dir an, daß du am liebsten auf der Stelle etwas unternehmen würdest. Aber überstürze bitte nichts. Ich denke da egoistisch. Ich habe auch meine Pläne mit dir . . .« Lion küßte sie sanft. »Morgen, übermorgen und überübermorgen . . .«

17. KAPITEL

25. April 1793

Es war weder ein Fest noch ein Ball, zu dem Antonia Beauvisage ihre Gäste eingeladen hatte. Sie nannte es einfach ein ›Zusammensein mit guten Freunden und Bekannten‹.

Auf einem langen Tisch waren die herrlichsten Köstlichkeiten aufgebaut. Die Gäste sprachen den Leckerbissen gut zu.
Antonia trug ein burgunderrotes Samtkleid mit weißem Spitzenbesatz und einer breiten Schärpe aus weißem Satin. Gerade stand sie an der Tür zum Ballraum und betrachtete ihre Gäste.
Jean-Philippe war in ein Gespräch mit William Bingham vertieft. Samuel Powel gesellte sich zu ihnen. Eliza Powel saß mit dem gut erholt wirkenden George Washington auf einem kleinen Sofa am anderen Ende des Raumes.
Anna Bingham plauderte mit Alec und Caroline, und der arme Nicholai hatte vergeblich versucht, Ophelias hartnäckigen Annäherungsversuchen zu entkommen.
Eben fragte Ophelia ihn mit leuchtenden Augen: »Mister Beauvisage, was halten Sie von dem Haus Bourbon? Warum mußte diese Königsfamilie scheitern?«
Wenn sie nicht so aufdringlich wäre, könnte sie einem leid tun, dachte Nicholai, als er einen Schluck von seinem Wein nahm. Ophelias Kleid war von einem scheußlichen Rosa, und ihre magere Figur füllte es nicht richtig aus.
»Auf eine so schwierige Frage läßt es sich nicht leicht antworten«, meinte er und ließ den Blick schweifen, um irgendeine Möglichkeit zu finden, dem Mädchen zu entkommen.
Als er Mary Armstrong in der Tür auftauchen sah, war die arme Ophelia völlig vergessen. Er murmelte nur eine flüchtige Entschuldigung und ging Mary entgegen.
Mary war eine Schönheit geworden. Damals hatte er sie zwar auch schon sehr hübsch gefunden, aber jetzt war sie wie eine voll erblühte Rose. Eine reife Frau.
»Wie schön, dich zu sehen!« sagte sie lächelnd.

Sie umarmten sich, und Nicholai war im Begriff, alles um sich zu vergessen und sie zu küssen. Da machte sich Mary von ihm frei und zeigte auf einen ihm fremden Mann.

»Timothy, komm, ich möchte dich Nicky vorstellen, dem verlorenen Sohn der Beauvisages. Er war die letzten zehn Jahre in Frankreich. Ich habe dir doch schon von ihm erzählt. Nicky, das ist mein Mann.«

Als Nicholai Marys Ehemann die Hand reichte, fühlte er nicht mehr den geringsten Anflug von Eifersucht oder Bedauern. Timothy Barcroft war ein Mensch, der einem auf Anhieb sympathisch sein mußte. Und Nicholai wußte, daß Mary bei diesem Mann ein echtes Glück gefunden hatte. Sie unterhielten sich angeregt über vergangene Zeiten.

Dann kam Antonia zu ihnen und bat Mary und Timothy zu musizieren. Nicholai wunderte sich zuerst, aber dann wurde ihm klar, daß die anderen Gäste offensichtlich schon darauf gewartet hatten.

Timothy war ein sehr guter Cembalospieler, und Marys Geigenspiel hatte im Laufe der Jahre erstaunliche Fortschritte gemacht. Es sah so aus, als ob die beiden recht oft musizierten.

Bald fingen die ersten Gäste an zu tanzen. Nicholai, der merkte, daß Ophelia schon nach ihm Ausschau hielt, griff nach dem Arm seiner Schwester Katya, die gerade mit ihrem Verlobten vorbeigehen wollte.

»Liebste Schwester, darf ich um diesen Tanz bitten?«

Katya lachte über sein gespieltes Kavaliersgebaren und machte einen Knicks. »Oh, mein Herr! Ich habe eben schon vor Hoffnung gebebt, daß Sie mich bitten würden.«

Während des Tanzes fragte Katya leise: »War es nicht komisch, Mary wiederzusehen? Bist du sehr traurig?«

Nicholai zuckte die Schultern. Seine Bewegungen waren jedoch seltsam mechanisch.
»Nein – nicht direkt traurig. Zuerst war ich ziemlich überrascht, weil sie so schön geworden ist. Aber es war zwischen uns eben nie die ganze große Liebe. Warum soll ich sie also um ihr Glück an Timothy Barcrofts Seite beneiden? Ich bin es gewesen, der fortgegangen ist. Ich bin kein so eingebildeter Mann, daß ich erwarte, daß jede Frau, die ich einmal gekannt habe, bis an ihr Lebensende unglücklich ist, weil ich sie nicht geheiratet habe.«
Katya kicherte. »Ich merke schon, du möchtest eigentlich gar nicht tanzen. Komm, wir setzen uns da drüben in die Ecke und plaudern ein bißchen.«
Nicholai nickte dankbar. »Wenn Ophelia Corkstall auftaucht, dann mußt du so tun, als würden wir uns über sehr wichtige Dinge unterhalten, ja?«
Katya ließ sich in einen Sessel fallen und beobachtete ihren Bruder. Wie gut er aussieht, dachte sie. Er kleidet sich sehr geschmackvoll.
»Hinter dir sind bestimmt viele Frauen her, was?« fragte sie übermütig.
Nicholai drohte tadelnd mit dem Finger. »Wie redest du? Ich denke, du bist eine junge Dame aus bestem Hause? – Nun, um genau zu sein, fast alle Frauen dieser Stadt.«
»Ich bin froh, daß du das alles nicht so ernst nimmst. Es wäre nämlich schlimm, wenn du das Leben hier unerträglich fändest.«
Nicholai zog eine Cheroot aus seiner Westentasche und beugte sich vor, um sie an einer Kerze zu entzünden.
»Katya, ich weiß, daß du mit den Vorbereitungen für eure Hochzeit sehr beschäftigt bist, aber kannst du mir erzählen, wie es Constanze geht?«

Seine Schwester riß die Augen auf. »Constanze? Constanze Hahn? Kennst du sie gut?«
»Das möchte ich nicht gerade behaupten«, antwortete Nicholai und verzog das Gesicht.
»Um ehrlich zu sein – ich muß mich eigentlich schämen, daß ich kaum einmal eine Stunde Zeit finde, meine Freunde zu besuchen. Ich weiß zwar, daß Constanze auch viel zu tun hat. Meistens steckte sie so in Arbeit, daß wir uns nur kurz unterhalten konnten. Sie besteht darauf, das Essen und die Kuchen für meine Hochzeit zu richten. Hast du das schon gehört?«
Katya war ganz in ihrem Element, denn sie waren bei ihrem Lieblingsthema. Nicholai hörte geduldig zu. Wie sehr hatte die Liebe seine kleine Schwester doch verändert.
Gerade war Katya dabei, ihrem Bruder das Haus zu beschreiben, in dem sie mit Randolph wohnen würde, da setzte sich Nicholai mit einem Ruck auf. Amelia Purdy hatte mit ihrem Mann den Ballsaal betreten.
»Katya, was, zum Teufel, wollen die Purdys hier?«
Sie brach ab und runzelte die Stirn. »Wieso? Ich weiß auch nicht richtig. Mrs. Purdy ist in der letzten Zeit so überfreundlich zu Maman.« Katya sah Amelia bewundernd an. »Diese Frau sieht wirklich wundervoll aus. Dieses pechschwarze Haar und die helle Haut . . . aber ich finde, sie übertreibt es ein bißchen, wenn sie Anne Bingham ausstechen will.«
Nicholais Lächeln war leicht verzerrt. Um Amelias suchendem Blick nicht begegnen zu müssen, tat er so, als müsse er etwas auf dem Fußboden wiederfinden.
»Nicky«, raunte ihm Katya plötzlich zu, »Anne kommt gerade mit ihrer gräßlichen Cousine im Schlepptau zu uns herüber. Kann es sein, daß ich mich irre – oder wollen sie zu dir?«

Mit einem Ruck setzte sich Nicholai auf. Katya hatte recht. »Liebste Schwester, entschuldige, aber ich verschwinde in den Garten. Meine Nerven überstehen ein weiteres Gespräch über die Bourbonen nicht. Sag Anne und ihrer Cousine, daß ich das Fest verlassen mußte, weil ich wieder einen Anfall bekommen habe.«

»Einen Anfall!« Entsetzt starrte Katya ihn an. »Bist du krank?«

Nicholai verbiß sich ein Lachen. »Nein, nein, liebstes Schwesterlein. Aber vielleicht schreckt das die beiden doch ab, wenn du dabei ein furchtbar ernstes Gesicht machst.« Katya gab ihrem Bruder einen Kuß auf die Wange. »Darauf würde ich mich an deiner Stelle nicht verlassen, aber ich werde es versuchen.«

Constanze machte noch einmal die Runde durch den Küchentrakt. Vorratsräume und Küche waren in Ordnung.

Obwohl das Kaffeehaus noch etwa zwei Stunden geöffnet hatte, war ihre Arbeit für diesen Tag getan. Stringfellow hatte noch einen ausreichenden Vorrat an Getränken.

Constanze sehnte sich danach, sich in ihrem Bett ausstrecken zu können. Doch sie zögerte noch, in ihr Schlafzimmer hinaufzugehen. Sie fürchtete sich vor den Gedanken, die sie immer überfielen, wenn ihr Tageswerk getan war.

Und seit sie dieser Frau in Nicholai Beauvisages Haus begegnet war, waren diese Gedanken noch verwirrender geworden.

Constanze stieß die Tür zu ihrem kleinen Arbeitszimmer auf und setzte sich in einen Sessel vor dem Kamin. Sie streifte die Schuhe von den Füßen und versuchte, sich zu entspannen.

Der Feuerschein erhellte den Raum zwar, zeichnete jedoch auch seltsame Schattenrisse.
Und wie hartnäckige Schatten fielen die Erinnerungen über Constanze her. Sie fühlte sich so elend und allein, daß ihr die Tränen kamen.
Es tut gut zu weinen. Das hatte auch Nicholai einmal gesagt. Wie konnte ein Mann so freundlich und sanft und gleichzeitig so überheblich und gemein sein?
Constanze wischte sich mit der Schürze die Tränen ab. Die Müdigkeit überwältigte sie. Sie hatte nicht mehr die Kraft, in ihr Zimmer zu gehen, deshalb lehnte sie sich im Sessel zurück und schloß die Augen.
Als sie wieder aufwachte, fragte sie sich sofort, was sie geweckt haben konnte. Ein Geräusch? Ein Traum?
Ihre Augen weiteten sich, als sie den Mann sah, der vor ihrem Sessel stand. Marcus Reems! Was wollte er? Constanze konnte nicht verhindern, daß ihr Herz zu rasen anfing. Der Ausdruck in den gelben Tigeraugen des späten Besuchers machte ihr Angst.

18. KAPITEL

25. April 1793

»Oh, Mistress Hahn! Ich wollte Sie gerade wecken!« sagte Marcus Reems.
Auch sein Lächeln konnte ihr die Beklommenheit nicht nehmen. Sie fühlte sich bedroht.
Der Raum war fast dunkel, denn das Feuer brannte kaum noch. Und im Schatten wirkte der große Mann noch unheimlicher.
Constanze wußte nicht, wie sie sich verhalten sollte. »Ich kann mich nicht erinnern, Sie ins Zimmer gebeten

zu haben, Mister Reems.« Sie hörte, daß ihre Stimme kühl und ruhig klang und nichts von ihrer Panik verriet.
»Meine liebe Mistress Hahn, leider blieb mein Klopfen unbeantwortet. Und ich komme in einer Angelegenheit, die sich nicht aufschieben läßt. Sie wissen, wie wichtig eine Unterredung ist.«
Constanze überlegte, ob sie nach Stringfellow rufen sollte. Reems war ihr unheimlich. Sie konnte sich das Verhalten dieses Mannes nicht erklären.
Es waren zwei Wochen vergangen, seit ihr Lion Hampshire das Geld für die Rückzahlung des Darlehens geliehen hatte. Seitdem hatte sie darauf gewartet, daß Reems wiederkam, um sein Angebot wieder vorzutragen.
Warum war er bis jetzt nicht erschienen? Und warum kam er zu so später Stunde und tat so, als gehöre ihm das Kaffeehaus bereits?
»Mister Reems, bevor Sie mir Ihr Anliegen verraten, möchte ich einiges mit Ihnen besprechen.«
Constanze erhob sich und straffte sich in den Schultern. Sie trug ihr blondes Haar wieder zu einer Krone aufgesteckt. Das blau-weiß gestreifte Baumwollkleid wirkte trotz aller Schlichtheit elegant.
Sie beugte sich nieder, um das Feuer im Kamin schnüren und warf noch ein paar Holzscheite auf. Als sie sich wieder aufrichtete und umdrehte, hatte Marcus Reems in einem Sessel Platz genommen. Sein Blick drückte unverhohlene Begierde aus.
»Mister Reems, mir gefällt Ihr Benehmen überhaupt nicht. Sie scheinen zu glauben, daß ich zu den Frauen gehöre, die Männer mit groben Manieren mögen. Sie irren sich.«
Marcus legte seinen Umhang ab und warf ihn über das Sofa. Auf seinem Gesicht lag ein Grinsen, das Constanze ein Frösteln über den Rücken jagte.

»Ihr Verhalten amüsiert mich, Mistress Hahn. Wir werden uns über dieses Thema noch unterhalten, wenn wir das Geschäftliche geregelt haben.«
»Ich habe Ihnen nur noch eines zu sagen, Mister Reems.« Constanze öffnete ihren Sekretär und nahm den Umschlag heraus, der Lion Hampshires Siegel trug. »Hier ist das Geld, das mein Vater Ihnen schuldet. Damit wäre alles, was es zwischen uns zu regeln gibt, wohl erledigt. Sie wissen ja, wo die Tür ist.«
Marcus Reems war bleich geworden. Er riß ihr den Umschlag aus den Händen und starrte auf das Siegel. Dann brach er es auf und nahm die Geldnoten heraus. Hastig begann er zu zählen, einmal, zweimal. Constanze stand da und wartete. Sie war zufrieden, ihre Trumpfkarte ausgespielt zu haben. Aber als Marcus Reems zu ihr aufsah und sich ihre Blicke begegneten, war sie sofort wieder alarmiert.
»So, Sie glauben also, daß Sie mich so leicht auszahlen und loswerden können – mit seinem Geld?« Er stand auf, und seine Tigeraugen glitzerten vor Wut.
»Was haben Sie denn dafür getan? Was haben Sie ihm dafür gegeben? Tu nicht so unschuldig, du kleine Hure! Ich habe dich längst durchschaut!« Seine Finger umklammerten in eisenhartem Griff Constanzes Arme. »Du müßtest dein Gesicht jetzt einmal sehen. Jetzt siehst du nicht mehr so stolz und unnahbar aus.«
Constanze sah, wie sich seine Lippen zu einem triumphierenden Lächeln verzogen. Panik erfaßte sie von neuem. Gewaltsam zwang sie sich dazu, ruhig zu sprechen: »Ich habe Ihnen das Geld gegeben und verlange, daß Sie jetzt gehen!«
»Du hast wohl noch immer nicht begriffen, daß es nicht das Geld ist, was ich will? Ich will dieses Haus und habe dafür meine Gründe. Und ich will dich, meine gelbe Rose!«

Zu Constanzes Entsetzen preßten sich seine Lippen auf ihren Hals. Und als sie sich nicht wehrte, schien ihn das zu ermutigen.
»Du bist also doch aus Fleisch und Blut?« Er lachte vor sich hin. »Deinen Reizen kann auch ich nicht widerstehen. Du mußt besondere Kräfte haben. Bist du etwa eine Hexe?«
Zwischen zusammengepreßten Lippen zischte sie: »Irrtum, Mister Reems. Es liegt nur an der Einbildung der Männer, daß sie mich besonders reizvoll finden. Ich bin zurückhaltend und beuge mich beim Bedienen nicht so über den Tisch, daß die Männer meine Brüste sehen. Ich wäre für keinen Mann mehr verführerisch, wenn ich mich so verhalten würde wie eine Schankdirne.«
Marcus küßte jeden ihrer Finger und hielt dann inne, um ihr sein strahlendstes Lächeln zu zeigen.
»Sie haben recht, Mistress Hahn. Das ist der Grund, weshalb ich auch Feuer gefangen habe. Sie unterscheiden sich von diesen Frauen. Mit ihrer herrlichen Haarkrone wirken Sie so hinreißend wie eine jungfräuliche Prinzessin.«
»Ich muß sie bitten, mich loszulassen, Mister Reems«, sagte Constanze vorsichtig, denn etwas an diesem Mann ließ ihre Angst immer stärker werden.
Er überhörte ihre Bitte. »Und was mich am meisten an Ihnen reizt, ist, daß ich glaube, daß Sie gar nicht so unschuldig sind, wie Sie tun. Einen vollkommenen Menschen gibt es nicht. Da stimmen Sie mir sicherlich zu.«
»Natürlich, Mister Reems.« Constanze versuchte, ihn nicht durch eine unbedachte Äußerung herauszufordern. »Ich bitte Sie jetzt, sich zu verabschieden, denn ich . . .«
»Ich bin sicher, daß Sie ein wertvoller Mensch sind, Mi-

stress Hahn. Ich möchte Ihnen ein besseres Leben anbieten und hoffe, daß Sie mir Ihr Ohr leihen.«
Constanze wünschte sich, so kräftig und groß wie dieser Mann zu sein. Es reizte sie, ihm dieses zynische Lächeln aus dem Gesicht zu wischen.
»Mein Leben gefällt mir, so wie es jetzt ist, Mister Reems.«
Er ging nicht darauf ein. »Sehen Sie hier, was ich mitgebracht habe. Ich kam heute abend her, um Ihnen das als Zugabe zu dem großzügigen Angebot für das Kaffeehaus zu geben.«
Marcus Reems zog ein verknotetes Seidentuch aus seiner Rocktasche und ging damit zum Tisch, um es zu öffnen. Das kleine Bündel enthielt Schmuckstücke. Rubine, Diamanten, Saphire, Smaragde in verschiedenen Größen. In Gold und Silber gefaßt, als Broschen, Ketten und Ringe.
Reems' Hand packte wieder Constanzes Handgelenk und zog sie zum Tisch. Sie starrte auf den glitzernden Schmuck.
»Sieh dir das an. Du wirst mir das Kaffeehaus verkaufen. Dann gehört das alles dir! Hast du schon einmal einen so großen Rubin gesehen?«
Constanze drehte das Gesicht zur Seite, als er nach einer Kette griff und sie hochhielt. »Ich vermute, daß dieser Schmuck einmal Ihrer Frau gehörte«, sagte sie.
»Nein. Die Person, der er gehört hat, ist gestorben, und so kam der Schmuck in meinen Besitz. Vier Jahre lang habe ich diese Juwelen in einem Versteck aufbewahrt, weil ich fürchten mußte, daß sie mir gestohlen werden könnten. Sie waren im Haus meiner Mutter, in der Nähe von New York.«
»Dort waren Sie die ganze Zeit?« entfuhr es Constanze.
»Ja. Es wurde mir klar, daß Geld allein dich nicht zum

Verkauf dieses Hauses bringen kann. In diesem Schmuck wirst du noch schöner aussehen. Ich stelle mir diese Rubine an deinem Hals vor, und diese Diamanten . . .« Seine Stimme war zu einem Flüstern herabgesunken. Sein Gesicht war ihrem so nahe, daß sie seinen Atem auf ihrer Haut spürte.

Constanze konnte es nicht länger ertragen. »Mister Reems, lassen Sie mich los!« Sie versuchte, sich aus seinem Griff zu befreien. »Es tut mir leid, daß ich Sie enttäuschen muß, aber auch mit diesem Schmuck können Sie mich nicht umstimmen. Schenken Sie ihn einer anderen Frau, die . . .«

Sie brach ab, als sie sah, daß sein Gesicht ganz grau geworden war.

»Du hast das Geld von Lion Hampshire angenommen«, knurrte er. »Und von ihm hättest du dir wohl auch diesen Schmuck schenken lassen. Warum? Warum ist sein Geschenk besser als meines?«

»Bitte! Sie tun mir weh! Ich würde auch von Senator Hampshire keinen Schmuck als Geschenk annehmen. Er ist glücklich verheiratet, und wir sind nur gute Bekannte. Mister Reems, er hat mir das Geld geliehen! Sie müssen das endlich begreifen!«

»Du bist einfach überwältigend.« Er riß sie plötzlich an sich und küßte sie so brutal und wild, daß sie nach Luft rang. »Ich vermute, daß du nur ein geschicktes Spiel spielst, um noch mehr aus mir herauszupressen. Was willst du noch? Daß man dich heiratet?«

Noch ganz benommen von seinem brutalen Kuß, konnte Constanze seine Frage gar nicht begreifen.

»Du wunderst dich, daß ich dich durchschaue, was? Ich habe genug Erfahrungen mit Frauen . . .« Wieder küßte er sie und zwang mit seiner Zunge ihre Lippen auseinander.

»Im Moment bin ich noch nicht so weit, daß ich wieder heiraten will. Aber es könnte sein, daß ich es mir überlege, denn ich könnte mir vorstellen, daß du einem Mann im Bett ganz schön einheizen kannst . . .«
Als Constanze begriff, daß er sie wieder küssen wollte, stieß sie ihn mit aller Kraft von sich. »Nein! Lassen Sie mich endlich in Ruhe!« schrie sie.
Sie lief zur Tür. Doch noch ehe sie nach der Klinke greifen konnte, hatte Reems sie eingeholt und packte sie wieder. Constanze vergaß jede Vorsicht.
»Sie sind ja wahnsinnig!« fuhr sie ihn an. »Ich will weder Ihre Frau noch Ihre Geliebte werden! Ich lasse nicht zu, daß Sie mich noch einmal anrühren! Ich will Ihren Schmuck nicht, und ich werde Ihnen dieses Kaffeehaus nie verkaufen! Ich lasse mir von niemandem etwas aufzwingen. Ihr Benehmen ist unmöglich, Mister Reems. Ich fordere von Ihnen, daß Sie dieses Haus auf der Stelle verlassen!«
»Bist du jetzt fertig?« Seine Stimme war kalt und höhnisch.»Ich kann leider nicht zulassen, daß du länger triumphierst. Ich werde nicht gehen. Merk dir das!«
Wieder wurde Constanze in eine brutale Umarmung gerissen. Seine Arme hielten sie so fest, daß sie sich nicht bewegen konnte, und sein Mund erstickte jeden Protest.
Was kann ich nur tun? In Constanzes Kopf überschlugen sich die Gedanken. Es mußte doch irgendeine Möglichkeit geben.
Das Knirschen von Stoff ließ sie völlig in Panik geraten. Marcus Reems hatte ihr Kleid zerrissen und tastete mit einer Hand über ihre Brüste, während er sie mit der anderen wie in einem Schraubstock hielt.
»Schrei nicht«, warnte er sie. »Ich drücke dir sonst die Kehle zu.«
Constanze hörte ihn keuchen, als seine Finger ihre

Brustwarzen fanden. Sie biß die Lippen aufeinander, als er eine ihrer Brüste derb knetete.
»Los, geh zum Sofa hinüber!« forderte er rauh.
Sie war nahe daran, sich von ihrer Angst überwältigen zu lassen. Doch dann reckte sie stolz das Kinn vor und blieb stehen.
Im nächsten Moment traf sie ein Schlag ins Gesicht. »Willst du, daß ich dich zwinge?«
Constanze hielt seinem Blick stand und schwieg. Wütend fiel er über sie her. Er attackierte sie mit Küssen und versuchte, ihr das Kleid vom Körper zu zerren. Constanze konnte nur noch wimmern.
Als sie glaubte, jeden Augenblick ohnmächtig zu werden, ließ Reems sie plötzlich los. Constanze taumelte in einen Sessel und war für Minuten wie betäubt.
Erst dann wurde ihr klar, daß Marcus Reems am Boden lag. Durch den Schleier ihrer Tränen sah sie einen dünnen Blutfaden, der aus seinem Mundwinkel sickerte. Und dann sah sie Nicholai Beauvisage!
»Was tun Sie hier?« fragte sie unter wildem Schluchzen.

19. KAPITEL

Zwischen Mitternacht und Morgendämmerung der 26. April 1793

»Um Himmels willen, Constanze, zieh dir das hier über!«
Nicholai machte einen Schritt über den reglos daliegenden Marcus Reems hinweg und legte Constanze seinen grauen Mantel um die Schultern.
»Sie tun gerade so, als säße ich hier freiwillig halbnackt

herum«, fuhr Constanze ihn an. Sie stand auf, obwohl ihre Beine sie kaum tragen wollten. Als sie schwankte, hielt Nicholai sie fest.
»Warum?« flüsterte sie, »warum sind Sie hier?«
»Ist das jetzt wichtig? Sei froh, daß ich hier bin. Dieser Marcus Reems scheint ein Nein nicht als Antwort zu akzeptieren. Mach dir nichts daraus, daß du dich jetzt bei mir anlehnen mußt. Ich werde niemandem verraten, daß die so stolze Mistreß Hahn Anzeichen weiblicher Schwäche gezeigt hat.« Constanze sagte nichts, sondern preßte ihr Gesicht an seine Brust. Sie fühlte sich geborgen. Das tat so gut nach all dem Schrecklichen.
Marcus Reems kam wieder zu sich und versuchte, sich zu erheben. Über Constanzes blonde Haarkrone hinweg beobachtete Nicholai, wie Reems ein paarmal den Kopf schüttelte und sich über die Stirn fuhr. Schließlich sah er hoch und begegnete Nicholais Blick.
»Das war ein harter Schlag, den Sie mir da versetzt haben, Mister Beauvisage.«
»Sie hatten es nicht anders verdient!«
Marcus erhob sich und drückte ein Taschentuch gegen sein blutenden Kinn. Haßerfüllt starrte er Nicholai an.
»Ich verbiete mir diesen Ton, und ich sage Ihnen, daß ich diesen Angriff nicht so ohne weiteres hinnehmen werde, Mister Beauvisage. Warum mischen Sie sich überhaupt ein?«
»Ich bin ein Freund von Mistress Hahn.«
»Ich verstehe.« Reems Stimme klirrte wie Eis. Seit er Nicholai mit Lion zusammen gesehen hatte, war seine Abneigung gegen diesen Beauvisage noch stärker geworden. »Und da haben Sie das Recht, sich um ihre Angelegenheiten zu kümmern?«
Constanze mischte sich ein: »Sie halten es nicht anders,

Mister Reems. Ich wünschte, ihr Männer würdet euch um eure eigenen Sachen kümmern und mir meine selbst überlassen.«

»Im Augenblick handelt es sich um eine Angelegenheit zwischen mir und Mister Beauvisage, Mistress Hahn«, erklärte Marcus unwirsch. »Wenn er sich für das, was er eben getan hat, entschuldigt, werde ich gehen . . .«

Nicholai stieß ein ärgerliches Knurren aus. »Entschuldigen? Ich würde eher eine Ratte in der Gosse um Entschuldigung bitten. Sie niemals! Nach dieser unverschämten, unbeherrschten Attacke auf Mistress Hahn können Sie von Glück reden, daß ich es bei einem Schlag bewenden ließ.«

Marcus Reems Gesicht färbte sich dunkelrot. Er machte einen Schritt vor und versetzte Nicholai einen Hieb ins Gesicht. »Sie haben das herausgefordert, Mister Beauvisage! Um meiner Ehre willen muß ich von Ihnen Genugtuung fordern!«

Constanze sah von einem Mann zum anderen, die sich haßerfüllt anstarrten. Vernunft und Logik waren ausgeschaltet.

»Das ist ungeheuerlich!« rief sie. »Sie können doch nicht . . . Sie wollen doch deshalb kein Duell austragen!«

»Ich nehme Ihre Herausforderung an, Mister Reems, aber nur, weil ich festgestellt habe, daß Sie anderen Menschen nur Schwierigkeiten machen«, sagte Nicholai.

»Oh, Sie halten sich wohl für einen von den Auserwählten, was?« spottete Marcus Reems. »Wollen wir uns jetzt über die Waffen einigen und über den Ort des Duells? Oder brauchen wir dazu Sekundanten? Wie ist Ihre Wahl?«

»Ich würde Degen vorziehen, aber ich weiß, daß hier in Amerika Pistolen üblich sind.«

»Ausgezeichnet. In der Nähe meines Sommerhauses gibt es eine große offene Wiese. Mein Besitz heißt Wadelands. Ich erwarte Sie morgen dort. Gleich im Morgengrauen?«
»Ich werde mit meinem Sekundanten zur Stelle sein. Gute Nacht, Mister Reems.«
Marcus machte eine spöttische Verbeugung zu Constanze hin und verließ den Raum. Die Tür hatte sich kaum geschlossen, da platzte Constanze heraus: »Ihr müßt den Verstand verloren haben! Ein Duell?«
»Was sollte ich tun? Was hast du von mir erwartet? Sollte ich nachgeben? Wenn ich nicht wüßte, daß die Welt gut auf diese Kröte verzichten könnte . . .«
»Und was ist, wenn du verlierst?«
»Ich versichere dir, daß das nicht geschehen wird«, erklärte Nicholai mit einer Stimme, die kein Gegenargument duldete. »Verdammt noch mal, Constanze! Was glaubst du, wie mir zumute war, als ich hier hereinkam und sah, wie er dich küßte und fast vergewaltigte? Du warst halbnackt und . . . Wenn ich nicht ein zivilisierter Mensch wäre, hätte ich ihn auf der Stelle umgebracht!«
»Was glaubst du, wie mir zumute war? Das ist nun schon das zweite Kleid in einem Monat, das mir von einem Mann vom Körper gerissen wurde.« Constanze sah ihn mit blitzenden Augen an. »Meinst du etwa, das es mir gefällt, so behandelt zu werden?«
»Vergleiche mich nicht mit ihm!« erwiderte Nicholai finster. »Und wenn du dieser Meinung bist, warum hast du dann etwas gegen ein Duell?«
Constanze fühlte sich plötzlich elend und matt. Sie sank auf das Sofa und zog fröstelnd Nicholais Mantel um sich. »Es ist einfach nicht richtig. Du stellst dich damit auf eine Stufe mit diesem Menschen!«

»Das ist nötig, wenn man mit solchen Elementen zu tun hat.«
Als er sich neben sie setzte, erkannte Constanze wieder diesen seltsam abwesenden Ausdruck in seinen Augen.
»Es tut mir leid«, murmelte sie. »Ich habe nicht an das gedacht, was du schon erlebt hast – in Frankreich.« Es wurde ihr in diesem Moment plötzlich klar, daß sie ihn so vertraut ansprach, und es fiel ihr nicht einmal schwer.
»Ich geriet in die Sache hinein und wurde dazu gezwungen, die Menschen anders zu sehen. Ich hörte auf, daran zu glauben, daß die bösen noch gut werden könnten. Ich mußte die harte Wirklichkeit akzeptieren und alle Gefühle ausschalten. Nun, mir sind skrupellose Menschen genug begegnet, und ich habe gelernt, mit ihnen umzugehen.«
Constanze seufzte. Seine Ehrlichkeit war groß, und sie vertraute ihm. Der Wunsch, sich von ihm helfen und beraten zu lassen, wurde übermächtig in ihr. Wie wunderbar wäre es, keine Probleme mehr zu kennen. Sie fühlte sich so müde, ihrer Pflichten so überdrüssig . . .
»Ich werde mich künftig um dich kümmern«, sagte Nicholai so sanft, daß ihr Herz aufgeregt klopfte. »Ich muß ständig an dich denken, auch wenn ich es nicht will.«
Er lächelte, und Constanze erwiderte dieses Lächeln.
»Ich . . . mir geht es genauso.«
Nicholai beugte sich nieder und küßte sie. Und dieser eine zärtliche Kuß ließ eine tiefe Sehnsucht in Constanze aufbrechen. Sie vergaß alle guten Vorsätze und die Tränen, die sie wegen dieses Mannes schon geweint hatte. Ein Prickeln rann über ihre Haut, und sie erwiderte seinen Kuß, der nun immer stürmischer wurde.
Sie spürte seine kräftigen Finger, die über ihren Hals streichelten. »O Himmel! Du bist einfach einmalig, Constanze«, murmelte er.

Sie wollte ihn fragen, wie er die Schönheit Amelia Purdys beschreiben würde, aber sie wollte keine neue Unstimmigkeit heraufbeschwören.
»Nicholai, warum bist du heute abend hergekommen? Du bist so elegant gekleidet – wie für eine Gesellschaft.«
Während er einen Kuß nach dem anderen auf ihren Hals hauchte, erwiderte er: »Ich war auch auf einer Gesellschaft. Aber ich machte den Fehler, all die Damen dort mit dir zu vergleichen.«
»Aber sicherlich waren sie mit ihren herrlichen Kleidern, den Juwelen und dem elegant frisierten Haar alle ...«
Nicholai ließ sie nicht ausreden. »Sie halten keinem Vergleich stand. Du bist unerreichbar.«
Er schlang die Arme fest um sie und küßte sie wieder, doch dieses Mal viel leidenschaftlicher. Constanze fragte sich, ob Nicholai die Macht hatte, sie in einen geheimnisvollen Bann zu ziehen, denn er weckte Gefühle in ihr, die sie zu überwältigen drohten. Seine Nähe, der Duft seines Rasierwassers, das Blitzen in seinen Augen, sein Lächeln, seine erregenden Küsse, seine Hände, die so wunderbar streicheln konnten ...
Sanft drückte Nicholai sie in die Polster. Er zog den Mantel, der schon von ihren Schultern geglitten war, ganz herunter und fand ihre weichen, vollen Brüste.
Constanze zuckte zusammen und setzte sich mit einem Ruck auf. »Nein, laß das!« schrie sie.
»Was, zum Teufel ...« Nicholai war überrascht und irritiert.
Constanze schüttelte hilflos den Kopf. »Entschuldige. Ich meinte eben, diesen Mann wieder vor mir zu sehen. Ich ...«
Nicholai erhob sich sofort. »Verdammt, Constanze, du

könntest kaum etwas sagen, das mich schlimmer träfe als dies!« knurrte er und sah finster auf sie nieder. Mit beiden Händen fuhr er sich durchs Haar.
»Wie kannst du mich mit so einem Menschen vergleichen? Hast du vergessen, daß ich dich vor ihm gerettet habe?«
»Ich sagte doch, es tut mir leid. Ich ertrage es einfach nicht, in einer Stunde gleich zweimal...« Verlegen brach Constanze ab. Dann fragte sie heftig: »Oder muß ich mich dir mit Körper und Seele ergeben, weil ich dir Dank schulde?«
Es sah einen Moment so aus, als wollte er sie schlagen. Statt dessen packte er ihren Ellbogen und zog sie vom Sofa hoch.
»Es sieht ganz so aus, als sollte einfach keine Harmonie zwischen uns aufkommen können. Ich hoffe nur, daß du in der Lage bist, dir noch einen einzigen Kuß abzuringen, mit dem du mich dann in den Kampf schickst.«
Verwirrt wollte Constanze protestieren. Doch Nicholai nutzte ihr kurzes Zögern aus, um ihr einen so wilden Kuß zu geben, der sie fast auf das Sofa zurückwarf.
Dann ließ er sie los. Sein Gesicht war grimmig, als er sagte: »Es war eine reizende Laune des Schicksals, Sie kennenlernen zu dürfen, Mistress Hahn. Und da dies vielleicht mein Abschied für immer ist, würde ich Sie gern bitten, mir meinen Mantel wiederzugeben...«
Unverwandt sah Constanze in seine Augen, die so spöttisch blickten, daß ihr Tränen kamen. Nicholai nahm den Mantel an sich und hängte sich ihn um die Schultern. Dann verließ er ohne ein weiteres Wort den Raum.

In der letzten Dämmerung vor dem Morgengrauen lagen Sharon und Lion Hampshire eng aneinandergeschmiegt in dem großen Bett in ihrem Schlafzimmer.

Sharon träumte von Pecan Grove, der Plantage ihrer Familie in Virginia. Sie und Lion wollten am nächsten Tag dorthin aufbrechen und einige Zeit dort verbringen.
Aber irgend etwas störte ihren schönen Traum und vertrieb ihn. Es war ein Geräusch. Doch Sharon weigerte sich, es wahrzunehmen. Sie kuschelte sich tiefer in die Kissen.
»Jemand klopft an die Haustür«, sagte Lion schlaftrunken.
»Es ist noch dunkel. Wer sollte das sein? Wong wird sicherlich gleich öffnen.«
Es verging eine Weile. Das Klopfen hörte nicht auf. Eine Stimme war jetzt auch noch zu hören, die ihre Namen rief.
»Wong ist in Philadelphia, Liebling. Hast du vergessen, daß du alle Dienstboten fortgeschickt hast? Sie sind in unserem Stadthaus, um die Sachen für unsere lange Reise zu packen.«
Sharon murmelte ärgerlich vor sich hin, als sich Lions warmer Körper von ihrem löste. »Wer kann nur so unhöflich sein, es ist unerhört.«
Lion tastete in der Dunkelheit nach seinem Morgenmantel. »Du bist egoistisch, meine Liebe. Du wirst es ein paar Minuten ohne mich aushalten.«
Sharon lachte und beobachte Lion mit glänzenden Augen, als er einen Kienspan an der noch glimmenden Glut im Kamin anzündete, um damit die Kerzen in dem schweren Silberleuchter zum Brennen zu bringen.
Mit dem Leuchter in der Hand verließ er den Raum. Das Klopfen wurde immer ungeduldiger, und Lion erkannte jetzt, daß es die Stimme einer Frau war, die immerzu rief. Er beeilte sich, die Tür zu erreichen, denn die Stimme kam ihm bekannt vor. Die Tür flog auf,

und Lion Hampshire sah in das bleiche Gesicht von Constanze Hahn.
»Oh, Senator Hampshire, ich habe schon gefürchtet, daß Sie nicht zu Hause sind«, keuchte sie.
Er blinzelte überrascht. Ihr Haar war vom Wind verzaust, ihre Wangen waren von der kühlen Luft gerötet. Am meisten jedoch überraschte Lion ihre Aufmachung. Constanze trug eng anliegende Reithosen, Stiefel und eine dicke Jacke. Er erinnerte sich noch gut daran, wie er Sharon einmal in solcher Kleidung gesehen hatte.
»Constanze, was ist denn ...«
»Ich mußte herkommen. Sie sind der einzige Mensch, der mir helfen kann!« stieß sie hervor und klammerte sich an Lion.
Oben an der Treppe erschien in diesem Moment flakkernder Lichtschein. Und dann sagte Sharon mit schriller Stimme: »Mistress Hahn, ich erwarte eine Erklärung von Ihnen!«

20. Kapitel

26. April 1793

Constanze, die nichts von Sharons Verdacht ahnte, ließ die Arme sinken und sah zu der Gestalt an der Treppe hinauf.
»Mrs. Hampshire, es tut mir unendlich leid, daß ich Sie stören mußte. Ich verstehe, wenn Sie sehr ärgerlich auf mich sind. Aber ich hoffe, daß Sie sich mein Anliegen anhören ...«
Langsam kam Sharon die Stufen herunter. Sie sah in ihrem dunkelblauen Samtmantel hinreißend aus. Das Haar hatte sie mit einem weißen Band zusammenge-

bunden, und zu Constanzes Überraschung lächelte sie freundlich.

»Ich wollte eben nicht so heftig sein, Mistress Hahn. Jetzt, wo ich Sie so in Hosen und Stiefeln sehe, habe ich das Gefühl, daß wir Freundinnen werden könnten. Warum gehen wir nicht in die Küche und machen uns Tee?«

»Dafür ist vielleicht nicht genug Zeit«, sagte Constanze aufgeregt, als sie den Hampshires folgte. Sie ließ sich auf einen Stuhl drücken, während Lion das Feuer schürte und den Eisenkessel mit Wasser füllte.

»Sagen Sie uns, was Sie für Kummer haben.«

»Wann wird es hell?« fragte Constanze unruhig.

»Ich habe auf meine Uhr gesehen, ehe ich das Schlafzimmer verließ«, sagte Sharon. »Es war gerade ein paar Minuten nach fünf.« Sie holte die Teekanne und trug sie zum Herd.

»Gut, dann ist doch noch etwas mehr Zeit als ich glaubte. Ich habe die Nacht nicht schlafen können, weil ich immerzu überlegt habe. Dann erinnerte ich mich an Sie, Senator, weil Sie Marcus Reems kennen müssen. Ich merkte es an seiner Reaktion, als ich Reems das Geld geben wollte. Zu den Beauvisages konnte ich einfach nicht gehen . . .« Constanze war vom hastigen Sprechen ganz atemlos.

»Langsam, bitte«, bat Lion. »Ich verstehe noch gar nichts.«

Constanze nickte und riß sich zusammen. Dann berichtete sie so knapp sie konnte, was am vergangenen Abend geschehen war.

Lion wollte wissen, ob sie sich an eines der Schmuckstücke erinnern könne, die Marcus ihr hatte aufdrängen wollen. Constanze überlegte und beschrieb ihm dann die Kette.

Die beiden schwiegen, und Constanze wußte nicht, was das zu bedeuten hatte. Plötzlich sprach Sharon aus, was offensichtlich auch Lion gedacht hatte. »Clarissa. Mein Gott, all die Jahre, Lion!«
»Wer ist Clarissa?« flüsterte Constanze.
»Wie? – nun, eine junge Dame, die wir vor unserer Heirat kannten ...« Lion wirkte abwesend.
Sharon faßte nach Constanzes Hand. »Sie müssen wissen, daß Marcus und Lion Halbbrüder sind. Sie kennen sich nicht von Kindheit an. Es würde jetzt zu lange dauern, die Gründe zu erklären. Aber Marcus war immer von Eifersucht auf Lion zerfressen. Diese Eifersucht steigerte sich im Laufe der Jahre in Haß.«
»Ich bin ein Narr. Clarissa ... Wie konnte ich glauben, daß er sich ändern würde? Wenn er doch Priscilla nicht auch noch hineingezogen hätte.«
»Ich verstehe leider nicht«, sagte Constanze.
»Lion war vor seiner Verlobung mit Priscilla mit Clarissa befreundet. Marcus stachelte Clarissa nach der Verlobung auf, Rache an Lion zu nehmen. Sie trieben es zu weit. Clarissa wollte aus der Stadt flüchten, als sie merkte, daß sie zu viel riskiert hatte. Sie kam bei einem Unfall mit der Kutsche ums Leben. Ein Rad hatte sich gelockert. Dabei verschwand ihre Schmuckkassette spurlos.«
»Und Sie meinen, daß Mister Reems ...?« Constanze schüttelte hilflos den Kopf. »Aber es geht jetzt um Nicholai! Wie kann ich ...«
Lion Hamsphire straffte sich in den Schultern. »Ich kann nicht zulassen, daß Nicholai jetzt sein Leben riskiert, nachdem ich ihn gebeten habe, mir zu helfen.«
Constanze verstand überhaupt nichts mehr. Sie konnte in ihrer Angst gar nicht mehr klar denken.
»Diesmal ist Marcus zu weit gegangen«, sagte Sharon.

»Er ist ja noch eiskalter und gemeiner als ich dachte. Er kennt keine Skrupel . . .«
»Ich glaube, daß auch Nicholai so über ihn denkt«, sagte Constanze. »Er hätte sonst die Aufforderung zum Duell bestimmt nicht angenommen. Es geht ihm nicht um Ehre. Davon bin ich überzeugt.«
Lion sprang auf. »Ich ziehe mich sofort an und reite mit Constanze nach Wadelands!« Als Sharon auch Anstalten machte, sich zu erheben, drückte er sie in den Stuhl zurück.
»Nein! Du bist schwanger, und außerdem möchte ich nicht, daß du in diese Sache hineingezogen wirst.« Dann fügte er sanfter hinzu: »Ich weiß, daß du mutig genug wärst, uns zu begleiten, aber denke an unser Baby.«
Constanze ging zum Fenster und betrachtete den Himmel.
»Es wird hell!« drängte sie.
Lion nickte und verließ hastig die Küche.
»Es tut mir so leid, daß ich Sie stören mußte«, sagte Constanze, als sie zu ihrem Stuhl zurückging.
»Oh, darüber brauchen Sie sich wirklich keine Gedanken zu machen. Ich bewundere Sie, weil Sie diese Sache so meistern. Wir fühlen uns für alles, was Marcus anrichtet, irgendwie verantwortlich.«
»Ich bin sicher, daß Sie genauso gehandelt hätten wie ich.«
»Danke.« Sharon lächelte. »Ich bin wohl nur ein paar Monate älter als sie, aber seit ich schwanger bin, fühle ich mich so matronenhaft.«
»Wie können Sie das sagen?« protestierte Constanze. »Sie sind so schön und . . . Ihr Mann betet Sie an. Übrigens, mir sind solche Abenteuer wie dieses eigentlich fremd. Die meiste Zeit verbringe ich mit der Arbeit in meinem Kaffeehaus.«
»Sie sind stolz darauf, nicht wahr? Und das können Sie

auch. Sie sind genauso frei und unabhängig wie die Herren, die Ihr Kaffeehaus besuchen . . .«

Lion rief von der Tür her: »Constanze! Kommen Sie, wir müssen aufbrechen!«

Sharon folgte ihnen bis zur Haustür. Sie umklammerte die Hand ihres Mannes. »Lion, versprich mir, daß du nichts Gefährliches tust!«

»Ich versuche, mir eine schmerzlose Möglichkeit auszudenken, dieses Duell zu verhindern. Vielleicht kann ich Nicholai abhalten, indem ich behaupte, seine Mutter oder sein Vater seien krank!« Er küßte sie hastig. »Mach dir keine Gedanken. Und rühre dich nicht aus den Haus, verstanden?«

Vor dem Haus wartete ein Kutschwagen. Lion wollte sicherheitshalber eine Kutsche nehmen, für den Fall, daß jemand bei dem Duell verletzt wurde. Ehe er ihr beim Einsteigen helfen konnte, lief Constanze zu ihrem Pferd hinüber und holte etwas aus der Satteltasche.

»Die Juwelen. Marcus hat sie gestern in seinem Zorn bei mir vergessen. Ich möchte sie nicht bei mir haben, und schon gar nicht, nachdem ich gehört habe, wie er in den Besitz des Schmuckes gekommen ist. Sie müssen entscheiden, was damit geschehen soll.«

Lion runzelte die Stirn, sagte jedoch nichts. Er nahm Constanze das Päckchen ab und drückte es Sharon in die Hände. Nachdem er seiner Frau etwas zugeraunt hatte, kam er zur Kutsche zurück.

Sekunden später sah Sharon, wie die Kutsche in hohem Tempo die Auffahrt hinunterrollte.

Von Osten her breitete sich ein grauer Schimmer über den Himmel aus. Die Morgendämmerung brach an.

Sharon sah auf das Päckchen in ihren Händen, und sie konnte nicht verhindern, daß ihr ein Schauder über den Rücken rann.

Der Schuylkill River hatte sich violett gefärbt, als Constanze und Lion die Wadelands erreichten.
Das hübsche Landhaus war von Marcus Reems gekauft worden, um Priscilla Wade umzustimmen, daß sie ihn und nicht Lion heiratete. Nun war es die meiste Zeit des Jahres unbewohnt. Es wirkte ungepflegt. Rasenflächen und Garten waren verwildert.
Lion hielt die Kutsche ein gutes Stück von dem Besitz entfernt an und band das Pferd in der Nähe des Flusses an einem Baum fest.
»Mein Gott! Wir müssen uns beeilen. Die Sonne geht jeden Moment auf!« Constanze zeigte aufgeregt nach Osten. »Wissen Sie, wo diese Wiese ist, von der Marcus gesprochen hat?«
»Ja. Gleich hinter der langen Hecke dort, die den Besitz begrenzt. Sehen Sie die Spur da im hohen Gras? Sie führt zu der Öffnung in der Hecke dort. Es muß bereits jemand da sein.«
Constanze blieb dicht hinter Lion, als sie die Wiese überquerten. Die Angst schnürte ihr den Hals zu. Wenn Nicholai nun tot war? Dieser schreckliche Gedanke beherrschte sie.
Kurz vor der Hecke blieb Lion stehen und zog eine Pistole heraus. Constanze sah die Beschläge aus graviertem Silber im matten Morgenlicht schimmern.
»Scht ...«, machte Lion. »Ich höre sie sprechen.« Mit vor Entsetzen geweiteten Augen starrte Constanze auf die Waffe in seiner Hand. »Sie wollen doch nicht ... Sie haben Ihrer Frau versprochen ...«
»Still«, zischte ihr Lion zu. »Fairneß ist ein Wort, das Marcus nicht kennt ...«
Nach diesen Worten faßte er nach Constanzes eiskalter Hand und ging mit ihr auf die Öffnung in der Hecke zu. Durch das Blätterwerk beobachteten sie, wie Mar-

cus und Nicholai gerade ihre Mäntel an die Sekundanten weiterreichten. Constanze erkannte Randolph Edward und William Bingham, die den Duellanten nun die Pistolen gaben. Es war Constanze klar, warum Nicholai Randolph gewählt hatte. Ein guter Freund oder ein Verwandter hätte dieser Verrücktheit sicherlich nicht zugestimmt.
Der Ort des Geschehens war für das Duell vorbereitet, die Stellen markiert. Jetzt standen die beiden Männer Rücken an Rücken, eine makabre Silhouette vor dem sich allmählich rosig färbenden Himmel. Der Morgenwind blähte ihre weißen Leinenhemden.
Randolph und Bingham traten zurück und blieben dann in sicherem Abstand von den Männern stehen. Jetzt entdeckte Constanze auch den noch etwas verschlafen wirkenden Doktor Wilstar und seinen Helfer.
»Wollen Sie nicht eingreifen?« fragte Constanze ängstlich. Lion schüttelte den Kopf. »Es ist zu spät dafür. Schon vor vier Jahren war es zu spät, aber ich war zu blind, das zu erkennen.«
Jemand fing an, laut zu zählen. Und die beiden Männer lösten sich voneinander und gingen auf die Stellen zu, die markiert waren. Zwanzig Schritte jeder.
Lion überprüfte seine Pistole. »Machen Sie sich keine Sorgen um Beauvisage«, sagte er beruhigend. »Marcus war nie gut im Schießen . . . in nichts war er gut – nur in seiner Skrupeliosigkeit.«
Als die Entfernung zwischen den beiden Duellanten immer größer wurde, hatte Constanze das Gefühl, ihr Herz würde vor Erregung springen. Ihre Hände krampften sich ineinander.
»Siebzehn . . . achtzehn . . . neunzehn . . .«, zählte Randolph. »Und zwan . . .«

Lion stieß laut die Luft aus, als Marcus Reems blitzschnell herumfuhr, um seine Chance Sekundenbruchteile vor dem Schießbefehl zu nutzen.
Nicholai hatte sich gerade umgedreht, als zwei Schüsse aufpeitschten. Aus zwei Waffen stieg Pulverdampf in den Morgenhimmel – aus Marcus' Pistole und aus Lions. Dann – fielen zwei Männer zu Boden.

21. KAPITEL

26. April 1793

Sharon war oben im Schlafzimmer und hatte sich gerade fertig angezogen, als sie das Räderrollen hörte. Die Kutsche kam zurück!
Sie mußte sich bezwingen, um nicht in zu großer Hast die Stufen hinunterzulaufen. Einen Sturz durfte sie nicht riskieren.
Zitternd vor Aufregung riß sie die Haustür auf. Sie sah Blutflecken am Wagenschlag und griff sich mit beiden Händen an den Hals. »Lion!« schrie sie.
Sofort sah Lion aus dem Wagenfenster. »Mir ist nichts Passiert, Liebste.« Sein Gesicht war blaß und verschmutzt. »Es ist Nicholai! Lauf bitte nach oben und richte unser Bett her!«
Vor Erleichterung traten Sharon die Tränen in die Augen. Doch sie beeilte sich, Lions Wunsch nachzukommen. Sie klopfte gerade die Kissen zurecht, als Lion und Doktor Wilstar mit Nicholai erschienen. Sie stützten den Verletzten, der sich kaum auf den Füßen halten konnte. Ein großer Blutfleck breitete sich von der linken Schulter an über seinem Hemd aus. Sein Gesicht war grau und schmerzverzerrt.

Vorsichtig betteten sie ihn in die Kissen. Nicholai hielt die Augen geschlossen. Er gab keinen Laut von sich, als Lion ihm das Hemd Stück für Stück vom Körper schnitt. Der Arzt nahm inzwischen den Notverband ab. Sharon trat in den Flur hinaus. Zu ihrer Überraschung fand sie Constanze an der Treppe. Sie lehnte am Geländer und weinte.
»Constanze!« Sharon lief zu ihr und umarmte sie. Es fiel ihr plötzlich etwas ein, was Caroline gesagt hatte. ›Ich weiß, daß sich Nicholai ernsthaft für Mistress Hahn interessiert.‹ Sharon war jetzt sicher, daß Nicholai auch noch einen anderen Grund für seine Besuche bei Constanze gehabt hatte und daß es nicht nur um Marcus Reems gegangen war.
»Weinen Sie nicht so. Sie müssen sich zusammennehmen«, sagte sie sanft. »Kommen Sie, setzen Sie sich hier.« Sie setzten sich auf die oberste Stufe. Constanze wischte sich mit dem Ärmel des Männerhemdes, das sie trug, über die Augen.
»Das Weinen hat mich erleichtert. Ich mußte mich so zusammenreißen, damit Nicholai nichts merkte . . .«
»Constanze, erzählen Sie mir, was passiert ist«, bat Sharon. »Marcus Reems ist tot«, berichtete Constanze mit tonloser Stimme und preßte die Fingerspitzen gegen die schmerzenden Schläfen.
»Aaber . . . mein Gott . . .! Ich . . . wie ist das möglich?« stotterte Sharon. »Meistens sind die Pistolen doch . . .«
»Nicholai hat Marcus nicht erschossen . . . Ihr Mann hat es getan. Marcus feuerte seinen Schuß ab, noch bevor der Befehl gegeben wurde. Wir standen hinter einer Hecke und konnten alles beobachten. Als Ihr Mann sah, was da passierte, hob er seine Pistole und schoß . . .«

Sharon war kreidebleich geworden. »Du lieber Himmel! Wie schrecklich! Weiß Marcus das? Ach nein, er ...« Sie brach ab und schlug die Hände vors Gesicht.
»Doch, er wußte es ...«
Sharon ließ die Hände sinken. Sie sah, wie Constanze blicklos vor sich hinstarrte, als sie weitersprach: »Es war sehr seltsam, aber er schien nicht einmal überrascht zu sein. Als Ihr Mann und ich näherkamen, sah ich den Ausdruck in seinen Augen. Er wirkte ganz ruhig. Ich lief natürlich zu Nicholai hin, aber ich sah, wie Lion niederkniete und Marcus half, sich etwas aufzurichten. Marcus sagte nur ein einziges Wort, bevor er starb: ›Danke‹.«
Sharon zitterte. »Ich fürchte, wir haben ihn falsch eingeschätzt. Er hatte vielleicht einfach keine Gewalt mehr über sich. Er hat ein Ende herbeigesehnt ...« Ihre violetten Augen füllten sich mit Tränen.
»Der Doktor sagte, daß Nicholai wieder gesund werden wird«, sagte Constanze. »Ich bete darum, daß er recht hat. Das viele Blut ... und die Schmerzen ...«
Sharon hatte sich wieder in der Gewalt. »Doktor Wilstar wird schon wissen, was er sagte. Mit der richtigen Pflege wird die Wunde sicherlich bald heilen. Wenn alles sauber gehalten und die Wunde richtig versorgt wird, werden keine Probleme zu erwarten sein.«
»Wenn ihm etwas passiert ...« flüsterte Constanze vor sich hin und brach ab, als ihr bewußt wurde, daß sie nicht allein war.
»Ich ... ich wußte nicht, daß Sie beide sich so nahestehen«, sagte Sharon. Sie haßte sich selbst, daß sie so neugierig wirken mußte.
»Nun ... nahestehen ist wohl nicht das richtige Wort«, antwortete Constanze, und sie wurde dabei feuerrot. »Ich habe nur das Gefühl, daß ich an dem Duell schuld

bin. Meinetwegen haben sie sich schließlich gestritten, und ich ...«

Sharon verbiß sich ein Lächeln. »Das müssen Sie sich nicht einreden, Constanze.«

Constanze wischte sich wieder über die Augen. »Ich kann noch immer nicht fassen, daß dieser dumme Streit so enden mußte. Wie schnell ist ein Mensch plötzlich tot. Und Nicholai ...«

Sharon legte den Arm um sie. »Sie sind völlig erschöpft. Wenn Doktor Wilstar fertig ist, sollten Sie mit ihm nach Philadelphia zurückfahren. Er kann Ihnen vielleicht auch ein Pulver geben, damit Sie schlafen können. Und nach ein paar Stunden Schlaf werden sie alles mit anderen Augen sehen ...«

»Nein! Bitte, lassen Sie mich bei Nicholai bleiben. Ich kann nicht fort von ihm!«

Flehend sah Constanze die Frau neben sich an. Und Sharon las in ihren Augen wie in einem offenen Buch. Jetzt kannte sie die Wahrheit.

»Natürlich können Sie bleiben.« In diesem Moment öffnete sich die Tür des Schlafzimmers. Lion und der Doktor kamen auf die Treppe zu. Sharon sprang auf und lief zu ihrem Mann. Sie spürte, wie aufgewühlt er war, obwohl er sich ruhig und beherrscht gab.

»Nun, meine Damen«, sagte Doktor Wilstar, »ich habe getan, was ich konnte. Er ist zum Glück ein gesunder, kräftiger Mann. Und wir dürfen alle Hoffnung haben, daß er diese Verletzung übersteht. Ich werde Ihnen einige Anweisungen geben. Wie oft die Wunde neu verbunden werden soll und wann Sie ihm die Mittel gegen Schmerzen geben können. Ich habe einiges in meiner Arzttasche, was ich Ihnen hierlassen werde. Salbe und dergleichen. Erwarten Sie nicht, daß er in den nächsten zwei, drei Tagen sehr munter sein wird. Er braucht vor-

erst Laudanum zur Beruhigung und um die Schmerzen erträglich zu machen. Schlaf ist das beste für ihn . . .«
Sein Blick fiel auf Constanze. »Wenn Sie Mister Beauvisage jetzt sehen möchten, habe ich nichts dagegen. Er hat Sie eben vermißt.«
»Er hat . . .« Constanze war den Tränen nahe. »Ich gehe sofort zu ihm. Entschuldigen Sie mich.«
Sie lief den Flur entlang. Doktor Wilstar folgte den Hampshires nach unten und schrieb dann seine Anordnungen. Inzwischen hatte das Ehepaar Zeit, sich ins Wohnzimmer zurückzuziehen, um ein paar Minuten allein zu sein.
Constanze betrat auf Zehenspitzen das Schlafzimmer. Das Licht der Morgensonne erleuchtete den Raum. Für die prächtige Einrichtung hatte Constanze kaum einen Blick. Sie sah nur Nicholai, der auf dem breiten Bett lag.
Ihr Herz krampfte sich zusammen, als sie die Blässe in seinem Gesicht sah. Er hielt die Augen geschlossen.
Vorsichtig näherte sie sich dem Bett. Nicholai hatte sich noch nicht gerührt. Seine linke Schulter, ein Teil seines Armes und der Brust waren von dem Verband bedeckt. Es erschreckte Constanze, daß die Verletzung so groß war.
»Nicholai«, flüsterte sie. Sie wünschte sich so, daß seine Augen sie ansahen. Sie wollte seine Stimme hören. »Nicholai, ich bin es – Constanze.«
Erst jetzt wurde es ihr bewußt, daß er nicht nur ruhte oder leicht betäubt war, sondern schlief. Sie kämpfte gegen die Enttäuschung an, die sie überkam.
Sie stand da und betrachtete sein Gesicht. Es war so männlich und interessant. Kraft und Stärke gingen davon aus. Aber da war auch Sensibilität, und das war etwas völlig Neues für Constanze.

Sie wußte nicht, wie lange sie dagestanden und Nicholai angesehen hatte, als plötzlich eine Stimme vom Fußende des Bettes her sagte: »Ich kann Ihnen versichern, daß Sie sich keine Sorgen zu machen brauchen.«
Constanze stocke der Atem. Sie drehte sich um und sah zu ihrer Überraschung Antonia Beauvisage vor sich. Nicholais Mutter wirkte ruhig und beherrscht. Aber ihr Blick, der auf Constanze ruhte, konnte die Neugier nicht verbergen.
»Nicky ist stark«, meinte sie.
Jean-Philippe war auch da. Er legte seinen Arm um seine zierliche Frau. »Das muß ich bestätigen. Es ist nicht mehr als ein Kratzer für Nicky.«
Constanze trat vom Bett zurück. Sie entspannte sich ein wenig, als sie Katya und Caroline ins Zimmer kommen sah. Dahinter erschienen Alec und Randolph.
»Mrs. Beauvisage...« Constanze wandte sich an die ältere Dame. »Ich finde es so bedauerlich. Hat man Ihnen erklärt, wie...«
»Randolph kam zu uns und hat uns berichtet«, antwortete Jean-Philippe. »Wir verstehen alles, Mistreß Hahn, und Sie müssen wissen, daß wir Sie in keiner Weise dafür verantwortlich machen.«
Er ging mit seiner Frau näher an das Bett, und die beiden standen eine Weile da, um ihren schlafenden Sohn zu betrachten.
Katya umarmte Constanze. »Das muß ja alles schrecklich für dich gewesen sein. Randolph hat erzählt, daß du neben Senator Hamsphire gestanden hat, als er den Schuß abfeuerte.«
»Er wollte das Duell verhindern«, erklärte Constanze. Sie mußte schlucken, weil Tränen sie würgten. »Ich wußte mir keinen Rat und habe mich deshalb an ihn um Hilfe gewandt.«

»Sie sind in keiner Weise schuldig«, sagte Antonia. »In ein paar Tagen hat er das Schlimmste überstanden . . .«
Constanze nickte nur. Sie sah die Blicke der Menschen im Raum kaum, weil es ihr plötzlich bewußt wurde, daß sie alle zur Familie gehörten. Nur sie war die Fremde.
Sie suchte nach einem Grund, das Zimmer verlassen zu können. »Ich . . . ich bin furchtbar durstig«, murmelte sie. »Wenn Sie mich bitte entschuldigen . . .«
Nachdem sie aus dem Raum gelaufen war, trat Caroline zu ihrer Schwiegermutter, die gerade über die Stirn ihres Sohnes strich.
»Nun?« fragte Caroline leise. »Hast du dich schon entschieden? Willst du Sharons Vorschlag, was Constanze Hahn betrifft, annehmen?«

Constanze fand den Weg zur Küche ohne Schwierigkeiten. Der Raum war leer.
Ihre Hand zitterte, als sie ein Glas mit Wasser füllte und trank. Dann ging sie unruhig im Raum hin und her und öffnete schließlich die Tür, die zum Garten führte.
Die Morgenluft war vom Duft vieler Blüten erfüllt. Es war ein hübscher, bäuerlich wirkender Garten, der Constanze sofort gefiel.
Tief in Gedanken versunken schlenderte sie über den Weg aus roten Ziegelsteinen. Warum will ich ihm so nahe sein, überlegte sie. Warum bilde ich mir ein, daß ich statt seiner Familie bei ihm sein sollte! Ich muß den Verstand verloren haben. Ich sollte schnellstens nach Philadelphia zurückkehren und ihn der Pflege seiner Mutter überlassen. Wie kann ich mir einbilden, daß seine Genesung allein von mir abhängt? Reite sofort nach Hause!
Doch Constanze hörte nicht auf die Stimme ihrer Vernunft. Sie stand da und rührte sich nicht.
Plötzlich hörte sie Sharon Hamsphires fröhliche Stim-

me. Constanze drehte sich um und sah die junge Frau mit einer Schere und einem Korb auf sich zukommen.
»Ich denke, ich habe genug Blumen für einen dicken Strauß abgeschnitten, den wir an Nicholais Bett stellen werden. Leider können wir nicht viel zu seiner Aufmunterung tun. Wir brauchen jemanden, der sich um ihn kümmert . . .«
Sharon gab sich fröhlich und unbekümmert. Sie beugte sich nieder, um noch ein paar Rosen abzuschneiden.
Constanze folgte ihr, als sie weiterging. »Ich verstehe nicht . . .«
»Mein Mann und ich – wir müssen heute nachmittag nach Philadelphia zurück, und morgen gehen wir für einige Monate nach Pecan Grove. So heißt die Plantage in Virginia, auf der ich aufgewachsen bin. Mein Baby soll dort zur Welt kommen.«
Wieder begannen Constanzes Gedanken zu arbeiten. »Sie meinen, daß Nicholai hierbleiben soll, bis er gesund ist?«
»Ja. Warum sollte man ihm einen Transport nach Philadelphia zumuten? Denken Sie nur, was ihm das für Schmerzen bereiten würde. Und wir wohnen ja dann nicht mehr hier . . .«
»Wird seine Mutter hierbleiben und ihn versorgen?« fragte Constanze. Sie bemühte sich, im leichten Plauderton zu sprechen.
»Ach, das ist ja gerade das Problem.« Sharon richtete sich auf und sah Constanze an. »Sie und Caroline sind so mit den Vorbereitungen für die Hochzeit beschäftigt, die im nächsten Monat stattfinden soll. Beide haben keine Zeit, Nicholai zu pflegen. Schließlich nimmt das länger als nur ein paar Tage in Anspruch. Für Caroline wäre das schon wegen ihrer drei Kinder schwierig.«
Sharon hielt inne. »Leider werden ein oder zwei Leute

vom Dienstpersonal nach Nicholai sehen müssen. Es ist ein Jammer, finden Sie nicht auch?«

»Ja, das finde ich!« rief Constanze aufgebracht. »Wenn ich nicht zu viele Pflichten im Kaffeehaus hätte, würde ich die Pflege übernehmen! Es wird eine schwere Zeit für Nicholai, und ich bin sicher, daß er nicht viel Geduld hat. Er könnte etwas Unüberlegtes tun, weil er die Langweile nicht ertragen kann. Man muß es ihm schon sehr angenehm machen . . .«

»Das ist es ja, was uns und seine Familie so beunruhigt.« Wieder beugte sich Sharon nieder, um Blumen abzuschneiden. »Er braucht jemanden bei sich, der ihn von der Langeweile ablenkt, der ihn aufmuntern kann. Ich habe lange überlegt, und mir sind nur zwei Möglichkeiten eingefallen. Denn ich möchte Nicholai auch nicht gern der Obhut von Dienstboten überlassen . . .«

Constanze hatte keine Ahnung, was Sharon im Sinn hatte. »Und welche wären das?« fragte sie.

»Mir kam der Gedanke, daß es ja viele junge Damen in Philadelphia gibt, die überglücklich wären, Nicholai zu pflegen.«

Sharon fand selbst, daß sie es jetzt ein bißchen zu weit trieb, aber sie konnte nicht mehr zurück. »Ich denke da besonders an die Cousine von Anne Bingham.«

Constanze kannte Ophelia Corkstall nicht. Sie spürte aber, daß sich Eifersucht in ihr breitmachte, als sie sich die Reihe der jungen Damen vorstellte, die Nicholai umschwärmten. »Sind Sie auch wirklich sicher, daß sich die Damen in Krankenpflege auskennen«, meinte sie. »Unterhaltung allein braucht er ja nicht.«

Sharon konnte sich ein Lachen kaum noch verbeißen. Sie mußte sich wieder abwenden. Und diesmal fielen ein paar Lilien ihrer Schere zum Opfer.

»Nun«, sagte sie, als sie sich wieder aufrichtete, »da ist ja noch die andere Möglichkeit. Aber damit ist es auch nicht ganz leicht . . .«

»Woran denken Sie?« drängte Constanze.

»An Sie, Constanze. Doch Sie werden sicherlich ablehnen. Aber ich bin sicher, daß die Beauvisages wie auch Caroline jemanden vom Küchenpersonal entbehren könnten, damit diese Leute Ihre Arbeit im Kaffeehaus übernähmen. Wären Sie damit einverstanden? Für Nicholai wäre es mit Sicherheit die beste Lösung. Und seine Gesundheit liegt uns sehr am Herzen. Es wäre nicht auszudenken, wenn er..«

»Ich bin mit diesem Vorschlag einverstanden«, sagte Constanze. »Ich werde alles, alles tun, damit Nicholai bald wieder gesund wird.«

Sie versuchte dem prüfenden Blick der anderen auszuweichen. Aber sie war erleichtert.

»Ich weiß, wie Sie zu Nicholai stehen«, sagte Sharon sanft. »Obwohl wir äußerlich sehr verschieden sind, haben wir doch viele Gemeinsamkeiten. Und die Liebe scheint uns auf gleiche Weise zu treffen. Laß uns Freundinnen sein. Ich weiß, welche Gefühle dich bewegen, auch wenn du es jetzt vielleicht noch nicht erkennst. Ich habe mich auch so dagegen gewehrt.«

In Sharons Wangen erschienen Grübchen, als sie jetzt lächelte. »Wenn es die Liebe ist, kannst du dich nicht dagegen wehren. Es ist zwecklos. Was für Gründe du auch dagegen anführst, sie nützen nichts. Ich sehe dir an, daß du diese Liebe noch nicht akzeptieren willst. Mir erging es ebenso. Die Umstände damals waren wieder anders. Trotzdem sage ich dir, daß die Liebe ein wirkliches Wunder ist. Sie ist allen Kummer und alle Tränen wert. Und wenn man sie einmal geschmeckt hat, kann man nicht mehr zurück.«

Constanzes Blick ging zu dem Fenster hinauf, hinter dem Nicholai lag. Die Vorhänge blähten sich im Wind. Sie wollte protestieren, wollte Sharon sagen, daß sie Nicholai Beauvisage nicht liebte. Und sie wollte nicht in so verwirrende Situationen hineingeraten, wie Sharon sie ihr gerade beschrieben hatte.
Als sie den Blick vom Fenster abwandte und sich zu Sharon umdrehen wollte, stellte sie jedoch fest, daß sie allein war.
Gleich darauf entdeckte sie Lion Hamsphire. Er umarmte gerade seine Frau. Der Korb fiel ihr aus den Händen, als Sharon sich an ihren Mann schmiegte. Ein bunter Blumenregen ergoß sich über den Rasen.

Nicholai hatte das Gefühl, in einem weiten Meer aus Nebel zu schwimmen.
Er träumte, daß er wieder in Paris war. Er lag in Gabrielles Bett. Er spürte ihr Gesicht auf seiner Brust und rührte sich nicht.
Sein Blick war zur Zimmerdecke gerichtet, wo nackte Nymphen ihren Reigen tanzten. Wie oft hatte er dieses Deckengemälde schon betrachtet. Alles war so unwirklich, die nackten Leiber der Frauen, die Blumenketten, die sie in den Händen hielten. Das paßte nicht zu einem Paris, in dem die Guillotine die Herrschaft angetreten hatte.
Er wünschte sich, Gabrielle davon überzeugen zu können, daß sie sich keine Sorgen um ihren Bruder zu machen brauchte. Er wollte sie mitnehmen. Paris und Frankreich verlassen. Mit ihr irgendwohin gehen, wo sie in Sicherheit waren.
Ihr Eigensinn machte ihn oft wütend. Er konnte es nicht leiden, wenn sie schmollte. Aber er vergaß das alles, wenn sie ihn küßte und streichelte.

Ihre Haut war weich wie Samt. Gabrielle war immer von Gardenienduft umhüllt. Sie trug diese Blüten immer in ihrem Haar und am Kleid.
Wenn sie sich liebten, vergaß Nicholai, daß ihre Ansichten so differierten.
Gabrielle wollte nie etwas anderes von ihm als Liebe. Geschenke oder Luxus lehnte sie ab. Sie war ein einziges großes Geheimnis für ihn.
»Gabrielle . . .« Nicholai hörte seine Stimme ganz deutlich. Der Nebel ringsum klärte sich allmählich.
Und dann überfielen ihn die Schmerzen. Seine Schulter schien zu brennen und zu pochen. Wie Messerstiche zuckte es durch seien Arm, bis in den Hals und den Kopf. Seine Brust schien zu glühen. Und er konnte sich nicht bewegen.
War Gabrielle hier? Oder war es nur ein Traum gewesen? »Gabrielle!«
Kühle Finger berührten seine Stirn und Schläfen. Jemand strich ihm sanft das Haar zurück. Diese Berührung war so zart, daß Nicholai sich zwang, die Augen zu öffnen.
Aber es war alles dunkel um ihn. Erst nach einigen Minuten erkannte er das helle Rechteck eines Fensters, einen Vorhang, der sich leicht bewegte.
Dann tauchte eine Silhouette vor dem helleren Hintergrund auf . . . eine Frau, schlank und anmutig und mit einem Profil, das ihm irgendwie bekannt vorkam.
Sie beugte sich über ihn und tastete vorsichtig über sein Gesicht.
»Ich bin es, Nicolai. Constanze«, wisperte sie. »Erinnerst du dich noch?«
Sie roch nicht nach Gardenien, sondern nach einer Blumenwiese und nach . . . er überlegte. War es Vanille? Er brachte ein leicht verzerrtes Lächeln zustande.

»Natürlich . . . ich erinnere mich . . .«
Constanze griff nach einem Glas Wein, das auf einem kleinen Tischchen neben dem Bett stand. Sanft stützte sie Nicholais Kopf und hielt ihm das Glas an die Lippen. Er nahm mühsam ein paar Schlucke.
»Besser?« fragte sie.
»Ja, danke.« Seine Augen, die sich an die Dunkelheit gewöhnt hatten, sahen Constanze unverwandt an. Er spürte, wie der Schmerz etwas nachließ, und entspannte sich. »Das Duell – ich erinnere mich wieder . . . es traf mich an der Schulter.«
»Das ist richtig, aber der Doktor sagte, daß die Heilung keine Schwierigkeiten machen wird.«
Constanze legte ihre kühlen Finger wieder auf seine Stirn, und dann erzählte sie ihm so kurz wie möglich, was sich seit dem Unfall ereignet hatte.
»Deine Finger sind so zart«, sagte Nicholai seufzend. »Es mißfällt mir zwar, das zu fragen, aber warum bist du hier und nicht im Kaffeehaus? Es ist sicherlich schon spät und . . .«
»Ja, schon nach Mitternacht«, antwortete Constanze lächelnd. »Die Hampshires mußten nach Virginia. Deine Familie hat ein paar Hilfskräfte gebeten, mich zu ersetzen, während ich mich um dich kümmere.«
»Entweder träume ich, oder es ist ein grausamer Scherz«, stöhnte Nicholai. »Erwartest du wirklich, daß ich das glaube? Meine Mutter soll sich dafür eingesetzt haben? Sie kennt dich kaum. Noch unwahrscheinlicher erscheint es mir, daß du dich in dieser Einsamkeit vergräbst, um einen so schwierigen Kranken wie mich zu betreuen, statt in deinem Kaffeehaus zu sein. Du bist doch schon unruhig gewesen, wenn du nur eine Stunde fort warst.«
Nicholai vergaß den Schmerz in seiner Schulter. Er war

von der knisternden Anziehungskraft dieses Mädchen, das auf seinem Bettrand saß, gebannt.

»Ich muß dir recht geben. Deine Mutter und auch ich, wir haben uns heute sehr merkwürdig verhalten.« Ihre Stimme klang leicht spöttisch, aber ihr Blick hing an dem roten Fleck, der sich plötzlich auf dem Verband ausbreitete. »Also, deine Mutter konnte die Pflege nicht übernehmen, weil sie so viel mit den Vorbereitungen für Katyas Hochzeit zu tun hat.«

»Bringst du deiner Freundschaft mit meiner Schwester dieses große Opfer?«

»Nein. Es ist kein Opfer. Ich wollte hier bei dir bleiben.«

Nicholai sah sie so lange und unverwandt an, daß Constanzes Herz wild zu schlagen anfing. Ein Zittern erfaßte ihren Körper.

»Du mußt starke Schmerzen haben. Ich hole dir die Flasche mit dem Laudanum«, sagte sie nervös.

Seine rechte Hand packte sie und umklammerte ihr Handgelenk. »Ich will kein Laudanum, Constanze. Du kannst mir etwas geben, das mir die Schmerzen nimmt, ohne mich zu betäuben.«

»Du darfst nicht so hastige Bewegungen machen wie eben, Nicholai. Doktor Wilstar hat gesagt ...«

»Doktor Wilstar ist noch nie allein mit dir in einem dunklen Zimmer gewesen.« Seine Hand glitt zu ihrem Ellbogen und zog sie näher heran.

»Du bist verrückt. Nicholai, du hast eine schlimme Verletzung!« Constanze mußte sich mit der anderen Hand abstützen, um nicht die Balance zu verlieren. Sie fürchtete, auf seine verletzte Schulter zu fallen. Aber genau das hatte Nicholai gewollt. Denn nun war ihr Gesicht seinem sehr nahe.

Er schlang den Arm um ihren Hals. Constanze konnte

nicht fassen, was geschah. Sie starrte in seine leuchtenden Augen, während er ihren Kopf ganz langsam herunterzog, bis sich ihre Lippen berührten.
Sein Kuß jagte einen Schauer durch ihren Körper. Er ließ sich viel Zeit. Seine Lippen liebkosten ihre Wange, ihre Schläfe. Seine Finger streichelten ihren Hals.
»Ich hätte mich schon viel eher niederschießen lassen sollen«, murmelte er nach einer Weile. Seine Stimme klang rauh.

Dritter Teil

22. KAPITEL

27. April 1793

Sharon beugte sich vor, um aus dem Fenster der Kutsche zu sehen, als sie in die Auffahrt zur Villa einbogen. Ein zufriedenes Lächeln umspielte ihre Lippen.
»Ich frage mich, wie Constanze sich fühlt. Jetzt kann sie sich nicht mehr mit ihrer Arbeit herausreden. Nicholai Beauvisage ist zwar verletzt, aber sie wird mit Sicherheit erkennen müssen, daß er ein Mann ist.«
Lion lachte leise vor sich hin und schüttelte den Kopf. »Du bist eine kleine Hexe, meine Liebe. Bist du ganz sicher, daß du dir keine Gedanken mehr zu machen brauchst, daß Constanze meinem Charme erliegen könnte?«
Sharon wandte sich ihm zu, zog eine Grimasse und knuffte ihn in den Arm. »Ich denke, wir hatten vereinbart, dieses Thema nicht wieder aufzuwärmen. Und was diese Sache angeht – ich mag Constanze sehr, ja, ich bewundere sie.«
»Aber ...?«
»Hm, was Männer angeht, scheint sie ziemlich unerfahren zu sein ...«
»Und du willst ihr da einiges beibringen?« Lion lachte.
»Nicht so direkt, mehr auf die heimliche Art«, gestand

Sharon ehrlich. »Mit der Liebe ist es oft schwierig. Ist es da so verwerflich, wenn ich Constanze ein wenig beistehe?«

Als die Kutsche hielt, faßte Lion unter das hübsche Kinn seiner Frau und beugte sich über sie, um sie zu küssen.

»Du bist hinreißend«, sagte er bewundernd.

Sharon trug ein Kleid aus grauem Satin mit einer kirschroten Schärpe um die hochgezogene Taille. Darüber hatte sie eine Pelerine aus grauem Samt gelegt, die mit roter Seite gefüttert war. In ihr glänzendes schwarzes Haar waren rote Seidenbänder geschlungen.

Sie bot einen wirklich atemberaubenden Anblick, als sie aus der Kutsche stieg. Wartend blieb sie stehen, als Lion den Kutscher anwies, eine große Reisetruhe herunterzuheben.

In diesem Moment flog die Haustür auf, und Constanze kam heraus, um sie zu begrüßen. Da sie keine andere Kleidung bei sich hatte, trug sie noch immer die Hose und das weite Männerhemd. Das Haar hatte sie zu einem langen Zopf geflochten.

»Guten Morgen! Sie sind also tatsächlich auf dem Weg nach Virginia!« Constanzes Wangen röteten sich. »Es ist ein bißchen seltsam, daß ich Sie in Ihrem eigenen Haus willkommen heiße, nicht wahr? Aber um ehrlich zu sein, mir sind einige Dinge nicht ganz geheuer.«

Sharon lachte nur, als würde sie alles für ein aufregendes Abenteuer halten. »Du wirst dich daran gewöhnen. Ich möchte sogar wetten, daß es dir sehr guttun wird, einmal nicht im Kaffeehaus zu arbeiten. Hier kannst du lange schlafen, dich ein bißchen entspannen, und du mußt nicht vom Morgengrauen bis Mitternacht auf den Beinen sein.«

Sharon sah ihren Mann an.

»Sie hat recht«, stimmte er zu und mußte sich ein Lachen über seine eifrige kleine Frau verbeißen. »Dies werden Ferien für Sie sein.«
Constanze runzelte die Stirn und schien darüber nachzudenken. Sharon lenkte sie ab.
»Wie geht es Nicholai? Kommst du mit der Pflege zurecht? Ist er überhaupt schon wieder bei Bewußtsein?«
Während sie ins Haus gingen, erstattete Constanze Bericht. »Er hat schon erstaunliche Fortschritte gemacht. Es ist kein Fieber aufgekommen, und er ist bei vollem Bewußtsein ...«
Als sie merkte, daß diese Erklärungen sehr vage klangen, erzählte sie ausführlicher. »Die Schmerzen waren in der Nacht ziemlich stark, und ich habe ihm noch einmal Laudanum geben müssen. Die Wunde sieht gut aus, auch wenn sie noch blutet. Die Medizin hat ihn auch etwas ruhiger gemacht, so daß er etwas schlafen konnte. Und der Schlaf tat ihm so gut, daß er nun nicht mehr so erschreckend grau aussieht ...«
»Ich hoffe, du hast nicht die ganze Nacht an seinem Bett gesessen und bist selbst nicht zum Schlafen gekommen«, meinte Sharon. »Oder haben wir dich jetzt geweckt? Wir wären ganz leise ins Haus gekommen, um deine Sachen abzuladen. Du hättest uns nicht gehört ...«
»Ich war fast die ganze Nacht wach, aber es hat mir nichts ausgemacht«, sagte Constanze. »Ich glaube, Nicholai ist so gegen drei Uhr endlich eingeschlafen. Ich habe mich in mein Zimmer zurückgezogen, aber mein Körper ist einfach einen anderen Rhythmus gewöhnt. Ich wachte genau zu der Zeit auf, zu der ich immer aufstehe. Es ist verrückt, nicht?« Sie lachte.
»Ja. Übrigens, um dein Kaffeehaus brauchst du dir überhaupt keine Sorgen zu machen. Da wir jetzt nicht

da sind, ist unsere Köchin dort. Bramble ist eine Perle. Sie wird dich voll ersetzen. Und Pierre, Alecs Diener, steht deinem Barkeeper zur Seite.«
»Ihr habt nun meinetwegen soviel Arbeit gehabt. Ich bin so dankbar. Es ist schon eine große Erleichterung für mich, wenn ich weiß, daß im Kaffeehaus alles seinen Gang geht.«
»Mrs. Flowers hat alles für Sie eingepackt«, sagte Lion. »Sie schien zu glauben, daß ich Sie in die Arme irgendwelcher Männer getrieben habe. Sie stellte mir unaufhörlich Fragen, und dann kam sie mir noch bis auf die Straße nach.«
Constanze mußte lachen. Sie sah Lion nach, als er mit der Truhe die Treppe hinaufstieg.
»Es ist sehr großzügig von euch, daß wir während euer Abwesenheit hierbleiben dürfen«, sagte sie zu Sharon, die sie mit sich in den Salon zog.
»Im Gegenteil! Wir sind froh, daß die Villa bewohnt wird, und das von guten Freunden. Sie hat schon so viele Jahre leergestanden. Ich werde nie vergessen, als ich das erste Mal herkam. Alles war voll Spinnweben und Staub. Gräßlich! Du wirst vielleicht über mich lachen, aber ich bin glücklich, daß die Villa jetzt euch als Bewohner hat.«
»Nun, das wird ja auch nicht für lange Zeit sein. Nicholai ist wirklich stark und wird sich bald besser fühlen. Und dann wird er sicherlich nach Hause zurückkehren wollen. Ich schätze in zwei Wochen.«
Constanze trat zu Sharon, die am Fenster stand. »Bis dahin werde ich es selbst wohl auch kaum erwarten können, wieder mein normales Leben zu führen.«
»Oh, das kannst du jetzt noch nicht sagen«, meinte Sharon. »Vielleicht wirst du feststellen, daß es dir gar nicht mehr gefällt?«

Bei dem merkwürdigen Unterton in Sharons Stimme sah Constanze die andere an. »Gefallen oder nicht, ich muß auf jeden Fall zurück. Diese Zeit hier ist nur ein kleines Intermezzo ... ich bin wie Aschenbrödel, das nach dem Ball auch wieder an seinen Herd zurück mußte.« Sie lächelte. »Nicholai wird bald gesund sein, und dann führe ich mein bisheriges Leben weiter. Ich möchte schließlich etwas zu essen und ein schönes Bett zum Schlafen haben. Und die Arbeit gibt mir auch das Gefühl, selbständig zu sein.«
Sharon mußt sich auf die Zunge beißen. Wenn sie Constanze jetzt schon Ratschläge gab, würde sie damit deren Stolz nur noch mehr herausfordern. Nachdem sie nun dieses recht widerspenstige Paar zusammengebracht hatte, mußte sie es ihm überlassen, was weiter geschehen sollte. Als Constanze hörte, daß Lion wieder die Treppe herunterkam, holte sie tief Luft und stellte Sharon die Frage, die ihr so auf den Lippen brannte: »Sharon – ich möchte dich etwas fragen ... Kennst du eine Gabrielle?«
Sharon runzelte die Stirn. »Wie?«
»Kennst du jemanden mit diesem Namen! Gabrielle? Könnte es jemand aus der Familie Beauvisage sein?«
»Nein, nicht daß ich wüßte.« Sharon wandte sich an ihren Mann, der gerade den Salon betrat. »Kennst du eine Frau mit Namen Gabrielle?«
Lion fuhr sich mit der Hand durch sein blondes Haar und überlegte. »Nein, leider nicht.«
»Ist es wichtig, Constanze?«
»Nein, nein.« Constanze fühlte, wie ihr das Blut in die Wangen schoß. »Wahrscheinlich hat es überhaupt nichts zu bedeuten.«
»Nun, wenn alles geregelt ist, können wir ja aufbrechen ...« Sharon griff nach Constanzes Hand. »Übri-

gens, Mister Stringfellow hat Lion versichert, daß er euch Lebensmittel bringen wird. Und durch den Doktor und Nicholais Familie werdet ihr hier auch nicht ohne Kontakt zur Außenwelt leben müssen.«

Lion öffnete die Haustür und sie traten in den Sonnenschein hinaus.

»Ich bitte Sie, diese Villa als Ihr Heim anzusehen, Constanze. Es gibt eine gut bestückte Bibliothek, die Sie bitte ganz nach Belieben benutzen können, und Nicholai steht mein Weinkeller zur Verfügung.« »Machen Sie sich um uns keine Sorgen, Senator. Sie sollten jetzt nur an die wunderschöne Zeit denken, die Sie mit Ihrer Frau in Virginia verbringen werden. Sie haben eine Erholung gewiß verdient.«

Lion sah Sharon verschmitzt an. »Ich weiß nicht, ob es so ruhige Monate für mich werden«, meinte er lächelnd. »Meine Frau wird mich schon in Atem halten. – So, nun verabschiedet euch, wir müssen aufbrechen.«

Sharon und Constanze umarmten sich, und eine versprach der anderen, daß sie sich schreiben wollten.

»Wenn ich die Familie Hampshire das nächste Mal sehe, werdet ihr zu dritt sein«, meinte Constanze lachend.

Lion half seiner Frau in die Kutsche. Dann drehte er sich um und legte einen Arm um Constanzes Taille.

»Ich werde Sie und das Kaffeehaus sehr vermissen, Mistress Hahn. Aber im Herbst bin ich wieder da. In der Zwischenzeit hoffe ich, daß Sie sich auch ein bißchen Vergnügen gönnen . . .«

Dann ließ er sie los und stieg zu seiner Frau in die Kutsche. Die Tür wurde geschlossen, und der Wagen setzte sich in Bewegung. Constanze stand da und winkte dem jungen Paar nach, bis die Kutsche hinter den hohen Büschen verschwand.

»In deinen Augen sehe ich hundert kleine Teufel«, sag-

te Lion zu seiner Frau. Er streckte seine in hohen Stiefeln steckenden Beine aus und lockerte seine Krawatte.
Sharon kicherte. »Die arme Constanze. Sie weiß nicht, was ihr alles bevorsteht. Als ich zuletzt mit Caroline und Katya sprach, stellte ich fest, daß sich die beiden allerhand ausgedacht haben, um Constanze nun endlich so weit zu bringen, ihre weiblichen Gefühle zu entdecken.«
Lion schlang die Arme um sie. »So, genug der Komplotte. Jetzt dürfen wir wieder an uns denken.« Er beugte sich über Sharons rosige Lippen und küßte sie.

23. KAPITEL

27. April 1793

Der köstliche Duft, der aus dem Topf stieg, ließ Constanze das Wasser im Munde zusammenlaufen. Sie kochte ein Huhn mit Gemüse und Gewürzen.
Zufrieden summte sie vor sich hin, während sie den Tisch abwischte. Sie fühlte sich wohl. Nicholai würde bald aufwachen, die Suppe roch appetitlich, und sie war mit ihrem Äußeren sehr zufrieden.
Zuerst war Constanze überrascht gewesen, wie viele Kleider Hyla Flowers ihr eingepackt hatte. Aber nun war sie froh darüber. Hyla hatte auch das duftige gelbe Kleid mitgeschickt.
Wenn Hyla gegen eine Romanze zwischen mir und Nicholai ist, warum hat sie mir dann nicht die häßlichsten, ältesten und geflickten Kleider geschickt, dachte Constanze und mußte unwillkürlich lächeln.
Nachdem sie sich noch einmal in der Küche umgeschaut hatte, legte sie ihre Schürze ab und hängte sie an

einen Haken. Dann schlenderte sie durch die Halle und blieb vor dem großen Spiegel mit dem kunstvollen Goldrahmen stehen, der dort hing.
Für Constanze war es immer schwierig, ihre wirklich ungewöhnliche Schönheit zu erkennen. Sie glaubte immer, überall Schwächen und Makel zu sehen.
Ihre glänzenden Locken waren mit Haarnadeln aufgesteckt. Sie hatte kleine Lilien als Schmuck befestigt und war jetzt nicht sicher, ob sie die Blüten nicht wieder herausnehmen sollte.
Aber dazu war jetzt keine Zeit. Sie mußte nach Nicholai sehen.
Oben lag Nicholai auf seinem zerwühlten Bett. Er schlief noch, aber er begann bereits, sich allmählich aus seinem von Laudanum betäubten Schlaf zu lösen.
Das Sonnenlicht fiel in breiten Bahnen in den großen Raum. Offensichtlich spürte Nicholai die Wärme auf seinem Gesicht, denn er öffnete vorsichtig ein Auge.
Im nächsten Moment stöhnte er. Seine Schulter schmerzte sehr. Er sah das getrocknete Blut auf seinem Verband und spürte es wie Feuerglut in der Wunde pochen.
»Verdammt . . .«, knurrte er und bewegte sich vorsichtig. Es schien ihm, als hätte er tagelang geschlafen. Sein Körper war steif, feucht, und seine Augen brannten. Außerdem hatte er einen scheußlichen Geschmack im Mund. Nicholai drehte den Kopf zur Seite und versuchte wieder einzuschlafen.
Die Tür knarrte leise, als sie sich öffnete. Ein feiner Duft von Lilien stieg Nicholai in die Nase, und dann auch der appetitliche Geruch von kräftiger Hühnerbrühe. Seine Neugierde besiegte seine Apathie.
Er sah Constanze, die ein paar Schritte von seinem Bett entfernt stand. Für Nicholai in seinem noch ziemlich

betäubten Zustand war sie wie eine Vision. Eine Fee in einem buttergelben Kleid und mit zartblauen Blüten im blonden Haar. Aber die Krönung von allem war das Tablett, das sie trug. Darauf stand eine Porzellanschüssel mit köstlich duftender Hühnerbrühe.

»Ich hoffe, daß ich dich nicht geweckt habe«, sagte Constanze im Flüsterton. »Aber ich dachte, daß du jetzt vielleicht . . .«

»Ich war wach. Ich bin zwar nicht besonders froh darüber, aber ich bin wach.« Nicholai bewegte sich und stöhnte gleich darauf vor Schmerzen.

»Ich hab' einen furchtbaren Geschmack im Mund. Mir ist heiß. Das Laken klebt mir am Körper, und mir tut alles weh. Dazu noch dieser Höllenschmerz in der Schulter.« Nicholai starrte finster auf den Verband. »Du solltest mir nicht noch mehr Laudanum eingeben, Constanze. Ich möchte lieber die Schlaflosigkeit ertragen, als mich beim Aufwachen immer so gräßlich zu fühlen. Ich glaube auch, daß Schlaf gar nicht so gut für mich ist.«

Constanze stellte das Tablett auf den Nachttisch und setzte sich auf die Bettkante. »Es tut mir leid, daß du dich so elend fühlst. Meinst du, daß dir ein bißchen Suppe guttun könnte?«

»Ich habe nie gedacht, daß ich einmal den Tag erleben würde, an dem mich Constanze Hahn so geduldig und ergeben behandelt. Ich glaube, du hast deine Bestimmung nicht erkannt. Du hättest Krankenpflegerin werden sollen.« In Nicholais grünen Augen blitzte es auf. »Ich würde mich jetzt am liebsten in ein langes, erfrischendes Bad stürzen. Dazu brauchte ich eine schöne Sklavin, die mich rasiert und einseift, während ich mit geschlossenen Augen genieße . . .«

»Nun, da mußt du aber auch ganz sicher sein können,

daß es eine Sklavin ist, der du dich anvertrauen kannst. Sonst könnte das Rasiermesser eine gefährliche Waffe sein.« Constanze verbiß sich mit Mühe ein spöttisches Lachen.
»Doch jetzt hör bitte zu. Ein solches Bad mußt du dir leider aus dem Kopf schlagen. Es ist jetzt gerade ein Tag vergangen seit deinem Unfall ...«
»Na, dann also statt eines Bades die Suppe«, meinte Nicholai resignierend.
Constanze bedauerte Nicholai. Aber es irritierte sie immer wieder, wie tief ihre Gefühle für ihn waren. Sie streichelte ihm über die Wange.
»Nach ein paar Löffeln Suppe wirst du dich sicherlich besser fühlen. Ich bringe dir dann eine Schüssel mit frischem Wasser, und dann kannst du dir Gesicht und Hände waschen.«
»Kannst du mir bei einigen anderen Stellen helfen, an die ich nicht herankomme?«
Constanze war erleichtert, daß er schon wieder zu Scherzen aufgelegt war. Doch sie tat entrüstet. »Nein, mein Herr, das werde ich nicht tun.«
Nicholai lehnte ihr Angebot ab, ihm die Suppe einzuflößen. Er drehte sich auf die Seite und schob sich bis an den Bettrand. So konnte er mit dem gesunden Arm die Suppe vorsichtig löffeln.
Während er damit beschäftigt war, lief Constanze in die Küche hinunter, um ihm Wasser zum Waschen heißzumachen. Wenig später war sie wieder zurück. Mit der Waschschüssel, einem sauberen Leinentuch und Sandelholzseife. Umständlich wusch sich Nicholai Gesicht, Arme und Oberkörper. Nach einigem Zögern beschloß er dann, sich während seiner Genesungszeit einen Bart wachsen zu lassen.
Constanze ließ sich wieder auf dem Bettrand nieder

und löste vorsichtig den Verband. Plötzlich war ein Klopfen an der Haustür zu hören.
»Wer kann das sein?« überlegte sie laut.
»Oh, da gibt es sicherlich viele Möglichkeiten«, meinte Nicholai. »Sicherlich vermißt man dich im Kaffeehaus, und nun ist wahrscheinlich eine ganze Armee Herren hier, um dich mit Gewalt zurückzuholen.«
Constanze verbiß sich eine Antwort. Sie lächelte nur und ging dann nach unten, um zu sehen, wer gekommen war. »Ich wollte gerade den Verband wechseln«, sagte Constanze.
»Nun, das kann ich jetzt übernehmen«, erklärte der Arzt und schickte sich an, die Treppe hinaufzusteigen.
»Das trifft sich gut«, meinte Stringfellow, als er mit Constanze allein in der Eingangshalle zurückblieb. »Nun sag mir mal, was das alles soll? Ich will die Wahrheit wissen, keine Ausrede. Hyla merkt sofort, wenn ich ihr etwas vormache. Und dann wird sie selbst herkommen. Ich könnte mir vorstellen, daß dir das nicht gefallen würde, oder?«
»Stringfellow, ich bin eine erwachsene Frau. Ich lasse nicht zu, daß ihr beide mich wie ein Baby behandelt. Ihr seid meine Angestellten, und ich bezahle euch.«
»Ach, darum geht es doch gar nicht, Constanze. Ich versichere dir, daß wir beide nur dein Glück wollen. Wir lieben dich ...« In Stringfellows Augen schimmerte es feucht.
»Na gut. Dann brauchst du mir aber nicht mit solchen Vorwürfen zu kommen. Und die Erklärung ist ganz einfach. Ich fühle mich für Mister Beauvisages Verletzung verantwortlich. Und er braucht jetzt jemanden, der sich um ihn kümmert, bis er wieder gesund ist. Und ich scheine die einzige Person zu sein, die ihm im Augenblick helfen kann.«

»So? Obwohl du ein Kaffeehaus zu führen hast? Ich würde ja gern mal hören, warum die anderen diese Aufgabe nicht übernehmen konnten?«
»Es war mein freier Wille, meine eigene Entscheidung«, erklärte Constanze mit einer Stimme, die keinen Widerspruch duldete.
»Aus Schuldgefühl, was?«
Constanze betrachtete einen unsichtbaren Fleck auf ihrem Finger. »Genau das.«
»Du bist hier, weil du dich in diesen Mann verliebt hast, Constanze!«
»Das ist nicht wahr!« Ihr Gesicht glühte. Wie konnte er es wagen, ihr so etwas ins Gesicht zu sagen?
»Wenn du dieser Meinung bist, dann paß nur auf dich auf. Im Augenblick ist dieser Mann zwar ungefährlich, aber wenn er wieder bei Kräften ist . . .«
»Ich habe es satt, als Kind behandelt zu werden, Stringfellow!«
»Wenn es um Liebe geht, bist du das auch noch.«
»Bist du jetzt fertig?«
»Mit meinen Ratschlägen, ja.« Stringfellow lächelte väterlich.
»Ich habe einen ganzen Wagen voll Lebensmittel mitgebracht. Ich fahre bis vor die Küchentür und lade alles aus.« In der Tür drehte sich Stringfellow noch einmal um. »Das war alles Hylas Idee. Sie scheint zu glauben, daß du dich hier von wilden Beeren und Pilzen ernähren mußt.«
Ehe Constanze etwas erwidern konnte, war Stringfellow draußen. Wenig später türmten sich Töpfe, Körbe und Schüsseln auf dem Küchentisch. Constanze verstaute die Sachen im Vorratsraum und hörte sich dabei Stringfellows Bericht über die Ereignisse im Kaffeehaus an.

Er berichtete von Bramble, Pierre und Nancy. Sein Urteil über die ersten beiden war recht knapp. Für Nancy, die Zofe von Antonia Beauvisage, fand er allerdings nicht genug Worte. »Es hört sich an, als wäre es nicht gerade langweilig«, meinte Constanze und mußte sich ein Lachen verbeißen. »Hyla und Bramble kämpfen um die Macht, und dann liegen noch Romanzen in der Luft. Ihr scheint mich ja nicht zu vermissen.«
»Ach, du weißt ganz genau, wie sehr du uns fehlst!« fuhr Stringfellow auf.
»Ich bitte euch, macht es mir nicht so schwer. Hier werde ich im Augenblick am meisten gebraucht.«
Stringfellow kam um den Tisch herum und gab ihr einen Kuß auf die Wange. »Du weißt, daß Hyla und ich dir die Sterne vom Himmel holen würden, wenn du es willst.«
»Ich weiß, daß ich mich auf euch verlassen kann.« Constanze erwiderte gerade den Kuß, als ein leises Räuspern von der Tür her zu hören war.
Constanze drehte sich um. Der Arzt schien zu glauben, daß er gerade ein kleines Tête-à-tête gestört hatte.
»Doktor!« Sie eilte auf ihn zu. »Bitte, sagen Sie mir, wie geht es unserem Patienten?«
Der Blick, der sie traf, war vorwurfsvoll. »Ich habe Sie vergeblich gesucht, Mistreß Hahn.«
»Aber wieso, Doktor? Sie hätten sich doch denken können, daß ich hier in der Küche bin.« Sie unterdrückte ihren Ärger über diese Zurechtweisung und fragte freundlich: »Darf ich Ihnen ein Glas Wein anbieten, während Sie mir sagen, wie Mister Beauvisages Befinden ist?«
Diese höfliche Geste besänftigte den Doktor sofort. Er nahm das Glas Wein, das Constanze ihm reichte, und setzte dann zu seinem Bericht an.
»Also, Mistreß Hahn, die körperliche Verfassung ist

recht gut. Ich bin erfreut und erstaunt zugleich, daß er fieberfrei ist. Mit den Schlaf war es, wie ich hörte, auch recht gut. Aber sein Verhalten beunruhigt mich. Er ist nervös und ungeduldig, ja beinahe aufsässig.«
Constanze nickte. »Ja, Doktor. Und was können wir dagegen tun?«
»Zuerst einmal müssen Sie dafür sorgen, daß er zu bestimmten Zeiten seine Dosis Laudanum einnimmt. Dadurch bekommt er die Ruhe, die er braucht, und er wird ruhiger sein, wenn er wach ist. Er hat sich eben so heftig aufgeführt, während ich mich mit ihm unterhielt, daß die Adern an seinem Hals hervortraten. Und das schadet der Wunde. So kann sie nicht richtig heilen.«
»Aber Mister Beauvisage mag die Wirkung von Laudanum nicht. Erst vor einer Stunde hat er mir gesagt, daß er nichts mehr davon einnehmen will, auch wenn er nicht schlafen sollte.«
»Ist Mister Beauvisage der Doktor oder ich? Mistress Hahn, ich habe keine Zeit, mich mit Ihnen zu streiten. Wenn Sie Mister Beauvisages Genesung wollen, müssen Sie meine Anordnungen befolgen.«
Constanze mußte die Zähne zusammenbeißen, um keine unfreundliche Antwort zu geben. »Ich werde selbstverständlich tun, was für Mister Beauvisage am besten ist, Sir.«
»Gut.« Er trank seinen Wein aus und nahm seine Tasche auf. Dann erklärte er Constanze, wie der Verband zu wechseln sei, während sie zur Tür gingen.
An der Treppe verabschiedeten sie sich, und Doktor Wilstar ging zu seiner Kutsche. Plötzlich drehte er sich noch einmal um.
»Mistress Hahn!« rief er. »Mister Beauvisage darf unter keinen Umständen herumlaufen! Und er darf auch kein Bad nehmen! Und geben Sie ihm in den besprochenen

Abständen das Laudanum. Mischen Sie es in den Tee oder in ein anderes Getränk, damit er es einnimmt.«
Stringfellow trat hinter Constanze, als der Doktor in seinen Wagen kletterte.
»Dieser Mensch!« schimpfte sie. »Ich käme mir vor wie eine Kriminelle, wenn ich Nicholai dieses Mittel heimlich in den Tee täte.«
»Nun, ich bin sicher, daß ihr beide eine Lösung finden werdet.« Stringfellow wußte, daß der Arzt sich diesen Rat hätte sparen können. »Ich will nun auch fahren, sonst schaffe ich es nicht, bis zum Abendessen wieder im Kaffeehaus zu sein. Ach, das hätte ich ja fast vergessen ...«
Stringfellow griff in seine Manteltasche und zog einen hellen Umschlag heraus. »Dieser Brief kam heute morgen. Ein besonderer Bote – von der Bank. Er bestand darauf, der er dir ohne Verzögerung zugestellt wird.«
Constanze war von ihrem Ärger noch so abgelenkt, daß sie dem Brief keine Aufmerksamkeit schenkte. Und nachdem Stringfellow aufgebrochen war, nahm sie ihn mit nach oben und legte ihn auf den Tisch neben Nicholais Bett.
Sie war in der Stimmung, sich mit Nicholai über das Laudanum auf eine hitzige Diskussion einzulassen.
Doch ein einziger Blick zum Bett hin erinnerte sie daran, daß Nicholai ja nicht gesund war. Im Gegenteil. Es waren erst wenige Minuten nach seinem Gespräch mit dem Doktor vergangen, und doch hatte ihm der Ärger so zugesetzt, daß er erschöpft eingeschlafen war.
Leise trat Constanze an das Bett. Durch das offene Fenster kam ein angenehmer Wind, der den Duft von Gras und Blumen mit sich hereintrug. Das helle Sonnenlicht erfüllte den ganzen Raum.
Nicholai hatte fast alle Kissen und Decken von sich ge-

schoben. Nur eine Ecke des Lakens bedeckte seine Hüften. Von dem weißen Bettzeug hob sich sein muskulöser, gebräunter Körper ab. Die Sonne schien seine Haut zu vergolden, und Nicholai kam Constanze vor wie einer der griechischen Götter, von denen sie gelesen hatte.
Sie spürte, wie ein Prickeln über ihren Rücken rann, gefolgt von einem heißen Schauer, der ihren ganzen Körper erfaßte. Ihre Knie wurden weich, so daß sie auf die Bettkante niedersank.
Der Wunsch, Nicholai zu berühren, wurde übermächtig in ihr. Sie streichelte vorsichtig über seinen Handrücken.
Ihr Blick hing unverwandt auf seinem entblößten Körper. Sie dachte an die Nacht, als sie an diesen Körper gepreßt gelegen hatte. In dieser Nacht hatte sie Nicholai Beauvisage gebeten, sie zu lieben. Bis jetzt war die Erinnerung daran immer schmerzlich für sie gewesen. Doch heute war es anders.
Sie sehnte sich nach seinen Küssen, seinen Händen. Es war wie ein Hunger, der gestillt werden wollte. Ein Hunger, der sie wie eine wilde Woge überrollte.
Constanze starrte auf Nicholais Gesicht. Sie atmete schwer und kämpfte gegen den Wunsch an, mit einem Finger die Linie seines Kinns nachzuzeichnen.
Plötzlich öffnete Nicholai die Augen. Constanze wurde bis an den Haaransatz feuerrot, als er mit rauher Stimme fragte:
»Warum starrst du mich die ganze Zeit so an?«
»Das ist etwas an dir, was mir so gefällt«, sagte sie geistesgegenwärtig. »Du bist immer so direkt.«
Sein Mund verzog sich zu einem Grinsen. Amüsiert sah er Constanze an. »Nein, sag es mir nicht. Laß mich raten, ja? Du hast dich gerade gegen gewisse Empfindungen gewehrt, habe ich recht?«

Constanze wäre am liebsten im Boden versunken. Doch sie konnte die Fassung mit letzter Kraft bewahren.
»Ihre Eitelkeit läßt sich wohl durch nichts aufhalten, nicht einmal durch eine lebensgefährliche Verletzung, wie? Um Ihre Frage zu beantworten, Mister Beauvisage, ich wollte Sie gerade zudecken, um zu verhindern, daß Ihre Mutter oder Ihre Schwester in Ohnmacht fallen, wenn sie zufällig vorbeikommen.«
Nicholais Grinsen verstärkte sich. »Meine Mutter und meine Schwester wissen, wie ich ohne Kleidung aussehe.« Er lachte und zog die Bettdecke bis zur Taille hoch. »Zumindestens, wie ich vor zwölf Jahren aussah.«
»Ach, du bist wohl als Kind immer nackt herumgelaufen?« Constanze tat so, als schüttelte sie mißbilligend den Kopf. Dabei raste ihr Herz wie verrückt.
»Du hast es dir jedenfalls ziemlich lange überlegt, ob du mich nun zudecken sollst oder nicht. Bist du sicher, daß du vorher nicht ziemlich genau hingesehen hast?«
»Du bist einfach unverschämt!« rief sie wütend. Als er nach ihrem Arm griff und sie zu sich herunterzog, versuchte sie, ihm zu entkommen.
»Warum sind wir immer so häßlich zueinander?«
Ihre Lippen waren nur Zentimeter entfernt, als das gedämpfte Klappern von Absätzen von der Treppe her zu hören war. Und dann rief eine fröhliche Stimme: »Hallo! Constanze! Ich bin's, Katya! Ich bringe zwei nette junge Damen aus Philadelphia mit, die den weiten Weg gemacht haben, um meinen Bruder aufzuheitern!«
Nicholai ließ Constanzes Arm los. In seinen Augen lag ein verwegenes Blitzen.
»Worauf wartest du noch?« fragte er die völlig verwirrte Constanze. »Laß meine Gäste herein. Ich kann es kaum erwarten, aufgeheitert zu werden!«

24. KAPITEL

1. Mai 1793

Die Flammen der Kerzen warfen lange, zitternde Schatten an die Wand des Salons. Constanze hatte sich in einen der hohen Lehnstühle gesetzt. Doch sie fror trotz der Decke, die sie sich umgelegt hatte, und trotz des heißen Tees, den sie in kleinen Schlucken trank.

Sie wußte, daß die Kälte nicht von außen, sondern von ihrem Herzen her kam, und sie konnte nichts dagegen tun.

Ein Band mit Shakespeare-Sonetten lag auf ihrem Schoß. Seit sie in der Villa lebte, hatte Constanze zu lesen angefangen. Seit Jahren hatte sie nicht so viele Bücher gelesen wie jetzt. Für solche Vergnügen hatte sie neben ihrer Arbeit im Kaffeehaus nie Zeit gehabt.

Das Lesen half ihr, sich von ihren Gedanken abzulenken. Gedanken, die sich um den Mann drehten, der oben in dem großen Ehebett der Hampshires lag.

Die Abende waren am schlimmsten. Nach dem Essen schlief Nicholai – auch ohne Laudanum – mindestens drei Stunden. Er hatte auch nach einem Buch gefragt, und Constanze hatte ihm einen Band von Molière gebracht. Sie hatte sich darüber gewundert, denn meistens war er froh, mit ihr zu plaudern oder Karten zu spielen. Er neckte sie noch immer, aber er versuchte nicht mehr, sie zu küssen. Das machte Constanze noch trauriger als je zuvor.

Am schlimmsten war die endlose Reihe Damenbesuche. Es war wie eine Heimsuchung. Constanze haßte es, diese flirtenden und kichernden Besucherinnen zu sehen. Diese vernichtenden Blicke, die sie trafen.

Die Erbinnen von Philadelphias besten Familien – sie

schienen es alle auf den attraktiven und geheimnisvollen Nicholai Beauvisage abgesehen zu haben.
Trotzdem setzten ihr diese Besucherinnen weniger zu als Nicholais Reaktion auf diese ihn anhimmelnden Mädchen. Er küßte ihnen die Hände, lachte charmant und tat so, als sei er von ihnen ganz hingerissen.
Manchmal fragte sich Constanze, ob er dieses übertriebene Benehmen nur ihretwegen zeigte.
Die große Standuhr in der Halle schlug elfmal. Es wurde Zeit, daß sie ins Bett ging.
Constanze dachte an ein Gedicht, das sie vor einigen Tagen gelesen hatte. Darin war davon die Rede gewesen, daß die Liebe so erquickend war wie die Sonne, die nach dem Regen schien.
Für mich hat Liebe bisher nur Kummer bedeutet, dachte sie. Im nächsten Moment erstarrte sie. Liebe! Es hat nichts mit Liebe zu tun, was ich für Nicholai empfinde! versuchte sie sich einzureden.
Welches Wort würde dann die Beziehung zwischen ihr und Nicholai beschreiben? Sie wußte es nicht.
Constanze hatte sich ihr langes hellgrünes Nachthemd übergestreift und kroch unter ihre Bettdecke. Sie beugte sich vor, um die Kerze auf dem Nachttisch auszublasen, als sie plötzlich aus Nicholais Zimmer ein merkwürdiges Geräusch hörte.
Als sie reglos dasaß und lauschte, hörte sie es wieder. Es war Nicholais Stimme. Er schien so starke Schmerzen zu haben, daß er schrie.
Mit einem Satz war Constanze aus dem Bett. Sie hastete durch das Ankleidezimmer, das die beiden Räume verband. Mondlicht fiel auf das breite Bett, auf Nicholais Körper und Gesicht. Constanze sah, daß schon wieder Blut durch den Verband sickerte, aber der Patient schien zu schlafen.

Mit einem Mal verzerrte sich sein Gesicht, und ein Keuchen kam von seinen Lippen. Seine Augen blieben geschlossen, aber er warf den Kopf unruhig hin und her.

Nicholai murmelte etwas. Wieder diesen Namen! Gabrielle? Constanze hatte es nur undeutlich hören können. Der Gedanke, daß eine andere Frau ihn so beschäftigte, daß er von ihr träumte, gab ihr einen Stich.

Aber dann erkannte sie, daß sein Gesicht von Schmerzen zerquält war. Er bewegte sich und machte Anstalten, sich auf die verletzte Schulter zu drehen.

»Nicholai!« flüsterte Constanze. Sie beugte sich über das Bett und hielt ihn fest. Sanft rüttelte sie ihn an der anderen Schulter. »Wach auf. Du hast einen schlechten Traum.«

Er schien nur ganz langsam wach zu werden. Constanze sah das Buch von Molière zwischen den zerwühlten Kissen und schob es zur Seite. Nicholais schwerer Atem und seine Unruhe machten sie besorgt.

Sie kroch auf das Bett und hielt ihn sanft fest. Mit leiser Stimme redete sie auf ihn ein, so wie ihre Mutter es früher immer getan hatte, wenn sie als Kind schlechte Träume hatte.

Nach ein paar Minuten merkte sie, daß Nicholai wach war. Sein gesunder Arm hielt sie, und ihr Gesicht ruhte auf seiner Brust.

»Geht es dir jetzt wieder gut? Du hast mich erschreckt, weil du so wild geträumt hast.«

»Danke, daß du mich geweckt hast«, murmelte er. »Es kam von Molière. Ich hätte vor dem Einschlafen nicht lesen dürfen.«

»Willst du mir nicht erzählen, was du geträumt hast?«

Er drehte den Kopf und preßte das Gesicht auf ihren Hals. Constanze konnte sein Herz schlagen hören, als

er sich gegen sie lehnte. Ihr Blut rann schneller durch die Adern, und sie spürte wieder die magische Anziehungskraft, in deren Bann sie geriet.
»Es ist nicht mehr wichtig. Ich glaube nicht, daß es gut ist, darüber zu sprechen.«
»So etwas Dummes habe ich noch nie gehört«, sagte Constanze und lachte leise. »Was immer es auch ist, es muß so schlimm sein, daß es dich quält.«
»Ich weiß nicht, ob ich dir davon erzählen soll . . .« Seine Stimme klang müde und zögernd.
»Geht es um eine Frau? Um Gabrielle?« Constanze sprach diese Worte aus wie ein Kartenspieler, der seine Trumpfkarte vorlegt. »Es ist mir völlig klar, daß du während deiner Zeit in Frankreich nicht wie ein Mönch gelebt haben kannst, Nicholai.«
Es vergingen einige Minuten, bis Nicholai antwortete. Doch dieses Schweigen empfand Constanze nicht bedrückend. Irgendwie schwang so etwas wie Harmonie zwischen ihnen.
»Also gut«, sagte Nicholai, »ich möchte dir gern von Gabrielle und dem, was ich in Frankreich erlebt habe, erzählen. Es ist dumm von mir, zu glauben, daß man die Tür zur Vergangenheit für immer schließen kann. Geister finden immer einen Weg, hindurchzuschlüpfen, nicht wahr?«
»Ja, auch wenn man es nicht will.«
Langsam begann Nicholai zu erzählen. »Es fing alles so wunderbar an. Das Loiretal ist wie ein Paradies. Ich werde den ersten Frühling in unserem Schloß nie vergessen. Vom ersten Augenblick an fühlte ich mich dort zuhause. Und ich liebte die Weinberge . . .«
Constanze konnte sich alles genau vorstellen, was er ihr beschrieb. »Ich wundere mich, daß du nie geheiratet hast.«

Wieder folgten einige Minuten des Schweigens. Nicholais Blick richtete sich auf den Betthimmel, als er weitersprach: »Lange war ich zu sehr mit der Arbeit beschäftigt, um irgendwelche jungen Damen kennenzulernen. Es gab auch reizende Frauen in der Nähe des Schlosses. Aber sie waren entweder mit alten Männern verheiratet oder einfache Küchenmädchen. Ich fand auch, daß ich noch Zeit bis zum Heiraten hatte. Und dann lernte ich Gabrielle kennen.«

»Aber du hast sie nicht geheiratet?« Constanze sah, wie Nicholai lächelte. »Bitte«, drängte sie, »ich kann diese Spannung nicht länger ertragen.«

»Nein, wir heirateten nicht, weil ihr Bruder, ein reicher Marquis, eine Ehe mit einem noch reicheren Comte arrangiert hatte. Gabrielle gehorchte ihrem Bruder, obwohl wir uns damals schon liebten. Sie fühlte sich der Familie verpflichtet. Aber dann kam die Zeit, wo es nicht günstig war, von Adel zu sein . . .«

Nicholai beschrieb seine erste Begegnung mit Gabrielle in Versailles.

»Ich kann es mir einfach nicht vorstellen, daß ich einen Mann liebe und mich dann doch zwingen lasse, einen anderen zu heiraten«, sagte sie leise. »Das wäre für mich ein Alptraum.«

»Du hast in deinem Leben auch viele Opfer gebracht, meine Liebe. Denke nur an das Kaffeehaus. Und das ist sogar ein totes Objekt.«

»Für mich nicht. Aber warum konnte Gabrielle dich so leicht aufgeben, wenn sie dich wirklich liebte?«

»Oh, das hat sie nicht getan. In Frankreich denkt man über solche Dinge nicht so kleinlich. Gabrielle besuchte mich in regelmäßigen Abständen in meinem Schloß. Oder wir trafen uns irgendwo, wenn ihr Mann in Paris war.«

Constanze atmete schwer. Bilder von Nicholai mit einer zarten Schönheit in den Armen verfolgten sie.
»Dann muß sie dich wirklich sehr geliebt haben – wenn sie solche Risiken auf sich genommen hat.«
»Ich weiß nicht, was sie dachte. Gabrielle war ein großes Geheimnis. Ich wußte nie, was sie dachte oder fühlte. Auch wenn sie in meinen Armen lag, war sie oft unerreichbar fern.«
Da ihn die Frauen gewöhnlich wie Bienen umschwärmten, konnte sich Constanze vorstellen, welche Faszination Gabrielle auf Nicholai ausgeübt haben mußte.
Sie fragte ihn nach der Revolution und nach Gabrielles Schicksal. Und dann hörte sie entsetzt, was er berichtete. Seine Stimme klang gepreßt, als er das September-Massacker beschrieb und die letzte Nacht mit Gabrielle, die damit geendet hatte, daß man sie beide auf Gefängniskarren verladen hatte.
»Aber sie ist vielleicht noch am Leben!« rief Constanze.
»Ich habe fünf Monate damit verbracht, nach ihr zu suchen. Und welche Chance zur Flucht sollte Gabrielle auch gehabt haben? Als Schwester eines Marquis und als Frau eines Comte?«
»Jetzt verstehe ich, daß dich das bis in deine Träume verfolgt«, flüsterte Constanze ergriffen.
»Ich sehe manchmal in meinen Träumen, wie man sie foltert . . .« Nicholai brach ab. »Es ist aber unsinnig, sich damit zu quälen. All das Blutvergießen und dieser Wahnsinn sind nicht rückgängig zu machen. Vergessen werde ich das nie. Aber ich habe dieses Grauen überlebt und will nicht mein Leben lang davon verfolgt werden.«
Nicholai lag da und starrte noch immer gegen den Betthimmel. Sein Gesicht wirkte so zerquält, daß Constanzes Herz sich vor Mitleid zusammenkrampfte.

Sie vergaß ihre Eifersucht. Sanft begann sie seine Lippen zu küssen. Die drückte sein Gesicht an ihren Hals und streichelte beruhigend seine Schläfen, bis er einschlief.

25. KAPITEL

5. Mai 1793

Constanze war so glücklich, daß sie am liebsten mit den Vögeln um die Wette gesungen hätte. Sie atmete in tiefen Zügen die von Blumenduft getränkte Luft ein, während sie unter einer Weide stehenblieb, um ihre Staffelei aufzustellen.

Vorsichtig wickelte sie eine neue Leinwand aus und stellte sie auf die Staffelei. Dann öffnete sie den flachen Holzkasten mit den Ölfarben. Seit zwei Tagen war sie mit Begeisterung dabei, kleine Stilleben zu malen.

Die tiefe Ruhe und das Glück, allein mit Nicholai hier in der Villa zu leben, gaben Constanze oft das Gefühl, sich in einer anderen Welt zu befinden.

Sie hatte gerade ihre Malutensilien arrangiert und warf einen raschen Blick zu Nicholais Fenster hinauf. Da wurde sie plötzlich durch eine Stimme aufgeschreckt. Da es ringsum so still gewesen war, zuckte Constanze heftig zusammen, und ihr Herz raste.

»Sie sehen heute einfach bezaubernd aus, Mistress Hahn.« Wie erstarrt stand sie da. Das konnte doch nicht möglich sein! Nicholai?

»Ich hatte eigentlich eine stürmische Begrüßung erwartet . . . wenigstens ein paar nette Worte . . .«

Es war Nicholai! Langsam drehte sich Constanze um. Und da sah sie ihn. Er lehnte lässig an einem Baum

und sah amüsiert zu ihr hinüber, wie jemand, der sich über einen gelungenen Scherz freut.
Constanze holte tief Luft. Nicholai trug eine Hose aus weichem Leder und die Stiefel, die sie poliert und in die Küche gestellt hatte, bis ihr Besitzer sie wieder tragen konnte. Und das weiße Leinenhemd, aus dem sie die Blutflecke herausgewaschen hatte.
Sein braunes Haar glänzte in der Sonne, und er lächelte ihr zu, so daß sich ihr Pulsschlag noch mehr beschleunigte.
»Ich glaube, ich sehe ein Gespenst . . . aber bei dir ist ja nichts unmöglich«, sagte sie leise. »Hast du den Verstand verloren?«
Er lachte.
Constanze hatte sich nun restlos von ihrer Überraschung erholt. »Bist du verrückt geworden, Nicholai?« fuhr sie ihn an. »Willst du dich ins Grab bringen? Vor ein paar Stunden habe ich dir noch den Verband gewechselt und aufgepaßt, daß du keine falsche Bewegung machst . . . Und als du so ruhig warst, habe ich Doktor Wilstars Anweisung mißachtet und dir kein Laudanum gegeben. Aber jetzt muß ich . . .«
»Mir tun im Augenblick die Ohren mehr weh als die Schulter«, meinte Nicholai noch immer lachend. »Kommt dir überhaupt nicht die Idee, daß ich von Doktor Wilstar die Erlaubnis haben könnte, ein bißchen an die frische Luft zu gehen?«
»Was willst du mir da einreden?«
»Nur, daß Doktor Wilstar gekommen ist, während du deine Malutensilien zusammengepackt hast. Und er hat mir gestattet, für eine Weile in den Garten zu gehen.«
»Woher soll ich wissen, daß du die Wahrheit sagst?«
»Komm her!« Nicholai stand ganz still, als sie zögernd ein paar Schritte auf ihn zu machte. »Hierher! Ich möchte, daß du mir in die Augen siehst.«

Er faßte nach ihrem Arm und zog sie an sich. »Sieh mich an, Constanze. Ich bin ein erwachsener Mann und kein kleiner Junge. So behandelst du mich nämlich. Wenn ich in den Garten gehen will – auch ohne Doktor Wilstars Erlaubnis –, dann tue ich das. Du kannst es jedenfalls nicht verhindern. Es geht um meinen Körper, nicht um deinen.«

»Wenn du dieser Ansicht bist, warum habe ich dann meine wertvolle Zeit damit vergeudet, dich zu pflegen? Dann hätte ich dich ja in der ersten Nacht auch aus dem Fenster springen lassen sollen, um dich nach Philadelphia und in die Arme deiner Verehrerinnen laufen zu lassen.«

Nicholais Lippen verzogen sich amüsiert. Seine grünen Augen blitzten. »Und warum hast du es nicht getan?«

Constanze wandte den Kopf, um ihn nicht ansehen zu müssen. Sie merkte nicht, daß Nicholai ihr zartes Profil mit den langen Wimpern betrachtete, die wie Goldstaub schimmerten. »Ich weiß es nicht«, murmelte sie.

»Aber ich.«

Constanze glaubte, die Wärme seines Armes durch den dünnen Stoff ihres Kleides zu spüren. Sie bebte innerlich.

»Du bist geblieben, weil du es wolltest. Weil du einmal ganz Frau sein durftest, ohne dich dafür schämen zu müssen. Du hast geglaubt, daß es nicht gefährlich werden kann – mit einem Mann, der so angeschlagen war wie ich . . .«

Nicholais Atem streifte ihre Wange. Sie merkte, wie sich ihre Brustwarzen unter dem Mieder versteiften. Und ihr Herz schlug so laut, daß sie fürchtete, Nicholai könnte es hören.

»Na, gar kein Prostest?« neckte er sie, »Keine heftige Erwiderung?«

»Ich bin wie erstarrt«, murmelte Constanze.
»Darf ich dich warnen, meine schöne und so selbständige Mistress Hahn! Mein Siechtum ist zu Ende. Ich bin dir nicht länger ausgeliefert. Ich lasse mir von dir keine Suppe mehr aufzwingen. Da gibt es etwas anderes, auf das ich in diesen letzten Tagen Hunger hatte. Eigentlich schon seit Wochen . . .«
Constanze sah, wie er eine seiner Brauen hochzog. »Es ist mir klar, daß du glaubst, so stark wie ein Mann zu sein. Aber falls du hier bist, um diese Theorie bestätigt zu bekommen, könnte es sein, daß du eine Überraschung erlebst.«
»Soll das eine Drohung sein? Möchtest du, daß ich gehe, damit du dir ein willigeres Opfer suchen kannst?«
Nicholai lachte, und seine Umarmung wurde fester. »Im Gegenteil, meine Liebe.« Als Constanze auffahren wollte, preßte sich sein Mund auf ihre Lippen. Hilflos war sie seinem leidenschaftlichen Kuß ausgeliefert. Aber sie wollte sich ja auch nicht wehren. Wie eine heiße Woge fiel die Sehnsucht über sie her. Sie öffnete bereitwillig ihre Lippen, als Nicholais Zunge sie bedrängte.
Ein Räuspern riß sie aus ihrem Glücksrausch. »Mistress Hahn, das ist ungeheuerlich! Wollen Sie, daß Mister Beauvisages Wunde wieder aufreißt?«
Constanze ließ die Arme sinken, die sie um Nicholais Hals geschlungen hatte. Und als auch Nicholai sie überrascht freigab, taumelte sie.
Doktor Wilstar kam mit ärgerlich vorgerecktem Kinn auf sie zu. »Ich bin nur noch einmal zurückgekommen, um darauf hinzuweisen, daß meinen anderen Anordnungen in jedem Fall Folge geleistet werden muß.«
Ein finsterer Blick traf Nicholai. Dann sah der Doktor wieder zu Constanze hin, die kreidebleich geworden war.

»Sie scheinen offensichtlich ignoriert zu haben, daß ich Ihnen sagte, Mister Beauvisage brauche seine regelmäßige Dosis Laudanum. Sonst wäre er wohl nicht aufgestanden. Ich müßte ihm noch mindestens eine Woche Bettruhe verordnen, aber er läßt nicht mit sich reden und glaubt, seine Kräfte selbst einschätzen zu können. Mistress Hahn, machen Sie nur so weiter. Aber wenn Mister Beauvisage einen Rückfall bekommt, muß ich Sie dafür verantwortlich machen.«

Nicholai ließ Constanzes Arm los und ging auf den Doktor zu. »Ich habe keine Geduld, mit Ihnen zu argumentieren, Doktor! Und ich ersuche Sie hiermit, nie wieder in diesem Ton zu Mistress Hahn zu sprechen! Sie sind ungehörig und grob zu dieser jungen Dame, die ihre ganze Kraft und ihren Schlaf dafür geopfert hat, mich zu pflegen, als mein Leben auf dem Spiel stand.«

Doktor Wilstar räusperte sich verlegen und machte Anstalten sich umzudrehen.

»Bitte, gehen Sie noch nicht. Erst müssen Sie sich entschuldigen«, forderte Nicholai und lächelte grimmig.

Der Mann blinzelte. »Nun, ich war wohl ein bißchen heftig . . .« Er fuhr sich mit der Zunge über die Lippen. »Es tut mir leid, Mistress Hahn.«

»Schon gut, Doktor.« Constanze lächelte. »Ich begleite Sie jetzt zu Ihrem Wagen, weil ich mit Ihnen noch über Mister Beauvisages Fortschritte sprechen möchte.«

Sie drehte sich kurz zu Nicholai um. »Du setzt dich am besten und verhältst dich brav, bis ich wiederkomme.«

Nicholai erwiderte ihr schelmisches Blinzeln. »Natürlich, Lady. Ich gehorche – wie immer.«

Constanze tat so, als würde sie die Stimme nicht hören,

die vom Hauseingang her rief. Es mißfiel ihr, daß der schöne friedliche Nachmittag nun gestört werden sollte. Zwei Tabletts mit Geschirr standen auf der Steinbank am Ende des Gartens, daneben ein leere Flasche. Sie hatten ein köstliches Mahl genossen.
Jetzt saßen Constanze und Nicholai unter der Trauerweide. Constanze versuchte, Nicholai, der die Augen geschlossen hielt und am Stamm des Baumes lehnte, auf die Leinwand zu bannen. Sie fragte sich, ob er wohl eingeschlafen war. Wenn es so war, dann würde sie die weibliche Stimme weiterhin überhören.
»Constanze«, murmelte Nicholai plötzlich, »verdammt noch mal, geh und sieh nach, wer das ist.« Er machte die Augen nicht auf, während er sprach.
Mißmutig ging Constanze zum Haus. Vor der Tür standen Anne Bingham und ein etwas altjüngferlich aussehendes Mädchen.
Anne Bingham betrachtete Constanze kühl und hochmütig. »Sie müssen Mistress Hahn sein . . . Ich habe ja schon begeisterte Berichte davon gehört, wie gut Sie nach dem Tod Ihres Vaters das Kaffeehaus geführt haben.«
Constanze fand das Lächeln der Frau so unehrlich, daß sie nichts sagte, sondern nur ein leichtes Kopfnicken andeutete.
»Ich möchte Ihnen meine Cousine Ophelia Corkstall vor, stellen. Sie ist aus England zu Besuch gekommen und hat sich sehr mit Mister Beauvisage angefreundet. Wir waren auf einer Spazierfahrt, als uns plötzlich der Gedanke kam, ihm einen kurzen Besuch abzustatten. Ophelia wollte ihm so gern sagen, wie sehr sie ihn vermißt.«
Constanze tauschte ein paar höfliche Begrüßungsworte mit Ophelia aus. Es war ihr klar, daß ihr Patient über

diesen Besuch nicht gerade begeistert sein würde. Und es bereitete ihr ein diebisches Vergnügen, Mrs. Bingham und ihre Cousine nach hinten in den Garten zu führen.

Sie fanden Nicholai vor der Staffelei. Er hielt die Palette mit den Farben in der Hand und lächelte, als er sich umdrehte. »Ich wußte ja gar nicht, daß Sie ein so begabter Maler sind, Nicholai Beauvisage!« rief Anne Bingham.

Er zuckte nur gleichmütig die Schultern und legte die Malutensilien ab, um ihr die Hand zu küssen.

»Es gibt vieles, was Sie noch nicht von mir wissen, Mrs. Bingham.« Er wandte seine Aufmerksamkeit Ophelia zu, die in ihrem taubenblauen Kleid wie ein Stock aussah. »Mistress Corkstall! Wie geht es Ihnen? Ich habe die Gespräche mit Ihnen über das Haus Bourbon so sehr vermißt.«

Constanze hielt die Luft an, als er Ophelias Hand ungewöhnlich lange küßte. Doch sie hätte schwören können, daß er sie aus den Augenwinkeln heraus beobachtete. Sie entschuldigte sich damit, daß sie in die Küche mußte, und nahm ein Tablett auf. Sie war gerade in ihrem Zimmer, als sie hörte, wie die elegante Kutsche, die von vier grauen Schimmeln gezogen wurde, davonrollte.

Ein paar Minuten später kam Nicholai die Treppe herauf, und dann hörte sie ein Klopfen an der Verbindungstür.

»Constanze? Ist etwas los?«

»Aber wie kommst du darauf?« Sie konnte nicht verhindern, daß Spott in ihrer Stimme mitklang.

»Mach bitte die Tür auf!«

Constanze betete, stark genug zu sein, um sich kühl und beherrscht zu geben. Sie öffnete die Tür nur einen Spaltbreit.

»Was willst du?«
»Ich habe nicht erwartet, daß du so reagierst.«
»Reagierst? Worauf?« fuhr sie ihn an.
Nicholais Gesicht war grimmig. »Muß ich dir das wirklich sagen?« fragte er betont sanft. »Du bist doch alt genug, um schon etwas von Eifersucht gehört zu haben, oder?«
»Eifersucht?« fauchte sie los. »Also, deine Überheblichkeit kennt wohl überhaupt keine Grenzen, was?«
»Willst du mir weismachen, daß du dich nicht in dein Zimmer geflüchtet hast, um zu schmollen? Es war so offensichtlich, daß du ...«
»Es ist mir nicht entgangen, daß du mit der armen Ophelia einen Flirt angefangen hast, um dir wieder einmal selbst zu bestätigen, daß du unwiderstehlich bist. Ich fand, daß ich meine Zeit besser nutze, als mitanzusehen, wie du dieses arme Mädchen zum Narren hältst.«
»Constanze ...«
Sie drückte die Tür zu, und Nicholai schob seinen Fuß dazwischen.
»Mit deinem dummen Eigensinn verdirbst du nun den schönen Tag ...«
»Nimm den Fuß weg!« Constanze hörte selbst, daß sie ein bißchen hysterisch klang.
»Doktor Wilstar hat gesagt, daß ich heute ein Bad nehmen darf. Aber dazu brauche ich deine Hilfe ...«
»Ach? Du kommst nur und bittest um Entschuldigung, weil du mich für dein dummes Bad brauchst?« Constanze warf sich mit dem ganzen Körpergewicht gegen die Tür und schlug sie zu.
Nicholai machte keine Anstalten, sie wieder zu öffnen. »Also gut, du Trotzkopf! Ich habe es nicht nötig, mir eins vor den Kopf geben zu lassen. Du hast es so gewollt.«

Constanze hörte, wie er in sein Zimmer hinüberging. Nachdem sie den Schlüssel im Schloß gedreht hatte, stand sie an die Tür gelehnt da.
Sie spürte nicht das leiseste Gefühl von Triumph. Im Gegenteil. Das Herz lag ihr wie ein Stein in der Brust.

26. KAPITEL

6. Mai 1793

Der Sonnenaufgang war atemberaubend schön, aber Constanze hatte keinen Blick dafür. Sie hatte das Gefühl, die ganze Nacht kein Auge zugetan zu haben.
Der Streit mit Nicholai lag ihr auf der Seele. Nicholai hatte nicht den geringsten Versuch unternommen, die Sache zu schlichten. Und während sie nun dalag und gegen die Zimmerdecke starrte, wurde ihr bewußt, daß sie nachgeben mußte. Nicholai hatte ja recht gehabt, sie war eifersüchtig gewesen.
Dieser Gedanke machte sie nicht einmal nervös. Constanze mußte sich eingestehen, daß sie sich seit dem Duell verändert hatte. Noch etwas sehr Wichtiges war geschehen: Sie liebte Nicholai. Aber der Gedanke, daß er diese Liebe nicht erwidern könnte, ließ sie nicht zur Ruhe kommen.
Constanze kleidete sich sorgfältig an. Sie trank in der Küche eine Tasse Tee und bereitete dann das Frühstück für Nicholai zu.
Früher als sonst ging sie mit dem Tablett nach oben. Sie mußte endlich Klarheit haben. Wenn Nicholai ihre Gesellschaft so satt hatte, daß ihre Freundschaft nicht mehr zu kitten war, wollte sie das wissen.
Sie fand Nicholai wider Erwarten schon wach. Er saß

gegen die Kissen gelehnt da und starrte mißmutig in das rosige Morgenlicht. Blauer Rauch stieg aus der Cheroot auf, die er rauchte.
Constanze zuckte förmlich zusammen, als sie sich dem Bett näherte und den roten Blutfleck sah, der seinen Verband tränkte. Und der düstere Ausdruck in Nicholais Augen setzte ihr noch mehr zu.
»Ich bringe dir das Frühstück.«
Er sah kurz zu ihr hin und brummte: »Ich habe keinen Hunger.«
»Hier sind Croissants . . .«
»Ich mag nichts.«
»Ich würde gern mit dir reden«, begann sie zögernd.
Er nickte nur und rückte ein Stück zur Seite, damit sie auf dem Bettrand Platz nehmen konnte.
»Es tut mir leid wegen gestern.« Constanze legte ihr Hand auf seine. »Ich habe mich wie ein Baby benommen. Einfach kindisch . . .«
Nicholai zog die Brauen hoch. »Eine Entschuldigung von Constanze Hahn? Ist dir überhaupt klar, wie sehr du dich verändert hast? Du mußt dich dieser neuen Weiblichkeit nicht schämen. Ich weiß, wie schwer es für dich ist, Eigenschaften zu entdecken, die du bis jetzt unterdrückt hast.« Er zog mit einem Finger die Linie ihrer Wange nach. »Stimmt es, Constanze? Hast du Liebeskummer?«
Sie konnte nicht atmen. Panik lähmte sie. Nervös überlegte sie, was sie sagen könnte. Die Wahrheit?
»Oh, es stimmt.« Nicholais Hand glitt über den weichen Stoff ihres Ärmels, hinauf zu ihrer Schulter und dann zum Hals. Constanze merkte nicht, daß sie sich zu ihm neigte, bis sich ihre Lippen berührten.
Sein Kuß war ungewöhnlich sanft, aber seine Finger versuchten, die Knöpfe ihres Kleides zu öffnen. Con-

stanze begann zu zittern, als warme Hände ihre Brüste umschlossen.

»Ich ... ich ...« Sie konnte nicht sprechen, denn sein Kuß war wild und fordernd geworden. Wie eine Flamme schoß das Verlangen in ihr hoch.

»Ganz ruhig«, murmelte Nicholai, als er sie in die Kissen drückte.

Gedämpftes Klopfen war zu hören, aber keiner von beiden kümmerte sich darum. Constanze spürte nur noch eines: Nicholais Küsse und seine streichelnden Hände.

Wieder klopfte es. Diesmal lauter. Mit einem Ruck machte sich Constanze von Nicholai los. »Hör auf. Da ist jemand an der Tür!«

»Das interessiert mich nicht!« knurrte er.

»Und wenn es deine Mutter ist? Oder Doktor Wilstar? Oder die Hampshires? Sie können ins Haus.«

»Constanze ...«

Sie rappelte sich schon vom Bett hoch und versuchte, ihr Kleid zu schließen. Tränen hingen an ihren langen Wimpern. Nicholai machte ein wütendes Gesicht. Minuten später hatte Constanze ihre Kleidung in Ordnung gebracht und hastete aus dem Zimmer und die Treppe hinunter.

Als sie zurückkehrte, wurde sie von Katya, Randolph und einem jungen Mann begleitet, den Nicholai nicht kannte.

»Oh, guten Morgen«, begrüßte er sie kühl. Er machte eine einladende Geste zu dem Teller mit frischen Croissants hin. »Möchte jemand etwas Köstliches zum Frühstück?«

Wenig später wußten sie, daß der junge Mann Hugo Kingsley hieß und nur ein paar Meilen entfernt wohnte.

Er betrieb eine Pferdezucht und war ein Freund von Randolph. Er hatte ihn und seine Braut für diesen Tag eingeladen. Katya war auf den Gedanken gekommen, daß es Constanze ganz gut bekäme, wenn sie einmal ein paar Stunden von ihren Pflichten befreit würde. Sie hatte jedoch Mühe, Constanze zum Mitkommen zu überreden.

»Ich kann Nicholai doch nicht allein lassen«, versuchte Constanze einzuwenden.

»Aber er sieht gar nicht mehr krank aus«, meinte Katya. »Und es muß dir doch mal zuviel werden, den ganzen Tag nur sein Gesicht zu sehen.«

»Was stimmt an meinem Gesicht nicht?« fragte Nicholai und tat beleidigt. »Außerdem wollte Constanze mir ein Bad bereiten.«

Constanze wurde feuerrot. »Aber es war überhaupt nicht die Rede davon, daß ich . . .«

Katya blinzelte ihrem Verlobten zu. »Randolph und ich werden hierbleiben und dir das Bad richten«, sagte sie. »Ich möchte einfach, daß Constanze einmal herauskommt. Und ich weiß, daß Hugo begeistert sein wird, sie ein bißchen zu unterhalten.«

Hugo strahlte. »Mehr als das. Ich wäre außer mir vor Freude.« Nicholai mußte erkennen, daß seine Schwester geschickter taktiert hatte als er. Er zog eine Grimasse und meinte: »Ich wünsche Ihnen viel Vergnügen, Mistress Hahn.«

Es wurde schon dunkel, als Constanze in die Villa zurückkehrte. Da sie wußte, daß Katya und Randolph mit einer Kutsche gekommen waren, erwartete sie nicht, die beiden noch anzutreffen. Und so war es auch. Aber eine andere Kutsche stand vor dem Haus.

Sie versuchte zu lächeln, als sie sich von Hugo verabschiedete, und ertrug sogar seinen Kuß auf ihre Wange. Er hatte sich Mühe gegeben, sie zu unterhalten. Aber Constanze hatte den ganzen Tag nur an Nicholai denken müssen. Es war ihr nur wieder einmal mehr klar geworden, daß kein Mann mit ihm zu vergleichen war.

Als sie die Halle betrat, hörte sie Stimmen, konnte aber kein Wort verstehen. Ihr Herz sank, als sie eine Frauenstimme erkannte.

Sie ging nach oben in ihr Zimmer, durchquerte den Ankleideraum und klopfte dann an die Tür zu Nicholais Schlafzimmer. »Ich bitte um Entschuldigung...« Sie stolzierte in den Raum. »Aber ich wollte dir nur sagen, daß ich wieder zurück bin. Tut mir leid, daß es so spät geworden ist. Hast du schon dein Abendessen gehabt, Nicholai?«

Constanze richtete den Blick nur auf das Bett, als sie langsam darauf zuging. Dann hielt sie jedoch jäh inne.

»Mistress Hahn... ach, wir trafen uns ja bereits...« zwitscherte Amelia Purdy. Sie stand am Fenster und wirkte mit ihren schwarzen Locken, der blassen Gesichtshaut und in dem rosa Kleid wie eine Porzellanpuppe. »Wie nett, daß Sie für Nicholai die Pflegerin gespielt haben.«

Constanze wußte nicht, wie sie sich verhalten sollte. Sie sah hilfesuchend zu Nicholai hin, der angezogen auf dem Bett saß. Irrte sie sich oder wirkte er auch leicht unsicher?

»Hast du dein Bad schon genommen?« fragte sie. »Ich hoffe, du...«

»Nein, ich hatte kein Bad. Constanze, ich möchte dich jetzt bitten, mich einige Minuten mit Mrs. Purdy alleinzulassen...« Nicholais Stimme klang ruhig, und sein Gesicht war völlig ausdruckslos.

Constanze glaubte, nicht richtig zu hören. Sie hatte das

Gefühl, daß ihr der Boden unter den Füßen fortgezogen wurde. Irgendwie schaffte sie es jedoch, sich umzudrehen und das Zimmer zu verlassen.
Nicholai wartete, bis ihre Schritte auf der Treppe zu hören waren, ehe er sich wieder Amelia Purdy zuwandte. Sie sah ihn mit einer Mischung aus Hochmut und Angst an.
»Ich frage mich, in welcher Verfassung sie sein wird, wenn du sie entläßt«, meinte sie gedehnt.
»Hast du noch immer nicht begriffen, daß ich mir von niemandem Ratschläge geben lasse? Auch von dir nicht ...«
»Ich bin nicht blind, um zu sehen, was hier vorgeht, und so, wie du mich nun loswerden willst, wirst du Constanze eines Tages auch leid sein.« Sie biß sich auf die Unterlippe. »Oder irre ich mich? Willst du dieses Tavernenmädchen etwa heiraten? Wußtest du, daß man sie die goldene Rose nennt? Wegen der Dornen, mit denen sie sich umgibt. Ich habe gehört, daß sie so leidenschaftlich sein soll wie ein Eisblock.«
»Es reicht, Amelia! Ich kann verstehen, daß es schwer für dich ist, das zu begreifen, aber ich bitte dich, dich künftig aus meinem Leben herauszuhalten. Geh zu deinem Mann, und bemühe dich, ihm im Bett Freude zu machen. Dann findest du vielleicht auch das, was du im Leben vermißt.«
Amelia wäre nur zu gern bereit gewesen, Nicholai zu zeigen, was er selbst im Bett versäumte, wenn er sie wegschickte, doch als sie auf ihn zugehen wollte, ließ seine finstere Miene sie innehalten.
»Also gut. In Philadelphia gibt es genug Männer, die für eine Nacht mit mir ihren rechten Arm hergeben würden, Nicholai Beauvisage. Und ich wette, daß du nach ein paar Tagen mit dieser Eisprinzessin auch wieder dazugehören wirst.«

Gelangweilt zupfte Nicholai an der Manschette seines Ärmels. »Adieu, Amelia.«
Die Tür fiel so laut hinter ihr ins Schloß, daß das Echo durch das ganze Haus dröhnte. Nicholai beschloß, noch eine Weile verstreichen zu lassen, bis er zu Constanze ging. Sie sollte sich erst wieder beruhigen.
Er wollte sie diese Nacht in seinen Armen halten. Sie sollte erfahren, daß sie nicht nur seinen Körper reizte, sondern daß sie Gefühle in ihm weckte, die ihm bis jetzt fremd gewesen waren.
Constanzes Augen waren von Tränen verschleiert, als sie ihre Kleider aus dem Schrank nahm und auf das Bett legte. Ihre Kleidertruhe stand schon bereit.
Es war dunkel und kalt im Raum, aber das paßte genau zu der Stimmung, in der sie sich befand.
»Constanze?« Gedämpft klang Nicholais Stimme aus dem Nebenzimmer herüber. »Könntest du für einen Moment herkommen?«
Sie stand sekundenlang reglos da. Dann ging sie auf die Tür des Ankleidezimmers zu, riß sie auf und schrie: »Ich würde eher vom Dach springen, Mister Beauvisage!«
Dann kehrte sie zum Bett zurück und legte zuerst das gelbe Kleid zusammen, um es in die Truhe zu packen.
Nicholai kam aus seinem Schlafzimmer und blieb an der Tür stehen. Constanze konnte es nicht ertragen, ihn zu sehen. Sie mied seinen herausfordernden Blick.
»Was, zum Teufel, soll das?« brummte er. »Wenn du dich schon wie eine Verrückte benehmen willst, könntest du nicht vorher ein anständiges Feuer im Kamin machen? Vielleicht macht dir die Kälte nichts aus, aber ich ...« Er machte Anstalten, zu ihrem Kamin zu gehen.
»Du hast hier nichts zu suchen. Das ist mein Zimmer!«

fuhr Constanze ihn an. In ihrem Zorn packte sie ein Kleid und warf damit nach ihm.

Nicholai fuhr sich müde über die Augen und fragte: »Hast du vielleicht Wein getrunken?«

»Ich warne dich! Komm mir nicht zu nahe!« Constanze griff nach einem Schuh.

»Meinst du etwa mich?« Nicholai sah sich um, als stünde jemand hinter ihm. »Ich hatte nicht . . .«

Constanze war mit ihren Nerven am Ende. Ein Schluchzen kam von ihren Lippen.

»Bitte . . .« Nicholai sprach ganz sanft. »Wenn du wirklich die Absicht hast, mich hier allein zu lassen, dann bitte ich dich, mir wenigstens noch eine Minute zu gönnen, um darüber zu sprechen. Komm mit zu mir in mein Zimmer. Dort ist es wärmer.«

Sie sah, wie er ihr die Hand hinstreckte. In seinen Augen lag ein tiefer Ernst. Sie ging auf ihn zu und legte ihre Finger in seine Hand.

Sie kamen in das angrenzende Schlafzimmer. Nicholai ging zum Kamin und legte noch ein Scheit auf. Nachdem er die Glut angefacht hatte, wandte er sich Constanze zu.

Zu seiner Verwunderung setzte sie sich nicht wie sonst auf die Bettkante, sondern auf einen Stuhl. Er verbiß sich eine Bemerkung und legte sich aufs Bett. Langsam zündete er sich eine Cheroot an und lehnte sich in die Kissen zurück. »Nun?« fragte sie steif.

»Du hast mit Kleidern geworfen und mich angeschrien. Die Erklärung müßte eigentlich von dir kommen. Ehe du in die Nacht hinausstürmst, würde ich von dir gern wissen, warum.«

»Also, das ist ungeheuerlich! Auch wenn es Sie furchtbar treffen sollte, Mister Beauvisage, ich bin Ihnen keinerlei Erklärung schuldig. Und Sie können eigentlich dankbar dafür sein, daß ich bis jetzt mit Ihnen Geduld hatte.«

»Ich hoffe, daß du zu dieser letzten Bemerkung noch etwas mehr sagst. Ich brenne geradezu vor Neugierde.«

Constanze sah das Blitzen in seinen Augen. Trotzdem erwiderte sie mutig: »Sie wissen genau, was ich meine. Ich habe all die Damenbesuche über mich ergehen lassen müssen. Und ich stand wie ein Dummchen dabei, während Sie mit diesen Mädchen flirteten. Sie haben Ihren Charme schamlos ausgespielt und sich amüsiert, wenn die armen Dinger rot wurden. Ich hätte schon viel eher gehen sollen, dann könnten diese Damen Sie mit Essen versorgen und das Haus sauberhalten. Sie wären sicher auch bereit gewesen, Ihren Verband zu wechseln und die ganze Nacht an Ihrem Bett zu sitzen ...«

»Erwartest du, daß ich meinen von Schmerzen zerquälten Körper bis zu dir schleppe, oder würdest du herkommen und dich neben mich setzen?«

Nicholais Stimme klang ungewöhnlich sanft. »Ich möchte dir gern etwas erklären. Etwas sehr Persönliches ...«

Ohne es zu wollen, erhob sich Constanze. Sie ärgerte sich, aber ihr Körper gehorchte ihrem Willen nicht mehr. Steif setzte sie sich auf die Bettkante.

»Ich vermute, daß du nicht begeistert warst, als du Amelia vorhin hier vorfandest.«

»Ihr möchte ich nirgends begegnen. Mir gefällt ihre spitze Zunge nicht, und ich habe mich nur gewundert, daß du Geschmack an Frauen wie ihr findest.«

Nicholai zuckte die Achseln. »Darin hast du von deiner Sicht aus recht. Eines Tages werde ich es dir genauer erklären können.

Ich sage dir nur eines: Ich habe sie nie geliebt. Sagen wir es so: wir benutzen uns gegenseitig – im Bett.«

Constanze war schockiert. Sie wollte sich erheben, aber Nicholais Finger umschlossen ihr Handgelenk.
»Verstehst du nicht, daß du keinerlei Grund zur Eifersucht hast? Auch für Amelia hat die Beziehung zwischen uns nie etwas bedeutet.«
»Mich gehen deine Affären nichts an, und du bist mir keine Rechenschaft schuldig ...«
»Constanze ...« Seine Stimme klang bittend. »Ich möchte aber, daß dich alles, was mich betrifft, etwas angeht ...« Seine grünen Augen schienen bis auf den Grund ihrer Seele zu blicken.
Constanze konnte kaum atmen.
Sie ahnte nicht, daß sie für Nicholai noch nie so hinreißend ausgesehen hatte – wie jetzt in ihrer Verwirrung.
»Warum?« fragte sie kaum hörbar.
»Warum?« wiederholte er. »Weil ich dich mag. Meine Gefühle für dich sind ehrlich. Noch nie habe ich so für eine Frau empfunden.«
Ein tiefes Glücksgefühl durchströmte Constanze. Es drängte sie, ihm ihre Liebe zu gestehen. Doch ihre Kehle war wie zugeschnürt.
Nicholai sah sie unverwandt an. Was empfand sie für ihn! Verlangen, Begierde, Sehnsucht, ja, da war er sicher. Aber Liebe?
Er hob Constanzes Finger an seine Lippen und küßte sie. Die Sehnsucht, sie in seine Arme zu reißen, wurde übermächtig in ihm. Und als er sah, daß sie lächelte, konnte er sich nicht länger beherrschen.
Sanft drückte er sie in die Kissen zurück. Eine warnende Stimme dröhnte in Constanzes Ohren. Warum gibst du schon wieder nach? Hast du gar keinen Stolz?
Aber was sollte sie gegen diesen magischen Bann tun, in den sie sofort geriet, wenn er sie nur berührte? Dagegen war sie hilflos.

Sie erschauerte, als seine Lippen über ihre Schläfe glitten.
»Ganz ruhig – es ist alles gut«, murmelte er dicht an ihren Ohr. Seine Hände streichelten ihren Rücken.
Die innere Stimme war noch immer nicht verstummt. »Bist du von Sinnen? Vergißt du so schnell? Soll er vor dir nicht mehr Achtung haben als vor Amelia Purdy? Was weiß er schon davon, wie sehr du ihn liebst?«
»Nicholai! Bitte, hör auf!« Ihre Stimme zitterte. »Dein Bad! Du wolltest doch, daß ich dir eins richte . . .«
Constanze war wieder zur Vernunft gekommen. Sie setzte sich auf, und ihr Verstand begann wieder zu arbeiten. »Ich mache dir sofort Wasser heiß.«
Nicholai wollte schon wütend auffahren. Doch er beherrschte sich. Constanze fragte sich, was dieser seltsame Ausdruck in seinen Augen zu bedeuten haben konnte.
»Wie fürsorglich von dir, meine Liebe. Daß du gerade jetzt an mein Bad denkst«, meinte er.
Sie blieb stehen und sah auf ihn nieder. Sie ahnte nicht, was hinter seiner Stirn vorging.

27. KAPITEL

6. Mai 1793

Constanze füllte die große Messingwanne, die in der Küche vor dem Herd stand, mit Wasser. Sie war nervös, und es beruhigte sie nicht, daß es ihr gelungen war, Nicholais stürmischer Umarmung zu entkommen.
Sie tat jetzt wieder ihre Pflicht als seine Pflegerin. Ihr Gesicht war von dem heißen Dunst, der aus der Wanne stieg, gerötet, und sie mußte sich immer wieder das Haar aus der Stirn streichen.

»Oh, das sieht ja richtig einladend aus«, rief Nicholai von der Tür her. Er grinste Constanze an, während er sich langsam näherte.
Wieder mußte sich Constanze beherrschen, daß sie bei seinem Anblick nicht schwach wurde. Nicholai trug einen dunkelbraunen Samtmantel, und er brachte eine Karaffe mit Rotwein und zwei Gläser mit.
Als er Karaffe und Gläser auf den Tisch stellte und begann, die Gläser zu füllen, hob Constanze abwehrend die Hand. »Für mich nicht.«
Nicholai verzog spöttisch die Lippen. »Aber Sie müssen mir Gesellschaft leisten, Schwester. Wir müssen auf meine Genesung anstoßen. Ich bestehe darauf.«
Irgend etwas in seiner Stimme brachte sie dazu, daß sie um die Wanne herumging und das Glas nahm. »Also gut, stoßen wir darauf an, daß du so schnell wieder gesund geworden bist.«
»Tut es dir leid, daß ich mich so beeilt habe?«
Aufmerksam studierte Constanze den Ausdruck seiner grünen Augen. Doch sie konnte nichts darin erkennen. Hastig trank sie zwei Schluck Wein und überlegte dabei nach einer unverfänglichen Antwort.
»Wie kommst du auf so eine Idee? Ich kann mir doch denken, wie gern du wieder in deinem Haus in Philadelphia sein möchtest ...«
»Genau wie du in deinem geliebten Kaffeehaus?« wollte Nicholai wissen.
»Natürlich.« Constanze strich ihren Rock glatt und nahm noch einen Schluck Wein, ehe sie zu Nicholai hinsah. Wenn ich doch nicht immer gleich rot würde! dachte sie.
»Der nächste Meilenstein auf dem Weg zur Besserung wird sicherlich sein, daß du dir den Bart abrasierst, nicht wahr?«

»Nein, ich habe die Absicht, ihn wachsen zu lassen. Das soll mich immer an die intime Zeit hier mit dir erinnern.«
Ihr Gesicht glühte, und sie überlegte vergeblich nach einer Antwort. »Du mußt dich mit dem Bad beeilen«, lenkte sie ab. »Sonst wird das Wasser kalt.«
Nicholai hielt sie am Arm fest, als sie die Küche verlassen wollte. »Constanze! Du kannst mich doch nicht allein lassen. Ich brauche deine Hilfe. Deshalb habe ich das Bad auch nicht genommen, als Katya und Randolph hier waren. Von ihnen wollte ich mir nicht helfen lassen, aber bei dir ist es etwas anderes.«
Constanze sah das Blitzen in seinen Augen, als er langsam den Gürtel seines Hausmantels aufknotete. Sie spürte ein Prickeln im Nacken, als seine behaarte Brust zum Vorschein kam.
»Dir macht eine solche Situation wohl Spaß, wie?« fragte sie aufgebracht.
»Bist du ärgerlich?« Nicholai tat unschuldig.
Constanze floh auf die andere Seite des Tisches, und so sah sie nur Nicholais nackten Oberkörper, als er den Mantel zu Boden fallen ließ.
»Du hast mir noch keine Antwort gegeben«, meinte er.
»Steig schon in die Wanne!« fuhr sie ihn an. »Wenn du schon erwartest, daß ich dir helfe, dann möchte ich es schnell hinter mich bringen.«
Nicholai lächelte so unschuldig wie ein Engel. »Komm her.« Er nahm einen letzten Schluck von seinem Wein und sah sie dann an.
»Selbstverständlich, wenn der hohe Herr bereit sind«, antwortete Constanze und machte einen Knicks. Doch Nicholai ging auf ihren Scherz nicht ein.
Ernst sah er sie an. »Ich habe die ganze Nacht Zeit.«
Constanze preßte die Lippen zusammen. Sie durch-

querten die Küche und holte den großen Schwamm und die kleine Porzellanschale mit der Seife.

»Meine Zeit ist begrenzt«, erklärte sie, als sie sich wieder ein bißchen in der Gewalt hatte. »Darf ich dir dein Glas abnehmen, damit wir endlich anfangen können?«

Sie fühlte sich bei seinem amüsierten Blick äußerst unbehaglich.

»Ihr Wunsch ist mir Befehl, Schwester!« Nicholai reichte ihr das Glas. »Ich kann es gar nicht erwarten, von Ihnen eingeseift zu werden.«

»Du treibst deine Scherze mit mir. Ich ... Ach, lassen wir das. Ich nehme dir jetzt den Verband ab. Dann können wir die Wunde auch gleich auswaschen ...«

Nicholai betrachtete hingerissen ihr zartes Profil, als Constanze begann, ihm den Verband abzunehmen. Er nahm die Gelegenheit wahr und gab ihr einen Kuß auf die erhitzte Wange. »Du glühst ja ...«

Constanze legte den Verbandsmull auf einen Stuhl. Nicholai beobachtete, wie sich bei diesen Bewegungen das Kleid über ihren Brüsten spannte. »Vielleicht solltest du auch ein Bad nehmen?« schlug er vor.

Constanze flüchtete sich vor Verlegenheit in ein Kichern. »Du bist unverbesserlich, Nicholai!«

»Vielen Dank.« Nicholai bequemte sich nun endlich, in die Wanne zu steigen.

Constanze kniete sich daneben nieder und griff nach dem Schwamm, aber Nicholai schüttelte den Kopf.

»Es würde mir besser gefallen, wenn du stehst und dich über mich neigst«, meinte er.

»Du benimmst dich wie ein ungezogenes Kind«, schimpfte Constanze.

»Beleidigen Sie mich nicht, Mistress Hahn!« Seine Stimme klang ironisch. Constanze zuckte unwillkürlich

zusammen. Doch dann begann sie ohne ein weiteres Wort vorsichtig die Wunde zu waschen. Nur ihre sanfte Berührung verriet ihre Gefühle für diesen Mann.
Sie fühlte den Blick seiner grünen Augen auf sich. »Die Wunde ist sehr gut verheilt«, meinte sie.
»Das habe ich dir zu verdanken.« Nicholai lehnte sich zurück und schloß die Augen, als Constanze mit dem Schwamm seinen Hals, die Arme und die unverletzte Schulter einseifte.
Nicholai lächelte und öffnete die Augen, als sie den Schwamm ausdrückte. »Mehr willst du nicht einseifen?« fragte er sanft.
Constanze schoß die Röte bis unter den Haaransatz. Wütend stieß sie hervor: »Ich werde dir jetzt den Kopf waschen!«
Sie holte einen Zinnkrug, aus dem sie ihm Wasser über das Haar goß und es dann auch einschäumte. Mit zufriedener Miene ließ Nicholai alles mit sich geschehen.
Constanze spürte ein Prickeln auf der Haut, das immer heftiger wurde. Diese so intime Badeszene machte sie nervös. Das Blut rauschte in ihren Ohren, und sie merkte, wie ihr Herz raste.
»Constanze – ich möchte nicht schimpfen, aber ich habe Seife in den Augen. Willst du mir noch länger den Kopf waschen?«
»Ich . . . oh, es tut mir leid . . .« Constanze beeilte sich, den Krug mit frischem Wasser zu füllen, um Nicholai die Seife aus den Haaren zu spülen. »Leg den Kopf zurück!« sagte sie. Nicholai gehorchte. Als sie fertig war, lächelte er sie an. »Und was jetzt?«
»Jetzt wasche ich dir den Rücken«, antwortete sie hastig, denn wieder lag ein Ausdruck in seinen Augen, der ihr bis unter die Haut ging.

»Soll ich aufstehen?« bot Nicholai mit gespielter Höflichkeit an.
»Nein!« Mein Gott, das ertrage ich nicht länger, dachte Constanze.
Dann befahl sie: »Heb dein Bein!«
Nicholai gehorchte mit einem tiefen Seufzer. »Du bist ja wie eine Gouvernante.«
Constanze ließ sein Bein los, so daß es ins Wasser klatschte. Sie stemmte die Hände in die Hüften und sah auf Nicholai nieder.
»Ich weiß genau, was du im Sinn hast! Du willst mich wieder in dein Bett kriegen, deine Lust befriedigen! Ihr Männer seid doch alle gleich.«
»Schweig!« schrie Nicholai. Er beugte sich vor und packte ihren Ellenbogen. »Du hast einen völlig falschen Eindruck von mir. Ich würde dich nie gegen deinen Willen zwingen. Und das weißt du auch. Ich würde nie eine Situation ausnutzen. Und du, du solltest nicht auf deinen Verstand, sondern auf deinen Körper hören.«
Constanze sah ihn unsicher an. »Also gut, Mister Beauvisage. Was wäre, wenn mein Körper mir gesagt hat, daß er absolut kein Interesse an Ihnen hat?«
Sein Blick saugte sich an ihren Brüsten fest, die sich unter dem ganz durchnäßten Oberteil ihres Kleides abzeichneten. »Dann würde ich dir raten, auch wirklich ganz genau hinzuhören . . . Du könntest dich irren.«
Constanze sah auf ihren Busen hinunter und stellte mit Entsetzen fest, daß sich ihre Brustwarzen sehnsüchtig aufgerichtet hatten.
Sie konnte keinen Ton herausbringen und preßte beide Hände gegen die glühenden Wangen. Alles wurde nur noch schlimmer, als sie den verlangenden Blick in Nicholais Augen sah. Aber war da auch Liebe in seinem Blick? Ihr Herz gab seinen Widerstand auf. Sie war verloren.

Sie ließ es geschehen, daß Nicholai ihr Mieder aufhakte. Dann erhob er sich aus der Wanne und streifte ihr das Kleid über den Kopf.
»Du bist so schön, Constanze ...« Er legte die Hand unter ihr Kinn und küßte sie. Ihre Lippen zitterten unter dem Druck seines Mundes.
Mit einer Hand schob er die Träger ihres Hemdes von den Schultern. Ihre schwellenden Brüste lagen frei. Sie hörte Nicholais keuchenden Atem, als seine Hände sich um die weichen Rundungen schlossen.

28. KAPITEL

6. Mai 1793

Nicholai sah lächelnd zu, als Constanze sich ihm gegenüber im warmen Wasser niederließ. »Du brauchst nicht so tief unterzutauchen. Wasser ist durchsichtig«, meinte er.
Constanze spürte die harten Muskeln seiner Schenkel an ihren. »Ich hätte mein Hemd anlassen sollen, ich ...«
»Ich weiß, ich weiß«, meinte Nicholai, während er sich ausstreckte, um den Schwamm und die Seife vom Stuhl zu holen. »Du hättest an dem Abend, als wir uns zum erstenmal begegnet sind, um dein Leben laufen sollen.«
»Ja, das stimmt!« rief Constanze erregt.
»Aber, Constanze ...« Nicholai hielt den Schwamm und versuchte, ihre über den Brüsten gekreuzten Arme zur Seite zu ziehen. »Weißt du nicht, daß es zwecklos ist, sich gegen das Schicksal zu wehren?«
Wie unter einem Zwang ließ Constanze es geschehen, als er die Arme um sie legte. »Sag mir, was du gerade denkst?« fragte Nicholai leise. »An ein Märchen?«

»So könnte man es nennen. Und an das, was du Schicksal nennst. Glaubst du auch, daß es ein gutes Ende haben wird, was wir tun?«
Er zog ihre Hand an die Lippen und küßte jeden Finger. »Man weiß nie, wie etwas ausgeht, meine Liebe. Das ist ja gerade das Aufregende. Und da du eben von Märchen sprichst . . . Keine Prinzessin hat jemals solche Sehnsucht empfunden wie du, Constanze. Und keine hat das Wunder erlebt, das du heute nacht erleben wirst.«
»Und du? Sehnst du dich auch nach mir?«
Nicholai zog sie in eine leidenschaftliche Umarmung. Seine Küsse weckten in Constanze Gefühle, die sie ganz benommen machten.
»Ich sehne mich nicht nur nach dir – ich liebe dich auch.«
»Du liebst mich?« Constanze glaubte, nicht richtig zu hören. Fassungslos starrte sie ihn an, bis er ihre Lippen von neuem mit wilden Küssen verschloß.
Sie wollte etwas sagen, doch Nicholai erstickte jeden Laut. »Entspanne dich! Laß dich ganz fallen . . .«
Ich liebe dich! Ich liebe dich! Wie ein Echo hallten diese Worte in Constanze nach. Nicholais Hände streichelten sie. Wie ein Fieber erfaßte das Verlangen sie beide.
»Wollen wir unser Liebesspiel oben im Bett fortsetzen?« fragte Nicholai mit vor Erregung rauher Stimme.
Constanze konnte nur nicken. Sie war so im Bann ihrer Gefühle, daß sie ihm wie ein Lamm überallhin gefolgt wäre. Sie ließ sich von Nicholai aus der Wanne helfen. Er legte ihr seinen Morgenmantel um die Schultern und sah sie dann wieder an.
»Willst du es wirklich?« fragte er.
»Ja, ich will. Ich liebe dich, Nicholai!«
Hingerissen zog er sie an seine Brust. »Du bist wie ein Wunder, Constanze«, flüsterte er.

29. KAPITEL

7. Mai 1793

Eine kühle Morgenbrise, erfüllt vom schweren Duft des Flieders, strich über das Bett, in dem Nicholai und Constanze, eng aneinander geschmiegt, ruhten.
Nicholai wachte auf und drehte sich auf den Rücken. Doch der Druck auf seiner Schulter ließ nicht nach. Blinzelnd öffnete er die Augen.
Sein Blick fiel auf weiche blonde Locken. Constanze lag an seiner Schulter und schlief friedlich. Ihre langen Wimpern warfen feine Schatten auf ihre vom Schlaf rosigen Wangen. Ihre weichen Brüste preßten sich warm an seine Seite, und bei der Erinnerung an die stürmische Liebesnacht spürte Nicholai, wie das Verlangen nach diesem herrlichen Frauenkörper ihn von neuem erfaßte.
Er vergaß den Schmerz in seiner Schulter und schob eine Hand unter die Bettdecke, um über Constanzes Brüste und die sanfte Wölbung ihres Leibes zu streicheln. Seine Finger ertasteten die Stelle zwischen ihren Schenkeln, und die Lust schoß wie eine heiße Flamme in seine Lenden.
Constanze wurde aus ihren Träumen in eine wunderbare Wirklichkeit gerissen. »Nicholai«, murmelte sie schläfrig.
»Ich bin hier. Ganz dicht bei dir«, flüsterte er und küßte sie zärtlich wach. Dann betrachtete er sie hingerissen. »Deine Augen leuchten so herrlich. Ist die Liebe daran schuld?«
»Nicholai ...« Sie lächelte und erwiderte seine Zärtlichkeiten. Unter der Bettdecke faßte sie nach seinem vor Erwartung und Sehnsucht gespannten Glied.

Eine Weile liebkosten sie sich gegenseitig. Es war, als wollten sie beide diese wunderbare Harmonie, die diese Nacht zwischen ihnen geschaffen hatte, genießen.
Als die Leidenschaft immer heftiger wurde, rollte sich Nicholai auf den weichen Frauenkörper und drückte ihn tief in die Kissen. Constanze schlang die Arme um ihn und schloß selig die Augen.
»Liebe mich, liebe mich«, keuchte sie und warf den Kopf hin und her.
Sie hörte, wie Nicholai leise lachte. Seine harte Männlichkeit preßte sich heiß gegen ihre Schenkel. Dann richtete er sich auf, um in sie einzudringen.
»O Nicholai . . .« Constanze riß die Augen auf, als sie plötzlich das dumpfe Klopfen hörte. »Hörst du es auch?« fragte sie.
Nicholai wollte nichts hören. Er wollte nur dieses herrliche Lustgefühl in der feuchten Öffnung zwischen ihren Schenkeln. Unwillig schüttelte er den Kopf. »Hör nicht hin«, sagte er mit vor Erregung heiserer Stimme.
»Aber wenn nun . . .« Constanze war nicht in der Lage, das immer drängender werdende Klopfen zu überhören. Nicholai merkte, wie sie sich verkrampfte und ließ schließlich von ihr ab.
»Vielleicht hat jemand Hilfe nötig«, sagte Constanze.
»Ausgerechnet jetzt? Es ist doch noch so früh.« Nicholai war wütend über die Störung. Er hielt Constanzes Hüften fest und kümmerte sich nicht darum, daß sie sich wehrte. Er drang in sie ein, und Constanze keuchte auf.
»Nein, nein!« schrie sie. »Laß mich los. Ich kann es nicht ertragen, auf solche Weise von dir genommen zu werden. Wofür hältst du mich? Ich . . .«
Eine bekannte Stimme ließ sie jäh innehalten. »Nicholai? Hallo! Constanze? Wo seid ihr?«

Wild trommelte Constanze mit beiden Fäusten gegen Nicholais Brust. Doch auch er war jetzt mit einem Satz hoch.
»Verdammt! Das ist meine Mutter!« stieß er wütend zwischen zusammengebissenen Zähnen hervor.
Voller Panik sprang Constanze aus dem Bett und rannte auf die Tür zum Ankleidezimmer zu. Nicholai tastete nach seinem Morgenmantel. Er hörte die Schritte seiner Mutter schon auf dem Flur.
Er warf einen Blick auf das zerwühlte Bett und versuchte den Mantel anzuziehen. Doch er war gerade in einem Ärmel, da klopfte es auch schon an die Schlafzimmertür.
»Himmel, noch mal, Maman! Was ist denn bloß los? Die Tür ist offen!« rief Nicholai ärgerlich.
Antonia Beauvisage kam ins Zimmer und blieb schweratmend stehen. »Doktor Wilstar hat uns gesagt, daß du schon aufstehen kannst. Ich habe gehofft, daß du uns an der Tür empfängst. Wo ist denn Constanze?«
Nicholai schüttelte bei diesen Wortschwall, der sich über ihn ergoß, den Kopf.
»Geht es dir auch wirklich gut? Was macht deine Schulter. Warum trägst du keinen Verband mehr?«
»Mir ging es gut, bis du hier hereingeplatzt bist und mich geweckt hast. Was ist nur in meine Familie gefahren? Gestern kommen Katya und Randolph rein zufällig vorbei, bevor ich einen Bissen zu mir nehmen konnte. Und heute erscheint meine Mutter zu einer für einen Besuch völlig unpassenden Zeit.« Nicholai strich sich das Haar aus der Stirn. »Und du kommst nicht einmal vor dem Frühstück, sondern zu einer Zeit, zu der Constanze noch nicht einmal angezogen ist.«
»Oh, tut mir leid . . .« Antonia, die ein modisches Reitkleid und ein kleines Hütchen trug, wirkte ehrlich verle-

gen. »Aber seit wann ist die Mittagszeit für einen Besuch unpassend?«

Nicholai starrte sie an. »Mittagszeit? Ist das dein Ernst?«

Er verknotete den Gürtel seines Morgenmantels.

»O ja, Nicholai.« Antonia lächelte. Sie konnte in dem Gesicht ihres Sohnes lesen wie in einem offenen Buch. Sie wußte, daß er diese Nacht nicht allein in seinem Bett geschlafen hatte.

»Die frische Landluft hier scheint dich sehr müde zu machen«, sagte sie. Constanze war also die Geliebte ihres Sohnes geworden. Der Plan, den Caroline und Katya ausgeheckt hatten, war nicht fehlgeschlagen. Die kühle Mistress Hahn war Nicholais Charme erlegen. Aber Constanze war kein Mädchen, das lange die Geliebte eines Mannes blieb. Dachte Nicholai vielleicht sogar an eine Bindung?

»Hat dieser nachdenkliche Ausdruck auf deinem Gesicht etwa mit mir zu tun?« Nicholais Stimme riß sie aus ihren Überlegungen. »Entschuldige, daß ich eben so heftig war, Maman.«

Er küßte zärtlich ihre Hand.

Antonia lachte leise. Sie wollte gerade etwas sagen, als ein Klopfen an der Tür zum Ankleidezimmer zu hören war.

»Darf ich hereinkommen?« fragte Constanze. Vorsichtig öffnete sie die Tür.

Sie trug ein langärmeliges Kleid aus rosa Baumwolle. Den Ausschnitt verdeckte ein feingefälteltes weißes Tuch. Zum ersten Mal seit Tagen sah Nicholai sie wieder mit einer Haarkrone. Nur die Röte ihrer Wangen verriet, wie nervös Constanze war.

»Freut mich, Sie zu sehen, Mrs. Beauvisage«, sagte sie freundlich. Und dann zu Nicholai gewandt: »Kann ich

dir eine Kanne Tee und Biskuits bringen? Oder möchtest du Eier und Speck?«
Nicholai hatte ziemlichen Hunger. Doch er beschloß, noch zu warten. Wenn seine Mutter fort war, wollte er Constanze bei der Zubereitung eines herzhafteren Frühstücks helfen. »Nicky, willst du Constanze keine Antwort geben?« drängte Antonia ihren Sohn.
»Oh, entschuldige ... Ich überlegte gerade ...« Nicholai sah Constanze mit einem Grinsen an. »Biskuits sind sicherlich gut, ja.«
»Dann werde ich in die Küche gehen und ...« Constanze brach ab. Ihr Blick fiel auf die Verbandsgaze. Sofort erinnerte sie sich daran, daß sie am vergangenen Abend den Verband abgenommen hatte. »Die Wunde ... wir müssen sie neu verbinden.«
»Ach, ich habe ganz vergessen zu sagen, daß Doktor Wilstar es für richtig hält, wenn Luft an die Wunde kommt ...«
Antonia dachte an das, was man sich über Constanze erzählte, während sie ihr nachsah. Die österreichische Eisprinzessin, die nichts von Liebe und Männern hält. Hatte Nicky diesen Eiswall nun durchbrochen?
»Du grübelst schon wieder, Maman«, sagte Nicholai. »Was hast du nur?«
»Doktor Wilstar sagte uns, daß du dich gut genug fühlst, um wieder nach Philadelphia zurückzukommen. Mit einer Kutsche wäre der Transport auch nicht zu anstrengend für dich. Dann könnten wir uns um dich kümmern und ...«
»Maman, was ist in dich gefahren?« Nicholai klang sehr unwirsch. »Ich bin alt genug, um selbst zu entscheiden, was ich tun will und was nicht. Ich entscheide, wann ich nach Philadelphia zurück will.«
»Natürlich. Du brauchst mich deshalb nicht gleich so

anzufahren. Ich habe mich selten in dein Leben eingemischt, aber . . .«
»Ich möchte noch eine Weile hierbleiben«, erklärte Nicholai und ließ sie nicht ausreden.
Als Antonia wieder sprach, klang ihre Stimme strenger. »Mir ist der Grund, weshalb du noch bleiben willst, völlig klar. Aber ich schäme mich für dich. Nicholai, es ist nicht schön von dir, daß du Constanze als Spielzeug benutzt. Wie soll es ihr zumute sein, wenn die Zeit hier vorbei ist und sie wieder zu ihrer Arbeit im Kaffeehaus zurückkehren muß? Sie . . .«
Nicholai erhob sich und ging im Zimmer hin und her. »Was ist da in dich gefahren, Maman? Dieser Ton gefällt mir nicht. Und was Constanze angeht . . .« er holte tief Luft, » . . . ich liebe sie. Und ich habe die Absicht, sie heute zu bitten, meine Frau zu werden . . .«
Antonia Beauvisage hatte das Gefühl, einen Schlag in die Magengrube bekommen zu haben. »O Nicholai . . .« Sie schluchzte auf und tupfte sich hastig mit einem Taschentuch über die Augen.
»Maman. . . « Nicholai zog sie in seine Arme und klopfte ihr beruhigend den Rücken. »Weine doch nicht . . .«
»Ach, ich will doch nur, daß du glücklich wirst. Ich habe mir solche Sorgen um dich gemacht, weil du soviel mitgemacht hast. Die Zeit in Frankreich . . .« Tränen erstickten Antonias Stimme.
»Es wird alles gut. Mit Constanze fange ich ein neues Leben an.«
»Nicky, hör mir zu . . .« Antonia hatte sich wieder in der Gewalt. »Ich muß dir etwas gestehen . . . Ich bin überglücklich, daß du den wahren Wert von Constanze erkannt hast. Ich könnte mir keine bessere Frau für dich vorstellen. Ich muß dir gestehen, daß Caroline,

Sharon, Katya und ich alles getan haben, um euch beide zusammenzubringen. Und doch, jetzt, wo du erkannt hast, daß sie die richtige Frau für dich ist, möchte ich dir noch einen Rat geben . . .«
»Sprich, ich höre, Maman . . .«
»Überstürze nichts. Wartet noch mit einer Heirat. Werdet euch beide erst richtig darüber klar, daß ihr euch wirklich wollt. Ihr habt jetzt hier in einem kleinen Paradies gelebt. Der Alltag war ausgeschlossen. Aber das Leben bedeutet hauptsächlich Alltag. Ihr müßt über die Zukunft nachdenken. Soll Constanze das Kaffeehaus weiterführen, und willst du ihr dabei helfen? Oder willst du einmal nach Frankreich zurückkehren?«
Nicholai seufzte und rieb sich das Kinn. »Ich gebe es zwar nicht gern zu, aber was du da sagst, ist klug. Doch . . .«
»Ich weiß, daß dir solche Überlegungen nicht gefallen. Es drängt dich, mit Constanze zusammenleben zu können. Aber überstürze nichts. Das ist ein ehrlich gemeinter Rat.«
Constanze, die gerade die Treppe heraufkam, hörte Mutter und Sohn miteinander reden. Sie hörte nur, daß ihre Stimmen aufgeregt klangen. Sie konnte nicht verhindern, daß ihr ein Schauder über den Rücken rann.
Sie zögerte. Sollte sie das Gespräch stören? Jetzt verstand sie etwas wie »Hochzeit« und »deine Schwester«. Sie erinnerte sich sofort an das Versprechen, das sie Katya gegeben hatte.
Langsam ging sie weiter. Als sie die Tür erreichte, sagte Antonia Beauvisage gerade: »Nicky, ich muß wieder fort. Zum Wochenende wirst du sicherlich zu Haus sein, nicht wahr?«
Constanze öffnete die Tür und ließ sich nicht anmerken, wie sehr diese Worte sie getroffen hatten. Und

doch war sie nicht überrascht. Eben in der Küche hatte sie schon daran gedacht, daß Nicholai sicherlich bald in sein Haus zurückkehren würde.
Sie betrat den Raum und sah sich Antonia Beauvisage gegenüber, die gerade auf die Tür zuging.
»Ich dachte, daß Sie Ihrem Sohn beim Frühstück Gesellschaft leisten«, sagte Constanze.
»Leider kann ich nicht bleiben«, lehnte Antonia lächelnd ab. »Ich habe Nicholais Zeit – und Ihre – schon lange genug in Anspruch genommen. Warum leisten Sie ihm nicht Gesellschaft?«
»Das geht leider nicht«, antwortete Constanze und erwiderte das Lächeln von Nicholais Mutter. »Ich bin gerade dabei, meine Sachen zu packen, weil ich heute nach Philadelphia zurück möchte. Nicholai wird sicherlich auch gern wieder zu Haus sein ...«
Sie stellte das Tablett auf den Nachttisch und mied dabei Nicholais Blick. »Es wird Zeit, daß ich mich wieder um meine Arbeit kümmere. Und schließlich steht Katyas Hochzeit ja auch dicht bevor. Ich hatte ihr versprochen, für das Essen zu sorgen ...«
Antonia Beauvisage war sprachlos. Dann brachte sie schließlich mühsam hervor: »Es war sehr großzügig von Ihnen, uns Ihre Hilfe anzubieten, Constanze. Katya ist sehr dankbar dafür.«
»Es ist das einzige, was ich für meine liebste Freundin tun kann«, sagte Constanze, während sie zum Ankleidezimmer hinüberging. Nach einem letzten Lächeln schloß sie die Tür hinter sich.
Nicholais Miene drückte tiefe Fassungslosigkeit aus. »Würdest du bitte unten warten, bis ich mich angezogen habe, Maman?« fragte er. »Ich habe es jetzt ziemlich eilig, dieses Haus zu verlassen.«

Vierter Teil

30. KAPITEL

10. Mai 1793

Langsam stieg Nicholai die Treppe hinunter. Das Licht der Sommersonne erhellte die Eingangshalle.
Nicholai tastete über die Brusttasche seines Rockes, in der ein langer, schmaler Umschlag steckte.
»Guten Morgen, Mister Beauvisage!« Oliver machte eine tiefe Verbeugung. »Das Frühstück ist fertig, Sir.«
»Ich möchte nur eine Tasse Kaffee«, sagte Nicholai, und es wäre ihm sogar am liebsten gewesen, das Haus sofort verlassen zu können.
Es gefiel ihm nicht sehr, so viele Angestellte im Haus zu haben, und er fragte sich manchmal, welche Pflichten sie alle in Bewegung hielten.
Er blieb am Tisch stehen und hob die Tasse mit dem dampfenden Kaffee an die Lippen. Da kam Welcome mit einer Platte Eier und Schinken.
»Nein!« protestierte er. »Ich bin ja sehr dankbar für alle eure Bemühungen. Doch ich habe heute morgen eine wichtige Angelegenheit zu regeln.« Er zog die Uhr aus seiner Westentasche und pfiff vor sich hin.
»Schon elf Uhr. Welcome, teil dir das Frühstück mit

Oliver und deinen reizenden Töchtern. Und ich bitte darum, künftig eher geweckt zu werden.«

An der Haustür blieb Nicholai stehen und wartete geduldig, daß Oliver ihm öffnete.

»Darf ich mir eine Bemerkung erlauben, Sir?« fragte Oliver. »Sie sehen großartig aus.« Er grinste über das ganze Gesicht.

Nicholai lachte gutmütig. »So? Meinst du?«

Oliver nickte ernst. »Alle Damen werden von Ihnen hingerissen sein . . .«

Nicholai verließ das Haus. Nach zwei Wochen Bettruhe fühlte er sich wieder stark genug, um sich in den Trubel eines Markttages in Philadelphia zu stürzen.

Auf der Spruce Street rollte ein Fahrzeug hinter dem anderen. Bauernkarren, vornehme Pferdegespanne, Kutschen und Einspanner. Nicholai ging in Richtung Delaware River, der in der Ferne im Sonnenschein glitzerte. Das heitere Wetter hob seine Stimmung und lenkte ihn von seinen Gedanken ab. Ihm stand ein Gespräch mit Constanze Hahn bevor, der rätselhaftesten Frau, die er kannte . . .

»Guten Morgen, Mister Beauvisage!« hörte er zwei Frauenstimmen rufen. In einer Kutsche fuhren Miss Oswald und eine Freundin an ihm vorbei.

Nicholai lächelte und machte eine Verneigung zu den Damen hin.

Warum suche ich mir nicht eine so unkomplizierte junge Dame wie diese? fragte sich Nicholai im stillen. Er hatte die letzten drei Tage damit verbracht, über sich und Constanze nachzudenken.

Er hatte zwar den Rat seiner Mutter angenommen, aber er fragte, ob nicht alles besser verlaufen wäre, wenn sie an jenem Morgen nicht in der Markwood Villa aufgetaucht wäre.

Er hatte seiner Mutter versprochen, weiterhin geduldig um Constanze zu werben, um ihr Vertrauen zu gewinnen. So würde er eine Beziehung aufbauen, die jeder Prüfung widerstehen würde. Der Gedanke, sein weiteres Leben zusammen mit Constanze zu verbringen, erfüllte ihn mit einem tiefen Glücksgefühl.

»Hallo, Nicholai!« Beim Klang der ihm bekannten Frauenstimme drehte er sich um und sah in Mary Armstrongs blaue Augen, die ihn unter einem Schutenhut anlächelten. »Mary! Wie schön, dich zu sehen.« Sie umarmten sich flüchtig. Nicholai stellte fest, daß Mary noch immer nach Rosen duftete – wie früher. Dieser Duft weckte die Erinnerungen.

»Wie geht es dir, Mary? Ich kann immer noch nicht ganz begreifen, daß du so viel schöner geworden bist...«

Mary hatte Mühe, die Tränen zu unterdrücken, denn seine Stimme klang so liebevoll. Sie strich über seine Wange und sagte: »Ich habe von dieser Sache mit... mit Marcus Reems gehört. Ich habe für dich gebetet und hätte dich auch gern einmal besucht, aber ich fürchtete, daß Timothy das mißverstehen könnte. Er weiß ja, daß ich dich einmal sehr geliebt habe. Und seit du wieder in Philadelphia bist, macht er sich Sorgen...«

»Mir geht es jetzt wieder gut – dank der Pflege von Constanze Hahn. Du kennst sie doch?«

»Wie... ja.« Mit sicherem weiblichem Instinkt fühlte Mary, daß Nicholai mehr für dieses Mädchen empfand als jemals für sie. Sie ärgerte sich, daß sie bei diesem Gedanken wieder gegen Tränen ankämpfen mußte. »Bist du jetzt gerade auf dem Weg zu ihr?«

Zu seiner Verwunderung stellte Nicholai fest, daß sie sich nur wenige Meter von dem Kaffeehaus entfernt be-

fanden. Er war so in seinen Gedanken versunken gewesen, daß er es nicht gemerkt hatte.
Er sah Mary an und nickte. »Ja, ich wollte ihr einen Brief bringen, den sie in der Markwood Villa vergessen hat.«
»Sie muß eine ganz besondere Frau sein«, meinte Mary nachdenklich. »Leider kenne ich sie nur vom Sehen.«
»Eines Tages werdet ihr beide euch sicher näher kennenlernen«, sagte Nicholai. Er faßte unter Marys Kinn. »Du bist auch etwas ganz Besonderes, Mary. Wenn auch alles anders gekommen ist, die gemeinsamen Erinnerungen bleiben.«
Mary konnte kaum atmen. »Ach, Nicky . . .« Sie preßte die Hand vor die Lippen, um das Schluchzen zu unterdrücken, das ihr in die Kehle stieg.
»Weine doch nicht.« Nicholai kümmerte sich nicht um die Leute, die vorbeigingen. Er beugte sich vor und küßte Mary die Tränen von den Wangen.
Sie riß sich mit aller Gewalt zusammen. »Ist schon gut, Nicholai. Ich bin ja glücklich mit Timothy, wirklich . . .«

Constanze stand an einem der Fenster, die auf die Spruce Street hinausgingen. Ihre Finger krampften sich um das Staubtuch, das sie in den Händen hielt, während sie Nicholai beobachtete.
Er küßte Mary die Tränen vom Gesicht! Sie erinnerte sich wieder daran, daß Katya ihr einmal erzählt hatte, daß Nicholai vor seiner Zeit in Frankreich mit Mary Armstrong befreundet gewesen war.
Constanzes Bewegungen waren steif wie die einer Marionette, als sie sich abwandte. Sie glaubte, den Schmerz in ihrer Brust nicht mehr ertragen zu können. Er wurde immer schlimmer.
Immer wieder zwang sie sich dazu, nicht an Nicholai zu

denken. Doch sie schaffte es immer nur wenige Minuten. Die letzte Nacht hatte sie schlaflos in ihrem Bett gelegen. Die Erinnerung an die zärtlichen Stunden mit Nicholai hatte sich in ihr Gedächtnis eingebrannt – unauslöschlich.

»Kind!« Hyla Flowers stand mit in die Hüften gestemmten Händen da und betrachtete Constanze kopfschüttelnd. »Was soll ich nur mit dir machen? Bist du etwa krank?«

Sie legte den Arm um Constanze und führte sie in die Küche, wo sie sie auf einen Stuhl drückte. »Soll ich dir eine Tasse Tee machen? Ein besonderes Rezept von mir . . .«

Constanze lächelte dankbar. »Das wäre gut. Ich kümmere mich inzwischen um die Pasteten.«

Die Arbeit machte ihr zwar keine rechte Freude, aber sie half ein wenig, den Schmerz in ihrer Brust zu vergessen. Es gab nicht mehr soviel für sie zu tun wie früher. Bramble war noch immer da und kümmerte sich um das Mittagessen. Die Köchin wollte bleiben, bis die Hampshires zurückkamen.

Hyla hatte selbst großen Kummer, und sie ertränkte ihre Sorgen oft mit Brandy. Pierre, der Diener von Belle Maison, hatte es Hyla angetan. Sie war rettungslos in ihn verliebt. Pierre hatte ihre Bewunderung genossen, so lange er im Kaffeehaus arbeitete. Doch seit Constanze zurückgekehrt war, hatte er sich nicht mehr blicken lassen.

»Männer!« schimpfte Hyla vor sich hin, während sie den Tee zubereitete. »Sie sind alle gleich. Du hättest auf mich hören sollen. Sie machen einem nichts als Kummer!«

Constanze unterbrach ihre Arbeit und wischte sich die Hände an ihrer Schürze ab. »Man muß im Leben eben Lehrgeld zahlen«, meinte sie.

Hyla, die gerade von ihrem Tee trank, konnte nicht gleich antworten. Doch sie ließ Constanze nicht aus den Augen, als diese die Tasse ebenfalls an die Lippen hob und den Tee, den Hyla als ihre ›besondere Mischung‹ bezeichnete, probierte.
»Was hast du denn da hineingetan?« fragte Constanze. »Oder habe ich die falsche Tasse?«
»Nein, nein, ist schon richtig. Ist nur Zucker, Zitrone und Rum.« Hyla trank ihre Tasse leer und fuhr sich genießerisch über die Lippen.
Constanze nahm vorsichtig einen weiteren Schluck. Der Tee brannte in ihrer Kehle, aber das vertrieb die Kälte aus ihren Gliedern.
»Endlich kommt wieder ein bißchen Farbe in deine Wangen«, meinte Hyla zufrieden. »Und ein Leuchten in deine Augen.«
Constanze drückte ein paar Muster in die fertigen Pasteten und wandte sich wieder an Hyla. »Stell sie in den Ofen, damit sie rechtzeitig fertig sind.«
Hyla seufzte und sah sehnsüchtig zu der Rumflasche hin. Sie machte ein paar unsichere Schritte und mußte sich an der Tischkante festhalten.
»Ich fürchte, der Tee bekommt dir nicht«, sagte Constanze.
»Was ist, wenn dir die Tabletts aus den Händen fallen, Hyla? Die Gäste könnten sich beschweren ...«
»Tut mir leid. Soll nicht wieder vorkommen«, murmelte Hyla. »Ich kümmere mich jetzt um die Tische im Schankraum ...«
»Sieh bei der Gelegenheit gleich mal nach, wer da nicht abwarten kann, bis wir öffnen!« rief Stringfellow ihr nach.
Keine zwei Minuten später erschien Nicholai in der Küche. »Guten Tag, Mistress Hahn«, begrüßte er Constanze. Die Förmlichkeit seiner Worte wurde durch ein

freundliches Lächeln gemildert. Doch Constanze war froh, daß er sie nicht so vertraut ansprach wie in der Markwood Villa.

»Guten Tag, Mister Beauvisage«, antwortete sie. »Sie sehen gut aus.«

»Danke, freut mich zu hören.«

Er sieht wirklich nicht aus, als hätte er noch vor zwei Wochen bleich und von Schmerzen gequält im Bett gelegen, dachte Constanze. Es war, als hätte es diese Zeit gar nicht gegeben. Sie war vergangen wie ein Traum.

Doch jetzt stand Nicholai vor ihr. Und das war Wirklichkeit.

Wie immer trug Constanze bei ihrer Arbeit ein hochgeschlossenes Kleid mit langen Ärmeln und eine blütenweiße Schürze. Nicholai sah aus, als käme er direkt von einer feinen Gesellschaft. Constanze stellte fest, daß die starke Anziehungskraft nicht nachgelassen hatte. Im Gegenteil. Sie war eher noch stärker, noch schmerzlicher spürbar.

Sie schluckte schwer und wandte ihre Aufmerksamkeil wieder den Pasteten zu. »Sie haben sich den Bart . . .«

Nervös brach sie ab. Nicholai hatte behauptet, daß er den Bart weiterhin tragen wollte – als Erinnerung. Nun, diese Erinnerung war ihm nur drei Tage wert gewesen.

»Alle sind heute so nett zu mir«, meinte Nicholai ironisch. Er sah zu dem grimmig blickenden Stringfellow hinüber und zog eine Braue hoch.

»Setzen Sie sich doch, Mister Beauvisage«, meinte Stringfellow. »Ich hole Ihnen einen Krug Bier.«

»Sehr aufmerksam«, erwiderte Nicholai. Er zog einen Stuhl heran und setzte sich Constanze gegenüber. »Kann ich helfen?« fragte er und dachte sich: Warum ist sie nur so spröde und abweisend?

»Das ist nicht nötig. Ich bin fast fertig, und ich möchte nicht, daß Sie sich Ihren schönen Anzug verderben.«
»Gefällt er Ihnen?«
Oh, wie gut sie diesen spöttischen Ton kannte. Constanzes Wangen nahmen eine tiefe Röte an. Krampfhaft hielt sie den Blick gesenkt.
Es drängte Nicholai, die Hand nach ihr auszustrecken. Leise, so daß nur sie es hören konnte, sagte er: »Ich ließ mir den Bart schneiden. Hast du es schon bemerkt? Ich weiß, was ich dir gesagte habe . . . aber seit ich wieder hier bin und sehe, daß Bärte absolut nicht in Mode sind, habe ich dem Drängen meines Butlers nachgegeben und ihn mir abnehmen lassen.«
Er wagte es nun doch, ihre Finger zu berühren. »Du sollst nicht glauben, daß ich . . .«
»Es ist mir noch gar nicht aufgefallen«, erklärte Constanze. Sie spürte seinen forschenden Blick und hielt die Lider weiterhin gesenkt.
Nicholai war nahe daran zu fragen, was mit ihr los sei. Da kam Stringfellow mit dem Bier. Er stellte den Krug vor Nicholai hin und nahm auf dem Stuhl neben ihm Platz.
Während Stringfellow sich mit Constanze über die Marktpreise unterhielt, beobachtete Nicholai fasziniert, wie sich das Sonnenlicht in Constanzes Haarkrone fing und sie wie Gold schimmern ließ. Ein paar Löckchen hatten sich unter den Nadeln gelöst und ringelten sich um ihr zartes Gesicht.
»Ja, die Preise werden immer höher!« rief Constanze gerade. »Weißt du, was ich heute für einen Puter bezahlt habe? Mehr als einen Dollar teurer waren sie pro Stück.«
Ihre Augen leuchteten, und Nicholai hätte am liebsten die samtweiche Haut ihres Halses geküßt. Er merkte nicht, daß ein Lächeln auf seinen Lippen lag.

»Worüber amüsieren Sie sich?« fuhr Constanze ihn an. »Diese Probleme sind für Sie wohl keine, was?«
»Im Gegenteil, Mistress Hahn. Sie haben mein aufrichtiges Mitgefühl.« Mit Gewalt zwang sich Nicholai zu einer ernsten Miene.
»Ich will Ihr Mitgefühl nicht!« Constanze erhob sich und ging zum Waschtisch, um ihre Hände abzuspülen. Sie spürte Nicholais Blick in ihrem Rücken, und das weckte Gefühle in ihr, gegen die sie nicht genug gewappnet war.
»Stringfellow, hast du die Vorräte an Getränken schon überprüft?« fragte sie. »Kümmere dich darum, daß genug Wein und Limonade da ist, ja?«
Sofort sprang der Mann auf und eilte in den Schankraum. Nicholai sah noch immer auf Constanzes Rücken und überlegte, wie es weitergehen sollte. Er wollte sie in seine Arme ziehen und küssen, bis ihr Eigensinn schwand und sie sich an ihn schmiegte.
Er wollte ihr sagen, daß er sie liebte. Er wollte nicht, daß irgendwelche Mißverständnisse zwischen ihnen standen. Daß er geduldig vorgehen mußte, kostete ihn viel Beherrschung.
Schließlich drehte sich Constanze um. »Es ist gleich Mittag, und Sie wissen, daß es da immer viel zu tun gibt. Wenn Sie also kein besonderes Anliegen haben, wäre ich Ihnen dankbar . . .«
»Aber ich habe ein Anliegen«, erklärte er schnell. »Ich bitte Sie um ein wenig Geduld, Mistress Hahn. Ich habe Ihnen einen Brief zu überbringen . . .«
»Von wem?«
»Ich kann nur sagen, daß er an Sie adressiert ist. Als Katya gestern zur Villa fuhr, um meine Sachen zu holen, hat sie ihn auf dem Tisch an meinem Bett gefunden . . .«

Constanze nahm den Umschlag entgegen, den Nicholai ihr reichte. »Ach, ich erinnere mich«, sagte sie. »Stringfellow hat ihn mitgebracht, als er uns Vorräte lieferte. Ich vergaß ihn ganz.«
»Wie konnte das geschehen?« fragte Nicholai. Und wieder lag ein Lächeln um seine Mundwinkel.
»Ich weiß es nicht.« Constanze sah auf den Umschlag und kämpfte gegen die Verlegenheit an, die ihr wieder die Röte ins Gesicht trieb. »Haben Sie schon gegessen, Mister Beauvisage? Vielleicht mögen Sie eine Schale Hühnersuppe, während ich das hier lese?«
»Das schlage ich nicht aus, Mistress Hahn.«
Constanze brachte die Suppe, und während Nicholai aß, nahm sie den Brief wieder auf.
»Einfach köstlich. Du bist eine Frau mit vielen außergewöhnlichen Talenten«, meinte Nicholai, nachdem er sich vergewissert hatte, daß sie auch wirklich allein in der Küche waren.
Constanze lächelte und sah auf. Sie kam sich unter Nicholais intensivem Blick wie ein aufgespießter Schmetterling vor. Und sofort wurde sie auch wieder bis unter den Haaransatz rot.
Hastig beugte sie sich über den Brief und brach das Siegel auf. Das Papier knisterte, als sie es entfaltete.
»Es . . . es ist von der Bank«, murmelte sie und begann dann zu lesen. »Mein Gott . . .« Ihre Augen weiteten sich vor Überraschung. »Einunddreißigtausend Dollar – von einem anonymen Absender . . .«
Das Papier flatterte zu Boden, als sie erregt aufsprang. »Warum sollte mir jemand soviel Geld schenken? Mir wird mitgeteilt, daß das Geld am siebenundzwanzigsten April für mich eingezahlt worden ist. Nicholai, meinst du, daß es etwas mit . . . Marcus Reems zu tun haben könnte?«
Er war genauso fassungslos wie sie. »Ich wüßte nicht,

warum. Da war er ja schon tot.« Nachdenklich sah er eine Weile vor sich hin. »Ich kann dir keine Antwort darauf geben, Constanze. Ich vermute, daß jemand, der dich mag und der es sich leisten kann, dir gern das Leben etwas leichter machen möchte. Vielleicht ein Gast, der regelmäßig ins Kaffeehaus gekommen ist? Oder jemand, der deinen Vater gut gekannt hat? Wie auch immer – mach dir keine Gedanken deshalb. Du scheinst einen Schutzengel zu haben, und solange man von dir keine Gegenleistungen will, solltest du nicht darüber nachgrübeln, wer der Absender ist.«
Constanze warf ihm einen mißtrauischen Blick zu. »Du hast wirklich nichts mit dieser Sache zu tun . . .?«
Nicholai lachte. Er sah so phantastisch aus, das Constanzes Herz wild zu schlagen begann. Warum wurde sie immer wieder schwach, wenn er sie nur ansah?
»Wenn ich dir dieses Geschenk gemacht hätte, würde ich es dir ehrlich sagen.« Er griff nach ihrer Hand und drückte seine Lippen darauf. »Du weißt doch, daß ich aufrichtig zu dir bin?«
Constanze war von seinem Blick wie gebannt. Wie sehr wünschte sie sich, ihm vertrauen zu können. Doch ihre Zweifel waren zu groß.
»Ich . . . ich werde von diesem Geld Vaters Schulden begleichen«, sagte sie, um abzulenken. »Und von dem Rest kann ich endlich notwendige Reparaturen veranlassen.«
Als sie lächelte, war Nicholai nahe daran, sie in seine Arme zu reißen. Er wünschte sich, wieder mit ihr in der einsam gelegenen Villa der Hampshires sein zu können. Er hielt noch immer ihre Finger fest und zog sie jetzt langsam zu sich heran. Da war plötzlich ein Klopfen an der Tür zum Hinterhof zu hören.
Sofort zog Constanze ihre Hand zurück. »Ja, bitte?« rief sie.

Nicholai war überrascht, Oliver zu sehen. Er sprang auf und ging auf seinen Diener zu. »Oliver? Was ist passiert? Warum kommst du hierher?«
»Dieser Brief wurde für Sie abgegeben, und der Überbringer bestand darauf, daß Sie ihn sofort zugestellt bekommen. Sonst hätte ich es niemals gewagt, Sie hier zu stören, Mister Beauvisage!« versicherte Oliver ergeben.
»Hoffentlich keine schlechte Nachricht«, sagte Constanze.
»Von meiner Familie kann diese Botschaft nicht sein. Da wäre sicherlich jemand persönlich gekommen. Was war das für ein Bote, Oliver? Kanntest du ihn?«
Der Mann schüttelte den Kopf. Dann verbeugte er sich und ging.
»Heute scheint ein Tag für besondere Briefe zu sein«, meinte Nicholai zu Constanze, als er das Siegel erbrach. Der Duft von Gardenien stieg aus den drei Blättern auf, die Nicholai dann in der Hand hielt. Er sah zuerst auf den Absender. Und Constanze konnte ihn auch lesen. Sie hatte das Gefühl, einen Schlag in die Magengrube versetzt zu bekommen, und keuchte laut.
Nicky, je t'adore . . . toujours, stand am Schluß des Briefes. Und dann nur noch ein Name:
GABRIELLE

31. KAPITEL

10. Mai 1793

Constanze wollte etwas sagen, aber sie brachte keinen Ton heraus.
»Gabrielle?« flüsterte Nicholai fassungslos vor sich hin. »Ich kann es nicht glauben . . .«

Constanze schluckte schwer und fuhr sich mit der Zunge über die Lippen. »Möchtest du in mein Arbeitszimmer gehen ... dort kannst du den Brief ganz in Ruhe lesen.« Sie meinte, ihre Stimme wie durch einen dichten Nebel zu hören. Und sie hörte Nicholai antworten. »Ja, nur ein paar Minuten, damit ich den Brief lesen kann. Entschuldigen Sie mich, Mistress Hahn.«

Constanze wunderte sich, daß er plötzlich wieder so förmlich war. Aber da sah sie Hyla in der Tür. Wie benommen stand Constanze da. Noch nie hatte sie Nicholai so verstört gesehen.

Während der nächsten halben Stunde versuchte sie, sich mit allen möglichen Küchenarbeiten abzulenken. Sie wirkte hektisch und nervös, und das bekamen die beiden Küchenmädchen zu spüren. Kate wurde ausgeschimpft, weil sie zu laut mit dem Geschirr klapperte. Und als Nancy eine Steingutschüssel fallen ließ, war es mit ihrer Geduld endgültig vorbei.

»Hyla, kümmere dich hier um alles«, sagte sie hastig. »Ich bin gleich wieder da.«

Dann lief sie zu ihrem Arbeitszimmer und klopfte leise an die Tür. Als sie keine Antwort bekam, drückte sie die Klinke nieder und betrat auf Zehenspitzen den Raum.

Nicholai stand am Fenster und starrte in den Küchengarten. Er schien nichts von seiner Umgebung wahrzunehmen.

Constanze durchquerte den Raum und berührte Nicholai sanft am Ärmel. »Ich hoffe, daß es keine schlechte Nachricht ist ...«

Langsam drehte er sich um. Die Starre wich aus seinen Augen. »Ach, du bist's, Constanze ...« Mechanisch bückte er sich, um die zu Boden gefallenen Briefblätter aufzuheben. »Ich fürchte, ich bin wie betäubt«, meinte er dann. »Ich kann es einfach nicht glauben, daß Gabrielle noch am Leben ist. Und ich frage mich, ob ich es glauben soll.«

»Du hältst diesen Brief doch nicht etwa für einen Schwindel?«

»Nein, nein – das ist auch nicht möglich. Es gibt zu viele Hinweise in diesem Brief... Dinge, von denen nur... nur zwei Menschen wissen können... Und außerdem kenne ich Gabrielles Schrift. Es ist nur...« Er fuhr sich nervös mit den Fingern durchs Haar. »Es ist wie ein Schock. Eine gute Nachricht, ja. Aber eine, die man erst begreifen muß. Ich meine – ich bin durch die Hölle gegangen, ich habe um Gabrielle getrauert. Es hat lange gedauert, bis ich akzeptiert habe, daß sie tot ist. Ich habe geglaubt, dieses Kapitel meiner Vergangenheit wäre abgeschlossen...«

Constanze hatte das Gefühl, als ob eiskalte Finger ihr ans Herz griffen. Sie wußte, daß Nicholai die schöne Französin sehr geliebt hatte. Er hatte in seinen Träumen nach ihr gerufen. Und nun war Gabrielle wieder da – aber als Lebende, nicht als Tote.

»Es ist wie ein Wunder, nicht wahr?« murmelte sie.

»Ein Wunder?« wiederholte Nicholai gepreßt. »Was Gabrielle angeht, kann man es so nennen, Constanze. Aber ich möchte nicht, daß du glaubst...«

»Dies ist ein Freudentag für uns beide, findest du nicht auch?« Constanze mußte alle Kraft zusammennehmen, um solche Heiterkeit vorzutäuschen. »Mir fällt ein Goldregen in den Schoß – und du hast deine Gabrielle zurück. Es ist so, als wären Träume wahr geworden.«

»Constanze...« Nicholai griff nach ihren Händen. Doch sie entzog sie ihm sofort wieder.

»Ist Gabrielle in Sicherheit?« fragte sie. Sie glaubte, daß Nicholai nach den richtigen Worten suchte, um ihr

zu sagen, wem sein Herz nun wirklich gehörte. »Die Lage in Frankreich muß ja furchtbar sein. Hat sie ihren Bruder wiedergefunden? Gabrielle, meine ich.«
Nicholai sank mit einem schweren Seufzer auf einen Stuhl.
»Nein, der Marquis gilt immer noch als vermißt. Aber Gabrielle ist in Sicherheit. Sie kam wie durch ein Wunder frei, wie sie schreibt. Und sie konnte mit einem Freund ihres Mannes nach England entkommen.«
Constanze sah, wie es um seine Mundwinkel zuckte. Sie holte tief Luft und wandte sich zum Fenster. »Du wirst sie sicherlich so schnell wie möglich wiedersehen wollen . . .«
Der Duft nach Gardenien hing noch immer im Raum. Doch Nicholai wehrte die aufkommenden Erinnerungen ab.
»Du hast es sicherlich eilig, mich loszuwerden, was?« fragte er finster.
Langsam stand er auf und trat hinter Constanze. Er legte den Arm um ihre Schultern und führte sie zu dem Sofa.
»Was willst du? Laß mich doch in Ruhe!« sagte sie erregt, als er sie in die Polster drückte. Sie war so verzweifelt und konnte die Tränen kaum zurückhalten. Warum mußte er es ihr noch schwerer machen? »Wenn du glaubst, daß du mich beruhigen mußt . . .«
»Was sind Sie nur für eine störrische Frau, Mistress Hahn? Wann glauben Sie endlich, daß meine Gefühle für Sie ehrlich sind?«
Nicholai konnte gegen die Versuchung nicht länger widerstehen. Er preßte das Gesicht gegen die samtweiche Haut ihres Halses.
»So leicht lasse ich mich nicht täuschen«, meinte Constanze spöttisch. »Ehrliche Gefühle? Nein, niemals!«

Nicholai fragte sich, ob sie wirklich gegen Tränen ankämpfte. Oder irrte er sich?
Er verschloß ihre rosigen Lippen mit seinem Mund und küßte sie so lange, bis Constanze ihren Widerstand aufgab und gegen seine Brust sank. Und dann erwiderte sie seine Küsse, weil sie nicht anders konnte.
Nicholai glaubte, vor Verlangen verrückt zu werden. Seine Hand glitt unter ihren Rock und streichelte ihre Schenkel. Durch den Stoff ihres Kleides spürte Constanze seine harte Männlichkeit. Sie schloß die Augen, weil sie von wildem Lustgefühl überwältigt wurde.
»Nicholai!« Es wurde ihr erst jetzt bewußt, daß ihr Kleid über den Brüsten offen war. Und dann brannten Nicholais Lippen auf ihrem Hals. Seine Hände massierten ihre sehnsüchtig reagierenden Brustwarzen.
Constanze erschauerte in seinen Armen. Sie umklammerte seine Schulter, weil sie glaubte, ganz in dem tiefen Strudel der Leidenschaft zu versinken.
Gabrielle! Dieser Name genügte, um Constanze in die Wirklichkeit zurückzubringen. Sie keuchte und wehrte sich gegen Nicholais Kuß.
»Laß mich . . .«, wimmerte sie.
Verwundert sah er sie an. »Was hast du, Liebste?«
»Was steht noch in dem Brief? Hast du mir alles gesagt? Wird sie nach Amerika kommen oder . . .«
Nicholai ließ sie los und stützte sich auf einen Ellenbogen. Er ahnte, was gleich kommen würde, wenn er Constanze verriet, was noch in dem Brief gestanden hatte. Sie schloß die Knöpfe ihres Kleides und sah ihn an.
»So rede schon!«
»Gabrielle fragt, ob ich nicht nach England kommen kann. Sie hat in Erfahrung bringen können, daß ihr Bruder aus dem Gefängnis entkam, und sie glaubt, daß

sie es nur mit meiner Hilfe schaffen kann, ihm die Flucht nach England zu ermöglichen.«

»Und ihr Mann? Der Comte?«

»Er wurde geköpft.«

Es rann Constanze eiskalt über den Rücken. »Ich verstehe«, murmelte sie. »Sie ist also frei. Ich nehme an, daß du dich mit mir noch ein bißchen amüsieren wolltest, ehe du dich auf die Reise machst. Gibt es denn keine Frauen an Bord eines Schiffes?«

»Verdammt noch mal, Constanze! Du unterstellst mir Dinge, die nicht wahr sind! Ich habe nicht die Absicht, irgendwohin zu reisen . . .«

Constanze blitzte ihn wütend an. »Erspare mir doch deine Lügen. Für wie dumm hältst du mich eigentlich?« Sie versuchte, sich hinzusetzen, doch Nicholais Arm zwang sie nieder.

»Ich reise nicht nach England, du kleine Hexe! Ich will in Philadelphia bleiben und das weiterführen, was wir beide begonnen haben.«

»Ich kann dir einfach nicht trauen. Du hast sogar im Traum von Gabrielle gesprochen. Du denkst noch an sie, du liebst sie, nicht mich.«

»Ihr tragischer Tod war mir nahegegangen, ihr Schicksal hat mich verfolgt. Aber ich habe inzwischen erkannt, daß es nicht die große Liebe war, die mich und sie verbunden hat. Sie war . . .«

»Das kannst du jetzt leicht sagen, wo sie Tausende von Meilen entfernt ist und ich jetzt in deiner Nähe bin. Nur weil du gerade Lust auf eine Frau hast . . .«

Sie sah seine weißen Zähne verwegen blitzen, und es trieb ihr wieder das Blut ins Gesicht, weil er sie so herausfordernd ansah.

»Ich meine es ernst! Ich glaube, es gibt noch viele unbeantwortete Fragen, was deine Beziehung zu Gabrielle angeht. Deshalb solltest du nach England reisen und das ein für allemal klären.« Constanze schluckte, ehe sie hinzufügte: »Und wie es scheint, braucht Gabrielie dich.«

»Und du brauchst mich nicht?«

»Ich ... nun, manchmal gefällt es mir, in deiner Gesellschaft zu sein. Aber ich bin im Grunde selbständig, wie du weißt. Ich habe nicht die Absicht, mich auf einen Mann zu verlassen ...«

Nicholai beobachtete, wie sie stolz das Kinn vorreckte. »O ja, das weiß ich, meine Liebe.«

Constanze versuchte wieder, sich aus seinem Griff zu befreien. Und diesmal ließ Nicholai sie los.

»Die Beziehung zwischen uns ist jetzt nicht wichtig«, fuhr Constanze fort. »Wenn sie wirklich etwas Besonderes sein sollte, wird sie auch eine Trennung überdauern. Mir geht es hier ja gut, wie du weißt ...« Es gelang Constanze, sich durch seine plötzlich wie versteinert wirkende Miene nicht aus der Fassung bringen zu lassen. »Ich habe Arbeit genug, die mich ablenkt, während du Gabrielle besuchst.«

»Nun reicht es. Du hast mir deinen Standpunkt deutlich genug dargelegt.« Nicholai stand auf. Er fühlte sich sehr erschöpft, und seine Schulter schmerzte wieder. »Ist dir klar, wie lange ich fortbleibe, wenn ich wirklich nach England gehe und anschließend nach Frankreich, um ihren Bruder zu suchen? Ein Jahr oder mehr! Falls ich es überlebe – und falls ich überhaupt nach Amerika zurückkehren will.«

Constanze brachte irgendwie die Kraft auf, sich auf den Füßen zu halten, obwohl sie das Gefühl hatte, als ob sich das ganze Zimmer um sie drehte.

»Nicholai, ich möchte nicht, daß du glaubst ...«

»Verschwende doch keinen Gedanken mehr an mich!«

fuhr er sie an. Er schüttelte ihre Hand ab, die sich auf seinen Arm legte, und schritt zur Tür.
»Vielleicht sehen wir uns eines Tages einmal wieder, Mistress Hahn – obwohl mir scheint, als hielten Sie es nicht für möglich. Es kann aber auch sein, daß selbst einen so abgehärteten Mann wie mich zwei Seereisen in einem Jahr umbringen werden...« Nach einem spöttischen Kopfnicken riß er die Tür auf und war fort.
Constanze stand da und rührte sich nicht. Sie hatte das Gefühl, jeden Augenblick zusammenzubrechen. Dann löste sich die Verkrampfung, und sie brach in wildes Schluchzen aus.
»Mein Gott«, jammerte sie. »Was habe ich getan?«

32. KAPITEL

10. Mai 1793

»Ich komme!« rief Pierre, während er so schnell er konnte durch die Halle von Belle Maison eilte. Wer konnte das um diese Zeit sein? überlegte er. Ein Besucher mit schlechten Manieren, entschied er. Und das, wo wir heute Gäste zum Dinner haben.
Er nahm eine kleine Lampe von einem der Seitentischchen und öffnete dann die Tür. »Wer sind Sie, und was wollen Sie?«
Das Licht fiel auf einen dunklen Umhang und breite Schultern. »Was ist das für ein Benehmen, Pierre? Muß ich mir das gefallen lassen?«
Der schmächtige Diener starrte verlegen auf Nicholai Beauvisage. »Monsieur, verzeihen Sie. Ist etwas passiert, weil Sie noch so spät kommen?«

Nicholai betrat die Eingangshalle. »Ich will auf eine Reise nach England gehen und möchte meinen Bruder vorher noch sprechen. Wo ist er? In der Bibliothek oder im Salon?«
»Nach England? *Mon Dieu!* Oh, Ihr Bruder – er hat leider Gäste. Sie sind alle im Speisezimmer. Wollen Sie sich nicht zu ihnen gesellen?«
»Nein! Ich habe weder Zeit noch Lust, mich mit Formalitäten abzugeben. Geh und sag meinem Bruder, daß ich ihn einen Moment sprechen muß.«
»Wenn Sie darauf bestehen – ich bin aber sicher, daß Madame diese Störung nicht gefallen wird.« Pierre wandte sich ab, doch Nicholai hielt ihn zurück. »Ist noch etwas, Monsieur?«
»Da ist eine Dame, die dir gern zu guter Laune verhelfen möchte. Und ich rate dir ...«
»Mistress Hahn?« fragte der kleine Franzose und tat ganz unschuldig. »Sie wird sicherlich sehr einsam sein, wenn Sie nach England reisen ...«
Er brach sofort ab, als er sah, wie Nicholais Gesicht sich verfinsterte. Ich bin zu weit gegangen, dachte er nervös.
»Nimm diesen Namen nie in einem solchen Ton in den Mund, verstanden?« erklärte Nicholai mit steinerner Miene. »Ich rede von Hyla Flowers, die du durch dein nicht gerade gutes Verhalten tief beleidigt hast. Sie ist zwar schon eine erfahrene Frau, aber das bedeutet nicht, daß sie eine solche Behandlung verdient.«
Pierre blinzelte. »Ja, Sir«, stotterte er.
»Du sollst Mrs. Flowers einen Besuch abstatten – am besten heute abend noch. Damit könntest du einiges wiedergutmachen.«
Pierre nickte hastig. »Ihr Bruder hat gesagt, daß er mich heute nicht mehr braucht ...«

Nicholai gab ihm einen Klaps auf die Schulter. »Los, geh jetzt und sag meinem Bruder Bescheid.«
Nur wenige Minuten später erschien Alec in der Halle. »Nicky, was bringt dich hierher? Willst du uns nicht Gesellschaft leisten?«
»Ich habe keine Zeit ... und mir steht auch nicht der Sinn danach.«
»Was hast du auf dem Herzen? So rede schon, Nicky!« forderte Alec.
Nicholai sah seinen Bruder ernst an. »Ich bekam einen Brief – von Gabrielle.«
»Der Comtesse?« Alec runzelte fassungslos die Stirn.
»So ist es. Es scheint, daß sie dem Massaker entkommen konnte. Sie ist bei Freunden in London. Ihr Bruder gilt jedoch immer noch als vermißt. Sie hat aber gehört, daß er sich irgendwo in Frankreich versteckt halten soll. Sie glaubt, daß ich der einzige bin, der ihr bei der Suche nach ihm helfen kann.«
»Ich verstehe«, sagte Alec nachdenklich. »Das hört sich so an, als sei Carolines und Sharons Komplott umsonst gewesen.«
»Wenn du von Constanze redest ... Diese Sache ging die beiden nichts an. Vielleicht ist die Angelegenheit zwischen ihr und mir aber doch noch nicht ganz so hoffnungslos wie es scheint. Constanze spielt nur mal wieder die starke, selbständige Frau.« Nicholai rieb sich sein Kinn. »Sie hat mich dazu gedrängt, nach England zu reisen.«
»Ich sollte Caroline rufen. Sie wird sicher gern mit dir sprechen.«
»Nein!« Nicholai packte seinen Bruder an den Schultern. »Danach steht mir jetzt auch nicht der Sinn. Du kannst ihr sagen, daß ich mit Constanze schon genug Ärger hatte. Sie hat mir wirklich keine andere Wahl ge-

lassen. Und vielleicht hat Constanze ja auch recht. Ich sollte versuchen herauszufinden, wie es Gabrielle jetzt geht – um die Sache ein für allemal zu klären.«

»Sache? Nennst du es so?«

»Ja. Ich liebe Constanze. Darüber bin ich mir ganz klar. Ich habe die Absicht, sie zu heiraten ...« Nicholai verzog den Mund zu einem Grinsen. »Ich könnte mir vorstellen, daß sie glaubt, ich käme nicht zurück. Aber da soll sie eine Überraschung erleben. Aber ich verlasse mich in einer Beziehung auf dich, lieber Bruder. Paß auf, daß sich während meiner Abwesenheit keiner an sie heranmacht.«

Alec wußte nicht, was er darauf sagen sollte. »Aber du hast mir doch erzählt, daß du Gabrielle ... daß sie dir viel bedeutet hat. Wenn du sie nun wiedersiehst, wer weiß ...«

»Ich bin nur ein Mensch ... gut, das ist mir klar. Aber ich glaube, daß mich die Erinnerung an Constanze vor niedrigen Instinkten bewahrt. Deshalb werde ich aber nicht wie ein Mönch leben. Sie hat mich ja auch dazu gezwungen, auf diese Reise zu gehen. Da kann sie nicht erwarten ...«

»Ich will dich nicht umstimmen«, sagte Alec. »Ich nehme an, daß du nun nach einer Möglichkeit suchst, nach England zu kommen. Mit einem Beauvisage-Schiff, vermute ich?«

Nicholai grinste wieder. »Das wäre doch praktisch, nicht wahr?«

»Nun, es trifft sich gut. Wir haben einen Schoner, der am dreizehnten nach England in See sticht. Von New York aus. Bis dahin brauchst du ungefähr drei Tage. Du hast also Zeit genug.«

»Ich nehme das Schiff. Meine Sachen sind schon gepackt. Ich werde sofort nach New York aufbrechen.«

»Gibt es noch etwas, was ich tun könnte?« Alec sah

seinen Bruder prüfend an. »Mit Maman hast du doch schon gesprochen, oder?«

»Hör zu, Alec. Maman hat mir eindringlich geraten, meine Gefühle für Constanze erst noch zu prüfen. Ich nehme an, daß sie glaubt, sie sei nicht die richtige Frau für mich. Vielleicht freut es sie zu hören, daß ich zu Gabrielle reise . . .«

»Hast du mit den Eltern gesprochen?« drängte Alec.

»Ich war vor einer Stunde bei ihnen, aber sie waren nicht da. Ich hinterließ einen Brief . . .«

Alec schüttelte den Kopf. »Ich weiß nicht, Nicholai. Das geht alles zu schnell. Laß dir doch noch ein paar Tage Zeit zum Überlegen.«

»Nein, Alec. Ich werde heute noch nach New York abreisen.«

»Dann ist dies jetzt also unser Abschied?«

»So ist es, Bruderherz. Lebwohl.« Nicholai umarmte Alec. Dann ging er zur Tür. Alec beobachtete, wie er in der Dunkelheit verschwand.

»Was geht hier vor?« Als Alec die Stimme seiner Frau hörte, fuhr er herum.

Er drückte schnell die Tür ins Schloß und lehnte sich mit dem Rücken dagegen. »Es war Nicky. Er will nach England . . .«

Als er sah, wie sich Carolines Augen vor Schreck weiteten, gab es ihm einen Stich. Ihre Fassungslosigkeit weckte wieder seine Eifersucht.

Er sah, wie sich ihre Brust unter schweren Atemzügen hob und senkte. Die weichen Rundungen unter der dünnen Seide ließen sein Blut rascher durch die Adern fließen.

Er zog Caroline in seine Arme und schob die Hand in ihren Ausschnitt, um ihre Brüste zu spüren. Caroline stand wie erstarrt.

Was war nur los? Nicholai wollte nach England, und

Alec verhielt sich so merkwürdig! Sie machte sich hastig von ihm frei.
»Hast du den Verstand verloren? Wir haben Gäste, und du ziehst mich hier halb aus! Erzähl mir lieber, warum Nicholai nach England will!«
So knapp er konnte berichtete Alec, was sein Bruder vorhatte. Caroline schüttelte immer wieder den Kopf.
»Ich kann nicht verstehen, daß Constanze zuläßt, daß er zu einer anderen Frau geht«, meinte sie dann. »Und seine Mutter?«
»Er hat mir berichtet, daß Maman bei ihm gewesen ist, um ihm zu raten, sich alles noch einmal gründlich zu überlegen. Und ich muß sagen, daß ich auch so meine Zweifel habe, ob die beiden zusammenpassen. Sie werden im Bett vielleicht Spaß haben, aber im Grunde ist jeder von ihnen eine zu starke Persönlichkeit.«
»Im Bett Spaß haben!« fuhr Caroline ihn an. Wütend ballte sie die Hände. »Es ist gemein, daß du so redest. Das geht dich außerdem überhaupt nichts an!«
»Aber dich, was?«
»Ich werde sehen, daß ich Nicholai noch aufhalten kann!« Caroline rannte zur Tür und riß sie auf. Sie stolperte die Treppe hinunter und lief den Kiesweg entlang. »Nicky!« schrie sie. »Nicholai!«
Sie hörte Pferdehufe von den Ställen her und rief noch lauter. Das Hufgetrappel brach kurz ab und näherte sich dann. Caroline blieb in der Auffahrt stehen, bis ihr Schwager in Sicht kam.
»Was ist?« fragte er. »Hast du dich nun doch entschieden, mich zu nehmen?«
»Laß diese Scherze, Nicky! Ich möchte dir Lebwohl sagen, wenn du wirklich darauf bestehst, von hier fortzugehen. Aber ich möchte dich bitten zu bleiben und die Sache mit Constanze ins reine zu bringen.«

Nicholai hob die Hand, um sie zum Schweigen zu bringen. »Hör auf, Caroline. Ich respektiere deine gute Absicht. Aber überlaß das mir und Constanze ... und dem Schicksal.« Er grinste und beugte sich dann nieder. »Willst du mir nicht einen Abschiedskuß geben?«

Mit einem Ruck machte sie sich frei. »Nein, kein Kuß ...«

Sie ließ es jedoch geschehen, daß er ihre Hand an die Lippen zog. »Du bist heute abend wieder einmal besonders hinreißend, liebste Caroline ...«

»Bitte, geh nicht nach England! Ich spüre, daß es nicht gut ist, wenn du Philadelphia verläßt ...«

Er gab ihre Hand frei und richtete sich auf. »In diesem Fall solltest du mich in deine Gebete einschließen. Geh jetzt zu deinen Gästen zurück und zu Alec, der dich mehr braucht als ich.«

Er gab dem Pferd die Sporen und war gleich darauf Carolines Blick entschwunden.

33. KAPITEL

Mitternacht, 11. Mai 1793

Stringfellow saß noch in der Küche des Kaffeehauses. Er hatte den Kopf in die Hände gestützt und grübelte über alle möglichen Dinge nach.

Warum hatte Constanze heute abend so gerötete Augen gehabt? Hatte sie geweint? Was war zwischen ihr und diesem Nicholai Beauvisage vorgefallen? Er war ganz sicher gewesen, daß sein Liebling bei diesem Mann das Glück finden würde, das sie verdiente.

Stringfellows Überlegungen wurden durch ein Klopfen

an der Hintertür unterbrochen. Zuerst zögerte er, weil es schon so spät war. Doch dann stand er auf und ging zur Tür.
»Wer ist da?« fragte er, ehe er öffnete.
»Verdammt, Stringfellow, machen Sie auf! Ich bin es, Nicholai Beauvisage!«
Stringfellow schob den Riegel zurück und riß die Tür auf. »Was wollen Sie?« fragte er.
»Ich muß deine Mistress sprechen!« Nicholai betrat die Küche und warf seinen Umhang und die Handschuhe auf einen Stuhl. Dann fuhr er sich durch sein vom Wind zerzaustes Haar. »Wo ist sie?«
»Oh, sie hat sich schon zurückgezogen, Sir.«
»Ich sah, daß in ihrem Zimmer noch Licht brannte und würde gern nachsehen, ob sie vielleicht noch wach ist!«
»Mister Beauvisage, es ist schon spät . . . und . . .«
»Ich würde mich ja gern länger mit dir unterhalten, Stringfellow, aber da ist eine gewisse junge Dame, mit der ich dringend sprechen muß.« Nicholais Stimme duldete keinen Widerspruch.
»Also gut, Mister Beauvisage.« Stringfellow trat dicht vor Nicholai hin. »Aber ich sage Ihnen eines, wenn Ihr Besuch ihr noch mehr Kummer macht, als sie schon hat, dann werde ich Sie nie mehr zu ihr lassen.«
»Ich habe verstanden, Stringfellow«, sagte Nicholai und ging zur Tür, die ins Treppenhaus führte.

Obwohl sie todmüde war, konnte sich Constanze nicht dazu durchringen, die Kerzen auszublasen und ins Bett zu gehen. Dunkelheit und Stille waren etwas, wovor sie sich in der letzten Zeit fürchtete.
Sie stand am Fenster und sah auf die schlafende Stadt. Dabei bürstete sie ihr Haar. Die gleichmäßigen Bewegungen beruhigten sie etwas, aber es gab nichts, was ihr

half, die Gedanken an Nicholai aus ihrem Kopf zu verbannen.
War er schon fort? Hatte er die Stadt schon verlassen? War er schon auf dem Weg zu Gabrielle?
Constanze preßte die heiße Stirn gegen die kühle Fensterscheibe. Sie hörte nicht, wie sich die Tür hinter ihr öffnete.
Als Nicholai sie in ihrem weißen Nachthemd dastehen sah, mit dem wie Gold schimmernden Haar, war er ganz hingerissen.
Langsam ging er auf sie zu. Constanze hörte noch immer nichts – erst als er nur wenige Schritte von ihr entfernt war. Mit einem Ruck fuhr sie herum.
Ihre großen blauen Augen starrten ihn an, und dann flüsterte sie kaum hörbar seinen Namen.
»Ich bin kein Geist«, sagte Nicholai lächelnd.
Sie sah, daß er Reisekleidung trug. Vergeblich setzte sie mehrmals zum Sprechen an, bis sie dann endlich herausbrachte: »Ich dachte, daß du schon auf See bist.«
Nicholai trat noch einen Schritt auf sie zu. Der feine Duft von Lilien ging von ihr aus. »In zwei Tagen werde ich von New York aus in See stechen«, sagte er. »Ich wollte aber vorher noch mit dir sprechen.« Er streckte die Hand aus und berührte ihr weiches Haar. »Ich wollte nicht, daß wir so auseinandergehen.«
Constanze wagte nicht, ihn anzusehen. Sie wollte nicht in seinen Augen lesen, als sie sagte: »Ich habe mich scheußlich gefühlt, weil ich so häßlich zu dir war.«
Sanft nahm ihr Nicholai die Haarbürste aus den Fingern. Er spürte, wie sie bei der Berührung seiner Hand zitterte. Sie so dicht vor sich zu haben und nicht in seine Arme reißen zu können, fiel ihm schwer.
Er wollte sie küssen, bis sie ganz atemlos war. Er wollte die Knöpfe des feinen Batistnachthemdes öffnen, unter

dem sich ihr Körper so verheißungsvoll abzeichnete. Doch er mußte sich beherrschen, wenn er eine süße Erinnerung an sie mitnehmen wollte.
Doch da war es Constanze, die sich plötzlich an ihn lehnte. Nicholai stöhnte leise auf, als er sie mit beiden Armen umschlang.
Seine Hände streichelten über ihren Rücken. »Constanze, du weißt, daß ich dir nicht widerstehen kann«, sagte er rauh. Sie spürte, daß ihr ganzer Körper wie in Feuer getaucht war. Das Verlangen, in Nicholais Armen und an seinem Körper zu liegen, wurde übermächtig in ihr. Vielleicht ist es das letzte Mal, dachte sie. Vielleicht sehe ich ihn nicht wieder. Ich will noch einmal die Liebe spüren, ehe er aus meinem Leben geht!
Ein Keuchen kam von ihren Lippen, als Nicholais Hände über das Oberteil ihres Nachthemdes tasteten, unter dem sich ihre Brustwarzen versteiften.
Sekunden später waren die Knöpfe geöffnet, und seine Hände eroberten die bebenden Rundungen. Constanzes Finger krallten sich in seine Schultern.
Sie drängte ihre Schenkel gegen seine und spürte, daß er wie sie vor Leidenschaft brannte.
»Constanze – weißt du, was du tust?« fragte er und sah sie verlangend an.
Sie nickte, und ihre Augen strahlten. »Ich weiß es. Ich möchte dir ein richtiges Abschiedsgeschenk geben.«
»Constanze ...« Seine Stimme erstickte vor Leidenschaft. Sie führte ihn zu ihrem Bett. »Es ist nur schmal«, meinte sie entschuldigend. »Und nicht so bequem wie das der Hampshires.«
»Es ist Platz genug für uns«, murmelte er.
Sanft drückte er sie in die Kissen und preßte dann sein Gesicht in das liebliche Tal zwischen ihren Brüsten. Constanze bog sich ihm entgegen. Sie warf den Kopf

hin und her, als er an einer ihrer rosigen Brustwarzen zu saugen begann. Mit der einen Hand streichelte er ihre Schenkel so aufreizend, daß sie glaubte, vergehen zu müssen.

»Hör auf. Ich kann es nicht mehr ertragen!« wimmerte sie.

»Aber es hat dir doch gefallen?« fragte Nicholai und stützte sich etwas auf. Sein Atem streifte ihre Wange.

Constanze bebte am ganzen Körper. »Ja, viel zu sehr.« Sie setzte sich auch auf und raffte ihr Nachthemd über der Brust zusammen.

Verwundert sah Nicholai sie an. »Was hast du denn, *chérie?«* fragte er.

Constanze zögerte. Doch dann war das Verlangen stärker als alle Zweifel. Sie beugte sich vor und zog ihm die Weste aus. Nicholai beobachtete es verwundert.

»Was ist?« fragte sie. »Gefällt es dir nicht?«

Ihre Finger nestelten an den Knöpfen seines Hemdes. Nicholai schüttelte fassungslos den Kopf. »Das ... das habe ich ja noch nie erlebt. Das ist ja gegen alles, was du ...«

»Bist du entsetzt?« fragte Constanze mit einem Lachen. »Soll ich aufhören?«

»Nein!« Nicholai gab ihr einen Kuß auf die Wange. »Im Gegenteil, ich bin ganz begeistert.«

Constanze wurde feuerrot. Doch sie fuhr fort, ihm das Hemd auszuziehen. Sie hielt die Lider gesenkt. Als ihre Fingerspitzen die behaarte Brust spürten, neigte sie sich vor und küßte Nicholai.

Mit einem tiefen Stöhnen kam er ihrem Kuß entgegen. Es kostete ihn alle Beherrschung, sie nicht auf das Bett niederzudrücken und ihr das Nachthemd vom Körper zu reißen. Er ballte die Hände und ließ ihre zärtlichen Küsse über sich ergehen. Doch als sie begann, den Ver-

schluß seiner Hose zu lösen, überkam ihn die wilde Begierde. Er griff in ihr Haar, sein stürmischer Kuß riß Constanze in einen wirren Taumel. Er half ihr dabei, seine letzten Kleidungsstücke vom Körper zu ziehen. Der Stoff ihres Nachthemdes zerriß knirschend unter seinen ungeduldigen Fingern.
Und dann verschmolzen ihr nackten Körper in einer leidenschaftlichen Umarmung.

34. KAPITEL

11. Mali 1793

Als der erste rosige Schein des neuen Tages am Horizont erschien, wurde Nicholai wach.
»Constanze ... es wird schon hell«, sagte er leise.
Ihre Augen blieben geschlossen. Doch ihre langen dunklen Wimpern zitterten leicht. Ihr Bein lag zwischen seinen Schenkeln und ihr Arm auf seiner Brust.
»Wach auf, Liebste.« Wie sanft seine Stimme sein konnte. Constanze spürte, wie sich ihr Herz zusammenkrampfte. Doch sie zwang sich, ganz still liegen zu bleiben.
Nicholai küßte ihre Lippen, die vom vielen Küssen die Farbe dunkelroter Rosen angenommen hatten. Dann schmeichelte sein Mund über ihre Wange und ihre Schläfe. Constanze stöhnte leise, weil sofort wieder Gefühle in ihr geweckt wurden, gegen die sie so hilflos war. Sie griff in Nicholais Haar und preßte sich fest an ihn. Wenn sie doch immer so dicht beieinander sein könnten!
Plötzlich wurde Nicholais Kuß wieder wild. Er stützte sich kurz hoch und drückte Constanze dann mit seinem

ganzen Gewicht in die Kissen, während er ihre Schenkel auseinander zwang.
In der Nacht hatten sie sich immer wieder geliebt. Doch jetzt trafen sich ihre Körper in einer so stürmischen Verzweiflung, wie nie zuvor.
Tränen rannen aus Constanzes Augen, als Nicholai in sie eindrang und sie mit wilden Stößen nahm. Wie auf einer Woge trug die Ekstase sie davon.
Als er dann erschöpft niedersank, hörte einer den rasenden Herzschlag des anderen. Eine Weile lagen sie beide da, und keiner bewegte sich.
»Es ist spät«, murmelte Nicholai dann mit einem schweren Seufzer.
Constanze klammerte sich an ihn. Sie wollte ihm soviel sagen, doch sie brachte es nicht über die Lippen.
Noch nie war Nicholai ein neuer Tag so trübe vorgekommen wie dieser. Er suchte seine Kleidungsstücke zusammen und zog sich hastig an.
Constanze lag unter der dicken Bettdecke und fror, während sie ihn beobachtete. Sie prägte sich jede Linie seines Gesichtes ein, seinen Körper, seine Bewegungen, damit sie nichts vergaß.
Schließlich setzte sich Nicholai auf die Bettkante, um seine Stiefel anzuziehen. Dann zwang er sich, Constanze anzusehen. Sie blickte ihn an wie ein verwundetes Reh.
»Ich . . . ich gehe nicht gern von dir«, sagte er, und in seiner Brust lag ein Schmerz, den er noch nie gefühlt hatte. Er streckte die Hand aus und strich Constanze sanft das Haar aus der Stirn. Und er betete im stillen darum, daß sie ihn anflehte, bei ihm zu bleiben – für immer.
»Du weißt – wir beide wissen, daß du gehen mußt«, sagte sie so leise, daß er es kaum verstehen konnte.
Er beugte sich über sie. Und noch einmal fanden sich

ihre Lippen zu einem bittersüßen Kuß. »Komm mit mir, Constanze!«
Nicholais Lippen waren dicht an ihrem Ohr. Und Constanze wußte nicht, ob sie richtig verstanden hatte. »Was sagst du da?«
»Komm mit mir nach England.«
Etwas wie Panik überkam Constanze. Sie sollte mitkommen, um vielleicht ansehen zu müssen, wie er sich wieder in diese geheimnisvolle Gabrielle verliebte! Niemals!
»Aber wie soll ich das? Was wird aus dem Kaffeehaus?« hörte sie sich antworten.
»Vergiß es . . . vergiß, daß ich dich fragte.« Nicholai stand auf und zog sich seine lange Weste an. Er ärgerte sich, weil er sie gefragt hatte. Er hatte gehofft, daß sie ihn mehr liebte als dieses verdammte Kaffeehaus. Daß sie bereit war, mit ihm in eine ungewisse Zukunft zu gehen.
»Ich weiß nicht, was mir da eben in den Kopf gekommen ist«, meinte er. »Ich muß jetzt gehen. Es wird höchste Zeit.« Er drückte ihre Hand. »Leb wohl, Constanze.«
Ihre Lippen waren ganz steif, als sie flüsterte: »Leb wohl, Nicholai. Viel Glück . . .«
Nur Sekunden später fiel die Tür hinter ihm ins Schloß.

35. KAPITEL

17. Mai 1793

Caroline und Katya sahen aus wie der Frühling, als sie in die Küche des Kaffeehauses kamen. Hyla Flowers stand am Herd und schwitzte.
»Sie haben Nerven, hier wie zwei Frühlingsblumen her-

einzukommen«, sagte sie. »So frisch und vom Blumenduft umgeben.«
»Sei doch nicht so grimmig!« rief Katya gutmütig. »Du bist wohl schon genauso mürrisch wie Bramble, was?«
Hyla ging zum Tisch, um weiter Gemüse zu putzen. Caroline und Katya setzten sich zu ihr. »Wie geht es Constanze?«
»Fürchterlich«, brummte Hyla. Sie senkte ihre Stimme zu einem Flüstern. »Seit dieser Bruder von Ihnen fort ist, ist es kaum noch mitanzusehen. Ich habe gleich gewußt, daß er ihr nur Kummer machen würde. Gleich damals, als Ernst Hahn starb. Ich glaube, er wollte nur dieses Kaffeehaus . . .«
»Unsinn! Das weißt du genau. Constanze und Nicholai lieben sich!« rief Katya.
»Liebe?« Hyla stieß ihr Messer in eine Kartoffel. »Warum ist Ihr Bruder dann nach England gegangen? Ich weiß, daß er dort mit dieser anderen ins Bett steigen wird.«
»Wer hat dir davon erzählt?« wollte Caroline wissen.
»Wer? Na, dieser Franzose . . . Pierre.« Hyla wurde rot. Wütend fuhr sie fort. »Männer sind alle gleich. Sie sind nur auf das eine aus! Frauen sollten genauso handeln, statt sich die Augen auszuweinen.«
Um einen Zornausbruch zu verhindern, nickte Caroline zustimmend. »Du hast recht, Hyla. Ich bin froh, daß Constanze dich hat. Und Bramble.«
»Bramble besucht eine alte Tante in Germantown. Sie ist zur Zeit gar nicht hier. Sie ist ja ein richtiger Besen, aber eine gute Köchin . . .«
»Besser als ich?« fragte Constanze in diesem Moment von der Treppe her. Die Tür stand offen, so daß sie den Besuch schon gesehen hatte.
»Aber nein, Schatz«, beeilte sich Hyla zu versichern.

Sie stand sofort auf und ging zu Constanze hin. Zärtlich legte sie den Arm um die schmale Taille ihres Lieblings. »Was machen deine Kopfschmerzen?«
»Besser. Deine Sorge um mich ist rührend, Hyla, aber du darfst mich nicht wie ein Baby behandeln. Ich bin wohl nur etwas übermüdet.«
Constanze lächelte den beiden Besucherinnen zu. »Es freut mich, euch zu sehen. Wir müssen endlich über das Menü für die Hochzeit sprechen. «
»Oh, darum machen wir uns im Augenblick keine Sorgen«, versicherte Katya. Sie sah die Freundin besorgt an. Constanze war so blaß und schmal. »Bist du krank? Du hast solche Schatten unter den Augen . . .«
»Ich habe nicht gut geschlafen. Das ist alles. Morgen geht es mir wieder besser«, wehrte Constanze ab. Sie lenkte das Gespräch auf ein anderes Thema und fragte schließlich, wie es Carolines Kindern gehe.
»Jetzt wieder gut. Meine Jüngste war krank. Ich wäre sonst schon vor ein paar Tagen gekommen . . .«
»Aus besonderem Anlaß?« hörte sich Constanze fragen. Ihre Hand zitterte leicht, als sie sich eine Locke zurückstrich.
Nach einem hastigen Blick in Hylas Richtung raunte Caroline ihr zu: »Ich möchte etwas allein mit dir besprechen.«
»Ach?« Constanze merkte, wie ihr Herzschlag sich beschleunigte. Sie ahnte, daß das, was Caroline mit ihr zu besprechen hatte, irgendwie mit Nicholai zusammenhing. »Hyla, kannst du wohl mal nachsehen, ob Stringfellow und die Mädchen drüben alles regeln?« fragte sie.
Murrend legte Hyla das Messer hin und schlurfte zur Tür »Nun?« fragte Constanze nervös, als sie allein waren.

Katya räusperte sich verlegen. »Ich weiß, es geht uns nichts an, aber Caroline und ich machen uns Sorgen deinetwegen . . .«
»Wir mögen dich so gern«, fügte Caroline hinzu.
»Das ist sehr nett, aber Nicholai ist jetzt in England. Oder etwa nicht?« Constanze strich über ihren Rock.
»Ja, er hat vor vier Tagen New York in Richtung England verlassen.« Caroline konnte nicht länger ruhig sprechen.
»Nicholai hat Alec erzählt, daß du ihn zu dieser Reise gedrängt hast. Aber ich konnte mir das nicht vorstellen. Warum hast du ihn nicht gehindert, fortzugehen, Constanze?«
»Dafür gibt es viele Gründe. Aber ihr würdet sie nicht verstehen. Ich kann den Gedanken, daß Gabrielle lebt, nicht verkraften. Und er auch nicht. Das würde ihn ständig verfolgen. Wie sollte er dann mit mir glücklich werden können?« Sie lächelte traurig.
Als sie die Tränen in den Augen der Freundin sah, umarmte Katya Constanze. »Warum bist du nicht zu mir gekommen? Du mußtest doch nicht alles allein mit dir ausmachen.«
»Ich bin mit meinen Problemen bis jetzt immer allein fertiggeworden. Aber mit dieser Liebe ist es schwieriger. Solche Erfahrungen habe ich noch nicht durchgemacht. Seit ich Nicholai kennengelernt habe, bin ich ganz durcheinander. Das macht mir angst.«
»Und deshalb hast du dich zurückgezogen?« sagte Caroline leise.
»Ich habe es versucht.« Constanze wischte sich mit einem Schürzenzipfel über die Augen. »Aber er liegt mir wie Gift im Blut. Ich kann einfach nicht von ihm loskommen. Und seit er fort ist, träume ich immerzu davon, daß er wiederkommt . . . Ich sehe ihn dort in der

Tür stehen, aber wenn ich auf ihn zugehen will, löst er sich auf wie ein Geist. Dann wache ich auf und finde mich in meiner dunklen Kammer wieder.«

Katya weinte jetzt auch, weil ihr der Kummer der Freundin naheging.

Caroline wartete, bis die beiden sich etwas beruhigt hatten. »Und was willst du tun?« fragte sie dann.

»Was sollte ich schon tun? Seit er den Brief von Gabrielle bekommen hat, weiß ich, daß er zu ihr fahren muß, um festzustellen, wie er jetzt zu ihr steht. Ich kann nur warten und beten, daß er wiederkommt.«

»Das ist ja eine reine Roßkur«, meinte Caroline. »Du mußt endlich einigen Tatsachen ins Auge sehen, meine Liebe. Du liebst Nicky. Die Liebe ist aber wie ein Spiel. Man kann es jedoch nicht gewinnen, wenn man dasitzt und darauf wartet, daß Fortuna eingreift. Meinst du, daß Gabrielle das auch tut? Bestimmt nicht. Ich bin der festen Meinung, daß ihr, Nicholai und du, füreinander bestimmt seid. Und da ich ihn wie einen Bruder liebe, möchte ich, daß er glücklich ist. Ich bitte dich, Constanze, hör einmal auf dein Herz. Du mußt um ihn kämpfen. Ich weiß, daß du gewinnen wirst.«

»Aber . . . wie?« fragte Constanze mit bebenden Lippen.

»Reise ihm nach. Geh zu ihm. Er liebt dich. Und das sollte dir Kraft geben.«

»Sie hat recht, Constanze«, sagte nun auch Katya. »Ich bin sicher, daß du alle Damen in London mit deiner Schönheit in den Schatten stellen wirst.«

»In London?«Constanze schnappte mühsam nach Luft.

Caroline stützte den Kopf in die Hände. »Ja, warum nicht?«

Panik erfaßte Constanze. »Aber das Kaffeehaus?«

»Du hast den Beweis, daß es schon einmal ohne dich

gegangen ist, oder? Nicholai ist dir doch sicherlich wichtiger. Du mußt ihn vor diesem Schatten der Vergangenheit retten. Vor Gabrielle. Ich weiß, daß du genug Geld hast, eine solche Reise zu machen.«
Constanze mußte lächeln, weil die beiden so eifrig auf sie einredeten. »Ich sehe, ihr habt schon genauere Pläne. Erzählt mir davon«, meinte sie. »Als Nicholai die letzte Nacht vor seiner Abreise hier war, machte er . . .«
»Er war hier?« fuhr Katya auf. »Die ganze Nacht?«
Constanze wurde rot. »Ja.«
»Und er ist trotzdem auf diese Reise gegangen?« rief Caroline aufgebracht.
»Er hat mich gebeten, mit ihm zu kommen«, gestand Constanze. »Ich wußte nicht, was ich tun sollte. Irgend etwas in mir sagte, daß ich mich nicht an ihn klammern soll.«
Caroline seufzte. »Du mußt endlich der Wahrheit ins Auge sehen. Ihr seid füreinander bestimmt. Ich bleibe dabei. Und wir sollten dieser Mademoiselle Gabrielle nicht zuviel Zeit geben. Ich kenne Frauen wie sie. Sie können ziemlich gefährlich werden.«
»Vielleicht ist sie nicht so, wie wir glauben?« wandte Constanze ein. »Und außerdem – wie soll ich Nicholai in London finden? Was soll er von mir denken, wenn ich plötzlich vor ihm stehe. Daß er von einer liebestollen Frau durch die halbe Welt verfolgt wurde?«
Constanze sah ängstlich vor sich hin. Ihr schwebte ein Bild vor, das sie zittern ließ. Gabrielle, die sich an Nicholais Arm klammerte und sie hochmütig ansah. Vielleicht würden sie beide über sie lachen?
»Du bist also entschlossen? Oder wie soll ich diesen Blick deuten? Könnte es auch Unsicherheit sein?« fragte Caroline. »Du mußt dir immer wieder sagen, daß Nicholai dich liebt. Das wird dir helfen«, sagte Katya.

»Du bist die einzige Frau auf der Welt, die zu ihm paßt. Gibt dir das nicht genug Sicherheit?«
»Ihr beide meint es so gut mit mir. Ich bin euch dankbar, daß ihr . . .«
»Meinst du, wir würden uns so einsetzen, wenn wir nicht von dem überzeugt wären, was wir sagen?« fragte Caroline.
Constanze zeigte plötzlich ein entschlossene Miene. Dann fragte sie: »Wie soll ich nach England kommen?«
Katya und Caroline sahen sich triumphierend an. Dann meinte Caroline: »Wir werden uns heute mittag mit Alec und Randolph in der Walnut Inn treffen. Aber vorher wird noch jemand kommen.«
Caroline griff nach ihrer kleinen goldenen Uhr, die an einer Kette um ihren Hals hing. »Lieber Himmel, es ist ja schon später als ich dachte.«
»Oh, er wird sicherlich schon hier sein. Weißt du, er und seine Familie sind seit ein paar Tagen bei uns zu Besuch . . .«
Constanze wurde von einer unerklärlichen Erregung erfaßt. Ihre Wangen röteten sich. Sie war entschlossen, den Rat der Freundinnen zu befolgen.
Da erschien plötzlich Stringfellow in der Küche und hinter ihm ein großer schlanker Fremder. Er sah Alec Beauvisage ähnlicher, nur daß er eine lange Narbe im Gesicht hatte. Er wirkte härter – fast ein wenig finster.
»Mistress Hahn?« fragte er und lächelte Constanze an.
»Constanze«, mischte sich jetzt Caroline ein. »Das ist Kapitän André Raveneau . . .«

36. KAPITEL

2. Juli 1793

Constanze hatte Mühe, André Raveneau zu folgen, als er mit großen Schritten die Third Street entlangging. Er schien nicht bester Stimmung zu sein, deshalb wagte sie nicht, ihn zu bitten, etwas langsamer zu gehen. Sie wußte, daß er mit seinen Gedanken bei der bevorstehenden Reise aus Philadelphia war, und so schwieg sie.

Vor ein paar Minuten war Raveneau gekommen, um sie bei den Beauvisages abzuholen. Zusammen mit Nicholais Eltern, Katya, Randolph, Caroline, Alec, Hyla und Stringfellow hatte sie das Abschiedsessen eingenommen.

Da in der Stadt vor kurzem das ›gelbe Fieber‹ ausgebrochen war, hatte man es für richtiger gehalten, sich nicht im Kaffeehaus, sondern bei Antonia und Jean-Philippe zu treffen.

Es hieß, das Fieber sei von einigen Flüchtlingen aus Santo Domingo eingeschleppt worden, wo eine blutige Sklavenrevolte im Gange war.

Die alten Beauvisages überlegten sogar, ob sie zu ihrem Sohn nach Belle Maison ziehen sollten. Das Haus lag außerhalb der Stadt. Katya hatte sogar ihre Hochzeit verschieben müssen. Nichts war mehr so wie früher.

Und sogar Constanzes Abreise hatte sich verzögert, weil an Raveneaus Brigantine ›La Mouette‹ noch einige Reparaturen vorgenommen werden mußten.

Sie überlegte immer noch. Sollte sie Nicholai wirklich nachreisen? Sollte sie das Kaffeehaus allein lassen? Am meisten fürchtete sie sich jedoch vor Nicholais Reaktion, wenn sie in London plötzlich vor ihm stehen würde.

Constanze merkte nicht, daß sie einen tiefen Seufzer ausstieß.

»Mademoiselle, nun seufzen Sie doch nicht. Ich bitte Sie«, meinte Raveneau sarkastisch. Er faßte sie am Ellbogen, als sie in die Straße einbogen, die zum Hafen führte.

»Ich machte mir gerade Gedanken wegen des Kaffeehauses«, antwortete Constanze ärgerlich. »Ihr Männer tragt nicht allein Verantwortung, Monsieur Raveneau!«

»Vraiment?« spottete er. Er blieb stehen und starrte in die Morgendämmerung.

Constanze fand sein Benehmen unhöflich, und das forderte sie heraus. »Warum sprechen Sie nicht Englisch, so lange wir noch hier in Amerika und nicht in Frankreich sind?«fragte sie.

Er grinste. »Ihr Wunsch ist mir Befehl, Mistress Hahn!«

Constanze spürte seinen Blick, der sie von Kopf bis Fuß maß. Es war ein ziemlich ungenierter Blick, bei dem sie sich wie nackt vorkam. Sie fragte sich, wie sie diese Blicke während der langen Überfahrt nach England ertragen sollte.

Es würde schon schwer genug werden, in dieser Zeit nur mit Männern zusammen an Bord eines Schiffes zu sein.

Ich werde mein ganzes Selbstbewußtsein einsetzen müssen, nahm sie sich vor. Ich werde mich unnahbar geben.

Die nächste Frage von André Raveneau kam völlig unerwartet. »Haben Sie auch noch andere Kleider eingepackt? Oder nur solche enganliegenden, halb durchsichtigen Fähnchen aus Musselin?«

Er setzte sich wieder in Bewegung. Constanze folgte ihm. Ihr Gesicht war bei seiner Frage hochrot geworden. »Durchsichtig? Enganliegend?« wiederholte sie. »Wenn mir die Sachen am Körper kleben, so liegt das nicht an mir, sondern an der Hitze.«

Raveneau warf ihr einen langen Seitenblick zu. »Habe ich das Gegenteil behauptet?« Er lachte. »Meine Frage sollte kein Tadel sein, meine reizende Mistress Hahn. Ich bin nur um Ihre Sicherheit besorgt. Sie könnten die Zeit auf See auch wesentlich mehr genießen, wenn Sie weite Hemden und Hosen tragen würden.«
Constanze hatte passende Kleidung eingepackt. Stringfellow hatte ihr das bereits geraten. Trotzdem mißfiel ihr Raveneaus Verhalten. Wollte er sich über sie lustig machen? Oder hatte er anderes im Sinn?
Von Caroline wußte sie, daß er Familie hatte. Aber sie hatte weder seine Frau noch seine Kinder bis jetzt gesehen. Sicherlich würden sie ihn auch nicht auf dieser Seereise begleiten.
»Ich finde, es geht Sie überhaupt nichts an, was ich trage, Sir!« sagte sie hochmütig.
»So. Finden Sie, Madam?« Raveneau lächelte, denn dieses kleine Streitgespräch machte ihm Spaß. Die letzten beiden Tage waren sehr anstrengend gewesen.
»Übrigens«, meinte er in wesentlich freundlicherem Ton, »seien Sie froh, daß Sie die Stadt jetzt hinter sich lassen können – wegen des gelben Fiebers, wissen Sie?«
Constanze hatte diesen Gedanken auch schon gehabt, und so nickte sie.
Sie erreichten das Schiff. Constanze entdeckte ihre beiden Reisetruhen und den Hutkoffer an Deck. Ihre Nerven waren plötzlich zum Zerreißen gespannt.
Mißtrauisch sah sie zu André Raveneau hin. Würde sie ihm und seinen Männern hilflos ausgeliefert sein? Sie gingen über eine breite, schwankende Planke an Bord.
Sofort kam ein junger Mann auf sie zu. Sein roter Haarschopf leuchtete im Morgenlicht.
»Kapitän!« rief er, »ich bin ja so froh, Sie endlich zu se-

hen. Wir haben uns schon Gedanken um Sie gemacht...« Er hielt inne und machte eine Verbeugung vor Constanze. »Wie geht es Ihnen, Mistress Hahn? Ich bin Halsey Minter und freue mich sehr, Sie an Bord willkommen zu heißen.«
»Minter ist mein erster Offizier«, erklärte Raveneau. »Und meine rechte Hand. Wenn Sie Hilfe oder Unterstützung brauchen – an ihn können Sie sich immer wenden.«
»Freut mich, Sie kennenzulernen«, sagte Constanze. Sie war unsicher, wie sie sich verhalten sollte. Zögernd streckte sie Minter die Hand hin. Doch sie konnte ihre Beklommenheit, diesen Leuten ausgeliefert zu sein, nicht unterdrücken.
Minter bot an, sie zu ihrer Kabine zu führen. Raveneau rief ihr nach, daß ihr gleich jemand das Gepäck bringen würde. Constanze hatte das Gefühl, von einer kalten Hand gewürgt zu werden.
Was hatte der Blick des Kapitäns zu bedeuten? Erwartete er etwa, daß sie mit ihm eine Kabine teilte?
»So, hier sind wir«, sagte Minter und stieß die Tür zu einer Kabine auf.
Überrascht sah sich Constanze um. Der Raum war klein, doch das Sonnenlicht, das durch das runde Fenster hereinfiel, spiegelte sich in dem polierten Mahagoniholz des Bettes und dem glänzenden Fußboden. Sie sah einen Schreibtisch mit einem bequemen Stuhl und drei Bücherregale.
Es gab sogar einen Waschstand mit einer Schüssel und einem Krug aus Porzellan. Die Kabine blitzte nur so vor Sauberkeit und war sehr gemütlich.
Constanze lächelte zufrieden. Sie ging zu dem Bett, über dem eine handgewebte blaue Wolldecke lag.
»Diese Kabine wirkt so... so privat«, meinte sie und

sah den jungen Mann an, dessen Augen vor Stolz aufleuchteten. »Gehört sie etwa Ihnen?«
Er grinste. »Ja, Mistress Hahn. Ich hoffe, daß Sie sich hier wohl fühlen werden.«
»Aber ich kann doch nicht zulassen, daß Sie dieses wunderschöne Quartier aufgeben – meinetwegen!« rief sie. Irgendwie faßte sie sofort Zutrauen zu Minter. Deshalb fügte sie hinzu: »Sie müssen Constanze zu mir sagen, ja?«
»O sehr gern, Constanze. Und ich bin Minter für Sie, wenn es recht ist? An diesen Namen habe ich mich nun schon all die Jahre, die ich auf See bin, gewöhnt.«Sein offenes Lächeln und seine ehrlichen blauen Augen machten ihn Constanze immer sympathischer.
»Es ist mir eine Ehre, Ihnen meine Kabine für die Überfahrt zu überlassen. Ich habe den Vorschlag gemacht. Und der Kapitän war einverstanden. Ich kenne Sie von meinen Besuchen im Kaffeehaus – schon seit Jahren. Und ich bewundere Ihren Charme und Ihre Haltung. Dies hier ist die einzige Kabine – außer der vom Kapitän –, die sauber und bequem genug ist für eine Dame wie Sie.«
»Ich bedanke mich bei Ihnen für Ihre Großzügigkeit«, meinte Constanze mit einem Lächeln.
»Sie waren immer so freundlich zu mir – auch als sie noch ein kleines Mädchen waren. Das hat mir gutgetan, wenn ich so allein war. Und es hat mich immer an meine kleine Tochter erinnert.«
»Ich kann leider nicht sagen, daß ich mich an Sie erinnere«, gestand Constanze bedauernd.
Ihr Gespräch wurde unterbrochen, als zwei Matrosen mit Constanzes Gepäck hereinkamen. Minter blieb neben Constanze stehen, bis sie Anweisung gab, wo ihre Sachen hingestellt werden sollten.

»Ich muß an Deck sein, wenn wir die Anker lichten. Aber Kapitän Raveneau hat angeordnet, daß ich so lange bleibe, bis Sie sich hier eingerichtet haben«, erklärte Minter. »Man weiß auch nicht, was einem liebeshungrigen Matrosen einfällt, wenn er eine Frau sieht. Aber eine Dame wie Sie ...«
Constanze unterbrach ihn lächelnd. Sie fühlte sich jetzt wieder ganz sicher und überlegen.
»Es war nett, sich mit Ihnen zu unterhalten, Minter«, sagte sie und reckte das Kinn vor. Nicholai Beauvisage hätte diese Bewegung nur zu gut wiedererkannt. »Aber ich möchte Sie bitten, Ihrem Kapitän zu sagen, daß ich unabhängig und erwachsen bin – in jeder Beziehung. Ich bin es gewöhnt, mit Männern umzugehen, auch mit welchen, die ihr Benehmen und ihre gute Erziehung vergessen. Ich brauche keine Beschützer auf dieser Seereise ...«
Minters Miene drückte Überraschung aus, doch dann brachte er ein höfliches Lächeln zustande. Warum verhält sie sich so abweisend und kühl meinem Kapitän gegenüber, wunderte er sich. Besonders nachdem er sich so großzügig verhalten hatte?
»Ich bin sicher, daß der Kapitän Sie nur gebührend auf seinem Schiff behandelt wissen will, Constanze«, sagte er und wog sorgfältig jedes Wort ab. »Und ich hoffe, daß Ihnen mein Verhalten nicht zu aufdringlich vorgekommen ist.«
Constanze merkte, daß sie in ihrem Stolz zu weit gegangen war und entschuldigte sich sofort. »Es war nicht richtig von mir, solche Dinge zu sagen, Minter. Bitte seien Sie nicht ärgerlich. Ich fand es so nett, wie Sie sich um mich gekümmert haben.«
»Ich bin nicht ärgerlich ...« Minter grinste jungenhaft. »Und ich möchte Sie ja selbst warnen, recht vorsichtig

zu sein, wenn Sie sich hier an Bord bewegen. Allein. Sie wären nicht die erste Dame, die in einem einsamen Durchgang angesprochen wird. Ich weiß, daß Sie mit den Männern im Kaffeehaus umgehen können. Aber diese Matrosen hier sind anders. An Bord eines Schiffes gelten andere Regeln. Da ist vieles anders.«

Wie ein Schatten fiel die Erinnerung an Marcus Reems über Constanze her. »Vielen Dank für Ihre Ratschläge, Minter«, sagte sie nervös.

»Ich wollte Ihnen keine Angst machen«, murmelte Minter. Ihm war nicht entgangen, daß ihre Augen sich eben verdunkelt hatten – wie in Panik. »Hier an Bord wird schon nichts dergleichen passieren. Kapitän Raveneau hat allen Männern genau erklärt, welche Strafen sie erwarten, wenn sie sich an Frauen vergehen. Und diese Leute wissen, daß er nicht zögert, diese Strafen in die Tat umzusetzen. Ich wollte Ihnen auch nur zur Vorsicht raten.«

»Ich verstehe es schon.«Constanze sah Minter an. »Und hält sich der Kapitän selbst auch an diese Regeln?«

Halsey Minter starrte sie einen Moment verblüfft an und brach dann in lautes Lachen aus. »Der Kapitän? Ihm kann niemand Vorschriften machen. Ihm gehört ›La Mouette‹ schließlich. Ihm kann niemand verbieten, sich weibliche Gesellschaft zu verschaffen.«

Es gelang Constanze, ruhig und gefaßt zu bleiben. »Akzeptieren die Leute denn, daß er sich eine Frau nehmen kann und sie nicht?«

Minter lachte noch immer vor sich hin. »Nein, das heißt ja. Denn bei Kapitän Raveneau liegt der Fall anders. Das wissen wir alle.«

»So?« Constanze konnte nicht verhindern, daß ihre Stimme lauter klang.

»Wir respektieren ihn«, erklärte Minter ruhig. »Die meisten Leute und ich auch sind schon viele Jahre an Bord. Wir waren auch schon auf der ›Black Eagle‹ während des Krieges, wissen Sie? Wir verstehen unseren Kapitän, und wir stehen hinter ihm, auch wenn wir ihn oft fürchten müssen.«Sein abwesend wirkendes Lächeln verwirrte Constanze noch mehr. War sie denn hier auf einem Schiff mit lauter Verrückten?
»Warum lächeln Sie? Mir gefällt der Gedanke überhaupt nicht, mit einem Mann an Bord eines Schiffes zu sein, den man fürchten muß!«
»Das war früher, jetzt nicht mehr. Er ist sanfter geworden.« Constanze schüttelte den Kopf. »Eine solch seltsame Unterhaltung habe ich noch nie geführt«, meinte sie.
»Machen Sie sich nichts daraus. Sie ist so gut wie beendet. Ich muß an Deck, denn gleich werden die Segel gesetzt.«Minter ging zur Tür. Doch er drehte sich noch einmal um. »Wenn Sie ihn besser kennen, werden Sie sicher Ihre Meinung über ihn ändern. Sie werden bald erfahren, daß unser Tiger ganz sanft schnurrt, wenn eine Frau ihn streichelt.« Wieder grinste Minter. Dann war er fort. Er ließ Constanze völlig verstört zurück. Sie fühlte sich scheußlich und glaubte, einen Klumpen im Magen zu haben.
Sie ließ sich auf das Bett sinken und überlegte, ob sie nicht wieder von Bord gehen sollte. Sie hatte keine Lust, sich mit dem grimmigen Kapitän Raveneau auseinanderzusetzen.
Reglos saß sie da und lauschte den Geräuschen an Deck. Es schien zu spät zu sein. Sie konnte das Schiff nicht mehr verlassen.
Sie war auf dem Weg. Die Reise hatte begonnen – die Reise zu Nicholai.
»Madam?« Sie hörte die Stimme nicht gleich, weil sie

ganz in Erinnerung an die Liebesstunden mit Nicholai versunken war.
Erst als sie noch einmal angesprochen wurde, fuhr sie auf. Ein Junge stand vor ihr und trat verlegen von einem Fuß auf den anderen.
»Ich bin Gideon Post, Madam. Ich bin der Steward des Kapitäns . . .«
Der Junge war so rot vor Verlegenheit, daß Constanze unwillkürlich lächeln mußte. Er starrte auf seine Schuhe und räusperte sich. Schließlich brachte er hervor: »Kapitän Raveneau erwartet, daß Sie ihn in einer Viertelstunde in seiner Kabine aufsuchen.«
»Oh!« Constanze merkte erst jetzt, daß sich das Schiff bewegte. Durch das Fenster sah sie das Wasser des Delaware River.
»Seine . . . seine Kabine ist hinter der Kombüse . . .«, sagte Gideon hastig.
»Danke, Gideon.« Constanze konnte sich kaum ein Lächeln abringen.
Er verbeugte sich ungeschickt und ging zur Tür. Constanze folgte ihm und schob den Riegel vor. Dann lehnte sie sich gegen das Holz.
War das eine Aufforderung von André Raveneau, sein Bett zu wärmen?

37. KAPITEL

2. Juli 1793

André Raveneau rieb sich über die brennenden Augen und fuhr sich mit der Hand durch sein glänzendes Haar. Er beeilte sich, in seine Kabine zu kommen. Dort würde nicht nur ein gutes Frühstück auf ihn warten, sondern auch süße, weiche Lippen – und mehr, wenn ihm das Schicksal an diesem Morgen wohlgesonnen war.

Die ›La Mouette‹ war nun auf dem Weg nach England. Der Himmel war blau, die Sonne schien, und der Wind war gut. Es würde nicht lange dauern, bis sie die Delaware Bay erreichten.

Für die nächsten sechs Wochen war das Schiff sein Zuhause. Auch das Meer war seine Heimat. Weder eine Stadt noch ein Haus an Land konnten ihn lange halten. Die Wochen in Philadelphia waren für ihn eine Hölle gewesen. Die Verzögerungen hatten an seinen Nerven gezerrt.

Als er an Minters Kabine vorbeiging, öffnete sich gerade die Tür. Raveneau drehte sich um und erwartete, Mistress Hahn in einem duftigen Kleid vor sich zu sehen. Statt dessen sah er sich einem weiblichen Wesen in zu weiten Hosen und einem schmutzigen alten Männerhemd gegenüber.

»Mistress Hahn?« Halb amüsiert, halb ungläubig starrte er sie an. »Sind Sie es wirklich?«

»Ja, Kapitän.«Sie lächelte unschuldig, doch ihre Augen straften dieses Lächeln Lügen. Es freute sie, ihn so fassungslos gemacht zu haben.

Vielleicht fühlte er sich nun von ihr so abgestoßen, daß er keine Lust mehr hatte, sie in sein Bett zu holen. »Ich habe nur Ihren Rat befolgt, mich auf See bequemer zu kleiden. Ich finde es wunderbar.«

Raveneau maß sie von Kopf bis Fuß. Er erkannte in diesem Frauenzimmer nichts mehr von der aparten Erscheinung, die ihn vor kaum einer Stunde an Bord begleitet hatte. Er berührte einen Schmutzfleck auf Constanzes Wange.

»Wie kommt es, daß sie so aussehen? Sie sind doch nicht etwa in den Lagerraum gefallen?«

Constanze wich dem prüfenden Blick seiner grauen Augen aus. »Nein, bin ich nicht.« Sie hatte sich den Schmutz ins Gesicht gerieben, um noch abstoßender zu wirken. »Ich hatte keine Zeit mehr, noch ein Bad zu nehmen, ehe ich an Bord kam. Stört es Sie sehr, Kapitän?«

»Nicht im geringsten.« Er griff nach ihrem Arm, der in dem Ärmel des schmuddeligen Männerhemdes fast verschwand. »Kommen Sie, wir können uns bei einem Frühstück weiter unterhalten. Und danach werde ich dafür sorgen, daß man Ihnen ein Bad richtet.«

»Ich habe schon gefrühstückt!« erklärte Constanze und hoffte, damit zu verhindern, daß sie in seine Kabine gehen mußte.

»Na, dann sehen Sie mir eben zu, Mistress Hahn. Es wird Ihnen sicherlich Spaß machen.« Bei seinem Lächeln rann es Constanze wieder kalt über den Rücken. »Ich werde mir überlegen, womit ich Sie unterhalten kann«, fügte Raveneau hinzu.

Sie fühlte sich elend, als er die Tür seiner Kabine öffnete. Im nächsten Moment riß sie die Augen auf. Sie sah einen langen Tisch und Bücherregale. Und dann drei Lockenköpfe, die tief über dem Tisch geneigt waren.

Kinder? Constanze meinte, ihren Augen nicht trauen zu können.

Es war ganz sicher André Raveneaus Kapitänskabine. Sie sah ein großes Bett mit Schnitzereien, einen Schreibtisch aus Kirschholz, einen Tisch mit Sheraton-Stühlen und andere kostbare Stücke, die einem Mann dieses Ranges zustanden. Bücherregale an den Wänden – und dann diese Kinder?

Verwirrt drehte sie sich zu Raveneau um. Sie sah ihn lächeln. Dann räusperte er sich, und im nächsten Moment fuhren die Köpfe der Kinder hoch.

»Papa!« rief eine dunkelhaariger Junge von ungefähr sechs Jahren. Er sprang auf, lief auf Raveneau zu und warf sich in seine Arme. »Ich hab' dich so lange nicht gesehen!«

»Du weißt doch, Nathan, daß ich viel zu tun hatte, bis unser Schiff lossegeln konnte. Ihr seid letzte Nacht an Bord gekommen? Ich habe mich auf euch verlassen, daß hier alles klappt.«

Nathan gab dem Vater Antwort. Doch Constanzes Aufmerksamkeit wurde von den beiden Mädchen abgelenkt, die sich auf ihren Stühlen umgedreht hatten.

Sie waren ungewöhnlich hübsch. Die ältere von beiden konnte schon siebzehn Jahre alt sein. Ihr Gesicht war zart und von rötlichen Locken umrahmt.

»Nathan, ich will dir Constanze Hahn vorstellen«, hörte Constanze den Kapitän hinter sich sagen. »Sie reist mit uns nach England.«

Der kleine Junge rümpfte leicht die Nase, als er diese ziemlich eigenartig aussehende Frau sah. Doch er nahm alle Höflichkeit zusammen und fragte: »Wie geht es Ihnen, Madam?«

Als es ihr bewußt wurde, wie unmöglich sie aussehen mußte, wurde Constanze rot. »Freut mich, dich kennenzulernen, Nathan«, sagte sie. »Ich hoffe, daß du Constanze zu mir sagst.«

Seine Miene verriet ihr deutlich, daß er nicht mehr mit ihr sprechen würde, als unbedingt nötig war. Doch weil er den Blick seines Vaters spürte, antwortete er artig: »Gern, Constanze.«

»Du kannst jetzt zu Minter gehen«, schlug Raveneau seinem Sohn vor. »Aber in einer Stunde bist du wieder zurück und machst deine Aufgaben. Und mach dich nicht schmutzig!«

Nathan jubelte vor Freude, weil er für eine Weile nach

draußen konnte. »Ja, Papa! Ja!« rief er und war schon im Gang.
Die Mädchen waren aufgestanden. Beschämt stellte Constanze fest, daß sie gegen die beiden wie ein Schmutzfink aussah. Sie trugen hübsche, sehr einfache Kleider aus rosa Seide und knicksten anmutig, als ihr Vater sie mit Constanze bekannt machte.
Aber wie sollte sie ihnen erklären, warum sie sich so ausstaffiert hatte?
»Constanze«, sagte das ältere Mädchen, »wir freuen uns sehr, daß Sie mit uns reisen. Ich wäre glücklich, wenn ich ihre Freundin sein darf. Ich bin Jessica.«
»Oh, sehr gern«, sagte Constanze. Sie wurde verlegen, als sie den prüfenden Blick der anderen sah.
»Und das ist meine Tochter Mouette.« Raveneau leuchtete der Stolz aus den Augen, als er sich an Constanze wandte. »Nach ihr wurde dieses Schiff benannt.«
Constanze und Mouette reichten sich die Hände, während Jessica und André Raveneau Blicke tauschten. Es entstand ein Schweigen.
Dann platzte Constanze heraus: »Aber wie kann eure Mutter euch erlauben, ohne sie auf eine Reise zu gehen? Ist sie krank?«
Mouette riß die Augen auf und wandte sich zu Jessica um. Die wiederum starrte auf Raveneau, der plötzlich in lautes Lachen ausbrach.
»Unsere Mutter?« wiederholte Jessica und lachte auch perlend. Sie trat zu André Raveneau und machte einen übertrieben wirkenden Knicks vor ihm. »Ich vermute, daß du mein Papa sein mußt.«
Er tätschelte ihr liebevoll die Wange und zog sie dann an sich. »Entschuldigen Sie, Constanze, wir wollten uns nicht auf Ihre Kosten amüsieren. Aber diese Verwechslung ist zu komisch.«

Constanze sah verwirrt von einem zum anderen. Sie begriff nicht, was hier vorging. Warum hielt Raveneau Jessica so zärtlich umschlungen? »Aber wie ...« Sie brach ab und schüttelte den Kopf. Ihr Blick verriet jedoch ihre Gedanken.
»Die beiden sind verheiratet«, erklärte Mouette und kicherte. »Sie ist meine Mutter!«
Jessica stimmte in das Lachen ihrer Tochter ein. Dann faßte sie nach Constanzes Hand. »Denken Sie nicht, daß wir über Sie lachen. Ich muß Ihnen für diese Verwechslung sogar dankbar sein. Sie war das schönste Kompliment für mich.«
»Soll ich mal nachsehen, was Nathan oben an Deck macht?« fragte Mouette taktvoll. Sie spürte, daß sich die Erwachsenen gern allein unterhalten wollten.
Constanzes Gesicht glühte noch immer vor Verlegenheit. Sie schämte sich, weil sie sich so dumm vorkam. Wie konnte sie nur so absurde Gedanken haben? Es war zu peinlich.
Sie seufzte. »Wie dumm von mir. Aber ich kann es einfach nicht begreifen, daß Sie schon so alt sind, um Mouettes Mutter zu sein.«
»André, hör dir das an! Ich muß dir richtig dankbar sein, daß du Constanze mitgebracht hast.« Jessica strahlte ihren Mann an.
Raveneau gab seiner Frau einen Kuß auf die Wange. »Erwartest du auch von mir noch Komplimente? Die bekommst du doch genug, *petit chatte.* Oder?« Er wandte sich an Constanze. »Ob Sie es nun glauben oder nicht, aber diese kleine Hexe hier ist dreißig Jahre alt. Unsere Tochter ist elf, obwohl sie schon erwachsener wirkt, weil sie so groß ist. Größer als ihre Mutter.«
»Es ist für einen Vater schwer, wenn seine Tochter zu

schnell erwachsen wird«, erklärte Jessica. »Wenn er sehen muß, wie sich die Männer nach ihr umdrehen.«
Er warf ihr einen finsteren Blick zu. »Schluß jetzt damit, Jessica. Ich habe nicht die Absicht, unsere Tochter einzusperren, damit kein Mann sie ansehen kann.«
Constanze sah jedoch das Leuchten in seinen Augen, das immer besonders strahlend wurde, wenn er seine Frau ansah. Die beiden schienen sich sehr zu lieben.
Sie sah, wie Raveneau seine Frau an sich zog und küßte. Jessica schmiegte sich an ihn und erwiderte seinen Kuß hingebungsvoll. Dann lösten sie sich voneinander.
»Bitte, halten Sie uns nicht für unhöflich. Aber wir haben uns einige Tage nicht gesehen. Und die Sehnsucht war groß«, erklärte Raveneau mit einem Lächeln.
»Ich muß mich für mein Aussehen entschuldigen«, sagte Constanze zu Jessica. Sie merkte, wie sie schon wieder rot wurde. Wie konnte sie so töricht sein? Hastig fuhr sie fort: »Wenn ich gewußt hätte, daß ich Sie hier an Bord treffen würde, wäre ich nicht in diesem Aufzug in Ihre Kabine gekommen.«
Jessica brannten zwar einige Fragen auf den Lippen, doch sie beschloß, sie später ihrem Mann zu stellen.
»Als ich das erste Mal an Bord der ›Black Eagle‹, dem ersten Schiff meines Mannes, kam, sah ich ähnlich aus wie Sie«, erzählte sie und blinzelte Constanze verschwörerisch an. »Mein Haar hatte ich unter einer alten Strickmütze versteckt, und André hielt mich einige Zeit für eine Jungen. Ich habe ihm ein Bad richten und ihm den Rücken abseifen müssen, ohne mir etwas anmerken zu lassen. Sie können mir glauben, daß das ziemlich schwierig für mich war.«
Raveneaus graue Augen verengten sich, als er seine Frau vorwurfsvoll ansah. »Jessica, *ma chérie,* da das

schon einige Zeit zurückliegt, sind offensichtlich einige wichtige Details in Vergessenheit geraten . . .«
»Oh, ich erinnere mich noch sehr gut. Aber ich muß Constanze doch nicht mit einer ausführlichen Schilderung belasten, oder? Ich wollte Ihr nur sagen, daß ich . . .«
Constanze merkte, wie die Anspannung in ihr verschwand. Sie war Jessica für ihren Bericht dankbar. Deshalb lächelte sie und meinte: »Ich finde es nett, daß Sie mir das eben erzählt haben. Nun fühle ich mich schon viel besser.«
»Gut. Und da sie schon in dieser Kleidung stecken, schlage ich einen Rundgang über das Schiff vor«, sagte Jessica. »Ich ziehe mir auch Hosen an. Die Kinder können eine Stunde Pause machen, ehe wir wieder ans Lernen gehen. Und ich brauche dringend etwas Sonne und frische Luft.«
»Wunderbar«, stimmte Constanze begeistert zu. »Aber ich muß mich erst noch kämmen und mir das Gesicht waschen. Ein frisches Hemd könnte auch nicht schaden.«
»Gut. Wir treffen uns an Deck. Sagen wir in . . .«
»In einer halben Stunde«, mischte sich Raveneau ein. »Ich begleite Sie zu Ihrer Kabine, Constanze.«
Als Sie im Gang standen, fuhr Constanze ihn wütend an: »Wie konnten Sie mich so zum Narren halten? Das war nicht fair von Ihnen, Kapitän Raveneau!« Sie sprach leise, damit Jessica nichts hörte. »Warum haben Sie mir nichts davon gesagt, daß Ihre Frau an Bord ist? Sie haben es zugelassen, daß ich mich lächerlich gemacht habe! Nicht nur vor ihr, auch vor Minter und Ihren Kindern . . .«
Raveneau grinste und tat reumütig. »Nun, meine Liebe, wenn Sie sich nicht von unserer ersten Begegnung an

eingebildet hätten, daß ich Ihnen bei passender Gelegenheit die Kleider vom Leibe reißen und Sie vergewaltigen würde, hätte ich es Ihnen bestimmt gesagt. So war es für mich interessant, wie Sie versucht haben, mich auf Distanz zu halten – einen Meter Abstand von diesem – ich muß sagen, wirklich schönen Körper. Sind Sie auch wirklich ganz sicher, daß Sie mich nicht an sich herankommen lassen wollten?«
Mit blitzenden Augen sah sie ihn an. Es juckte ihr in der Hand, ihn zu schlagen. Doch als sie den Arm hob, packte er ihr Handgelenk.
»Tut mir leid, daß ich Sie so enttäuscht habe, Mademoiselle. Leider kann ich Ihre leidenschaftlichen Gefühle nicht erwidern. Jessica hält mich genug in Atem. Ich habe Mühe, sie zufriedenzustellen.«
Obwohl sie das ironische Lächeln sah, das seinen Mund umspielte, hatte Constanze keine Lust, sich weiter mit ihm zu streiten.
»Sie sind ein sehr ungehobelter, überheblicher Kerl!« zischte sie ihm zu. Dann kehrte sie ihm den Rücken und ließ ihn stehen.
Raveneau folgte ihr. Er konnte sich eine Erwiderung nicht verkneifen. »Nehmen Sie es doch bitte nicht so schwer . . .«
Constanze drehte sich um. Das war zuviel. Doch als sie sah, daß er sie nur aufzog, lachte sie. Und er stimmte in dieses Lachen ein. Sie konnte gar nicht wieder aufhören und hielt sich den Leib.
»Sind wir jetzt Freunde?« fragte Raveneau und hielt ihr die Hand hin.
Erleichtert legte Constanze ihre Finger hinein. »Ja. Aber von jetzt an keine Tricks mehr, okay?«
»Ich verspreche es auf Ehre und Gewissen«, schwor er feierlich. »Außerdem wird Jessicas Anwesenheit an

Bord weitere Zwischenfälle verhindern. Ganz abgesehen davon, daß ich noch nie eine Frau zu etwas gezwungen haben, was sie nicht wollte – Jessica ist meine einzige große Liebe.«
Constanze nickte ernst. Sie fand es wunderbar, daß sich ein Ehepaar auch nach so vielen Jahren noch so innig liebte. Aber gerade diesen so verwegen aussehenden André Raveneau hätte sie niemals für einen treuen Ehemann gehalten.
»Ich muß mich bei Ihnen entschuldigen«, sagte sie sanft. »Sie sehen nicht aus wie ein treuer Ehemann. Ich habe Sie für einen Mann gehalten, der mit Frauenherzen nur spielt. Einen verwegenen Piraten. Ich war sicher, daß in jedem Hafen eine Frau auf Sie wartet. Und daß Sie mich nur aus dem einen Grund mit an Bord Ihres Schiffes genommen haben, weil Sie . . .« Sie hielt inne, als er lachte.
»Vor gut zwölf Jahren hätte diese Beschreibung noch zu mir gepaßt«, meinte er dann. »Man könnte sagen, bis ich Jessica begegnete. Wir hatten eine sehr stürmische Romanze.«
Sie hatten ihre Kabine erreicht, und Raveneau lehnte sich gegen die Tür. »Sicherlich haben Sie mit Männern Ihre Erfahrungen – schon durch das Kaffeehaus, das Sie führen. Aber Sie sollten die Männer nicht in so schlechtem Licht sehen. Jeder ist anders.«
Sie trennten sich, und Constanze ging in ihre Kabine. Sie war sehr nachdenklich, als sie die Tür hinter sich zumachte. Sie setzte sich auf die Bettkante und dachte über Raveneaus Worte nach.
Es wurde ihr bewußt, daß sie auch Nicholai oft nach den gleichen Maßstäben beurteilt hatte wie die Männer im Kaffeehaus. Und nach ihren ersten Erfahrungen mit dem Mann, der sie betrogen hatte.

Schließlich raffte sie sich auf und ging zum Waschstand hinüber. Sie wollte Jessica nicht warten lassen.
Als er wieder in seine Kabine trat, fand André Raveneau seine Frau nur mit einem Hemd bekleidet vor.
Auf dem Bett lagen ein weißes Männerhemd mit Rüschen und eine zimtfarbene Hose. Mit ein paar Schritten war André bei ihr.
»Was machst du da? Du willst doch jetzt nicht etwa schon an Deck gehen?« fragte er.
Jessica griff nach einem Strumpf und wich seinem sehnsüchtigen Blick aus. »Du warst so lange fort, daß ich schon angefangen habe, mich umzuziehen. Ich dachte, daß du anderweitig beschäftigt bist.«
»Ich habe dir doch gesagt, daß Minter sich um alles kümmert!« Obwohl er so heftig sprach, lächelte er sie an. »Und ich war doch nur ein paar Minuten . . .«
»Genau fünfzehn«, sagte sie hitziger als sie wollte. Aber sie konnte es nicht mehr zurücknehmen. Seine Gleichmütigkeit machte sie noch ärgerlicher.
Sie schüttelte seine Hand ab.
»Von Minter habe ich eben nicht geredet. Das weiß du auch genau. Ich habe dich mit Constanze Hahn im Gang lachen hören. Wie kam es, daß ihr beide plötzlich Freunde geworden seid?«
Fassungslos sah André sie einen Moment an. Dann explodierte er: »Diese Weiber! Seid ihr alle nur dazu begabt, falsche Schlüsse zu ziehen? Constanze, die mich kaum kannte, hat mich schon unmöglich behandelt. Aber von meiner Frau hätte ich mehr Logik und vor allem mehr Vertrauen erwartet! Was ist nur in dich gefahren? Was bildest du dir ein? Glaubst du, daß ich die letzten Nächte mit Constanze Hahn in einem Bett verbracht habe? Glaubst du das wirklich?«
Jessica war rot geworden, denn sie hatte sich wirklich

Gedanken darüber gemacht, wie André die Nächte in Philadelphia verbracht hatte.
»Wenn es nicht so absurd wäre, würde ich wirklich wütend auf dich sein«, fuhr André fort. Seine Stimme hatte einen gefährlichen Unterton. »Setz dich hin und hör mir zu.« Er zog sie neben sich auf das Bett. Dann erzählte er ihr von Constanzes Befürchtungen.
»Deshalb hat sie sich so unmöglich angezogen, als Gideon ihr mitteilte, daß ich sie in meiner Kabine sprechen wollte.«
»Ich finde aber auch, daß du ihr von uns erzählt haben solltest«, meinte Jessica. Ihr war ein Stein vom Herzen gefallen. »Ich kann mir vorstellen, wie überrascht sie gewesen ist, uns hier zu sehen.«
»Ich wollte ihr beweisen, daß man nicht so vorschnell andere Menschen beurteilen muß«, knurrte er und beugte sich vor, um seine Stiefel auszuziehen.
»Ich glaube eher, daß du ein bißchen enttäuscht gewesen bist, weil sie dich so abweisend behandelt hat ...«, zog Jessica ihn auf.
»Unsinn! Ich habe ihr in keiner Weise zu verstehen gegeben, daß sie mich als Frau reizt. Ich hatte ganz andere Dinge im Kopf. Besonders dich, du kleine Hexe.«
»Caroline hat gesagt, daß Constanze in Alecs Bruder verliebt ist. Deshalb nimmt sie diese weite Reise auf sich. Sie wird bestimmt nur an diesen Nicholai denken. Sonst hätte sie dich vielleicht auch interessant gefunden.«
»Willst du mich wütend machen? Bist du etwa eifersüchtig?«
Jessica lehnte sich an ihn. »Darauf solltest du dir etwas einbilden, Liebster. Das kommt nur, weil ich dich so wahnsinnig liebe. Mein Herz war da stärker als meine Vernunft. Du warst so lange nicht mit einer Frau allein – einer anderen meine ich. Und als ich euch so lachen

hörte, während ich hier allein saß und auf dich wartete, da ging meine Phantasie einfach mit mir durch. Verzeih mir, daß ich an deiner Liebe gezweifelt habe.«
André riß sie an sich. Sie küßten sich wild und leidenschaftlich. Als er sie kurz freigab, um ihr das Hemd vom Körper zu streifen, öffnete Jessica die Augen und sah auf die Uhr, die auf einem der Bücherregale stand.
»André«, murmelte sie, während seine Lippen über ihre Schläfe glitten, »... du weißt, was ich mir jetzt wünsche, aber die halbe Stunde ist längst vergangen. Constanze wird schon warten. Ich muß mich anziehen.«
»Den Teufel mußt du ...«, brummte Raveneau und drückte sie auf das Bett nieder. Er warf sich auf sie und suchte ihren Mund.
Wieder küßten sie sich wild. »Fünf Nächte war ich jetzt ohne dich«, sagte André keuchend. »Das ist eine Ewigkeit. Wir haben schon viel zu viel Zeit vergeudet, über Constanze Hahn zu reden. Minter und die Kinder werden sich schon um sie kümmern.«
Das Verlangen flammte heiß in Jessica auf, als sich seine Hand um einer ihrer Brüste schloß. Und als sie es nicht länger ertrugen, zogen sie sich gegenseitig die letzten Kleidungsstücke aus.
André warf sich gerade wieder auf seine Frau, als ein leises Klopfen an der Tür zu hören war.
»Hör nicht hin«, raunte er Jessica ins Ohr. »Niemand wagt es, uns zu stören, wenn die Tür zu ist.«
Jessica versuchte, sich aufzurichten. »Nein, es könnte ...«
»Entschuldigen Sie, Madam Raveneau«, rief eine Stimme vom Gang her. »Ich möchte nicht stören, aber ich wollte wissen, ob Sie noch an Deck kommen. Ich würde mir das Schiff ja allein ansehen, aber Minter sagte, daß ich das nicht tun soll.«

Es gelang Jessica, sich aus den Armen ihres Mannes zu lösen.
»Können Sie noch einen Augenblick warten, Constanze?« rief sie. »Ich muß mir noch Strümpfe und die Stiefel anziehen.«
»Also, das ist doch nicht dein Ernst«, meinte André und hatte Mühe, seine Stimme zu einem Flüstern zu senken. Fassungslos sah er zu, wie Jessica sich in großer Eile ankleidete. »Du willst mich hier allein lassen? In dieser Verfassung?«
»Was habe ich denn für eine andere Wahl«, flüsterte Jessica, während sie das Hemd zuknöpfte. »Sieh mich nicht so an, als würde ich dir Höllenqualen zufügen. Wir haben fünf Nächte gewartet, dann können wir es auch noch eine Stunde aushalten.«
André schlug wütend mit der Faust in das Kissen und zog die Bettdecke über sich.
Jessica lief zum Spiegel, um ihr Haar mit ein paar Bürstenstrichen zu ordnen, damit niemand sah, daß sie gerade aus dem Bett kam. »Ich komme sofort, Constanze!« rief sie.
»Laß dir nur Zeit. Ich kann ja warten«, knurrte André.
Jessica beugte sich über ihn und gab ihm einen Kuß auf die Schläfe.
»Du wirst es erleben«, warnte er sie, »wenn ich dich wieder in die Finger bekommen, wirst du mir so leicht nicht wieder entwischen.«
Sie lachte sanft. »Benimm dich nicht wie ein unartiges Kind. Statt zu schmollen, solltest du lieber an die herrliche Nacht denken, die uns bevorsteht. Dann haben wir viele, viele Stunden ganz für uns.«
Jessica lief zur Tür. Gleich darauf war sie bei Constanze, die kaum wiederzuerkennen war. Auf ihrer Samthaut war kein Schmutzfleck mehr. Sie trug ein gut sit-

zendes Hemd und eine saubere Hose. Ihre glänzenden goldblonden Locken ringelten sich über ihre Schultern. »Ich finde es sehr nett von Ihnen, daß Sie mir das Schiff zeigen wollen«, sagte sie. »Mir wird die frische Luft sicherlich auch guttun.«
Über Jessicas Schulter hinweg sah sie das Bett. Und als sie André Raveneau einen freundlichen Gruß zurief, antwortete er nur mit einem Brummen.
Constanze hatte das Gefühl, das ihre gerade begonnene Freundschaft bereits einen Knacks bekommen hatte.

38. KAPITEL

5. Juli bis 30. August 1793

Jessica stand vor Constanzes Kabinentür und zögerte. Sollte sie klopfen? Vielleicht schlief Constanze schon. Oder sie war nicht in der Stimmung für Besuch?
Seit drei Tagen waren sie nun schon unterwegs. Doch ihre Freundschaft war noch immer oberflächlich. Dabei wünschte sich Jessica eine Freundin, mit der sie Gespräche von Frau zu Frau führen konnte.
In dieser Nacht war ein Sturm aufgekommen, und André befand sich oben an Deck. Jessica hatte sich ihren Morgenmantel übergezogen und eine Flasche Wein mitgenommen. Sie wollte die Barriere, die zwischen ihr und Constanze stand, zum Schmelzen bringen.
Das Schiff bewegte sich plötzlich so heftig, daß Jessica gegen die Tür geworfen wurde. Von drinnen hörte sie Constanze fragen: »Wer ist da?«
Jessica mußte sich an der Wand festhalten, weil der Sturm die ›La Mouette‹ rüttelte. »Constanze? Ich bin's Jessica Raveneau. Störe ich Sie?«

»Nein. Kommen Sie doch herein!«
Jessica betrat die Kabine. Sie fand Constanze ängstlich in ihrem Bett verkrochen, mit weit aufgerissenen Augen. Die Petroleumlampe an der Wand flackerte beim wilden Schaukeln des Schiffes.
»Ich wollte schon rausgehen und nachsehen, was ist . . .« Constanze fuhr sich nervös mit der Zunge über die Lippen. »Für jemanden wie mich, der immer nur an Land lebt, ist der Sturm furchtbar. Ich wollte hier raus, aber ich kam nicht bis zur Tür. Ich kann einfach nicht das Gleichgewicht halten . . .« Jessica lächelte. »Haben Sie etwas dagegen, wenn ich mich zu Ihnen setze?«
Constanze schüttelte den Kopf und rückte zur Seite. Jessica schlüpfte neben sie ins Bett. Und Constanze zog die Bettdecke über sie.
»Werden wir sinken?« flüsterte sie ängstlich.
»Du liebe Güte, nein!« Jessica versuchte die Flasche mit einem Korkenzieher zu öffnen. »Wir haben schon viel schlimmere Stürme als diesen erlebt und überstanden.«
Constanze entspannte sich sichtlich. »Ich bin froh, daß Sie zu mir gekommen sind. Man kann sich gegen Angst einfach nicht wehren, wenn man allein ist.«
Jessica füllte den Wein in Becher und reichte Constanze einen. »Portwein«, sagte sie. »Der tut gut.«
Vorsichtig nahm Constanze einen Schluck, um nichts zu verschütten. Sie bewunderte die Sicherheit, mit der Jessica sich auf dem schaukelnden Schiff bewegte.
Sie plauderten über die Kinder, und allmählich löste der Wein ihre Zungen, so daß sie auch auf intimere Dinge zu sprechen kamen.
Jessica erzählte Constanze von ihrer aufregenden Liebesgeschichte mit André Raveneau. »Ich mußte oft meinen Stolz überwinden, um André nicht vor den Kopf zu stoßen«, gestand sie. »Doch wir haben es beide

gelernt, den anderen zu respektieren. Und je länger unsere Ehe dauert, desto besser wird sie. Wir wissen, daß unsere Liebe stark ist. Und ich bin sicher, daß es mit dir und Nicholai auch so enden wird. Warum hat er dich denn sonst ausgesucht und keine andere? Weil du ihn herausforderst, weil du nie langweilig für ihn bist.«
Constanze sah nachdenklich vor sich hin. »Ja, darüber habe ich mir auch schon oft Gedanken gemacht«, murmelte sie. »Aber ich wollte nicht glauben, daß er mich wirklich liebt, nicht nur meinen Körper ...« Sie brach ab und wurde rot.
»Wir sind Freundinnen und können uns alles sagen. Ich rede mit niemandem über das, was du mir anvertraust«, sagte Jessica. »Ich habe André regelrecht dazu gedrängt, mit mir zu schlafen – beim ersten Mal ...«
»Ich war in solchen Dingen immer sehr zurückhaltend«, erzählte Constanze. »Aber in der Nacht, als mein Vater gestorben ist, war ich nicht mehr ich selbst. Ich war sicher, daß Nicholai nur mit mir geschlafen hat, weil er lange keine Frau gehabt hatte. Es gab viele Damen der Gesellschaft in Philadelphia, die hinter ihm her waren. Da konnte ich nicht glauben, daß er ausgerechnet mich haben wollte.«
»Aber wieso?«
»Weil ich mich nicht mit ihnen messen kann. Welcher Mann schätzt an einer Frau schon Eigenschaften wie Unabhängigkeit?«
»Vielleicht Nicholai Beauvisage? Das sind schließlich nicht deine einzigen Eigenschaften, Constanze. Deine Schönheit reicht aus, um alle Frauen in Philadelphia in den Schatten zu stellen. Und ebenfalls deine Klugheit, dein Mut und deine Einfühlsamkeit.«
»Aber ich schminke mich nicht und trage auch nie Kleidung nach der letzten Mode ...«

»Glaubst du, daß Nicholai solche Äußerlichkeiten für wichtig hält?«
»Nun – ach, ich weiß nicht. Wir haben uns, als wir im Haus der Hampshires waren, ineinander verliebt. Trotzdem habe ich Zweifel . . .«
Jessica füllte die Becher erneut mit Wein. »Wie soll ich dir das nur ausreden? Du meinst also, daß Nicholai dich nicht genug liebt, um mit dir ein ganzes Leben zusammen zu verbringen?«
Constanze seufzte. »Er ist ein sehr attraktiver Mann, und die Frauen machen es ihm leicht.«
Jessica schüttelte den Kopf. Doch ehe sie etwas sagen konnte, fuhr Constanze fort: »Weißt du, weshalb er nach England gereist ist? Um eine Frau zu besuchen, in die er sich während seiner Zeit in Frankreich verliebt hat.«
»Ach ja, ich erinnere mich. Caroline erzählte mir davon. Aber du hast ihn zu dieser Reise gedrängt. Warum bloß?«
»Ich hörte ihn im Traum nach dieser Frau rufen, als er mit dieser Schußverletzung dalag. Später hat er mir von Gabrielle erzählt. Damals glaubte er noch, daß er sie nicht mehr liebt. Trotzdem hatte ich immer das Gefühl, einen Geist als Rivalin zu haben. Ich bin ganz sicher, daß sie dem entspricht, was man sich unter einer wirklichen Dame vorstellt. Sie ist auch von Adel. Als ihr Brief kam, dachte ich, es sei besser, jetzt auf ihn zu verzichten, als ihn später zu verlieren. Außerdem wollte ich nicht, daß er an Gabrielle denkt, während ich in seinen Armen liege.«
»Und deshalb hast du dieses Opfer gebracht und ihn fortgeschickt?«
Constanze nickte. »Dumm, findest du nicht auch?«
»Ich weiß nicht, wie ich an deiner Stelle gehandelt hät-

te. Aber wahrscheinlich wäre ich nicht so stark gewesen wie du.«

»Es war dumm. Das habe ich inzwischen selbst erkannt. Ich fürchte, daß Nicholai sich wieder in Gabrielle verliebt. Ihr Mann lebt nicht mehr, und vielleicht heiraten sie bald. Mit Gabrielle werde ich mich mit Sicherheit nie messen können. Wenn er uns nebeneinander sieht und uns vergleicht . . .«

»Das ist Unsinn!« unterbrach Jessica sie heftig. »Ich bin da ganz anderer Meinung.«

»Ich möchte nicht gegen Gabrielle kämpfen! Verstehst du. Nicholai ist kein Preis, den man erringen will. Ich möchte ihm begegnen – wie beim ersten Mal. Wenn er sich dann in mich verliebt, gut. Wenn nicht . . . Ich wünschte, ich hätte elegante Kleider und teuren Schmuck. Aber da Nicholai weiß, daß ich solche Dinge im Grund nicht mag, würde er glauben, daß ich wie alle anderen Frauen bin. Daß ich mich so aufputze, weil ich . . .«

»Einen interessanten Mann erobern will«, vollendete Jessica. Sie lächelte. »Ich würde dir dabei helfen, deine Wünsche wahrzumachen . . .«

Überrascht sah Constanze sie an. »Aber . . . ich verstehe nicht . . .«

»Wir besitzen in London ein Haus. Und wenn André und ich dort sind, verkehren wir immer in den obersten Kreisen. Diesmal bleiben wir ungefähr zwei Wochen dort, und du könntest unser Gast sein.« Jessicas Augen blitzten unternehmungslustig. »So, und nun kommt mein Plan.«

»Rede schon!« drängte Constanze.

»Mit der nötigen Hilfe können wir dich in eine ganz andere Frau verwandeln. Äußerlich, meine ich natürlich. Dann ändern wir deinen Namen und denken uns eine andere Vergangenheit für dich aus . . .«

»Ich könnte mit österreichischem Akzent sprechen«, stimmte Constanze begeistert zu.
»Wenn uns dieser Plan richtig gelingt, könnte eine Begegnung zwischen dir und Nicholai wirklich wie ein erstes Treffen sein. Glaubst du, daß du ihm den Kopf verdrehen kannst?«
Constanze nahm einen großen Schluck Wein und kicherte. »Es klingt zwar verrückt . . . aber eines ist sicher: Nicholai würde mich nie in London vermuten. Und wenn ich ganz anders aussehen werde, ist es möglich, daß er mich tatsächlich nicht erkennt. Nun, wir sollten es zumindest versuchen.«
Die beiden prosteten sich begeistert zu.

Dunkle Wellen klatschten gegen den Bug der ›La Mouette‹. Der Himmel war wie schwarzer Samt, auf dem die Sterne wie Diamanten glitzerten.
Constanze lehnte an der Reling und lauschte dem leisen Flüstern der weißen Segel und dem Knarren der Maste. Es stand noch jemand hinten am Achterdeck, eine dunkle Gestalt, die sich nicht rührte. Um diese Stunde schliefen sonst alle an Bord.
Morgen abend würde das Schiff den Hafen von London erreichen, und Constanze war bei dem Gedanken daran zu aufgeregt, um schlafen zu können. Etwas wie Panik mischte sich in diese Gedanken.
Würde der Plan, den sie seit Tagen immer wieder mit Jessica besprach, auch wirklich so gelingen, wie sie hofften? Wenn Nicholai sie nun doch erkannte? Was sollte sie dann sagen oder tun? Vielleicht waren er und Gabrielle längst verheiratet?
Constanze stieß einen schweren Seufzer aus.
»Mistress Hahn . . .« Ein Schatten tauchte plötzlich vor ihr auf, ohne daß sie Schritte gehört hatte. Erschreckt

sah Constanze hoch – und direkt in die Augen von André Raveneau.
»Oh, Kapitän – ich ...« Sie preßte eine Hand auf ihr Herz, weil es wie wild raste.
»Ich wollte Sie nicht erschrecken, Constanze. Sie müssen ganz tief in Gedanken versunken gewesen sein, daß Sie mich nicht gehört haben.« Sie sah seine weißen Zähne in der Dunkelheit blitzen. Dann schlossen sich seine warmen, kräftigen Finger um ihre eiskalte Hand.
»Nach acht ereignisreichen Wochen auf See solltest du eigentlich André zu mir sagen.«
Ja, es waren wirklich aufregende Wochen gewesen, die hinter ihnen lagen. Die Fahrt hatte wegen des Sturms zwei Wochen länger gedauert, und sie waren in die Nähe der französischen Küste geraten.
Ihre Freundschaft mit Jessica hatte sich in dieser Zeit gefestigt, und für Mouette und Nathan war sie wie eine große Schwester. Doch in der Gesellschaft von André Raveneau hatte sich Constanze nie richtig entspannen können. Sie hatte immer eine Möglichkeit gesucht, ihm aus dem Weg zu gehen.
»Also gut ... André«, brachte sie jetzt mühsam hervor. Ihr Lächeln war unsicher. »Wahrscheinlich sehen Sie es nicht gern, daß ich hier bei Dunkelheit an Deck stehe. Ich möchte Sie nicht verärgern, deshalb ziehe ich mich jetzt am besten zurück ...«
»Aber nein! Warum denn?« Er hielt sie fest. »Es wird Zeit, daß wir beide uns einmal unterhalten.«
»Unterhalten?« Constanze fuhr sich nervös mit der Zunge über die Lippen. »Worüber denn?«
Raveneau lachte, und Constanze fand, daß er so, wie er jetzt vor ihr stand, wirklich wie ein Pirat aussah.
»Hör endlich damit auf zu glauben, daß ich etwas von dir will, *chérie.* Mein Interesse an dir ist rein freund-

schaftlicher Art. Das wäre dir sicherlich klar geworden, wenn du in den vergangenen Wochen nicht ständig geflüchtet wärst, sobald ich auftauchte.«

Constanze schoß das Blut ins Gesicht. »Ich bin nicht geflüchtet ... ich wollte Ihnen nur nicht im Weg sein. Ihre Zeit, die sie mit der Familie haben, ist knapp genug. Ich weiß ...«

»Lassen wir das Thema jetzt. Ich finde, daß wir uns endlich entschließen sollten, Freunde zu werden. Jessica mag dich sehr, und ich mag dich auch. Ich halte diesen Plan, den ihr da ausgeheckt habt, für ziemlich verrückt ...«

»Damit haben Sie recht«, stimmte Constanze zu.

Er betrachtete sie einen Moment verwundert, ehe er fortfuhr: »Wie auch immer – ich werde tun, was ich kann, um euch zu helfen. Du glaubst sicher, daß ich ein eiskalter Zyniker bin – das war ich auch einmal. Ich gebe es zu. Aber in den vergangenen zwölf Jahren hat mich die Liebe sehr verändert.«

Es klang nicht der leiseste Spott in seiner Stimme mit, wie Constanze feststellte.

»Du und ich – wir haben mehr gemeinsam als du glaubst«, sagte er. »Ehe Jessica in mein Leben kam, war ich der Meinung, daß ich niemanden brauchte, besonders keine Frau. Ich war stolz auf meine Selbständigkeit. Stolz darauf, daß mich keine Frau schwach machen konnte.«

»Ich habe schon von Männern dieser Art gehört«, fuhr Constanze ihn an. »Deshalb bin ich ja mißtrauisch, was Männer angeht.«

Raveneau lachte leise vor sich hin. »Ich sagte dir doch, daß wir uns ähnlich sind. Ich war auch mißtrauisch, bis ich Jessica traf ...«

Er wandte sich ab und sah auf den dunklen Ozean hinaus. Dann sprach er leise weiter: »Auch als ich mich

längst in sie verliebt hatte, habe ich mich noch immer gegen diese Gefühle gewehrt. Ich hielt Liebe für eine Schwäche.« Er schüttelte bei diesen Worten den Kopf.
»Ja, wir sind uns wirklich ähnlich«, meinte Constanze. »Ich versuchte, meine Gefühle für Nicholai auch zu ignorieren. Aber es gelang mir nicht. Deshalb habe ich es schließlich aufgegeben – und nun bin ich hier.«
»Und das noch immer mit sehr gemischten Gefühlen, stimmt's? Die Liebe macht dir Angst, weil du so machtlos dagegen bist. Und du fürchtest, daß dich deine Leidenschaft dazu hinreißt, alle Selbständigkeit und allen Stolz zu vergessen.«
»Ja. Woher wissen Sie das alles? Ich hätte es nicht besser ausdrücken können.«
Er lächelte und sah sie lange an. Sie hatte alles, was zu einer Frau gehörte. Schönheit, Klugheit, Mut und Kraft und eine nie versiegende Quelle an Gefühlen. Sie brauchte einen Mann, der all diese Werte zu schätzen wußte, der ihr im Leben ein gleichwertiger Partner sein konnte. Um ihretwillen hoffte er, daß Nicholai Beauvisage dieser Mann war.
»Warum ich deine Gefühle verstehen konnte? Weil ich einmal in der gleichen Lage war wir du jetzt. Ich habe lange gebraucht, bis mir endlich bewußt geworden ist, daß der Mut zur Liebe etwas unendlich Starkes ist.«
»Ich habe Angst«, gestand Constanze. »Ich habe Angst, daß Nicholai mich nicht liebt. Ich weiß nicht, wie ich das ertragen sollte.«
»Und trotzdem willst du es wagen?«
»Ja.« Constanze lächelte mit bebenden Lippen. »Ich muß es tun.«
»Ich bin sicher, daß du dich richtig entschieden hast«, sagte André ernst. »Und ich habe das Gefühl, daß Nicholai Beauvisage dich nicht enttäuschen wird.«

39. KAPITEL

London am 3. September 1793

Nachdem er sich seine Stiefel angezogen hatte, zündete sich Nicholai Beauvisage eine Cheroot an.
Die Morgensonne fiel durch die Bogenfenster, die auf den Berkeley Square hinausgingen. Nicholai sah auf die Bäume hinunter, in denen am Abend Nachtigallen sangen.
Alles hier in London – das Haus, die Zimmer und der Platz da draußen – war hübsch, eingeschlossen Gabrielle, die sich gerade in ihrem Zimmer auf der anderen Seite des Flures anzog. Ihre Schönheit war in dem vergangenen Jahr noch strahlender geworden.
Warum bin ich dann trotzdem so mißgestimmt? überlegte Nicholai. Während der Überfahrt hatte er den Schmerz wegen Constanze mit erfreulichen Gedanken an Gabrielle zu betäuben versucht. Er mochte sich nicht eingestehen, daß Constanzes Verhalten ihn sehr getroffen hatte. Er wollte sehen, was ihm die Zukunft mit Gabrielle brachte. Es würde Constanze nur recht geschehen, wenn sie ihn nie wiedersah.
Ein Lächeln umspielte seine Lippen, als er jetzt einen Zug aus seiner Cherrot nahm. »Beauvisage, du bist ein Narr«, murmelte er vor sich hin.
»Bonjour, mon cher!« Die Tür flog auf, und der Duft von Gardenien wehte ins Zimmer.
»Guten Morgen, Gabrielle. Du siehst hinreißend aus.«
Sie trug ein dunkelblaues Reitkleid, das ihre kupferfarbenen Locken und ihre helle Haut großartig unterstrich. Ihre dunkelgrünen Augen leuchteten.
»Merci. Du kannst dich aber auch sehen lassen.« Sie machte sich Gedanken, weil er so gleichgültig war, auch

wenn er ihr Komplimente machte. Sie hatte das Gefühl, daß es mit jedem Tag schlimmer wurde.
»Warum hast du noch keine Krawatte an? Noch keinen Rock? Hast du vergessen, daß wir mit Angélique und Dudley um zehn Uhr unten verabredet sind? Es ist schon fünf nach zehn.«
Nicholai verzog das Gesicht, sagte aber nichts. Es war nicht gut, wenn man Leute, die ihre Gastfreundschaft anboten, vor den Kopf stieß. Doch Nicholai mochte Gabrielles Freundin Angélique und deren Mann nicht.
Er wäre gern allein ausgeritten, aber das verbot jede Etikette. Sir Dudley Whitloaf hätte sich brüskiert gefühlt.
Nicholais Geduld wurde auf eine harte Probe gestellt, auch was Gabrielle anging. Die Faszination, die sie einmal auf ihn ausgeübt hatte, war nicht mehr da. So sehr sie sich auch bemühte, es gelang Gabrielle nicht mehr, ihn in ihren Bann zu ziehen.
»Warum gehst du nicht schon hinunter und bittest unsere Freunde ergebenst um Verzeihung«, schlug er spöttisch vor. »Ich beeile mich mit dem Anziehen und komme so schnell es geht nach.«
Gabrielles Lächeln erlosch, als sie ihn so ironisch reden hörte. Sie griff spielerisch in sein Haar und zog seinen Kopf zu sich heran, um ihre Lippen auf seinen Mund zu pressen.
Nicholai ertrug es, daß sich ihr Körper fest an ihn drückte. Um sie nicht ganz zu verärgern, legte er den Arm um sie. Er hätte ihre Annäherungsversuche gern erwidert, aber er empfand nichts mehr für Gabrielle.
Seit ihm bewußt geworden war, daß Gabrielle in seinem Leben keine Rolle mehr spielte, war er ganz durcheinander. Sobald er erfuhr, daß ein Schiff nach Philadel-

phia fuhr, würde er Gabrielle sagen, daß er nicht der Richtige für sie war. Sie mußte sich einen anderen suchen.

»Ich denke, die Whitloafs warten«, sagte er und schob sie von sich.

Gabrielles Wangen röteten sich. Er schien nicht das geringste Begehren bei ihrem Kuß verspürt zu haben. Er wirkte sogar eher gelangweilt.

»Erwartest du, daß ich mich bei Angélique und Dudley für dein Benehmen entschuldige?« fragte sie kühl.

Nicholai verbiß sich ein Lächeln. »Du kannst ihnen sagen, daß ich mich nach einer Wohnung für mich umsehen werde, *ma petite.* Erkläre ihnen, daß mein Stolz nicht zuläßt, ihre großmütige Gastfreundschaft auch nur einen Tag länger zu ertragen.«

»Du willst . . . mich verlassen?« schrie Gabrielle.

Er wollte sie nicht ganz verärgern. Deshalb sagte Nicholai ungewöhnlich sanft: »Ich möchte nur in eine eigene Wohnung umziehen. Das verstehst du doch sicher? Ich muß unabhängig sein. Ich werde dich sehen . . .«

»Heute abend! Hast du das Konzert in den Vauxhall Gardens vergessen? Du hast mir versprochen, mit mir hinzugehen, Nicky.«

Das ist vielleicht eine gute Gelegenheit, um ihr zu sagen, daß alles nicht mehr so war wie früher. Daß er nach Philadelphia zurückkehren wollte. Gabrielle würde schnell einen neuen Ritter finden, der sich ihrer annahm.

»Ja, wir sehen uns heute abend, *chérie«*, sagte er so liebevoll, wie er konnte. »Aber erst nach dem Konzert . . .«

Es fiel ihr nicht leicht, ihm ein strahlendes Lächeln zu schenken. Das merkte Nicholai genau.

»Ich werde auf dich warten, Liebster«, sagte sie und streichelte über seine Wange. Dann drehte sie sich um und verließ mit graziösen Schritten das Zimmer.
Nicholai ahnte nicht, daß sie sich vornahm, ihn heute nacht von neuem zu erobern. Er sollte sie wieder anbeten und ihr ganz ergeben sein.
Nicholai trat wieder ans Fenster. Sein Blick fiel auf einen offenen Landauer, der vor dem Whitloafschen Haus stand. Zwei Damen saßen darin. Eine hatte tizianrotes Haar und sah ungewöhnlich apart aus. Sie zeigte gerade auf das Haus und sagte etwas zu ihrer Begleiterin.
Die andere ... Nicholai riß fassungslos die Augen auf. Sein Atem wurde schneller. Die andere ... es konnte nicht möglich sein! Sie sah aus wie Constanze. Die anmutige Haltung, die Bewegungen, das schimmernde blonde Haar ... Es konnte trotzdem nicht sein! Als er gerade im Begriff war, die Treppen hinunterzulaufen, setzte sich der Landauer wieder in Bewegung und bog um die Ecke des Berkeley Square.
Wie benommen sank Nicholai auf sein Bett. Es konnte nicht Constanze gewesen sein. Der Gedanke, daß sie in London sein könnte, war einfach absurd. Und wenn sie hier wäre, hätte sie sich doch sicherlich sofort mit ihm in Verbindung gesetzt, statt mit einer fremden Frau eine Kutschfahrt zu unternehmen.
Ich weiß erst jetzt, wie sehr sie mir fehlt, gestand sich Nicholai ein.
»Mistress Jones, ich bin einfach begeistert«, sagte Jessica, als die Schneiderin Constanze aus dem letzten Kleid half. »Sie haben in der kurzen Zeit reine Wunder vollbracht.«
»Oh, das war nicht ganz uneigennützig«, meinte Dolly Jones. »Wenn Fräulein Amstetten meine Kreation in der Londoner Gesellschaft trägt, ist das die beste Werbung für

mich. Und eine Herausforderung für die französischen Modeateliers, die hier an der Bond Street liegen.«
»Ich kann Ihnen gar nicht genug Dank sagen«, murmelte Constanze mit ihrem Akzent, den sie nun schon seit Wochen übte. »Sie waren mir eine große Hilfe. Als ich aus unserem Schloß in Österreich fliehen mußte, konnte ich nur das mitnehmen, was ich auf dem Leib trug. Und ein paar Juwelen . . .«
Jessica seufzte schwer. »Meine Freundin hat Schlimmes hinter sich. Sie hat bis jetzt nur ein Leben in Luxus gekannt . . .«
Dolly Jones sah Constanze bewundernd an. Eine reiche Dame aus bester Familie. Diese Giselle Amstetten würde für sie sicherlich eine gute Kundin werden.
»Es war mir eine große Ehre, für Sie arbeiten zu können«, versicherte sie. »Und wenn ich wieder einmal . . . wenn Sie noch Wünsche haben . . .«
Constanze lächelte charmant und nickte hoheitsvoll. »Ja, eine Kleinigkeit noch – vorerst. Ich brauche noch ein Kleid, das ich tragen kann, wenn ich mit meiner Freundin in die Stadt fahre. Etwas Leichtes für dieses schöne Wetter.«
Sofort eilte Dolly Jones, um der Kundin Stoffe zu zeigen. Wenig später verließen Constanze und Jessica das Atelier. »Du spielst deine neue Rolle schon perfekt«, lobte Jessica.
»Ich muß genug üben, ehe ich Nicholai begegne«, meinte Constanze ernst.
»Wenn du so gut bist wie eben, wirst du keine Schwierigkeiten haben, ihm vorzuspielen, daß du die reiche Emigrantin Giselle Amstetten bist . . .«
»Ich weiß nicht recht. Ich habe ständig einen Kloß im Magen, wenn ich an eine solche Begegnung denke. Als wir vorhin vor dem Haus standen, in dem er wohnen

soll, war es mir richtig übel. Meinst du, daß er dort war? Seid ihr auch ganz sicher, daß er dort wohnt? Nur auf Grund eines Gerüchts, das André gestern abend im Club gehört hat . . .?«
Jessica nickte.

»Also, nun zeig wieder, was du kannst«, meinte Jessica, als sie mit Constanze am nächsten Tag wieder zu Dolly Jones ging. Sie hielt ihrer Freundin die Tür auf, und dann warteten sie in dem elegant ausgestatteten Vorraum des Ladens. Sie hörten, wie sich die Schneiderin mit einer Kundin unterhielt, und wurden erst aufmerksam, als ein Name fiel.
»Ich weiß nicht, was in der letzten Zeit mit ihm los ist. Nicky hat sich völlig verändert . . .«
Constanze erstarrte und faßte nach Jessicas Arm. Dann hielt sie einen Finger vor die Lippen, um der Freundin zu bedeuten, nichts zu sagen.
»Ach, verlieren Sie nicht den Mut, Comtesse. Ihr gutaussehender Amerikaner wird sich wieder in Sie verlieben, wenn er Sie in diesem Kleid sieht!«
»Das hoffe ich sehr«, kam die Antwort. »Ich hatte schon Sorgen, daß es nicht rechtzeitig fertig wäre.«
»Aber Comtesse! Ich hatte es schon gestern abend fertig, für den Fall, daß Sie schon eher kommen würden.«
Einen Moment herrschte Stille. Dann hörten Constanze und Jessica, wie eine der Frauen begeistert seufzte.
»Ich bin froh, daß es Ihnen so gut gefällt, Comtesse. Wo werden Sie es heute abend tragen?«
»Zu dem Konzert in Vauxhall Gardens . . . Ich war schon in Sorgen, daß Nicky nicht mitkommen würde . . . aber er hat mir versichert, daß er nach dem Konzert bei mir sein wird. Dieser Garten ist ja wie geschaffen, um eine romantische Nacht zu verbringen.«

»Ja, heute haben wir auch Vollmond. Und es gibt dort reizende Grotten«, schwärmte Dolly Jones.
Die beiden Zuhörerinnen waren jetzt ganz sicher, daß es Gabrielle war, die da ihr neues Kleid anprobierte. Ehe Constanze begriff, was Jessica vorhatte, rief diese: »Mistress Jones?«
Sofort kam die Frau herbeigeeilt. Constanze, die sich wieder in Gewalt hatte, erklärte, daß sie noch einen hübschen neuen Hut brauche.
Noch ehe Dolly Jones das Gewünschte holen konnte, erschien Gabrielle im Laden.
»Darf ich die Damen einander vorstellen?« Nervös lief Dolly Jones hin und her. Gleich drei wichtige Kundinnen bedienen zu müssen, war etwas zuviel für sie. Noch dazu verhielten sich die drei Damen äußerst reserviert.
»Das ist Gabrielle Marchandon, La Comtesse de Louviers«, sagte sie. »Und dies sind Madame Raveneau, die Frau des berühmten Kapitäns André Raveneau, und ...«
Gabrielle nickte gnädig. Dann glitt ihr Blick zu Constanze hin und musterte sie von Kopf bis Fuß.
»Und dies ist Fräulein Giselle Amstetten. Sie mußte auch ihre Heimat verlassen wie Sie ...«
»Oh, willkommen in London«, sagte Gabrielle mit kühlem Lächeln.
»Vielen Dank.« Constanze sah die Frau in dem dunkelblauen Reitkleid unverwandt an. Das war also Gabrielle, von der Nicholai so hingerissen war. Grüne Augen, kupferne Locken und eine herrliche Haut. Ja, Gabrielle war zweifellos eine faszinierende Schönheit.
»Ich muß leider gehen«, sagte Gabrielle.
»Ich werde Ihnen das Kleid sofort von meinem Laufmädchen bringen lassen.« Dolly Jones machte einen

tiefen Knicks. »Und ich wünsche Ihnen heute abend viel Erfolg, Comtesse.«
Gabrielle lächelte. »Oh, *merci.* Aber mit diesem Kleid und einer Vollmondnacht werde ich wohl keine Schwierigkeiten haben. «

40. KAPITEL

Mitternacht – 3. September 1793

Die romantische Atmosphäre von Vauxhall Gardens nahm Constanze so gefangen, daß ihr gar nicht bewußt wurde, wie spät es schon war und daß Nicholai noch immer nicht zu endecken war.
Das große Konzert, bei dem eine gefeierte Sopranistin aufgetreten war, war gerade zu Ende gegangen. Die Raveneaus saßen mit Constanze in einer besonderen Loge.
»Ich ... ich glaube, wir sollten gehen«, meinte Constanze und zupfte nervös an ihrem weiten Ausschnitt. »Es belastet mich, daß ihr meinetwegen euren Abend geopfert habt ...«
Jessica und André tauschten amüsierte Blicke. »Du mußt dich erst noch an das Nachtleben in London gewöhnen, wie mir scheint. Als André und ich letztes Mal in Ranelagh waren, das ist ein Lustgarten weiter den Fluß hinauf, da war es drei Uhr morgens, als wir nach Hause zurückkehrten. Und wir waren nicht die letzten.«
»Aber – glaubt ihr wirklich, daß Nicholai noch kommen wird?«
»Natürlich.« Jessica hatte offensichtlich nicht die geringsten Zweifel.
Raveneau lehnte sich zurück und zündete sich eine Zigarre an. »Übrigens – ich habe gestern im Club gehört,

daß Beauvisage in der Saint James Street eine Wohnung gefunden hat. Sicherlich war er durch diesen Umzug verhindert, am Konzert teilzunehmen.«

Constanze sah auf die im silbernen Mondlicht liegenden Vauxhall Gardens. Ein mit Kies bestreuter Weg wurde von kunstvoll beschnittenen Hecken begrenzt und führte zu einem tempelartigen Pavillon. Die Blumenrabatten, Statuen und antiken Säulen wurden prächtig illuminiert.

Jessica drückte Constanzes kalte Hand. »Nach all der Mühe, die wir uns heute abend mit deinem Aussehen gemacht haben, muß Nicholai einfach kommen«, meinte sie.

Constanze sah in dem neuen Kleid wirklich hinreißend aus. Es war aus cremefarbener Seide und hatte auf dem weiten gebauschten Rock viele Rüschenketten. Eine goldene Schärpe betonte Constanzes schmale Taille. Der tiefe Ausschnitt war mit Spitze verziert. Die langen Ärmel ebenfalls.

Jessica hatte ihr ein wunderschönes Collier aus Diamanten, Saphiren und Perlen geliehen und die dazu passenden Ohrgehänge. Und an Constanzes Fingern blitzten Diamanten.

Goldene Schnüre waren in ihr blondes Haar eingeflochten. Sie trug es in anmutigen Locken, und es war von einem namhaften Coiffeur in der neuesten Mode frisiert.

Diese neue Haartracht veränderte sie sehr. Sie hatte nur sparsam Puder und Schminke benutzt. Doch mit ihrer natürlichen Schönheit und Anmut zog Constanze viele bewundernde Blicke auf sich.

Als sie die Enttäuschung sah, die sich im Gesicht der Freundin abzeichnete, wandte sich Jessica ihrem Mann zu: »Willst du nicht mal durch den Garten gehen? Vielleicht ist Beauvisage irgendwo – und versteckt sich vor der Comtesse?«

Raveneaus Blick glitt zu der Loge hin, wo Gabrielle Marchandon mit den Whitloafs saß. »Oh, ich glaube, die Mühe kann ich mir sparen,« meinte er.
Gabrielle erhob sich gerade. Sie trug ein auffallendes Gewand aus lavendelfarbenem Satin. Constanze, deren Blick der Frau folgte, setzte sich mit einem Ruck auf und starrte auf eine Baumgruppe. Mit zitternder Hand fuhr sie sich dann über die Augen.
»Meine Liebe, was hast du? Fühlst du dich nicht gut?« fragte Jessica besorgt.
»Es ist ... Da drüben steht Nicholai«, flüsterte Constanze mit bebenden Lippen.
»Wo? Ich kann niemanden sehen?«
»Im Schatten der Bäume da drüben.«
Jessica schüttelte den Kopf. »Ich kann nur eine dunkle Silhouette erkennen. Woher willst du sicher sein, daß es ...«
»Ich bin sicher«, erklärte Constanze so leise, daß man sie kaum verstehen konnte. »Ich wußte es schon, ehe ich ihn sah.«
»Typisch Frauen«, meinte André mit einem ironischen Lächeln. »Ihr habt in dieser Beziehung wirklich ganz besondere Fähigkeiten.«
Jessica gab ihm unwillig einen Stoß in die Seite. »Hör auf! Du weißt doch, welche Aufgabe du jetzt hast, oder?«
»*Mon Dieu!* Ich habe gehofft, daß ihr mich aus dieser Maskerade heraushaltet!«
Constanze fühlte sich scheußlich. Sie beobachtete, wie Gabrielle mit Nicholai im dichten Blätterwerk eines alten Baumes verschwand. Und plötzlich kam ihr alles, was sie in den letzten Wochen getan hatte, wie der reine Wahnsinn vor.
Als Jessica sie am Arm berührte, fuhr sie unwillig auf:

»Es ist einfach verrückt! Ich weiß nicht, was in mich gefahren ist, daß ich hierhergekommen bin!«
»Du bist hier, um den Mann zu erobern, den du liebst«, erinnerte Jessica sie. »Verlier jetzt im entscheidenden Augenblick nicht die Nerven! André ist doch immer in deiner Nähe. Wir haben unseren Plan genau durchdacht. Es wird mit Sicherheit nichts schiefgehen.«
André, der die Panik in Constanzes Augen sah, beugte sich vor und tätschelte beruhigend ihre Hand. »Nur Mut!« Er schenkte ihr sein strahlendes Lächeln. »Habe ich Ihnen schon gesagt, daß Sie die Schönste hier weit und breit sind, Fräulein Amstetten? Darf ich um die Ehre bitten, Sie zu einem Spaziergang im Mondschein einzuladen?«
Constanze seufzte laut. Sie schluckte nervös zu Jessica hin.
»Ich kann nicht . . .«
»Du wirst es schon großartig machen. Ich bin ganz sicher.« Jessica gab ihr einen kleinen Stoß. »Nun geht!«
Raveneau half Constanze beim Aufstehen und zog dann ihre bebende Hand durch seinen Arm. Er sah unwahrscheinlich attraktiv aus an diesem Abend. Er trug einen taubenblauen Rock zu der Hose aus dem gleichen Stoff, eine dunkelblaue Weste und eine weiße Krawatte, die seine tiefe Bräune unterstrich. Es entging Constanze nicht, daß ihnen ständig neugierige Blicke folgten.
»Kennst du diese Leute?« fragte sie leise.
»Nein. Dafür sind wir zu selten in London. Man beneidet dich offensichtlich um mich . . .« André grinste. »Man wird glauben, daß ich eine Affäre mit dir habe . . .«
Constanzes Gesicht glühte. Doch ihre Hände waren vor Aufregung eiskalt. »Ich komme mir unmöglich vor. So herausgeputzt. Und mit der Schminke und Jessicas

Schmuck! Das sind doch Tricks, um einen Mann zu gewinnen.«
»Nein, du bist nur eine Frau mit Mut, die um ihre Liebe kämpfen will. Wo bleibt denn deine Selbstsicherheit? Ich muß mich doch sehr über Sie wundern, Fräulein Amstetten.«
»Ich habe einfach Angst, daß Nicholai mich auf den ersten Blick erkennen wird. Vielleicht lacht er mich aus?«
Im stillen gab Raveneau ihr recht. Selbst wenn sie ihr Gesicht hinter einem Schleier versteckt und sie sich in ein unförmiges Cape gehüllt hätte, er hätte sie erkannt. Aber nachdem sich die beiden Frauen nun wochenlang mit ihrem Plan beschäftigt hatten, wollte er sie nicht unsicher machen. »Unsinn«, meinte er. »Viel Gespür haben wir Männer in solchen Dingen nicht. Jedenfalls längst nicht soviel wie Frauen. Du sprichst und siehst ganz anders aus als Constanze. Aber eine gewisse Ähnlichkeit wird für Beauvisage eher reizvoll sein.«
Er spürte, wie sich Constanzes Finger um seinen Arm krampften. Und als er aufblickte, stellte er fest, daß sie nur wenige Meter von Beauvisage und der Französin entfernt waren.
»Starr nicht so hinüber!« raunte er Constanze zu.
Constanze konnte nur nicken. Wieder schluckte sie mühsam.
»Er sieht wirklich sehr gut aus«, meinte André anerkennend.
Constanzes Blick hing an Nicholais breiten Schultern und schmalen Hüften. Im Mondlicht schimmerte sein Haar.
»Ja, es kommt mir so vor, als sähe er noch besser aus«, murmelte sie.
»Je weiter entfernt, desto tiefer im Herzen«, sagte An-

dré trocken. »*Chérie,* jetzt muß ich aber verlangen, daß du nur noch Augen für mich hast.«

Constanze beobachtete, wie Gabrielle über Nicholais Wangen streichelte. Ihr stockte der Herzschlag. »Ja, Kapitän Raveneau«, flüsterte sie. »Welche Frau kann Ihnen schon widerstehen?« Sie sprach wieder mit dem Akzent, den sie zur Tarnung angenommen hatte. Strahlend lächelte sie André an. »Wenn wir doch nur allein sein könnten ...«

Sie waren nicht mehr weit von dem Paar entfernt. Und Raveneau fand plötzlich Gefallen an dem Spiel. Er zog Constanzes Hände an die Lippen und küßte sie. Seine weißen Zähne blitzten, als er sie anlächelte.

»Fräulein Amstetten, ich wünsche mir genau so sehr wie Sie, daß wir allein sein könnten. Aber leider – wir werden beobachtet. Lächle auch du so, als würde dir mein Annäherungsversuch gefallen ...« Die letzten Worte hatte er ihr leise zu geflüstert, denn er hatte gesehen, daß Nicholai zu ihnen herübersah.

Nach einem ungläubigen Blick wandte sich Nicholai wieder Gabrielle zu und versuchte, sich auf das zu konzentrieren, was sie sagte. Doch es gelang ihm nicht. Diese Frau, die er da mit André Raveneau sah, erinnerte ihn auf fatale Weise an Constanze!

Zuerst diese Vision von heute morgen und nun das! Drehe ich allmählich durch? fragte sich Nicholai.

Er sah wieder hinüber und schüttelte dabei leicht den Kopf. Es war unmöglich – und doch ... diese Frau trug ein Kleid aus teurem Stoff und nach der letzten Mode. An ihrem Hals und ihren Händen blitzten Diamanten. Die Farbe ihres Haares konnte er in der Dunkelheit nicht richtig erkennen. Und es war auch nach der letzten Mode frisiert. Und dann flirtete diese Fremde kokett mit einem verheirateten Mann. Die Zeit hier

in London scheint meinem Verstand tatsächlich geschadet zu haben! dachte Nicholai.
»Mon cher...«, sagte Gabrielle mit leichtem Vorwurf. »Hörst du mir überhaupt zu? Warum siehst du zu diesen Leuten hinüber?«
Sie war schon so enttäuscht, weil Nicholai zu spät gekommen war. Sie hatte sich alles so schön zurechtgelegt, wie sie ihn wieder in sich verliebt machen wollte. Und nun hatte Nicholai nichts Besseres zu tun, als zu dieser Österreicherin hinüberzusehen!
»Ich...« Nicholai geriet einen Moment aus der Fassung. »Ich wollte gern mit André Raveneau sprechen...« Er hielt mitten im Satz inne, weil ihm plötzlich der Gedanke gekommen war, daß diese geheimnisvolle Fremde vielleicht Raveneaus Frau war.
Als er hörte, wie sein Name genannt wurde, drehte Raveneau sich um. »Sehe ich richtig? Beauvisage? Was für eine Überraschung!«
»Freut mich, Sie zu treffen.« Nicholai strahlte und nahm Gabrielle am Arm, um zu dem anderen Paar hinüberzugehen.
»Wenn ich gewußt hätte, daß Ihre Gattin eine solche Schönheit ist, hätte ich sicher dafür gesorgt, daß wir uns eher einmal treffen.«
Raveneau war einen Moment verblüfft. Dann lächelte er. »Diese hinreißende Dame ist nicht meine Frau, sondern eine sehr gute Freundin von uns beiden. Darf ich Ihnen Fräulein Giselle Amstetten vorstellen? Der schreckliche Aufruhr in Europa hat sie gezwungen, nach London zu flüchten. Wir wollen ihr helfen, sich hier in der Gesellschaft wohl zu fühlen.«
Er sah Constanze an, die unter Nicholais prüfendem Blick die Lider gesenkt hatte. »Dieser Herr ist Nicholai Beauvisage...«

Da Nicholai sie nicht vorstellte, mischte sich jetzt Gabrielle ein: »Ich bin die Comtesse de Louviers, Monsieur. Fräulein Amstetten und ich sind uns schon begegnet.« Sie hielt André Raveneau die Hand hin und schenkte ihm ihr verführerisches Lächeln.
Als Nicholai sah, daß Gabrielle abgelenkt war, beugte er sich über Constanzes Hand. Es gelang ihr irgendwie, nicht zu zittern, als sie seine Lippen auf ihrer Haut spürte. Doch als er ihre Finger nicht losließ, spürte sie ein Prickeln, das ihren ganzen Körper erfaßte.
Viele Wochen hatte sie sich nach Nicholai gesehnt! Mein Körper wird mich verraten, dachte sie voller Panik.
»Ich bin dem Schicksal dankbar, daß ich Ihnen begegnen durfte«, sagte Nicholai.
Unter seinem prüfenden Blick mußte sich Constanze mit aller Gewalt zusammenreißen. Sie flüchtete sich in ein hinreißendes Lächeln, das Jessica so oft mit ihr geübt hatte. Dann sah sie wieder zu Boden. »Sehr freundlich, Herr Beauvisage.«, murmelte sie. Dabei verstellte sie auch ihre Stimme.
Nicholai glaubte, daß dies alles ein Traum sein mußte. Er sah in Constanzes Augen, und er glaubte, auch ihre Hand geküßt zu haben. Die Nase, die Wangenknochen, der schlanke Hals, die weichen Rundungen der Brüste . . . aber sie konnte es nicht sein. Niemals würde sie ein solches Kleid und so kostbare Juwelen tragen.
»Hier bist du, André!« Eine Gestalt kam über den Rasen auf sie zu. »Ich dachte schon, ihr beide habt euch verlaufen. Warum habt ihr nicht auf mich gewartet?«
Nicholais Aufmerksamkeit wurde von der Dame abgelenkt, die André Raveneau als seine Frau vorstellte. Die goldblonden Locken und graziösen Bewegungen erinnerten ihn an . . . er wußte es nicht mehr. Seine Verwirrung war zu groß.

»Entschuldigen Sie, daß ich meinen Mann für ein paar Minuten entführe?« fragte Jessica lächelnd. Sie schob den Arm unter Andrés und zog ihn mit sich. Dann drehte sie sich noch einmal um. »Ach, beinahe hätte ich es vergessen ... Comtesse, ich hörte eben, daß der Prinz nach Ihnen fragte ...«
»Der Prinz?« rief Gabrielle aufgeregt. »Ich wußte gar nicht, daß er heute hier ist!«
»Doch, ich sah ihn dort ...« Jessica machte eine vage Handbewegung.
Sekunden später fand sich Constanze allein mit Nicholai in der vom Mondlicht verzauberten Vauxhall Gardens wieder ...

41. KAPITEL

4. September 1793

Nicholai zog ›Giselle Amstetten‹ in eine höfliche Unterhaltung, während er mit ihr einen von hohen Bäumen überschatteten Fußweg entlangging.
Constanze hatte mit Jessica die Geschichte ihrer Vergangenheit fast täglich wiederholt, von ihren reichen Eltern, dem Schloß ihrer Ahnen und ihren Reisen in alle großen Städte Europas.
»Was wurde aus Ihren Eltern?« wollte Nicholai wissen.
»Sie blieben daheim. Unser Schloß liegt sehr einsam und ist einigermaßen sicher.«
»Sie werden Sie sicherlich sehr vermissen«, meinte Nicholai höflich. Doch er studierte dabei ihr Gesicht und die Linie ihres Nackens.
»Nicht sehr«, antwortete Constanze. »Wir waren uns in den letzten Jahren etwas fremd geworden. Ich lebte

auch nicht gern so einsam. Dorthin verirrt sich kein Prinz. Da wäre ich zu dem Los verdammt, eine alte Jungfer zu werden.«
Constanze fühlte sich immer entspannter. Sie war so glücklich, in Nicholais Nähe zu sein. Doch sie mußte sich immer wieder daran erinnern, ihre Rolle auch überzeugend zu spielen.
Sie merkte, daß Nicholai sie ständig verstohlen betrachtete. Und schließlich konnte sie es sich nicht verbeißen zu fragen: »Stimmt etwas nicht an mir?«
Er blieb stehen und ergriff ihre Hand.
»Nein, nein. Im Gegenteil. Nur – Sie erinnern mich an jemanden ... jemanden, den ich einmal gekannt habe.«
Einen Moment war Constanze von diesem Worten wie vor den Kopf geschlagen. Er sprach so, als sei sie nur eine Zufallsbekanntschaft gewesen! Etwas wie Eifersucht erfaßte sie. Eifersucht auf die Giselle Amstetten. Es war absurd.
»Kann es sein, daß Sie ohne Beschützer sind? Sicherlich gibt es doch einen Kavalier, der irgendwo auf Sie wartet ...«
»Aber Herr Beauvisage! Darüber sollten Sie sich keine Gedanken machen!« hörte sie sich ruhig antworten, dabei schlug ihr Herz wie verrückt.
»Falls Sie es noch nicht wissen, Fräulein Amstetten, es ist hier in London nicht üblich, daß eine junge Dame am Abend allein ausgeht ...« Nicholai nutzte das Licht einer Lampe aus, um sich eine Cheroot anzuzünden. »Ich wollte eigentlich nur sicher sein, daß hier nicht irgendwo ein eifersüchtiger Verlobter aus dem Gebüsch springt und mich zu einem Duell fordert. Dafür habe ich im Augenblick nämlich keine Zeit.«
Constanze sah ihn ärgerlich an. »Damit Sie es ganz ge-

nau wissen: hier lauert kein Verlobter, weil es nämlich keinen gibt. Und außerdem – ich bin Witwe.«

»Nein! Wie tragisch!« Seine Anteilnahme schien echt.

»Mein Mann starb letztes Jahr. Ich versuchte, durch viele Reisen Vergessen zu finden. Als ich nach London kam, beschloß ich, hier ein neues Leben zu beginnen. Deshalb nahm ich meinen Mädchennamen wieder an.«

»Wie traurig«, wiederholte Nicholai. Aber diesmal blitzte es in seinen Augen verhalten auf.

Constanze kannte ihn gut genug, um den Spott in seiner Stimme zu hören. »Ja, das ist es. Sie werden das verstehen, wenn Sie auch einmal von einem schweren Verlust betroffen werden.«

Constanze war so abgelenkt, daß sie nicht merkte, wie Nicholai mit ihr auf eine der verschwiegenen Grotten zusteuerte..

»Haben Sie sich noch nie von einem Menschen trennen müssen? Von einer Frau, die Sie liebten, Herr Beauvisage?« fragte sie.

»Von der Liebe weiß ich nur wenig. Und über ein so schwerwiegendes Thema sollte man in einer so herrlichen Nacht wie dieser nicht reden.« Nicholai führte Constanze in die tiefe Dunkelheit. »Da gibt es andere Aspekte der Liebe, die mich mehr interessieren.«

Constanze wollte etwas sagen, aber ihr Hals war wie zugeschnürt. Und was ist mit mir? Mit Constanze Hahn, die du in Philadelphia zurückgelassen hast? Schrie es in ihr.

Warum sprach Nicholai so zynisch über Liebe? Hatte sie sich doch in ihm geirrt?

Er sah das Blitzen in ihren Augen und lehnte sich gegen die Wand der Grotte. Sie war mit Efeu und Wein überrankt und weich wie ein Kissen. Dann streckte er die Arme nach Constanze aus und zog sie an sich.

»Entspannen Sie sich«, raunte er ihr zu. »Ich weiß, was Sie entbehren mußten, seit Sie Ihren geliebten Ehemann verloren haben, und wie sehr Sie ihn vermißten. Ich möchte nur den furchtbaren Schmerz erträglicher machen, von dem Sie vorhin sprachen.«
Constanze war so überrascht, daß sie sich nicht rühren konnte. Ehe sie richtig begriff, was geschah, hielt Nicholai sie fest umschlungen. Sie war auch machtlos gegen das Gefühl, das sie erfaßte, als sie Nicholais Hände auf der nackten Haut ihres tiefen Rückenausschnitts spürte.
»Ich . . .«, keuchte sie. »Sie . . .«
»Ja, meine Liebe . . .« murmelte er. Und dann verschloß er ihre Lippen mit einem heißen Kuß.
Es kam Constanze wie eine Ewigkeit vor, daß sie seine Lippen nicht gefühlt hatte.
Trotzdem gelang es ihr, sich von Nicholai zu lösen. Ihr Atem ging schwer. Und sein Arm gab ihre Taille nicht frei. Um Constanze drehte sich alles, so daß sie sich an seine breite Brust lehnen mußte.
Es dauerte einige Minuten, bis sie in der Lage war, in seine grünen Augen zu sehen, die amüsiert auf sie niederblickten.
»Wie . . . wie können Sie es wagen«, keuchte sie schließlich.
»Ich konnte nicht widerstehen . . .« Er strich mit einer Hand über ihren entblößten Rücken.
Constanze fing an zu zittern. »Ich habe es Ihnen nicht gestattet . . .«
Er lachte leise. »Ich habe ja auch nicht gefragt . . .«
Ein Stöhnen kam aus Constanzes Kehle, als er ihren Mund wieder mit einem stürmischen Kuß verschloß. Das Spiel seiner Zunge war so aufreizend, daß sie alle Mühe hatte, sich nicht sehnsüchtig an ihn zu pressen.
Sie wurde wie in einen Strudel gerissen. Ihre Sehnsucht

flammte so heftig auf, als Nicholais Lippen ihren Hals entlangglitten, daß sie die Arme um seinen Nacken legte.
Wie durch einen Nebel sah sie seine braunen Finger auf dem hellen Stoff über ihren Brüsten. Nicholai befreite eine Brust aus dem engen Mieder und knetete das weiche Fleisch. Constanze erschauerte vor Erregung.
»Nein . . . das dürfen . . .«
Sie stöhnte, als er sich niederbeugte, um die rosigen Brustwarze zu küssen. Constanze spürte, wie sich auch Nicholais Erregung steigerte. Sie fühlte sein hartes Glied durch ihren Rock. Trotzdem schob er ihre Brüste wieder in ihre seidige Umhüllung.
»Wenn Sie es nicht wollen, Fräulein . . .«, sagte er so respektvoll, wie Constanze ihn noch nie hatte sprechen hören. Sie wünschte sich, sein Gesicht sehen zu können.
»Verhalten Sie sich allen Frauen gegenüber so, die sie gerade kennengelernt haben?« fragte sie.
Ein silbriger Strahl des Mondes fiel auf sein männlich-markantes Gesicht. Constanze sah seine weißen Zähne blitzen. Noch immer hielt sein Arm sie fest.
»Nicht immer, Fräulein Amstetten. Nur wenn ich spüre, daß die Dame dringend etwas Zuneigung braucht . . .«
Sie sehnte sich so danach, wieder in seinen Armen zu liegen. Doch sie durfte es ihm nicht zeigen.
»Stehen Sie deshalb auch mit der Comtesse de Louviers in Verbindung, Herr Beauvisage?« fragte sie. Mit dieser Frage zerstörte sie den geheimnisvollen Bann der Stunde. »Sie müssen sich wie ein Wohltäter vorkommen.«
Nicholais Stirn runzelte sich. »Darf ich fragen, womit Sie Ihr Verhalten erklären?« knurrte er.
»Ich weiß nicht, was Sie damit meinen!« Constanze war verstört, weil Sie so unüberlegt gehandelt hatte, daß sie sich nur noch mühsam beherrschte.
»Ich muß vermuten, daß Sie auch bei dem Mann Ihrer

Freundin bestimmte Dinge gesucht haben. Vielleicht eine Liebesnacht hier in dem verschwiegenen Garten?«
Constanze hätte vor Enttäuschung am liebsten geweint. Nun war alles verdorben. Sie und Jessica hatten gehofft, Nicholai wahnsinnig eifersüchtig zu machen, wenn er sie mit André sah.
»Sie gehen zu weit, mein Herr!« fuhr sie ihn an. »Sie sind unglaublich überheblich! Lassen Sie mich sofort los!«
Sofort ließ er die Hände sinken. Constanze holte aus und schlug ihm ins Gesicht. Dann drehte sie sich auf dem Absatz um, raffte ihre Röcke und floh.
Nicholai stand da und rührte sich nicht. Er sah der zarten Gestalt nach, die zwischen den Bäumen verschwand. Dann faßte er sich an die Wange. Ein Lächeln umspielte dabei seine Lippen.

Jessica lehnte sich an ihren Mann und hielt ihm den Mund zu. »Still. Sie sollen uns nicht bemerken.«
Sie standen hinter einer Hecke und lauschten den Stimmen, die sich näherten. Aus den Schatten der Lauben und Nischen hörte man immer wieder leises Liebesgeflüster.
»Steht es wirklich so schlecht zwischen dir und Nicholai?« fragte Angélique und nahm den Arm der Freundin. »Ich muß vermuten, daß er lange nicht in dein Bett gekommen ist, wenn du so auf die Liebespaare hier im Garten reagierst. Es ist . . .«
Gabrielle brachte es nicht fertig, Angélique zu gestehen, daß Nicholai nur ein einziges Mal seit seiner Ankunft in London mit ihr geschlafen hatte. Und auch dabei hatte sie gespürt, daß er mit seinen Gedanken ganz woanders gewesen war. »Ich weiß auch nicht, was er hat . . .«
Gabrielle hielt wieder inne, als das leise Lachen einer

Frau an ihre Ohren klang. »Ich habe England satt«, sagte sie mißmutig. »Das ist alles. Und was Nicholai angeht . . . ich gebe zu, daß es Probleme in unserer Beziehung gibt, aber das hat irgendwie mit seinem neuen Leben in Amerika zu tun. Er hat sich verändert.«

»Meinst du, er hat sich in eine andere Frau verliebt?« wollte Angélique wissen. »Drüben in Amerika?«

»Das glaube ich nicht, dann wäre er doch nicht nach England gekommen, sondern in Philadelphia geblieben.«

»Du meinst, daß er gekommen ist, um dir zu helfen, obwohl sich seine Gefühle für dich geändert haben?«

»Da bin ich ganz sicher. Mir ist ja auch nichts so wichtig, wie Henri zu finden. Wenn er mir dabei hilft, interessiert es mich nicht, ob er etwas für mich empfindet oder nicht.«

»Ach, du lügst.« Angélique lachte. »Du vergehst doch vor Sehnsucht nach ihm – seit er hier ist.«

»Ich gebe zu, daß Nicky ein weit besserer Liebhaber ist als all die anderen Männer, die ich kenne . . .«

»Und?«

»Und daß er unwahrscheinlich attraktiv ist. Aber er würde mich niemals heiraten. Und wenn doch – wir würden nicht zusammen passen. Er heiratet nur die Frau, die er wirklich liebt. Ich kann seine Bedingungen nicht erfüllen. Ich brauche meine Freiheit. Eigentlich war es nur der Reiz des Verbotenen, der Nicky und mich in Frankreich zusammengebracht hat. Ja, das waren aufregende Zeiten. Diese heimlichen Treffen und heißen Liebesstunden. Die Königin hätte ihren schönsten Diamanten für eine Liebesnacht mit Nicholai Beauvisage hergegeben.«

Angélique sah ihre Freundin prüfend an. »Aber du möchtest lieber Henri heiraten und nicht Nicholai . . .?«

»Ich ziehe die bessere von zwei Partien vor.« Gabrielle blieb stehen und lehnte sich an den Stamm eines Baumes. Sie warf einen Blick zu dem Liebespaar vor einer Hecke hinüber. Der Mann knöpfte gerade das Kleid seiner Liebsten auf. Gabrielle spürte ein heftiges Ziehen in ihren Schenkeln.

»Ach so, du suchst die Sicherheit bei einem reichen Mann und nicht die aufregenden Liebesnächte mit einem gutaussehenden Liebhaber?« fragte Angélique leise.

»Mach mir keine Vorwürfe. Du hast Dudley doch aus dem gleichen Grund genommen. Du hast ihn so in die Heirat gedrängt, daß er gar nicht wußte, wie ihm geschah.«

»Ich habe es nicht nötig, mir diesen Unsinn von dir anzuhören!« fuhr Angélique heftig auf. »Du hast Nicholai gedrängt, daß er herkommt, um dir zu helfen, deinen Bruder zu finden. Und er ist gekommen, weil er gedacht hat, daß du ihn noch liebst. Nun stellst du fest, daß sein Herz bei einer anderen ist. Das hat dich enttäuscht. Ich weiß es. Es ging gegen deinen Stolz. Was meinst du, was Nicholai sagen würde, wenn er erfährt, daß dein Bruder ein Opfer der Guillotine geworden ist und daß es der Comte de Louviers ist, den du in Frankreich suchen willst?«

»Henri ist vielleicht auch schon tot«, antwortete Gabrielle kleinlaut.

»Aber wenn er noch lebt, wird dir dein Mann ein Leben in Luxus bieten können. Das Gold und die Juwelen hat er ja gut versteckt, als die Revolution ausbrach.«

»Ich lasse nicht zu, daß du mich so beleidigst, Angélique! Ich bin die Comtesse, und Henris Vermögen gehört mir. Du hast auch nur an das Geld gedacht, als du Dudley geheiratet hast.«

Angélique holte tief Luft. »Ich bin ihm aber eine treue Ehefrau. Ich habe mir nie einen Liebhaber genommen wie du! Du kannst nicht einmal deinem Liebhaber gegenüber ehrlich sein. Was willst du tun, wenn Henri doch nicht mehr lebt?«

»Dann heirate ich Nicholai. Er ist ja auch kein armer Mann.« Gabrielle lächelte.

»Du glaubst, daß er dich heiratet, nachdem du ihn so belogen hast?«

»Ach, ich kenne Mittel, mit denen man auch den wütendsten Mann beruhigt.« Gabrielles Blick ging wieder zu dem Liebespaar hin. »Es wird schon alles gut ausgehen. Und wir beide sollten uns nicht streiten.«

Sie nahm Angéliques Arm. »Komm, dein Mann wartet sicherlich schon auf uns.«

»Hast du genug gehört?« fragte André seine Frau, als die beiden fort waren.

Er zog sie fester an sich und führte sie unter das Blätterdach einer Trauerweide. »So, der Rest der Nacht gehört nun aber uns allein.«

Während er ihr den Mund mit einem harten Kuß verschloß, öffneten seine Hände ungeduldig ihr Kleid. »André«, schimpfte Jessica, als der Stoff gefährlich riß.»Was machst du da?«

»Ich will deine Brüste küssen, Chérie.« Er drückte sie ins Gras und begann an den rosigen Warzen zu saugen. Seine Hände schoben den Rock ihres Kleides hoch und streichelten dann ihre Schenkel.

»André!« keuchte Jessica. Sie merkte, wie ihre Erregung immer mehr wuchs.

»Zieh dieses Ding aus«, forderte er mit vor Verlangen rauher Stimme.

»Du willst mich nackt?«

»Eine großartige Idee, *ma petite.«* André lachte leise.

Er zog seinen Rock aus und legte ihn ins Gras. Jessica entledigte sich ihrer Strümpfe und Unterwäsche.
»Warum gehen wir nicht nach Hause in unser Bett?« fragte sie leise.
»Weil in der Liebe auch eine Abwechslung sehr reizvoll sein kann«, meinte André, und dann küßte er sie so wild, daß ihr fast der Atem ausging.

42. KAPITEL

4. September 1793

Constanze saß im Eßzimmer und trank ihren Tee. Immer wieder warf sie einen Blick auf die Uhr.
»Ist was?« fragte Mouette Raveneau und berührte sanft ihren Arm.
»Sie guckt dauernd zur Uhr«, mischte sich Nathan ein und übersah den tadelnden Blick seiner Schwester. »Das macht mich ganz verrückt.«
»Oh, das tut mir leid, Nathan.« Constanze sah lächelnd zu Mouette und Halsey Minter hin, die auch am Tisch saßen. »Das ist mir gar nicht klar geworden. Aber ich stelle fest, daß es schon nach neun Uhr ist, und wir wollten doch ausreiten. Wo können eure Eltern nur sein?«
Sie hatte bei ihrer Frage Mouette angesehen. Doch Nathan gab ihr die Antwort. »Wahrscheinlich küssen und lieben sie sich noch und all solche Sachen.« Er tat so, als berichte er etwas für ihn völlig Normales.
»Es ist doch noch sehr früh«, meinte Mouette. »Papa und ich sind gestern erst um zehn Uhr aus dem Haus gegangen. Und es war gegen halb elf, als wir Mister Beauvisage im Hyde Park trafen.«
Constanze wurde rot. Minter, der damit beschäftigt war,

eine große Portion Schinken und Eier zu essen, grinste vor sich hin.
Minter gehörte zu dem Plan, den sie für heute auf dem Progamm hatten. Er sollte sich neben Jessica halten, während Constanze und André vorausreiten und so Nicholai zuerst entdecken sollten. Nicholai sollte wieder vorgetäuscht werden, daß Constanze mit Raveneau einen Flirt hatte.
Sie hatte jedoch Zweifel, ob er wie erwartet eifersüchtig reagieren würde. Seit ihrem nächtlichen Rendezvous waren gerade zwei Tage vergangen. Die Zeit war Constanze wie eine Ewigkeit vorgekommen.
Ein leises Lachen war von der Treppe her zu hören. Constanze entspannte sich. »Sie kommen«, sagte sie.
Als die Raveneaus in der Tür erschienen, war sie jedoch enttäuscht. Jessica trug ein Morgenkleid aus pfirsichfarbenem Satin, ihr Mann Reithose, Stiefel und ein am Hals offenes Hemd.
»Guten Morgen, alle zusammen!« rief Jessica strahlend. Sie nahm auf dem Stuhl Platz, den André ihr zurechtrückte, und lächelte in die Runde.
Als ihr Blick dem von André begegnete, leuchteten ihre blauen Augen auf. Er hauchte einen Kuß auf ihre schimmernden Locken und nahm dann ebenfalls Platz.
»Hm, die Eier und der Schinken duften aber gut«, meinte Jessica. »Seid ihr etwa schon fertig mit Frühstücken? Wie spät ist es denn?«
»Gleich halb zehn«, sagte Constanze und dachte im stillen: sie werden niemals rechtzeitig fertig sein. Sie hatte die ganze Nacht kein Auge schließen können, weil sie so aufgeregt war, Nicholai wiedersehen zu können. Nun schwand ihre freudige Erwartung jäh. Es würde noch ein deprimierender Tag vergehen, ohne daß sie seine Stimme, seine Nähe genießen konnte.

»André, wir haben die Zeit verschlafen«, sagte Jessica. Er sah sie lächelnd an und streichelte unter dem Tisch ihren Schenkel. Jessicas Gesicht rötete sich. Hastig beugte sie sich vor, um sich etwas Ei und Schinken zu nehmen.
»Na, man kann zumindest sagen, daß Sie beide gut ausgeruht aussehen«, meinte Minter mit einem Grinsen.
Jessica hörte gar nicht hin. Sie schien auch nicht zu merken, daß eines der Serviermädchen ihr Tee einschenkte. Wie hübsch Constanze heute morgen aussieht, dachte sie – und wie erwartungsvoll.
Das blaue Reitkleid mit den weißen Streifen war ganz schlicht geschnitten. Und der dazu passende Hut lag schon bereit.
»Wenn wir Mister Beauvisage treffen wollen, müssen wir uns sofort ankleiden«, sagte sie und erhob sich.
»Du hast noch keinen Bissen gegessen«, protestierte ihr Mann. »Du hast doch eben noch gesagt, daß du solchen Hunger hast.«
»Ach, jetzt nicht mehr. Das Ausreiten ist mir wichtiger. Iß du schnell etwas. Ich erwarte dich in fünf Minuten oben und werde deinen Rock schon bereithalten.«
Minter lachte leise vor sich hin. »Ich kann es gar nicht erwarten, meine große Rolle zu spielen. Wann kann ich schon mal vor den Augen des großen Kapitäns Raveneau mit seiner Frau flirten?«
»Treib das Spiel nicht zu weit, verstanden?« warnte André.
»Am liebsten käme ich auch mit«, sagte Mouette. Sehnsüchtig sah sie ihren Vater an.
»Heute nicht, *ma fille*«, antwortete Raveneau. »Um zehn kommt dein Lehrer ...«
Sie seufzte schwer. »Ich weiß. Aber ich würde Mister Beauvisage wirklich gern wiedersehen.«

Constanze, die gerade ihren Hut aufnehmen wollte, sah das Mädchen überrascht an. »Warum, Mouette?«
Schwärmerisch verdrehte Mouette die Augen. »Ich finde, er ist der attraktivste Mann, den ich je gesehen habe, und der eleganteste. Wenn er einen anlächelt, wird es einem innen ganz warm. Und als er mich angesehen hat, fühlte ich mich richtig schön und begehrenswert. Und gar nicht mehr wie ein Kind.«
»Ach, du liebe Güte«, stöhnte Raveneau. »Dann werde ich meine Anstrengungen, Constanze und diesen faszinierenden Beauvisage zusammenzubringen, ja noch verdoppeln müssen, ehe er meine Tochter verführen kann.«
Es gab ihm einen schmerzlichen Stich im Herzen. Es war noch nicht lange her, da hatte Mouette erklärt, daß es keinen schöneren Mann in der ganzen Welt geben könnte als ihren Vater.
»André!« rief Jessica von oben.
Er stand auf und warf seine Serviette auf den Stuhl. Mit großen Schritten verließ er den Raum, wobei er den Kopf schüttelte.

Der Hyde Park war an diesem Septembermorgen wie ein grünes Paradies. Überall blühten Blumen in verschwenderischer Fülle.
Der Herbst liegt schon in der Luft, stellte Nicholai fest. Er wirkte lässig und entspannt, während er seinem grauen Schimmel zusah, der friedlich graste.
Nicholai trug enganliegende weiße Reithosen, einen flaschengrünen Rock, eine etwas hellere Weste und ein weißes Hemd mit Krawatte. Abwesend schlug er sich mit der Reitgerte immer wieder gegen einen seiner Stiefel.
Als er jedoch zwischen den Bäumen einen Schimmer von rotgoldenem Haar erspähte, spannte sich sein Körper wie der eines zum Sprung ansetzenden Tigers. Er

schwang sich in den Sattel. Sein Herz klopfte aufgeregt. Gleich würde er Jessica Raveneau begegnen. Aber wer begleitete sie?
Das Haar des Mannes leuchtete rötlich. War das Jessicas Bruder? Nein, er beobachtete Gesten, die nichts Geschwisterliches hatten. Und wieder einmal wunderte sich Nicholai, was für eine Ehe die Raveneaus führen mochten.
Das Paar war jetzt nicht mehr weit von ihm entfernt. Jessica hatte Nicholai längst entdeckt.
»Ah, Mister Beauvisage!« Sie senkte die langen Wimpern und lächelte verführerisch.
»Ihr Erinnerungsvermögen ist genauso bemerkenswert wie Ihre Schönheit, Madame Raveneau«, antwortete Nicholai schmeichelnd. Er brachte sein Pferd neben ihres und griff nach ihrer Hand, um einen Kuß darauf zu hauchen.
Zu ihrer Überraschung spürte Jessica ein Prickeln auf der Haut bei seiner Berührung. Das Blut stieg ihr in die Wangen, und sie drehte sich schnell zu Minter um.
»Kennen Sie Mister Minter?« fragte sie. »Er ist ein reicher Händler aus Williamsburg in Virginia. Halsey, das ist Nicholai Beauvisage.«
Minter konnte nur mit Mühe ernst bleiben. Ein reicher Händler! Er neigte vornehm den Kopf und murmelte: »Ein Vergnügen, Sie kennenzulernen, Sir.«
Nicholai antwortete mit einem kurzen Kopfnicken und wandte sich dann Jessica wieder zu. »Ist Ihr Gatte so beschäftigt, daß er Sie nicht begleiten konnte?«
»Oh, André muß gleich kommen – es sei denn, er und Fräulein Amstetten haben sich verirrt...«
Minter konnte sich nicht verkneifen zu fragen: »Schon wieder?«
Nicholais Augen verengten sich, als er jetzt das zweite Paar zwischen den Bäumen herankommen sah. Er hör-

te, daß Jessica Raveneau und ihr reicher Freund sich verabschiedeten. Grüßend hob er die Hand. Doch sein Blick ließ die sich nähernden Reiter nicht los.
Hingerissen betrachtete er die schlanke Gestalt im blauweißen Reitkleid. Sie ritt einen herrlichen braunen Rappen. Gerade lachte sie über etwas, das Raveneau gesagt hatte. Doch Nicholai war sicher, daß sie ihn schon gesehen hatte. *»Regardez!«* rief Raveneau. »Was für ein Zufall! Giselle, *chérie,* erinnerst du dich, daß wir Monsieur Beauvisage schon getroffen haben?« Gekonnt spielte André seine Überraschung.
»Die Welt ist wirklich klein«, meinte Constanze, während sie Nicholai ansah. »Wir begegneten uns bereits. Ich vermute, daß Sie sich inzwischen von der langen Nacht in Vauxhall Gardens erholt haben.«
»Ja, denn ich amüsierte mich sehr gut, Fräulein Amstetten.« Nicholai tat, als lauschte er. »Ruft da nicht Ihre reizende Gattin, Kapitän Raveneau?« fragte er.
André verbiß sich ein Grinsen und nickte. »O ja. Vielen Dank.« Mit blitzenden Augen sah er Constanze an. »Macht es dir etwas aus, wenn ich dich für einen Moment mit Monsieur Beauvisage allein lasse?«
Auch Constanze hatte Mühe nicht zu lachen. »Nein, nein«, sagte sie. »Reite nur zu ihr. Ich finde den Weg zurück auch selbst.«
Und dann waren sie allein.
»André und Jessica Raveneau führen eine ungewöhnliche Ehe«, meinte Nicholai.
»Das stimmt.« Es war Constanze klar, daß Nicholai es anders meinte als sie. Doch ehe er weiter auf dieses Thema eingehen konnte, fragte sie: »Wie ist es Ihnen ergangen?«
Sie sah, wie sich sein Mund zu dem ironischen Lächeln verzog, das sie nur zu gut kannte. »Es ist gerade zwei

Tage her, daß wir uns trafen. Was sollte sich da ereignet haben?« Ihr Herz krampfte sich vor Sehnsucht nach ihm zusammen. Doch sie gab sich ruhig und distanziert.
»Wirklich? Es kommt mir viel länger vor.«
»Fräulein Amstetten, Sie tun mir weh!« Sein Blick strafte seine Worte Lügen.
Statt einer Antwort setzte Constanze ihr Pferd wieder in Bewegung. Nicholai folgte ihr zu einer weiten Rasenfläche. Als ihre Pferde stehenblieben und zu grasen begannen, stieg Nicholai ab und half Constanze ebenfalls aus dem Sattel.
»Wollen Sie mit mir über irgend etwas sprechen?« fragte sie. Seine Hände auf ihrer Taille schienen durch den Stoff hindurch ihre Haut zum Glühen zu bringen.
»Ja. Ich werde England in zwei Tagen verlassen und nach Hause zurückkehren . . . Ich dachte mir, daß es Sie interessiert, diese Nachricht zu erfahren.«
»England verlassen?« keuchte Constanze.
»Werden Sie mich vermissen, Fräulein Amstetten? Ich wage es kaum zu hoffen.« Sein Arm lag noch immer um ihre Taille.
Mit der anderen Hand faßte er unter ihr Kinn. Als er sie küßte, wollte Constanze sich wehren. Aber kaum spürte sie seine Lippen, da war sie verloren. Sie konnte nicht anders, als seine immer leidenschaftlicher werdenden Küsse zu erwidern. Sie preßte sich an ihn und schloß die Augen.
»Was für ein reizender Anblick!«
Nicholai ließ Constanze abrupt los. Er ließ die Arme sinken und richtete sich auf, um sich überrascht zu Gabrielle umzudrehen. Hinter ihr sah er die Whitloafs, die auf ihren Pferden zur Grosvenors Gate ritten.
»Wir warten zu Hause auf dich, Gabrielle!« rief Angélique.

»Kann ich dich einen Moment allein sprechen!« forderte Gabrielle.
»Ich wollte sowieso gehen«, erklärte Constanze hastig. »Mein Pferd muß bewegt werden.«
Nicholai starrte Gabrielle an. Eine Diskussion war unvermeidlich. »Ich wollte heute nachmittag zu dir kommen, aber wir können uns natürlich auch jetzt unterhalten. Nur eine Sekunde bitte.«
Er wandte sich Constanze zu und faßte sie am Arm. Galant führte er sie zu ihrem Pferd. »Ich bitte um Verzeihung für diese Unterbrechung, Fräulein Amstetten.«
»Oh, ich bin sogar sehr dankbar dafür.« Als Constanze lächelte, zeigten sich in ihren Wangen hübsche Grübchen. »Hoffentlich ist die Comtesse nicht zu ärgerlich auf Sie.«
»Sie wird sich beruhigen.« Seine Miene war grimmig. Dann hob er ihre Hand an seine Lippen. »Ich fürchte, ich muß mich jetzt von Ihnen verabschieden. Ich bedauere außerordentlich, daß wir uns nicht näher kennenlernen konnten.« Constanze sah das Blitzen in seinen Augen. Seine Hände streiften sekundenlang ihre Brüste, als er ihr in den Sattel half. Sie konnte einen Moment nicht atmen. Verräterische Tränen hingen an ihren langen Wimpern.
»Werden wir uns nicht mehr sehen, ehe Sie abreisen, Mister Beauvisage«, hörte sie sich fragen.
Er grinste so unverschämt, daß ihr die Röte ins Gesicht schoß. »Vielleicht wäre es möglich, Fräulein Amstetten, wenn Sie auch zu dem Empfang kommen, den der Prinz of Wales übermorgen gibt . . .«
»Diesen Anlaß würde ich um nichts in der Welt versäumen wollen«, antwortete Constanze entschlossen.

43. Kapitel

6. September 1793

»Wo kann er nur sein?« zischte Gabrielle vor sich hin.
Im Ballsaal von Carleton House war es heiß und stikkig. Viele der Gäste waren in den Garten gegangen oder zu den mit köstlichen kalten Speisen überladenden Tischen.
Vor einer Stunde war der Prinz of Wales erschienen. Nicholais Verspätung war nun ein richtiger Affront, eine Beleidigung, wie Gabrielle fand.
Vielleicht war dies heute ihre letzte Chance, seine Meinung zu ändern und seine Liebe zurückzuerobern. Wenn doch nur diese österreichische Schlampe endlich in ihre Heimat zurückkehren würde, dachte sie grimmig.
In Gabrielles Augen glitzerte Haß, als sie zu Constanze hinübersah, die gerade mit dem Prinzen tanzte. Giselle Amstetten war an diesem Abend schöner als sonst.
Sie sah in dem hellblauen Samtkleid wie eine Königin aus. Ihre Taille wirkte geradezu zerbrechlich. Silberne Rüschen betonten die anmutigen Rundungen ihrer Brüste. Mehrere Rüschenkränze verzierten den Saum ihres langen Festgewandes.
An ihrem Hals schimmerten Saphire und Diamanten. Doch die schönste Zierde waren ihre goldblonden Haare, die sich wie ein Heiligenschein um ihr apartes Gesicht ringelten. Als sie mit dem Prinzen eine Allemande tanzte, sah sie aus wie die Göttin der Schönheit.
Gabrielle wandte sich ab. Sie fühlte sich scheußlich. Wenn diese Frau nicht wäre, gäbe es keine Kluft zwischen Nicholai und mir!
Sie ballte in ohnmächtigem Zorn die Hände, als sie an das

Gespräch mit Nicholai dachte. Er hatte ihr erklärt, daß er sie nicht mehr liebte. Daß es ein Fehler gewesen sei, nach London zu kommen. Er hatte ihr bedauernd gesagt, daß er ihr bei der Suche nach ihrem Bruder nicht helfen könne.

Er wollte England verlassen und mit der Frau, die er heiraten wollte, ein neues Leben anfangen. Er hatte sie gebeten, so großmütig zu sein, ihm Glück für die Zukunft zu wünschen.

»Wenn du weiterhin eine so grimmige Miene machst, wirst du bald Falten bekommen, *ma chère amie!*« Gabrielle sah auf und erkannte Angélique, die auf sie zukam.

»Du solltest dich lieber um deinen Dudley kümmern und nicht um meine Falten!« fuhr sie die Freundin an.

»Du wirst mich nicht daran hindern können, daß ich mir Sorgen um meine beste Freundin mache ...«

»*Eh bien* – und du kannst nicht verhindern, daß ich Nicholai nie freigeben werde.«

»Es ist nicht dein Herz, das enttäuscht ist – es ist dein Stolz. Aber die Zeit wird beides heilen. Ich kann ja verstehen, daß es dir schwerfällt, zu akzeptieren, daß Nicholai dich nicht mehr liebt.«

Gabrielles Augen verengten sich, als sie durch den Saal zu Constanze hinübersah, die während der Tanzpause mit Jessica zusammenstand.

»Es wird sich ein anderer in dich verlieben«, fuhr Angélique fort. »Wenn du ihm dann ein paar schöne Liebesnächte gewährt hast, wird er für dich durchs Feuer gehen ...«

»Ich will ja nur, daß Nicholai mich nach Frankreich begleitet!« stieß Gabrielle hervor.

Angélique seufzte. Sie gab es auf, ihre störrische Freundin umzustimmen.

Constanze und Jessica genossen die frische Abendbrise, die durch die hohen Fenstertüren in den Saal wehte.
»Ich habe ihn noch nicht gesehen«, sagte Jessica.
»Warum kommt er nur so spät? Es scheint ihm zu gefallen, mich warten zu lassen.«
»Er wird jeden Augenblick kommen. Laß dich jetzt nicht nervös machen. Du mußt die Nerven behalten. Sonst kannst du vielleicht nicht verhindern, daß er wieder in die Fänge der Comtesse de Louviers gerät. Sag ihm nicht zu direkt, daß sie ihn zu Narren hält. Du mußt ihn sehr vorsichtig warnen. Hast du gehört?«
»Ich weiß das, Jessica!« antwortete Constanze ungewollt heftig. Ihr Blick hing unverwandt am Haupteingang zum Ballsaal. »Entschuldige, ich wollte nicht so heftig sein.«
»Ich kann ja verstehen, daß du nervös bist«, sagte Jessica sanft.
Constanze schämte sich. Wie konnte sie vergessen, daß Jessica und André ihr Gastfreundschaft gewährt hatten.
»Warum genießt du nicht die bewundernden Blicke anderer Herren, bis er kommt?« Jessica lachte leise. »Sieh dich nur um.«
Constanze drehte den Kopf und errötete. Jessica hatte nicht übertrieben. Mindestens die Hälfte der männlichen Gäste sah in diesem Moment zu ihr herüber.
»Du brauchst keine Flirts mehr anzufangen«, sagte da Jessica. »Er betritt gerade den Saal. Und ich kann dir versichern, er hat auch nur Augen für dich. Nun lasse ich dich allein. Du weißt ja, was du zu tun hast.«
»Drück mir den Daumen«, murmelte Constanze. »Ich habe wahnsinniges Herzklopfen.«
Hilflos stand sie da und sah Nicholai entgegen, der langsam auf sie zukam. Er sah so phantastisch aus, daß ihr die Knie weich wurden. Das Licht der vielen Kerzen ließ sein Haar schimmern. Er trug einen Anzug aus

braunem Samt und dazu eine Weste aus goldgemustertem Brokat.
»Starr ihn nicht so an. André kommt gerade, um dich zum Tanz aufzufordern«, hörte sie Jessica flüstern.
Und da war Raveneau auch schon neben ihr und zog sie mit einem verschwörerischen Grinsen in seine Arme. Sie sah noch Nicholais verblüfften Blick, ehe sie sich mit ihrem Tänzer unter die anderen Paare mischte.
»Wir sind ziemlich hinterhältig, findest du nicht?« fragte sie.
»Es ist einfach wichtig, daß er deiner nicht zu sicher ist. Besonders wegen der Comtesse de Louviers.«
Viele Blicke folgten ihnen, während sie tanzten. Constanze merkte es, und das machte sie noch nervöser. Ihre Wangen glühten wie im Fieber. Plötzlich legte sich eine braune Hand auf Raveneaus Schulter.
»Darf ich Ihnen für den Rest des Tanzes Ihre Dame stehlen?« fragte Nicholai.
»Die Entscheidung müssen wir Fräulein Amstetten überlassen«, sagte André. Doch sein Blick glitt bereits zu der Fenstertür hin, wo er seine Frau vermutete.
»Ich möchte nicht, daß es eine Szene gibt«, flüsterte Constanze.
Sie hörte Nicholais leises Lachen. Dann lag sie schon in seinen Armen, und er hielt sie fest an seiner Brust.
»Entschuldigen Sie mir, daß ich so spät komme?« fragte er, als sie zu tanzen begannen.
»Zu spät?« Sie zog in gespielter Überraschung die Brauen hoch. »Das ist mir noch gar nicht aufgefallen.«
»Das trifft mich schwer«, sagte Nicholai. »Ich habe so gehofft, daß Sie nur meinetwegen zu diesem Fest heute abend gekommen sind, weil Sie mich vor meiner Abreise noch einmal sehen wollten. Ich habe geglaubt, daß Sie nur meinetwegen dieses hinreißende Kleid angezo-

gen haben. Mit diesem tiefen Ausschnitt. Und daß Sie sich gewünscht haben, daß meine Lippen Ihnen meine Gefühle für Sie beweisen.«

»Herr Beauvisage ...« stieß Constanze hervor, als ihr bei seinen Worten ein Schauer über den Körper jagte. »Sie vergessen sich!«

»Ich?« Nicholai hielt mitten im Tanz inne und sah sich um.

»Ich glaube nicht, Fräulein Amstetten. Ich würde schwören, daß ich mit Ihnen hier in Carleton House bin.«

»Sie machen sich über mich lustig.«

»Niemals!« Seine Lippen berührten ihre Schläfe. »Vielleicht sollten wir uns im Garten weiter unterhalten.«

Constanze konnte nicht sprechen. Sie fühlte sich ganz benommen. Deshalb nickte sie nur.

Vor Zorn glitzernde Augen beobachteten sie, als sie durch die Fenstertür in den Garten traten. Gabrielle, die mit ihrer Freundin in einer Ecke des Saales stand, ballte die Hände.

»Siehst du? Wie ich gesagt habe. Nicky will diese Schlampe in sein Bett kriegen.«

Angélique seufzte. »Vergiß ihn endlich, und suche dir einen neuen Verehrer. Wenn du Nicholai wirklich so liebst wie du immer sagst, dann solltest du doch mit ihm glücklich sein, daß er eine neue Liebe gefunden hat.«

»Aber nicht mit dieser Frau!« zischte Gabrielle.

Angélique war froh, ihren Mann zu entdecken. Die Diskussionen mit Gabrielle ermüdeten sie allmählich. Sie ahnte nicht, was hinter der Stirn ihrer Freundin vor sich ging.

Gabrielle faßte in ihrem Zorn einen finsteren Plan.

44. KAPITEL

Mitternacht des 6. September 1793

Die Kutsche, die Nicholai gemietet hatte, war bequem und hatte weiche Samtpolster. Doch sie war sehr eng. Panik erfaßte Constanze, als sich die Tür schloß und sie gleich darauf Nicholais muskulösen Körper dicht an ihrem spürte.

»So, Fräulein Amstetten. Wohin fahren wir?«

Die Räder rollten knirschend über den Kies. Constanze saß wie gelähmt in dem dunklen Wagen. Sie mußte ein paarmal schlucken, ehe sie sprechen konnte.

»Ich . . . ich sagte Ihnen doch, daß ich etwas sehr Wichtiges mit Ihnen zu besprechen habe, Herr Beauvisage . . .«

»Ach ja? Ich fand unsere Unterredung eben im Garten schon sehr erfreulich und würde sie gern fortsetzen.«

»Aber nicht . . .«

Constanze brach ab, als sich Nicholais Hände um ihre Taille legten. Er zog sie an sich, erst ganz langsam, dann riß er sie mit einem Arm an seine Brust, während er mit der anderen Hand in ihr Haar griff, damit sie seinem Kuß nicht ausweichen konnte.

Constanze wurde in einen Taumel der Gefühle gerissen, der sie ganz hilflos machte. Ihr ganzer Körper brannte vor Verlangen. Ihr Verstand war völlig ausgeschaltet.

Nicholais Kuß was alles, was noch zählte. Seine Zunge drückte ihre Lippen auseinander. Ihre Zungen trafen sich zu einem verführerischen Spiel.

Fäuste klopften ungeduldig an die Tür der Kutsche.

»Verdammt!« Nicholai richtete sich auf. »Was zum Teufel . . .«

Constanze sah, daß die Kutsche vor einem hübschen, hell erleuchteten Stadthaus zum Stehen gekommen war.
»Mir scheint, wir sind da«, murmelte Nicholai. »Warum gehen wir nicht hinein und unterhalten uns dort!«
»Es handelt sich wirklich um eine wichtige Angelegenheit«, sagte Constanze.
Nicholai schien sie nicht gehört zu haben. Er hatte die Tür geöffnet und stieg aus. Er reichte ihr die Hand und half ihr beim Verlassen der Kutsche.
Constanze konnte nur an eines denken: Sie mußte verhindern, daß er abreiste. Sie hatte erfahren, daß er nicht nach Philadelphia, sondern auf sein Schloß in Frankreich zurückkehren wollte.
Ein Butler empfing sie an der Haustür. Auf einen Wink von Nicholai entfernte er sich sofort. Constanze sah sich überrascht um.
Das recht schmale Haus hatte drei Stockwerke und war mit gutem Geschmack eingerichtet. Herrliche Gemälde hingen an den Wänden der Eingangshalle.
Der Salon, in den Nicholai sie führte, war von dem intimen Licht einiger Kerzen erhellt. Sie sah Glasvitrinen mit kostbarem Porzellan und mit mattgrünem Satin bezogene Polstermöbel.
»Wollen Sie sich nicht setzen?« fragte Nicholai mit leisem Spott.
Nervös setzte sich Constanze auf die äußerste Kante des Sofas. Nicholai holte währenddessen eine Flasche Champagner und Gläser.
Er schien sich sicher gewesen zu sein, daß er sie an diesem Abend in sein Haus locken konnte. War er ein so raffinierter Verführer, das er alles geschickt plante? Dachte er überhaupt nicht mehr an das Mädchen im Kaffeehaus in Philadelphia?
Ein Knall ließ Constanze herumfahren. Nicholai hatte

die Flasche entkorkt und schenkte den Champagner nun in hohe Kristallgläser.
Mit einem Nicken nahm sie eines der Gläser entgegen.
»Auf Ihre Schönheit, Fräulein Amstetten.« Nicholai ließ sein Glas gegen ihres klingen. »Es bringt schon mein Blut in Wallung, wenn ich Sie nur ansehe.«
Constanze blieben die Worte in der Kehle stecken, als sie sah, wie er seinen Rock und die Weste über einen Stuhl warf. Ihr Herz fing so laut an zu schlagen, daß sie es zu hören glaubte.
»Wie haben Sie hier in London ein so hübsches Haus finden können«, fragte sie, um ihre Verwirrung zu überspielen.
»Es gehört einem alten Freund meiner Familie. Er besucht zur Zeit Verwandte auf dem Lande. Aber er kommt bald zurück.«
»Sicherlich wollen Sie deshalb England verlassen?«
»Nein, nein. Er kommt erst im Oktober nach London . . .«
Nicholai zupfte an den Manschetten seines Hemdes. Wie gebannt sah Constanze auf seine Hände. Siedendheiß durchzuckte sie die Erinnerung daran, wie aufreizend diese Hände ihren Körper gestreichelt hatten.
»Sie haben so erhitzte Wangen, Fräulein Amstetten«, sagte Nicholai mit rauher Stimme. »Ist es Ihnen zu heiß hier?«
Reglos saß sie da, als er ihr Gesicht mit seinen Händen umschloß. Sanft streichelten seine Finger ihre Schläfen.
»Haben Sie Fieber? Ich hoffe, Sie sind nicht krank?« fragte Nicholai und sah sie besorgt an. Seine Finger glitten tiefer, über ihren Hals und legten sich dann auf ihre linke Brust. »Ihr Herz schlägt auch so schnell. Soll ich besser einen Arzt rufen?«
Constanze holte tief Luft. Ehe sie etwas sagen konnte, spannten sich Nicholais Finger um eine ihrer Brüste.

Wie ein Schock ging es durch ihren Körper. Zwischen ihren Schenkeln spürte sie ein erregendes Prickeln.
»Sehen Sie mich an!« Nicholais Stimme schien die Stille wie ein Messer zu zerschneiden. Er starrte auf ihre Brüste, deren Spitzen sich unter ihrem Kleid abzeichneten. Constanze meinte, vergehen zu müssen.
»Ich will, daß du mit mir nach oben kommst!« erklärte Nicholai plötzlich grob. »In mein Bett!«
Er ließ sie los, als sie nickte. Mit einem Lächeln drückte er ihr das Glas in die Hand. Und Constanze trank in durstigen Schlucken.
In ihrem Kopf überschlugen sich die Gedanken. Gabrielle, dachte sie. Deshalb bin ich mit ihm hierhergekommen.
Nicholai hatte sich erhoben. Er stand vor ihr und sah auf sie nieder. »Machen Sie sich keine Gedanken. Wir können später dieses ›wichtige‹ Gespräch führen.«
Konnte er Gedanken lesen? Constanze war wie benommen, als er ihren Arm nahm und sie zu der Treppe führte. Langsam stiegen sie nebeneinander die Stufen hinauf. Als Constanze wankte, spürte sie sofort Nicholais Hand in ihrem Rücken.
Schweigend betraten sie das Schlafzimmer. Es war mit hübschen Sheraton-Möbeln eingerichtet. Im Kamin brannte ein Feuer.
Constanze tat so, als wollte sie sich umsehen. Sie trat an den Kamin und hielt ihre Hände in die Nähe der Flammen.
»Fräulein Amstetten, ist Ihnen jetzt etwa kalt?« hörte sie Nicholai hinter sich fragen. Sie merkte nicht, daß er sich ihr genähert hatte. Erst als sich seine Hände auf ihre Schultern legten, zuckte sie zusammen.
»Ich . . . ich finde, Sie sollten mich nicht so nennen . . .« Nervös fuhr sie sich mit der Zunge über die Lippen.
»Soll ich lieber Giselle sagen?«

Etwas an Nicholais Stimme alarmierte sie. Würde er sie anders lieben? Er konnte für diese Giselle Amstetten keine Liebe empfinden.
Sie holte tief Luft. »Ja, natürlich«, flüsterte sie.
Sie mußte geschehen lassen, was geschehen würde. Sie konnte nicht mehr zurück. Nicholais Lippen preßten sich auf ihren Nacken. Und dann öffneten seine Finger die Knöpfe ihres Kleides.
Constanze zitterte vor Erregung. Sie hörte, wie Nicholai leise lachte.
»Hab Geduld, Giselle. Ich gebe dir alles, was du brauchst. Und mehr.«
Ich fange an zu schreien, wenn er sich nicht beeilt! dachte Constanze. Sie wollte seinen Körper dicht an ihrem spüren. Seine Hände faßten in ihr offenes Kleid, unter ihre Arme und schlossen sich um ihre Brüste.
»Das hast du vermißt, nicht wahr?«
Constanze stöhnte auf. »Ja ...«
»Und das auch?« Er drehte sie blitzschnell um und legte ihre Hand auf sein vor Sehnsucht geschwollenes Glied. Constanze nickte wie in Trance. Ihre Finger nestelten an dem Verschluß seiner Hose.
Sie hörte Nicholai keuchen. Er half ihr, seine Kleidung vom Körper zu ziehen. Tränen brannten in Constanzes Augen.
»Sie ... du hältst mich für eine Kokotte ... oder eine ...«
»Aber nein.« Nicholai war jetzt ganz nackt. »Du bist eine Witwe, die so lange die Liebe entbehren mußte ...«
»Liebe? Du hast mir gesagt, daß ich dich an jemanden erinnere, den du geliebt hast. Liebst du sie noch immer?« Constanze konnte diese Frage nicht unterlassen. Sie wartete gespannt auf seine Antwort. Würde er lachen?

»Sie lieben?« Nicholai streifte die Träger ihres Hemdes herunter. »Sie war schön, eine faszinierende Frau ... aber nicht so schön wie du ...«
Er preßte ihre Brüste zusammen und drückte sein Gesicht in das weiche Fleisch. »Ihre Brüste waren nicht so fest und voll.«
Constanze mußte die Lippen zusammenbeißen, um nicht vor Lust zu stöhnen, als er anwechselnd an ihren Brustwarzen zu saugen begann.
Ihr Kleid lag am Boden. Nicholai löste ihre Strumpfbänder und streifte ihre Schuhe von den Füßen. Dann stand sie ganz nackt da.
»Wie schön du bist, Giselle«, sagte er rauh. Sein Blick wanderte über ihren Körper. »Du bist schöner als alle Frauen, die ich in meinem Leben gesehen habe.«
Seine Hände glitten über ihre Schenkel. »Deine Beine sind länger. Deine Taille ist herrlich schmal ...«
Er zog sie zu sich heran. Seine Schenkel preßten sich gegen ihre. Mit einem Mal zerriß der Bann, den er auf sie ausübte. Constanze fühlte sich so gedemütigt, daß sie vor Zorn zitterte.
»Laß mich los! Du eiskalter Verführer! Du selbstherrlicher Kerl!« schrie sie.
Nicholai grinste. Er hielt ihre Hände fest, als sie nach ihm schlagen wollte. Dann hob er sie hoch, um sie zum Bett zu tragen.
»Du Tier!« wütete sie. »Laß mich los!«
Voller Entsetzen merkte sie, daß sie zu schwach war, um sich zur Wehr zu setzen. Sie wußte, er würde sie mit Gewalt nehmen! Er lachte nur, als sie sich unter ihm wand.
Er drückte sie mit dem ganzen Körpergewicht auf das Bett. »Du kleine Hexe!« zischte er. »Was willst du? Bist du nicht freiwillig mitgekommen?«

»Ich habe nicht gedacht, daß du so...« Constanze keuchte, als seine Hände ihre Hüften packten. Mit einem Knie zwang er ihre Beine auseinander. »Schweig!« knurrte er, ehe er in sie eindrang. »Meinst du, daß du nur allein etwas vortäuschen kannst?«
Constanze bäumte sich auf. Doch sie erreichte damit nur, daß Nicholai sie noch wilder attackierte. Sie wollte ihm um keinen Preis zeigen, daß sie vor Verlangen fast verging. »Ich hasse dich«, schrie sie.
Nicholai lachte rauh. »Du bist eben keine perfekte Schauspielerin. Sieh es doch endlich ein. Du liebst mich, sonst hättest du doch nicht den weiten Weg von Philadelphia hierher gemacht, Constanze...«

45. KAPITEL

7. September 1793

»Verdammt noch mal. Wo bleibst du denn?« fuhr Gabrielle ihre Freundin an.
Angélique war den Tränen nahe, als sie die Stufen herunter gehastet kam. »Ich mußte erst sicher sein, daß Dudley schläft«, erklärte sie. »Wenn er merkt, daß wir das Haus verlassen, würde er uns sicher folgen. Und was für eine Ausrede hätten wir, wenn er uns zu Mister Beauvisage gehen sieht?«
»Du riskierst wohl lieber, daß ich ihm von deiner Liebschaft mit dem jungen Offizier erzähle, was?« Gabrielles Gesicht war häßlich verzerrt. Sie wußte, wie sie Angélique dazu bringen konnte, alles für sie zu tun. Sie hatte ihre Freundin in der Gewalt.
»Du bist grausam«, stöhnte Angélique. »Du bist der Satan in Person.«

»Rede nicht so viel.« Gabrielle öffnete die Haustür. Es war vier Uhr am Morgen. Sogar die Nachtigallen schliefen am Berkeley Square.

Constanze schmiegte sich an Nicholais Schulter. Sie spürte seinen Körper warm und stark an ihrem. Selten hatte sie sich so wunderbar gefühlt.
»Sag mir, seit wann du gemerkt hast, daß ich nicht Giselle Amstetten bin?« fragte sie. »Habe ich in meinem Zorn vorhin vergessen, mit Akzent zu sprechen?«
Nicholai nahm einen Schluck von seinem Brandy. »Du unterschätzt mich, meine Licbste«, sagte er lachend. »Ich wußte es schon bei unserem Rendezvous in Vauxhall Gardens.«
»Du lügst! Du sagst das nur, um mich zu ärgern. Wenn du es gewußt hast, warum hast du es mir nicht gesagt?«
»Um mir dieses schöne Schauspiel entgehen zu lassen? Es war interessant, wie du die reiche, liebeshungrige Witwe gespielt hast. In Samt und Seide und mit Juwelen behängt. Die beste Komödie, die ich jemals gesehen habe.«
Er streichelte über ihre Wange, und Constanze sah seine Zähne blitzen. Sie kuschelte sich enger an ihn.
»Erzähl mir, wann – ich meine, in welchem Moment du es gemerkt hast.«
»Ich habe es irgendwie gespürt, noch bevor wir uns im Park begegneten. Aber ich zweifelte doch ein bißchen an meinem Verstand. Es war so gegen jede Logik.«
Nicholai sah auf sie hinunter. Sie sah einfach hinreißend aus mit ihrem zerzausten Haar und den leuchtenden Augen.
»Das verstehe ich nicht«, meinte Constanze.
»Ja, das kann ich mir denken. Aber ich sah dich mit Jessica Raveneau in der Kutsche. Ihr standet vor dem Haus der Whitloafs. In einem offenen Landauer,

stimmt's? Ich beobachtete, wie ihr getuschelt habt. Sieh mich nicht so vorwurfsvoll an. Ich habe nicht spioniert. Ich sah nur zufällig aus dem Fenster.«
»Oh . . .« Constanze stöhnte laut. »Wenn ich mir vorstelle, was für Mühe wir uns mit dem Einstudieren meiner Rolle gegeben haben. Und das alles umsonst.«
Nicholai stellte sein Glas auf den Nachttisch. Ihr weicher Körper lockte zu sehr.
»Ganz sicher war ich mir nicht«, meinte er, ehe er sie zärtlich küßte und an sich preßte. »Erst in der Grotte«, fügte er hinzu und drehte sie so, daß sie auf ihm lag.
»Keine andere Frau hat eine so weiche Haut wie du, so herrliche volle Brüste.« Er preßte sein Gesicht zwischen die runden Hügel. Seine Hände streichelten ihre Schenkel.
»Aber Nicholai – was ist mit Gabrielle?« Constanze stützte sich auf und sah ihn an. »Würdest du nicht in ihrem Bett liegen, wenn ich nicht nach London gekommen wäre?«
»Nein. Ich habe ihr gesagt, daß meine Liebe zu ihr nicht mehr existiert. Liebe war es ja auch nie, wie ich dir schon einmal sagte.«
»Aber du wolltest sie doch nach Frankreich begleiten, um ihren Bruder zu suchen . . .«
»Ich würde diese Frau nicht einmal mehr über die Straße begleiten«, sagte er ruhig.
»Warum nicht?«
»Ich hätte sie nicht nach Frankreich begleitet, wenn es wirklich ihr Bruder wäre, den sie finden will. Aber ich weiß, daß ich für sie ihren Mann suchen soll.«
»Das weißt du?« Constanze holte tief Luft. »Schon länger?«
»Vermutet habe ich es schon einige Zeit. Es ist mir wie Schuppen von den Augen gefallen, als ich erkannte,

daß ihr Charakter schlecht ist. Sie tut alles aus reiner Berechnung. Damals muß ich blind gewesen sein.«

Constanze schüttelte ungläubig den Kopf. »Nun hast du alles verdorben«, meinte sie. »Ich wollte dir sagen, daß Gabrielle ihren Mann sucht und nicht ihren Bruder. Deshalb wollte ich heute mit dir sprechen. Was wirst du jetzt tun?«

»Ich gehe nirgends mehr hin ohne dich.« Nicholai zog sie wieder zu sich herunter. »Ich kann morgen noch nicht nach Frankreich segeln. Das hat nichts mit Gabrielle zu tun. Ich schwöre es.«

»Was soll das heißen?«

»Ich habe für morgen andere Pläne.«

Constanze rollte sich zur Seite. »Sag es mir sofort, oder ich verlasse das Bett!«

Nicholai griff nach einer ihrer Locken und drehte sie um seinen Finger. »Ich habe keine Zeit für eine Reise. Denn ich muß in die Kirche . . .«

Constanzes Augen wurden groß und rund. »Wenn du mich nur aufziehen willst oder . . .«

»Nichts dergleichen. Ich will dich heiraten, du kleine Hexe.« Er umschlang sie mit beiden Armen. »Ich liebe dich, du herrliches Weib!«

»Oh, Nicholai . . .« Sie schmiegte sich an ihn. Jedes weitere Wort wurde von Küssen erstickt, die immer wilder und fordernder wurden, bis ihr Verlangen auf den Höhepunkt zutrieb.

Ihr Liebesspiel wurde jäh unterbrochen, als ein dumpfes Klopfen an der Haustür zu hören war.

»Es geht mit dem Teufel zu!« knirschte Nicholai. »Laß mich aufstehen. Ich muß nachsehen, wer da mitten in der Nacht was von mir will. Ich möchte nicht, daß jemand von der Dienerschaft öffnet.«

Constanze sagte sich, daß es vielleicht nur ein Betrun-

kener war, der da klopfte. »Sei vorsichtig«, flüsterte sie, als Nicholai sich hastig anzog.
Wieder dröhnte das Klopfen durchs Haus. Nicholai warf sich seinen Morgenmantel über. »Mach dir keine Gedanken, Liebste. Ich bin gleich wieder hier.«
Er lief die Treppe hinunter. »Wer, zum Teufel, ist da?«
»Ich bedauere außerordentlich, Monsieur«, antwortete eine ihm bekannte Stimme mit französischem Akzent. »Ich bin es, Lady Whitloaf.« Verwundert öffnete Nicholai die Haustür. »Angélique – wissen Sie, wie spät es ist? Was machen Sie um diese Zeit hier?«
Sie sah blaß und schmal aus. »Ich bitte Sie als Freund, lassen Sie mich ins Haus. Ich werde Sie nicht länger als eine Minute aufhalten ...«
Nicholai schüttelte den Kopf, als er sie in den Salon führte. »Was haben Sie auf dem Herzen?«
Angéliques Herz schlug wild. Sie ging zum Kamin und wandte sich dann um, so daß Nicholai mit dem Rücken zur Tür stehen mußte.
Mit zitternder Stimme erzählte sie ihm dann die Geschichte, die Gabrielle ihr eingehämmert hatte. Von der schlechten Verfassung, in der ihre Freundin sich befinde. »Sie weint nur noch und ist völlig abwesend. Ihr Herz ist gebrochen. Sie hat mir verboten, mit Ihnen zu sprechen, aber ich mußte zu Ihnen kommen. Ich möchte Sie bitten, sich das alles noch einmal zu überlegen.«
»Aber das ist verrückt! Um halb fünf Uhr am Morgen!«
Angélique beobachtete über seine Schulter hinweg, wie sich die Haustür öffnete. Gabrielle schlich auf Zehenspitzen durch die Halle.
Nicholai machte Anstalten, den Raum zu verlassen. Das mußte sie verhindern.

Angélique knetete nervös die Hände. Da sah sie in Gabrielles Händen etwas blitzen.
Du Närrin! schrie eine Stimme in ihr. Du hast ihr geglaubt, daß sie dieses Mädchen nur erschrecken will. Aber sie will sie umbringen!
Sie jagte an Nicholai vorbei und rannte in die Eingangshalle. »Gabrielle!« schrie sie und starrte die Frau an, die schon die Treppe hinauf war. »Komm herunter!«
»Bleib ja unten! Oder ich sage es Dudley!« zischte Gabrielle und fuchtelte wild mit dem Messer.
Sie ist verrückt! durchzuckte es Angélique. Sie lief die Treppe hinauf so schnell sie konnte.
»Es macht mir nichts aus. Sag es ihm doch. Aber du kannst das nicht tun! Um Himmels willen, Gabrielle. Du machst dich für immer unglücklich!« rief sie.
Gabrielle fuhr herum, als wollte sie das Messer gegen die eigene Freundin erheben. Die beiden rangen miteinander. Es gelang Angélique, der rasenden Gabrielle das Messer zu entwinden.
Doch blitzschnell hatte die Freundin es wieder an sich gebracht. Dabei geriet Gabrielle jedoch ins Schwanken. Sie verlor das Gleichgewicht und fiel. Polternd rollte ihr Körper die vielen Stufen hinunter.
Constanze kam in den Flur. Sie hatte sich Nicholais Hemd übergeworfen. Wie erstarrt blieb sie an der Treppe stehen und sah nach unten. Angélique lehnte mit schmerzverzerrtem Gesicht am Geländer.
Nicholai kniete neben Gabrielle. Nach einer Weile, die den beiden Frauen oben an der Treppe wie eine Ewigkeit vorkam, hob er den Kopf und sah zu ihnen hinauf.
»Ich fürchte, sie ist tot . . .«

EPILOG

21. Oktober 1793

Château du Soleil in St. Briac-sur-Loire in Frankreich

Nicholai und Constanze Beauvisage saßen unter einem mächtigen Baum, dessen Blätter in goldenen Herbstfarben leuchteten.

Die Reste eines Picknicks aus Käse, Weißbrot, Obst und gebratenem Huhn lagen auf einem karierten Tuch vor ihnen. Constanze trank den letzten Schluck ihres Weines und seufzte zufrieden. »Ach, ist es himmlisch . . .«

Nicholai griff in ihre goldene Haarpracht und zog sie zu sich. Sein Mund verschloß ihre Lippen mit einem zärtlichen Kuß. »Meine Süße . . .«, sagte er hingerissen. »Du bist himmlisch.«

Glücklich schmiegte sich Constanze an seine Brust. Manchmal glaubte sie zu träumen. Es war so wunderbar, die große Liebe gefunden zu haben.

Über ihnen spannte sich ein strahlend blauer Himmel. Unterhalb des Hügels, auf dem sie saßen, schimmerte das silbrige Band der Loire. An ihrem Ufer lagen pittoreske Dörfer und märchenhafte Schlösser. Und Weinberge, in denen Trauben in üppiger Fülle reiften.

»Wie weit ist es noch bis ... bis zu unserem Zuhause?« fragte Constanze leise.
»Laß mich überlegen. Wir haben gerade Saumur passiert. In ungefähr zwei Stunden müßten wir das Schloß erreichen. Du wirst über die Größe überrascht sein. Es stellt sogar das Haus der Binghams in den Schatten.«
»Oh, dafür mußt du dich nicht entschuldigen«, neckte Constanze ihn. »Ich fühle mich wie Cinderella ... Und ich fürchte, jeden Moment aus dem Zauber aufzuwachen und mich wieder in Philadelphia in meinem Kaffeehaus wiederzufinden.«
»Ich versichere dir, daß das nie passieren wird. Ich bin der Prinz, der dich immer beschützen wird.« Nicholai beobachtete, daß Constanze nur mit Mühe ein Gähnen unterdrückte. »Ruh dich ein bißchen aus. Mach die Augen zu«, sagte er liebevoll und bettete ihren Kopf bequemer.
Reglos saß er an den Baum gelehnt da und wachte über ihren Schlaf.
Ihre Reise durch Frankreich war ein richtiges Abenteuer, wenn Constanze alles auch nur wie herrliche Flitterwochen betrachtete. Sie waren sicher, solange sie sich als Amerikaner ausgaben, die auf Urlaub waren.
Doch Nicholai fragte sich, was geschehen würde, wenn man erfuhr, daß er als Eigentümer von Château du Soleil zurückgekehrt war, der seinen Besitz wieder übernehmen wollte. Er hoffte nur, daß die Dienerschaft ihr Versprechen halten und sein Geheimnis wahren würde. In einem Monat wollten sie sich mit den Raveneaus in Saint Nazaire treffen, um mit der ›La Mouette‹ nach Philadelphia zurückzusegeln. Dort wollten sie warten, bis sich die Unruhen in Frankreich gelegt hatten.

Ereignisreiche Tage lagen hinter ihnen. Wie durch ein Wunder hatte Gabrielle ihren Sturz von der Treppe trotz der vielen Verletzungen überlebt. Angélique stand ihr treu zur Seite. Sie hoffte,. daß mit den Wunden auch das Herz und die Seele der Freundin heilen würden.
Während des Monats, den Nicholai und Constanze noch in London verbrachten, hatten sie ihre Zweisamkeit jede Stunde genossen. Sie waren damit beschäftigt gewesen, ihre Zukunft zu planen, und sie hatten viele Liebesnächte genossen.
Nicholai griff mit der freien Hand in seine Rocktasche und zog den Brief hervor, der ihn kurz vor ihrer Abreise nach Frankreich erreicht hatte. Er war von seinem Bruder Alec.

Mein lieber Bruder,
ich hoffe, daß es Dir gutgeht. Wir warten schon alle ungeduldig darauf, zu erfahren, ob Constanze und Du nun endlich alle Differenzen geklärt habt.
Das gelbe Fieber hat nun endlich seinen Höhepunkt überschritten. Es war die Hölle, sage ich Dir. Es war gut, daß Constanze fort war, denn am schlimmsten hatte sich diese Seuche in den Hafengegenden ausgebreitet.
Hyla Flowers erkrankte kurz nach Constanzes Abreise. Doch sie hat die Krankheit überwunden – dank Pierres aufopfernder Pflege.
Sie haben in der ersten Augustwoche geheiratet. Viele andere überlebten nicht. Es gab viele Tote. Unser Vater gehörte aber auch zu den Glücklichen, die gerettet werden konnten.
Ich habe es immer aufgeschoben, Dir zu schreiben, weil ich nur so traurige Nachrichten schicken kann . . .

Nicholai war den Tränen nahe. Er hing sehr an seinem Vater. Und er hoffte, ihn bei guter Gesundheit anzutreffen, wenn er wieder nach Philadelphia kam.
Es folgten einige Neuigkeiten aus der Familie. Dann berichtete Alec, daß Pierre und Hyla das Kaffeehaus gern von Constanze kaufen würden, wenn sie nicht wieder zurückkam.

Zum Schluß noch etwas Erfreuliches. Lion und Sharon sind gerade zurückgekehrt. Mit ihren Zwillingen! Sie haben zwei Söhne. Die Hampshires sind wahnsinnig stolz, wie Du Dir vorstellen kannst. Die Namen der Kinder kann ich Dir nicht sagen. Caroline kann ich nicht fragen, denn sie macht gerade einen Besuch bei Vater.
Unsere Schwester Katya hat eine schöne Hochzeit gefeiert. Aber wir haben natürlich alle Constanzes herrliche Torten vermißt.
Sonst geht es uns allen gut. Wir hoffen nur, bald etwas von Dir zu hören. *Alec*

Constanze bewegte sich. Nicholai schob den Brief wieder in seine Tasche. Dann sah er auf seine Frau nieder. Ihre Wimpern flatterten.
Sanft drückte er sie ins Gras. Schläfrig erwiderte Constanze seine Küsse. Aber wenig später waren ihre Sinne wach.
Sie wollte Nicholai wieder sagen, wie glücklich sie war, aber sie kam nicht dazu. Seine Hände liebkosten ihren Körper und steigerten ihr Verlangen.
»Aber ... Nicholai ...« keuchte sie. »Wir müssen weiter. Unser Schloß wartet auf uns. Es wird dunkel sein, wenn wir ...«
Er lachte leise. »Meine Prinzessin kann es nicht erwar-

ten, ihr Schloß zu sehen? Wie soll ich das verstehen? Ist dir die Liebe so wenig wert, daß du dabei an ein Schloß denkst?«
Constanze konnte gerade noch den Kopf schütteln, dann war sein Mund wieder auf ihrem. Sein Kuß nahm ihr den Atem.
Es gab nur sie beide auf der Welt . . . sie und ihre Liebe . . .